全注全译

虞初新志

（下）

〔清〕张潮 撰
学谦 注译

团结出版社

目 录

卷十八

卷十九

卷二十

卷十六

因树屋书影

周亮工减斋

【**题解**】本篇是《虞初新志卷十六》的第一篇。《因树屋书影》，是明末清初著名文人、学者、艺术家周亮工的作品，记述了各类神奇的小故事，让人们在欣赏之余体会深刻的道理。

德州程正夫[①]言：顺治癸巳正月十八日，夜风厉甚。恩县祁村陂（bēi）[②]中冰，卓立成山，广四丈，高二丈许，峰峦秀拔，溪壑回环，一磴委蛇相通。观者远近裹粮，至日千余人，祷祠焉。遍考诸书，古无此异，不知何祥也？余按正德中，文安县水忽僵立[③]，是日天大寒，忽冻为冰柱，高五丈，围亦如之，中空而旁有穴。数日后，流贼过文安，民避入冰穴，赖以全活者甚众。正如此类。

【**注释**】①程正夫：程先贞，字正夫，号蒠庵，晚年号海右陈人，德州人。清代诗文家。②陂：池塘。③僵立：直立不动。

【**译文**】德州程正夫说：顺治癸巳年正月十八日，夜晚寒风凛冽。恩县祁村池塘里的冰，耸立如山，宽四丈，高两丈左右，冰峰挺拔，沟壑环绕，有台阶蜿蜒曲折其中。远近的人都携带着干粮前来观看，一天的功夫就聚集了上千人，在这里拜祭祈福。我查阅了很多书籍进行考证，发现古时候并无这样的奇事，不知是何征兆？我查阅到明朝正德年间，文安县洼地里的水忽然竖立不动，这日天气奇寒无比，一会儿就冻成冰柱，高五丈，周长也是五丈，冰柱中空，旁边有洞。数日后，流窜的强盗路过文安，百姓纷纷躲进冰洞，得此冰洞庇护，存活下来的人有很多。这和祁村的情况相类似。

小品中载有荐艺士[①]于显贵者。其人固平易，显贵虽礼之，然未尝问其所长。濒行，其人曰："辱公爱，有小技，愿献于公。"乃索素纸，为围棋盘，信手界画[②]，无毫发谬。显贵惊叹。正统间，周伯器，年九十，修《杭州志》，灯下书蝇头字，界画乌阑[③]，不折纸为范，毫发不爽。章友直伯益[④]，以篆名，官翰林待诏。同人闻其名，心未之服，咸求愿见笔法。伯益命粘纸各数张，作二图，其一纸纵横各作十九画，成一棋局；其一作十圆圈，成一射帖[⑤]。其笔之粗细，间架疏密，无毫发之失。诸人叹服，再拜而去。古今绝技，亦有相同者如此。

【注释】①艺士：有才能、技艺的人。②界画：中国绘画画法之一。用界尺画线，绘成宫室、楼台屋宇。③乌阑：即乌丝栏。④章友直：字伯益，福建建安人，北宋时期书法家、画家。⑤射帖：指箭靶。

【译文】据杂文记载，有位身怀绝艺的人被推荐给一位显贵。此人性格平易近人，显贵对他以礼待，却从未问过他擅长什么技艺。临辞行时，这位艺人说："承蒙您的厚爱，我有雕虫小技，愿意展献给您观赏。"于是让人拿来白纸，画成围棋盘，棋盘的纵横线都是信手而画，就像借助尺规画出来的一样，没有丝毫误差。显贵大为惊叹。明朝正统年间，周伯器九十岁时，修订《杭州志》，在灯下书写蝇头小字，界画乌丝栏，不用折纸作为界限，也是丝毫不差。章友直，字伯益，以篆书闻名，官至翰林待诏。和他一起共事的人听说他的名声，心里不服气，都想见识一下他的笔法。章伯益命人将数张纸，粘贴成大纸来作图，其中一张纸纵横各作十九画，画成围棋盘；另一幅作十个同心圆圈，画成一箭靶。两幅图画，用笔粗细，间隔疏密，都毫发不差。众人无不叹服，对章伯益施礼后离去。古今绝技，也有互相类似的情况。

张山来曰：皖城石天外曾为余言：有某大僚[1]，荐一人于某有司，数日未献一技。忽一日，辞去，主人饯之。此人曰："某有薄技，愿献于公。望公悉召幕中客共观之，可乎？"主人始惊愕，随邀众宾客至。询客何技，客曰："吾善吃烟。"众大笑，因询"能吃几何？"曰："多多益善！"于是置烟一斤，客吸之尽，初无所吐，众已奇之矣。又问："仍可益乎？"曰："可。"又益以烟若干。客又吸之尽。"请众客观吾技！"徐徐自口中喷前所吸烟，或为山水楼阁，或为人物，或为花木禽兽，如蜃楼海市，莫可名状。众客咸以为得未曾有，劝主人厚赠之。由此观之，诚未可轻量天下士也。

【译文】张山来说：皖城的石天外曾对我说：有某个大官，给某个官吏推荐了一个人，这个人数日都没有展现出什么特别的技能。忽然有一日，这个人准备告辞离去，主人设宴为他饯行。此人说："我有薄技，愿意展现给您。希望您把幕僚宾客都召来一同观看，可以吗？"主人开始很惊愕，随即邀众宾客过来。询问这个人有何技能，客人回答说："我擅长吃烟。"众人大笑，于是询问他"能吃多少？"回答说："多多益善！"于是给他拿来一斤烟叶，客人都抽完了，但是并没有吐出烟雾，众人都很奇怪。又问："还能再多抽一些吗？"回答："可以。"又拿了一些烟叶给他。客人又把它们抽完了。"请诸位观看我的绝技！"这个人自口中徐徐喷出先前所吸进的烟雾，烟雾在空中形成山水楼阁，或者形成人物，或者是花木禽兽，像海市蜃楼一般，无法用语言描述。众位客人都从来不曾见识过这等绝技，大家都劝主人给他丰厚的馈赠。由此看来，确实不可小看天下之士啊！

荆南居客麻城忠淳间，有一鹦鹉，见长老寿普来，忽鸣曰："望慈悲！"长老曰："小畜，谁教尔能言？"鹦鹉自后不复声。麻纵之，径赴僧侧，啾啁致谢。僧曰："宜高飞，免再堕。"又求指示，僧令诵佛经。八年，僧至桃源，一小儿来谢曰："吾麻氏鹦鹉也，荷方便，今在萧家作男子矣。"验之，胁下尚有翅毛。

【译文】有位在荆南居住的客人，叫麻淳间，字城忠，他有一只鹦鹉，看见寿普长老走过来，忽然鸣叫着说："望您慈悲，救救我！"长老说："小畜生，谁叫你能开口说话呢？"鹦鹉自那以后再不出声。后来麻城忠就放了它，鹦鹉径直飞到僧人旁边，鸣叫着向他致谢。僧人说："应该高飞，免得再被人抓住。"鹦鹉又求僧人指点迷津，僧人让鹦鹉诵读佛经。八年后，僧人来到桃源，一小儿前来致谢说："我是麻家养的鹦鹉，承蒙您指点，今天托生在萧家作男子了。"僧人查看他，发现他的胁下还有羽毛。

有宦闽者，携双鹦鹉归江右，两禽晨夕相依如昆季[①]。宦者以一赠陈子右骅。韩子人谷亦得其一。陈、韩固亲串[②]，过从无间，鹦鹉时互相问哥哥好。未几，陈子斋中有异物搏鹦鹉死，陈子痛之甚，既除地以瘗之，又语人谷，赋诗吊之。诗成，人谷特告其家羽，辄腾踯架上曰："哥哥死！哥哥死！"伤惋不胜，遂不食，越日亦蜕去。二子广乞名词，为之志述。江右、三吴诸词人皆有作，因汇为一集，颜曰《羽声合刻》。邓子左之为之序，序亦凄恻肆动。物固多情如此！又吾梁山货店市肆，养鹦鹉甚慧，东关口市肆，有料哥亦能言。两店携二鸟相较。鹦鹉歌一诗，料哥随和，音清越不相下。料哥再挑与言，不答一字。人问其故，曰："彼音劣我而黠胜我，开口便为所窃矣。"臬（niè）司[③]有爱子病笃，购以娱之。贾人笼之以献，鹦鹉悲愁不食，自歌曰："我本山货店中鸟，不识台司衙内尊。最是伤心怀旧主，难将巧语博新恩。"留之五日，苦口求归，乃返之山货店，垂颈气尽。万历年间事也。

【注释】①昆季：兄弟。②亲串：血亲与姻亲的通称。③臬司：元代肃政廉访使司，明、清提刑按察使司的别称。主管一省司法。也借称廉访使或按察使。

【译文】有一个在福建做官的人，带着两只鹦鹉回到江西。两只鹦鹉像兄弟一样朝夕相处。做官的人把其中一只送给了陈右骅，另一只送给了韩人谷。陈、韩两人原本就是关系很好的亲戚，经常相互往来，亲密无间，每次见面，两只鹦鹉都互相问候"哥哥好"。可是没过多久，陈右骅养的鹦鹉，在书斋中被某种动物给杀死了，陈右骅十分伤心，便挖坑将它埋葬了，又告诉韩人谷，请他赋诗哀悼。诗写好后，韩人谷特意告知了自家的鹦鹉，得知这个消息后，韩家鹦鹉便不停地在架上跳跃，叫着："哥哥死了！哥哥死了！"韩家鹦鹉哀伤不已，就不再进食，过了一天也死去了。二人为追念这两只鹦鹉，广为征集名家词赋。江西、三吴一带的诸多词人都被其感动而写下了不少悼念诗文，二人将这些诗文汇集成书，命名为《羽声合刻》。邓左之为此书作序，序言也是充满悲伤之情，令人动容。动物之间竟然也有如此深厚的感情！我家乡山梁处的山货店，养的鹦鹉特别聪慧。东关口的店铺，养了一只料哥，也能言善道。两家店主带着二只鸟要较量一番。鹦鹉咏一诗，料哥也重复其诗，声音清越不相上下。料哥再用言语挑战，鹦鹉一个字也不回答。有人问原因，鹦鹉说："它的声音不如我，却狡黠胜过我，我一开口便被它偷学去了。"臬司的爱子得了重病，臬司叫人把鹦鹉买回来逗儿子开心。商人用笼子装上鹦鹉献给臬司，鹦鹉悲愁得吃不下东西，自已唱道："我本山货店中鸟，不识台司衙内尊。最是伤心怀旧主，难将巧语博新恩。"留它呆了五日，鹦鹉苦苦相求要回到原来主人那里，把它送回山货店后，鹦鹉已经垂下头气绝而死。这是万历年间的事情。

张山来曰：向闻有人供一高僧，其庭中鹦鹉，于无人时，向僧曰："西来意，你教我个出笼计。"僧应之云："出笼计，除非是两脚笔直，双眼紧闭！"少顷，鹦鹉足直目闭而死。主人悼惋，命解绦瘗之。解后，鹦鹉忽飞去。向僧谢曰："西来意，多谢你个出笼计！"附记于此。

【译文】张山来说：我听说有人供养了一位高僧，他家庭院中的鹦鹉，在无人的时候，就对高僧说："大师，你教我个逃出笼子的办法。"高僧回答说："逃出笼子的办法，除非你两脚笔直，双眼紧闭装死！"过了一会儿，鹦鹉真的两脚笔直，双眼紧闭而死。主人哀悼它，命人解开绳子准备把它埋葬。绳子刚刚解开，鹦鹉就忽然飞走了。鹦鹉向高僧道谢说："大师，多谢你教授的出笼计！"我将这个故事附记在此。

剑侠见于古传纪中甚夥（huǒ）[①]，近不但无其人，且未闻其事。唯闻宋辕文尊公[②]幼清孝廉，素好奇术，曾遇异人于淮上。席间谈剑术，其人曰："世人胆怯，见鬼神辄惊悸欲死。魂魄尚不能定，安望授鬼神术？"宋曰："特未见耳，乌足畏？"其人忽指坐后曰："如此人，公那不畏？"回首顾之，座后辄有神，靛面赤髭，狰狞怪异，如世所塑灵官[③]像。宋惊惧仆地，其人曰："得云不畏耶？"又予姻陈州宋镜予光禄尊人圃田公，讳一韩，神庙时在兵垣，劾李宁远，疏至一二十上。宁远百计解之，卒不从。一夕，公独卧书室中，晨起，见室内几案盘盂，巾舄衣带，下至虎子[④]之属，无不中分为二，痕无偏缺，有若生成。而户扃如故，夜中亦无少声息。公知宁远所为，即移疾[⑤]归。光禄时侍养京邸，盖亲见之。乃知世不乏异术，特未之逢耳。蜀许寂好剑术，有二僧[⑥]语之曰："此侠也，愿公无学。神仙清净，事异于此。诸侠皆鬼，为阴物，妇人僧尼皆学之。"此言近理，世之好异者当知之。

【注释】①夥：多。②尊公：称谓。对他人父亲的敬称。③灵官：道教护法监坛之神。④虎子：马桶。⑤移疾：意同移病。旧时官员上书称病，多为居官者求退的婉辞。⑥二僧：佛教中对出家女性的称呼。

【译文】剑侠多见于古传记中，近来不但没有剑侠出现，也没有听说过剑侠的事迹。我只是听说宋辕文的父亲宋举人，宋幼清，素来喜好奇术，他曾在淮水边上偶遇异人。彼此席间谈论剑术，那人说："世人胆怯，见到鬼神就吓的要死。魂魄尚不能安定，如何指望传授鬼神之术？”宋幼清说：“我没见到过鬼神罢了，有什么值得害怕的？”那人忽然指着座位后边说：“像这样的人，您看到不害怕吗？”宋幼清回头一看，座位后就有一神灵，靛蓝的脸上长着赤色的胡须，狰狞怪异，就如世间所塑的灵官像。宋幼清受惊吓仆倒在地，那人说：“还能说不怕鬼神吗？”另外，我的姻亲陈州的宋镜予的先父，宋一韩，字圃田。明神宗时担任兵科给事中，他曾经弹劾李宁远，一连上了一、二十道奏折。李宁远千方百计劝说他作罢，宋一韩也不听从。一晚，宋公独卧书房中，早晨起来，见室内几案盘盂，巾鞋衣带，下至马桶之类，无不从中间一分为二，没有偏差一点，好像天然形成一样。而门栓依然完好，夜里也没有听到一点儿声音。宋公知道是李宁远所为，立即告病回乡。宋镜予当时在京都侍奉父亲，亲眼看到这件事。宋镜予这才知世上不乏异术，只是没遇到罢了。四川的许寂喜好剑术，有女尼对他说：“这是剑侠才需要学习的技艺，希望您不要去学。神仙清净，修道的事情不同于此。各种剑侠都属于鬼神一类的事物，为阴物，妇人僧尼才会去学。”此话很有道理，世上喜好神异的人应当知晓。

张山来曰：若我遇其人，当即恳靛面赤髭者为我泄愤矣，尚何所畏耶？

【译文】张山来说：如果我遇到那个人，当即就会恳请青面赤须的神灵为我报仇，又怎么会畏惧呢？

张瑶星语予：辛未秋，予觐先大夫于东牟，遇道人马绣头者，亦异人也。道人修髯伟干，黄发覆顶，舒之可长丈许，不栉不沐，而略无垢秽。自言生于正统甲子，至是约百八十余岁矣。行素女术，所至淫妪鸨姏（mán）①，多从之游。时孙公元化开府于登，闻而恶之，呼至，将加责焉。道人曰："公秉钺②一方，选士如林，乃不能容一野道人耶？"公厉声曰："予选士以备用耳。若拥肿何所用？"道人曰："万有一备指使，可乎？"时方大旱，公曰："若能致雨乎？"曰："易易耳！"问所须，曰："须桌数百张，结坛于郊，公等竭诚，唯我命是从。稍龃龉（jǔ yǔ）③者，不效矣。"公曰："姑试之。不效，乃公不尔恕也！"命治坛如其式。凌晨，率僚吏往。道人至，则索烧酒一斗，并犬一器，啖之尽，乃登坛。命公等长跪坛下。时方溽暑④，万里无纤云，道人东向而嘘，则有片云从其嘘处起，复东向而呼，则微风应之。少焉，浓云四布，雷电交作，雨下如注。道人高卧坛上，鼾声与雷声响答互应。地上水可二尺，诸公长跪泥淖中不敢动。历三时许，道人乃寤，曰："雨足乎？"众欢呼曰："足矣！"道人挥手一喝，而雨止云散，烈日如故。孙公踉跄起，扶掖而下，以所乘八座乘之，而骑从以归，归即送入先大夫署中。

【注释】①鸨姏：老妓。②秉钺：比喻执掌兵权。③龃龉：上下牙齿对不齐，比喻意见不合，互相抵触。④溽暑：潮湿闷热。

【译文】张瑶星对我说：辛未年秋季，我去东牟觐见先父，遇到道人马绣头，他也是一个奇人。道人修髯伟岸，黄发覆顶，头发解开有一丈多长，不梳也不洗，却没有污垢。道人自言生于正统甲子年间，到现在大约一百八十余岁了。他修行素女术，所到之处，大多会有淫妇老妓跟随在身边。当时孙元化在登州任职，听说后对他很是厌恶，唤他前来，准备加以责罚。道人说："您执掌一方军政大权，选拔众多人才，难道就容不下一个野道人吗？"孙公厉声说："我选拔人才是为了将来朝廷之用。要那么多庸才有何用？”道人说：“万一有需要我的地方，就请让我来效劳，可以吗？”当时正值大旱，孙公说：“你能让上天降雨吗？”道人回答说：“这事太容易了！”孙公问他都需要准备什么，回答说：“需要数百张桌子，在郊外结坛，您和众人要诚心，并听从我的指挥。稍有抵触，就不灵验了。”孙公说：“姑且一试。如果无效，我不会饶恕你的！”孙公命人按道士所说的设坛准备。凌晨，孙公率僚属前往法坛。道人到达后，索要了一斗烧酒，还有狗肉一盘，吃完后，就登坛作法。道人命孙公等人跪在坛下。当时正值湿热的天气，万里无云，道人向东边吹了一口气，就立刻有一片云彩，从他吹气的地方升起，再向东边吐气，就有微风产生。不一会儿，就浓云四布，雷电交加，雨下如注。道人高卧坛上，鼾声与雷声交替响起。地上积水有二尺深，诸公长跪在泥淖中不敢动。过了大约三个时辰，道人才睡醒，问道：“雨下够了吗？”众人欢呼着说：“够了！”道人挥手大喝一声，立刻雨停云散，烈日如故。孙公踉跄着爬起来，众人把道士扶下法坛，用孙公的八抬大轿载着道人，而孙公自己则骑马跟随回来，回来就立即将道人送入先父的官署中。

先大夫故好士，署中客约廿余人，每夕必列席共饮，饮必招道人与俱。道人言笑不倦，而多不食。或劝之食，则命取大罂，尽投诸肴核其中，以水沃之，一举而尽。复劝之食，则命取他席上肴核投罂中，尽之如初。乃至尽庖厨中数十人之馔，悉投悉尽。或戏曰：“能复食乎？”曰：“可！”则取席上诸柈盂盌（wǎn）盎（àng）[①]之类，十五累之，举而大嚼，如嚼冰雪，齿声楚楚可听也。先大夫治兵庙岛，拉与俱，宿署楼上。楼滨海，时严冬，海上无日不雪，雪即数尺，人争塞向墐户，以避寒威，而道人夜必敞北窗，以首枕窗而卧。早起，雪覆身上如堆絮，道人拂袖而起，额上汗犹津津然。或投身海中，盘薄[2]游泳，如弄潮儿[3]。及登岸，遍身热气如蒸，而衣不少濡湿也。

【注释】①柈：古同“盘”，盘子。盌：同“碗”。盎：古代的一种盆，腹大口小。②盘薄：广大无边。③弄潮儿：驾船的人。

【译文】先父喜好结交宾客，所以官署中有客人大约二十余人，每晚必一同列席共饮，每次饮酒必会叫上道人。道人在席上有说有笑不知疲倦，大多时候都不吃什么东西。有人劝他进食，道士就命人取来大罐子，把各类菜肴倒在里面，用水浸泡，然后一饮而尽。再次劝他进食，就命人取来别人席上的菜肴投进大罐子里，像先前那样尽数吃完。甚至把厨房中数十人的菜肴，悉数投入大罐子中全都吃光。有人戏问：“还能再进食吗？”回答说：“可以！”取来席上那些盘、盂、碗、盆之，每十个或五个摞在一起，举起来就大嚼，如同嚼冰雪一般，咀嚼声清晰可闻。先父在庙岛练兵，拉着道人一同前往，住在署楼上。署楼濒临大海，当时正值严冬，海上没有一天不下雪，下雪就有数尺深。人们争相堵住北边的窗户，用泥塞住门缝，以躲避严寒，而道人每夜必敞开北窗，而且头枕窗户而睡。早上起来，盖在道人身上的雪，堆积得像棉絮一样，道人拂袖而起，额上还留有汗水。道人有时投身海中，在浩瀚无边的大海里尽情畅游，就如弄潮儿一样。等到登上岸，道人遍体热气如蒸，而衣服却不会弄湿。

既而往游东江，东江帅为刘兴治。道人至，则聚诸淫妪，如在登时。兴治闻之怒，呼而责之，将绳以法。道人曰：“公尸居余气，乃相吓耶？公何能杀我，人将杀公耳！”兴治益怒，道人指其左右曰：“此皆杀公者也！俟城石转身，则其时矣。”兴治命责之，鞭扑[1]交下，道人鼾睡自若，兴治无如何也。道人出，语其徒曰：“辱我甚，不可居矣。”乃往海中浴，浴竟，见有一木，大数围，知是土人物，从求得之。自持斧，略加刳凿，才可容足，辄坐其中，乱流浮海而去，不知所终。其后兴治以贪残失士心，改筑岛城，城石尽转，而兴治为其下所刺。

【注释】①鞭扑：亦作“鞭朴”。用作刑具的鞭子和棍棒。亦指用鞭子或棍棒抽打。

【译文】不久，道人又去东江游历，东江统帅是刘兴治。道人到那后，又聚集那些淫妇，就像在登州时一样。刘兴治听到大怒，把他唤来责备，准备将他绳之以法。道人说：“您快要成为死人了，只是还剩一口气在，还想要吓唬我吗？你有何能耐杀我，别人就要来杀你了！”刘兴治更加愤怒，道人指着他的左右说：“这些都是将来杀你的人！等到城石转身的时候，就到你被杀的时候了。”刘兴治命人处罚道人，鞭子和棍棒交相落下，道人鼾睡自如，刘兴治也无可奈何了。道人出来后，对其徒众说：“这人羞辱我太过分了，此地不可再呆了。”于是道人到海中沐浴，沐浴完毕，看见海上飘来一块大木头，粗数围，道人知道是当地人的东西，就把木头弄上岸。道人亲自持斧，略加砍凿，把中间挖空，刚能容下双足，道人就坐在里面，随波逐流而去，不知所终。后来刘兴治因贪婪残暴失掉军心，改筑东江城的时候，把城石都转变了方向，而后刘兴治也被其属下所刺杀。

方道人之在署中也，每酒后，辄抚膺痛哭。先大夫叩其故，则指予曰：“郎君有仙才[①]，而年不永。使从我游，不死可致也。”先大夫曰：“年几何？”曰：“尽明岁之正月。”次年壬申，春王四日，道人方与岛中诸将士轰饮次，忽西向而恸曰：“可惜张公，今日死矣！”盖登州城陷之日也。乃知向日酒后之言，盖托讽[②]耳。

【注释】①仙才：比喻清逸的才思。②托讽：谓托物以寄讽谕之意。

【译文】当时道人在官署的时候，每次酒后，就抚胸痛哭。先父问其缘故，道人就指着我说："令郎有修仙的潜质，却不能长寿。让他跟着我四处云游，可以不死。"先父说："能活多大？"回答说："到明年正月。"第二年壬申，正月四日，道人刚与岛中诸将士畅饮完，忽然向西痛哭着说："可惜张公，今天死了！"那天正是登州城陷落之日。于是才知那日道人酒后之言，大概是借我的姓氏言说张可大吧。

予尝谓道人啸命①风雷如反掌，预识休咎如列眉②，傲慢公卿如观变场，绝寒暑饥饱如化人，而独不避秽行，与淫妪游，且比及顽童，曰"中有真阴，可采补也"。此大悖谬！岂世上自有此一种，如《楞严》所称"十种仙"，或唐人所称"通天狐"属耶？抑天上群仙，亦如人间显宦，不尽皆立品行、纫荪荃者耶？吾又安得叩九阍③而问之？

【注释】①啸命：指高声命令。②列眉：事情清晰明白如眉毛那样整齐地排列。比喻所见为真，毫无犹疑。③九阍：皇帝的宫门。

【译文】我曾说过道人掌控风雷，易如反掌；预知祸福，明确无误；戏弄公卿，如同儿戏；寒暑不侵，饥饱不知，如同羽化的仙人，却唯独不避讳淫行，与淫妇一起出游，而且如顽童一般，说"中有真阴，可以采补"。这是大大的荒谬！难道世上有这样一种修仙的方法吗？难道是《楞严》经所说的"十种修仙的方法"之一吗？还是属于唐人所说的"通天狐"之类的吗？难道天上群仙，也如人间的达官显贵，不全是品行高尚、德行出众的人吗？我又怎么有机会去天庭问个清楚呢？

曲周陈公令桐[1]，言其邑富翁子妇[2]自父家还，明日偕卧不复起。家人呼之不应，抉户而入，烟扑鼻如硫黄。就床视之，衾半焦，火烁之，有孔，二体俱焚，唯一足在。火之焚人，理殊不可解。王虚舟曰："焚砂石为龙火，焚金铁为佛火。焚人之火，是为欲火。佛言淫习交接，发于相磨，研磨不休，如是故有大猛火光，于中发动。意其研磨之极，欲火炽煽，煽而忽焰，遂以自焚。其不焚床第庐舍者，火生于欲，异于常火，亦如龙火止焚砂石，佛火止焚金铁耳。陈公讳于阶。

【注释】①陈令桐：陈于阶，字子升，河北曲周堤上村人，为官清廉。②子妇：儿子和儿媳，也专指儿媳。

【译文】曲周的陈令桐，述说他同乡富翁家的儿子和儿媳，从岳父家回来后，第二天不见他们起床。家人呼喊也没有回应，就破门而入，一股如硫黄味道的浓烟扑鼻而来。家人到床前查看，发现被子已有一半被烧掉，上面还有火光闪耀，被子上烧出了窟窿，两具身体都被焚毁，只剩一只脚还在。大火只烧人而不烧物，这在道理上真是说不明白。王虚舟说："龙火能够焚烧砂石，佛火能够焚烧金铁。焚烧人的，这是欲火。佛言人有淫行，就互相缠绵不休，缠绵不休，就如同磨石相互研磨，因此就会产生火焰。意思是欲火高炽，就会产生火焰，因而自焚。火焰之所以没有焚烧床第房舍，是因为这个火焰是由欲望滋生，与平常的火不同，就像龙火只能焚烧砂石，佛火只能焚烧金铁一样。陈公由于当时身任官职，不便于多说。

张山来曰：旧小说中，已有吞绣鞋、焚袄[1]庙事矣。

某道人坐功久，忽然火发，焚其领及帷。主人救之始熄。可见火无邪正，皆足为害也。此道人余曾见之。

【注释】①袄：古同“妖”。

【译文】张山来说：以前的小说中，已记载有吞绣鞋、焚妖庙的故事了。

某道人打坐的时间长了，忽然有火产生，烧到他的衣领及帷帐。经过主人相救才让火势熄灭。可见火无邪正之分，都足以造成灾害。这个道人我曾见过。

亳州孙骨碌者，人像其形，故以“骨碌”称。生时有首有身，身上具肩，无臂手；身下具尻（kāo）①，无腿足，如截瓜然。其父无子，以其男体，姑育之。长而家益富，坐卧启处②，饮食男女，一切需人为用。见宾客，皆人抱以出。立则竖而倚之门屏间，失倚则仆地。衣具袖为观美，领不缃缬，则前后转徙无定在。裙、袜、履，生平未尝设。生三子，长公登进士，次幼为诸生，今且貤封③矣。此等世虽生不育，育亦贫且贱，而孙君独富贵，造化固不可测欤！

【注释】①尻：屁股。②启处：安居、休息。③貤封：置官赠爵。清制，文武官员以自己所应得的爵位名号，呈请改授与亲族尊长，称为“貤封”；若其人已死，则称為“貤赠”。

【译文】亳州有个人叫孙骨碌，人如其形，因此以“骨碌”称呼他。孙骨碌出生时有头有身体，身上有肩膀，但无胳膊和手；身下有屁股，但没有腿脚，整个人如同切开的西瓜一样。孙骨碌的父亲原来没有儿子，因为他是男孩，就勉强养育了他。随着孙骨碌长大，他的家里也越来越富有。孙骨碌起居坐卧，饮食男女，一切都需要有人帮助。会见宾客，都需要人把他抱出来。需要站立的时候，就把他竖起来倚靠在门或屏风上，失去倚靠他就会仆倒在地。虽然没有胳膊，但为了美观，孙骨碌的衣服都带有袖子，如果领口不扣上，整个人就可以在衣服里，前后来回旋转，不能固定住。孙骨碌生平就没置办过裙、袜、鞋等东西。孙骨碌一共生了三个儿子，长子进士及第，次子和最小的儿子为诸生，孙骨碌现在也因儿子做官而受到朝廷的册封了。像孙骨碌这样的人，即使生下来，也常常不被家人养育，即使养育成人也是贫穷、低贱之人，而孙骨碌却偏偏富贵，造化真是难料啊！

张山来曰：此君之父，因无子而育之，可也。但不识何等女子居然肯嫁之乎？

【译文】张山来说：孙骨碌的父亲，因先前没有儿子而养育了他，这可以理解。但不知什么样的女子居然肯嫁给他呢？

海盐[①]有优者金凤，少以色幸于严东楼[②]。东楼昼非金不食，夜非金不寝也。严败，金亦衰老，食贫里中。比有所谓《鸣凤记》，金复涂粉墨，身扮东楼矣。近阮怀宁自为剧，命家优演之。怀宁死，优儿散于他室。李优者，但有客命为怀宁所撰诸剧，辄辞不能，复约其同辈勿复演。询其故，曰：“阿翁姓字，不触起，尚免不得人说。每一演其撰剧，座客笑骂百端，使人懊恼竟日，不如辞以不能为善也。”此优胜金优远矣！不知怀宁地下何以见此优？

【注释】①海盐：此处指海盐腔。是一种传统戏曲声腔。因形成于明代成化年间的浙江海盐而得名，与余姚腔、弋阳腔、昆山腔并称为明代南戏四大声腔。②严东楼：正名严世蕃，号东楼，明朝奸相严嵩的儿子，左眼失明。

【译文】金凤为海盐腔优伶，年少时因美貌被严世藩所宠幸。严世藩白天没有金凤侍奉就吃下饭，夜里没有金凤陪伴就睡不着觉。严氏衰败后，金凤也衰老了，过着贫困的生活。当时正赶上里中排演《鸣凤记》，金凤忆起往事，又涂粉画眉，扮演严世藩，粉墨登场。近年阮怀宁自己编写剧本，剧本写好后命家里的优人表演。阮怀宁死后，优人散落到其他人家。有个李优，有客人命她表演阮怀宁所撰写的那些剧目，李优就推辞不演，又与她的同伴相约都不去表演。问她缘故，回答说："主人的姓名，就是自己不提起，还免不了旁人说道。每次演出他写的剧本，下面的座客便嬉戏笑骂，各种表现使人整日懊恼，不如索性推辞不演为好。"此李优胜过金凤太多了！不知阮怀宁泉下有知，当如何看待这个优人呢？

闽人李春明者，为人长厚[①]，闻有谈人暖昧事，辄塞耳走。人以"李塞耳"呼之。一日，耳内奇痒，召工取之，内黄金二分，易银一钱四分，市谷一斛，内有大珠二颗，最圆美，市诸富室，得六百金。其年谷甚贱。夜就寝，梦有人提其耳曰："邦有道，谷。"寤而省曰："神意得无使我积谷乎？"乃出金市谷，入三千石。次年，谷价腾贵[②]，发粜得四千余金。家日起，至十数万，人以为厚德之报。大抵谈人闺阃，原非盛德事。使其事诚有之，与我何与？无而言之，则为诬善矣！斯事有无不必论，后生固当以为法矣。

【注释】①长厚：恭谨宽厚。②腾贵：物价飞涨。

【译文】福建人李春明，为人恭谨敦厚，听到有人谈论别人家的暧昧事，就塞上耳朵走开。人们就称呼他“李塞耳”。一日，李春明感觉耳内奇痒，找人一挖，内有黄金二分，换了一钱四分银子，买了一斛谷物。内有大珍珠二颗，异常圆美，卖给富家，得到六百两银子。这年谷物特别便宜。晚上就寝，李春明梦到有人提着他的耳朵说：“邦有道，谷。”他醒后自省说：“是不是神灵让我囤积些谷物呢？”于是拿钱买了三千石谷物。第二年，谷价飞涨，李春明卖谷物得到四千余两银子。李春明的家境日益好起来，家产达到十多万两银子，人们都认为这是李春明德行敦厚的福报。大抵谈论人家内室之事，原本就不是什么有德行的事。假使人家真有那样的事，又与我何干？若是没有，却随意谈论人家，就是诬陷！这些事有没有，都不必谈论，后辈们一定要以此为鉴。

汀州黎媿曾[①]为余言：广州民有以善射声名者，常挟毒矢入山中。值雷雨卒至，惊避入野祠。雷随入，礶碑绕身者三匝，然终不为害。民跪而祈曰：“民诚罪，遽击何所逃？奈何格格[②]悸人耶？”雷声渐引去，已复至，复出，如是者再，若将导之去者，终不害民。民忽悟曰：“神将用我矣。”遂不霆，逐雷声行。抵山下，见雷方吐火施鞭，奋击巨树。一朱衣女子，突从树中出，雷遽远树数舍。红衣下，雷复至；红衣出，则雷又远去。格斗久之，终不成击。民乃引毒矢伺红衣出，贯之，霹雳大作，遽拔其树。民归，入其室，家人竞言：“雷方入屋，震人几死，幸家无恙，唯釜翻，露硃书数字于底，不可识。”有黄冠通雷文者，云是“助神威力，延寿一纪”八字也。山中人言，树平时无他异，亦终不知女子为何妖。按唐小说中，亦有神追朱衣女子，自树中出，久之渐上，有数点绯雨飞下，云是帝命诛飞天夜叉。此女得非其类耶？

【注释】①黎媿曾：媿通“愧”，黎士宏，字愧曾，福建长汀县濯田乡人，顺治十一年举人，康熙六年以信州推官兼理玉山县政，官至布政司参政。②格格：发抖的样子。

【译文】汀州的黎媿曾对我说：广州百姓中有一个人，以善射闻名，他常带着毒箭进入山中打猎。一日，正赶上雷雨突然而至，他赶忙进入野祠躲避。滚雷也紧随而入，闪电绕他身体三圈，然而没有对他造成什么伤害。这个人跪地祈祷说：“如果草民确实有罪，就打雷劈我好了，我又能逃到哪儿去呢？为何要把人吓得瑟瑟发抖呢？”雷声渐渐远去，不多时又回来，再退去，像这样的情况再三发生，好像要引导他去什么地方，始终没有伤害他。这个人忽然领悟道：“神灵有借助我的地方啊。”这时雷击就停止了，这个人就随着雷声前行。到达山下时，只见滚雷正吐火挥鞭，奋里击打一棵大树。一红衣女子，突然从树中跃出，滚雷就远离大树数舍。红衣女子回到树上后，滚雷又至；红衣女子出来，滚雷又远去。彼此格斗了很久，滚雷也没有击倒大树。这个人于是张弓搭箭，等红衣女子刚出来，就一箭就射穿了她，此时霹雳声大作，把那棵大树给拔除了。这个人回到家里，家人争相跟他说：“滚雷刚刚进屋了，差点把人震死，幸好全家无恙，只有那个锅被震翻了，在锅底上露出硃笔书写的几个字，大家都不认识。”有精通雷文的道士，说上面写的是“助神威力，延寿一纪”八个字。山里的人说，那颗大树平时没有什么异常之处，始终也不知道那女子是什么妖怪。唐朝小说中，也记载有神灵追赶红衣女子，女子自树中而出，渐渐飞到空中，接着有数点红雨飞下，传说是天帝命神仙诛杀飞天夜叉。此女是不是也是这一类情况呢？

张山来曰：减斋先生[1]与先君子为莫逆交，予少时获睹《书影》，甲寅之变，书皆不存。今燕客先生来扬佐郡，余复恳得是书，不啻与父执相对也。

【注释】①减斋先生：即周亮工，字元亮，又有陶庵、减斋、缄斋、适园、栎园等别号，学者称栎园先生、栎下先生。明末清初文学家、篆刻家、收藏家。河南祥符（今河南开封祥符区）人。

【译文】张山来说：减斋先生与先父为莫逆之交，我年少时有幸目睹减斋先生编写的《书影》一书，甲寅之变后，这本书没有保存下来。今天燕客先生来到扬州，我再次恳求才得到此书，就好像是与世伯又见面了。

记桃核念珠

高士奇澹人

【题解】本篇是《虞初新志卷十六》的第二篇。讲述作者得到用山桃核制作的一百零八颗念珠，上面雕刻着神态各异、栩栩如生的五百罗汉。每尊罗汉，仅如一粒粟米大小，真可称得上是难得一见的珍品！

得念珠一百八枚，以山桃核为之，圆如小樱桃。一枚之中，刻罗汉三四尊，或五六尊，立者，坐者、课经者、荷杖者、入定于龛中者、荫树趺坐[①]而说法者、环坐指画论议者、袒跣曲拳[②]、和南[③]而前趋而后侍者，合计之为数五百。蒲团、竹笠、茶奁、荷策[④]、瓶钵、经卷毕具。又有云龙风虎，狮象鸟兽，狻猊（suān ní）猿猱（náo）[⑤]错杂其间。初视之，不甚了了。明窗净几，息心谛观，所刻罗汉，仅如一粟，梵相奇古[⑥]，或衣文织绮绣，或衣袈裟水田絺褐[⑦]，而神情风致，各萧散于松柏岩石，可谓艺之至矣！

【注释】①趺坐：两脚盘腿打坐。②袒跣：脱袜赤足。③和南：佛门称稽首、敬礼为和南。④荷策：挑东西的木杖。瓶钵：僧人出行所带的食具。瓶盛水，钵盛饭。⑤狻猊：一种兽名，是狮子的别称。猱：古书上说的一种猴。⑥梵相：指佛菩萨等清净庄严之相。奇古：奇特古朴。⑦水田：袈裟由碎布拼合而成，形状如同阡陌纵横的水田，所以又叫水田衣。絺褐：麻布短衣。

【译文】我得到用山核桃雕刻而成一百零八颗念珠。念珠滚圆，大小像小樱桃一样。每一颗念珠上刻有三、四尊罗汉，或者五、六尊。诸罗汉有站着的，有坐着的、有诵经的、有拄着禅杖的，有在龛洞中打禅入定的，有在树荫下盘腿说法的，有环坐在一起指点比划，讨论佛法的，有赤足蜷曲而坐的，还有稽首行礼而前行，侍者在后面跟随的，合计起来，一共有五百种。还有蒲团、竹笠、茶盒、挑东西的木杖、瓶钵，经卷等东西，也都雕刻齐备。又有云龙风虎，狮象鸟兽，狻猊猿猱之类动物混杂其间。刚开始观看时，不甚清楚。在窗明几净的时候静心观察，就会发现所雕刻的罗汉，仅如一粒粟米大小，而诸罗汉清净庄严之相却很清奇古朴，有的穿着带有纹饰的禅衣，有的穿着袈裟，而且处于松柏岩石之间诸罗汉的神情风姿，都非常飘逸洒脱，其技艺真可称得是登峰造极了啊！

向见崔铣郎中有《王氏笔管记》云：唐德州刺史王倚家，有笔一管，稍粗于常用，中刻《从军行》一铺，人马毛发，亭台远水，无不精绝。每事复刻《从军行》诗二句，如“庭前琪树已堪攀，塞外征人殊未还”之语。又《辍耕录》载：宋高宗朝，巧匠詹成，雕刻精妙，所造鸟笼四面花版，皆于竹片上刻成宫室人物、山水花木禽鸟，其细若缕，而且玲珑活动。求之二百余年，无复此一人。今余所见念珠，雕镂之巧，若更胜于二物也。惜其姓名不可得而知。

【译文】先前看到崔铣在《王氏笔管记》一文中说：唐朝德州刺史王倚家，有一管毛笔，比平常用的笔稍粗一些，上面刻着一幅《从军行》，上面人马毛发，亭台远水，无不精美绝伦。每段图画还配有《从军行》中的诗文二句，如"庭前琪树已堪攀，塞外征人殊未还"之类的话语。又有《辍耕录》中记载：宋高宗时期，有巧匠名叫詹成，雕刻的东西非常精妙，他所制作的鸟笼，四面都是雕花竹板，都是在竹片上雕刻出宫室人物、山水花木禽鸟，线条笔画细若丝缕，而且还可以开合活动。此后二百余年，再没找到像他这样的人。今天我所见到的念珠，雕镂之巧妙，好像更胜于那两样物件。可惜无法得知作者的姓名。

长洲周汝瑚言："吴中人业此者，研思殚精，积八九年，及其成，仅能易半岁之粟，八口之家，不可以饱。故习兹艺者亦渐少矣。"噫！世之拙者，如荷担负锄，舆人御夫之流，蠢然无知，唯以其力日役于人，既足养其父母妻子，复有余钱，夜聚徒侣①，饮酒呼卢②以为笑乐。今子所云巧者，尽其心神目力，历寒暑岁月，犹未免于饥馁，是其巧为甚拙，而拙者似反胜于巧也！因以珊瑚木难饰而囊诸古锦③，更书答汝瑚之语，以戒后之恃其巧者。

【注释】①徒侣：朋辈；同伴。②呼卢：一种古代赌博游戏。③古锦：古锦囊，出自《新唐书·文艺传下·李贺》中的记载。指用年代久远的锦缎制成的袋。也指贮诗之袋。

【译文】长洲的周汝瑚说："吴地从事这类行业的人，殚精竭虑，耗时八九年之久，才能完成一件作品，出售后仅仅能换来半年的口粮，如果是八口人的家庭，还不能达到温饱。所以从事这项技艺的人也逐渐减少。"唉！世上那些笨拙之人，如挑担扛锄，轿夫赶车之流，愚笨无知，只是凭借他们的力气，每天被人家使唤，赚的钱足以赡养父母妻儿，此外还有些余钱，夜晚便聚集同伴，饮酒赌博为乐。现在人们所说的巧匠，耗尽他们的心神目力，历经寒暑岁月，依然不免于饥饿，这是看起来灵巧，而实际上是笨拙，笨拙者更胜过巧思者！所以珊瑚树难以作为日常的装饰，只能装到古锦囊里保存，写下这些话用来回答周汝瑚的疑问，以告戒后来那些倚仗巧技而炫耀卖弄的人。

张山来曰：末段议论，足酲（chéng）[①]巧人之梦。特恐此论一出，巧物不复可得见矣，奈何！

【注释】①酲：喝醉了神志不清。

【译文】张山来说：末段议论，足以惊醒那些有一技之长的巧匠了。只恐怕此论一出，那些构思巧妙的物件就难以见到了，有什么办法呢！

核工记

宋起凤紫庭

【**题解**】本篇是《虞初新志卷十六》的第三篇。作者宋起凤着力描述了一件精雕细刻，美轮美奂的核桃雕刻作品。在一个长五分，宽四分的小小桃坠上，雕刻了众多的人、物、景，来展现《枫桥夜泊》的诗境，让人叹为观止。

季弟获桃坠一枚，五分许，横广四分。全核向背皆山，山坳插一城雉①，历历可数。城颠具层楼，楼门洞敞，中有人，类司更卒，执桴（fú）鼓②，若寒冻不胜者。枕山麓一寺，老松隐蔽三章③，松下凿双户，可开合；户内一僧，侧首倾听。户虚掩如应门，洞开如延纳状，左右度之，无不宜。松外东来一衲，负卷帙踉跄行，若为佛事夜归者。对林一小陀，似闻足音仆仆前。核侧出浮屠七级④，距滩半黍⑤。近滩维一舟，蓬窗短舷间，有客凭几假寐，形若渐寤然。舟尾一小童，拥炉嘘火，盖供客茗饮也。舣舟处，当寺阴，高阜⑥钟阁踞焉。叩钟者貌爽爽自得，睡足徐兴乃尔。山顶月晦半规⑦，杂疏星数点，下则波纹涨起，作潮来候，取诗“姑苏城外寒山寺，夜半钟声到客船”之句。计人凡七：僧四，客一，童一，卒一。宫室器具凡九：城一，楼一，招提[⑧]一，浮屠一，阁一，炉灶一，钟鼓各一。景凡七：山、水、林木、滩石四，星月灯火三。而人事如传更、报晓、候门、夜归、隐几[⑨]、煎茶，统为六。各殊致殊意，且并其愁苦、寒惧、凝思诸态，俱一一肖之。语云："纳须弥于芥子[⑩]"，殆谓是与？然闻之："尺绡绣经而唐微，水戏荐酒而隋替。"器之淫也，吾滋惧矣！先王著《考工》，盖早辨之焉。

【注释】①城雉：城上短墙。亦泛指城墙。②桴鼓：鼓槌与鼓。③章：棵。④浮屠七级：七层塔。在佛教中，七层的佛塔是最高等级的佛塔。浮屠就是佛塔。⑤半黍：半分长。⑥高阜：高的土山。⑦半规：半圆。比喻太阳或月亮的局部。⑧招提：原为四方僧的住处，后泛指寺院或僧房。⑨隐几：倚靠几案。⑩纳须弥于芥子：指微小的芥子中能容纳巨大的须弥山。喻诸相皆非真，巨细可以相容。

【译文】我弟弟得到了一枚桃核坠子，长五分左右，宽四分。整个桃核的正反两面都雕刻着山峦，在山坳里冒出一排城墙来，城墙上的垛子历历可数，城墙上有一高楼，楼门洞开，里面有人，大概是更夫之类，拿着鼓槌在敲鼓，好像寒冷难忍的样子。挨着山脚有一座寺院，内有三棵古松，松树下面有两扇门，可以自由开合；室内有一个和尚，正在侧耳倾听。虚掩的房门，就好像在等着有人来打开一样；而敞开的房门，就好像在请人进去一样，反复端详这些雕刻东西，没有不合适的地方。从松树东面来了一个和尚，背着佛经，神色疲倦地前行，好像是刚做完佛事夜归的人。对面树林里有一个小和尚，好像听到了脚步声，急急忙忙出来迎接。桃核侧边有一座七层佛塔，距河滩半分远。靠近河滩停泊着一艘小船，在篷窗短舷的船舱中，有一个客人靠着茶几在闭目小睡，好像就要醒来的样子。船尾有一个小童，对着炉子在吹火，大概是在烧水，准备给客人们泡茶喝吧！船靠岸的地方正是寺院的背面，钟楼建在高坡之上。敲钟人的表情悠然自得，好像是刚刚睡醒的样子。山顶有半弯明月，夹杂着几点稀疏的星星，山下面则是水波高涨，好像大潮即将来临。整个桃坠的创意取自唐朝张继的“姑苏城外寒山寺，夜半钟声到客船”的诗句。整个桃坠，上面总共有七个人：分别是四个和尚，一个船客，一个小童，一个兵卒。宫室和器具共有九种，分别是：一座城，一座楼，一座寺院，一座宝塔，一艘小船，一个阁楼，一个炉灶，钟和鼓各一个。景致共有七处，分别是：山、水、林木、河滩石四块，星星、月亮及灯火共三处。而人物的活动比如打更，报晓，等人，夜归，倚几，烹茶，总计为六种，情态各不相同，而且对于愁苦、畏寒、凝思等各种神态，都刻画得惟妙惟肖。佛语说：“纳须弥于芥子”，大概说的就是这个吧？然而我听说：“尺绡绣经而唐微，水戏荐酒而隋替。”大意是崇尚奢靡，沉迷享受，导致唐朝和隋朝灭亡，因此对玩物的过度喜爱，正是我所担忧的！先王子所以著《考工》，大概是早就明白这个道理了。

张山来曰：宋人以象为楮叶，杂之真叶中[①]，不能辨审。若是，则曷不摘真楮叶玩之乎？今之鬼工桃核，精巧绝伦，人皆以其核也而宝之，庶不虚负此巧耳！

【注释】①宋人以象为楮叶，杂之真叶中：宋人以玉刻的楮叶，列置在楮叶中，几可乱真，而无法辨别真伪。后用以比喻模仿逼真。

【译文】张山来说：宋人以玉刻的楮叶，混杂在真叶中，令人无法辨别真伪。如果是这样，那么为何不摘取真的楮叶把玩呢？今天鬼斧神工雕刻的桃核，精巧绝伦，人们都把这个桃核当成宝贝，也算没有辜负了它的精巧吧！

张南邨先生传

先著迁甫

【题解】本篇是《虞初新志卷十六》的第四篇。张南邨，幼时作诗，便能别出心裁，纪竺远初见他的诗就称赞不已，又说他“必将以诗闻名于江东”。本篇即是讲述他的生平故事。

张南邨，名惣（zǒng），字僧持。父兴公先生琪，以名宿[①]教授里中，多达材弟子。南邨幼为诗，出语每不犹人。父友纪竺远，一见其诗，称之曰“气清”，再则曰“骨清”，曰“神清”，已而目属[②]之曰：“子必将以诗名江左矣！”入应天学，用才名交游贤俊，治古文辞，专力于诗。

【注释】①名宿：指素有名望的人。②目属：瞩目；注视。

【译文】张南邨，名惣，字僧持。他的父亲张琪，张兴公先生，素有名望，在乡里讲学，教出很多通达事理的弟子。张南邨幼时作诗，用词往往别出心裁，有别于他人。父亲的好友纪竺远，初见他的诗句，就称赞其诗“气清”，再看则说“骨清”，又说“神清”，然后注视着他说：“你将来必定因为诗才而闻名于江东！”张南邨后来进入应天府府学，因才学出众而有名望，和诸多贤人才子来往，他致力于古文辞写作，专心于诗歌创作。

家世奉佛，南邨胎性[①]不纳荤血。初犹食蟹，年八岁，父将携之见博山禅师，前一夕，南邨方持蟹，父见之，警曰："儿将见博师，可食此乎？"南邨闻言，即置不食。自是蟹胥悉断除。杖人在天界，南邨亲近最久，东南古锥宿德，礼谒殆遍。以故生平多方外交，齑盂粥钵，宛然头陀[②]。踪迹恒在僧寺中，或经年累月不返。少学《易》于中丞集生余公，余公戍武林，从之武林。西泠其所熟游，故吴越往来尤数。而苕霅（zhá）[③]间故人闻其至，每争延之。

【注释】①胎性：本性。②头陀：原意为抖擞浣洗烦恼。佛教僧侣所修的苦行。后世也用以指行脚乞食的僧人。③苕霅：是苕溪、霅溪二水的并称。在今浙江省湖州市境内，是唐代张志和隐居之地。

【译文】张家世代礼佛，张南邨生下来就不吃荤腥之物。开始还吃些螃蟹，八岁时，父亲要带他去见博山禅师，前一晚，张南邨刚拿起螃蟹要吃，父亲见到，警告说："你将去见博山禅师，可以吃螃蟹吗？"张南邨听到父亲的话，立即放下不再食用。从此再不吃螃蟹。博山禅师是大德高僧，张南邨和他相处的时间最长，东南一带的高僧名流，张南邨都拜访过了。因为张南邨生平结交的人，大多是高僧一类的世外高人，因此平时的饮食都是些粗茶淡饭，就像出家人一样。他经常流连于僧舍寺庙，有时经年累月都不回家。张南邨年少时向中丞余集生学习《易》经，余公后到杭州任职，张南邨便跟随先生来到杭州生活，西泠是张南邨经常游历的地方，因此他在吴越之间往来频繁。杭州一带的老朋友，每次听说他来了，都争着宴请他。

癖好山水，不惮险远，必往游。其游有章程要领：或独游，或携一童子，涂遇樵人禅客①，即为伴侣。穷幽造深，饮泉摘果，即忘饥渴。于五岳则陟嵩、岱，犹以不能遍历衡、华为恨。若武夷、匡庐、九子、黄山、天台、雁荡诸山②，所至削木杮③为记，采树叶题诗，以为常。

【注释】①禅客：参禅的修行人。②岱：泰山的别称。亦称“岱宗”、“岱岳”。匡庐：指江西的庐山。相传殷周之际有匡俗兄弟七人结庐于此，故称。九子：九华山，原名九子山。③杮：砍木头掉下来的碎片。

【译文】张南邨尤其喜好游览山水，不惧路途艰险遥远，一定前往游历。他游历山水，也有一定规矩：有时独游，有时携一童子，途中遇到樵夫或参禅的修行人，就结伴同行。他探寻那些幽景胜地，饮山泉吃野果，就能忘记饥渴。五岳诸山中，张南邨登过嵩山、泰山，还没能游历衡山、华山，他常以此为憾事。像武夷山、庐山、九华山、黄山、天台山、雁荡山等名山，他去了之后，都会削木片当做纸张，来写下相关记载，采树叶在上面题诗，这些他都习以为常。

南邨为人，坦夷近情①，不为矫激②之言，不为崖异③之行。取受从心，否塞任运④，尤不以礼数恩义责望⑤人。与人处，尤能寡怨忘隙，乍见或轻忽⑥之，稍久必亲而敬焉。有屋数椽，不蔽风雨，家人恒至乏食。垢衣敝襆，游士大夫间，举止迂野可爱。形体短小，虽老，精神可敌壮夫。遇良宴会，能通夜不眠，啸咏达旦。不择地而处，不择食而食，不择榻而寝。投足⑦之所，即甚湫隘⑧嚣杂，他人扫除未竟，视南邨已展卷矣。口腹之奉，不过盐豉菽乳，就枕即熟睡，无辗转不寐之时。盖胸无机事，不以美恶撄心[⑨]，能致然耳。

【注释】①坦夷：坦率平易。近情：合乎人情。②矫激：犹诡激。偏激，违逆常情。③崖异：高立山岸。表示异于众人。④否塞：闭塞不通，犹困厄的意思。任运：是指听凭命运安排。⑤责望：要求和期望。⑥轻忽：不认真对待；轻视。⑦投足：栖身；投宿。⑧湫隘：居处低湿狭小。⑨美恶：是非善恶。撄心：扰乱心神。

【译文】张南郇为人坦率而又平易近人，他不说违逆常理的偏激之言，不做那些特立独行之事。张南郇接人待物都依从本性，贫穷富贵只听天由命，从不以礼数恩义来要求别人。他与人相处，更能少存怨恨、忘掉嫌隙。别人与他乍一相见，或许心生轻慢，时间稍长，必定对他亲近而且尊敬。张南郇家里的几间老屋，破败得不能遮风挡雨，家人也经常缺衣少食。张南郇衣衫褴褛，却坦然游走于士大夫之间，举止淳朴自然，尤其可爱。张南郇身形矮小，虽然年老，但精神矍铄，不逊于年轻人。遇到好友宴请，他能彻夜不眠，通宵达旦地吟诗诵赋。张南郇居住不挑剔地点，饮食不挑剔食物，睡眠不挑剔床榻。居住之所，即使是低湿狭小、杂乱喧嚣的地方，他人还未清扫完毕，张南郇已经展卷阅读诗书了。张南郇的饮食，不过是普通的盐豉菽乳之类东西，他一挨枕头就能立即入睡，从没有辗转不眠的情况。大概是他心中无牵挂之事，不会让是非善恶等事情扰乱心神，才能做到的吧。

尝远游，遇胠(qū)箧[①]者再，中途几不能成归。人或怪其无恨色，曰：“失者偿之义也，又何问焉？”除夕自外返，去其家不远，止宿逆旅主人。次日日晡[②]，始缓步而归，其性情安雅如此。

【注释】①胠箧者：撬箱子的人，指偷盗的人。②日晡：天将暮时。

【译文】张南邨曾在远游途中，接连遇到窃贼，结果钱财丢失，中途差点回不了家。有人奇怪他为什么没有懊恼的神色，张南邨说："偷钱的人在道义上已经补偿了我，我又何必懊恼呢？"临近除夕，张南邨才从外地返回，却在离家不远的地方，投宿旅店。第二天天将傍晚时分，才缓缓归家，他的性情就是如此安雅从容。

群居未尝与人争，至论诗辄相持不下。宋诗行，虽贵卿巨子前，亦厉词折之。其论诗，不逞才，不使事①，不染叫号②，不涉怨诽，其宗旨也。自以襄阳、摩诘③为师，于古歌行换韵大篇，暨古体千数百言，铺陈开合、局力宏富者，乃不谓善。自少至老，主此论不变。虽所见未尽然，亦可谓笃于自守④者矣。南邨称诗五十年，远近之人，亦以诗归之。生乡名人王穆如、顾与治之后，与同时诸人并立可指数，终竟如纪叟之言。

【注释】①使事：诗文中引用典故。②叫号：大声呼喊。③襄阳：即孟浩然，名浩，字浩然，号孟山人，襄州襄阳（现湖北襄阳）人，世称孟襄阳。摩诘：王维，唐朝河东蒲州（今山西运城）人，祖籍山西祁县，唐朝著名诗人、画家，字摩诘，号摩诘居士。④自守：守住自己本分、本性。

【译文】张南邨与大家交往时，从不与人争执，只有在讨论诗文时，才会出现与人相持不下的情况。他看到宋诗一类的诗作，即使在公卿名流面前，也会严词批驳。张南邨评论诗作，不炫耀才华，不引用典故，不大惊小怪，不怨恨诽谤，这是他的宗旨。他把孟浩然、王维当成自己的老师。张南邨对于古诗歌中的长篇大作，那种洋洋千言，追求气势、辞藻华丽的作品，从不认为是佳作。从小到老，张南邨一直是这个观点，从未改变。虽然他的见解未必正确，但他也算得上能始终如一地坚持自己的观点。张南邨以诗文著称，有五十年的光景，远近之人，也都称赞他的诗文。张南邨乡里名人，除了王穆如、顾与治之外，同时期能与他并列的人，屈指可数，这也是应验了纪竺远老先生的那句断言。

岁甲戌，年七十有六，夏得脾疾，治之寻愈。至冬复作，遂不起。子二：元子[①]筠，正子淳。元子亦受诗，可不坠其声。予自僦居[②]郭南，望衡[③]密迩，相得甚欢。酒阑灯烬，每有知己之言，欲以身后为托，今不可作矣。世复安得和易素心、风雅不倦，如斯人者乎！

【注释】①元子：泛指长子。②僦居：租屋居住。③望衡：指门户相望。衡，门户。

【译文】甲戌年，张南邨七十六岁时，夏季患上脾脏疾病，治疗了一段时间后病愈。等到冬天又发作，结果就卧床不起。张南邨有两个儿子：长子张筠，次子张淳。长子张筠也擅作诗，可以继承张南邨的学问。我自从在城南租屋居住以来，因为和张南邨离得很近，就同他走动得很频繁，彼此相谈甚欢。酒尽灯熄之时，张南邨常和我有知己之言，想要托付身后之事，现在这些事都不可能再有了。世上怎能再有像张南邨那样谦和淳朴、风雅不倦的人呢！

赞曰：策杖而去，裹粮而游，遇少倦而且休，至佳处而辄留。把酒而歌，执卷而吟，悠悠乎王、孟之音，有形神而无古今。不忤于世，不剜于天，可独可群，亦儒亦禅。束身止一棺，而遗文乃有千数百篇，称之为诗人，奚愧焉？

【译文】赞叹道：张南邨扶杖而去，携粮而游，稍感倦怠就暂且休息，遇到胜景就略微停留。他把酒而歌，执卷而吟，悠悠然仿佛听到王维、孟浩然的声音，他们的精神超越古今又在张南邨的身上有所体现。张南邨随顺世人，不违天理。可群居可独处，亦儒生亦沙门。埋身只一棺，而遗留诗作千百篇，称他为诗人，怎么会不合适呢？

张山来曰：予慕南邨久，一旦迁甫为介，得以把臂入林[①]。今读此，不胜人琴之感！

【注释】①把臂入林：旧指相偕归隐。

【译文】张山来说：我仰慕张南邨很久了，常想有一天，能搬过去与他比邻而居，得以把臂言欢。今天读此文，有睹物思人的感伤啊！

刘酒传

周亮工减斋

【题解】本篇是《虞初新志卷十六》的第五篇。刘酒，人如其名，爱酒，写酒，死于酒。除了爱酒，还擅画人物，尤其酒后作画，更有神来之笔。

刘酒，汴人，无名字，自呼曰“酒”，人称曰刘酒云。画人物，有清劲[①]之致，酒后运笔，尤觉神来。人以为张平山[②]后一人，酒不屑也。凡作画，皆书一“酒”字款，其似行书者次，似篆籀（zhòu）者，其得意笔也。尝为上洛郡王作画，王善之，曰：“张平山后一人！”酒意嗔，急索画曰：“尚未款。”乃卷入旁室，纵笔书百十大“酒”字于上下左右。王怒甚，裂其幅，驱之出。酒固怡然。酒于醉睡之外，唯解画，他一无所知。坡公云：“予奉使西邸，见书此数句，爱而录之，云：人间有漏仙，兀兀三杯醉。世上无眼禅，昏昏一枕睡。虽然没交涉，其奈略相似。相似尚如此，何况真个是。”酒索予颜于草堂，予书曰“略似庵”，以坡公所录前四句，去“醉”、“睡”字为联。酒得之，欣然意足也。酒与予交最久，无妻子，每谓予曰：“死以累君。”一日方持杯大饮，忽然脱去[③]，开口而笑，杯犹在手。余感其宿昔之言，为买棺殓之。

【注释】①清劲：清秀有力。②张平山：张路，字天驰，号平山，祥符（今河南开封）人，明代画家，擅画人物。③脱去：死去。

【译文】刘酒，是汴梁人，他没有名字，自称为“酒”，人们就称他为“刘酒”。刘酒画的人物，清秀挺拔，尤其酒后运笔作画，所绘人物更是不同凡响。人们都认为他是张平山之后，人物画的第一人，刘酒很是不屑这种评论。刘酒作画，落款都写一个“酒”字，他的行书功力一般，篆书是他擅长的字体。刘酒曾为上洛郡王作画，郡王很欣赏他的绘画，说他是“张平山后第一人”。刘酒正好酒劲上来，就有些不高兴，急忙要回画说：“还没写落款”。他卷起画走到旁边的屋子里，提笔在画卷的上下左右写了百十个大大的“酒”字。郡王大怒，撕了他的画，将他赶了出去，刘酒还是怡然自得，毫不在乎。刘酒除了喝酒睡觉之外，只懂绘画，其它一概不知。苏东坡曾说：“我奉命来到西邸，看见这些诗句非常喜欢，于是记录下来：‘人间有漏仙，兀兀三杯醉。世上无眼禅，昏昏一枕睡。虽然没交涉，其奈略相似。相似尚如此，何况真个是。’”刘酒让我给他的草堂题写匾额，我就写了“略似庵”，并用苏东坡所录诗句的前四句，去掉“醉”、“睡”两字，以“人间有漏仙，三杯兀兀；世上无眼禅，一枕昏昏”作为草堂的楹联。刘酒看到之后，非常满意。刘酒与我交往的时间最长，他没有妻子儿女，经常对我说：“我的身后事，还要拜托你。”一天，刘酒正持杯痛饮，忽然去世，脸上还保持着开口大笑的表情，杯子还握在手中。我有感于他往日所说的话，就买棺材装殓了他。

张山来曰：刘酒自画之外，无非酒者，其名酒，其款酒，其死亦酒，吾知其所画必醉仙也。

【译文】张山来说：刘酒除了绘画之外，无非就是流连美酒了，他名字是酒，落款写酒，又死于酒，因此我知道他所画的一定是醉仙了。

记古铁条

詹钟玉去矜

【题解】本篇是《虞初新志卷十六》的第六篇。在京师旧物集市上，有一古铁条售价十文一直无人问津。直到遇到高丽使者，竟卖出了天价。询问高丽使者，众人才知，此乃大禹治水时的神物。

京师穷市上，有古铁条，垂三尺许，阔二寸有奇，形若革带之半，中虚而外绣涩，两面鼓钉隐起，不甚可辨。持此欲易钱数十文，人皆不顾去。积年余，有高丽使客三四人，旁睨良久，问："此铁价几何？"鬻铁者谬云："钱五百。"使客立解五百文授之。其人疑不决，即诡对曰："此固吾邻人物，俟吾询主者。"顷之，使客复来。鬻者曰："向几误，主者言非五金不可！"使客即割五金，无难色。其人又为大言曰："公等误矣，吾曹市语，举大数以为言，五金盖五十金云。"使客曰："吾诚不惜五十金，但不得更悔。"鬻铁者私念：一废铁夹条，增价五十金，借令失此售主，并乞数十文钱亦不可得。因曰："吾以此博公多金，保无后言。公幸告我，此为何名？"使客请"先定要约，而后告子。"

【译文】京师旧物集市上，有人出售古铁条，古铁条有三尺多长，宽二寸有余，形状像半个皮制束衣带，中空而外面生锈，两面隐隐有突起，不知道是什么东西。有人拿到集市上想换数十文钱，但是没有人愿意多看一眼。过了好几年，有三四个高丽使者，在一旁观察铁条很久，询问说："此铁卖多少钱？"卖铁者谎称："五百钱。"使者立刻拿出五百文给了卖铁者。卖铁者犹疑不决，随即诡辩说："这本来是我邻居的东西，等我问问主人。"过了一会儿，使者又来。卖者说："之前说的价钱有误，主人说非五两银子不卖！"使者随即拿出五两银子，没有丝毫为难的表情。这人又狮子大开口地说："你们误会了，集市上的话，是以大概数目来说话，五两银子意思是五十两银子。"使者说："我也不吝惜这五十两银子，但是你不能再反悔了。"卖铁者心说：一根废铁条，可以卖到五十两银子，假使错过这个买主，就是要价数十文也没人买啊。于是说："我这根铁条卖你这么多钱，保证不会再后悔。但是请您告诉我，这根铁条叫什么名字？"使者要求先定下约定，而后再告诉他。

时观者渐众，使客乃举五十金畀鬻铁者，而以若带者付其徒乘马疾驰去。度其去远，始告众曰："此名定水带，昔神禹治水时，得此带九，以定九区，平水土。此乃九之一，若携归吾国，价累钜万，岂止五十金而已哉？"又问得此何所用，使客曰："吾国航海，每苦海水咸不可饮。一投水带其中，虽咸卤立化甘泉，可无病汲，是以足珍耳。"市有好事随至高丽馆，请试验之。遂命汲苦水数石，杂盐搅之，投以水带，水沸作鱼眼数十。少顷，掬水饮之，甘冽乃胜山泉。遂各叹服而去。

【译文】这时，围观的人越来越多，使者拿出五十两银子给了卖铁人，把带子交给他的随从，随从乘马疾驰而去。使者估计随从已走远，才告诉众人说："此物名叫定水带，当初大禹治水时，得到九条这种带子，用以区分九区，平定水土。这是九个带子中的一个，如果把它带回我国，价钱会涨到巨万，岂止区区五十两银子？"又问它有什么用，使者回答说："我国人扬帆出海，经常苦恼海水太咸而不能饮用。把水带投入海中，苦咸的海水立刻就变为甘泉，再饮用就不会有问题了，因而此带弥足珍贵。"集市上有好事的人跟随使者来到高丽使馆，请他试验给大家看。使者于是命人取来数石苦水，又放进一些盐搅拌，再投以水带，水面冒出众多气泡。过了一会儿，掬水饮用，甘冽胜过山泉。于是众人各自叹服离去。

鬻铁者言，闯陷京师时，得自老中贵①，盖先朝大内②物也。嗟嗟！自经变故以来，凡天府③奇珍异宝，流散人间、泯泯无闻者，何可胜数？独是带为高丽使所赏识，顿增身价百倍，不胫而走海外。物之显晦，固自有时哉！

【注释】①中贵：即中官、宦官。古代泛指皇帝宠爱的近臣。②大内：皇宫、天子的居所。③天府：朝廷的府库。

【译文】卖铁的人说，李自成攻陷京师时，他从一个老太监那里得到这个东西，是明朝宫廷之物。唉！自从改朝换代以来，朝廷府库里的奇珍异宝，流落到民间而不被人知，这样的事情太多了，又怎么数得过来？只有此铁带被高丽使者所发现，身价顿增百倍，被带到海外。物品的彰显或隐藏，自有它的时机！

张山来曰：既是神禹时物，不识高丽使人何以知之？殆不可解。

【译文】张山来说：既是大禹时期的神物，不知高丽使者何以知道的这么清楚？真是让人不能理解。

唐仲言传

周亮工减斋

【题解】本篇是《虞初新志卷十六》的第七篇。唐仲言，名汝询，是明末著名学者与诗人，五岁时双眼失明。就是这样一位从小失明的盲人，依靠双耳，听人讲学，最后却成为了著名的学者与诗人。

唐仲言[①]，名汝询，华亭人，世业儒。仲言生五岁而瞽，未瞽即能识字，读《孝经》成诵。及瞽，但默坐，听诸兄呫哔（tiè bì）[②]而暗识之，积久遂淹贯[③]。婚冠既毕，益令昆弟辈取六经子史以及稗官野乘，皆以耳授。颠末原委，默自诠次[④]，纯颣（lèi）瑜瑕，剖别精核，盖从章句之粗，以冥搜[⑤]微妙，心画心通，罔有遗堕矣。于是遂善属文，尤工于诗。海内人士，踵门[⑥]造谒。仲言每一晋接，历久不忘，与之商榷今古，继以篇什[⑦]。千言百首，成之俄顷，而音吐铿然，使听者忘疲。子侄门徒辈，从旁抄录，一字亥豕[⑧]，辄自觉察，不可欺也。貌甚寝而心极灵，常解唐诗。其所掇拾古文以为笺注者，自习见以及秘异[⑨]，溯流从源，搜罗略尽，然必先经后史，不少紊淆。虽诗赋之属，所援引亦从年代次序之。如某字某句，秦、汉并用，则必博采秦人，不以汉先。详赡[10]致精，有若此也。所著有《偏蓬集》《姑篾集》及《唐诗解》，共若干卷行于世。钱虞山云：“唐较杜诗，时有新义。如解‘沟壑疏放’句，云出于《向秀赋》‘嵇志远而疏，吕心放而旷’，亦前人所未及也。”

【注释】①唐仲言：唐汝询，字仲言，华亭人，明末清初学者。②呫哔：亦作“呫毕”，“佔毕”。泛指诵读。③淹贯：博通、深通。④诠次：编次排列。⑤冥搜：尽力寻找，搜集。⑥踵门：登门，亲至其门。⑦篇什：诗经的雅、颂十篇为一什，后称诗卷为篇什。⑧亥豕：指因文字的形体相近而致传抄或刊刻错误。⑨秘异：谓秘藏奇异少见的书籍。⑩详赡：充盈饱满，也可以指详细丰富；详细充实。

【译文】唐仲言，名汝询，华亭人，家里世代以儒学为业。唐仲言五岁时眼睛失明，他未失明前就能识字，能熟练诵读《孝经》。失明后，他静坐在那里，倾听诸位兄长诵读诗书，自己就暗记在心里，积累时间久了，他的学问就精深渊博。成年婚礼以后，唐仲言又让同辈的人取来六经、子集、史书以及一些野史，通过别人诵读来进行学习。史料的先后年代，事件的前因后果，都暗自在心中编列次序。所学知识的精华糟粕，都一一进行甄别考核。从粗略大概的语意中，尽力搜寻其中的深刻内涵，用心把它们勾画出来，用心将它们融会贯通，尽力做到没有遗漏。唐仲言因此擅写文章，尤其擅于作诗。四海人士，都慕名登门造访。唐仲言每接见一个人，都历久不忘，与他们探讨古今学问，继而汇集成文集。唐仲言片刻间即能完成千言文章，百首诗句，他吟诵诗文声音宏亮，使听者忘却疲惫。他的子侄门徒，在一旁抄录谈话内容，即使是一字之误，唐仲言能立即觉察，诚不可欺。唐仲言虽然貌丑但心思灵敏，经常解析唐诗。他搜集考证古文并把结果写在笺纸上，他所考证的资料，从常见的书籍到珍藏的秘本，追本溯源，尽力搜寻。他引用资料，以经书优先，其后才是史书，极有次序，没有丝毫混乱。即使是诗赋之类，他所援引的内容，也是按年代次序选取。如某字某句，秦、汉都有注解，就一定采用秦人的注解，而不会首先考虑采用汉朝的。唐仲言做学问，就是如此的精致细心。唐仲言所著有《偏蓬集》《姑篾集》及《唐诗解》等文集，共若干卷流行于世。钱虞山曾说："唐仲言注释的杜甫诗，总是有新义。如解"沟壑疏放"一句，说是出于《向秀赋》"嵇志远而疏，吕心放而旷"，也是前人所不曾提及的。"

张山来曰：古之瞽者，如师旷[①]之徒，类多神解[②]。或以为啬于目故专于心，想亦理当然耳。

予向旅寓京师，居停主人[③]双眸炯炯，同寓两人，其一为瞽者，其一眇一目，因号独眼龙。苟询以京师中昨日有何事，今日有何事，瞽者无不知，独眼龙知十之六七，居停主人仅识十之四五而已。附记于此，以供谈柄。

【注释】①师旷：人名。字子野，春秋时晋国乐师。生卒年不详。以善辨音律著名。②神解：悟性过人。③居停主人：寄寓之所的主人。

【译文】张山来说：古代眼睛失明的人，就如师旷之辈，大多悟性过人。大概是因为眼睛看不见，就专注于用心来思考，想来也是这个道理。

我从前旅居京师，寄寓之所的主人双目炯炯有神，同住的还有两人，其中一位为盲人，另一位瞎了一只眼睛，被称为独眼龙。如果询问昨天京城中发生了什么事，今日有什么事，盲人基本全都知道的，独眼龙能知十分之六七，寓所主人仅能知道十分之四五而已。把这则往事附记于此，以作为谈资。

李公起传

周亮工减斋

【**题解**】本篇是《虞初新志卷十六》的第八篇。李公起，虽然天生耳聋，却才智出众，又重孝悌之道。他因为耳聋口哑而无法向人咨询疑难，便在经史中畅游寻找答案，日积月累，终于成为一代学问大家。

李公起，名峻，鄞（yín）县人。父子静，官侍御，出按①辽阳，卒于任。公起堕地而聋，虽聋，岐嶷（nì）②孝弟。发及额，侍御公讣③至，号恸无昼夜，咽枯而嘶。凡五日，水浆不入口，乃更哑。免丧④，始尽取先世藏书纵读之，手自校雠⑤，虽凌寒溽暑，弗倦也。既聋而问难辨证之路永绝，凡有疑义，俱于经史中嘿⑥自剖析，无所罔殆。性好客，邮筒走天下，四方学士大夫亦乐趋之。宾主以案，相通以笔。有问奇者，则载纸往。粗及农桑，微如佛老⑦。迨国家所有旂常⑧典故、户口边疆，叩之必应，咸尽精核。或既书与客，又自寻绎⑨，幽奇毕呈，而终无遗佚，转更遐畅矣。晚年尤好种植，奇花异卉，常满阶庭。舍旁有斐园、竹波轩、青罗阁诸胜，咸与客游处。性既宁澹，好学之外，嗜欲益清，反觉口耳为烦也。

行世[⑩]有《盟鸥集》《郢雪编》《永誉录》《砚史》，凡若干卷。

【注释】①出按：出外巡察。②岐嶷：形容小孩子才智出众、聪明特异。③讣：报丧，报丧的通知。④免丧：脱除父母的丧服。⑤校雠：校对书籍，以正误谬。⑥嘿：同“默”。⑦佛老：佛教和道教。因为佛教由释迦牟尼佛创立，而道教尊老子为教主，所以用佛老来代表佛教和道教。⑧旂常：旂：同“旗”。旂常：旂与常，是两种旗帜。旂上画交龙，常上画日月，是王侯所用的旗帜。因此借指王侯。⑨寻绎：反复探索，推求。⑩行世：流行于世；问世。

【译文】李公起，名峻，鄞县人。父亲李子静，官居侍御史，在辽阳任职，于任上去世。李公起出生时就耳聋，虽耳聋，却才智出众，又知孝悌之道。他年纪很小时，父亲去世的消息传来，李公起昼夜号哭，嗓子都哭哑了。总共五天，他都没有喝水，嗓子更加嘶哑了。为父服丧完毕后，李公起就把先人的藏书都取出来，尽心研读，亲自校对考证，即使严寒酷暑，也不倦怠。因为耳聋，李公起无法向人请教疑难问题，因此凡有疑问，李公起都在经史中，独自研究剖析，问题都能解决，没有什么迷惘模糊之处。李公起生性好客，靠着书写与人交流，遍交天下之士，四方的学子士大夫也都乐于和他结交。宾主在几案前，以笔沟通。有想要向他请教学问的人，就带着纸前往。从农桑稼穑，到佛学道教，李公起都有涉猎。有关国家的诸侯典故、户口边疆等问题，李公起也是有问必答，都能说道要点。有时写信回答客人的问题之后，李公起自己又会反复推敲，问题涉及到的隐晦含义，奇妙见解，都能被他一一发掘出来，他考证资料也没有遗漏，使问题回答的更加圆满无误。李公起晚年尤其喜好种植花草，奇花异草常种满庭院。李公起屋舍旁有斐园、竹波轩、青罗阁等胜景，他与客人一同在其中游览观赏。李公起性情宁静澹泊，除了喜好学问之外，欲望很少，反而觉得口耳会给人带来很多烦恼。他流行于世的有《盟鸥集》《郢雪编》《永誉录》《砚史》等文集若干卷。

张山来曰：以一人而兼聋哑二病，乃能淹博贯穿如此，那得不令人敬服？使此君与唐仲言相遇，则两无所见其奇矣。

【译文】张山来说：一人兼有聋哑两种病，学问却能如此广博精深，如何不令人敬服呢？假使李公起与唐仲言相遇，那他们两人都不会见识到各自的独到之处了吧！

书郑仰田事

钱谦益牧斋

【题解】本篇是《虞初新志卷十六》的第九篇。郑仰田，一代奇人，擅长拆字占卜，后以此术行走天下，测字占卜及其灵验，屡试不爽。此篇即他的好友钱谦益记录他清静淡泊、不畏权贵、精通术数、重情重义的传奇一生。

郑仰田者，泉之惠安人，忘其名。少椎鲁[①]，不解治生[②]，其父母贱恶[③]之，逃之岭南，为寺僧种菜。寺僧饭僧及作务人，仰田面黧黑，补衣百结[④]，居下坐，自顾踧踖（cù jí）[⑤]无所容。有老僧长眉皓发，目光如水，呼仰田使上，指寺僧曰："汝等皆不及也！"寺僧怒，噪而逐仰田。旬日无所归，号哭于野外。老僧迎谓曰："吾迟子久矣！"偕入深山中，授以《拆字歌诀》。月余，遂能识字，因授以青囊、袖中、壬遁、射覆[⑥]诸家之术，无所不通晓。其行于世，以观梅拆字为端，久而与之游，能知人心曲隐微，及人事世运之伏匿，亦不言其所以然也。

【注释】①椎鲁：愚钝。②治生：经营生计。③贱恶：轻视厌恶。④百结：多次缝补。比喻衣服破旧。⑤踧踖：恭敬而不安的样子。⑥青囊：古代术数家盛书和卜具之囊。借指卜筮之术。袖中：古人计算时两手在袖中进行，借指计算方法。壬遁："六壬"与"遁甲"的并称。射覆：原为一种猜物游戏。将物品藏在碗盆下，让人猜想，也用来占卜。

【译文】郑仰田，不知道他的名，仰田是他的字，是泉州惠安人。年少时很愚钝，不会经营生计，他的父母也轻视厌恶他，郑仰田无可奈何，逃到岭南，为寺庙里的僧人种菜。成了寺庙里的饭僧及作杂务的人，郑仰田面色黧黑，衣服补了又补，破旧不堪，在众僧中居于末座，自己总是恭敬而又局促不安，只怕没了容身之地。有位老僧长眉白发，目光如水，招呼郑仰田上前，指着他对寺僧们说："你们皆不及他！"寺僧大怒，吵嚷着把郑仰田驱逐出去。郑仰田在外面呆了十多天，无处可去，想想自己的苦难身世，就在野外嚎啕大哭。老僧去找他，并对他说："我已等你多时了！"就带着郑仰田来到深山中，教给他《拆字歌诀》。短短一个月，郑仰田就能识字，老僧又教他青囊、袖中、壬遁、射覆等诸家之术，郑仰田都能学会。后来，郑仰田行走于世间，以观梅拆字术为人拆字占卜，时间久了，郑仰田便能知道别人心里的隐秘，以及世人的命运和世道的更替，但从不说出其中的原因。

天启初，将卜相[①]，南乐[②]指"全"字为占。仰田曰："全字从人从王，四画，当相四人。"问其姓名，曰："全字省三画为土，当有姓带土者；省四画为丁，当有姓丁者；省两画纵横为木，当有名属木者；以所省之文全归之，当有名全者。"南乐曰："木非林尚书乎？"曰："独木不成林，名者，非姓也。"已而拜莆田、贵池、元城、涿州四相，一如其言。晋江李焻与奄党吴淳夫有郄，指"吞"字以问。仰田曰："彼势能吞汝，非小敌也。从天从口，非其人吴姓乎？""然则何如？"曰："吴以口为头，彼头已落地矣，汝何忧？”逾年而吴伏法。魏奄召仰田问数，仰田蓬头突鬓，踉跄而往，长揖就坐。奄指“囚”字以问，群奄列侍，皆愕眙失色。仰田徐应曰：“囚字，国中一人也！”奄大喜。出谓人曰：“囚则诚囚也，吾诡词以逃死耳。”之白门[3]。奄势益炽，俞少卿密扣之。仰田昼奄卧屋梁下，梁上有断绠下垂，仰田指之曰：“如此矣”！未几，奄果自缢。其射决[4]奇中，不可悉数，宋谢石[5]不足道也。

【注释】①卜相：占卜看相以断吉凶。②南乐：指魏广微，河南大名府南乐县人，是魏忠贤党羽，后得罪魏忠贤辞官回家。③白门：南京的别称。④射决：占候卜筮。⑤谢石：字润夫，生于四川成都，南北宋之交时人，是测字行业的开山人物，有“测字圣手”之称。

【译文】天启初年，郑仰田占卜谁会入阁拜相，魏广微指了一个“全”字让郑仰田占卜。郑仰田说：“全字从人从王，四画，应当选出四人。”询问这些人的姓名，郑仰田说：“全字省三画为土，应当有姓氏中带土的人；省四画为丁，应当有姓丁的人；省两画纵横为木，应当有名字中带木的人；把所省部分全归到一起，应当有名字里面带全字的人！”魏广微说：“木难道是指林尚书吗？”郑仰田回答说：“独木不成林，是指名，不是姓。”后来，莆田人周如盘、贵池人丁绍轼、元城人黄立极、琢州人冯铨四人入阁拜相，这四人的名字都如郑仰田所言。晋江人李焻与阉党魏忠贤的党徒吴淳夫有嫌隙，写了个“吞”字请郑仰田占卜。郑仰田说：“此人的势大能吞下你，不是小敌。吞字从天从口，莫非这个人姓吴？”李焻又问：“是姓吴，以后会怎么样呢？”回答说：“吴以口为头，他的头快要落地了，你还担忧什么呢？”过了一年，吴淳夫果然被处斩。阉党魏忠贤召郑仰田来测字占卜，郑仰田蓬头垢面，踉跄前往，长揖后就坐。魏忠贤指着“囚”字问卜，一群宦官在一旁侍奉，都愕然失色。郑仰田慢慢说道：“囚字，国中一人也！”魏忠贤大喜。郑仰田出来对人说："囚就代表将要成为囚徒的意思，我以谎言欺骗他，以免被他所害。"郑仰田后来到了南京。当时阉党的势力更加猖獗，俞彦，俞少卿秘密来拜访他，想知道魏忠贤的下场。当时，郑仰田正大白天躺在屋梁下休息，梁上有断绳垂下，郑仰田指着断绳说："他的下场就是如此了"！果然没过多久，魏忠贤就自缢而亡了。他的占卜总是出奇的准确，这样的例子数不胜数，就算是宋朝的谢石也不值得称道了。

丙子冬，前知余有急征[①]之难，自闽来视余，自清江浦[②]徒步入长安[③]，为余刺探狱缓急。余抵德州，复自长安徒步来报。年八十二矣，行及奔马，两壮士尾之不能及。至郑州，风霾[④]大作，脱鞋袜系之两臂，赤脚走百里，上程氏东壁楼，日未下舂[⑤]，神色闲暇，鼻息咰咰然。谈笑大噱[⑥]，至分夜而后寝。临行谓余："七月彼当去位[⑦]，公之狱解矣。然必明年而后出，吾当以残腊[⑧]过虞山，为太夫人庀（pǐ）窀穸（zhūn xī）[⑨]之事，公毋忧也。"余归，数往招之。己卯春，将襆被[⑩]访余，忽谓家人曰："明日有群僧扣门乞食，具数人餐以待，吾亦相随往矣。"质明，沐浴更衣，若有所须。群僧至，饮毕，入室端坐，奄然而逝。

【注释】①急征：急诏赴狱。②清江浦：古地名，大致范围在今江苏省淮安市清江浦区一带。③长安：西安的古称，这里代指京师北京。④风霾：大风带起的灰尘。⑤下舂：称日落之时。⑥大噱：大笑。⑦去位：离开官位，卸职。⑧残腊：亦作"残臈"。农历年底。⑨太夫人：汉制，列侯之母称太夫人。后来凡官僚、豪绅的母亲不论在世与否，均称太夫人。庀：备办。窀穸：墓穴。⑩襆被：用包袱裹束衣被，意为整理行装。

【译文】 丙子年冬季，郑仰田事先知道我有牢狱之灾，从福建专程来探望我，他从清江浦徒步来到京师，为我打探温体仁准备逮捕我入狱的事情。我抵达德州时，他又从京师徒步来德州告知消息。当时郑仰田已经八十二岁了，但是走起路来像快马一样，两个壮汉跟在他后面都赶不上他。到了郑州，风尘满天，郑仰田脱掉鞋袜把它们系在两臂之上，赤脚走了上百里路，他登上程泰的东壁楼时，太阳还未落山，但见他气定神闲，鼻息顺畅自然，与平时没什么两样。郑仰田与大家谈笑风生，到了后半夜才就寝。临行时对我说："七月，温体仁就会离开官位，你的牢狱之灾就算解了。因此你要明年之后才能复出，我会在年底前去趟虞山，为你母亲处理选墓地及安葬事宜，你就不用担忧了。"我回去后，数次邀请郑仰田前来做客。己卯年春季，郑仰田正整理行装，准备来看我，忽然对家人说："明日有一群僧人来上门乞食，准备几个人的饭食招待他们，我也会随他们而去。"天刚亮，郑仰田就沐浴更衣，若有所思。不一会儿，群僧到来，吃完饭，郑仰田入室端坐，溘然长逝。

仰田遇人，无贤愚贵贱，一揖之外，箕踞啸傲①，终日不知有人。人遗之钱帛即受，否亦不计。每见人深中多傲岸自好者，辄微言刺其隐，人亦不敢怨，惧其尽也。余尝谓仰田："公非术士，古之异人也。"仰田笑曰："吾行天下大矣，莫知我为异人；然则公亦异人也。"又尝语曰："吾重茧②狂走，为公急难，侯嬴有言：'七十老翁，何所求哉？'士为知己者死，纵令斫吾头去，颈上只一穴耳。"临终，谓其子曰："三年后，往告虞山；更数年，寻我于虎丘寺之东。"仰田信人也，其言当不妄，书其语以俟之。

【注释】 ①啸傲：放歌长啸，傲然自得。②重茧：手脚上的厚茧。多指跋涉辛苦。

【译文】郑仰田待人，无论贤愚贵贱，一视同仁，除了见面一揖之外，就箕踞而坐，傲然自得，终日好像不知有人在身旁。郑仰田给人占卜后，有人给钱，他就接受，不给的也不计较。每次看见那些倚仗财势，傲慢自大的人，就用隐晦的言语，讽刺他们那些见不得光的事情，这些人也不敢有任何怨言，害怕郑仰田把他们的丑行告诉别人。我曾对郑仰田说："你不是术士，而是古时候的奇人。"郑仰田笑着说："我行走天下，去过的地方很多了，没有人知道我是奇人；然而你也是奇人啊。"又曾对我说："我曾因你有急难，辛苦跋涉，侯嬴曾说过：'七十老翁，何所求哉？'士为知己者死，纵使砍掉我的头颅，脖子上也只是一个窟窿罢了。"临终时，郑仰田对他的儿子说："三年后，去告诉钱公，让他再过几年，到虎丘寺东面寻我。"郑仰田是个讲究诚信的人，不会说谎话，我记录下他的话，来等待验证的那一天。

张山来曰：仰田以异人自负，唯牧斋知之，彼即有知己之感。然则异人亦好名乎？

【译文】张山来说：郑仰田以奇人自夸，只有钱谦益知道这件事，那是郑仰田将钱谦益视为知己的原因。然而奇人也好虚名吗？

记吴六奇将军事

钮琇玉樵

【题解】 本篇是《虞初新志卷十六》的第十篇。铁丐吴六奇少年沉迷赌博，导致倾家荡产，沦为乞丐，幸遇名士孝廉查伊璜，得其资助返乡。后于改朝换代之时，建功立业。功成名就后，吴六奇不忘查先生的知遇之恩，以涌泉相报。

海宁查孝廉培继，字伊璜，才华丰艳，而风情潇洒，常谓“满眼悠悠，不堪酬对，海内奇杰，非从尘埃①中物色，未可得也。”家居岁暮，命酒独酌。顷之，愁云四合，雪大如掌，因缓步至门，冀有乘兴佳客，相与赏玩。见一丐者，避雪庑下，强直而立。孝廉熟视良久，心窃异之，因呼之入，坐而问曰：“我闻街市间，有手不曳杖，口若衔枚，敝衣枵（xiāo）腹②，而无饥寒之色，人皆称为‘铁丐’者，是汝耶？”曰：“是也。”问：“能饮乎？”曰：“能。”因令侍童，以壶中余酒，倾瓯与饮。丐者举瓯立尽。孝廉大喜，复炽炭发醅（pēi），与之约曰：“汝以瓯饮，我以卮酬，竭此醅乃止。”丐尽三十余瓯，无醉容。而孝廉颓卧胡床矣。侍童扶掖入内，丐逡巡出，仍宿庑下。达旦雪霁③，孝廉酒醒，谓其家人曰:“我昨与铁丐对饮甚欢,观其衣极褴褛,何以御此严寒?亟以我絮袍与之!”丐披袍而去,亦不求见致谢。

【注释】①尘埃:比喻社会的低下阶层。②敝衣枵腹:衣破肚饥。形容生活困顿。③霁:雨雪停止,天放晴。

【译文】浙江海宁的查培继孝廉,字伊璜,才华横溢,风流潇洒,他常说“满目所见,都是庸碌之人,不值得应酬答对,天下豪杰,如果不从市井中寻访,就无法找到。”某年末,查孝廉在家闲居,置酒独饮。不一会儿,天空中阴云密布,如手掌般大的雪花漫天飞舞。查孝廉缓步来到门前,希望遇到乘兴赏雪的游客,与他一起赏雪饮酒。看见一个乞丐,在廊下避雪。乞丐身姿挺拔。查孝廉观察了许久,心里暗自感到奇怪,就把乞丐叫了进来,请他坐下后问道:“我听说街市上,有个不拿手杖,少言寡语,衣食不周,却面无饥寒之色,人称‘铁丐’的人,是你吗?”。回答说:“是的。”查孝廉问:“你能喝酒吗?”答:“能”。查孝廉于是让侍童把壶中剩下的酒,全都倒进杯中递给他。铁丐举杯一饮而尽。查孝廉大喜,又让人烧炭热酒,和铁丐约定说:“你用碗喝,我以杯饮,咱们把这坛子酒喝完为止。”铁丐一连喝了三十余碗,无一点儿醉意。而查孝廉却已醉卧胡床起不来了。侍童搀扶着查孝廉进入内室,铁丐仍然退回到廊下。等到第二天早上雪停天晴,查孝廉的酒也醒了,对家人说:“我昨天与铁丐对饮甚是开心,我看他的衣服破旧不堪,怎么能抵御严寒呢?快去把我的棉袍拿给他。铁丐披着棉袍离开了,也不来拜见致谢。

明年,孝廉寄寓杭之长明寺。暮春[①]之初,偕侣携觞,薄游[②]湖上。忽遇前丐于放鹤亭侧,露肘跣足,昂首独行。复挈之归寺,询以旧袍何在,曰:“时当春杪[③],安用此为?已质钱付酒家矣!”

孝廉奇其言，因问：“曾读书识字否？”丐曰：“不读书识字，不至为丐也。”孝廉悚然心动，薰沐而衣履之。徐谂（shěn）其姓氏里居。丐曰：“仆系出延陵，心仪曲逆，家居粤海[4]，名曰六奇。只以早失父兄，性好博奕，遂致落拓江湖，流转至此。因念叩门乞食，昔贤不免；仆何人斯，敢以为污？不谓获遘明公，赏于风尘之外，加以推解[5]之恩。仆虽非淮阴少年[6]，然一饭之惠，其敢忘乎？”孝廉亟起捉其臂曰：“吴生固海内奇杰也！我以酒友目吴生，失吴生矣！”仍命寺僧沽梨花春一石，相与日夕痛饮。盘桓累月，赠以扉屦[7]之资，遣归粤东。

【注释】①暮春：春天最后一段时间，指农历三月。②薄游：漫游，随意游览。③杪：指年月或四季的末尾。④延陵：古邑名，大约在今常州、江阴、丹阳等吴地沿江一带地区。曲逆：地名，在今河北顺平东南，这里指曲逆侯陈平。粤海：指中国南部广东一带的海域，又作为广东或广州的代称。⑤推解：推食解衣。比喻慷慨施舍恩惠。⑥淮阴少年：指淮阴侯韩信，曾受漂母一饭之恩，韩信富贵之后，以千金回报。⑦扉屦：草鞋。常泛指行旅用品。

【译文】第二年，查孝廉寄住在杭州长明寺。暮春之初，查孝廉偕妻子带酒在西湖游玩，忽然在放鹤亭边遇见之前的铁丐，他露着胳膊赤着脚，昂首独行。查孝廉又把他带回寺里，询问他棉袍哪去了，铁丐说：“现在已经春末，哪里还用得着棉袍呢？已经抵押换钱买酒喝了。”查孝廉对铁丐的话感到诧异，于是问他：“曾读书认字吗？”铁丐说：“如果不是因为读书识字，还不至于沦为乞丐呢。”查孝廉听到这话感到很惊讶，为他熏香沐浴，又让他换上新的衣服鞋袜。慢慢地询问他的姓名和故里。铁丐说：“我出生在延陵，非常仰慕曲逆侯陈平，现在家住广东，名叫六奇。只因很早就失去了父兄，又喜欢赌博，结果输光了家产，所以才落魄江湖，辗转至此。我想到上门乞食，就是古时的贤人也在所难免；我是什么人，怎敢把这当成不体面的事呢？所以就以乞讨为生。没想到能够遇上您，对我这样的市井之徒欣赏有加，又慷慨给予恩惠。我虽不是淮阴侯韩信，但是您的一饭之恩，我又怎么敢忘呢？”查孝廉急忙走上前，抓住铁丐的手臂说：“吴生原来是海内的豪杰啊！我以酒友看待吴生，差点误会了吴生啊！”于是命寺僧买来一石梨花春酒，与铁丐日夜痛饮。铁丐在查孝廉这里停留了几个月，查孝廉赠给他盘缠，让他回到广东。

六奇世居潮州，为吴观察道夫之后，略涉诗书，耽游卢雉①，失业荡产，寄身邮卒。故于关河孔道②，险阻形胜③，无不谙熟。维时天下初定，王师由浙入广，舳舻（zhú lú）④相衔，旗旌钲鼓，喧耀数百里不绝。凡所过都邑，人民避匿村谷间，路无行者。六奇独贸贸然来，逻兵执送麾下，因请见主帅，备陈：“粤中形势，传檄可定。奇有义结兄弟三十人，素号雄武，只以四海无主，拥众据土，弄兵潢池。方今九五当阳，天旅南下，正蒸庶徯苏⑤之会，豪杰效用之秋。苟假奇以游札三十道，先往驰谕，散给群豪，近者迎降，远者响应，不逾月而破竹之形成矣。”如其言行之，粤地悉平。由是六奇运筹之谋，所投必合；扛鼎之勇，无坚不破，征闽讨蜀，屡立奇功。数年之间，位至通省水陆提督。当六奇流落不偶时，自分以污贱终。一遇查孝廉，解袍衡门，赠金萧寺，且有海内奇杰之誉，遂心喜自负，获以奋迹行伍，进秩元戎⑥，尝言“天下有一人知己，无若查孝廉者”。

【注释】①卢雉：泛称掷骰赌博。②关河：关塞；关防。泛指山河。孔道：通往某处必经之关口。③形胜：地理形势优越险要。④舳舻：船尾和船头，泛指船舰。⑤蒸庶：民众；百姓。徯苏：期待苏息。⑥进秩：进升官职；增加俸禄。元戎：主将，统帅。

【译文】吴六奇家世代居住在潮州，是明朝观察使吴道夫的后人，他略微读过一点诗书，但是沉迷赌博，导致倾家荡产，为了生计最后做起了邮差。因此吴六奇对于全国各地的关卡河流，险要地形等无不熟悉。当时天下刚刚平定，清兵由浙江进入广东，战船首尾相接，旗旌钲鼓喧耀数百里不绝。凡清兵经过的市镇，人们都藏匿在乡下山野之中，路上一个行人都没有。只有吴六奇独自一人贸然出行，被巡逻的士兵抓住，送到军中，吴六奇趁机请求拜见主帅，极力陈述说："平定广东，只需要一纸檄文就足以了。我有三十个结义兄弟，也都是英雄豪杰，只因天下混乱，才聚众占地，以待合适时机。如今真命天子当政，大军南下，百姓们正期望能够平息干戈，天下豪杰正等待施展抱负。如果给我三十封空白委任状，让我前去发布将军的命令，把委任状颁发给各地豪杰，那么近处的人就会投降，远处的人也会响应，不出一个月，就会在广东形成破竹之势。"清军主帅按照吴六奇的话去做，很快平定了广东地区。自此之后吴六奇运筹谋划，鲜有落空；攻城拔寨，无坚不克，征闽讨蜀，屡立奇功。数年之内，吴六奇官至水陆提督。当吴六奇沦落街头，时运不济时，自以为会卑贱终老，直至遇到查孝廉，解袍相赠，又在长明寺赠与资财，并且给予了天下奇杰的称誉，于是他内心喜悦，欣然自得，得以在军队里发迹，加官进爵，统领大军，吴六奇曾说："天下如果有人能了解我，那么就只有查孝廉了。"

康熙初，开府循州，即遣牙将[①]持三千金存其家，另奉书币[②]，邀致孝廉来粤，供帐[③]舟舆，俱极腆备。将度梅岭，吴公子已迎候道左[④]，执礼甚恭。楼船萧鼓，由胥江顺流而南，凡辖下文武僚属，无不愿见查先生，争先馈赠，筐绮囊珠，不可胜纪。去州城二十里，吴躬自出迎，八驺前驰，千兵后拥，导从仪卫[⑤]，上拟侯王。既迎孝廉至府，则蒲伏泥首[⑥]，自称："昔年贱丐，非遇先生，何有今日？幸先生辱临，糜丐之身，未足酬德！"居一载，军事旁午[⑦]，凡得查先生一言，无不立应。义取[⑧]之资，几至巨万。其归也，复以三千金赠行，曰："非敢云报，聊以志淮阴少年之感耳。"

【注释】①牙将：副将。②书币：书信礼物。③供帐：亦作"供张"。陈设供宴会用的帷帐、用具、饮食等物。亦谓举行宴会。④道左：道路旁边。泛指路旁。⑤导从：古时帝王、贵族、官僚出行时，前驱者称导，后随者称从，因谓之导从。仪卫：仪仗与卫士的统称。⑥蒲伏：犹匍匐。伏地而行。泥首：以泥涂首，表示自辱服罪。后指顿首至地。⑦旁午：亦作"旁迕"，交错，纷繁。⑧义取：指用正当手段取得报酬或利益。

【译文】康熙初年，吴六奇在循州任督抚，随即派副将带着三千两银子送到查孝廉家里，又派人带着书信和礼物，邀请查孝廉来广东，一路之上，车船食宿，极具完备。将要到梅岭的时候，吴家公子已在路旁等候了，执礼甚是恭敬。于是乘楼船，奏萧鼓，从胥江顺流南下，沿途吴六奇所辖的文武僚属，都来拜见查先生，争相馈赠，丝绸珠宝，不可胜数。离循州城二十里时，吴六奇亲自出来迎接，前有侍从开路，后有重兵护卫，仪仗扈从的规模，可与王侯相比。把查孝廉迎入府后，吴六奇就匍匐在地，叩首感谢，自称："当年卑贱的乞丐，如果不是遇到先生，哪会有今天呢？幸得先生屈尊光临，对我这个曾经的乞丐来说，难以报答您的大恩大德！"查孝廉在吴六奇家住了一年，吴六奇虽然军务繁忙，但凡查先生吩咐下的事情，马上就照办。查孝廉所得的资财，也达巨万。等到查孝廉将要回家的时候，吴六奇又赠给他三千两银子，说："不敢把这些作为对您的报答，姑且用来表达一下

'淮阴少年'的感激之情吧。"

先是，苕中有富人庄廷钺者，购得朱相国《史概》，博求三吴名士，增益修饰，刊行于世。前列参阅姓氏十余人，以孝廉夙负重名，亦借列焉。未几，私史祸发，凡有事于是书者，论置极典[①]。吴力为孝廉奏辩得免。孝廉嗣后益放情诗酒，尽出其橐中装，买美鬟十二，教之歌舞。每于良宵开宴，垂帘张灯，珠声花貌，艳彻帘外，观者醉心。孝廉夫人亦妙解音律，亲为家伎拍板，正其曲误。以此查氏女乐，遂为浙中名部。

【注释】①极典：死刑。

【译文】当初，浙江湖州有个叫庄廷钺的富人，买到朱国桢的《史概》，他四处拜访江浙一带的名士进行修订，并将其刊行于世。书的前面列着参与修订的十几个人，查孝廉虽然没有参与此事，但因久负盛名，也被列在其中。没过多久，庄廷钺私修史书的祸事被揭发，凡参与修订人员，都被判处死刑。吴六奇极力为查孝廉上奏辩解才使他得以幸免。从那之后，查孝廉更加纵情于诗酒，他拿出所有财物，买了十二名貌美的丫环，教她们歌舞。选择良宵摆设酒宴，垂下珠帘，点上明灯，歌舞美人，观者无不心醉。查孝廉的夫人也是一位懂得音律之人，亲自为家伎打拍子，纠正她们曲调中的错误。查氏家里的这些女乐，逐渐闻名浙中。

昔孝廉之在幕府也，园林极胜，中有"英石峰"一座，高可二丈许，嵌空玲珑，若出鬼制。孝廉极所心赏，题曰"绉云"。阅旬往视，忽失此石，则已命载巨舰，送至孝廉家矣。涉江逾岭，费亦千缗。今孝廉既没，青蛾老去，林荒池涸，而“英石峰”岿然尚存。

【译文】以前查孝廉在吴六奇幕府的时候，吴家的园林美不胜收，里面有一座“英石峰”，高两丈左右，凹凸玲珑，宛如鬼斧神工而成。查孝廉心里很是喜欢，给它取名为“绉云”。过了十来天再去看，发现石头不见了，原来吴六奇已经命人把石头装上大船，运到查孝廉家了。运送巨石，一路上需要爬山涉水，花费巨大。现今查孝廉已去世，家里的女乐也已老去，昔日郁郁葱葱的林木早已荒芜，池子里的水也干涸了，而“英石峰”却依旧矗立在那里。

张山来曰：闻吴将军乞食时，好以荻苇于地上判某日及草封字，英雄失意而志不馁如此。至其不忘查君之德，足可谓跫（qióng）然足音[①]矣！

【注释】①跫然足音：原指长期住在荒凉寂寞的地方，对别人的突然来访感到欣悦。后常比喻难得的来客。跫，脚步声。

【译文】张山来说：听说吴将军乞食时，喜欢用荻苇在地上占卜哪天可以出人头地，英雄虽然失意但却如此不气馁。他没齿不忘报答查先生的恩德，真可称得上是难得之举了！

卷十七

纪袁枢遇仙始末

毛际可会侯

【题解】本篇是《虞初新志卷十七》的第一篇。钱塘的书生袁枢在梦中梦到老道邀他修炼，他不愿意，还泄露了梦境，被老到喂服药丸，不能说话。后巡抚张公为他求得江西天师府的两道治哑灵符，这才恢复原状。

康熙庚辰正月廿六，钱塘庠生袁枢，字惠中，梦一长髯颁白者，自称崆峒道人，邀以入山，修炼三载，可证仙籍，且戒其弗泄。既寤，即与同人言及之。次夕复入梦云："再泄吾言，当令汝哑。"晨起，若有人促之行。至一亩田①，果见所梦道人，拉之同往，倏忽已至关外。枢以亲老固辞。道人投药一丸，恍然入腹，遂不能言。遇友引归，举家惶怖。

【注释】①一亩田：地名，位于杭州。

【译文】康熙庚辰年正月二十六日，钱塘庠生袁枢，梦见一位白胡子老者，自称崆峒道人，邀请他入山修炼三年，便可得道成仙，而且告诫袁枢不要泄露他们的谈话。袁枢醒后，就和同辈们谈起梦里的事情。第二天晚上袁枢又梦到老者对他说："再泄露我的话，就让你变哑。”袁枢早上起来，好像有人催促他前行。他来到一亩田，果然见到梦里的道人。道人拉着他一起走，片刻功夫就来到关外。袁枢以父母年老为由，坚决拒绝道人。道人把一粒丸药，猛然投入袁枢腹中，袁枢于是就不能说话了。后来袁枢遇到朋友，被引导着回到家中，全家都很恐慌。

中丞张公廉得之，知为观风①所拔士，询其始末，枢具以笔对。怜其贫，捐俸十金与之。遂下有司捕获，大索十日不得。其父具呈，乞移咨②江西天师府。七月十七日，方得天师移覆③，外给治哑符二道，并仰浙江杭州府城隍司公文。中丞公亟传枢，亲赍公文诣庙焚之。归即先吞一符，觉遍体烦惫，骨节有声。夜梦一人，手持城隍谕单，上书“廿六日子堂传袁生员面谕”。至期，复梦其引入神署。烛光中，见神冠服危坐，曰：“已遣金甲神往请真人矣。”少顷，见道人偕金甲神至，城隍延之宾坐。道人向枢曰：“因你有厄，故罚哑一年。”城隍曰：“天师文内令其能言，若仍哑，何以复命？”道人曰：“既天师传命，不满一年，亦宜半载为期。然此后仍当慎言耳。”遂命之归。至廿八日，又吞一符，以天师符内嘱间七日再服故也。八月初一子时，梦人令其发声，即语言如常；屈指果及半载。赴戟门④谢中丞，公曰：“天师来札云，为汝建坛作法，炼一金甲神来，三日有验，今信然矣。”

【注释】①观风：指清朝学政及地方官到任时，考核士子的学业，称为观风。②移咨：指移送咨文。③移覆：指移文回复。④戟门：立戟为门。古代帝王外出，在止宿处插戟为门。

【译文】巡抚张公，知道袁枢是地方选拔出来的士子，就询问他事情的始末，袁枢用笔撰文作答。张公怜悯他家贫，从自己的俸禄中，拿出十两银子捐助给他。并下令有司搜捕道士，有司大力搜索十日而没有结果。袁枢的父亲撰文，详述事情过程，并请求将文书转送江西天师府。七月十七日，才得到天师的回复，还给了两道治哑的灵符，并附有一道给浙江杭州府城隍司的公文。张公急忙传见袁枢，亲自拿公文到城隍庙焚烧。袁枢回家就先吞了一道灵符，感觉全身烦躁疲惫，骨节有声。夜里梦到一个人，手拿着城隍的手令，上面写着“二十六日子时，当堂传唤袁枢，进行询问”。到了二十六日，袁枢又梦到先前的那个人，引领他进入城隍庙。在烛光中，看见城隍穿着冠服正襟危坐，说：“已派遣金甲神前往请真人了。”不一会儿，袁枢见到道人和金甲神一同到来，城隍请他们坐下。道人对袁枢说：“因为你说错话，所以处罚你哑一年。”城隍说：“天师发文，让他恢复说话，如果他仍然口哑，怎么向天师复命呢？”道人说：“既然是天师传命，即使不用口哑一年，也应该至少半年。此后仍应当慎言啊。”于是命令袁枢回家。到二十八日，袁枢又吞下一道灵符，因为天师符内嘱咐，间隔七天再服用。八月初一子时，袁枢梦到神人让他发声，随即他就可以正常说话了，屈指算来正好半年了。袁枢到公署感谢张公，张公说：“天师来信说，为你建坛作法，炼一金甲神来，三日后就有验证，如今看来确实如此。”

其事颇涉怪，为儒者所不道。然昔人谓城隍之神，与山川、社稷坛等，岁时致祀，以示国家怀柔百神之意，不必实有其人也。乃袍服酬对，与人世达官无异。又世外仙人，惝（chǎng）恍[①]难信，而枢亲见之于城市中。城隍目为真人，必非妖魅可托。至天师爵秩相承，数千年来，自洙泗[②]外，鲜与比盛。今以其移覆中丞公书观之，则封号亦不为幸致[③]也。然非中丞公重士恤灾，委曲救拔，亦安能使天师建醮④遣神若是哉？

【注释】①惝恍：形容失意、不愉快的样子，也形容感知时间过得很快，恍若隔世。②洙泗：即洙水和泗水。古时二水自今山东省泗水县北合流而下，至曲阜北，又分为二水，洙水在北，泗水在南。春秋时属鲁国。孔子在洙泗之间聚徒讲学。后因以“洙泗”代称孔子及儒家。③幸致：侥幸得到。④建醮：为道士设法坛做法事。

【译文】袁枢的事也多涉及神怪，是儒家不会谈论的事情。然而从前的人们说城隍神，是与山川、社稷、坛神等同类的神灵，会一年四季受到祭祀，以显示国家安抚众神的意思，不一定确实有其神。本故事中的城隍也是穿着官袍的打扮，和人世间的官员没有差异。故事中提到的仙人，也难以让人相信，而袁枢在城中集市，亲眼看见他。城隍也把他当作真人，那么这个道人必定不是妖精所变化。天师爵禄代代相承，数千年来，除了孔子后人外，没有哪家能和他相比。如今从天师回复张公的信函来看，天师的封号也不是侥幸获得的。如果不是张公重视士人，体恤灾害，想法设法地解救，怎么能使天师建坛遣神呢？

枢语余云：“方哑时，友人母病，意中若有所叩，忽信笔书云：丁丑、丁丑，二人相守，玉兔东升，大家撒手。其母至丁丑日丑时而殁，至今不知其所以然也。”尤足诧异云。

【译文】袁枢对我说：“我口哑时，正好朋友的母亲生病，我心里好像有话要说，忽然提笔，随手书写道：丁丑、丁丑，二人相守，玉兔东升，大家撒手。结果朋友的母亲在丁丑日丑时去世，至今不知其中的原因。”我尤其对这件事情感到诧异。

张山来曰：天师有如此法力，其世袭也固宜。

【译文】张山来说：天师有如此的法力，他的世袭也是适宜的。

闵孝子传

吴晋介兹

【题解】本篇是《虞初新志卷十七》的第二篇。闵孝子的父亲病重，药石无救，闵孝子割心救父，闵孝子的孝行感动天地，结果父子俱活。后来官府要表彰他，闵孝子却赶紧避开了。故事虽然荒诞不经，但是闵孝子孝顺父亲，不慕虚荣，大智若愚的品质，令人敬佩。

闵孝子者，湖州之南镇人，年四十余，种田为业。少未尝读书，性粗戆（gàng）①，不惬②于族里。屋数间，阡陌相望，晨夕率妻子奉若父唯谨。父为老诸生，年七十又二，寻病，医药不效，日益笃。孝子忧之。族里咸劝孝子急治具③，不听；妻亦劝，不听。一日，父病霍然，又三日，受杖履矣。慰问者欲得其故，孝子作谩语④笑谢之。人以孝子粗戆，莫之毕究。其妻亦谓得秘药活之耳。

【注释】①粗戆：粗莽戆愚。②不惬：不乐意，不称心。③治具：准备。④谩语：指说谎话，乱说。

【译文】闵孝子，是湖州南镇人，年纪有四十多，以种田为业。他年少时没有读过书，性子粗莽戆愚，不被族人邻里喜欢。闵孝子有房屋数间，分布在田野间，他从早到晚带领妻子儿女，悉心照料父亲。父亲是老书生，时年七十二岁。没过多久，父亲生病，寻医吃药都没有效果，病情日益加重。闵孝子非常担忧。族人邻里都劝闵孝子赶快准备后事，闵孝子不听；妻子也这样劝他，他也不听。一天，闵孝子父亲的病突然好了，又过了三天，能拄着拐杖走路了。前来问候的人想知道其中的缘故，闵孝子就随口应付他们。人们认为闵孝子粗莽戆愚，也没有深究。闵孝子的妻子也说是得到秘药才使父亲活了下来。

旬日，孝子如罹重疾，卧床第，呻吟不止，状甚苦。妻曰：“若何为者？翁前病，诚当忧，今病且起，忧何为者？”孝子唯唯，呻吟不止如故。妻以为真得疾，秘不以示，亦以乃翁病新愈，惧贻乃翁忧。

【译文】十几天后，闵孝子如同生了重病，卧床呻吟不止，样子非常痛苦。闵孝子的妻子说：“你这是怎么了？父亲前些时候生病，你担忧也正常，如今父亲病好了，你为什么还担忧呢？”闵孝子只是敷衍几句，仍然像先前那样呻吟不止。妻子以为闵孝子真的得了病，就保密不告诉其他人，考虑到父亲病刚好，害怕让父亲知道，会让他担忧。

一日晨起，猝见其扪心难堪状，妻益疑，因伺其寐，发所扪处视之，见创，大惊，促之曰：“若何为者？”孝子不能隐，徐曰：“予人子，不忍父病之不可救也。常闻人言，亲不可药救者，得子心片许，杂饘（zhān）粥[①]噉之，可救。某日因祷土神前，愿剖心活吾父。夜半，吾父呼饮时，予引刀刺胸，出心，割若许，纳饮中以进，不意吾父果霍然也。当刺胸时，不甚楚，割毕，创即敛好，如未刺时。今始不复忍。宜秘，若勿语。”其妻哀，且闻伤心，恐死，亟白之医。医错愕曰：“吁！是顾安所得药？”妻长跽泣请，医不可却，妄出药涂之去，言必死。妻亦以为必死，泣相向。诘朝，药忽迸落，创痕俱失所在矣。妻喜出望外，促孝子诣医报谢。医复错愕曰：“吁！是顾安所得活？殆有异！”医即里中人，为遍闻之里中。里中人美其里有孝子也，具闻之郡邑大夫。郡邑大夫上其事大中丞，且为孝子旌门焉。旌门日，唯其父拱立闾左。郡邑大夫让孝子出，云先二日已逸去。或曰：“孝子终粗憨人也，顾安从知接见郡邑大夫礼？”甲辰春，予游姑苏，同舟人有从南镇来者，为予言若此。惜未详其名。

【注释】①饘粥：亦作“饘鬻”，指稀饭。

【译文】一天早上起来，闵孝子的妻子突然看见闵孝子手捂胸口，疼痛难忍的样子，她更加怀疑闵孝子是真的得病了，因此等到闵孝子睡着的时候，掀开闵孝子手按的地方查看，看见一道伤口，她大吃一惊，推醒闵孝子说：“为什么这样做？”闵孝子见不能隐瞒，慢慢地告诉妻子说：“我身为人子，不忍心父亲的病无药可治。我常听人说，有亲人无药可治时，如果能得到儿子的一片心脏，混着稀饭吃下，病人就能救活。某天我在土地神前祈祷，愿意剖心救活父亲。半夜，我听到父亲要喝水时，就用刀刺破胸膛，挖出心脏，割下一片，放在稀饭中喂父亲喝下，没想到父亲果然很快康复了。当我刺破胸膛时，不是很痛苦，割完后，创口立即愈合，就像没有受伤一样。如今突然疼痛难忍。你要保守秘密，不要说出去。”闵孝子的妻子非常哀痛，而且听说闵孝子刺伤了心脏，害怕他会死去，急忙去询问医生。医生听完后，一脸错愕地说：“吁！该用什么药来医治呢？”闵孝子的妻子长跪不起，哭泣着请求医生施救，医生难以推却，就胡乱拿出药膏，让闵孝子涂在伤口上，打发他们离去，说闵孝子必死无疑。闵孝子的妻子也认为闵孝子必死无疑，对着闵孝子哭泣不止。第二天清晨，闵孝子胸口的药膏忽然自动脱落，闵孝子胸前的创痕都不见了。闵孝子的妻子喜出望外，催促闵孝子去感谢医生。医生又错愕地说：“吁！怎么会活下来呢？大概有奇异的事发生了吧！”医生是他们的同乡人，就把闵孝子的事传遍乡里。同乡的人很高兴，乡里出了这样的孝子，便把事情详细地报告给县里的官员。县里官员又把闵孝子的事迹上报给州府，县里准备要表彰闵孝子。表彰闵孝子的那天，只有闵孝子的父亲在里门恭候县里的官员。县里官员让闵孝子出来，闵孝子的父亲说闵孝子已经在二日前离去了。有的人说：“闵孝子终究是粗莽戆愚的人啊，怎么会懂得接见县里官员的礼节呢？”甲辰年春季，我游览姑苏，同船有从南镇而来的人，对我讲述了这个故事。可惜不清楚闵孝子的名字。

外史氏曰：割股疗亲，古不深许，矧割心者哉？然孝子故粗憨，能笃所亲，至不计其生，又旌门日，先期逸去，不欲以孝名，尚得谓粗戆哉？今世之不粗戆者，大率全躯保妻子，精于自为者也，拔一毛以利君亲，有所不为。若孝子者，可以风矣！

【译文】外史氏说：割大腿肉来治疗亲人的方法，古人也不赞同，何况割心呢？然而闵孝子原本粗莽戆愚，所以能笃爱亲人，以致不顾自己的性命，又在受表彰的那天，先行离去，不想因此获得孝名，还能说他粗莽戆愚吗？当今不粗莽戆愚的人，大概都是想法设法保全自身和妻子儿女，善于为自己盘算，即使拔一毛而对君主亲人有利，也不会去做。像闵孝子这样的人，可以引领一代风气了！

张山来曰：割肝割股，世多有之。今割心，尤奇孝也！

子夏[①]有言：“虽曰未学，吾必谓之学矣。”其闵孝子之谓耶？

【注释】①子夏：即卜商，字子夏，孔门十哲之一，七十二贤之一，以“文学”著称。

【译文】张山来说：割肝割腿治疗亲人的事情，世上有很多。如今割心救父，尤其是极大的孝心啊！子夏说过：“虽曰未学，吾必谓之学矣。”说得是闵孝子那样的人吗？

人 觚

钮琇玉樵

【题解】本篇是《虞初新志卷十七》的第三篇。分别记述了熊廷弼和王氏列妇的事迹。熊廷弼点拨提携冯梦龙，方式异于常规，可谓煞费苦心，读完令人对熊廷弼心生敬佩。另一则故事中郑经入侵厦门时，妇人王氏遇难，被薛姓村民安葬，王氏魂灵屡屡报答村民，村民又为她修庙建宇，广受香火。正所谓善有善报。

熊公廷弼①，当督学江南时，试卷皆亲自批阅，阅则连长几于中堂，鳞摊诸卷于上，左右置酒一坛，剑一口，手操不律②，一目数行。每得佳篇，辄浮大白，用志赏心之快；遇荒缪者，则舞剑一回，以抒其郁。凡有隽才宿学③，甄拔无遗。吾吴冯梦龙④，亦其门下士也。梦龙文多游戏，《挂枝儿》小曲与《叶子新斗谱》，皆其所撰。浮薄子弟，靡然倾动，至有覆家破产者。其父兄群起讦（jié）之，事不可解。适熊公在告⑤，梦龙泛舟西江，求解于熊。相见之顷，熊忽问曰："海内盛传冯生《挂枝儿》曲，曾携一二册以惠老夫乎？"冯跼蹐（jú jí）⑥不敢置对，唯唯引咎，因致千里求援之意。熊曰："此易事，毋足虑也。我且饭子，徐为子筹之。"

须臾，供枯鱼焦腐二簋（guǐ），粟饭一盂。冯下箸有难色，熊曰：“晨选嘉肴，夕谋精粲，吴下书生，大抵皆然。似此草具[7]，当非所以待子。然丈夫处世，不应于饮食求工，能饱餐粗粝者，真英雄耳！”熊遂大恣咀啖。冯啜饭匕[8]余而已。熊起入内，良久始出，曰：“我有书一缄[9]，便道可致我故人，毋忘也。”求援之事，并无所答，而手挟一冬瓜为赠。瓜重数十斤，冯伛偻祗（zhī）受[10]，然意甚怏怏，且力不能胜。未及舟，即委瓜于地，鼓棹而去。

【注释】①熊公廷弼：字飞白，号芝冈，湖广江夏人，明末将领，万历进士。由推官擢升为御史，巡按辽东，后被阉党所害。②不律：指笔。《尔雅·释器》：“不律谓之笔”。③隽才：才智出众的人。隽，通“俊”。宿学：学识渊博，修养有素的学者。④冯梦龙：字犹龙，号龙子犹。南直隶苏州府长洲县（今江苏省苏州市）人。明代文学家、思想家、戏曲家。⑤在告：官吏在休假中。告，古时官吏休假。⑥跼蹐：也作“局蹐”，指困顿窘迫。⑦草具：粗劣的饭食。⑧匕：古代的一种取食器具，长柄浅斗，形状像汤勺。⑨缄：书信。⑩伛偻：特指脊梁弯曲，驼背。祗受：恭敬地领受。

【译文】熊廷弼在江南督学时，科考试卷都是他亲自批阅。他批阅试卷时，在厅堂中将几案连接起来，把试卷都平铺在几案上，身边放置一坛酒，一口剑，手拿着笔，一目数行批阅试卷。每当看到好文章，就满饮一大杯酒，来表达心中的喜悦；遇到荒唐的文章，就舞一回剑，以抒发胸中的郁闷。凡是才智出众，学识渊博的士子，他都一一甄别选拔，不会有遗漏。吴地的书生冯梦龙，也是熊廷弼的门生。冯梦龙的文章很多是关于游玩嬉戏的内容，《挂枝儿》小曲与《叶子新斗谱》，都是他撰写的。不少轻薄子弟，看了他的书，或沉迷于淫词小调，或沉迷于赌博游戏，以至于有很多人倾家破产。这些人的父兄就一起联名告发冯梦龙，使冯梦龙身陷诽谤，官司缠身，诸多麻烦难以解决。恰逢熊公在休假，冯梦龙乘船到西江，请求熊公帮忙解决。相见之初，熊公忽然问道：“国内到处流传你写的《挂枝儿》曲，可曾携带一二册来给我看看？”冯梦龙窘迫不已，不敢回答，只能恭敬地认错，并表达了长途跋涉，来请熊公施以援手的意思。熊公说：“这件事容易解决，不值得忧虑。我先请你吃饭，然后再慢慢为你筹划。”不一会儿，端来干鱼和焦豆腐二盘，糙米饭一钵。冯梦龙踌躇着，下不了筷子，熊公说：“早上美味，晚上佳肴，吴地的书生，大多是这样的饮食习惯。像这样粗劣的饭食，不应当用来招待你。然而大丈夫处世，不应在饮食上求精巧，能吃粗劣饭食的人，才是真英雄啊！”熊公于是开始大快朵颐。而冯梦龙只吃了一勺饭。饭后，熊公起身进入内室，很久才出来，说：“我这有一封书信，请顺路捎给我的故人，不要忘了。”冯梦龙请求援手的事情，熊公并没有答复。熊公反而随手拿了一颗冬瓜递给冯梦龙，作为赠礼。冬瓜重几十斤，冯梦龙弯腰曲膝，费尽力气才能抱住，但也只能恭敬地接受。然而冯梦龙心里闷闷不乐，况且他力气太小，也抱不动冬瓜，所以还没等走到船边，他就把冬瓜扔到地上，然后坐船离去。

行数日，泊一巨镇，熊故人之居在焉。书投未几，主人即躬谒冯，延至其家，华宴奇哉，妙妓清歌，咄嗟[①]而办。席罢，主人揖冯曰：“先生文章霞焕[②]，才辩珠流[③]，天下之士，莫不延颈企踵[④]，愿言觏止[⑤]。今幸亲降玉趾，是天假鄙人以纳履之缘[⑥]也。但念吴头楚尾，云树为遥，荆柴陋宇，岂足羁长者车辙哉？敬备不腆，以犒从者，先生其毋辞！”冯不解其故，婉谢以别，则白金三百，蚤异致舟中矣。抵家后，熊飞书当路[⑦]，而被讦之事已释。盖熊公固心爱犹龙子，惜其露才炫名，故示菲薄[⑧]。而行李之穷，则假途以厚济之；怨谤之集，则移书以潜消之。英豪举动，其不令人易测如此。

【注释】①咄嗟：霎时。②霞焕：指文采斐然。③珠流：如珠般流转自如，比喻文词流利。④延颈企踵：伸长脖子，抬起脚跟。形容急切盼望。⑤觏止：相遇。⑥纳履之缘：即指有恭敬礼让贤者之心。故事出自张良，张良于下邳桥上，为一老者拾鞋，后老者授张良《太公兵法》。⑦当路：即当权，执掌权力的意思。这里指执掌相关权力的官员。⑧菲薄：刻苦俭约。

【译文】冯梦龙坐船走了几天，在一个大镇停船靠岸，熊公的故人就居住在这里。冯梦龙投进拜帖没多久，主人就亲自出来迎接，请冯梦龙进家后，不一会儿，就准备好了醇酒盛宴，美女歌舞。酒席撤去后，主人对冯梦龙拱手行礼说："先生的文章，文采斐然，辩理流利，天下的士人，无不敬仰，都殷切希望和您见面。如今有幸，您亲自光临寒舍，这是上天赐给我亲近贤人的机会啊。只是我们这里与您的家乡，相隔遥远，而且寒屋陋室，哪里能留您常住呢？所以我准备了菲薄的礼物，当作您的盘缠，请先生不要推辞！"冯梦龙不理解主人这样做的缘故，所以委婉地拒绝了，并和主人道别，而主人把三百两白银，早就抬到冯梦龙的船中了。冯梦龙到家后，熊公早已给负责此事的官员写信，把冯梦龙被告发的事情解决了。原来熊公本来就爱惜冯梦龙的才华，但恐怕他恃才傲物，所以才故意对他刻薄。知道他旅途盘缠不足，就假借送信，让友人资助他。至于冯梦龙被人责难告发的事情，熊公则给有关官员写信，悄悄地解决了。英雄豪杰的做事方法，就是这样让人难以猜测。

张山来曰：使我为龙子犹，则竟作求解《挂枝儿》矣。

【译文】张山来说：如果我是冯梦龙，就为熊公详解《挂枝儿》了。

泉州府同安之厦门，前朝中左所[1]地也。顺治初，为海寇郑锦[2]所据，壬辰，我师进剿，郑寇大俘子女而还。有骑士挟一妇人于马上，过同安东关，妇见道旁有井，绐骑士下马小遗，即跃入井。骑士窥井大怒，连发三矢，中妇肩而去。

【注释】①中左所：中左所城是明朝卫所中，隶属永宁卫的中左守御千户所（简称中左所）所在的城池，在福建同安县嘉禾屿上。②郑锦：亦名郑经，字贤之，号式天，昵称"锦舍"，郑成功长子，台湾明郑时期的统治者。

【译文】泉州府同安县的厦门岛，是明朝的中左所的所在地。顺治初年，被海寇郑锦占据，壬辰年，清军进剿郑锦，郑锦抓获了很多人口返回台湾。有一名骑兵把一妇人挟持在马上，路过同安县的东关时，妇人看见道旁有一口井，欺骗骑兵说要下马小便，就跃入井中自尽。骑兵向井内一看，妇人已溺水而亡，随即大怒，连发三箭，射中妇人肩膀后离去。

越十日，有村民薛姓者，由村入城，行至半途，天甫向晓，忽于烟雾中见一妇人，韶年[1]丽容，身衣碧色短襦，腰系淡黄裙，双趾纤细，文履高屐，迎前泣告曰："妾乃厦门难妇王氏也。夫死于兵，而妾被掠，矢志不辱，投身东关道旁之井。闻君夙有高义，幸出我于井，拔箭敛尸，埋棺井侧。妾当随事默佑[2]，以报君德。"薛应曰："诺！"妇忽不见。是日，薛适有事于县，如意[3]而出，因于东关往求井，妇宛然在焉。偶遇博场，薛欲验妇语，遂入场下采，复获大胜。囊钱还家，与子弟话其事，即以钱买棺，约子弟同至井所，出妇尸，颜貌如生，为之拔箭，整衣履，殡而埋之。其地去井丈余，前临大道。又月余，薛梦妇拜谢而言曰：“妾荷[4]君之义，幸获安葬，妾身虽朽，而妾心之感君者不朽也。阴府悯妾之节，命妾香火于此。君若为妾立尺五之庙，则妾之报君，当不止曩昔矣。唯君终始之。”薛觉而惊异，次日，舁运砖土，筑成小庙，并以辦（bàn）[5]香酬赛。自后举家安顺，事事获济，远近竟相传说。

【注释】①韶年：美好的岁月。②随事：指随时随地。默佑：指暗中保佑。③如意：就像期望中的一样。④荷：感谢。⑤辦：同“办”。酬赛：祭祀酬神。

【译文】过了十天，有姓薛的村民，从村子进城，走到半路，天刚拂晓，忽然在晨雾中看见一名妇人，年轻貌美，身穿着碧色的短袄，腰上系着淡黄的裙子，双脚纤细，穿着有花纹的高底木屐，向前对他哭泣说：“我是厦门岛遇难的妇人王氏。我的丈夫死于兵祸，而我被乱兵劫掠，为保贞洁，我跳进东关道旁的井中。听说您一向高节大义，希望您救我出井，拔下箭头收敛我的尸体，把棺材埋在井旁。我当随时随地暗中保佑您，以报答您的恩德。”姓薛的村民回答说：“好。”妇人就倏忽不见了。第二天，姓薛的村民恰好有事到县城，事情办得很顺利，于是前往东关寻找那口井，妇人果然在井里。姓薛的村民路上遇到赌坊，想要检验妇人的话是否灵验，就入场下注，果然大赢。姓薛的村民口袋装着赢来的钱回到家，与子侄辈们说了这件事，就出钱买来棺木，约子侄辈们一同到井旁，捞出妇人的尸体，妇人的颜貌如同生前，他为妇人拔去箭矢，整理衣履，收殓埋葬。妇人的墓地离井有一丈左右，前方对着大路。又过了一个多月，姓薛的村民梦到妇人拜谢说："我感谢您出于大义，将我安葬，我的身体虽然腐朽，然而我对您的感激之情不会腐朽。地府怜悯我的气节，让我在这里接受百姓的香火。您如果能为我立一座小的庙宇，那我对您的报答，就不只是从前那样的小恩惠了。希望您对我能有始有终。"姓薛的村民醒来后觉得很惊奇，第二天，就抬砖运土，建成小庙，并上香祭神。从此他的全家平安，事事顺利，远近人们争相传说此事。

不数年，绅士商民，各致钱镪[①]，大起神宇，丹碧轮焕，而肖像于中，题其额曰："王义娘庙"。入庙庄诚，有祷辄应；遇衣冠不洁，或出秽亵语者，立致谴责。以是土人及往来之客益加敬畏，焚叩骈集，至今不衰。

【注释】①钱镪：钱贯。镪：钱串，即穿钱的绳子。引申为成串的铜钱。后多指银子或银锭。

【译文】不到数年，绅士商民，都捐献钱财，扩建庙宇。整个庙宇金碧辉煌，美轮美奂，而且为妇人在庙中立了塑像，在庙的匾额上写着："王义娘庙"。端庄虔诚的人，入庙祈祷就能应验；遇到衣冠不整洁，或者说下流肮脏话的人，立刻就会遭到惩罚。所以本地人和往来的客人更加敬畏，来这里焚香叩拜的人络绎不绝，至今也不衰落。

张山来曰：节烈止为一家之事耳，阴府犹重之若此，矧为臣而殉国者乎？

【译文】张山来说：重视贞洁岂只是一家之事？地府也非常看重此事，更何况殉国而死的那些忠臣呢？

事　觚

钮琇玉樵

【题解】本篇是《虞初新志卷十七》的第四篇。写了七件趣事：樵人堵蛇变哑、嗣姑女变男身、于孝廉重逢爱妾、李蟠醉骂豹仙、徐纬真和黄宾臣妄行术数，招致毙命、黄中还银得善报。这些故事都发人深省。

会稽东南有山曰平水。康熙初，樵人经其下，见一大蛇如蟒，蜿蜒涧泥内，久之，涂附其身。樵人释担而观，涧旁有洞，蛇曳泥而入。樵以泥封洞口而归，遂不能言，与人酬对，唯张手作状而已。如是者三年，复过前遇蛇处，阴云乍合，雷雨骤至，霹雳一声，有龙从洞中出，腾空而去。樵人不禁大呼曰："向我卷舌不能出声者，正此物为之也！"于是能言如初。

【译文】会稽东南有座平水山。康熙初年，一个樵夫经过平水山，看见一条像蟒的大蛇，在山涧的泥沼中爬行，过了一会儿，蟒蛇全身都涂满了泥。樵夫放下柴担，站在一旁观看，山涧旁有一山洞，蟒蛇带着满身泥进到洞中。樵夫用泥封住洞口后离开，结果就说不出话来，与人交往应酬，只有用手来比划示意。这样过了三年，樵夫又经过以前遇到蟒蛇的地方，忽然天空阴云密布，雷雨降下，霹雳一声响，有龙从洞中飞出，腾空而去。樵夫不禁大声喊道："一直以来我不能说话，原来是这个东西在作怪啊！"于是樵夫又像以前一样能说话了。

张山来曰：白龙鱼服[①]，自当致困。今此龙乃咎樵而哑之，殊非理也。

【注释】①鱼服：鱼形，穿起鱼的外衣。白龙鱼服：本义指白龙化为鱼在渊中游，被渔夫所伤。比喻贵人微服出行，恐有不测之虞。

【译文】张山来说：贵人微服出行，可能会遇到磨难，这也是意料中的事情。如今这条龙反而怪罪樵夫，而让他变哑，完全不合理啊。

荆州马洋潭有黄姓者，朴老而鳏独，为乡塾师。一女名嗣姑，生有慧质，幼在塾，随父读书。年十四，自绣白衣大士，悬之室中，礼供甚虔。一夕，忽梦大士呼而语之曰："汝父固乡里善人，数宜有子，其奈年老何？我欲以汝子之。"因遍抚其体，啖以红丸。甫下咽，觉有热气如火，从胸臆下达两股间，迷眩者七日，欻（xū）然[①]而起，则已化为男子矣。先是，翁以嗣姑许字[②]同里谭姓，因往告以此异。谭怒诧其妄，鸣于官。质验果真，乃解婚。四方观者云集。康熙丙辰初夏，渭川孙静庵适过其地，亦造门请见。嗣姑冠履出迎，黛粉之痕未消，瑱（tiàn）[③]犹在耳也。孙有句云："梦中变化真奇创，红颜忽作男儿相。卸却罗衫蝴蝶裙，博带宽衣相揖让。见人低首尚含羞，珠环小髻乌蛮[④]样。"

【注释】①欻然：忽然。②许字：把女子许配于人。③瑱：古时的一种耳饰。④珠环：缀珠的环形饰物。小髻：古代妇女的一种髻式，盛行于唐代。乌蛮：古代西南诸族的泛称。

【译文】荆州马洋潭有姓黄的老者，为人朴实，年老而没有妻子儿子，他在乡里的书塾教书。他有一个女儿名叫嗣姑，天资聪慧，从小在私塾，跟随父亲读书。嗣姑到了十四的时候，自己绣了一幅观世音菩萨像，悬挂在屋中，非常虔诚的供奉。一天晚上，嗣姑忽然梦到观世音菩萨喊她的名字，对她说："你的父亲一向行善乡里，命中应该有儿子，无奈他年纪大了。我想把你变成儿子。"观世音菩萨因此遍抚她的身体，并给她吃下一颗红色药丸。药丸刚刚咽下，嗣姑就觉得有一股热气像火一样，从胸口直达两腿之间，她昏昏沉沉的躺了七天，忽然起身，就已经变成男子了。在这之前，黄翁已经把嗣姑许配给同乡一个姓谭的人，因此黄翁前往姓谭的人那里，告诉他这件奇事。姓谭的人很生气，说黄翁在编谎话，于是告到官府。官府经过检验，发现黄翁所说属实，就解除了他们两家的婚约。从四处来黄家探访的人络绎不绝。康熙丙辰年初夏，渭川的孙静庵刚好路过荆州马洋潭，也上门请求拜见嗣姑。嗣姑穿着鞋帽出来迎接，他脸上的黛粉痕迹还没有消去，玉瑱还戴在耳上。孙静庵留下诗说："梦中变化真奇创，红颜忽作男儿相。卸却罗衫蝴蝶裙，博带宽衣相揖让。见人低首尚含羞，珠环小髻乌蛮样。"

张山来曰：男女幻化，史家谓之人妖。今观此，则正所以奖善也。

【译文】张山来说：男女可以随意变化，史家称这是人妖。如今这件事，却是神灵在奖励世人的善行啊。

蒲州于孝廉，有爱姬曰红桃，美容止，善谈谑，尤擅名琵琶。北地闺闱多娴此技，而红桃纤指娇喉，拢弦叶曲，其调与众绝异，故才一发声，闻者即知为于家琵琶也。崇祯末，闯寇所至蹂躏，河汾①间罹祸尤酷。孝廉被执，闯帅将杀之，牛金星②见其年韶质秀，且已登科，丐为子师而免。红桃亦于此散失，不知所往。孝廉从金星于军，数月后，馆之晋王府中。晋府初经兵燹（xiǎn）③，虽重楼叠阁，而栋折垣颓，金粉凋落，沼荒林败，竹柏倾欹。孝廉于最后之宫，置一榻焉，妖狐昼啸于庭，奇鬼宵窥于牖，诡形怪响，百态千声。孝廉斯时虽偷息人间，实同冥域，而心念红桃，如醉如痴，一切可憎可怖之境，翻置度外矣。又逾一载，闯兵进逼京师，列营保定城北。序届残冬，云同霰集，孝廉与牛子共一行帐。薄暮雪下愈密，二鼓初报，孝廉启帐小遗，四望皎然，隐隐闻琵琶声，触其夙好。遂跣足踏雪，潜行求之。越数十行帐，独一帐有灯，声从帐出，俯而谛听，是耳所素熟者，大恸一声，身仆深雪不能起。帐中人疑其奸细，捆缚入帐，识为金星西席④，乃释而询其故。孝廉曰："家有小姬，素善琵琶。兵间散去，已逾二载，愿见之私，虽寐不忘。今宵万籁俱寂，清调远闻，恍出吾姬之手，不胜悲痛。干触麾下，疏狂之咎，尚期宥（yòu）⑤之。"帐中人亦豪者，慨焉出姬相见，果红桃也。乃复行酒列炙，俾孝廉与姬欢饮达旦。明日言于金星，以红桃归孝廉，仍遣二骑送回蒲州。孝廉入本朝，以扬州通判终。

【注释】①河汾：黄河与汾水的并称，也指山西省西南部地区。②牛金星：李自成谋士，历任大顺政权左辅和天佑阁大学士。③兵燹：指的是因战乱而遭受焚烧破坏的灾祸。④西席：古人席次尚右，右为宾师之位，居西而面东。旧时家塾教师或幕友的代称。⑤宥：饶恕，原谅。

【译文】蒲州的于孝廉，有一名爱妾叫红桃，仪容举止美好，善长言谈戏谑，尤其擅于弹奏琵琶。北方的女子大多擅长弹琵琶，然而红桃纤手高妙，歌喉优美，不论是拨弄弦曲，还是高歌吟唱，风格都和其他人完全不同，所以她刚一弹奏，听到的人就知道是于孝廉家的红桃在演奏。崇祯末年，闯贼李自成所到之处都是生灵涂炭，山西汾水一带遭受的祸患尤其严重。于孝廉也被李自成所部抓住，那些将领想要杀了他，牛金星见他年轻隽秀，并且还是一名举人，请让他给自己的儿子做老师，于孝廉因此得以幸免。红桃也在这次兵祸中失散，不知去了哪里。从此于孝廉就跟随着牛金星，待在军队中。几个月后，在晋王府中，于孝廉开馆教书。晋王府刚刚经历战乱，楼阁屋宇虽然还在，但已是柱断墙倒，涂饰剥落，池沼荒废，林木衰败，竹柏歪斜。于孝廉在最后面的宫室内，放置了一张床榻，以供休憩。晋王府中一片萧条肃杀景象，大白天就有妖狐在庭院出现，晚上则有鬼魅在暗中窥伺，各种诡异的形象和奇怪的响动，层出不穷。于孝廉当时虽然苟活于人世，但实际上就如同身在阴曹地府。于孝廉心里时刻惦念红桃，整日如在梦里，一切可惧可怕的情境，反而置之度外。又过了一年，李自成的军队进逼京城，在保定城北扎营。当时正值隆冬，彤云聚集，于孝廉和牛金星的儿子共用一顶帐篷。傍晚雪下得更密，刚到二更天，于孝廉出了帐篷小便，四周明亮洁白，隐隐听到琵琶声，触动他的心事。于是于孝廉赤着脚，踏雪而行，悄悄地寻找琵琶声的来处。走过数十顶帐篷，看见一顶帐篷有亮光，琵琶声从帐篷中传出，于孝廉俯下身子仔细倾听，正是自己熟悉的曲调，他大喊一声，跌倒在雪地中，伤心地难以起身。帐篷中的人听到声响，出来查看，怀疑于孝廉是奸细，就把他捆入帐篷。帐篷的主人认出他是牛金星的塾师，就放了他并询问缘故。于孝廉说："我家中原有小妾，善于弹奏琵琶。后兵乱时离散，到现在已经二年了，我日夜盼望能再见到她，即使睡觉时也不会忘记。今晚万籁俱寂，我从远处听到琵琶声，好像出自我的小妾之手，我不胜悲痛。所以不慎冒犯了您，对于我一时的狂放，还期望您能原谅。”帐篷的主人也是豪杰，非常爽快地让小妾出来相见，果然是红桃。于是主人又置酒设宴，庆贺于孝廉和红桃重聚，众人一直畅饮到天亮。第二天主人把这件事禀告给牛金星，让红桃回到于孝廉身边，并派遣二名骑兵把他们护送回蒲州。后来，于孝廉在本朝做官，去世时任扬州通判。

张山来曰：孝廉之念旧，帐中人之还姬，均足千古。

【译文】张山来说：于孝廉不忘旧人，帐篷的主人能义归小妾，都是值得千古传颂的事迹。

徐州李蟠[①]，以文望雄于乡，跌宕自喜。其家去州城一二里。有赵翁者，所居之村与李村相望，晨夕往来无间也。赵翁颇饶于资，小筑数十楹，外周以垣，中分两院，而空其半，栏槛曲折，花木幽深。忽一日，有美髯老人，从空屋中曳杖而出，自号豹仙，颜如童孺，衣冠甚古。长揖赵翁。偕入其室，则屏帏之丽，几案之精，皆非素有。翁顾视骇愕，豹仙曰：“老夫生无氏族，居无井里，所至之地，安即为乡。昨从天目、天台渡江而北，遍访幽栖，曾无惬意。适见君有闲馆，绝远嚣尘，暂顿妾婢于此，当图留珠之报[②]，用酬割宅之恩，幸无讶也。”言未既，美姬渐次出见，焚香于炉，瀹茗于盌，更侍递进，光艳照座。豹仙笑指诸姬曰：“此皆老夫养生之具矣。”赵翁告退，念其礼意既殷，谈论复雅，顿忘怪异，转与亲昵。暇则辄相过从。豹仙自言：“得道汉时，市朝屡变，转瞬间不觉千有余岁。赖有狐氏八仙，从侍巾栉（zhì）③，红粉四班，命曰阴猎。逾月则遣一班于三百里外，媚人取精，挹（yì）④彼注兹，合同而化，运之以气，葆之以神，延生之术，实由于此。”赵翁度其心能前知，因叩以吉凶祸福，无不奇中。惊传乡曲，咸以真仙奉之。

【注释】①李蟠：字仙李，又字根庵，号莱溪，江苏徐州人，康熙年间状元。②留珠之报：春秋时期，随国国君曾救治过一条受伤的大蛇，后来大蛇衔了一颗宝珠赠给他，做为报答。③巾栉：巾和梳篦。泛指盥洗用具。引申指盥洗。④挹：把液体盛出来。

【译文】徐州的李蟠，因文采出众而名闻乡里，他为人有些狂放自傲。他的家离徐州城有一二里远。有一个姓赵的老翁，居住在李蟠的邻村，和李蟠经常来往，彼此很融洽。赵翁颇有些资产，修建了几十间房屋，建围墙把房屋环绕起来，从中分为两处院子，其中一处空着，里面栏杆曲折，花木幽深。忽然有一天，有一位长胡子的老人，拄着拐杖，从空屋中出来，自称豹仙，容颜如同小孩儿一样，衣冠服饰都很古朴。来到赵翁面前，深作一揖，请赵翁进入屋室，屋内屏帐华丽，几案精美，都不是寻常的摆设。赵翁环顾一圈，面露惊讶，豹仙说：“我向来没有家族，居住没有定所，所到之处，只要舒适就是故乡。昨天我从天目山、天台山渡江向北，到处寻找幽静的居所，一直没有找到满意的地方。恰好看见您闲置的房屋，此处远离喧嚣，所以暂时把妻妾婢女安顿在这里住下。我也会重重地酬谢您，用来报答您出让住宅的恩情，希望您不要惊讶。”话还没说完，豹仙的美妾依次出来和赵翁相见，又焚香煮茗，端茶侍奉，个个明艳动人。豹仙微笑着，指着各小妾说：“这全是我养生的用具啊。”赵翁告辞离去，想到豹仙的接待很殷勤，谈吐又很优雅，就忘掉了他的怪异之处，转而和豹仙亲近友好。

闲暇时就相互往来。豹仙自己说道："我在汉朝的时候得道，经历了多次的朝代更迭，转瞬间不知不觉已有一千多岁。幸好我有八位狐仙，可以服侍我日常起居，我把她们分为四班，称为阴猎（女猎手），每过一个月就派遣一班美女，到三百里外，媚惑世人，盗取精气，然后送到我这里，吸收运化，滋养神识，我的养生方法，就是依赖这些。"赵翁暗自揣度豹仙能预知祸福，因此就请他指点自己的吉凶祸福，结果屡试不爽。传到乡里，轰动一时，乡人们都把豹仙当作真仙来对待。

蟠独不信，一夕，痛饮极醉，直造豹所，大呼"妖兽"，数其惑众之罪。豹则蚤已避去，其室阒如，而蟠仍毒詈①不止也。赵翁隔院闻其声，亟往谆劝，令仆夫乘月扶归。明日，豹仙复见，赵翁曰："吾友无状，深获罪于老仙，醉人当恕，幸无较焉！"豹仙曰："此君天禄甚高，老夫辈法当退逊。计其年满三十，当魁天下②；四十六岁，位至三公。但其生平有二隐事，实伤隐德，致干天罚。且性近鬼躁③，功名虽显，不免淹阻④，或至迁谪。是老夫则迹本萍浮，呼当马应，既被谴驱，无庸留滞矣。"辞别出门，有顷，过觇（chān）⑤其居，鸟语在檐，落红满地，依然一空院也。他日，赵以二隐事询李，李嘿而不悦，似有悔咎之色。康熙丁丑，蟠果状元及第，寻以事去官。

【注释】①阒如：空虚的样子。②毒詈：恶骂。③魁天下：科举考试殿试得居首选，即中状元。④鬼躁：指人将死前形体所表现的一种病态。⑤淹阻：因受阻遏而停留。⑥觇：偷偷地察看。

【译文】只有李蟠不相信，一天晚上，他喝得大醉，直接去了豹仙的住所，大声呼喊豹仙为"妖兽"，数落豹仙迷惑众人的罪行。豹仙早就远远的躲避开了，屋里静悄悄的，而李蟠仍然恶骂不止。赵翁隔着院子听到李蟠的骂声，急忙过来规劝李蟠，让自己的仆人趁着月光明亮，把他扶回家。第二天，豹仙又出现了，赵翁说："我的朋友没有礼貌，多有得罪，他当时喝醉了，请您原谅他，不要计较了！"豹仙说："此人天赐的福禄非常高，我理当退让。他年满三十时，就能高中状元；四十六岁时，位至三公。但他生平做过两件事情，虽然很隐晦，但是有损阴德，以致会遭到上天的处罚。而且他性情急躁，功名虽然显赫，也不免遭受挫折，或者被贬官。我本来就像萍浮，行踪不定，现在居然有人像呼喊驴马一样，对我大呼小叫，我既然被人驱赶，就不能在此处再停留了。"于是豹仙告辞出门，过了一会儿，赵翁过去察看豹仙的屋子，屋檐上鸟儿在鸣叫，院里落花满地，仍然像以前那样，是一处空院子。过了些天，赵翁向李蟠询问那两件隐秘的事，李蟠默不作声并且很不高兴，好像有后悔自责的神色。康熙丁丑年，李蟠果然高中状元，不久因事辞官。

张山来曰：八狐媚人取精，则豹仙非豹，直老龟耳。李公有如许胆识，其大魁也固宜。

【译文】张山来说：八个狐仙惑人取精，那么豹仙也不是什么仙人，而是妓院的老龟公了。李蟠有这样的胆识，中状元也是应该的。

天津徐纬真，素嗜方技[①]，纵酒落魄。康熙初，偶有江淮之行，道经山东古庙，忽闻庙中大呼"徐纬真救我！"乃解鞍小憩。又闻呼之如前，入庙遍视，并无一人，唯有一大铁钟覆地，语出钟内。徐问曰："汝是何怪，而作人语，且呼我望救耶？"钟内语曰："上古猿公[②]，黄石老[③]曾从学剑，我即其裔也。以剑术之疏，误伤良善，蒙上帝谴责，因此钟已百有余年。今限满当出，幸君开之。”徐曰：“我无千钧之力，岂能独发此钟？”钟内语曰：“不劳君手发也，君但去钟上十二字，我即出矣。”钟体泥封，篆文苔绣，取石敲磨，有顷立尽。钟内语曰：“可矣。然须速走，稍迟半刻，不无与君有害！”徐遂跨驴疾行二三里，回望来处，云霾风暴，响若山崩。遥见大白猿，从空飞坠，叩首驴前，倏忽不见。

【注释】①方技：泛指医、卜、星、相等术。②上古：《易·系辞》《礼记·礼运》中称伏羲时代为上古，也称夏以前的时代为上古。③黄石老：即黄石公。秦汉时道人，别称圯上老人、下邳神人，后被道教纳入神谱。

【译文】天津的徐纬真，一向喜欢方技之术，喜欢饮酒，但是他穷困潦倒而不得志。康熙初年，他偶然去江淮，路过山东的一座古庙，忽然听到庙中有人呼喊“徐纬真救我！”于是他勒住驴，稍作停留。不一会儿，又听到先前的呼喊声，他进入古庙巡视，里面并没有人，只有一口大铁钟倒扣在地上，声音从钟内传出。徐纬真问道：“你是什么妖怪，能说人话，并且呼喊我救你呢？”钟内传出话说：“上古有一位猿公，黄石老曾跟着他学剑术，我就是猿公的后裔。因为剑术疏漏，误伤良善之人，被天帝谴责，囚在这口钟里已有一百多年了。如今期限到了应当出去，希望您把大钟打开。”徐纬真说：“我没有千钧之力，怎么能独自打开这口大钟？”钟内传出话说：“不用劳烦您亲自打开，您只要去掉钟上的十二个字，我就能出来了。”钟身上有泥做的封印，上面有篆书文字，已经布满苔藓绣斑，徐纬真取石头把字敲掉，不一会都抹尽了。钟内传出话说：“可以了。你赶快离开，稍微迟缓，恐怕会对您有伤害！”徐纬真于是骑上驴快速行走了二三里，回头观望原来的地方，只见云尘腾起，发出好像山崩一样的声响。远远看见一只大白猿，飞过来从空中落下，在徐纬真的驴前叩首行礼，一下子又不见了。

徐生南游半载，仍还都下[①]。天街夜静，明月满户，闻剥啄声甚急。起户纳之，则年少书生，仪容妍雅，再拜称谢而曰："余济南之钟囚也，赖君拯拔之恩，得超沉沦之厄。上帝赦其夙愆，仍还仙秩。感君厚德，没齿弗谖（xuān）[②]。念君志切鼎炉，学求图纬[③]，今于天府琼笈[④]，窃得道书三卷授君，以申环珠之报。必于一夕篝灯[⑤]毕抄，慎毋缓也！"出书置几，匆匆辞别。徐生展阅第一卷，其文如《论语》《孝经》，曰："平平无奇耳。"展阅第二卷，其文如《阴符》《鸿烈》，曰："此亦不足习也。"展阅第三卷，其文皆言吐火吞刀之秘，征风召雨之奇，乃大喜曰："我所求者，正在于是！"遂亟录之。天甫向晓，而少年已至，窥徐意在末帙，色若不怿（yì）[⑥]者，叹曰："我所以报公者，岂谓是乎？第一卷具帝王之略，第二卷成将相之才，第三卷术数之书耳。用之而善，仅以修业；用而不善，适以戕生[⑦]。然缘止于此，当可奈何？"言未既，人与书俱失矣。徐原籍山阴，自获书后，尝以其术试于故乡，或捉月于怀，悬之暗室；或捏雷于掌，放之晴霄。以法为戏，取薄酬而资旅食。一日饮酒大醉，时值炎暑，袒而坐于门，适凉飙骤起，向空书符，招之入袖，良久不放。怒触风伯，于袖中大吼，破袖而出，雷火继之，肤发焦枯，随以致毙。

【注释】①都下：指京都。②谖：忘记。③图纬：图谶和纬书。④琼笈：仙人的名籍。⑤篝灯：置灯于笼中。⑥不怿：不悦；不欢愉。⑦戕生：残杀、杀害。

【译文】徐纬真南游了半年，才回到京师。一天夜晚，街上很安静，明月照满门户，徐纬真听到非常急促的敲门声音。他起身开门，敲门的是一位少年书生，仪容美丽高雅，对徐纬真拜了两拜，道谢说：“我是济南钟里的囚犯，依靠您的拯救，得以超脱沉沦的苦难。天帝赦免了我过去的罪过，仍让我位列仙班。我感激您的大恩大德，没齿难忘。想到您喜欢方术，求学图纬，今天我在天府的书籍中，偷了三卷道书传授给您，来报答您的恩德。您务必在一晚之内点灯抄完，一定不要有所迟延！”书生拿出书放在几案上，就匆匆辞别离去。徐纬真翻阅第一卷书，里面的文章如同《论语》《孝经》的内容，徐纬真说：“平淡无奇罢了。”翻阅第二卷书，里面的文章如同《阴符》《鸿烈》的内容，徐纬真说：“这也不值得学习。”翻阅第三卷书，里面的文章写的都是吐火吞刀的秘术，呼风召雨的奇技，于是大喜说：“我所追求的，正是这些！”于是急忙抄录。天刚拂晓，少年就已经到了，看到徐纬真喜欢第三卷书，脸色好像不高兴，叹息着说：“我用来报答您的，岂只是第三卷书呢？第一卷书包含帝王的谋略，第二卷书可以成就将相的才能，第三卷书只是术数书罢了。用得好，还能对学问有些帮助；用得不好，会有性命之忧。然而缘尽于此，又有什么办法呢？”话还没说完，人和书都消失了。徐纬真原籍山阴，获得仙书后，就在乡里试验他的法术，他有时从怀中取出月亮，悬挂在暗室之中；有时在掌中握雷，释放到晴天碧空之中。徐纬真把法术当做游戏，用来表演，获得微薄的报酬，来作为旅费和饭费。一天他喝得大醉，当时正值炎热的酷暑，他袒露上身坐在门口，恰好有凉风吹起，他书写灵符，投向空中，把凉风装入衣袖，很久都没有放出去。结果触怒了风伯，风伯在他袖中大吼，破袖而出，紧接着雷火落下，把他烧的毛发焦枯，随即毙命。

又康熙庚申，高州大旱。有琼山诸生黄宾臣者，自言得奇门[①]真传。有司往请之，宾臣结坛观山寺，披发杖剑，以目视日，竟晷不下一睫，天果微雨。诘朝，烈日如故，有司诮（qiào）[②]其左道无验，宾臣于是由观山迁坛于发祥寺，登浮图第四层，上下左右，悉封以符。谓观者曰：“明午必雨。但从东南来则吉，否则当有性命之忧。”因作书与家诀。明日未时，烈日中狂风大作，宾臣谓其仆曰：“雨从西北来，不祥，尔当速去！”其仆甫下塔，霹雳一声，雨如注。有老人见一麻鹰，口含火丸，从塔顶飞入。霹雳再震，宾臣颠仆塔外，右臂一孔如针，血涔涔流不已而死。此皆素无修道之真，妄习亵天之术，宜其干神怒、遭冥诛也。

【注释】①奇门：术数的一种。②诮：责备。

【译文】康熙庚申年间，广东高州发生大旱。来自琼山的一位书生黄宾臣，自称得到奇门的真传。当地的官员就去请他施法降雨，黄宾臣在观山寺建造法坛，披发杖剑，眼睛直视太阳，一整天都不眨一下眼，天上果然下了一些小雨。第二天，依然是烈日当空，旱灾未除。地方官员就讽刺他是旁门左道，所以法术不灵验，黄宾臣于是把法坛从观山寺搬迁到发祥寺，他自己登上佛塔第四层，佛塔的上下左右，都用符箓封住。黄宾臣对观看的人说：“明天中午必定下雨。如果风雨从东南过来，就是吉祥，否则我会有性命之忧。”因此写下遗书与家人诀别。第二天未时，烈日中，忽然狂风大作，黄宾臣对他的仆人说：“风雨从西北过来，这是不祥，你赶快离去！”他的仆人刚下塔，就听一声霹雳响，大雨如注。有老人看见一只麻鹰，口中含着火丸，从塔顶飞入佛塔。霹雳声再次在塔中震响，黄宾臣跌出塔外，右臂上有一个像针孔一样的小孔，血流不止，而黄宾臣已经死去。这都是些平素没有真正道行的人，而轻率实行法术，结果的得罪上天，引起神灵的愤怒、遭到冥府的诛杀啊。

张山来曰：猿公既言“用而不善，适以戕生”，何徐生之不谨耶?

【译文】张山来说：猿公既然说过“用得不好，就会有性命之忧”，为什么徐纬真还不谨慎小心呢?

顺治十年三月，龙溪老农黄中，与其子小三，操一小船，往漳州东门买粪。泊船浦头，浦旁厕粪，黄所买也。父子饭毕，入厕担粪，见遗有腰袱①一具，携以回船。解袱而观，内有白金六封②。黄谓其子曰：“此必上厕人所失者。富贵之人，必不亲自腰缠；若贫困之人，则此银即性命所系，安可妄取?我当待其人而还之！”小三大以为迂，争之不听，悻悻径回龙溪。黄以袱藏船尾，约篙坐待。良久，遥见一人狂奔而来，入厕周视，彷徨号恸，情状惨迫。黄呼问故，其人曰：“我父为山贼妄指，现系州狱，昨造谒贵绅，达情州守，许以百二十金为酬。今鬻田宅，丐亲友，止得其半，待州守许父保释，然后拮据全餽(kuì)③，事乃得解，故以银袱缠腰入州。因急欲如厕，解袱置板，心焦意乱，结衣而出，竟失此银。我死不足惜，何以救我父之死乎?”言讫，泪如雨下。黄细询银数与袱色俱符，慰之曰：“银固在也，我待子久矣！”挈而授之，封完如故。其人惊喜过望，留一封谢黄。黄曰：“使我有贪心，宁肯辞六受一?”挥手使去。是时船粪将满，而子久不至，遂独自刺船归。

【注释】①腰袱：系于腰部的包袱。多用于藏钱。②封：古时候把银子用纸或布包好，作为一单位，称一封。③餽：通“馈”，赠送。

【译文】顺治十年三月，龙溪的一位老农黄中，和他的儿子小三，划着一条小船，前往漳州东门买粪。他们在岸边停船，岸边有厕所，就黄中买粪的地方。黄中父子吃完饭，进入厕所担粪，看见地上有一个包袱，便携带回船。解开包袱一看，里面有六封白银。黄中对儿子说："这必定是上厕所的人遗失的。富贵的人，不必亲自腰缠钱财；如果是贫困的人，那么这些银子可能就是他性命攸关的东西，我们怎么可以私自占有呢？我们应当等待银子的主人并还给他！"黄中的儿子认为他过于迂腐，和他争论，黄中不听从儿子的话，儿子垂头丧气地一个人回到龙溪。黄中把包袱藏在船尾，把船篙插到水里，坐着等待。过了很久，黄中远远望见一个人狂奔过来，进入厕所四处寻找，结果什么也没找到，就嚎啕大哭，非常悲惨。黄中问他原因，那个人说："我的父亲被山贼诬陷为同伙，现在被关在州里的大狱中，我昨天托人拜访高官，到州守面前说情，许诺给一百二十两银子作为酬谢。如今我变卖田宅，央求亲友，只凑到了一半的银子，想等到州守许诺释放父亲后，再尽力凑齐其余银两，事情就可以得到解决，所以把银子放在包袱里，缠在腰上来到州府。因为着急上厕所，解开腰袱放在木板上，当时我心焦意乱，上完厕所，只顾着整理衣服出来，竟然忘了拿银子。我死了不值得可惜，可是拿什么救我父亲呢？"说完，泪如雨下。黄中仔细询问银子的数目与包袱的颜色，那个人都说对了。黄中安慰他说："银子还在呢，我等你很久了！"拿出银子交给他，银子的封印完好如初。那个人惊喜过望，留下一封银子给黄中作为感谢。黄中说："假使我有贪心，怎么肯放弃六封银子而只接受一封呢？"说完挥手让他离去。当时船上的粪快要装满，而儿子久久不回，于是黄中独自撑船回家。

行至中途，风雨骤作，舣棹荒村之侧。村岸为雨所冲洗，轰然而崩，露见一瓮，银灌其口。黄亦不知中有何物，但念取此可为储米器，然重不能胜，力举乃得至船。须臾，雨霁风和，月悬柳外，数声欸（kuǎn）乃[①]，夜半抵家。小三以前事告母，两相怨詈。黄归扣户，皆不肯应。黄因诳云：“我有宝瓮在船，汝可出共举之。”子母惊起趋船，月光射瓮头如雪，手舁而上，凿锡倾瓮，果皆白镪，约有千金。黄愕然，悟蕉鹿[②]之非梦矣。黄之邻，止隔苇墙，卧听黄夫妇切切私语，甚悉。明日，以擅发私藏首于官。龙溪宰执黄庭讯，黄一无所讳，直陈还银获银之由。宰曰：“为善者食其报，此天赐也，岂他人所得而问乎？”笞邻释黄。由是迁家人入城，遂终享焉。

【注释】①欸乃：象声词。棹歌，划船时歌唱之声。②蕉鹿：指梦幻。

【译文】走到一半，突然风雨大作，黄中把船停靠在一荒村边。荒村岸边被雨水冲洗，轰然崩塌，露出一口大瓮，瓮口用锡封住。黄中也不知道瓮中有什么东西，但是想到可以拿回去，用来当做装米的容器，然而大瓮沉重，他很难拿起，用尽力气才搬到船上。不一会，雨就停了，和风习习，月亮悬挂在柳树上，黄中一边划船，一边唱歌，不一会儿，在夜半时分，黄中回到家中。小三把先前发生的事情，都告诉了母亲，俩人都在埋怨黄中。黄中敲门，两人都不肯开门。黄中就骗他们说：“我船上有一口宝瓮，你们出来和我一块抬回去。”母子二人，大惊跳起，来到船上，月光照得大瓮雪亮，三人共同把瓮抬回家，凿掉锡封，倒出瓮里的东西，果然都是白银，大约有一千多两。黄中愕然，这才醒悟到自己不是在做梦啊。黄中的邻居，与黄中家只隔着一道苇墙，躺在床上，听到黄中夫妇的切切私语，知道他家得到巨额资财。第二天，邻居以擅自发掘别人的财产为由，而向官府告发黄中。龙溪县令逮捕黄中到官府进行讯问，黄中没有隐瞒，就把还银获报的事情说了一遍。龙溪县令说："行善的人得到相应的福报，这是上天赏赐你的，不属于从他人那得到的不义之财，怎么能审问你呢？"就杖打了邻人，释放了黄中。于是黄中和家人搬入城中居住，最终安享天年。

张山来曰：先王父[①]亦有还金事，事载《江南通志》中。先君[②]亦阴行善事，愧我辈不能继述，日趋贫困，唯有义命自安而已。

【注释】①王父：本意母亲的父亲，后指父亲的父亲，即祖父。②先君：已故的父亲。

【译文】张山来说：我去世的祖父也有归还金钱的事，事情记载在《江南通志》中。我去世的父亲也悄悄地做过善事，我很惭愧不能继承他们的做法，日渐贫困，只有遵照道义，安分守己罢了。

物 觚

钮琇玉樵

【题解】本篇是《虞初新志卷十七》的第五篇。本篇以及前面的《人觚》《事觚》都选自钮琇的《觚賸续编》，主要记述了明清之际的政治变迁、社会状况、风俗掌故、文艺、科技、医学等方面内容，是钮琇通过实地调查访问，搜集得来，记载的多为真实的史事。大千世界，奥秘无穷，本篇中钮琇就记载下很多奇闻异事，看似荒诞不经，却又不似随意杜撰，姑且当做未解之谜吧。

岁当夏秋之交，上常巡幸口外[①]。康熙四十年七月，驾至索尔哈济，有喇里达番头人，进彩鹞一架，青翅蝴蝶一双。上问："此二物产于何地？"头人回奏："生穹谷山中。鹞能擒虎，蝶能捕鸟。"天颜大喜，赐以金而遣之。又驻跸[②]郭哈密图七立，有索和诺蛇哈密，献麟草一方，奏云："此草产于鹿鸣山雷风岭，自利用元年至今，止结数枚，必俟千月乃成。非遇圣朝，不易呈瑞。"

【注释】①口外：指长城以北地区。包括内蒙、河北北部的张家口承德大部分地区，乃至于新疆一带的长城以北地区。"口"指的是长城的关口。②驻跸：皇帝后妃外出，途中暂停小住。

【译文】每年的夏秋之交，康熙帝常巡幸口外。康熙四十年七月，康熙帝圣驾到了索尔哈济，有喇里达的部落首领，进献一只彩鹞和一只青翅蝴蝶。皇上问：“这二种物品产自什么地方？”首领回奏：“出自深谷大山中。彩鹞能擒虎，青翅蝴蝶能捕鸟。”皇上大喜，赏赐给他金银而遣还。又有一次康熙帝在郭哈密图七立停留，有索和诺蛇哈密，进献麟草一方，上奏说：“这种草产自鹿鸣山雷风岭，自从发现它的功用，到现在，只结了几枚果实，这种草必须经过一千个月才能长成。不遇到圣明君主，不轻易出现。”

姑苏金老，貌甚朴，而有刻棘镂尘[①]之功。其最异者，用桃核一枚，雕为东坡游舫。舫之形，上穹下坦，前舒后奋，中则方仓，四围左右各有花纹。短窗二，可能开阖。启窗而观，一几，三椅。中袍而多髯者为东坡，坐而倚窗外望。禅衣冠，坐对东坡而俯于几者为佛印师，几上纵横列三十二牌，若欲搜抹者然。少年隅坐[②]，横洞箫而吹者，则相从之客也。舫首童子一，旁置茶铛[③]。童子平头短襦，右手执扇，伛而飏（yáng）火[④]。舫尾老翁，椎髻芒鞋，邪立摇橹。外而柁（duò）篙篷缆之属，无不具也。舷槛檐幕之形，无不周也。细测其体，大不过两指甲耳。康熙三十七年春，江南巡抚宋公家藏一器，左侧窗败，无有能修治者。闻金老名，赠银十饼，使完之。金老曰：“此亦我手制也。世间同我目力，同我心思，然思巧而气不静，气静而神不完，与无巧同。我有四子，唯行三者稍传我法，而未得其精，况他人乎！”

【注释】①刻棘镂尘：比喻技艺极精巧。②隅坐：坐于角落。③茶铛：煎茶用的风炉和茶鏂的二合一。④飏火：扇火。

【译文】苏州的金老翁，相貌非常质朴，但是有一手微雕的绝技。他最出色的作品，是用一枚桃核，雕刻出苏东坡乘坐游船。船的形状，上圆下平，前阔后高。中间是方正的船舱，船舱的四周都雕刻有花纹。上面有二扇小窗，可以开合。打开窗户观看，里面有一张桌子，三张椅子。中间穿着袍服，胡须很密的人就是苏东坡，他依靠在窗边，向外观望。穿着僧衣僧帽，坐在苏东坡对面，趴在桌子上的人，是佛印法师。桌子上纵横交错摆放着三十二张牌，好像有人正在摸牌打牌的样子。一个少年坐在角落，拿着洞箫在吹奏，应该是跟随苏东坡等人一起来的客人。船头有一个童子，旁边放着煮茶的茶铛。童子身穿短衣，戴着平头巾，右手拿着扇子，弯腰扇火。船尾有一个老翁，梳着椎髻，穿着芒鞋，正斜着身子摇橹。船外类似船舵、船帆、船蓬、缆绳之类的东西，一应俱全。包括船舷、栏杆、船橹、帷幕这些东西，也都齐备。仔细测算小船的尺寸，长度不超过两片指甲的宽度。康熙三十七年春季，江南巡抚宋公家收藏有一件器物，左面的窗户破损，没有人能修补好。听说金老翁的名声，宋公以十个银饼作为酬劳，请金老翁修补。金老翁说："这件东西也是我亲手制作的。虽然世间可能有人拥有和我一样眼力，一样的巧思，然而虽有巧思，却难以做到平心静气，即使能平心静气，却很难做到而精神完备，做不到精神完备就等于没有巧思。我有四个儿子，只有第三子稍微继承了我的技法，但是也没有得到精髓，更何况是他人呢？"

张山来曰：气静而神完，非深于《庄子》者不能道。

【译文】张山来说：平心静气而且精神完备，只有了悟《庄子》思想的人，才能做到。

山东文登县，僻在海隅。其濒海之地，于康熙二十二年秋，有怪物出入其间，居民互相惊告，以为鬼至。每日向夕，辄闭门墐（jìn）户。如是两月，不得已而闻于县。县宰之仆高忠，勇敢有大力，告其主曰："海怪扰民，家不贴席，此吾主之事，而亦即忠之事也。愿赐良马一匹，铦枪一枝，忠能除之。"宰如所请，忠即跨马挟枪，独至海滨。新月初升，平沙如雪，比至二鼓，见一蓝面鬼，身长一丈有余，耸角枝牙，毛肱鳞背，坐于沙上，列置熟鸡五只，浊酒十瓶，举觥独酌，运掌若扇。忠驰马直前，以枪拟其肉角。鬼惊窜入海，忠遂据其坐，裂鸡酾酒[1]，神气益壮。少顷，海水涌立，前鬼骑一怪兽，随波而出，舞刀迎斗。相持久之，忠乘间枪刺其腹，鬼遗刀而遁，忠拾刀还县。其上有"雁翎刀"三字。宰命收贮县库。于是濒海之怪遂绝。

【注释】①酾酒：斟酒。

【译文】山东文登县，地处偏僻的海边。康熙二十二年秋季，在靠近海边的地方，有怪物出没，居民惊慌地互相转告，以为是鬼魅来了。每到傍晚，人们就关门闭户。这样过了两个月，百姓不堪骚扰，不得已禀告到县里。县令的仆人高忠，孔武有力，他对主人说："海怪扰民，百姓不能安枕无忧。除掉怪物，是您的责任，也是我的责任。希望您给我一匹良马，一枝锋利的长枪，我能除掉怪物。"县令答应了他的请求，高忠就跨马持枪，独自来到海边。新月初升，把平坦的沙滩照得雪亮，等到二更时分，高忠看见一个蓝面的鬼怪，身高一丈有余，头上长着肉角，嘴边露出长牙，腿上长毛，背上有鳞，正坐在沙滩上，面前放着熟鸡五只，浊酒十瓶，蓝面鬼举杯独酌，挥动的手掌好像蒲扇一样。高忠纵马前冲，用长枪直刺蓝面鬼的肉角。蓝面鬼受惊窜入海中，高忠于是坐在蓝面鬼刚才坐的地方，撕鸡斟酒，胆气更加旺盛。不一会儿，海水涌起，蓝面鬼骑一匹怪兽，从波涛中杀出，舞刀冲向高忠。

双方交战了很长时间，高忠乘隙用长枪刺中蓝面鬼的腹部，蓝面鬼弃刀逃走，高忠拾起大刀返回县里。刀上刻有“雁翎刀”三个字。县令命人把刀收藏在县库。从此，海边的鬼怪行迹断绝。

东粤省城甜水巷旗人丁姓者，入市买一溺器，命童携归，置于卧床之侧。夜起小遗，而壶口闭壅，且举之颇重。就月观之，口内皆黄蜡封固。丁以石碎之，忽见三寸小黑人跳跃而出，顷刻间长八九尺，身衣墨色布袍，手持利刃，入室登床，将杀丁妇。丁随于床头拔剑格斗，至鸡鸣时，黑人倏然而隐。次夕更余，复见灯下，丁仍挥剑逐去。越十余日，其邻余之妻告丁妇曰：“我闻五仙庙法师善治妖，盍往求焉？”是夜，黑人竟奔秀士[①]家，大声詈曰：“我与丁妇有三世夙仇，诉之冥界。其父母兄弟死亡无遗，唯此女在耳。将尽杀以雪我冤，何与汝事，而令遣妖道驱我为？”悉碎其日用器物，愤愤出门，遂不复见。丁妇自是无恙。

【注释】①秀士：德行才艺出众的人。

【译文】广东省城甜水巷有一个姓丁的旗人，到集市买了一件溺器，让小童携带回家，把溺器放置在卧床的旁边。他夜里起来小便，发现溺器的壶口堵塞，而且拿起来也很沉重。他对着月光观看，壶口内被黄蜡堵住。丁姓旗人用石头打破了溺器，忽然看见三寸大的小黑人跳了出来，一眨眼就长到八九尺高，穿着黑色布袍，手拿利刃，入内室登上床，就要杀丁妇。丁姓旗人随手拔出床边的宝剑与黑人格斗，一直打斗到鸡鸣的时候，黑人忽然消失。第二天初更时候，又在灯下看见黑人，丁姓旗人仍旧挥剑驱赶。过了十几天，他家邻居秀才的妻子告诉丁妇说："我听说五仙庙的法师善于捉妖，你何不前往求助呢？"这天夜里，黑人竟然跑到秀才家，大声骂道："我和丁妇有三世的旧仇，已向冥府诉冤。丁妇的父母兄弟都死了，只有丁妇还在人世。我要把她杀了来洗雪我的冤仇，与你有什么关系，而为他家出主意，请妖道来驱赶我呢？"黑人把秀才家的日用器物都打碎了，气氛难消地出门而去，再没回来。丁妇从此安然无恙。

张山来曰：报仇而隐于溺器中，亦可谓破釜沉舟。而卒不能报，徒迁怒于其邻，何也？

【译文】张山来说：为了报仇而藏在溺器中，这可以说是怀有破釜沉舟的决心了。而最后不能报仇，却迁怒于仇人的邻居，这是为什么呢？

康熙壬申、癸酉两岁，西安洊（jiàn）饥[①]，斗米千钱，道殣（jìn）相望。渭南县民赵午，鬻其子女已尽，家有一母一妻，无所得食，担其釜甑（zèng）[②]，就粟湖广。赵以其母老而善饭，常生厌弃之意。其妇王氏，事姑至孝，随侍益谨。癸酉四月，行至商州山中，午谓妇曰："老母步履艰难，汝负担先行，俟我挟之徐走。"妇是其言，遂于前途息肩以待。午狂奔追及，妇问姑何在，午曰："少顷即至矣。"妇怒曰："龙钟老人，何以令其独走！"以担授午，仍回旧路觅姑。午掌掴其妇数十，携担竟去。妇回至一僻所，见其姑面缚于树，以土塞口，气将绝矣。妇亟解姑缚，搵口中土，捧泉水灌之，乃苏。伛偻负姑行二里许，其夫已为虎噬，投担委衣，残胔（zì）[③]狼籍。妇视而啼曰："天乎！赵午大逆，遭此虎暴。

非死于虎，死于神也！”道傍闻者，无不叹息，称妇之贤而快午之毙。是时商州守戴良佐，散赈龙驹寨，妇负姑行久，色状馁疲，适经寨下。戴守召询，得其详，厚赐以金，令妇还渭南养姑。感泣而归。

【注释】①洊饥：连年饥荒。②甑：古代的蒸食用具。③残胔：残剩在尸骨上的腐肉。

【译文】康熙壬申、癸酉两年，西安连年饥荒，一斗米卖到一千文钱，路上饿死的人随处可见。渭南县人赵午，为了糊口，已经把子女都卖了，家中只有一母一妻，没有办法得到粮食，只好担着釜甑，领着家人到湖广一带去谋生。赵午嫌弃母亲年老而且饭量大，常有抛弃母亲的想法。他的妻子王氏，事奉婆婆极尽孝道，一路上对婆婆照顾得很周到。癸酉年四月，他们走到商州的山中，赵午对妻子说：“老母步履艰难，你担着担子先走，在前面等候，我扶着母亲慢慢走。”王氏就听从了他的话，于是走到前面的道边，放下担子歇息等待。一会儿，赵午狂奔着追了上来，王氏问婆婆在哪，赵午说：“一会儿就来了。”王氏愤怒地说：“老态龙钟的老人，怎么能让她独自行走呢？”王氏把担子交给赵午，返回原路寻找婆婆。赵午竟然打了王氏数十巴掌，挑着担子先走了。王氏返回到一处偏僻的地方，见到婆婆双手被反绑在树上，嘴里被土塞住，快要不行了。王氏急忙解开婆婆身上的绳子，取出婆婆口中的泥土，捧来泉水让她喝下，婆婆这才苏醒过来。王氏弯着腰背着婆婆走了二里多路，这时她的丈夫已经被老虎吞噬了，担子扔在一边，衣服四处散落，残留的骨肉到处都是。王氏看到后啼哭说：“天啊！赵午大逆不道，遭到老虎吞噬。他不是死于虎口，而是死于神灵的惩罚啊！”道边的人们听到后，没有不叹息的，都称赞王氏贤惠而乐于看到赵午的毙命。当时商州知府戴良佐，在龙驹寨分发粮食，赈济灾民，王氏背着婆婆走了很久，一脸饥饿疲惫之色，刚好经过龙驹寨。

戴良佐询问她，得知事情的经过，就厚赐金钱，让王氏返回渭南赡养婆婆。王氏感动得哭泣不止，而后携婆婆返回故里。

英德县含洸司，有猎人负弓弩射于山。适雷雨骤至，隐身蓊（wěng）翳[①]。遥见数武外老树上盘绕巨蛇，长十余丈，首大于瓮。迅雷轰轰，将迫蛇，蛇仰首吐火上冲，红光如彗，雷渐引去。少顷，雷声甚怒，复迫蛇，蛇复吐火敌雷。猎人恶其猛毒，彀弓发弩，中其尾，蛇首顿缩，霹雳大震，蛇遂击死，而猎人亦惊仆矣。闻空中有语之者曰："无恐，当即苏也。"良久，清醒还家。家人见其背有朱书"代天除暴，延寿二纪[②]"八字，浣之不去。此康熙辛酉四月间事，今距射蛇时已二十余载，英德人言其雄健犹昔，盖天赐之龄，固未艾也。

【注释】①蓊翳：指茂密的林木。②纪：十二年为一纪。

【译文】广东英德县含洸镇，有一名猎人背着弓弩上山打猎。恰逢突降雷雨，他藏在茂密的林木里，远远地看见不远处的老树上盘绕着巨蛇，长十多丈，蛇头比瓮还大。此时天雷滚滚，逼近大蛇，大蛇抬头吐火上冲，发出的红光如同彗星，雷声就渐渐远去。不一会儿，雷声异常愤怒，又逼近大蛇，大蛇又吐火对抗滚雷。猎人厌恶大蛇，就张弓发箭，射中蛇尾，蛇头顿时收缩，霹雳大作，大蛇于是被雷击而死，而猎人也受惊吓而跌倒。猎人听到空中有人说："不要恐慌，马上就会复苏。"过了很久，猎人清醒过来，回到家中。家人看见他背上有用朱笔书写的"代天除暴，延寿二纪"八个字，洗也洗不掉。这是康熙辛酉年四月的事情，如今距离射蛇的时候，已过去二十多年了，英德县的人说猎人还和以前一样雄健，大概是上天赐给的寿命，仍然未尽啊。

余同学友王仔衡，言其亲某，以红纸作筒，封银三钱，致贺婚家。婚家返银，拆筒展视，忽变小虾（há）蟆一头，眼若点朱，通体白如水精[①]，莹洁空明，骨脏俱见，趯（yuè）然[②]从纸窝跃出。捕而藏之箧，晨夕玩弄，阅三日失去。广州陈弘泰，贷钱于人而征其息，其人将鬻虾蟆万头以偿，弘泰睹而心恻，命悉放之江中，遂与焚券。数月后，骑行夜归，路间有物，光焰闪烁，惊马不前。视之，乃尺许金虾蟆也。取以还家，自此益致饶裕。夫金银本无定质，变易不常，故其聚散，每因人心以为去留。天下之溺于富贵者，取之既非以义，守之又无其道，而欲据为子孙百世之业，不亦颠乎？

【注释】①水精：水晶。无色透明的结晶石英。②趯然：跳跃的样子。

【译文】我同学的朋友王仔衡，说他的某个亲戚，用红纸卷成纸筒，封了三钱银子，去娶亲的人家道贺。娶亲的人家又把银子返还给他，他回家拆开纸筒一看，银子忽然变成一只小虾蟆，眼睛一小点像朱砂一样，通体像水晶一样，晶莹剔透，骨头内脏都能看见，小虾蟆跳跃着从纸筒里跃出。亲戚把它捉住，藏在箱子里，早晚摆弄玩耍，三日后虾蟆失踪了。广州人陈弘泰，借钱给人，去收取利息，欠债的人准备将万只虾蟆卖了偿还，陈弘泰看到后而心生恻隐，让他把虾蟆都放生到江中，并焚毁了借条。数月后，陈弘泰骑马夜归，路中间有东西，闪闪发光，马受惊不肯向前。陈弘泰下马一看，是个一尺多长的金虾蟆。他把金虾蟆带回家，从此更加富裕。金银本无定质，变化没有常态，所以它的聚散，每次都因为人心作为去留的依据。天下沉溺于富贵的人，获取财物既不是根据道义，守护财物又没有道德，而想把财物留给子孙，作为百世继承的家业，不也很糊涂吗？

张山来曰：若虾蟆不复化去，则尤胜阿堵物[1]也。

【注释】①阿堵物：这个东西，是对钱财的蔑称。

【译文】张山来说：如果虾蟆不再变化离去，那么远远胜过钱财本身啊。

名捕传

姚□□伯祥

【题解】本篇是《虞初新志卷十七》的第六篇。记述一批官银被马贼抢走，众捕快束手无策，这时遇到名捕夫妇，名捕病重，名捕的妻子单枪匹马打败马贼，夺回官银。展现了名捕妻子的勇敢机智，武艺高强，真是巾帼不让须眉。

金坛王伯弢（tāo）孝廉，自言丙午偕计[①]至德州，见道旁有捕贼勾当[②]，与州解相噪。问之，云放马贼昼劫上供银若干，追之则死贼手；不追则死坐累。各相向呼天，泣数行下。然贼马尘起处，犹目力可望也。忽有夫妇两骑从他道来，诸捕咸相庆曰："保定名捕至矣！当无忧也。"诸捕控名捕马，问从何来。言夫妇泰山进香耳。然名捕病甚，俯首鞍上。其妻亦短小好妇人，以皂罗覆面，手抱一婴儿。诸捕告之故，哀乞相助。名捕曰："贼几人？"曰："五人。"曰："余病甚，吾妇往足矣。"妇摇手："我不耐烦。"名捕嗔骂曰："懒媳妇！今日不出手，只会火炕上搏老公乎？"妇面发红，便下马抱儿与夫，更束马肚，结缚裙靴，攘臂，袖一刀，长三尺许，光若镜也。夫言："将我箭去。"妻曰："吾弹固自胜。”言未讫，身已在马上，绝尘而去。诸捕皆奔马随之。

【注释】①偕计：指举人进京会试。②勾当：主管；料理。

【译文】江苏金坛的王伯弢举人，亲口述说丙午年间，他进京参加会试，走到山东德州时，看见路旁有几个捉拿盗贼的捕快，正和州里解送官银的差役在那里大喊大叫。他上前询问发生了什么事，他们说：“马贼大白天抢劫了朝廷的官银，如果去追捕马贼，我们就会死在马贼手里；不去追捕我们又会受到上司追究，被定罪而处死。”他们呼天喊地，相对而泣。此时贼人马匹飞奔扬起的尘土，还可以看得见。忽然有一对夫妇骑着马，从另一条路上走过来，众捕快都惊喜地相互庆幸说：“保定府的名捕到了！我们不必担忧了。”众捕快拦住名捕的马，问他从哪里来。名捕说他们夫妻准备去泰山进香。然而名捕病得很重，俯身趴在马鞍上。他的妻子是一个身材娇小的美妇人，用黑纱罩着脸，手中抱着一个婴儿。众捕快告诉名捕官银被抢的经过，恳求名捕出手相助。名捕问道：“马贼有几个人？”众捕快说：“五个人。”名捕说：“我病得很严重，我妻子去就足以了。”名捕的妻子摆手说：“我不去，嫌麻烦！”名捕生气地骂道：“懒媳妇！今天这种事都不出手，难道只会在火炕上打老公吗？”妇人脸上发红，就下马把婴儿交给丈夫，再束紧马的肚带，绑好裙子靴子，捋起袖子，从袖子里抽出一把刀，有三尺多长，刀面光亮的像镜子一样。名捕说：“带上我的弓箭去吧。”他的妻子说：“凭我的弹弓就能取胜了。”话还没说完，人已经飞身上马，疾驰而去。众捕快也都快马加鞭跟上去。

须臾，追及贼骑。妇人发声清亮，顺风呼贼曰：“我保定名捕某妻，为此官钱，故来相索。宜急置，毋尝我丸也！”贼言：“丈夫平平，牝猪敢尔！”贼发五弓射妇，妇从马上以弹弓拨箭，箭悉落地，急发一弹，杀一人。四人拔刀拟妇，妇接战，挥斥如意，复斫杀一人。三人惧，少却，妇更言曰：“急置银，舁两尸去，俱死无益也！”三人下马乞命，置银，以二尸缚马上而逸。未几，诸捕至，舁银而还。此妇犹旖旎（yǐ nǐ）寻常，善刀藏之，下马遍拜诸捕曰：“妮子着力不健，纵此三寇，要是裙襦伎俩耳。”州守为治酒，宴劳五日而去。

【译文】不一会，名捕的妻子就追上了马贼。妇人嗓音清亮，顺风向马贼呼喊道：“我是保定府某名捕的妻子，为了追回官银，特地找你们索要。你们赶快把官银放下，否则就要吃我的弹丸了！”马贼们说：“你丈夫的武艺平平，你这母猪怎敢如此放肆？”五个马贼一起用箭射妇人，妇人在马上用弹弓拨打飞箭，把箭全部打落地上，妇人快速射出弹丸，射杀一个马贼。其余四个马贼拔出刀冲向妇人，妇人也拔刀迎战，从容应敌，瞬间又砍死一个马贼。其余三个马贼惧怕了，稍稍退却，妇人再次喊道：“赶快放下官银，把两具尸体抬走，你们都死了也没有什么好处！”三个马贼下马乞求饶命，并放下官银，把两具尸体捆在马上就赶快逃走了。没过多久，众捕快赶到，抬起银子就运回去了。名捕的妻子还是一幅娇美的样子，和平常没有差别。她把刀收藏好，下马对众捕快作揖说：“小女子能力不够，放跑了三个马贼，我一个妇道人家的本领实在有限。”德州知府特地为名捕夫妇置办酒席，设宴慰劳了五天才让他们离去。

姚伯祥曰：此皆伯弢口授于予，予为之记，所谓舌端有写生手也。

【译文】姚伯祥说：这都是王伯弢亲口告诉我的，我替他记录下来，他的描述如此生动，真是舌绽莲花啊。

张山来曰：名捕捕贼，尚不足奇；妙在名捕之妇有此手段，真可敬也！

想见此妇火炕上搏老公时，必有异乎人者。一笑。

【译文】张山来说：名捕捕贼，还不值得奇怪；妙在名捕的妻子也有如此手段，真可敬啊！

可想而知名捕的妻子在火炕上打老公时，必定不同于普通妇人吧。一笑置之。

南游记

孙嘉淦锡公

【**题解**】本篇是《虞初新志卷十七》的第七篇。孙嘉淦是清朝名臣，历经康熙、雍正、乾隆三朝，以敢言直谏而出名。本文记述了孙嘉淦在遭遇母亲去世、妻子亡故等一系列变故之后，为了派遣心中抑郁，寄情山水，南下出游的经历。全文洋洋洒洒一万余字，不仅描写了沿途的壮丽风景，使人身临其境，而且借景抒情，凭古悼今，是不可多得的佳作。

游亦多术矣。昔禹乘四载[①]，刊山[②]通道以治水。孔子、孟子周游列国，以行其道。太史公览四海名山大川，以奇其文。他如好大之君，东封西狩以荡心；山人羽客[③]，穷幽极远以行怪；士人京宦之贫而无事者，投刺四方以射财。此游之大较[④]也，余皆无当焉。盖余之少也，淡于名利，而中无所得，不能自适，每寄情于山水。既登第，授馆职，匏（páo）系都门[⑤]，非所好也。己亥之夏，以母病告假归省。其秋，遂丁母艰。罔极[⑥]未报，风木[⑦]余悲，加以荆妻溘逝，稚子夭残，不能鼓缶[⑧]，几致丧明。学不贞遇，为境所困，欲复寄踪山水之间，聊以不永怀而不永伤焉。《诗》云：“驾言出游，以写我忧”，此之谓也。

【注释】①四载：指古代的四种交通工具。水乘舟，陆乘车，泥乘輴，山乘樏。輴：车底可能类似雪橇，防止车辆陷入泥中。樏：类似轿子的东西。②刊山：凿山。③山人：一般指隐士高人或与世无争的高人。羽客：炼丹服药、修道求仙之士。魏晋时指和尚。④大较：大略，大致。⑤匏系：比喻不为时用；赋闲。都门：指国家（包括诸侯国）的首都及较大的城市。⑥罔极：指人子对于父母的无穷哀思。⑦风木：以“风木”比喻父母亡故，不及奉养。⑧鼓缶：指丧妻。

【译文】世人出游四方也有多种原因和目的。当年大禹乘坐四载，凿山开道来治理洪水。孔子、孟子周游列国，来推行他们的学说。太史公司马迁游览四海的名山大川，来收集奇闻异事。其他好大喜功的君主，则东封西狩来满足其爱慕虚名的心意；隐士高人，居住在幽远偏僻的地方来远离世人；士人和京官中贫穷而无所事事之人，四处游说来谋求功名利益。这些是出游的大概类型，我不属于其中的任何一种。由于我年少时，淡泊名利，到了中年也一无所得，不能自得其乐，所以经常寄情于山水。后来我考中进士，被授予馆职，赋闲在京师，不能施展抱负，这并不是我所喜好的事情。己亥年夏季，我因为母亲病重而告假回乡探亲。己亥年秋季，遭逢母亲病故。我哀思母亲的养育之恩未报，悲伤没有机会再孝敬母亲，再加上妻子忽然逝世，幼子受到刺激，我也异常悲伤，几乎失明。自己的学问还不到家，难以从眼前的困境中解脱出来，所以想要寄情于山水之间，借以忘却思念和哀伤。《诗经》上说：“驾车出游，排解我忧”，说的就是这种情况。

庚子秋，束装[1]策蹇，东抵晋阳，系舟石室之山，悬瓮难老之泉，柳溪、汾晋之水，圆通、白水之观，浮沉其中者累月。东出故关[2]，道井陉，过真定，历清苑。观背水[3]于获鹿，食麦饭于滹沱，望恒岳于曲阳，访金台[④]于易水，仰伊祁于庆都[⑤]，思轩辕于涿郡[⑥]。已而北走军都，临居庸，登天寿，东浴阳泉，遂至渔阳。上崆峒，下玉田，涉卢龙，怀孤竹[⑦]，浮沉其中者又累月。家世塞北，今到辽西，三过风景，约略相同。时值冬暮，层冰峨峨[⑧]，飞雪千里，丛林如束，阴风怒号，不自知其悲从中来也。因而决计南行，返都中治装。适吾友李子景莲不得志于礼闱（wéi）[⑨]，遂与之偕。

【注释】①束装：整理行装。②故关：地名，在山西省平定东九十里，今称旧关。③背水：指背水一战、井陉之战，公元前204年汉军与赵军之间的战役，韩信以少胜多获得了战争的胜利。④金台：指黄金台，也称招贤台，战国时期燕昭王筑，是燕昭王尊师郭隗的地方。⑤伊祁：传说中上古帝王唐尧的姓氏。尧帝，姓伊祁（一说尹祁），号放勋。庆都：尧帝受封的故土。⑥轩辕：指黄帝，黄帝居轩辕之丘，号轩辕氏。⑦孤竹：商周时国名。在今河北省卢龙县。⑧峨峨：山体高大陡峭，态度庄重严肃。⑨礼闱：指古代科举考试之会试，因其为礼部主办，故称礼闱。

【译文】庚子年秋季，我整理行装骑驴出行，向东抵达太原，游览了系舟山、石室山等高山，以及悬瓮山的难老泉和汾河河畔的柳溪胜景，此外还游览了圆通观、白水观，在这一带游玩了一个多月。然后，我向东出故关，过井陉，再过真定，过清苑。我在获鹿县凭吊背水之战的遗址，在滹沱河吃麦饭，在曲阳县望北岳恒山，在易水边访寻黄金台，在庆都瞻仰唐尧故土，在涿郡思念黄帝遗事。不久向北走军都山，到达居庸关，登天寿山，向东经过汤山温泉，到达渔阳。我又去往蓟县的崆峒山，经过玉田县，到达卢龙县，在那里凭吊孤竹国，我又在这一带游历了一个多月。我的家乡在塞北，现在到了辽西，路过的三处地方，风景大致与家乡相同。当时正值冬末，高山冰封，飞雪千里，林木丛生，寒风怒号，让人不禁悲从中来。因此我决定向南出游，于是返回京师整治行装。恰好我的朋友李景莲会试落第，于是和我一起出游。

辛丑二月二十四日出都，此则吾南游之始也。都中攘攘，缁尘如雾。出春明门[①]，觉日白而天青。过卢沟桥，至琉璃河。卢沟者，桑干也；琉璃河者，圣水也。南有昭烈[②]故居，又有郦道元宅，注《水经》之所也。南至白沟，昔宋、辽分界之处。南至雄县，有湖，一望烟水弥漫，极浦[③]桅帆，云中隐现，亦河北巨观也。过任丘，有颛顼（zhuān xū）氏[④]之故城。南至于河间，九河故道，漫灭不辨。滹沱、易、清、衡、漳、潞、卫，高、交、淇、濡，皆经其境以入海。府首曰献县，昔河间献王之都。南出阜城，至景州。景州，古条地，周亚夫封于此。有董家里，仲舒下帷[⑤]之所也。

【注释】①春明门：唐朝京城长安东门。这里指北京的东门。②昭烈：指刘备，字玄德，汉涿郡涿县人，三国时期蜀汉开国皇帝，谥号昭烈帝。③极浦：遥远的水滨。④颛顼氏：上古部落联盟首领，“五帝”之一，姬姓，号高阳氏，黄帝之孙。⑤下帷：指汉代董仲舒下帷讲学，三年不看窗外的事。

【译文】辛丑年二月二十四日离开京师，这是我南游的开始。京师中人流拥挤，尘土飞扬。出了东城门，就感觉阳光明媚，天空碧蓝。走过卢沟桥，到了琉璃河。卢沟河，也就是桑干河；琉璃河，是古时候的圣水河。南面有昭烈帝刘备的故居，又有郦道元的旧宅，是他注释《水经》的地方。向南到达白沟，白沟是昔日北宋、辽国的分界线。向南到了雄县，雄县有大湖白洋淀，一眼望去烟雾弥漫，远处水面上的桅杆船帆，隐约可见，这也是河北的奇丽景象。走过任丘县，有颛顼氏的故城。向南来到河间，河间府境内的九条古河的旧道，已经模糊不清不可辨认了。滹沱河、易河、清河、衡河、漳河、潞河、卫河、高河、交河、淇河、濡河，都经过河间境内流入大海。河间府的首邑叫献县，是从前河间献王的都城。向南出阜城，到了景州。景州，是古代的条地，周亚夫封地在这里。有个叫董家里的地方，是董仲舒下帷讲学的地方。

东至德州，入山东境。州城临运河，船桅如麻。南至平原，昔搏徒卖浆，毛公、薛公[①]，以及东方生[②]、管公明[③]皆奇士，今得毋有存焉者乎？平原君庙内有颜鲁公[④]碑，惜匆匆过，未见也。东南至齐河，自涿州背西山而南，七日走九百里。极目平畴（chóu）[⑤]，至齐河始见山。齐河水清，抱县城如碧玉环，石桥跨之。两岸桃柳，新绿嫣红，临水映发，为徘徊桥上者移时。南四十里曰开山，遂入山。途中矫首欲望东岳，而适微雨。云山历乱，时于云外见高峰，以为是矣。曾不数里，又有高者。午后见一峰甚高，怪石突起，烟岚[⑥]拥护，谓必是矣。已而川势东开，山形北较，远而望之，更有高者。盖余从泰山之北来，午前见背，午后见臂，至泰安州始当其面，而又值云封，故终日望而未之见也。

【注释】①昔搏徒卖浆，毛公、薛公：《东周列国志》第一百回：“时赵有处士毛公者，隐于博徒；有薛公者，隐于卖浆之家。”搏徒：指赌徒。②东方生：指东方朔。本姓张，字曼倩，西汉时期著名的文学家。③管公明：管辂，字公明，三国时期曹魏术士，北宋时被追封为平原子。被后世奉为卜卦观相的祖师。④颜鲁公：指颜真卿，唐代宗时官至吏部尚书、太子太师，封鲁郡公，人称“颜鲁公”。⑤极目：指满目；远望。平畴：指平坦的田野。畴：田地、田界。⑥烟岚：指山里蒸腾起来的雾气。

【译文】我向东到达德州，进入山东境内。德州临近运河，运河上的船只拥挤，桅杆林立。向南到达平原地区，从前毛公隐于博徒，薛公隐于卖浆之家，以及东方朔、管辂等人都是奇士，如今还有这样的人物吗？平原君庙内有颜鲁公颜真卿题写的碑文，可惜匆匆经过，没有机会一观。向东南走到齐河，从涿州背向西山南行，七天走了九百里。路上一眼望去都是平坦的田野，到齐河县才看见山。齐河河水清澈，如同一条碧玉衣带环绕县城，一座石桥横跨齐河。齐河两岸的桃柳，嫩叶初发，红花正艳，倒映水中，使桥上游览的人流连美景，沉湎多时。南边四十里有座开山，于是我们进入开山。途中抬头想要遥望东岳泰山，而刚巧碰上天下小雨。视野中云山纷乱，当时看到在云端有一座高峰，我以为是泰山。走了不过几里路，又出现一座高山。午后看见一座山峰非常高大，怪石突起，山里蒸腾起来阵阵雾气，我说这必定是泰山了。不久，山脉向东延伸而去，而山势明显是北高南低，远远望去，远处还有更高大的山峰。原来我们从泰山北边过来，中午前看见的是山背，午后到达山臂，到泰安州才面对着泰山的正面，而当时又正值浓云封山，所以我们一整天没有望见泰山。

次早欲上，土人云："不可，山顶有娘娘庙，领官票而后得入。"票银人二钱，曰口税。夫东岳自有神，所谓"娘娘庙"者，始于何代？功德何等？愚民引夫妇奔走求福，为民上者既不能禁，又因以为利。不得已，亦领票，得票欲上，人又云："不可，山之高四十里，穷日①乃至其颠。兹向午已迟，且天阴。下晴上犹阴，下阴上必雨。雨湿风冷，请以异日。"因而观城中之庙，庙去城之南门二百步许，而以北城为后垣。一城之中，庙居大半焉。阶墀（chí）②多古柏，云汉武东封时所植。阶墀有碑，其文曰："磅礴东海之西，中国之东，参穹秀灵，生同天地，形势巍然。古者帝王登之，观沧海，察地利，以安民生。祝曰：泰山于敬则致，于礼则宜。自唐加神之号封，历代相沿至今。曩者元君失驭，海内鼎沸，生民涂炭。予起布衣，承上天后土之命，百神阴佑，削平暴乱，正位称职。奉天地，享鬼神，以依时统一人民，法当式古。今寰宇既清，特修祀仪。因神有历代之封号，予起寒微，畏不敢效。盖神与穹昊③同始，灵镇一方，其来不知岁月几何。神之所以灵，人莫能测。其职受命于上天后土，为人君者何敢与焉？惧不敢加号，特以东岳之神名其名，依时祭神，唯神鉴之。洪武三年六月二十日。”可谓辞严义正矣。

【注释】①穷日：尽一整天的时间；终日。②阶墀：台阶。③穹昊：指穹苍，苍天。

【译文】第二天早上，我们想上泰山，当地的人说："不可以，山顶有娘娘庙，领取官票后才能进入。"官票每人二钱银子，叫做口税。东岳自古就有神灵，现在所谓的"娘娘庙"，开始于什么朝代？所谓的"娘娘"有什么功德？愚昧的人带着男男女女们来到"娘娘庙"拜祭求福，地方官员既不能禁止，又借此获利。不得已，我们也花钱领票，拿到官票后就想上山，当地的人又说："不可以，泰山山路有四十里，需要一整天才能登到山顶。现在将近中午，已经迟了，而且现在是阴天。山下晴朗的时候，山上还可能是阴天，山下是阴天，山上必定下雨。雨湿风冷，路滑难走，请诸位改日再上山。"因此我们去游览城中的庙宇，庙宇离城南门大约二百步，以北城墙为庙宇后墙。一座城邑之中，庙宇占了大半。庙门台阶旁边有许多古柏，人们说是汉武帝东封泰山时种植的。台阶处有石碑，碑文写到："磅礴东海之西，中国之东，参穹秀灵，生同天地，形势巍然。古者帝王登之以观沧海，察地利，以安民生。祝文说：泰山于敬则致，于礼则宜。自唐加神之号封，历代相沿至今。曩者元君失驭，海内鼎沸，生民涂炭。予起布衣，承上天后土之命，百神阴佑，削平暴乱，正位称职。奉天地，享鬼神，以依时统一人民，法当式古。今寰宇既清，特修祀仪。因神有历代之封号，予起寒微，畏不敢效。盖神与穹昊同始，灵镇一方，其来不知岁月几何。神之所以灵，人莫能测。其职受命于上天后土，为人君者何敢与焉？惧不敢加号，特以东岳之神名其名，依时祭神，唯神鉴之。洪武三年六月二十日。"这样的碑文可以说是辞严义正了。

庙中望山顶如屏风，中挂白练。问之，人曰："南天门也。"因与景莲约，起二更，奋力急趋，鸡鸣至其颠，可观沧海日出也。如约起，遥见火光明灭，高与星乱。至则皆贫民，男女数千，宿止道旁，然炬以丐钱。教养失而民鲜耻，可慨已！山足曰红门，红门以后，路皆石阶，时闻阶旁潺潺有水声。四更至回马岭，阶级愈峻，如行壁上。鸡鸣至玉皇庙，谓至顶矣，导者笑曰："甫半耳。"因少憩。黎明，缘涧水，度石桥，见两峰对立，中有瀑布。时宿雨初晴，朝光澄彻，山岚护石，松翠浮空，瀑流飞响，清心韵耳。磴（dèng）道[①]从西峰上，有碑，题曰"五大夫松"。碑下仰望，见两峰之顶，高插云霄，心中窃拟谓此山颠也。攀登久之，回首遐眺[②]，见松山顶在我足下；昨所见诸峰，在松山下；齐鲁数千里之山，又在诸峰之下。盖已飘飘凌云矣。不意峰回路转，更见高峰。天门之峰，无点土，亦无寸草，石脉长而廉隅[③]四出，骈植叠累[④]，皱若莲菊。磴道直上十里，乃城中所望若白练者。盖吾从碑下望松山，似高于城中望天门；今于此地望天门，实高于碑下望松山。道旁石上刻四大字，曰"仰之弥高"，其信然矣！磴列铁柱，中贯铁索，援索而登，抱柱而息。比磴道尽，反无所见。盖下望天门，乃其绝顶。

【注释】①磴道：登山的石径。②遐眺：远望。③廉隅：棱角。④骈植：并立。叠累：积聚；累积。

【译文】从庙中望山顶，泰山形如屏风，中间挂着白色长练。向人询问那是什么地方，有人说："那是南天门。"因此我与李景莲约定，在二更天起身，奋力急行，争取鸡鸣时分到达山顶，到时候就可以观看东海日出了。夜里，我们如约起身，远远地看见山上火光忽明忽暗，好像与星星一样高。到了跟前才发现，原来是男女数千人的贫民，夜宿道旁，点燃火把讨钱。百姓失去教养而不知羞耻，可叹啊！泰山山脚有门楼叫红门，过了红门以后，道路全是石阶，不时听到台阶旁有潺潺的流水声。四更天我们到达回马岭，台阶更加险峻，如同行走在峭壁上一样。鸡鸣时我们来到玉皇庙，我以为到山顶了，向导笑着说："刚走了一半路程罢了。"我们就地稍作休息。黎明时候，我们沿着山涧，度过石桥，看见两峰对立，两峰中间有瀑布。当时夜雨初停，朝阳明媚，云雾绕石，松枝凌空，瀑布飞响，清心悦耳。沿着石阶走上西峰，有一块石碑，写着"五大夫松"。从石碑仰望，看见两山峰的顶端，高插云霄，我心中以为这就是山顶了。攀登了很久，回头远望，只见五大夫松的山顶已经在我的脚下了；昨天所见的诸峰，又在五大夫松的脚下；齐鲁大地方圆数千里内的山峰，又在诸峰脚下。我们大概已经飘飘然，直上云霄了。不经意间峰回路转，又看见高峰。这就是泰山天门，山上没有一点土，也不长一寸草，山石的纹路长而且棱角分明，并立垒叠，如同莲菊的褶皱。石阶一直往上延伸大约有十里，这就是我们在城中看见的，好像白色长练的东西。我从石碑看五大夫松的山峰，似乎高于在城中看天门山；现在在这里看天门，又高于在石碑看五大夫松的山峰。道旁的石头上刻着四个大字，为"仰之弥高"，确实如此啊！石阶旁有铁柱，中间穿着铁索，我拉着铁索登山，抱着柱子休息。等到登山的石阶走完，反而没有可看的风景。从这里向下望，可以看到天门，这里应该是最高处了。

既至其上，又有高峰拥蔽焉。迂回攀跻，见所谓“娘娘庙”者在秦观峰下。正殿五间，而三门皆有铜栅，门内金钱，积深二、三尺。堂上有三铜碑，明末大珰所铸，余无可观。东庑檐下，石柱中断，余坐其上而休焉。俯视有字，拂拭辨之，则李斯篆也。其文曰：“盛德丞相臣斯①、臣去疾②、御史大夫臣德昧死③言：臣请具刻诏书金石，刻因明白矣。臣昧死请。制曰：可。”笔法高古秀劲，非汉、晋人所能及。庙后后壁高十余丈，唐摩崖碑④在焉。崖西洞中，有泉甘冽。崖后上里许，登秦观峰，乃泰山之颠也。举头天外，俯视寰⑤中，浩浩茫茫，四无涯际。东见青营，负山阻海；北顾塞垣，横亘千里，河朔诸州，星罗棋布。循太行而西，中州之沃衍⑥，咸阳之阻隘，皆可指数。黄河由华阴走兖、徐，湾环若衣带。嵩山二室⑦，如二卷石⑧。淮阳之间，一望平芜。“登泰山而小天下”，果不诬也！峰颠有殿，庭中石崛起，意古者金泥玉检⑨文，皆封于此。门前石表，始皇所建，高二丈余而无字。日观在东，月观在西，高皆与秦观等。古迹名胜，不可遍睹。薄暮遂下，至松山而少憩。回思三观，如在天上。又下见朝阳洞，石穴幽邃。又下见水帘洞，流水蔽岩。下至山麓，见一巨人，与之并立，翘足伸手，而不能摹其顶。古者长狄在齐、鲁之间，岂其遗种与？

【注释】①斯：指李斯，时任左丞相。②去疾：指冯去疾，秦朝时任右丞相。③昧死：指冒死，不避死罪。④唐摩崖碑：指《纪泰山铭》刻石，又称唐摩崖，在岱顶大观峰崖壁上。⑤寰：古指距京都千里以内的地区，京畿。⑥沃衍：土地肥美平坦。借指肥美平坦的土地。⑦嵩山二室：嵩山由太室山与少室山组成。⑧卷石：指如拳大之石。⑨金泥玉检：以水银和金为泥作饰、用玉制成的检，古代天子封禅所用。

【译文】我们到了山顶后，又看见周围高峰环绕。经过迂回跋涉，我们来到秦观峰，在山脚看见所谓的“娘娘庙”。娘娘庙有正殿五间，而三个大门全有铜栅栏挡着，门内有人们投掷金钱，厚达二、三尺。堂上有三座铜碑，是明末大宦官所铸，其余没有什么可看的。东房檐下，有石柱从中断开，我坐在上面休息。偶然俯视石柱，发现上面有字，我擦掉尘土分辨字迹，是李斯的篆书。写的是：“盛德丞相臣斯、臣去疾、御史大夫臣德昧死言：臣请具刻诏书金石，刻因明白矣。臣昧死请。制曰：可。”笔法高雅古朴秀美有力，不是汉、晋的人所能比拟的。庙后的石壁高十多丈，还留有唐代的摩崖碑。摩崖碑西面的洞中，有甘冽的泉水。从摩崖碑的后面，往上攀登一里多路程，我们登上秦观峰，这才是泰山的最高处。抬头望天外，俯视寰宇中，苍茫一片，没有边际。向东可以看见青州、营州，背后靠山，面对大海；向北可以看见长城横跨万里，河朔各州星罗棋布。沿着太行山向西，中州的沃野，咸阳的险关，都可以一一指出。黄河由华阴流向兖州、徐州，弯曲的河水如同衣带。嵩山的太室山与少室山，如同二个拳头大的石头。淮水扬州之间，一眼望去是平旷的原野。“登泰山而小天下”，果然不是谎话！峰顶有大殿，庭院中有石头竖起，大概古代天子封禅所用的文章，都封存在这里。门前的石表，是秦始皇修建的，高二丈多而无文字。日观峰在东，月观峰在西，高度都和秦观峰相同。山上古迹名胜众多，不能一一游览。到了傍晚时分下山，我们在五大夫松稍作休息。回望三观峰，如同在天上一样。又在下山途中见到朝阳洞，石穴幽静深邃。又见到水帘洞，流水遮蔽岩石。下到山脚，看见一个巨人，与他并排站立，踮起脚也不能摸到他的头顶。古时候，有狄人生活在齐、鲁之间，这是他们的后代吗？

次早，由泰安趋曲阜。曩在山上，视泰安城如掌大；汶水一线，环于城外，徂徕（cú lái）[①]若堵，蹲于汶上。出泰安城，不见水与山也。行五十里，见大河广阔，乃汶水也。又五十里，见崇山巍峨，乃徂徕也。相去百里，而俯视不过数武，其高可想矣。徂徕之西曰梁父，对峙若门。从门南出，平畴沃衍，泗水西流。孔林[②]在泗水南，洙水在孔林南，曲阜在洙水南，沂水在曲阜南。孔林方十余里，其树蔽天，其草蔽地。至圣墓[③]，有红墙环立，墙中草树愈密，修干丛薄，侧不容人，而景色开明，初无幽阴之气。至圣墓，产蓍草，碑曰“大成至圣文宣王墓”。西偏小屋三间，颜曰“子贡庐墓处”。东南有泗水侯[④]墓，正南有沂国公[⑤]墓。墙东南有枯木，石栏护之，子贡手植楷（jiē）也。旁有楷亭。其北有驻跸亭，人君谒墓更衣之所。门外有洙水桥，桥南高阜[⑥]一带，辟其东南为门。门距曲阜可二里，道旁植柏，行列甚整，蔽日参天，皆数千年物也。入曲阜之北门，路东有复圣[⑦]庙，庙前有陋巷。巷南折而西，则孔庙之东华门也。庙制如内廷宫殿，而柱以石为之，蛟龙盘旋，乃内廷所无。至圣与诸贤皆塑像。石刻至圣像有三，车服礼器，藏于衍圣公[⑧]家。圣公入觐，不可得观。殿南有亭，颜曰“杏坛”，古杏数株，时值三月，杏花正开。坛南有先师手植桧，高三丈而无枝，文皆左纽。子贡之楷，虽不腐而色枯，此则生气勃发焉。大门内外丰碑无数。南有高楼曰奎文阁，阁南门下，汉、魏之碑十余，皆额尖而有圆孔。门外有水，上作五桥。桥南有门，门外有栅，自殿庭至栅内，苍松古柏，虬龙盘屈，不可名状。

泰安汉柏，又不足道矣。

【注释】①徂徕：山名，又名尤来、尤崃、尤徕。在山东省泰安市东南。②孔林：孔子及其后裔的墓园，园内古木参天。③圣墓：指孔子的陵墓。④泗水侯：指孔鲤，字伯鱼，孔子之子，述圣孔伋之父，被宋徽宗封为“泗水侯”。⑤沂国公：指孔伋，字子思，中国春秋时期著名的思想家。⑥高阜：高的土山。⑦复圣：指颜回，尊称颜子，字子渊，春秋末期鲁国人，是孔子最得意的门生。⑧衍圣公：是孔子嫡长子孙的世袭封号，始于1055年宋仁宗至和二年，至1935年民国二十四年国民政府改封衍圣公孔德成为大成至圣先师奉祀官为止。

【译文】次日早上，我们从泰安到曲阜。以前在山上，俯视泰安城如手掌般大小；汶水，像丝线环绕在城外，徂徕山好像一堵矮墙，坐落在汶水边上。现在，当我们走出泰安城时，却看不见汶水与徂徕山。走了五十里，才看见一条广阔的大河，这就是汶水啊。又走了五十里，见到高山雄伟矗立，这就是徂徕山啊。汶水与徂徕山相距百里，而在泰山上俯视却觉得没有多远，泰山之高就可想而知了。徂徕山西面的山峰叫梁父山，两山对峙好像门户。从门南面出去，看见平坦的田野，肥美的土地，泗水向西流去。孔林在泗水南面，洙水在孔林南面，曲阜在洙水南面，而沂水又在曲阜南面。孔林方圆十多里，林木遮天，绿草遮地。我们到达孔子墓前，看见四周有红墙环绕，墙内的草树更加茂密，修长的树干，茂密的草丛，让人没有立足之地，而景色清朗明快，没有阴静幽深的气氛。到了孔子墓，墓上生长着蓍草，墓碑上写着“大成至圣文宣王墓”。西侧有小屋三间，门上匾额写着“子贡庐墓处”。东南有泗水侯孔鲤的墓地，正南有沂国公孔伋的墓地。墙东南有枯树，周围用石栅栏护着，是子贡亲手种植的楷树。枯树旁有楷亭。楷亭北有驻跸亭，是历代君王拜谒孔墓时更衣的地方。屋门外有洙水桥，桥南是高坡，在高坡东南面建有大门。门距曲阜大约二里，道旁种植柏树，行列非常整齐，遮天蔽日，都有上千年的历史。进入曲阜的北门，路东有复圣颜回的庙，庙前有狭窄的街巷。街巷南折向西，是孔庙的东华门。孔庙内的陈设同内廷一样，而柱子是石制的，上面蛟龙盘旋，是内廷所没有的。殿内有孔子与诸贤的塑像。石刻的孔子像有三个，车辆服饰礼器，收藏在孔子嫡长子孙的家里。因衍圣公入京朝见，没有能够见到。殿南有亭子，门框上的匾额写着“杏坛”，有古杏数株，当时正值三月，杏花开放。杏坛南面有孔子亲手种植的桧树，高三丈而没有枝条，纹理全都向左纽。子贡种的楷树，虽没有腐朽但色泽枯暗，这棵桧树则生气勃发。大门内外有无数高大的石碑。南面有高楼叫奎文阁，阁南面的门下，有汉、魏的石碑十多个，都是尖顶而有圆孔。门外有小河，上面修了五座桥。桥南面有门，门外有栅栏，自殿庭到栅栏内，苍松古柏，如虬龙般盘旋曲折，无法用语言形容。泰安的汉柏，就不值得一说了。

吾于是奋然兴也。夫孔子者，天所独生以教后世者也。考其生平，三岁丧父，七岁丧母，中年出妻[①]，晚年丧子。夫哀死而伤离，宁独异于人哉？人观“志学”一章，七十年内，日进月益，不以遇之穷而少辍其功，盖其自待厚，而所见有大焉者矣！余乃戚戚欲以身殉，何其陋也！《诗》有之曰：“高山仰止，景行行止。”虽不能至，然心向往之。

【注释】①出妻：休妻。

【译文】我于是有感而发。孔子，是上天专门派来教导世人的。考证孔子的生平，三岁丧父，七岁丧母，中年休妻，晚年丧子。世人哀恸死者而感伤离别，孔夫子遇到这些事情的时候，感受和普通人不一样吗？阅读“志学”一章，可以知道七十年来，孔子勤学不殆，每天都有长进，不会因为遭遇困境，就有丝毫的放松。大概是因为孔子要求自己，接人待物要宽厚，所以就会胸怀宽广，眼界开阔了！我现在因为亲人离世，甚至想要以身相殉，是多么浅薄的想法啊！《诗经》说过："高山仰止，景行行止。"虽不能到达这种境界，然而内心却非常向往。

曲阜东南有九龙山，其南曰马鞍山。两山之间，松楸茂密者，孟林也。林南为邹县。县南有孟庙，庙左有宣献夫人祠。夫人者，孟母也。滕县在邹南，地平旷，可以行井田。滕南有峄（yì）山，始皇刻石其上。峄东有陶河，过陶河至邳州。下邳乃子房击秦后潜匿之所。又项籍者，下相人也。下相在邳州，昔曹操决水灌吕布于下邳。今其地在山，不可灌。予尝徘徊其地，求下邳、下相之故城，及圯（yí）桥进履[①]之所，而土人皆无知者。邳南落马湖，黄河所溢也。湖南曰宿迁，宋人迁宿[②]于此。又南曰桃源，乃黄河之北岸也。河自出天门，走平陆，无高下阻激之所，而驰波跳沫，汹涌澎湃，其猛鸷（zhì）迅疾，天性然也。南至清江浦，黄河南曲，运河北曲，两河之间，不能一里，而运低于黄数十丈，河性冲突，设有不虞[③]，淮阳其为鱼矣！淮安城西，有韩侯钓台，当淮阴[④]未遇时，忍饥钓鱼城下，谁过而问之？及其云蒸龙变，向之落魄，皆为美谈。英雄成败有时，若此类湮没而不称者，可胜道哉！淮安南曰宝应，宝应南曰高邮，地多湖，四望皆水。高邮以南，始见田畴。江北暮春，似河北之盛夏，草长成茵，麦秀成浪，花剩余红，树凝浓绿，风景固殊焉。

【注释】①圯桥：位于下邳，今江苏省睢宁县古邳镇境内。圯桥进履：指张良在下邳遇黄石公，张良为黄石公进履。黄石公几次考验后，将《太公兵书》传授张良的故事。②宿：风姓。周初分封七十一国之一，最后被宋国所灭。③不虞：指出乎意料的事。④淮阴：指韩信，淮阴（今淮安市淮阴区）人，原被刘邦封为楚王，后被人诬告谋反而贬为淮阴侯。

【译文】曲阜东南有九龙山，九龙山南面是马鞍山。两山之间，松树楸树茂密的地方，是孟子的墓地。孟子的墓地南面是邹县。邹县南有孟庙，孟庙左边是宣献夫人祠。宣献夫人，就是孟子的母亲。滕县在邹县南，土地平旷，可以实行井田制。滕县南面有峄山，秦始皇曾在山上刻石留记。峄山东面有陶河，过了陶河就到了邳州。下邳是张良刺杀秦始皇失败后躲藏的地方。项羽是下相人。下相在邳州，从前曹操在下邳决水淹吕布。如今下邳城在山上，不可能被水淹。我曾在邳州徘徊，寻找下邳、下相的故城，和张良给黄石公拾鞋的圯桥，而当地的人都不知道。邳州南面的落马湖，是黄河泛滥而形成的。落马湖的南面是宿迁，春秋时宋人把宿国人迁到在这里。再往南叫桃源，在黄河的北岸。黄河自天门流出，经过平陆县，没有任何阻碍，却奔流不息，汹涌澎湃，如猛鸷般迅速，这是大河的本性啊。我们向南到达清江浦，在这里，黄河向南弯曲，运河向北弯曲，两河之间，距离不足一里，而运河低于黄河几十丈，两河冲突，一旦发生决堤，淮阳就将变成鱼塘了！淮安城西，有韩信钓鱼台，当初淮阴侯韩信未发迹时，在城下忍饥钓鱼，有谁来过问呢？等到他发达富贵以后，以前的落魄，都成为美谈。英雄成败无常，像这样消失而不被人知的豪杰，能够数的过来吗！淮安的南面是宝应，宝应南面是高邮，高邮多湖泊，一眼望去，四面都是水。在高邮的南面，才能看见田地。长江以北晚春的风景，好像黄河以北盛夏的时候，绿草如茵，麦禾成浪，花剩残红，树荫浓绿，和北方的风景完全不同。

南至于扬州，扬州自古繁华地，当南北水陆之冲，舟车辐辏（còu）[①]，士女游冶，兼以盐商聚处，僭拟[②]无度，流俗相效，竞以奢靡，此其弊也。城内无可观，隋宫迷楼[③]、二十四桥[④]之胜迹，今皆不存。琼花观[⑤]内，止余故址。城北有天宁寺，谢东山[⑥]之别业也。其西偏曰杏园。余尝寓杏园之僧舍，竹树蓊（wěng）郁[⑦]，池台清幽，想见王谢风流。杏园东曰虹桥，园亭罗列水次，游人棹酒船于其中。虹桥之北，则蜀岗也，欧阳文忠公[⑧]建平山堂于其上。堂右有大明寺井，昔张又新[⑨]作《煎茶水记》，谓扬子江中冷泉第一，惠山石泉第二，虎丘石井第三，丹阳寺井第四，扬州大明寺井第五，即此是也。

【注释】①辐辏：形容人或物聚集像车辐集中于车毂一样。②僭拟：超越本分。③迷楼：传说中隋炀帝杨广在扬州建造的行宫。④二十四桥：扬州桥名，杜牧《寄扬州韩绰判官》诗："二十四桥明月夜，玉人何处教吹箫？"⑤琼花观：始建于汉代，宋徽宗赵佶赐金字匾额题为"蕃釐观"，后称琼花观，扬州市著名旅游景点之一。⑥谢东山：字阳升，号高泉，嘉靖二十年登辛丑科进士，学者。⑦蓊郁：形容草木茂盛或浓密，浓郁。⑧欧阳文忠公：指欧阳修，因其死后谥号为"文忠"，故名。⑨张又新：字孔昭，深州陆泽人，著有《煎茶水记》一卷，是继陆羽《茶经》之后我国又一部重要的茶道研究著作。

【译文】我们向南到达扬州，扬州自古以来就是繁华之地，地处南北水陆的交汇处，舟车云集，士女出游，这里又是盐商聚集的地方，奢侈无度，世俗百姓竞相效法，这是扬州的弊病。扬州城内没有什么可以游览的地方，隋朝的迷楼、二十四桥等古迹，如今都不存在了。琼花观内，只剩下一些遗迹。扬州城北有天宁寺，谢东山别业就在那里。

天宁寺西畔叫杏园。我曾寓居在杏园的僧舍，周围竹树茂盛浓郁，池塘台阁清幽，不禁使人想起当年王谢家的风流人物。杏园东边的地方叫虹桥，园亭罗列在水边，游人乘船在其中饮酒游乐。虹桥的北边，就是蜀岗，欧阳文忠公在上面修建平山堂。平山堂右边有大明寺井，从前张又新作《煎茶水记》，说煮茶用的水，以扬子江的中冷泉为第一，惠山石泉第二，虎丘石井第三，丹阳寺井第四，扬州大明寺井第五，就是指的它啊。

东至于泰州，昔韩魏公[①]知泰州，梦以手捧日者再，今其州堂犹颜曰“捧日[②]”。南至于瓜州，遂渡江。扬子江阔而清，含虚混碧，上下澄鲜，金、焦在中，如踞镜面。金山四面皆楼阁，环绕层累，靓妆刻节。远望焦山，林木青苍。土人云：“焦山山里寺，金山寺里山”。惜余未上，于焦止见山，于金止见寺而已。

【注释】①韩魏公：指韩琦，字稚圭，自号赣叟，相州安阳人。北宋政治家、词人。②捧日：用于比喻忠心辅佐帝王。

【译文】我们向东到达泰州，从前韩魏公任泰州知州时，两次梦到自己手捧太阳，如今泰州府衙大堂上的匾额仍然写着“捧日”两字。再向南到达瓜州，继而渡过扬子江。扬子江宽阔而清澈，颜色碧蓝，水体澄清，金山、焦山位于江中，如同蹲踞在镜面上一样。金山四面都是楼阁，逐层堆累，光鲜明亮。远望焦山，林木青苍。当地的人说：“焦山是山里有寺，金山是寺里有山”。可惜我没有上去，在焦山只看见山，在金山只看见寺而已。

过江，由小河入山，至镇江府。镇江古京口，四面阻山，形格势禁[①]，以临天堑，实南北必争之地。孙仲谋始都此，筑城名曰“铁瓮”，府城其遗也。南至于丹阳，闻有练湖而未见。东南至常州，古延陵地，吴季子[②]之所居。俗在三吴为淳朴。至丹阳西，见山绵亘百余里，至无锡曰九龙山，其南峰曰惠山，惠山之东曰锡山，峰峦皆秀丽。登惠山，饮石泉，清冽而甘且厚。下视无锡，群山拱峙，众水环流，名酒嘉鱼菱藕之薮（sǒu）[③]，乐土也。昔泰伯[④]择居于此。惠山之南曰夫椒，夫差败越之所也。夫椒之南曰阳山，越败夫差之地也。阳山以南，群峰列峙，巍然而葱郁者，灵岩、穹隆、支硎（xíng）、玄墓、上方诸山也。灵岩之东，树林阴翳，有秀出于树中者，虎丘也。虎丘南六七里，苏州城也。姑苏控三江、跨五湖而通海。阊门内外，居货山积，行人水流，列肆招牌，灿若云锦。语其繁华，都门不逮。然俗浮靡，人夸诈，百工士庶，殚智竭力，以为奇技淫巧，所谓作无益以害有益者与？虎丘小而奇，外望一土阜，而中有洞壑。路旁岩下，有泉曰憨泉。泉侧有石，中裂若劈，“试剑石”也。曲折而上，一大磐石，平铺数百步，“千人坐”也。四围奇峰，峭拔若削，北辟一壑，中有清池，“剑池”也。剑池之西，又辟一壑，窈窕幽奇，而亦有池，虎丘石井也。剑池之东有亭，“可中亭”也。亭下池上，大刻“虎丘剑池”，颜鲁公[⑤]书也。又刻“生公讲堂”，李阳冰[⑥]篆也。登虎丘而四望，竹树拥村，菱荷覆水，浓阴沉绿，天地皆青。然赋税重，民不堪命焉。灵岩秀而高，上有西施洞。山颠有寺，馆娃宫[⑦]之故址也。门据横石，内辟清池，殿西有岩，流泉四出，回廊曲槛，周于岩上。又有二池焉，其清爽幽奇，令人乐而忘反。绝顶石上，刻曰“琴台”。登琴台，临太湖，太湖周八百里，包众山于其中，水清色白，长风一吹，波与山同。七十二峰，乍隐乍现于银涛雪浪中，滴翠浮青，宇内奇观也。

【注释】①形格势禁：指受形势的阻碍或限制。亦作“形禁势格”、“形劫势禁”。②吴季子：指季札，春秋时吴王寿梦第四子，品德高尚，具有远见卓识，广交贤士，是杰出的政治家和外交家。③薮：生长着很多草的湖泽。④泰伯：指吴太伯，吴国第一代君主，东吴文化的宗祖。⑤颜鲁公：指颜真卿。⑥李阳冰：字少温，谯郡（治今安徽亳州）人。唐代文学家、书法家。李白族叔，为李白作《草堂集序》。⑦馆娃宫：坐落于江苏苏州灵岩山，是春秋时期吴王夫差为宠幸西施而兴建。

【译文】过扬子江，由小河入山，到达镇江府。镇江为古时的京口，四面重山围绕，地势险要，又临近长江，实在是南北必争之地。孙权最早在这里建城，筑城叫“铁瓮”，镇江府城就是建在铁瓮城的遗址上。我们向南到达丹阳，听说有练湖而未曾见到。向东南到达常州，就是古代的延陵，是吴季子居住的地方。风俗在三吴之地最为淳朴。在丹阳的西面，见到山峰绵亘百余里，一直到达无锡，叫九龙山，九龙山的南峰叫惠山，惠山东面的山峰叫锡山，峰峦都很秀丽。我们攀上惠山，饱饮石泉，泉水清冽甘甜，滋味醇厚。在惠山往下俯视无锡，只见群山拱峙，众水环流，盛产名酒佳鱼，还有长满菱藕的湖泽，真是一方乐土啊。从前泰伯就选择居住在这里。惠山的南面叫夫椒，是夫差打败越国的地方。夫椒的南面叫阳山，是越国打败夫差的地方。阳山的南面，群峰并立，巍然葱郁，分别是灵岩山、穹隆山、支硎山、玄墓山、上方山等山峰。灵岩山的东面，树林成荫，有一块地方高出树林，那就是是虎丘山。虎丘山南面六七里，就是苏州城。姑苏控三江、跨五湖而通海。阊门内外，货物堆积得如山，行人来往如水，商铺的招牌鳞次栉比，灿若云锦。苏州繁华，就是京城也比不上。然而苏州风俗浮靡，民好浮夸，各行各业，士子平民，都想方设法，做些眩人耳目的事情，这难道就是古人所说的做无益的事情来损害有益的事情吗？虎丘山小而奇，从外看是一处土丘，而山中有洞窟。路旁的岩石下，有泉叫憨泉。泉眼的侧面有岩石从中间裂开，好像被刀剑劈开一样，名叫试剑石。沿小路曲折而上，有一块大磐石，方圆数百步大小，可以坐千人。四周的奇峰，好像刀削一样的陡峭，北面开辟一道沟壑，中间有清池，就是剑池。剑池的西面，又有一处小山谷，清幽静谧，内有水池，是虎丘山的石井。剑池的东面有亭子，名叫可中亭。亭下的水池上，刻有“虎丘剑池”几个大字，是颜鲁公书写的。又刻有“生公讲堂”几个字，是李阳冰篆写的。登上虎丘山四面观望，只见竹树环绕村庄，菱荷布满水面，浓荫深绿，天地一片青绿。然而地方赋税沉重，百姓不堪忍受。灵岩山秀丽高耸，山上有西施洞。山顶处有寺庙，是馆娃宫的故址。寺门前横卧大石，庙里面有一泓清池，大殿的西面有岩石，泉水从四面流出来，曲折环绕的走廊，曲折的栏杆，围绕在岩石上。又有二个池塘，清爽幽奇，令人乐而忘返。山顶的岩石上，刻着“琴台”二字。登上琴台，面临太湖，太湖周长八百里，湖中包揽众山，水清色白，轻风一吹，水色与山色混为一体。太湖七十二峰，在银涛雪浪中乍隐乍现，青翠欲滴，仿佛飘在水上，真是天下的奇观啊。

南出吴江，由兰溪至浙东。嘉、杭之间，其俗善蚕，地皆种桑，家有塘以养鱼，村有港以通舟。麦禾蔚然，茂于桑下，静女提笼，儿童晒网。风致清幽，与三吴之繁华又别矣。出兰溪至塘栖，夹河左右，远望皆山，西南一带，尤高大而青苍者，则西湖上之诸峰也。南至武林门，棹舟竟入城内。出候潮门，至江口，一望浩渺，大不减扬子，而色与黄河同，则钱塘江也。钱塘、西湖之胜，自幼耳熟，既见江，急欲至湖上。居人[①]曰：“游西湖者，陆轿而水船。”余曰：“不然，江山之观，一入轿船，则不能见其大。且异境多在人踪罕至之处，轿与船不能到也。”因步行，登万松山而望西湖，一片空明，千峰紫翠，冠山为寺，架木作亭，楼台烟雨，绮丽清幽。向观画图，恐西湖不如画，今乃知画不足以尽西湖也。过松岭，渡长桥，至南屏。南屏之山，怪石攒列②，下有古寺，所谓“南屏晚钟”也。北曰雷峰，有塔高而色紫，所谓“雷峰夕照”也。西曰苏堤，从南抵北，作六桥以通舟，植梅柳于其上，所谓“苏堤春晓”也。堤西有园亭，引湖为沼以蓄鱼，所谓“花港观鱼”也。堤东有洲，旁有三塔，影入洲中，所谓“三潭印月”也。潭北有亭，翼然水面者，湖心亭也。亭北突起而韶秀③者，孤山也。山有紫垣缭绕者，行宫也。其东直抵杭城者，白堤也。苏堤纵而白堤横，孤山介两堤之间焉。

【注释】①居人：居民。②攒列：簇聚成列。③韶秀：美好秀丽。

【译文】向南离开吴江，由兰溪到达浙东。嘉兴、杭州一带，百姓善于养蚕，土地全都用来种桑树，家中挖池塘来养鱼，村中有水港来通船。成片的麦苗，就种在桑树下，娴雅的女子提笼采桑叶，小孩儿则晾晒渔网。此处民风安逸，与三吴之地的繁华又有差别。我们离开兰溪到达塘栖，河的两岸，远远望去全都是山，西南一带，尤其有一些高大青苍的山峰，这是西湖上的诸峰。向南达到武林门，划船进入杭州城内。出候潮门，到达江口，一眼望去，水面辽阔，不比扬子江逊色，而颜色与黄河相同，这就是钱塘江啊。钱塘江、西湖的秀美景色，我从小就常听人说起，既然看到了钱塘江，就急忙想去西湖上。当地居民说：“游览西湖，陆地上需要乘轿而水中需要乘船。”我说：“不对，游览江河和高山，如果坐轿乘船，就不能看到完整的景色。况且奇妙的景色多在人迹罕至的地方，轿船都不能到达。”因此我们步行登上万松山，一览西湖风光，视野里碧空如洗，千峰紫翠，山藏古寺，亭台错落，楼阁林立，烟雨蒙蒙，绮丽清幽。以前观看图画，觉得西湖的景色恐怕不一定像画中那样美丽，如今才知道画中的景色不足以描绘真实的西湖。我们越过松岭，走过长桥，到达南屏。南屏的山峰，怪石簇聚，下面有古寺，就是所谓的“南屏晚钟”。南屏北面的山叫雷峰山，山上有紫色的高塔，这就是所谓的“雷峰夕照”。南屏的西面是苏堤，苏堤从南到北，建造了六座桥来通行舟船，堤上种植了梅树、柳树，这就是所谓的“苏堤春晓”。堤西面有园亭，引来湖水成为水池，用来养鱼，这就是所谓的“花港观鱼”。堤东面有沙洲，旁边有三座塔，塔影倒映在水中，这就是所谓的“三潭印月”。潭北面有亭子矗立水上，像翅膀张开一样，这就是湖心亭。亭北面突起的秀丽小山，就是孤山。孤山上紫墙围绕的地方，就是行宫。行宫东面的白堤，一直延伸到杭州城。苏堤是南北方向延伸，而白堤是东西方向，孤山位于两堤之间。

其西有岳武穆庙，庙外铁铸秦桧夫妇，而其首为人击碎。尝读史至国家兴亡之际，不能无疑于天也。当武穆提兵北伐，山东、河朔豪杰响应，韩常[1]内附，兀术[2]外奔，使其予秦桧以暴疾，假武穆以遐年，复神州而返二圣[3]，至易易耳！而顾不然，待其人之云亡[4]，邦国殄瘁[5]，易代而后，乃复祀武穆而击桧，岂天心悔过，而假手于人以盖前愆（qiān）[6]耶？抑天终不悔，而人奋其力与天争耶？人之言曰：“善恶之报，不于其身，必于其子孙。”今闻秦氏盛而岳氏式微，此又何说焉？使天下好善而恶恶，人之好恶之心，何由而生也？天之好恶，既与人同，胡为误于其身，复误于其子孙，而终不悔耶？呜呼！此其故圣人知之矣！昔者圣人之作《易》也，君子长而小人消曰“泰”，小人长而君子消曰“否”。运之有否泰[7]，数也，天之所不能违也。非小人得志而害君子，则运不成。故万世之人心，好君子而恶小人者，天之理之常。一时之气运，福小人而祸君子者，天之数之变。万物之于天，犹子之于父，臣之于君也。龙逄（páng）[8]、比干，其君不以为忠；申生[9]、伯奇[10]，其父不以为孝。孝子不敢非其亲，忠臣不敢怼其君，而于天又何怨焉？

【注释】①韩常：汉族，字元吉，燕京（今北京）人。金朝将领。②兀术：指完颜宗弼，又作兀术，金太祖完颜阿骨打第四子。③二圣：指宋徽宗、宋钦宗父子。④云亡：死亡。⑤邦国殄瘁：形容国家病困，陷于绝境，出自《诗经·大雅·瞻卬》。殄瘁：病困，困穷。⑥愆：罪过，过失。⑦否泰：指厄运终了，好运就来。⑧龙逄：指关龙逄，夏朝名相，因为进谏忠言被杀。⑨申生：姬姓，名申生，春秋时期晋国太子。被阴谋陷害，自缢而死。⑩伯奇：古代孝子，相传为周宣王时重臣尹吉甫长子。

【译文】孤山的西面有岳武穆庙，庙外用生铁铸造了秦桧夫妇的塑像，而他们的头已被打碎。我在史书中，读到国家兴亡的篇章时，不能不对上天的安排有所怀疑。岳飞领兵北伐的时候，山东、河朔一带的豪杰纷纷响应，当时韩常正准备归附，兀术也被打败，如果让秦桧突然疾病而亡，假如再多给岳武穆几年的时间，那时候，光复中原，迎回二圣，也非常容易了！然而事实不是这样，结果是岳武穆被害，国势颓废，直到新帝登基后，才为岳武穆昭雪而贬斥秦桧，这难道是上天有心悔过，而借人之手来弥补以前的过失吗？还是上天并不后悔，而是人在奋力与天抗争呢？人们说："善恶之报，不于其身，必于其子孙。"如今听说秦氏兴盛而岳氏衰落，这又怎么解释呢？让天下人好善而恶恶，人的好恶之心，怎么来产生呢？上天的好恶，既然与人相同，为什么既对岳武穆有失公道，又对岳武穆的子孙不加福佑，却始终不予纠正呢？呜呼！这其中的缘故只有圣人才能知道了！从前圣人作《易经》说道，君子之道增长而小人之道减弱叫作"泰"，小人之道增长而君子减弱叫作"否"。命运的否泰，有命数啊，上天也不能违背啊。并不是小人得志而伤害君子，而是运数不好的原因。所以千秋万世以来的人心，都是喜欢君子而厌恶小人，这是上天的常理。一时的运数，而让小人得逞，君子遭害，这是天数的变化。万物对于上天，犹如儿子对于父亲，臣子对于君王。龙逢、比干，他们的君王不认为他们忠心；申生、伯奇，他们的父亲不认为他们孝顺。孝子不敢忤逆他们的亲人，忠臣不敢违逆他们的君王，而对于上天又为什么要怨恨呢？

庙西有坟，内有二冢，武穆王与其子云也。坟南亭台，临湖结构，朱栏碧槛，与绿水红莲相掩映，所谓“曲院风荷”也。初在南屏望湖，路人指曰：“高而顶有塔者，南高峰也；其遥与高同者，北高峰也。”兹由岳坟而西，道出北高蜂下，路旁皆山，苍松翠柏，蔽岫[①]连云。林中徐步，忽见清溪，白石磷磷[②]，落花沉涧，鸟语如簧，心中恍惚，冀有所遇。沿山深入，见一村落，酒帘树间，茶棚竹下，路西有坊，题曰“飞来峰”。过坊而西，乃见奇峰特峙，流水环周，洞在山腹，桥当洞口。渡桥入洞，岩壑空幻，石骨[③]玲珑，乳泉滴沥，积而成池。洞顶怪石，如古树倒垂，云霞横出，孔穴贯串，八达四通，或巨或细，或暗或明。出洞西行，溪边岩下，石皆奇秀，卓立林间者，往往与松竹争长。山侧有放生池，池上有冷泉亭，高峰插天，修篁[④]蔽日，流泉清池，环亭左右，盛夏正午，冷若深秋。亭北有寺，扁[⑤]曰“云林”，未暇入也。过寺而西，小园别墅，布置佳胜，纵目流览，忘其路之远近。幽林密箐（jīng）[⑥]，曲折其中，有时仰望，不见天日。心中惊疑，不知误入何境，欲一借问，而深山无人。林间企望，见一僧度岭而去，因亦至其岭上。天风南来，微闻鼓乐之声，寻声觅路，忽见一片瓦砾，屋坏墙存，土焦石黑。路闻人语云：“天竺新遭回禄[⑦]。”见此乃悟身在天竺峰也。当是时，日将暮，予见天竺寺既已烧残，又四围幽邃深林，不类人境，惧其为虎豹之窟穴，山魑木魅所往来，因返。复至飞来峰下，寻前所见村落而歇焉。

【注释】①岫：多指山峰。②磷磷：指水中石头突立的样子。③石骨：坚硬的岩石。④修篁：修竹，长竹。⑤扁：古同“匾”，匾额。⑥密箐：茂密的竹林。⑦回禄：相传为火神之名，后引申指火灾，又作“回陆”。

【译文】岳武穆庙西面有墓地，里面有二个高坟，是岳武穆王与他的儿子岳云的坟墓。坟南有亭台，临湖而建，红栏杆，绿窗槛，和绿水红莲相互映照，这就是所谓的“曲院风荷”。刚才在南屏山，望西湖，路人指点说：“高耸而山顶有塔的山峰，是南高峰；与南高峰相对的，是北高峰。”我们从岳坟向西，路经北高峰下，路旁全都是山，青松翠柏，掩蔽山谷。在林中慢慢地前行，忽然看见清澈的溪水，白石在水中突立，落花飘落到溪中，鸟语像笙簧一样动听，我心中有些空落，希望能遇见行人。沿着山谷深入，看见一个村庄，酒旗挂在树间，茶棚搭在竹下，路西有个牌坊，上面题写着“飞来峰”。过了牌坊向西走，就看见奇峰耸立，流水环绕，山中有一洞穴，洞口有一小桥。过了桥进洞，里面岩石沟壑，飘渺虚幻，石梁石柱，精巧细致，钟乳石上的泉水滴沥，积成池潭。洞顶的怪石，像古树倒挂下来，五色斑斓，孔洞连通，四通八达，洞穴或宽或窄，时明时暗。出洞向西走，溪边的岩石下，石头都奇特秀美，耸立在树木中间，似乎欲与松竹一比高低。山边有放生池，池上有冷泉亭，高峰插云，修竹蔽日，清泉流水，环绕在冷泉亭左右，虽然是盛夏的正午，这里却阴冷得如同深秋。冷泉亭北面有寺，匾额上题着“云林”，可惜我们没有时间进入。绕过云林寺朝西走，小园别墅，布置得很美观，极目远望，使人忘记了路途的远近。我们在幽深的树林，茂密的竹林中，曲折行走，有时抬头仰望，也看不见天空和太阳。我心里惊疑，不知道误入了什么地方。想要找人问问，可是深山里没有人迹。我正在林间张望时，看见一个和尚越过山岭而去，因此我们也走上山岭。微风从南面吹来，隐约听到鼓乐的声音。顺着声音寻找，忽然看见一片瓦砾，房屋已经倒塌，只有墙壁还残存，泥土烧焦，石块熏黑。路上听有人说："天竺寺最近遭到火灾。"看见这些我才知道，已身在天竺峰了。这时，太阳快要落山了，我看见天竺寺已经烧毁，四周又是幽邃深林，不像人间的景象，恐怕这里已经是虎豹的巢穴，或者是山魑木魅往来的地方，因此原路返回。又来到飞来峰下，寻找方才所见的村庄歇息。

次早，复至飞来峰，不入洞而登其颠，远望旭日出海，江潮涌金，晓雾成霞，山岚抹黛，景色变幻，林密怪奇，自疑此身或恐飞去。昔韩世忠忤秦桧，解官携酒，日游西湖，建翠微亭于飞来峰上。唯斯人也，而后称斯山也！下飞来峰，复至冷泉亭，问所谓灵隐，乃知扁"云林"者即是也。时值四月八日，寺于此日斋僧，远近僧来者甚众。本寺住持，披法衣上堂讲经。其大和尚[①]曰帝辉，年可九十余矣，巍然据高座。首座二人，侍者八人，其下行列而拜跪者，可三百众。比丘[②]与比丘尼[③]咸在，其威仪俯仰皆娴谨，独惜所讲无所发明，即成书而诵之。其下不必尽闻，闻者不必尽解，徒听侍者拜云则拜，起云则起而已。呜呼！佛法入中国，千余年矣，愚民绝其父子之天性、饮食男女之大欲而为僧，自宜求成佛，而佛又必不可成。不成佛而徒自苦，奚取于为僧？且此堂上堂下说法听法诸众，非不自知照本讽诵、随人跪起之不可以成佛，然而必为此者，盖有所不得已也。贫无所养，不能力作，因削发而为僧。而天下之愚夫愚妇，非为殿宇庄严、戒律威仪以耸动之，不能发其信心而得其布施[④]。故此济济而楚楚者，名为学佛，实为救饥计也。井田久废，学校不兴，彼既无田可耕，又不闻圣人之道以为依归，穷而无所复入，其为僧，无足怪也。欧阳子[⑤]曰：“佛法入中国，乘吾道之废缺而来。”韩子[⑥]曰：“明先王之道以道之，鳏寡孤独废疾者有养也，则亦庶乎其可也。”

【注释】①大和尚：通常用于敬称年高德劭的僧人。一般也用以称寺庙中的方丈、住持。②比丘：佛家指年满二十岁，受过具足戒的男性出家人。③比丘尼：俗称尼姑，满二十岁出家，受了具足戒的女子。④布施：指佛教用语，人的行为。布施是大乘佛法六度之中的第一项，种类有三种：法布施，财布施和无畏布施。⑤欧阳子：指欧阳修。⑥韩子：指韩愈。

【译文】第二天早上，我们又来到飞来峰，不进入山洞而直接登上山顶，远远望见旭日，从海上徐徐升起，江水涌动一片金黄，晓雾染成彩霞，山云好似黛眉，景色变幻，林木奇异，怀疑自己将要飞升离去。从前韩世忠因为触怒秦桧，就辞官携酒，每天游览西湖，在飞来峰上修建了翠微亭。先有韩世忠，而后人们才知道有此山！下了飞来峰，来到冷泉亭，我们向人询问灵隐寺在哪里，才知道先前的云林寺就是灵隐寺。当时正是四月八日，灵隐寺在这天设斋饭供养僧众，远近僧人来了很多。本寺的住持，披上法衣上堂讲经。灵隐寺的大和尚叫帝辉，年纪大约有九十多岁了，巍然地坐在高座上。旁边首座有二人，侍者有八人，下面排列而拜跪的僧众，大约有三百人。比丘与比丘尼都有，大和尚的威仪、举止都很娴熟，只是可惜所讲的内容，没有独到的观点，只是照本宣讲。下面的人不一定听过这些经文，听过的人也不一定能理解，只是听从侍者的吩咐，让拜就拜，让起就起而已。呜呼！佛法传入中国，已有一千多年了，愚昧无知的人断绝了父子之间的天性和饮食男女的欲望而出家为僧，自己渴求成佛，而又难以成佛。不能成佛而白白受苦，这样做僧人为了什么呢？况且在堂上堂下，说法听法的众人，他们也知道只是照本诵经、随人跪起，是不可能成佛的，然而非要这样做，是有迫不得已的原因啊。要么是因为贫穷而且没有生活来源，要么是因为身体羸弱，不能从事劳作，因此削发为僧。而天下的愚夫愚妇，如果不是因为佛殿庄重、戒律威严，而使他们内心震动，这些人就不会发自内心想要修行。因此这些人名为学佛，实际是为了解决饥饱啊。田地荒芜，学校废弃，既然没有田可耕，又没有机会听到圣人的道理，贫穷而没有收入，他们出家为僧，也就不奇怪了。欧阳修说："佛法能进入中国，是因为中原道义渐失。"韩愈说："申明先王之道以教导百姓，鳏寡孤独废疾者都有所养，做到这种程度才可以。"

飞来峰之东南，有下天竺，再入有中天竺，再入有上天竺，乃昨所睹烧残者，男女杂糅，犹在瓦砾场中烧香也。出天竺而南，至于忠肃公[①]之坟。阳明先生[②]题其门曰："赤手挽银河，君自大名垂宇宙；青山埋白骨，我来何处哭英雄？"于坟之南，南高峰也。峰南度一岭而西，石壁嵯峨[③]，下有岩洞，陶复陶穴[④]，曰"石屋"，西上里许，有水乐洞，两洞并列，一有水而一无，从无水者入，与有水者通。其水塞洞，砰磅訇磕[⑤]，而至洞口即入地，从不流出洞外，亦一奇也。又西上烟霞岭，极目皆山，幽深奇伟，更过于灵隐、天竺之间。问之，人云："此中名山古刹甚多，屈指不能数其名，累月不能穷其境。"吾始知吾之足力不能遍至也，而遂还。

【注释】①于忠肃公：指于谦，字廷益，号节庵，杭州府钱塘县人。明朝名臣、民族英雄。②阳明先生：指王守仁，字伯安，别号阳明，浙江绍兴府余姚县人。因曾筑室于会稽山阳明洞，自号阳明子，学者称之为阳明先生，亦称王阳明。明代著名的思想家、文学家、哲学家和军事家。③嵯峨：

形容山势高峻，也指坎坷不平，或者形容盛多。④陶复陶穴：古代凿地而成的土室。⑤砰磅：形容水流激荡等声。訇礚：形容大声。

【译文】飞来峰的东南，有下天竺寺，再深入有中天竺寺，再深入有上天竺寺，在昨天所见到的，被烧毁的寺院里，男女信徒混杂一起，正在瓦砾中烧香叩拜。我们离开天竺寺向南，到达于忠肃公的坟墓。门上是阳明先生题写的对联："赤手挽银河，君自大名垂宇宙；青山埋白骨，我来何处哭英雄？"于忠肃公坟墓的南面，是南高峰。从峰南越过一道山岭向西，石壁坎坷不平，下面有岩洞，有凿地而成的土室，叫"石屋"，西行一里多，有水乐洞，两洞并列，一个洞有水而另一个洞无水，从无水的洞进去，里面与有水的洞相通。水流充塞洞穴，轰然有声，水流到洞口就进入地下，而不流出洞外，也是一处奇景。又向西上烟霞岭，远望全都是山，幽深奇伟，超过灵隐、天竺所在的山峰。找人询问，有人说："这里名山古刹非常多，难以一一数出它们的名字，几个月也不能游览完这里的名胜。"我这才知道，仅凭我的双脚是不可能全部游览完的，于是就返回了。

次日，同年苏耕余载酒船相邀，予以湖上之景未遍观也，与之出清波门。城下多柳，而白堤多桥，所谓"柳浪闻莺"、"断桥残雪"也。循白堤，复至孤山，入行宫。行宫之制甚奇，复阁重廊，周回相通，凿石为基，削岩成壁，引水成池，植花成幄。桥水磴山，至于后宫。殿在山上，含岩石于殿中，注清泉于座下，一室之中，而山水之观毕具。左右高楼，近挹湖光，远吞山色，如登玉霄金阙①，而望十洲三岛②之仙踪也。放鹤亭在行宫东北，古梅巨石，清雅不群。惜亭殊巨丽，不似当日处士风流。下亭，复登舟，绕孤山之背，至昭庆寺而还。于湖中之景，不能十一，而已暮矣。予益信轿与船之不能远到，而游西湖者未尽见西湖也。

【注释】①玉霄：天界，是传说中天帝、神仙的居处。金阙：道家谓天上有黄金阙，为仙人或天帝所居。②十洲三岛：指的是道教称距陆地极遥远的大海宇宙空间之中的三岛十洲。

【译文】第二天，同年苏耕余带着酒，邀请我乘船游览，我因为还没有尽赏西湖的景色，就和他一起出了清波门。城下有许多柳树，而白堤有许多桥，这就是所谓的“柳浪闻莺”、“断桥残雪”。沿着白堤，我们又到达孤山，进入行宫。行宫的式样非常奇特，阁廊曲折，回环相通，凿石为房基，削岩成墙壁，引流水成池塘，植花木成帐幕。由桥渡水，沿阶登山，我们来到后宫。宫殿建在山上，殿中藏岩石，座下流清泉，一间屋室之中，山水具备。左右的高楼，近揽湖光，远含山色，如同登上玉霄金阙，而望十洲三岛的仙人踪迹。放鹤亭在行宫的东北，古梅巨石，清雅不凡。只可惜凉亭虽好，不见当日处士风流。走下放鹤亭，又登上船，绕到孤山的背面，到昭庆寺而返回。西湖中的景色，游览了不到十分之一，就已经天黑了。我更加相信车轿与舟船不能到达远处胜景，所以游西湖的人未能尽观西湖啊。

留数日，遂渡江而东。钱塘江中，亦有两山，仿佛金、焦，遥望海门，屹然对峙。惜时非八月，不能观大潮。渡江至萧山，萧山有湖，产蓴（chún）①丝嘉鱼，旱则引湖水以溉田，潦②泄于海，风景似西湖，而有用过之。萧山东则山阴道上矣，千岩万壑，大者奇伟，小者佳丽。山下皆水，大溪小港，经纬绣错③。东至白鹤浦，有小山，舟人指曰：“禹戮防风氏④之所也。”泛舟入山阴城，登卧龙山。出城至于鉴湖，昔明皇⑤赐贺知章鉴湖一曲，后遂指此一曲为鉴湖，其实萧山、会稽、山阴三县之水，皆鉴湖也。尝登山而望之，三县桑田，其平如砥⑥，想皆沧海所变。水在其中，渟

(tíng)[7]满不流，而色清若镜，故曰鉴湖也。

【注释】①蓴：同“莼”。②潦：古同“涝”，雨水过多，水淹。③绣错：色彩错杂如绣。④防风氏：上古时期神话传说中人物，巨人族。⑤明皇：指唐玄宗。⑥砥：本意是指磨刀石，引申为平直，平坦。⑦渟：水积聚不流。

【译文】我们在杭州停留了几日，又渡江向东前行。钱塘江中，也有两座山，仿佛金山、焦山，遥望海门，屹然对峙。可惜当时不是八月，不能观看钱塘江的大潮。渡江到达萧山，萧山有湘湖，盛产蓴丝嘉鱼，干旱时就引湘湖水溉田，水淹时就泄洪于海，风景好似西湖，而用处却超过西湖。萧山的东面是去山阴的道路，沿途千岩万壑，大的奇特雄伟，小的俊美秀丽。山下都有溪水，大溪小港，交织一起。向东到达白鹤浦，当地有座小山，划船的人指着小山说：“这是大禹斩杀防风氏的地方。”泛舟进入山阴城，登上卧龙山。再出城到达鉴湖，从前唐明皇把鉴湖的一段，赏赐给贺知章，后就指这一段为鉴湖，其实萧山、会稽、山阴三县的湖水，全都是鉴湖水。我登山遥望鉴湖，三县的桑田，像磨刀石一样平整，想来全都是由沧海所变来的。湖水在其中，积聚而不外流，水清如镜，所以叫鉴湖。

自鉴湖欲游吼山，鉴湖之水无波，故舟多夜行。梦中不知泊于何处，但闻雨声彻夜不绝。天明起视，初无雨，舟在巨潭，四围皆山，并无来路，不知舟何以得至潭中。潭南岩上，乳泉乱滴如檐溜[1]。东峰有洞，水满其中。西峰怪石超出，长垂下注[2]，若巨象舒鼻以饮潭水。其北竹林茂密，楼阁清幽，晓梦初醒，疑非尘世。舟人语曰：“此所谓曹溪。”东有洞者狮山，西如鼻者象山，有楼阁者，石匮先生之书院也。登楼四望，见楼后之山尤高峻，怪石森列，有如台者，如柱者，如首戴笠者，如巨人立者，所谓吼山也。下楼棹舟，由狮山之洞中，曲折行数百步而后出，如渔郎自桃源归也。吼山有空明庵，门前流水，门内清池，朱楼碧瓦，倒影池中，高岩峭壁，卓立楼后，瀑泉飞洒，常如骤雨。其奇不减曹溪也。

【注释】①檐溜：房檐流下的雨水。②下注：向下流泻。

【译文】出鉴湖我们想去吼山游览，鉴湖的水没有波浪，所以船大多在夜里航行。我在睡梦中不知道停泊在了什么地方，只听见雨声彻夜不停。天明起床一看，雨刚停，船停泊在巨潭之中，四面山峰环绕，并没有出路，不知船是怎么到了潭中。巨潭南边的岩石上，泉水乱滴的像屋檐流下的雨水。东峰有洞，水流溢满其中。西峰有怪石突出，向下伸出，进入水中，好像巨象舒展鼻子在喝水。潭北竹林茂密，楼阁清幽，拂晓时刚刚梦醒，怀疑自己不在尘世。划船的人说："这就是所谓的曹溪。"巨潭东边有洞窟的山峰是狮山，西边像鼻子的山峰是象山，还有楼阁，是石匮先生张岱的书院。登上楼阁四望，看见楼后的山峰尤其高峻，怪石罗列，有的像台座，有的像柱子，有的像戴着斗笠的人，有的像巨人站立，这就是所谓的吼山。我们下楼乘船，从狮山洞中，曲折地走了数百步，才从后面出去，就像渔人从桃花源回去一样。吼山有空明庵，门前有流水，门内有清池，红楼碧瓦，倒影池中，高岩峭壁，卓然耸立在楼后，瀑布泉水飞洒，如同骤雨。它的奇特之处不比曹溪少。

吼山返棹，乃谒禹陵。禹陵之山，高圆若冢。众峰环拱，有如侍卫。陵侧有菲泉，泉东有庙，庙旁有窆（biǎn）石①亭，相传葬禹时所用。石高五六尺，圆如柱，端有圆孔，似孔庙之汉碑。

记曰：“公室[②]视丰碑，三家视桓楹[③]。”窆石似楹，盖葬碑也。由禹陵至南镇，南镇者，会稽山也。其最高者曰炉峰，其下有庙，为历代祭告之所。自南镇回舟，夜泊山阴城外，月几望[④]矣。气霁云敛，月白江清，天水相涵，空明一片。人在舟中，身心朗彻[⑤]，如琉璃合，恍然若有所悟。

【注释】①窆石：墓穴旁的石碑。有孔，用以穿绳引棺下穴。②公室：春秋战国时诸侯的家族。也用以指诸侯王国或政权。③桓楹：古代天子、诸侯葬时下棺所植的大柱子。柱上有孔，穿索悬棺以入墓穴。④几望：指阴历每月十四。⑤朗彻：爽朗通脱。

【译文】我们在吼山乘船返回，去拜谒禹陵。禹陵的山，高而圆很像坟冢。众峰环绕，如同侍卫。陵侧有菲泉，菲泉东有庙，庙旁有窆石亭，相传是葬禹时所用。石高五六尺，像柱子一样圆，顶端有圆孔，好像孔庙的汉碑。碑记写着：“公室视丰碑，三家视桓楹。”窆石好像桓楹，大概是葬碑。我们从禹陵到南镇，南镇就是会稽山。会稽山最高峰叫炉峰，炉峰下有庙，是历代祭告的地方。从南镇回船，夜晚停泊在山阴城外，月亮快要圆了。此时，云开雾散，月白江清，天水相互浸润，空明一片。人在舟中，身心爽朗通脱，如同琉璃，恍然间好像有所领悟。

黎明至于兰亭。今之兰亭，非昔之兰亭矣。择平地而建亭，中立大碑，御书右军[①]序于其上。亭前为石成渠，以为曲水，崎岖跼蹐，初无远致，且不可以流觞[②]。左右各凿一池，以为是“鹅池”与“墨池”也。亭西里许，曰天章寺，而亦非旧矣。然此皆人为之者，故有废兴。若所谓“崇山峻岭”、“清流激湍”[③]，则依然在。

盖山阴之水不流，唯兰渚湍急，潺潺于茂林修竹之间，风致又别也。

【注释】①右军：指王羲之。②流觞：古民俗，每年农历三月在弯曲的水流旁设酒杯，流到谁面前，谁就取下来喝，可以除去不吉利。③“崇山峻岭”、“清流激湍”：王羲之《兰亭集序》中的句子。

【译文】黎明时分我们到达兰亭。如今的兰亭，已不是昔日的兰亭了。如今的兰亭建在平地，中间树立大碑，在碑上书写王右军的兰亭序。亭前用石垒渠，把它当做曲水，石渠崎岖狭小，没有当初的高远情致，并且不能流觞。亭左右各开凿一个水池，称为“鹅池”与“墨池”。兰亭西边一里多，为天章寺，也不是原来的，都是后人建造的，所以历代名胜古迹都是有废有兴。兰亭序中提到的“崇山峻岭”、“清流激湍”，依然存在。大概是山阴的水流不急，只有兰渚湍急，水潺潺流动在密林高竹之间，又别有情致了。

返城中，登蕺（jí）山，下有寺，乃右军之旧第，其南有题扇桥。山下有书院，刘念台[①]讲学于此。予棹舟在山阴道上三日夜，有山皆秀，无水不清，回环往复，不辨西东。登蕺山乃瞭然[②]，盖绍兴之西南皆山，而东北近海，吼山在东，兰亭在西，禹陵、南镇在其南，北有梅山，下有梅市，梅福[③]之所居也。远望南镇之西，有高于南镇者，曰秦望，始皇帝刻石于此。又禹穴非禹陵也，禹藏书于宛委之山，曰禹穴。又会稽有阳明洞，道书云第十一洞天，而余皆未至。游人惮于登陟（zhì）[④]，舟所可至者至之。若高远幽深、神圣仙灵之遗迹，则惧而不果去。抑吾在绍兴凡三望海：登下方山望海，登禹穴、登蕺山皆望海，第见茫茫沙草而已，实未尝见水。吾犹怅然以山海之奇未尽探也。

【注释】①刘念台：指刘宗周，字起东，别号念台，明朝绍兴府山阴（今浙江绍兴）人，因讲学于山阴蕺山，学者称蕺山先生。②瞭然：眼明的样子。③梅福：字子真，九江郡寿春（今安徽寿县）人。西汉学者，熟知《尚书》和《谷梁春秋》。④登陟：登上。

【译文】我们返回城中，登上蕺山，蕺山下有寺，是王右军的旧府第，府第南有题扇桥。山下有书院，刘念台曾在这里讲学。我们乘船在山阴道上走了三天三夜，沿途山峰秀美，溪水清澈，往复环绕，不能分辨方向。登上蕺山才看清楚，因为绍兴的西南全都是山，而东北临近海，吼山在东，兰亭在西，禹陵、南镇在绍兴南，北面有梅山，梅山下有梅市，是梅福曾居住的地方。远望南镇的西面，有比南镇还高的山峰，叫秦望山，始皇帝曾在这里刻石留记。又有禹穴，而不是禹陵，因大禹藏书在宛委山，所有叫禹穴。会稽有阳明洞，是道书说的第十一洞天，其余的景观，我们都来不及游览。游人不愿登山，只在船可以到达的地方游览。如果是高远幽深的名胜古迹，游人则因惧怕路远，而难以下定决心去一探究竟。而我在绍兴总共三次望海：登下方山望海，登禹穴、登蕺山望海，只看见茫茫的沙草而已，并没有看见海水。我尚且因未能完全探查山海的神奇而怅然若失。

由绍兴复返杭州，登凤凰山，一名紫阳山，昔高宗南渡，广杭城，包此山于苑内，以为游观之所。左江右湖，登临彷徨，致足乐也。自杭州溯浙江，至于富阳。富阳之山，雄壮似燕秦诸塞，而青翠过之。富阳以南，川势渐窄，两山对峙，一水中流，群山倒影，上下皆青。出檀梓关，势渐开，远近布列，山皆妍媚。桐君山陡立江岸，其南内拓，开一平原，石壁环峙，如天生城阙，则桐庐也。阻山临水，居民在山水之间，瓦青墙白，纤尘不染。其清华朗润，令人神恬。南至鸬鹚原，山势怪特，峰峦坌（bèn）涌[①]，密峙骈植，束江流如一线。入原口转而西，则富春也。南北皆山，其中皆水，不余寸土。两“钓台”在北山下，石峰直起而顶方，旁有子陵[②]祠。凡钓台左右之山，其颠皆有流泉，锦峰缥缈，上入高青，怪石峥嵘，下临沉碧，瀑流喷薄，堕玉飞珠，涧水层波，调笙鼓瑟。高山流水之观止[③]矣！尝忆陶隐君[④]语云：“高峰入云，清流见底，两峰石壁，五色交辉。青林翠竹，四时具备。晓雾将歇，猿鸟乱啼，夕日欲颓，沉鳞竞跃。实是欲界之仙都。”唯此地足以当之。西至于严州，高山四塞，大水环周，可称为天险。南入横溪，至于兰溪。自杭州至兰溪，四百余里，冈峦绵亘，雄于富阳，清于桐庐，奇于富春，秀于兰溪。人在舟中，高视远眺，不能坐卧。偶值偃仰[⑤]，两岸之山，次第从船窗中过，如画图徐展。舟行之乐，无逾于此！兰溪南曰金华，川势大开，极目平畴，远望崇山，烟云缭绕，摩天碍日。传闻其上有朝真、冰壶、双龙之洞，乃王方平叱石成羊[⑥]之所也。西过龙游，至于衢州，凡西安道上之山，冈峦华簇，而滑瘦如削，烟岚高洁，刻露清秀。西南至常山，多枫桂，云眠树间，山横云上，高薄深林，令人有小山招隐[⑦]之思。

【注释】①坌涌：涌出；涌现。坌：本意为尘土、尘埃；又引申指涌出的样子、聚积。②子陵：指严子陵，会稽余姚（今浙江省余姚市）人，东汉著名隐士，不肯接受光武帝刘秀的邀请出山为官，而宁愿隐居山中钓鱼。③观止：指看到这里就可以休止了。④陶隐君：指陶弘景，字通明，南朝梁时丹阳秣陵（今江苏南京）人，号华阳隐居。著名的医药家、炼丹家、文学家，人称“山中宰相”。作品有《本草经注》、《集金丹黄白方》、《二牛图》、《华阳陶隐居集》等。⑤偃仰：俯仰。⑥王方平：东汉时人，名远，字方平。汉桓帝时做过官，精通天文、河图、道鑯学。后来辞官隐去，在丰都平都山升天成仙。叱石成羊：指王方平一声呵斥，石头就变成了羊。比喻能化腐朽为神奇。⑦小山招隐：指淮南小山的《招隐士》。淮南小山：是西汉淮南王刘安的一部分门客的集体称呼，类似现在的集体笔名。

【译文】我们由绍兴又返回杭州，登上凤凰山，凤凰山又叫紫阳山，从前宋高宗南渡，扩建杭州城，把凤凰山包括在宫苑内，用作游览的场所。凤凰山左边是江，右边是湖，登临闲游，乐趣无穷。从杭州沿浙江逆行，到了富阳。富阳的山，就似燕秦的山峰那样雄伟，而青翠又胜过它们。富阳的南面，水道渐渐狭窄，两山对峙，一条河流从中穿过，群山倒映水中，上下全都是青绿。离开橦梓关，水面渐渐开阔，远近景物，星罗棋布，群山秀美可爱。桐君山陡立在江岸，山的南边向内凹进，形成一处平原，石壁环绕耸立，如同天然形成的城阙，这就是桐庐。桐庐背山临水，山水之间的民居，青瓦白墙，纤尘不染。感觉清朗润泽，令人精神愉快。向南到达鸬鹚原，山势特别奇特，峰峦涌现，林立密布，把江水束缚得如同一条细线。入原口转向西行，则是富春。南北都是山，中间都是水，见不到一点儿泥土。北山下有两座“钓台”，石峰直起而山顶方正，旁边有严子陵祠。钓台左右两边的山顶都有泉水，锦峰缥缈，直入青天，怪石峥嵘，下临碧水，瀑布激荡，水珠四溅，碧波荡漾，如果在这里弹琴奏曲，那么高山流水的意境也不过就是这样了！我回忆起陶隐君的话：“高峰入云，清流见底，两峰石壁，五色交辉。青林翠竹，四时具备。晓雾将歇，猿鸟乱啼，夕日欲颓，沉鳞竞跃。实是欲界之仙都。”只有这里才可以配得上这样的评价。向西到达严州，高山到处充塞，大水环绕四周，这里可以称为天险。向南进入横溪，直达兰溪。从杭州到兰溪，四百多里，一路上山脉绵延不绝，在富阳山势雄壮，在桐庐山势清雅，在富春山势奇险，在兰谿山势秀丽。人在船中，远观近看，不得片刻空闲坐卧。偶然仰卧，两岸群山，依次从船窗中滑过，如慢慢展开图画。行船的乐趣，没有超过这个的！兰溪的南面是金华，水面大开，满目都是平坦的田野，远望高山，烟云缭绕，遮天蔽日。传闻金华山上有朝真洞、冰壶洞、双龙洞，是王方平叱石成羊的地方。向西经过龙游，到达衢州，西安县沿途的山，互相拥簇，纤细如削，云雾洁白，清秀毕露。向西南到达常山，有很多枫桂树，云在树间，山在云上，走进密林，令人有归隐山林的冲动。

西至玉山，复登舟，至于广信，为江西界。山形粗猛突兀，横亘直竖，缘河罗列，皆一石特起，方圆平直，各自为象。西至弋阳，有龟峰山，众峰直起如笱（sǔn）①，有青山头，峰顶皆圆，有如人首。或冠或冕②，或螓（qín）或颀（qí）③，或光如僧，或鬟④如妓。寺隐丛篁，泉出古洞，棕榈芭蕉，延满岩谷，奇险幽秀，兼而有之。西北至贵溪，见“天然桥”，一石横两峰之颠，下空若洞，亦奇境也。闻贵溪有鬼谷山，鬼谷子⑤之所居。又有象山，陆子静⑥读书其上，尝曰：“云山谷石之奇，目所未睹。”问之人而不知，知有龙虎山张真人⑦而已。西至安仁，地平旷。南至瑞洪，遂入鄱阳。自安仁以西，四望不见山。至瑞洪以南，四望并不见树，短草黄沙，烟水云天而已。湖水甚浊，波涛皆红。

【注释】①笱：同“笋”。②冠冕：在我国古代，人们把系在头上的装饰物称为“头衣”，主要有：冠、冕、弁、帻四种。冠：专门供贵族戴的帽子。冕：为天子、诸侯、卿、大夫所戴的礼帽。③螓：指额头饱满。颀：面修长而俊美。④鬟：古时妇女梳成环形的发卷。⑤鬼谷子：战国著名谋略家、道家代表人物、兵法集大成者、纵横家的鼻祖，精通百家学问，因隐居鬼谷，故自称鬼谷先生。⑥陆子静：指陆九渊，字子静，抚州金溪（今江西省金溪县)人，南宋哲学家，陆王心学的代表人物。因讲学于象山书院，被称为“象山先生”。⑦龙虎山张真人：指龙虎山张道陵后裔。

【译文】我们向西到达玉山，又乘船到达广信，进入江西的地界。这里山形粗猛突兀，横亘直竖，沿着河岸两边，全是一块块突起的岩石，岩石方圆平直，各有气势。向西到达弋阳，有龟峰山，众峰耸立如同竹笋，有青山头，峰顶都是圆形的，犹如人头。有的山峰像戴着冠冕，有的山峰像美人螓首，有的山峰则颀长秀美，有的光滑如同僧人的光头，有的卷曲如同歌妓的发髻。寺庙隐藏在竹林里，泉水从古洞流出，棕榈芭蕉，长满岩谷，奇险幽秀，兼而有之。向西北到达贵溪，看见一座“天然桥”，一块巨石横在两座山峰顶端，下面像山洞一样空荡荡，也是神奇的地方。听说贵溪有鬼谷山，是鬼谷子隐居的地方。又有象山，陆子静曾在山中读书，他说过：“云山谷石之奇，目所未睹。”问当地人而没人知晓这些古人，只知道有龙虎山张真人而已。向西到达安仁，土地平旷。向南达到瑞洪，接着又进入鄱阳。从安仁以西，眺望四方看不见山。到达瑞洪以南，眺望四方看不见树，只有短草黄沙，烟水云天而已。鄱阳湖水非常混浊，波涛都是红色。

出湖入章江，至南昌，登滕王阁。章江南来，渺瀰极目[①]，彭蠡[②]北汇，烟波万顷。东望平畴，天垂野阔。连峰千里，西列屏障，所谓“西山暮雨，南浦朝云”[③]，“霞鹜齐飞，水天一色”[④]，盖实录也！南昌阻风，泊舟生米渡。次蚤渡江，几至不测。语曰“安不忘危”，又曰“千金之子，坐不垂堂”[⑤]，余自维扬登舟，过扬子，泛吴淞，涉钱塘，溯桐溪，经鄱阳，在舟数月，侥幸无恙，习而安焉。设非遭此，遂安其危而忘垂堂之戒也，岂可哉？南至于丰城，观剑池。西入清江，至临江府。城东有合皂山，昔张道陵、丁令威[⑥]、葛孝先[⑦]皆居于此。西过新喻，山尤多，分宜之山清而秀，袁州之山奇而雄。

【注释】①渺瀰：水流旷远的样子。极目：指满目；远望。②彭蠡：即彭蠡湖，鄱阳湖古称。③“西山暮雨，南浦朝云”：也是描写滕王阁风光的诗句。④“霞鹜齐飞，水天一色”：指唐代诗人王勃《滕王阁序》中的句子“落霞与孤鹜齐飞，秋水共长天一色”。⑤“千金之子，坐不垂堂”：见于《史记》的汉代民谚，意思是家中积累千金的富人，坐卧不靠近堂屋屋檐处，怕被屋瓦掉下来砸着。“垂”通“陲”，堂边檐下靠阶的地方，“垂堂”即靠近屋檐处。⑥丁令威：中国道教崇奉的古代仙人。⑦葛孝先：指葛玄，字孝先，号仙翁，祖籍山东琅琊，三国著名道人，道教灵宝派祖师。被尊称为葛天师，葛仙翁，又称太极仙翁。

【译文】出鄱阳湖，我们经由章江，到达南昌，登上滕王阁。看到章江从南流来，水阔野旷，向北汇入彭蠡湖，烟波万顷。向东望去，一片平坦的田野，天低野阔。山峰绵延千里，在西边排列如同屏障一样，正是所谓的“西山暮雨，南浦朝云”，“霞鹜齐飞，水天一色”，这些诗句是滕王阁的真实写照啊！我们在南昌遇到大风，就在生米渡停船。第二天早上渡江，几乎遭遇不测。俗话说“安不忘危”，又说“千金之子，坐不垂堂”，我自从维扬上船，过扬子将，泛吴淞江，涉钱塘江，溯桐溪，经鄱阳湖，乘船游览几个月，都侥幸安然无恙，已经习惯了安稳无恙。假如没有遭到这次大风，我就会安心处于险地，而忘记垂堂之戒了，怎么可以呢？我们向南到达丰城，观看剑池。向西进入清江，到达临江府。临江府城东有合皂山，从前张道陵、丁令威、葛孝先都曾在这里居住。向西经过新喻，那里群山众多，分宜的山清而秀，袁州的山奇而雄。

至芦溪乃陆走，过萍乡复登舟。经醴陵，出渌(lù)口，至湘江，入湖南境。右江风俗，胜于三吴、两浙。男事耕耘，兼以商贾，女皆纺织。所出麻枲（xǐ）[1]、绵葛、松杉、鱼虾、米麦，不为奇技淫巧。其勤俭习事，有唐魏之风。独好诈而健讼，则楚俗也。湘江之水清而文，两岸之山秀而雅，草多茅菅[2]，扶疏猗（yī）靡[3]，皆有蕙薄从兰之致。每当五岭朝霞，三湘夜雨，或光风转蕙，皓月临枫，吟《离骚》《九歌》《招魂》之句，如睹泽畔之憔悴也，如逢芰（jì）衣荷裳[4]之芳泽也，如闻湘灵山鬼之吟啸悲啼也。南至衡州，谒南岳。凡岳镇[5]，非独形伟，其气盛也。向登泰山，郁郁葱葱，灵光焕发。渡江以来，名山无数，神采少减焉。兹见南岳，乃复如睹泰山，连峰争出，高不可止，复岭互藏，厚不可穷。石壁插青，流泉界白，气勃如蒸，岚深似黛。顶在云中，有若神龙，其首不见，而爪舒鳞跃，光怪陆离。"火维地荒，天假神柄"[6]，应不诬也。衡山七十二峰，其最大者五：芙蓉、紫盖、石廪、天柱、祝融。南岳庙在祝融峰下，谒庙后，望五峰，其顶皆在云中。登舟南行数日，无时不矫首。古语云："帆随湘转，望衡九面。"予九面望而卒未尝见其顶，始叹衡山之云之难开也！

【注释】①麻枲：即麻。枲：指麻类植物的纤维。②茅菅：也作"茆菅"。茅、菅二草，形相似，多并用以指野生杂草。也比喻微细。③扶疏：某物呈飘散状。猗靡：指随风飘拂的样子。④芰衣荷裳：菱叶荷叶制成的衣服，借指隐者。⑤岳镇：指五岳等名山。⑥"火维地荒，天假神柄"：出自韩愈《谒衡岳庙遂宿岳寺题门楼》诗："火维地荒足妖怪，天假神柄专其雄。"南方属火，"火维"指南方，也特指五岳中的南岳衡山。

【译文】到了芦溪，我们就上岸前行，过了萍乡再次乘船。经过醴陵、渌口，到达湘江，进入湖南境内。右江的风俗，更胜于三吴、两浙。男子从事耕耘，兼做商贾，女子都从事纺织。物产有麻枲、绵葛、松杉、鱼虾、米麦，湖南人不追求新奇物品或者技艺。他们勤俭务实，有唐魏的遗风。只是湖南人喜好施诈而打官司，这是楚地的习俗。湘江的水清而美，两岸的山秀而雅，草多为茅菅，随风摇动，颇有蕙草和兰草的风貌。每当五岭朝霞，三湘夜雨，或微风吹蕙，明月挂枝的时候，吟诵《离骚》《九歌》《招魂》的句子，如同目睹水边憔悴的屈原，如同碰到仪态端庄的隐士，如同听到湘灵山鬼的吟啸悲啼。向南到达衡州，我们拜谒了南岳。凡是五岳名山，不但外形雄伟，而且气势非凡。就像以前登过的泰山，郁郁葱葱，灵光焕发。渡江以来，我们遇到的名山无数，而神采稍逊。现在看见南岳，就如同见到泰山，群峰相连，层出不穷，高不可测，山岭参差，不可穷尽。石壁陡峭，泉水流出，云气勃发如同蒸气一样，山林雾气幽暗就像眉黛一般。山顶隐在云中，如同神龙，不见龙首，只见鳞爪飞扬，光怪陆离。“火维地荒，天假神柄”，意思是说：衡山地处蛮荒，上天授权柄给南岳之神。这句话说得不错啊。衡山七十二峰，最大的有五个：芙蓉峰、紫盖峰、石廪峰、天柱峰、祝融峰。南岳庙在祝融峰下，我们拜谒南岳庙后，遥望五峰，只见诸峰山顶都在云中。乘船向南行走的这几天，我们无时无刻不在抬头仰望。古语说：“帆随湘转，望衡九面。”我从九面望衡山，而始终未能看见它们的顶峰，不由得感叹衡山的云雾难开啊！

西次祁阳，见唐亭，元次山[①]之所建。西至于永州，自右江至衡阳，数千里间，土石多赤，一望红原绿草，碧树丹屋，烂若绘绚。至零陵，山黑而石白，天地之气一变。城下潇江，北合于湘。潇西之山皆幽奇，柳子厚[②]多记之。西入湘口，水愈清，两岸之石，玲珑奇峭，不可指数，所谓少人而多石，其信然与？西至于全州，为粤西形胜之地，湘山崔嵬，高踞俯视，众山环拱，诸水会同。山下有光孝寺，无量寿佛示寂[③]之所，云肉身在塔内。予入而谛观[④]之，不似也。南至于兴安，有阳海山。半山有分水岭，山脊流水，可以泛舟。至岭而分，其北流者为湘江，南流者为漓江，一水而相离，故曰湘漓也。志云："临贺、始安、桂阳、揭阳、大庾为五岭。"《水经注》云："湘水出零陵始安县。"然则兴安者，始安也。予自长沙溯湘江至永、全，挽舟直上，如登峻坂[⑤]。山腰回舟，转入漓江，下桂林如建瓴。源泉混混，咫尺分流，而北入北海，南入南海，其岭之高可知矣。漓江初分，屈曲山间，别凿一渠以通舟。秦伐南越，史录凿此。汉戈船将军[⑥]出零陵、下漓水，于此置阧（dǒu）[⑦]，阧犹关也。诸葛武侯续修之。渠上有武侯祠，祠后有伏龙山，山石多怪，玲珑槎枒（chá yā）[⑧]，连峰叠嶂，皆如米颠[⑨]袖中之物。伏龙以西，群峰乱峙，四布罗列，如平沙万幕，八门五花，江如游骑纵横其中。前有高峰曰马头山，卓立俯视，如大将秉巨纛（dào）[⑩]以出令也。

【注释】①元次山：指元结，字次山，号漫叟、聱叟、浪士、漫郎，唐代道家学者。②柳子厚：指柳宗元，字子厚，河东（现山西运城永济一带）人，唐宋八大家之一。③无量寿佛：即阿弥陀佛，又名无量佛、无量光佛等。示寂：佛教指佛、菩萨或高僧涅槃。④谛观：审视，仔细看。⑤峻坂：陡坡。⑥汉戈船将军：西汉将军称号之一。因率戈船征南越而得名。⑦阧：同"陡"。⑧槎枒：树木枝杈歧出的样子。⑨米颠：指米芾，字元章，因其行止违世脱俗，倜傥不羁，人称"米颠"。⑩纛：古代用毛羽做的舞具或帝王车舆上的饰物。也指古时军队或仪仗的大旗。

【译文】我们向西到达祁阳，并在那里留宿，游览了唐亭，唐亭是元次山修建的。向西到达永州，从右江到衡阳，数千里间，土石多为赤色，一眼望去红原绿草，碧树红屋，绚丽的像彩绘一样。接着到达零陵，这里的山黑而石白，天地之间的气象也为之一变。在城下，潇江向北和湘江汇合。潇江西面的山大多幽奇，柳子厚文章曾多次记载。向西进入湘口，水更清，两岸的岩石，精巧奇特，不可胜数，传说这里人少而石多，确实如此吗？向西到达全州，是广西地势优越便利的地方，湘山崔嵬，高耸俯视，众山环绕，诸水会合。山下有光孝寺，是无量寿佛示寂的地方，人们说他的肉身在塔内。我进入仔细观看，不像是肉身。向南到达兴安，有阳海山。半山处有分水岭，山脊上有流水，可以行船。流水到山岭处，被分开，向北流的一支为湘江，向南流的一支为漓江，一条流水相分离，所以叫湘江和漓江。方志写到："临贺、始安、桂阳、揭阳、大庾为五岭。"《水经注》写到："湘水出零陵始安县。"所以说兴安就是始安。我从长沙沿着湘江逆水而行到达永州、全州，船夫拉着船沿河而上，如同登陡坡。在山腰回船，转入漓江，顺流而下前往桂林。湘江、漓江两江的源头在兴安县会和，在狭小的灵渠分流，一条向北流入北海，一条向南流入南海，山岭的高度可想而知了。漓江刚分流后，弯曲流淌在山间，另外开凿一条水渠来行船。秦朝讨伐南越时，史书记录开凿了这条水渠。西汉戈船将军出零陵、下漓水，在这设置㪷，㪷像关卡。汉末诸葛武侯继续修整此渠。渠上有武侯祠，武侯祠后有伏龙山，山石很奇特，玲珑突兀，连峰叠嶂，全都如同米颠画中的东西。伏龙山的西面，群峰乱立，四处分布，如同广阔的沙原上排列众多帷幕，五花八门，江水如同奔驰的轻骑纵横其中。前面有高峰叫马头山，傲然而立，如同将军拿着大旗在发出命令。

南过灵川，至于桂林。粤西高大中丞，予业师[①]也。留署中过夏，时时跨马出游郊坰（jiōng）[②]，负郭[③]山水之胜皆见之。城中屹立者曰独秀山，高数百丈，下有石室，顶通光耀。其东北曰伏波山，高峭与独秀等，岩中悬石，下垂如柱。其西有叠彩岩，石纹华丽，岩腹有洞，冷风日夜不休，曰风洞。迎风而入，曲折崎岖，渐觉光明。忽然高敞，身入楼阁，户牖（yǒu）轩豁[4]，栏槛回环。开户一望，水天无际，山林窈冥。盖漓江从城北来，两岸之山，怪怪奇奇，向在舟中，未尽见也。兹入洞内，黑走山腹，忽睹上界，皆成异境。舟泛银河，人至天台[5]，亦若是矣。城南有刘仙崖，石洞如屋，内刻张平叔[6]《赠桂林白龙洞刘真人歌》，道铅汞[7]术甚详。城西有七星岩，上有栖霞洞。石阶直下数百级，顶上水纹如波，中有鲤鱼，长丈余，头目鳞尾皆具。洞后深黑，秉炬进数百步，冷气迫人，同行者惧，遂偕出。闻土人道其中之景甚怪。王荆公[8]云："世上奇伟瑰怪非常之观，常在于险远，而为人所罕至。故非有志者不能至也。有志矣不随以止也，然力不足者，亦不能至也。有志与力而又不随以怠，至于幽暗昏忽，而无物以相之，亦不能至也。然力足以至焉，于人为可讥，而在己为有悔。尽吾志而不能至者，可以无悔矣。"吾甚悔吾之未尽吾志而随人以止也！其东有龙隐洞，清流从洞中出而入江。江中有山，轮囷（qūn）[9]若象鼻舒江中，舟行鼻内。江岸山上有洞，直透山背，以通天光，望之圆明如满月。志称"滨江三洞，水月最佳"者是也。

【注释】①业师：授业的老师。②郊垧：泛指郊外。③负郭：也作"负廓"，指靠近城郭。④户牖：门和窗。轩豁：高大开阔。⑤天台：指神话仙境。⑥张平叔：指悟真紫阳真人，姓张名伯端，字平叔。⑦铅汞：在内丹书中比比皆是，铅为命，汞为性，为性命之学之根源。⑧王荆公：指王安石，字介甫，号半山，临川人，北宋著名思想家、政治家、文学家、改革家。⑨轮囷：盘曲的样子。

【译文】我们向南经过灵川，到达桂林。广西巡抚高其倬，是我的授业恩师。于是就留在他的官署中过夏天，我常常跨马出游郊外，靠近城郭的山水胜景都游览过了。城中有山峰叫独秀山，高数百丈，山下有石室，洞顶通透。独秀山东北的山峰叫伏波山，和独秀峰同样高耸峭拔，山中悬空的岩石，如同柱子般下垂。西边有叠彩岩，石纹华丽，岩石中有洞穴，因冷风日夜不停从里面吹出，所以叫风洞。迎风进入风洞，里面曲折崎岖，渐渐感觉到光明。忽然开阔，进入楼阁，楼阁门窗高大敞亮，栏杆回环。开门一望，水天无边无际，山林深远渺茫。大概漓江从城北流过来，两岸的山峰，奇奇怪怪，以前在船中，未能全部看见。现在进到洞中，摸黑走过山腹，忽然看到外面，原来的景物全都变成奇景。船好像在银河上行进，人好像在仙境之中。城南有刘仙崖，有石洞如同屋室，内刻张平叔的《赠桂林白龙洞刘真人歌》，对铅汞之术的描述非常详细。城西有七星岩，上有栖霞洞。沿石阶往下走几百级，头顶上倒映的水纹如同波浪，洞中有鲤鱼形状的岩石，长一丈多，鱼头鱼眼鱼鳞鱼尾全都具备。洞里深远黑暗，举着火炬前进了几百步，就感觉冷气逼人，同行的人有些惧怕，大家就一同出去了。听当地的人说洞中的景色非常怪异。王荆公说："世上非常壮丽美观的景色，往往在艰险的地方，而且人迹罕至。所以必须是怀有非常强烈意愿的人才能到达。有意愿就不会随同众人而轻易放弃，然而气力不足的人，也不能到达。有意愿，有气力而又不轻易附和别人，如果游览幽暗昏黑的地方，没有相应工具，也不能到达。即使气力足够，还可能被别人讥讽，自己也可能后悔。尽力而为，即使做不到，也可以不后悔了。"我很后悔没有坚持，而是轻易随和众人放弃继续探寻洞穴。东面有龙隐洞，清流从洞中流出汇入江中。江中有山，外形好像象鼻子伸进江中，船在象鼻内行走。江岸边的山上有洞穴，洞穴直接穿透山背，可以透过日光，洞穴远望如同满月。方志称之为"滨江三洞，水月最佳"的就是指它。

兹行也，在桂林之日为久，瑶、苗、土、僮，蚺蛇、山羊、锦鸡、孔雀、黑白之猿，荔枝、佛手之树，黄皮、白蜡之林，芭蕉之心，长大如椽[①]，天雨之花，其红射日。可谓见所未见。独其俗凶悍褊（biǎn）小，嗜利好杀。天地之灵，钟于物而不钟于人，何哉？予以六月初旬至桂林，七月暑退，登舟返棹。曩之至也，云峰吐火，稻穗涌波，荷蕊绽红，江流涨绿。署中偃仰，曾几何时，而稻禾全刈，木叶半黄，云白天晶，凉风萧瑟。回思江南暮春，莺飞草长，西湖梅雨，花落鸟啼，有如隔世。王右军云："向之所欣，俯仰之间，已为陈迹。"亶（dǎn）[②]其然矣！

【注释】①椽：放在檩上架着屋顶的木条。②亶：诚然，信然。

【译文】此行，我在桂林停留的时日最长，这里有瑶族、苗族、土族、僮族等少数民族，动物有蚺蛇、山羊、锦鸡、孔雀、黑白猿等，有荔枝、佛手之类的树木，有黄皮树、白蜡树，这里的芭蕉树，大如房椽；木棉花，通红映日。这些东西可以说是前所未见。唯独这里的民风凶悍，百姓气量狭小，贪求私利，嗜好杀戮。这里的天地灵气，似乎都赋予物而不赋予人，为什么呢？我在六月上旬到达桂林，七月暑退，乘船返回。刚来这里时，天气炎热，白云和山峰仿佛都在吐火，风吹稻穗如同涌动的波涛，荷蕊开放，江河水涨。我在官署中休息，感觉没过多久，而稻禾已经收割，树叶半黄，云白天明，凉风萧瑟。回想起江南的晚春，莺飞草长，西湖梅雨，花落鸟啼，有如隔世。王羲之说："原来所喜欢的事物，顷刻之间，已经过去。"诚然是这种情况！

过全州，复入湘山寺，有匾曰"再来人"。予嗒（tà）然[①]而笑。夫佛再出世，犹吾再入寺也，而何怪焉？过衡州，登合江亭。湘水南来，蒸水北至，两江合处，一峰特起，曰石鼓山，上有武侯祠。向读韩诗注云“合江亭旁有朱陵洞②”，登其上而不见。返舟问榜人，云：“洞在亭下，当事者封其路，游人往往不得至焉。”在舟又望南岳，雾隐云封，终不能见其顶。江山之于人如友，或不期而遇，或千里相访而不值，何哉？北至于湘潭，有昭山。昭王南征至此。

【注释】①嗒然：形容懊丧的神情。②朱陵洞：即朱陵洞天。道家所称三十六洞天之一，在湖南衡山县。

【译文】经过全州时，我又一次进入湘山寺，看到寺里“再来人”的牌匾。我不禁苦笑。佛再出世，就像我再入寺，有什么奇怪呢？经过衡州，登上合江亭。湘水从南流来，蒸水从北流来，两江汇合的地方，有一座山峰突起，叫石鼓山，山上有武侯祠。我以前读韩诗，其注释说“合江亭旁有朱陵洞”，现在登上合江亭却看不见朱陵洞。返回问船夫，他们说：“朱陵洞在合江亭下，地方官封了进路，游人就没法到达那里。”在船上又远望南岳，雾隐云封，还是不能看见山顶。山河对待人，如同世人对待朋友，有时不期而遇，有时千里相访而不能遇到，为什么呢？向北到达湘潭，这里有昭山。昭王南征曾到达这里。

北至于长沙城，城东有云母山，《列仙传》云“星沙云母，服之长生”者也。城北有罗洋山，城南曰妙高峰。湘江在城西，水西有岳麓山。志曰“衡山七十二峰，回雁为首，岳麓为足”是也。其颠有道乡台，昔邹志完①谪长沙，守臣温益②逐之，雨夜渡湘宿于此。后张敬夫③为之筑台，朱子题曰“道乡”。道乡者，志完之别号也。闻志完初谪时，涕泣，其友怒曰："使志完居京师，得寒疾不汗，五日死矣！独岭南能死人哉？"由今观之，向与志完同时在京师者，皆已湮没，而志完以谪特传，亦可以知所处矣。道乡台下有岳麓寺碑，李北海[④]所书也。凡地之美恶，视乎其人，不择地而安之，皆可安也。予过五岭，泛三湘，望九嶷（yí），历百越，皆古迁客骚人痛哭流涕之所。入而游焉，瘴花善红，蛮鸟能语，水清石怪，皆有会心。比及长沙，山林雅旷，水土平良，已如更始余民，复睹司隶雍容。贾太傅[⑤]乃不自克，而抑郁以死。语云"少不更事"，太傅有焉。北过橘州，昔范质夫南谪，夫人每骂章惇（dūn）[⑥]："过橘州舟覆。"公自负夫人以出，徐曰："此亦章惇为之耶？"予性褊[⑦]，服膺[⑧]范公以自广。今过其地，想见其为人。

【注释】①邹志完：指邹浩，字志完，北宋常州晋陵（今江苏常州）人，遇赦归里后在周线巷住处开辟道乡园，故自号道乡居士。②守臣：镇守一方的地方长官。温益：字禹弼，北宋泉州晋江（今福建泉州）人。③张敬夫：指张栻，字敬夫，号南轩，学者称南轩先生。南宋汉州绵竹（今四川绵竹市）人。南宋初期学者、教育家。④李北海：指李邕，字泰和，鄂州江夏（今湖北武昌市江夏区）人。唐朝大臣、书法家。⑤贾太傅：指贾谊，洛阳（今河南洛阳东）人，西汉初年著名政论家、文学家。曾任长沙王太傅。⑥章惇：字子厚，号大涤翁，建宁军浦城（今福建省南平市浦城县）人。北宋中期政治家、改革家。⑦褊：本意指衣服狭小，引申泛指狭小，又引申指急躁。⑧服膺：衷心信服。

【译文】向北到达长沙城，城东有云母山，就是《列仙传》所说的"星沙云母，服之长生"。城北有罗洋山，城南有妙高峰。湘江在城西，湘江西有岳麓山。就是地方志所描述的"衡山七十二峰，回雁为首，岳麓为足"。岳麓山顶有道乡台，从前邹志完被贬谪到长沙，地方长官温益驱逐他，邹志完雨夜渡过湘江留宿在这里。后来张敬夫为他筑台，朱熹写下“道乡”的题词。道乡，是邹志完的别号。听说邹志完刚被贬谪岭南的时候，哭泣流泪，他的朋友生气地说：“你太没志气了，即使不被贬官，你仍然居住在京师，万一得了寒疾不出汗，不出五天就死了！难道只有在岭南才能死人吗？”现在看来，当时和邹志完同时在京师的人，全都已经不为人知，而邹志完，则因为被贬谪而被世人所知道，从这个例子，就可以知道为人处世的道理了。道乡台下有岳麓寺碑，是李邕所书写的。评价一个地方的好坏，也是因人而异。不论富庶之地，还是穷山恶水，都能坦然而居，那么到处都是乐土。我所到过的五岭，三湘，九嶷，百越，全都是古代谪官、文人不愿意去的地方。我这次到这些地方游览，看到瘴厉之地的花朵也娇艳，蛮夷之地的鸟鸣也动听，流水清澈，怪石奇异，都很符合我的心意。等到了长沙，只见这里山水优雅，土地肥沃，百姓安居，市井繁华。贾太傅不能自我宽慰，最终抑郁而死。俗话说“少不更事”，贾太傅就是这样的情况。我又向北经过橘州，从前范纯仁被章惇南贬，夫人每次骂章惇都说：“路过橘州的时候就船翻。”后来遇到下雨，范纯仁背着夫人从船上岸，慢慢说道：“这雨水，也是章惇弄出来的吗？”我性子急躁，衷心佩服范公这种自我宽慰的精神。今天经过他曾到过的地方，可以推想一下他的为人。

北至于湘阴，有黄陵庙，二妃①之所溺也。其东有汨罗江，屈子之所沉也。过广陵，入洞庭，浩浩荡荡，四无涯涘（sì）②。晚见红日落于水内，次早见炬火然灼水面，渐望渐高，乃明星也。吾游行天下，山吾皆以为卑，水吾皆以为狭，非果卑果狭也，目能穷其所至，则小之矣。物何大何小？因其所大而大之，则莫不大；因其所小而小之，则莫不小。苏子瞻曰：“覆杯水于地，芥浮于水，蚁附于芥，茫然不知其所济。少焉水涸，蚁即径去，见其类，出涕曰：几不复与子相见！岂知俯仰之间，有方轨[③]八达之路乎？”计四海之在天地之间也，犹杯水也，舟犹芥也，人犹蚁也，吾乌知蚁之附芥，不以为是乘桴（fú）浮海[④]耶？其水涸而去，不以为是海变桑田耶？四海虽广，应亦有涯，目力不至，则望洋而叹，因所大而大之耳。今在洞庭，吾目力穷焉，即以为洞庭为吾之海可也。

【注释】①二妃：指帝舜的娥皇、女英二妃。②涯涘：边际；界限。③方轨：车辆并行。④乘桴：指乘坐竹木小筏。乘桴浮海：指坐在小木排上在海上漂浮。

【译文】再向北到达湘阴，有黄陵庙，这里是娥皇、女英二妃溺死的地方。黄陵庙东面有汨罗江，是屈原投水的地方。经过广陵，进入洞庭湖，洞庭湖水势广大，四周没有边际。傍晚看见红日落在水中，第二天早上看见有物体在水面上，像燃烧的火把，渐渐升高，原来是启明星。我出游天下，认为所见到山都不高，水都不宽，山水不是真的矮小和狭窄，而是因为一眼能看全的东西，就认为是矮小的。东西什么是大什么是小呢？因为感觉广大，就认为广大，则没有一个东西不广大；因为感觉渺小，就认为是渺小，则没有一个东西不渺小。苏子瞻说：“把一杯水倒在地上，芥子浮在水上，蚂蚁爬在芥子上，蚂蚁感觉周围大水茫茫，不知如何才能上岸。一会儿，水干了，蚂蚁回到巢穴，见到同类，哭泣着说：‘险些被淹死，差点就不能和你们相见了！’蚂蚁岂能知道，周围四通八达全是出路吗？”四海在天地之间，就像杯中的水，船就像芥子，人就像蚂蚁，我不知道蚂蚁爬在芥子上，是不是也感觉好像是坐在小船上，在大海里漂浮呢？等到水干了以后，是不是也认为是沧海变桑田呢？四海虽然广阔，也应该有边际，目光看不到，就望洋而叹，因为感觉广大，就认为广大。如今在洞庭，我的眼睛看不到湖水的边际，就认为洞庭是我的眼中的大海了。

自湘阴泊于磊石，又泊于鹿角，又泊于井罔，皆在湖中。时近中秋，天朗气清，所谓“长烟一空，皓月千里，浮光耀金，静影沉璧”[1]者，吾见之焉。北至巴陵，岳阳楼在巴城上，而今不存矣。予登其址而望焉，见君山秀出，其东曰扁山，又东曰九龟山，皆在湖中。城南曰白鹤山，其侧有天岳岭，上有吕仙亭，亭前有岳武穆庙。昔武穆克期[2]八日，平杨幺（yāo）[3]于洞庭，居人[4]德而祀之。庙貌巍然，据湖山之胜。夫岳阳为纯阳[5]三过之所，宋滕子京[6]重修之，范文正公[7]作记，苏子美[8]书，邵竦篆额。当其盛时，仙之所往来，贤士大夫所歌咏，今皆为荒榛蔓草颓垣，文墨之士无论矣。纯阳有仙术，亦不能留其所爱。武穆蹇蹇[9]，雉罹于罗[10]，徒以忠义之性，结于人心，而遗迹独存。然则人之不死，固自有道矣！在巴陵阻风五日，所谓“阴风怒号，浊浪排空”，“薄暮冥冥，虎啸猿啼”者，吾又见之焉。

【注释】①“长烟一空，皓月千里，浮光耀金，静影沉璧”：以及“阴风怒号，浊浪排空”，“薄暮冥冥，虎啸猿啼”等句都出自范仲淹《岳阳楼记》。②克期：在严格规定的期限内。③杨幺：南宋义军首领。与钟相起事，后战败身死。④居人：居民。⑤纯阳：指吕洞宾。⑥滕子京：指滕宗谅，字子京，河南洛阳人，北宋官员，因范仲淹的《岳阳楼记》而为世人所知。⑦范文正公：指范仲淹，因谥号文正，世称范文正公。⑧苏子美：指苏舜钦，北宋诗人、书法家，字子美，祖籍梓州铜山（今四川中江）。⑨蹇蹇：忠直的样子。蹇，通“謇”。⑩雉罹于罗：雉鸡儿落进网来。出自《国风·王风·兔爰》：有兔爰爰，雉离于罗。

【译文】我从湘阴出发，在磊石停泊，又停泊在鹿角，接着停泊在井罔，一直在洞庭湖中行船。当时快到中秋，天气晴朗空气清新，就是属于“长烟一空，皓月千里，浮光耀金，静影沉璧”的景色了，我有幸看到了。向北到达巴陵，岳阳楼原来在巴城上，而如今已不复存在了。我登上岳阳楼旧址而望，看见君山秀美，突兀而出，君山东面的山峰叫扁山，再东面的山峰叫九龟山，全都在洞庭湖中。城南的山峰叫白鹤山，山侧有天岳岭，上有吕仙亭，亭前有岳武穆庙。从前岳武穆在八日期限内，在洞庭湖平定杨幺叛乱，当地百姓感激岳武穆的恩德而立祠祭祀他。武穆庙高大雄伟，占据湖山的胜景之处。岳阳楼为吕纯阳三次经过的地方，北宋滕子京重新修建岳阳楼，范文正公作记，苏子美作书，邵竦题写篆书匾额。岳阳楼兴盛时，仙人往来，贤大夫歌咏，如今变成杂草丛生、断壁残垣的地方，更不必说有舞文弄墨的士人了。吕纯阳有仙术，也不能留住他喜爱的岳阳楼。岳武穆忠直，不幸遇难，只以忠义的精神，留在世人心中，而唯独岳武穆庙能保留下来。既然这样，那么有的人虽死犹生，自然有他的道理了！我在巴陵遇大风受阻五日，正是所谓的“阴风怒号，浊浪排空”，“薄暮冥冥，虎啸猿啼”，我又有幸见识到了。

北出泾河口，入岷江。西北一望，荆襄、汉沔，沃野千里，似燕赵两河之间，洋洋乎大国之风也。江南岸为临湘、嘉鱼、蒲圻（qí）之境，连延皆山。赤壁在嘉鱼，雄峙江浒，其上有“祭风台”。昔苏子瞻赋赤壁于黄州，武昌之下游也。考之史云：“刘备居樊口，进兵逆操，遇于赤壁。”[①]则当在武昌上游。又操败后走华容，今嘉鱼与华容近，而黄州绝远，然则周郎赤壁，断在嘉鱼无疑也。北至荆口，两山对峙，东曰惊矶，西曰大军。惊矶有达摩亭，乃折苇渡江[2]之所。北曰沔口，沔水又名沧浪，灵均[3]遇渔父于此。沔口之北，西曰汉口，汉阳府也。东曰夏口，武昌府也。墉（yōng）[4]山为城，堑（qiàn）[5]江为池。武昌城内包三山，汉阳城内有两湖。黄鹤楼与晴川阁，距两城之上，相望也。汉阳城外有大别山，下有锁穴，乃孙吴锁江之处。予尝登大别之颠以望三楚，荆衡连镇，江汉朝宗[6]，远水动蜀，高树浮秦。水陆之冲，舟车辐辏，百货所聚，商贾云屯。其山川之雄壮，民物之繁华，南北两京而外，无过于此。然沱、潜、汉、沔之间，潇、湘、沅、澧之际，江漂湖汇，民多水患，盗贼乘之。楚俗慓（piāo）轻[7]，鲜思积聚，山薮水洳（rù）[8]，流民鸠处，其人率呰窳（zǐ yǔ）[9]，庞杂而难治，亦可虑也。

【注释】①“刘备居樊口，进兵逆操，遇于赤壁”：出于《三国志·吴书九·周瑜传》。②折苇渡江：传说达摩渡过长江时，在江岸折了一根芦苇，站在苇上过江。③灵均：指屈原，芈姓，屈氏，名平，字原。又自云名正则，字灵均。④墉：堆垒城墙。⑤堑：挖掘。⑥朝宗：比喻小水流注大水。⑦慓轻：慓悍轻捷。⑧山薮：山深林密的地方。洳：低湿的地方。⑨呰窳：形容懒惰。

【译文】我向北出泾河口，进入岷江。向西北望去，荆襄、汉沔，沃野千里，好似燕赵两河之间的地区，有泱泱大国之气势。江南岸为临湘、嘉鱼、蒲圻等县，山势绵延不绝。赤壁在嘉鱼，雄峙在江边，上面有“祭风台”。从前苏轼在黄州写下《赤壁赋》，那处赤壁是在武昌的下游。考证史书：“刘备居樊口，进兵逆操，遇于赤壁。”赤壁应当在武昌的上游。曹操战败后走的是华容道，如今嘉鱼与华容距离很近，而黄州还在远处，既然这样，那么周郎赤壁，一定在嘉鱼是没有疑问了。向北到达荆口，有两山对峙，东边的山峰叫惊矶，西边的山峰叫大军。惊矶山有座达摩亭，是达摩折苇渡江的地方。北面有沔口，沔水又名沧浪，屈原在这遇到渔父。沔口的北面，西侧的是汉口，属于汉阳府。东侧的是夏口，属于武昌府。墉山为城，堑江为池。武昌城内有三座山，汉阳城内有两座湖。黄鹤楼与晴川阁，分别在两城之上，隔江相望。汉阳城外有大别山，山下有锁穴，是东吴锁江的地方。我曾登上大别山顶，了望三楚，看到湘鄂相连，江汉汇聚，远到巴蜀，遥见三秦。汉阳是水陆交通的要冲，舟车拥挤，百货汇聚，商贾云集。这里山川雄壮，地方繁华，除了南北两京以外，没有地方能超过这里。然而这里地处沱水、潜水、汉水、沔水之间，潇水、湘水、沅水、澧水之际，江湖交汇，水患频繁，盗贼乘机而起。楚地的民风俗慓悍轻率，百姓很少想到积聚财物，山地水洼，百姓勉强栖身，人们又都懒惰，人事庞杂而难以治理，也是令人忧虑的事情啊。

北入孝感、应山，山接九宗，泽连云梦，峰高野阔，气势沉雄。北出武胜关，崇山峻岭，连延千里，右列方城，左拥穆陵，所谓“冥扼之塞”。《淮南子》云“山有九塞”，此其一也。北至于信阳，信阳古申国，东邻息。申、息者，楚之北门也。又东邻蔡，昔桓公①侵蔡，蔡溃，遂伐楚，非上策也。由蔡至郢，崇山大小，不可胜计，所谓“方城为城，汉水为池，无所用众”②，非虚语也。能伐楚者莫如秦，出武关，下汉川，则撤荆襄之藩篱；出三峡，下夷陵，则扼鄂岳之要害。故秦并六国，亦地势然也。北过确山，至遂平，有楂椏山。唐李观及吴元济③战于此。北至西平，有滍（zhì）水，昔光武败王寻④于昆阳，多杀士卒，滍水不流，即此也。北至于叶县，为沈诸梁⑤之封邑。其北有黄城山，下有沮溺

[6]故里，子路问津[7]处也。北渡汝水，至襄城，其南有首山。汝、蔡、颍、许之际，平畴沃衍，而首山雄峙其中。史称天下名山八，三在夷狄，五在中国，皆黄帝所尝游，首山其一也。昔黄帝问道于崆峒，遂游襄城，登具茨（cí），访大隗（wěi）[8]。崆峒在郏（jiá）鄏（rǔ），而具茨在新郑，与首山相望也。襄城郑氾地，周襄王出居于此。

【注释】①桓公：指齐桓公，姜姓，吕氏，名小白，春秋五霸之首。②“方城为城，汉水为池，无所用众”：出自《左传·僖公四年》：“楚国方城以为城，汉水以为池，虽众，无所用之”。③李观：洛阳（今河南洛阳）人，祖籍赵郡，秋官员外郎李敬仁侄孙，唐朝中期将领。吴元济：唐代宪宗时叛藩的首领。④王寻：汉平帝时为副校尉、丕进侯，助王莽篡汉有功，封大司徒、章新公。后于昆阳战败被杀。⑤沈诸梁：芈姓，沈尹氏，名诸梁，字子高。春秋末期楚国军事家、政治家。⑥沮溺：指隐士。长沮，传说中春秋时楚国的隐士。⑦子路问津：长沮、桀溺耦而耕，孔子过之，使子路问津焉。桀溺，春秋时隐者。⑧大隗：神名。

【译文】我向北进入孝感的应山县，境内的山峰是九宗山，这里的湖泽与云梦泽相连，峰高野阔，气势沉雄。向北出武胜关，只见崇山峻岭，连延千里，右边是方城，左边是穆陵，正是所谓的“冥扼之塞”。《淮南子》写到“山有九塞”，这是其中的一塞。向北到达信阳，信阳是古时的申国，东边邻近息国。申国、息国，是楚国的北边门门。又东邻蔡国，从前齐桓公攻蔡，蔡国溃败，于是又伐楚，可惜伐楚不是上策啊。由蔡到郢，高山很多，不可胜数，所谓的“方城为城，汉水为池，无所用众”，这不是假话。能伐楚的国家都不如秦国便利，秦国出武关，下汉川，就等于去掉了荆襄的屏障；出三峡，下夷陵，则扼守住了楚国的要害。所以秦国兼并六国，也有地势上的便利。向北经过确山，到达遂平，有楂枒山。唐代李观和吴元济就曾在这里交战。向北到达西平，有滍水，当年汉光武帝在昆阳打败王寻，死伤了很多士卒，滍水因尸体堵塞而不能流动，就是在这里。接着向北到达叶县，叶县是沈诸梁的封邑。叶县北面有黄城山，山下有沮溺故里，是子路向隐者询问渡口的地方。向北渡过汝水，到达襄城县，襄城南有首山。襄城的汝水、蔡水、颍水、许水两岸，是平坦肥沃的土地，而首山屹立在其中。史称天下有八座名山，三座在夷狄，五座在中国，都是黄帝曾经到过的地方，首山就是其中之一。从前黄帝在崆峒山问道，曾游览襄城，登具茨山，访大隗神。崆峒山在郏鄏，而具茨山在新郑，与首山相望。襄城曾是郑国的汜地，周襄王出奔后，曾在这里居住。

西至禹州，大禹之封邑，北至告城，古阳城地也。临颍水，面箕山，负嵩岳，左成皋，右伊阙，崇山四塞，清流潆洄[①]。其高平处，有周公"测影台"，巨石屹立，高可七尺，下方五尺，上方三尺。《周礼》大司徒以土圭[②]之法测土深、正日影，以求地中。日南影短，日北影长，日至之影，尺有五寸，即此也。北至登封，介嵩山、太少二室之间。太室之颠，栉（zhì）比若城垣；少室之峰，直起若台观。虽无岱宗、衡华之高奇，而气象雍容，神彩秀朗，有如王者宅居中正，端冕垂绅[③]，以朝万国，不大声色，而德意自远。中岳庙在太室之南，少林寺在少室之北。群峰围绕，界隔尘寰，水石清幽，灵区独辟。时值深秋，白云红叶，翠柏黄花，点缀岩岫，天然图画。岳阳、黄鹤，极江湖之浩渺；灵隐、少林，尽山岳之奇丽。睡常入梦，醒犹在目，非笔舌所能传也！在寺中问达摩遗迹，僧云："寺西四五里深山之中，有古石洞，乃九年面壁之处，至今洞中犹有达摩影。"而予未见也。

【注释】①潆洄：指水流回旋的样子。②土圭：是一种古老的测量日影长短的工具。《周礼》中说的所谓“测土深”，是指通过测量土圭显示的日影长短，找到东西南北之中心，也就是“地中”。周朝在“地中”建都城。③端冕：玄衣和大冠。古代帝王、贵族的礼服。垂绅：大带下垂。官爵高低，就看腰带垂下来的长度，越长的官爵越高。

【译文】向西到达禹州，禹州是大禹的封邑，向北到达告城，是古时阳城的地界。告城临颍水，面箕山，负嵩岳，左成皋，右伊阙，高山充塞四方，清流回旋其中。告城高处平坦的地方，有周公的“测影台”，巨石高耸挺立，大约高七尺，下宽五尺，上面宽三尺。《周礼·地官·大司徒》中记载用土圭之法来测量疆土的深广，根据日影确定疆土的中心。地域偏南，则日影短；地域偏北，则日影长，《周礼》说夏至的影子，有一尺五寸长，就是用这种方法测出来的。向北到达登封，登封介于嵩山、太少二室之间。太室山顶，岩石像城墙般密密的排着；少室山峰，突兀竖起好像楼台。虽然没有泰山、衡山、华山的高大险峻，而气象雍容，神彩秀朗，有如王者居中而坐，衣冠端整，来接受万国朝见，虽然不动声色，而已有威仪。中岳庙在太室山南面，少林寺在少室山北面。群峰围绕，隔绝喧嚣，水石清幽，是难得的灵秀之地。当时正值深秋，白云红叶，翠柏黄花，点缀在山石间，成为一幅天然图画。岳阳楼、黄鹤楼，处在烟波浩渺的江湖之畔；灵隐寺、少林寺，隐藏在雄奇秀丽的山岳之中。这些景物，我常常梦到，醒来后，梦中的景象还历历在目，不是文字和语言所能描绘的！在少林寺中询问达摩的遗迹，僧人说：“寺西面四五里的深山中，有古石洞，是达摩面壁九年的地方，至今洞中还有达摩影子。”而我未曾看见。

出嵩山，渡洛水，至偃师，道中见田横①、许远②之墓。北有缑山，子晋③升仙之所也。北上北邙（máng），望见洛阳，昔孟坚

《两都》[4]、平子《二京》[5]诸赋，道洛阳之形胜甚悉，而予未暇观，至今犹耿耿焉。由孟津渡河至孟县。孟县者，河阳也，周襄王[6]狩于此。北渡沁水，上太行，太行之上，首起河内，尾抵蓟辽，碣石、恒山、析城、王屋，皆太行也。修坂造云，崇冈碍日。路皆青石，镜光油滑，实天下之至险。登太行而四望，九州之区，可以历指。秦、晋蔽山，吴、越阻水，青、齐负海，燕、赵沿边，中原平土，正在三河。周、鲁、宋、卫、陈、郑、蔡、许、邓、宿、杞（qǐ）、邾（zhū）、沈、虞、邢、虢，《春秋》所书诸国，以及夏、殷、东汉、北宋、五代梁唐之故都，皆在于此。总挽九州，阃阈（kǔn yù）[7]华夏，土田肥美，物产茂实，所谓天下之中也，地之腹也，阴阳之所会，风雨之所和也。过太行而北，则吾山西境矣。

【注释】①田横：齐国贵族，秦末自立为王。刘邦统一天下后，田横不肯称臣，率五百门客逃往海岛，刘邦派人招抚，田横在偃师首阳山自杀。海岛五百部属闻田横死，也全部自杀。②许远：字令威，唐代名臣，安史之乱时与真源令张巡以数千兵卒协力固守睢阳。③子晋：指王子乔，姬姓，名晋，字子晋，传为周灵王太子，喜吹笙作凤凰鸣，被浮丘公引往嵩山修炼，后升仙。④孟坚《两都》：指班固的《两都赋》。班固，字孟坚，扶风安陵（今陕西咸阳东北）人，东汉著名史学家、文学家。⑤平子《二京》：指张衡的《二京赋》。张衡，字平子。南阳西鄂（今河南南阳市石桥镇）人与司马相如、扬雄、班固并称汉赋四大家。⑥周襄王：姬姓，名郑，周惠王之子，东周君主，周襄王时期，诸侯争霸日益激烈。⑦阃阈：门限，门户。也指地域，疆界。

【译文】离开嵩山，我渡过洛水，到达偃师，在路上看见田横、许远的坟墓。北面有缑山，是王子乔成仙的地方。北上北邙山，望见洛阳，从前班固的《两都赋》、张衡的《二京赋》等赋，很详细地描写出了洛阳地区的山川壮美，而我却没有时间观看，至今还耿耿于怀。由孟津渡黄河到孟县。孟县，在黄河北岸，周襄王曾在这里狩猎。向北渡过沁水，上太行山。太行山，首起河内，尾抵蓟辽，碣石山、恒山、析城山、王屋山，全是太行山的支脉。斜坡插云，高岗蔽日。路面全是青石铺成，镜光油滑，确实是天下最险要的地方。我登上太行山四下了望，天下九州，可以遍指。秦、晋位于崇山峻岭中，吴、越位于湖沼水乡，青州、齐鲁临近大海，燕、赵地处边疆塞外，中原大地，正在三河之间。周国、鲁国、宋国、卫国、陈国、郑国、蔡国、许国、邓国、宿国、杞国、邾国、沈国、虞国、邢国、虢国，《春秋》所记载的这些国家，以及夏、商、东汉、北宋、五代梁唐的故都，全都在这里。这里统率九州，护卫华夏，土田肥美，物产丰足，所谓是天下的正中，四方的腹地，阴阳交会的场所，风雨融和的地方。过太行向北，就到了我的家乡山西境内了。

总而计之，天下大势，水归二漕，山分三干。河出昆仑，江源岷蜀[①]，始于西极，入于东溟。大河以北，水皆南流；大江以南，水皆北注。汉南入江，淮北入河，虽名“四渎（dú）”[②]，犹之二也。太行九边，西接玉门，东抵朝鲜，是为北干。五岭、衡、巫，西接峨嵋，东抵会稽，是为南干。岷、嶓（bō）、华、嵩，是为中干。岱宗特起，不与嵩连，亦中干也。北方水位，故燕、秦、三晋之山，色黑而陂陀（pō tuó）[③]若波。东方木也，故齐、鲁、吴、越之山，色青而森秀[④]若林。楚南、闽粤，峰尖而土赤；粤西、黔、蜀，石白而形方。天有五行，五方应之。江性宽缓，河流湍急，焦白鄱红，洞庭澄清，其大较也。

【注释】①岷蜀：指四川。②渎：古人称有独立源头，并能入海的河流。四渎：我国古代指长江、黄河、淮河、济水四条独流入海的大河。淮河、济水先后被黄河改道所夺，淮河下游淤塞后改注入长江，而济水故道即今之黄河下游。③陂陀：倾斜不平的样子。④森秀：清秀，秀异。

【译文】总而言之，天下山河的大势：诸多河流最后都汇入黄河、长江两条水道，诸多山脉最终都归属三条主干。黄河发源于昆仑，长江发源于四川，都发源于西方，而流向东方。黄河以北的河流全都向南流；长江以南的河流全都向北流。汉江以南的水流入长江，淮河以北的河流流入黄河，虽然有“四渎”之说，实际上只有黄河、长江二条大河而已。太行的九处关口，西到玉门，东到朝鲜，是天下山脉的北干。五岭、衡山、巫五，西接峨嵋山，东抵会稽，是天下山脉的南干。岷山、嶓山、华山、嵩山，是天下山脉的中干。泰山突起，不与嵩山相连，也属于中干。五行中北方属水，尚黑，所以燕、秦、三晋地区的山峰，色黑而且像波涛般倾斜不平。东方属木，所以齐国、鲁国、吴国、越国地区的山峰，色青而且像林木一样清秀。楚南、闽粤等地的山峰，尖耸而土壤赤红；粤西、黔、蜀等地的石头，色白而方形。天有五行，对应五方。江性宽缓，河流湍急，焦湖水白，鄱阳水红，而洞庭澄清，它们大概就是这样。

斯行也，四海滨其三，九州历其七，五岳睹其四，四渎见其全。帝王之所都，圣贤之所处，通都大邑，民物之所聚；山川险塞，英雄之所争；古迹名胜，文人学士之所歌咏，多见之焉。独所谓魁奇磊落、潜修独行之士，或伏处[①]山颠水湄[②]，溷（hùn）迹[③]渔樵负贩之中，而予概未之见。岂造物者未之生耶？抑吾未之遇耶？抑虽遇之而不识耶？吾憾焉！然苟吾心之善取，则于山见仁者之静，于水见智者之动。其突兀汹涌，如睹勇士之叱咤[④]；其沦涟[⑤]娟秀，如睹淑人君子之温文[⑥]也。然则谓吾日遇其人焉，可也。

【注释】①伏处：隐居。②水湄：水跟岸之间的地方。③溷迹：混迹。溷：本意是指混浊，也指混乱，还指污秽物。④叱咤：怒斥，呼喝。⑤沦涟：水波起伏。⑥温文：温和而有礼貌。

【译文】这次旅行，天下的四海，我到达了其中的三海；天下的九州，我去过了其中的七州，五岳目睹了四岳，四渎全都看过。帝王的都城，圣贤的居所，四通八达的大城市，这些地方是百姓物资聚集的地方；名山大川险关要塞，是自古英雄豪杰所争夺的地方；古迹名胜，是文人学士所歌咏的地方，这些地方大多也流览了。唯独所谓的磊落豪杰，独修隐士，市井高人我一概没有见到。难道是造物主还没有让他们出生吗？又或是我没有遇到？又或是虽然遇到他们而没认出来呢？对此，我感到非常遗憾！然而如果我留心观察，那么看到山，就能体会到仁者的安静；看到水，就能体会到智者的灵动。见到波涛汹涌，如同目睹勇士的怒斥；见到水波涟涟，如同目睹淑女君子的温和有礼。既然这样，那么可以说我每天都在遇到高人异士。

抑又思之，天地之化，阴阳而已。独阴不生，独阳不成，故大漠之北不毛，而交、广以南多水。文明发生，独此震旦[①]之区而已。北走胡而南走越，三月而可至；昆仑至东海，半年之程耳。由此言之，大块[②]亦甚小也。吾以二月出都，河北之地，草芽未生，至吴而花开，至越而花落，入楚而栽秧，至粤而食稻。粤西返棹，秋老天高，至河南而木叶尽脱，归山右而雨雪载涂。转盼之间，四序还周。由此言之，古今亦甚暂也。心不自得，而求适于外，故风景胜而生乐。性不自定，而寄生于形，故时物过而生悲。乐宁有几，而悲无穷期焉，吾疑吾之自立于天地者无具也。宋景濂[3]曰：“古之人如曾参[4]、原宪[5]，终身陋室，蓬蒿没户，而志竟充然，有若囊括于天地者，何也？毋亦有得于山水之外者乎？”孟子曰：“万物皆备于我矣。”老子曰：“不出户，知天下。”非虚言也。为地所囿（yòu）[6]，斯山川有畛（zhěn）域[7]；为形所拘，斯见闻有阻碍。果其心与物化，而性与天通，则天地之所以高深，人物之所以荣悴[8]，山河之所以流峙，有若烛照而数计焉。生风云于胸臆，呈海岳于窗几，不必耳接之而后闻，目触之而后见也。然则自兹以往，吾可以不游矣。然而吾乃无时不游也已。

【注释】①震旦：佛经上对古代中国的称谓。②大块：大自然；大地；世界。③宋景濂：指宋濂，字景濂，号潜溪，祖籍金华潜溪（今浙江义乌）。元末明初著名政治家、文学家。④曾参：指曾子，名参，字子舆，春秋末年鲁国南武城人（山东嘉祥县）。是中国著名的思想家，孔子的弟子之一。⑤原宪：字子思，春秋末年宋国商丘人。孔子弟子，孔门七十二贤之一。出身贫寒，个性狷介，一生安贫乐道，不肯与世俗合流。⑥囿：本指中国古代供帝王贵族进行狩猎、游乐的园林。这里指局限。⑦畛域：界限，范围；比喻成见、偏见。⑧荣悴：喻人世的盛衰。

【译文】我又想到，天地的变化，只是阴阳而已。孤阴不生，独阳不长，所以大漠之北是不毛之地，而交趾、广州以南多水泽。文明的产生，只在中原地区而已。向北走胡地，向南到越地，都是三个月就可到达；从昆仑山到东海，也只是半年的路程。由此说来，世界也很小了。我在二月出京师，当时河北各地，草还没有发芽，到吴地赶上花开，到越地赶上花落，入楚地正在栽秧，至两广就可以吃到当年的稻米。在广西乘船返回时，正值秋高气爽，到河南时已经树叶尽落，回山西时已经雨雪封路。转眼间，四季循环一遍。由此推想，从古至今也不过是很短暂的一段时光。心中不能有道，而向外追求舒适，所以风景好而心生乐。性情不能安定，而寄托于有形之物，所以时物过而情转悲。欢乐有限，而悲伤无尽，我怀疑我还难以自立于天地之间。宋景濂说："古之人如曾参、原宪，终身居陋室，蓬蒿掩门户，而志向坚定，好像把天地都囊括于心中，这是什么缘故呢？有什么特别的心得吗？"孟子说："万物皆备于我矣。"老子说："不出户，知天下。"这些话不是谎话啊。如果被地域所局限，那么不同地方的人见识就不同；如果被形体所局限，那么不能看到，不能听到的事情就不知道。如果心与物同化，而性与天相通，则天地的奥秘，人生的盛衰，山河的分布，就了然于胸了。就能胸怀天下，洞晓先机，不必靠耳朵来听闻，不必靠眼睛来看见，不出门而知天下事。既然这样，那么从此以后，我可以不用再游览了。然而我却无时无刻不在游览。

张山来曰：浩浩落落，万有一千余言。就其登涉所至，随笔点染铺叙，绮丽芊（qiān）锦[①]，亦复激昂慷慨，适足以囊括宇宙，开拓心胸。真千古奇文、至文[②]、妙文，不得仅赏其模山范水[③]已也！

【注释】①绮丽：形容辞藻华丽。芊：指草木茂盛的样子。锦：鲜明美丽。②至文：最好或极好的文章。③模山范水：用文字或图画描绘山水景物。

【译文】张山来说：文章洋洋洒洒，写了一万一千多字。根据孙嘉淦自己所到达的地方，随笔描画所见所闻，辞藻华美秀丽，中间也有慷慨激昂的感慨，足以囊括天下，开拓心胸。真是千古的奇文、至文、妙文，不能只欣赏他描写山水景物的词句！

卷十八

圣师录

王言慎旃

【题解】本篇是《虞初新志卷十八》的第一篇。本篇作者本着圣人以世间万物为师的理念，记述了如鹤、雁、燕、鹅、象、猿猴、牛、犬、马、猫、鳖、蜂等动物，知君臣，懂孝道，有情义，友同类，报恩德等诸多感人事迹，说明万物皆有灵性，人若无仁，则不如禽兽。

子舆氏[1]言：人之所以异于禽兽，以其存心。而禽兽之中，乃有麒麟、凤凰，不践生草，不食生虫，酋耳[2]但食残暴之虎，獬（xiè）豸（zhì）[3]唯触不直之人；乌能反哺，羊有跽（jì）乳，其存心皆可以为朝廷旌仁孝而扬德威。他如蟹至期而输稻[4]，蜂轮值而卫王，唐明皇之象不肯为禄山[5]作舞，昭宗[6]之猿不肯为朱温[7]起居，宋少帝[8]之白鹇殉帝于海，是物知有君臣也。莺哀其子而肠断，猿抱母皮而死，是物知有父子也；平章之鸽死殉其雄，郡佐之鹅克和其配，汾水之旁有雁丘，盐城之湖有烈鸳，是物知有夫妇也。横空之鹳代鹊杀蛇，北平王氏之猫，能哺他子，是物知有同类也；陇山之鹦鹉思上皇，襄阳之燕殉王女，孙中舍之犬负米，姚生之马鸣冤，陈州之鹤伴老，鹤州之骡逸归，是物知忠于所事也；熊分果以饷堕坎之人，虎弭耳而舍抱哭之母，猓然[9]性爱其类，杀其一而致百亡，鱼伤鬐（qí）触之儿，身亦触石而死，是物知有仁义也；翁媪之猴，日守待葬，侯家之鹿，断角以殉，至放生之鳖、释命之鸡，俱能图报救死之德，是物知感恩也；洪店奔牛，悲鸣而诉王臻之诬杀，夹道蝌蚪，昂首而诉商仆之戕（qiāng）生，是物知贤守令也。然则物何异于人哉？微独无异，抑恐世之不若者众矣！家公向欲汇集一帙（zhì），为《圣师录》，本诸扬子“圣人师万物”句，因病不果。予小子闲阅往籍，窃取其义而识之。博物君子，得无责其不备耶？

【注释】①子舆氏：即孟子，姬姓，孟氏，名轲，战国时期著名哲学家、思想家、政治家、教育家，儒家学派的代表人物之一。②酋耳：传说中的兽名。似虎而大，尾特长，以虎豹为食。③獬豸：古代传说中的一种异兽，能辨曲直，见人打斗时，会用角触理亏的人。④蟹至期而输稻：指螃蟹成灾，将稻谷食尽。旧时为兵乱的征兆。⑤禄山：即安禄山，唐代营州（今辽宁朝阳）人，是唐代安史之乱始作俑者。后被他的儿子安庆绪所杀。⑥昭宗：即唐昭宗李晔，后为朱温所弑。⑦朱温：唐僖宗赐名朱全忠，即位后改名朱晃。建立后梁，是五代时期梁朝第一位皇帝。⑧宋少帝：即宋怀宗赵昺。⑨猓然：长尾猿。

【译文】孟子曾说：人之所以与禽兽不同，在于人有伦理道德之心。而禽兽之中，却有麒麟、凤凰，不踩绿草，不吃活虫，酋耳只吃残暴的老虎，獬豸只顶触不正直的人；乌鸦有反哺之义，羊有跪乳之恩，它们的善念善行都可以作为朝廷表彰仁孝，宣扬道德的范例。其它如螃蟹在将要出现兵乱的时候，就会出来取食稻谷，蜜蜂轮流守护蜂王，唐明皇的大象不肯为安禄山起舞，唐昭宗的猿猴不肯对朱温俯首帖耳，宋少帝的白鹇投海为皇帝殉葬，都是动物懂得君臣大义的例子。黄莺为它的孩子伤心而肠断，小猿抱着母猿的皮痛心而死，这些都是动物懂得父子，母子恩情的例子；平章政事的雌鸽以死为雄鸽殉葬，郡佐家的鹅能够与配偶相亲相爱，汾水旁有雁丘，盐城湖有烈鸳，这些都是动物懂得夫妇之情的例子。横空而来的白鹳替鹊鸟杀死了毒蛇，北平王氏的猫，能哺育其它猫的幼崽，这些是动物懂得友爱同类的例子；陇山的鹦鹉思念唐明皇，襄阳的燕子为王家的女儿殉葬，孙中舍家的狗背米救饥，姚生的马鸣冤，陈州的鹤伴老，鹤州的骡子逃回主人家，这些是动物懂得忠于主人的例子；大熊分出果实来喂饱堕坑的人，猛虎不去捕食相拥而哭的母子，长尾猿友爱同类，一个被杀而导致百个殉死，仁鱼误用鳍触伤小儿，仁鱼也触石而死，这些是动物懂得仁义的例子；老夫妇所养的猴子，每天守着老翁的尸身等待下葬，侯家的鹿，撞断角来为主人殉葬，至于被放生的鳖、鸡，都能报答救命之恩，这些是动物懂得感恩的例子；洪店奔牛悲伤地鸣叫，向知县诉说王臻被诬陷，道边水中的蝌蚪仰着头，向郡丞诉说商人被谋害的冤情，这些是动物知道有贤明的地方官的例子。然而这些动物和人类有什么不同呢？不仅没有差别，恐怕世间的很多人还不如这些动物！家父一直想汇集成一套书，名叫《圣师录》，书名源于扬子的“圣人师万物”这句话，可惜因病最终没能实现。我在空闲的时候翻阅以前的书籍，把它们的内容摘录下来。博学之士，该不会责备我收集的不够详尽吧？

白　鹇

厓山之败，陆秀夫[①]抱祥兴帝[②]与俱赴水。时御舟一白鹇（xián）[③]，奋击哀鸣，与笼坠水中死。

【注释】①陆秀夫：字君实，楚州盐城长建里（今江苏省建湖县建阳镇）人。南宋左丞相，抗元名臣，与文天祥、张世杰并称为“宋末三杰”。②祥兴帝：指宋怀宗赵昺，是南宋第九位皇帝，也是宋朝最后一位皇帝。③白鹇：鸟类，尾长，雄的背为白色，有黑纹，腹部黑蓝色，雌的全身棕绿色。

【译文】南宋末年，宋军残部在厓山兵败，南宋亡国，陆秀夫背着祥兴帝投海自尽。当时御船上有一只白鹇，奋力拍打着翅膀，悲痛哀伤地鸣叫，带着鸟笼一起掉入大海而死。

鹤

陈州倅[①]卢某，蓄二鹤，甚驯。一创死，一哀鸣不食，卢勉饲之，乃就食。一旦，鸣绕卢侧，卢曰：“尔欲去，不尔羁也。”鹤振翮（hé）云际，数四徊翔乃去。卢老病无子，后三年，归卧[②]黄蒲溪上。晚秋萧索，曳杖林间。忽有一鹤盘空，鸣声凄断，卢仰祝曰：“若非我陈州侣耶？果尔，即当下。”鹤竟投入怀中，以喙牵衣，旋舞不释，遂引之归。后卢殁，鹤亦不食死，家人瘗之墓左。

【注释】①倅：副。②归卧：辞官还乡。

【译文】在陈州担任副职的卢某，养了两只鹤，性情十分温顺。其中一只鹤不幸受伤而死，另一只鹤悲痛哀鸣不肯吃东西，卢某尽力喂养它，它才开始吃点东西。一天，这只鹤一边鸣叫一边绕着卢某盘旋。卢某对这只鹤说：“你要是想离去，我是不会勉强留下你的。”这只鹤就拍着翅膀飞到云边，在空中徘徊了好一会儿才离去。卢某年老多病，也没有儿子，三年后辞官回到黄蒲溪。在深秋的一天，他拄着拐杖在林中散步，忽然有一只鹤在空中盘旋，叫声悲切，卢某仰头祷告说：“难道是我陈州的旧友吗？如果是，就请下来吧！”空中的鹤立刻飞落到他的怀中，并用嘴叼着他的衣服，绕着他飞旋，不肯松开，卢某就把它带回了家。后来卢某去世了，这只鹤也绝食而死，家人把鹤埋葬在卢某的墓旁。

雁

元裕之好问[1]，于金泰和乙丑，赴试并州。道逢捕雁者，捕得二雁，一死，一脱网去。其脱网者，空中盘旋哀鸣，亦投地死。裕之遂以金赎得二雁，瘗汾水旁，垒石为识，号曰“雁丘”。

【注释】①元好问：字裕之，号遗山，世称遗山先生。太原秀容（今山西忻州）人。金末至大蒙古国时期著名文学家、历史学家。

【译文】金朝泰和乙丑年，元好问赴并州赶考。在途中遇到一个捕雁的人捉到两只雁，其中一只雁已经死去，另一只逃出罗网。逃出罗网的那只雁，仍在空中盘旋哀鸣，不肯离去，后来一头撞到地上摔死了。元好问为之感动，拿出银两从捕雁人的手里，买下了那两只雁的尸体，把它们合葬在汾水岸边，并堆起石头作为标志，称为“雁丘”。

顾敬亭稼圃旁，有罗者得一雁，铩其羽，絷其足，立之汀畔以为媒。每见云中飞者，必昂首仰视。一日，其偶者见而下之，特然如土委地，交颈哀鸣，血尽而死。

【译文】在顾敬亭的菜园旁，有人用网捕到一只大雁，并且拔掉它的飞羽，捆住它的脚，把它放在水边作为诱饵。这只大雁每当看见云中有鸟飞过，它必定会抬头仰望。一天，它的配偶在空中看见它，就飞落下来，颓然蜷伏于地，两只大雁彼此脖颈相交，悲痛哀鸣，鲜血流尽而死。

正德间，有张姓者，获一雁，置于中庭。明年，有雁自天鸣，庭雁和之。久而天雁自下，彼此以头绞死于楼前。因名楼曰“双雁楼”。

【译文】明朝正德年间，一个姓张的人，捕获了一只大雁，把它放养在庭院中。第二年，有大雁在空中悲鸣，院里的大雁也鸣叫回应。过了好久，空中的大雁飞落，两只雁彼此脖颈相交，双双死在楼前。后来这个楼被称为“双雁楼”。

王一槐教谕铜陵，有民舍除夜燎烟，辟除不祥。一雁偶为烟触而下，其家以为不祥也，烹之。明日，一雁飞鸣屋顶，数日，亦堕而死。

【译文】王一槐曾在铜陵任教谕官，当地有一户居民，除夕夜里熏烟来消除不吉祥的东西。一只大雁碰巧被烟熏晕掉了下来，这家人认为大雁是不祥之物，就把它煮熟吃了。第二天，一只大雁在他家屋顶上鸣叫，几天后掉落到地上死了。

燕

襄阳卫敬瑜早丧，其妻，霸陵王整妹也，年十六，父母舅姑咸欲嫁之，誓不许，截耳置盘中为誓，乃止。户有燕巢，常双来去，后忽孤飞。女感之，谓曰："能如我乎？"因以缕[1]志其足。明年复来，孤飞如故，犹带前缕。女作诗曰："昔年无偶去，今春犹独归。故人恩既重，不忍复双飞。"自尔春来秋去，凡六七年。后复来，女已死，燕绕舍哀鸣。人告之葬处，即飞就墓，哀鸣不食而死。人因瘗之于旁，号曰"燕冢"。

【注释】①缕：线。

【译文】襄阳人卫敬瑜年纪轻轻就去世了，他的妻子是霸陵王整的妹妹，当时只有16岁，父母公婆都想让她再嫁人，她却发誓决不再嫁，甚至把自己的耳朵割掉放在盘子里，以示决心，家人于是不再劝她改嫁。她家檐下有一个燕子窝，有一对燕子经常飞来飞去，后来忽然只剩一只燕子。她有所感触地对孤燕说："你能像我一样孤身守节吗？"于是她用丝线系在燕子脚上作为标记。第二年这只燕子又飞来了，仍然像以前一样独来独往，而且它脚上还系着原来那条丝线。女子作诗道："昔年无偶去，今春犹独归。故人恩既重，不忍复双飞。"春来秋去，燕子就这样陪伴了女子六七年。后来这只燕子飞来的时候，女子却已经去世了，这只燕子绕着房子飞旋，悲鸣不止。有人告诉了女子墓地的位置，这只燕子飞到女子墓前，悲伤地鸣叫，最后不吃不喝而死。人们把燕子葬在女子的墓旁，称做"燕冢"。

元贞二年，燕人柳汤佐家，双燕巢梁。一夕，家人持火照蝎，其雄惊坠，猫食之。雌朝夕悲鸣，哺雏成翼而去。明年，雌独来。人视巢有二卵，疑其更偶，徐伺之，则二壳耳。春秋去来，凡六载皆然。

【译文】元朝元贞二年，有一对燕子在燕地柳汤佐家的房梁上建窝。一天晚上家里人点灯照蝎子，雄燕受到惊吓摔了下来，被猫吃掉了。雌燕早晚不停地悲鸣，哺育幼燕长大后才飞走。第二年，那只雌燕又单独飞回来。柳家的人看到窝里有两只卵，猜想它有了新的伴侣，便悄悄爬上去观看，发现只是两只蛋壳。从那以后，春来秋去，一共六年的时间，每年都见它独自飞来，又孤身离去。

夏氏子见梁间双燕，戏弹之，其雄死，雌者悲鸣逾时，自投于河，亦死。时人作《烈燕歌》。

【译文】夏家的小孩看见梁间栖息着两只燕子，用弹弓打死了一只雄燕，雌燕见状，哀鸣了好久，自己也投入河中淹死了。当时的人为此做了一首《烈燕歌》。

郁七家有燕将雏[1]，巢久忽毁。邻燕成群衔泥，去来如织，顷刻巢复成。明日，遂育数雏巢中，乃知事急燕来助力者。

【注释】①将雏：所孵化的幼子将要出壳。

【译文】郁七家的燕子窝中，马上就要孵出小燕了，此时燕子窝由于年久，突然坏了。周围的燕子就成群地赶来帮助衔泥筑窝，群燕往来穿梭，不一会儿就把窝重新筑好了。第二天，窝里孵出了几只小燕。人们这才知道，昨天群燕聚集，是为了帮助这窝燕子度过难关的。

鹦　鹉

宋高宗时，陇山人进能言鹦鹉，高宗养之宫中。一日，问曰：“尔思乡否？”曰：“岂不思尔，思之何益？”帝遣中贵送还陇山。数年之后，使过其地，鹦鹉问曰："上皇安否？"曰："崩矣。"鹦鹉悲鸣不已。

【译文】宋高宗时，陇山人进献了一只会说话的鹦鹉，高宗命人养在宫中。有一天，问它："你想念家乡吗？"鹦鹉回答说："怎么会不想，可是又有什么用？"皇上就派遣太监把它送回陇山。几年以后，这位太监路过陇山，鹦鹉问他："皇上还好吗？"太监回答说："皇上已经驾崩了。"鹦鹉哀鸣不止。

关中商人，得能言鹦鹉于陇山，爱而食之甚勤。偶事下狱，归时叹恨不已。鹦鹉曰："郎在狱数日，已不堪；鹦鹉遭闭累年，奈何？"商感而放之。后商同辈有过陇山者，鹦鹉必于林间问曰："郎无恙否？幸寄声，幸寄声！"

【译文】有一个关中的商人，在陇山捉到一只会说话的鹦鹉，商人很喜爱它，经常喂养它。有一次，商人因为犯事入狱，出狱后时常叹息怨恨。鹦鹉对他说："你在监狱才待几天就受不了，我被困在笼子里好几年了，又如何呢？"商人听了鹦鹉的话很感慨，就把鹦鹉放了。后来，每当有商人的同伴路过陇山时，鹦鹉一定会在树林中问他们："主人还好吗？请代为问候，请代为问候！"

李迈庵自记：自滇游回，有仆染瘴而死。仆携有二鹦鹉，流泪三日不休，亦死。

【译文】李迈庵自己记录：他从云南远游回来，有个仆人染瘴毒而死。这个仆人带着的两只鹦鹉，连着哭了三天还不停止，也死了。

鹳

高邮有鹳，双栖于南楼之上。或弋其雄，雌独孤栖。旬余，有鹳一班，偕一雄与共巢，若媒诱之者。然竟日弗偶，遂皆飞去。孤者哀鸣不已，忽钻嘴入巢隙，悬足而死。时游者群客见之，无不嗟讶，称为“烈鹳”，而竞为诗歌吊之，复有“烈鹳碑”。

【译文】高邮境内有一对鹳，双双栖息在南楼上。有人用箭射死了雄鹳，只剩下雌鹳独居。十多天后，一群鹳带了一只雄鹳飞来，让这只雄鹳与雌鹳共处一巢，好像是在为雄鹳说媒。然而雌鹳一整天也不肯接受这只雄鹳为伴，于是群鹳就飞走了。孤独的雌鹳哀鸣不已，突然钻入巢中空隙处，悬吊在空中自尽了。当时游客们看到后没有不惊叹的，称它为“烈鹳”，并且争相作诗凭吊它，还为它立了“烈鹳碑”。

卫衙梓巢，鹳父死于弩。顷之，众拥一雄来，匹其母。母哀鸣百拒之。雄却尽啄杀其四雏，母益哀顿以死，群凶乃挟其雄逸去。

【译文】卫衙的梓树上有一个鹳巢，雄鹳被弩箭射死了。不久以后，一群鹳带着一只雄鹳飞来，想与母鹳匹配。母鹳悲伤地鸣叫，坚决地拒绝它。雄鹳啄死了巢中的四只幼鹳，母鹳更加悲伤欲绝，这群凶手才带着雄鹳飞走了。

某氏园亭中，有古树，鹊巢其上，伏卵将雏。一日，二鹊徊翔屋上，悲鸣不已。顷之，有数鹊相向鸣，渐益近，百首皆向巢。忽数鹊对喙鸣，若相语状，飑去。少顷，一鹳横空来，阁阁有声，鹊亦尾其后。群鹊向而噪，若有所诉。鹳复作声，若允所请。瞥而上，捣巢，衔一赤蛇吞之。群鹊喧舞，若庆且谢者。盖鹊招鹳搏蛇相救也。

【译文】某户人家的园子中有一棵古树，有喜鹊在上面筑巢，马上就要孵出雏鹊了。一天，两只喜鹊在屋子上来回飞舞，悲鸣不已。不一会儿，又有几只喜鹊鸣叫回应，向这边飞来，它们向鹊巢内查看。随后有几只喜鹊相对而鸣，好像在互相商量，然后都飞走了。一会儿，一只鹳从空中飞来，"阁阁"地鸣叫着，喜鹊也紧跟后面。这群喜鹊对着它鸣叫，好像在诉说着什么。鹳又发出声音，似乎答应了它们的请求。鹳朝树上看了一眼就飞上去，从鹊巢里叼出一条红蛇，吞进肚子里。这群喜鹊欢呼飞舞，好像在相互庆祝并向鹳致谢。原来喜鹊是向鹳求救来杀蛇呀。

华亭董氏，庭前有虬松一株，枝干扶疏，亭亭如盖，有双鹳结巢其颠。后雄被弹死，其雌孑然独处，日夕哀鸣，越数日，亦死。

【译文】华亭的董家，庭院前有一株虬松，枝叶茂盛，树冠像伞盖一样，有一对鹳在树顶上面筑巢。后来雄鹳被弹弓射死了，雌鹳孤单地生活，从早到晚悲痛哀伤地鸣叫，过了几天，也死了。

泰州盐场僧寺，楼窗外树上，有鹳巢焉，雌鹳伏卵其间。村民伺雌觅食，潜以鹅卵易之，鹳不知也。久之，雏破卵出，则鹅也，雄鹳讶其不类，谓雌与他禽合，怒而噪之，雌者亦鸣不已。既而雄者飞去，少顷，诸鹳群集，视其雏，咸向雌而噪。雌者无以自明，以喙钻墙隙死。吴嘉纪[①]野人作诗纪其事。

【注释】①吴嘉纪：字宾贤，号野人，江苏省东台市安丰镇人，是明末清初诗人。

【译文】泰州盐场的一座寺庙里，在窗外的树上，有一个鹳窝，雌鹳在窝里孵卵。有村民趁雌鹳出去寻找食物的机会，偷偷把窝里的鸟蛋换成鹅蛋，雌鹳回来后并没有查觉。过了很久，幼鸟破壳而出，却是小鹅。雄鹳惊讶地发现这些幼鸟不是自己的同类，以为雌鹳与别的鸟苟合，愤怒地朝雌鹳大声鸣叫，雌鹳也不停地鸣叫。不久雄鹳飞走了，过了一会儿，一群鹳聚集过来，一起观察这些幼鸟，然后都朝着雌鹳大声鸣叫。雌鹳无法证明自己的清白，就把嘴钻入墙缝中自尽了。吴嘉纪，号野人，作诗记述此事。

黄　莺

有人取黄莺雏养于竹笼中，其雌雄接翼晓夜哀鸣于笼外，则更来哺之。人或在前，略无所畏。积数日不放出笼，其雄雌缭绕飞鸣，无从而入，一投火中，一触笼而死，剖腹视之，其肠寸断。

【译文】有人捉到一只刚出生的小黄莺养在笼中，有雌雄两只黄莺挨着一起，从早到晚都在笼外哀鸣，轮换着给雏莺喂食。即使人到了跟前，也不害怕。雏莺被关在笼子里好几天了，也不放，雌雄黄莺围绕着笼子边飞边叫，却没有办法进入笼中，最终一只飞入火中而死，一只撞笼而死，割开它的肚子，看到肠子已经断成一节一节的了。

鸳鸯

成化六年十月间，盐城天纵湖渔父，见鸳鸯甚多。一日，弋[①]其雄者烹之，其雌者随棹飞鸣不去。渔父方启釜，即投沸汤中死。

【注释】①弋：用带绳子的箭射鸟。

【译文】明朝成化六年十月，盐城天纵湖的渔夫，看见湖上有成群的鸳鸯。一天，他用箭射中一只雄鸳鸯，把它煮在锅里。雌鸳鸯一直跟着渔夫的船，鸣叫着不肯离去。等渔夫刚揭开锅盖时，雌鸳鸯就投入滚汤中自尽了。

鹊

大慈山之阳，有拱木，上有二鹊，各巢而生子。其母一为鸷鸟所搏，二子失母，其鸣啁啁。其一方哺子，见而怜之，赴而救之，即衔置一处，哺之若其子然。

【译文】大慈山的南面有一棵大树，树上有两只喜鹊，各自筑巢育雏。其中一只喜鹊被猛禽叼走了，两只幼鸟失去母亲，叫声十分凄惨。另一只喜鹊正在喂养自己的幼鸟，听见叫声后可怜它们，飞过去救助两只幼鸟，把它们都衔到自己的巢中喂养，就像是自己的幼鸟一样。

鸽

江浙平章巙巙家，养二鸽。其雄毙于狸奴，家奴以他雄配之，遂斗而死。谢子兰作《义鸽诗》吊之。

【译文】元朝江浙平章政事康里巙巙，家中养了两只鸽子。雄鸽被猫吃了。家里的仆人找来另一只雄鸽和雌鸽配对，雌鸽愤怒地与它打斗而死。谢子兰作了一首《义鸽诗》来凭吊雌鸽。

鹅

天宝末，德清沈朝家有鹅，育卵而肠出以死。其雏悲鸣不复食，啄败荐覆之，又衔刍草母前，若祭奠状，长吁数声而死。沈氏异而埋之，后人呼为“孝鹅冢”云。

【译文】唐朝天宝末年，德清县的沈朝家有一只母鹅，在孵卵的时候，肚破肠出而死。孵出的幼鹅悲鸣着，不肯吃东西，叼来破席盖在母亲的身上，又衔来茅草，放在母亲前面，像在祭奠一样，然后长鸣数声而死。沈氏觉得事情很不寻常，就把幼鹅埋葬了，后来人们把那称为“孝鹅冢”。

汤邻初焕，佐郡江右[①]，在任生女。及周，郡人馈以鹅，颈为盒担[②]压折，折成“之”字，怜而畜之。后罢郡归，亲党又馈以鹅，乃缺一掌者，亦怜而畜之。一雌一雄，遂成配偶。雄曰“乌郎”，雌曰“苍女”，呼其名，即应声至。行则让缺掌者先，食则让折颈者先。畜至三十余年，迨汤夫人殁，二鹅哀号数昼夜，绝食，偕死于柩下。

【注释】①江右：江西省的别称。②盒担：盒形盛物器，迭合为两组，用扁担挑起输送。

【译文】汤初焕在江西郡守那里任职，他在任上生了个女儿。满一岁时，郡里的人送给他一只鹅，鹅的脖子被盒担给压弯了，折成“之”字形，汤初焕觉得它可怜，就养了起来。后来他任职期满返回家乡，亲戚又送给他一只鹅，这只鹅的一只脚掌有残缺，汤初焕也可怜它，也养了起来。这两只鹅一雌一雄，成了配偶。雄鹅叫“乌郎”，雌鹅叫“苍女”，只要叫它们的名字，它们听到了就会过来。这两只鹅走路时，就让缺掌的那只先走，吃东西时就让折颈的那只先吃。一直养了三十多年，等到汤夫人去世时，这两只鹅哀叫了好几天，不肯吃东西，一起死在了汤夫人的灵柩前。

常州陈四畜黑白二鹅，两窠相并，各哺数雏。一日黑者死，众雏失怙悲鸣。白者每晨至其窠，呼雏与己雏同啄。晚必先领归窠，始引己雏入宿。人皆见而义之。

【译文】常州陈四养了黑白两只鹅，两只鹅的窝挨在一起，两只鹅各自养育了几只小鹅。一天，黑鹅死了，幼鹅们因为失去大鹅而哀伤地鸣叫。白鹅每天早晨都会到黑鹅的窝，叫那些小鹅和自己的孩子一同吃食。到了晚上一定先把那些小鹅送回它们的窝里，然后再让自己的小鹅睡觉。人们都说白鹅很有义气。

鸡

衢州里胥至贫民家督赋，民只有一哺鸡，拟烹之。胥恍忽见桑林间，有黄衣女子乞命，里胥惊恻。少间，见民持刀取哺鸡，意疑之，止勿杀。后再至，见鸡率群雏，向前踊跃，有似相感之状。胥行百步遇虎，忽见鸡飞扑虎眼，胥因奔免。

【译文】衢州的小吏到一户贫民家中催收赋税，贫民家只有一只正在孵卵的母鸡，就准备杀了母鸡招待小吏。小吏恍惚间看到桑树林中，有一个穿黄衣服的女子，向他乞求救命，小吏吓了一跳。过了一会儿，他看见这户贫民拿着刀正在抓母鸡，怀疑母鸡就是刚才他看见的那个女子，于是小吏阻止贫民杀鸡。后来，小吏再次来到这户人家，只见母鸡带着一群小鸡争先恐后地来到小吏的面前，好像是在感谢他。小吏离开村民的家后，走了几百步，突然遇到了一只老虎，此时突然有一只鸡飞过来啄老虎的眼睛，小吏趁机赶快逃走。

象

唐明皇尝教象拜舞。天宝之乱，禄山大宴其曹，出象绐之曰：“此象自南海奔来，知吾有天命，虽异类必拜舞。”左右命之拜，象皆努目昂首不肯拜。命之舞，努目敛足不肯舞。禄山怒，尽杀之。

【译文】唐明皇曾经教群象跪拜和跳舞。天宝年间爆发安史之乱，安禄山设宴款待他的手下，并牵出群象，欺骗大家说："这些大象是从南海投奔我而来的，知道我受命于天，所以虽然它们不是人类，但是见了我一定会行跪拜之礼的。"他的左右侍从让那些大象跪拜安禄山，群象都瞪着眼睛，昂着头，不肯下拜。再命它们跳舞，它们又瞪着眼睛，不肯跳舞。安禄山大怒，下令把那些大象全都杀死。

上元中，华容县有象入庄家中庭卧。其足下有槎（chá）①，人为出之。象乃伏，令人骑入深山，以鼻掊（póu）土，得象牙数十以报之。

【译文】唐朝上元年间，华容县有一头大象，进到一户农家的院子里趴下。原来它的脚掌扎进了木刺，这家人帮它拔了出来。大象就伏下身子，让人骑在背上，进到深山里，大象用鼻子扒开土，取出数十根象牙来报答他们。

元有驾象，明太祖登极，不肯拜跪，竟死殳（shū）①下。

【注释】①殳：古代的一种武器，用竹木做成，有棱无刃。

【译文】元代有一些充当坐骑的大象，明太祖朱元璋称帝后，这些大象不肯跪拜朱元璋，最终死在了殳下。

明广西有象，封定南公。吴三桂入桂，欲将象解京，象昂首直触。象奴百计劝勉，终不服。三桂大怒，刀矢不能伤，以火炮攻毙之。

【译文】明朝时广西有一头大象，被封为定南公。吴三桂进入广西后，想把这头大象送到京城，大象却仰着头，去撞那些想要捆绑它的人。象奴百般劝说，大象还是不肯屈服。吴三桂大怒，下令把它杀死。可是刀箭都不能伤害它，最后只能用火炮把它轰死了。

鹿

银台侯广成家，放一鹿于尧峰。且数年，侯死，鹿跳踯断角，累日不食，亦死。山僧怜而葬之，碣（jié）[①]曰“义鹿冢”。

【注释】①碣：圆顶的石碑。

【译文】银台的侯广成，在尧峰山放生了一头鹿。过了好几年，侯广成去世，这头鹿跳起来，撞断了自己的角，好几天不吃东西，也死了。山上的僧人可怜它，将它埋葬，立碑名为“义鹿冢”。

熊

晋升平中，有人入山射鹿，忽堕一坎内，见熊子数头。须臾，有大熊入，瞪视此人，人谓必害己。良久，大熊出果分与诸子，末后作一分着此人。此人饥久，冒死取啖之，既而转狎习。每旦，熊母觅食还，辄分果，此人赖以支命。后熊子大，其母一一负将出。子既出尽，此人自分死坎中。乃熊母复还，入坐人边。人解其意，便抱熊足，熊即跳出，遂得不死。

【译文】东晋升平年间，有个人进山猎鹿，忽然掉进一个深坑中，里面有几头熊崽。不一会儿，有一头大熊进来，瞪着这个人，这个人以为大熊一定会伤害自己。过了很久，大熊拿出野果，分给熊崽，最后给了这个人一份。这个人已经饿了很长时间了，于是就冒死把野果拿来吃了，不久这个人就和大熊变得亲近起来。每天早晨，母熊出去搜寻食物，回来后总要分果子给这个人吃，这个人靠吃果子活了下来。熊崽长大之后，母熊把它们一一背出了深坑。熊崽全部出去后，这个人心想自己会死在坑里。然而母熊又回来，坐在这人身边。这个人明白了母熊的意思，就抱着母熊的脚，然后母熊带着他跳出了深坑，这个人得以生还。

虎

后汉人都区宝者，居父丧。邻人格虎，走趋其庐中，即以簑衣覆藏之。邻人寻迹问，宝曰："虎岂有可念，而藏之乎？"后此虎送禽兽至，若助祭然。宝由是知名。

【译文】后汉人都区宝，在家为父亲守丧。有邻居追杀老虎，老虎逃进他的屋内，他用簑衣盖住老虎，把它藏了起来。邻居顺着老虎的行迹找到他这里，询问他见到老虎没有，都区宝说："老虎哪里值得可怜，我还会把它藏起来吗？"后来老虎捕捉鸟兽给他送来，作为都区宝祭祀父亲的祭品。都区宝因此事，也声名远播。

上虞杨威，少失父，事母至孝。常与母入山采薪，为虎所逼。自计不能御，于是抱母，且号且行。虎见其情，遂弭耳①去。

【注释】①弭耳：贴垂双耳。

【译文】上虞人杨威，年幼时失去了父亲，他侍奉母亲非常孝顺。他曾和母亲一起进山砍柴，遇上老虎来袭。杨威估计自己难以抵挡，抱着母亲，一边哭喊一边逃走。老虎看到这种情形，便垂下耳朵离开了。

猿猴

唐昭宗有猿，随班起居，赐以绯袍。朱梁篡位，取此猿令殿下起居。猿见全忠，径趋其所，跳跃奋击。遂令杀之。

【译文】唐昭宗养了一只猿猴，让它跟随上朝，还赐给它红色官袍。后来朱温篡位，建立后梁，朱温下令让这只猿猴上朝。猿猴看见朱温，径直走到他跟前，跳起来奋力攻击。朱温下令把它处死。

吉州有捕猿，杀其母，以皮并其子卖之龙泉萧氏。示以母皮，抱之跳踯，遂毙。萧氏子为作《孝猿传》。

【译文】吉州有人捕到猿猴，杀了母猿，然后把母猿的皮和幼猿一起卖给了龙泉的萧姓人家。这个人还拿出母猿的皮，给幼猿看。幼猿抱住母猿的皮叫跳不止，就这样哀痛而死。萧氏的儿子感动不已，为它作了一篇《孝猿传》。

邓芝①射中猿母，见猿子为拔箭，以木叶塞疮口，悲哀不已，为母吮血。芝遂投弩而叹曰："山兽犹哀母，人可不如猿？吾不猎矣！"

【注释】①邓芝：三国时蜀汉大将。

【译文】三国蜀汉的大将邓芝，曾射中一只母猿。他看到幼猿为母猿拔出箭枝，用树叶塞住母猿的伤口，伤心不已，然后又用嘴吮吸伤口的淤血。邓芝扔掉弓箭，长叹一声说："山里的兽类还懂得为母亲悲痛，难道人还比不上一只猿猴吗？我从今以后不打猎了！"

咸熙[①]中，有翁媪弄猴于瑞昌门外。一日媪死，翁葬之。未几翁死，无人葬。猴守之日久，人怜而葬之，咸称为"义猴"。

【注释】①咸熙：三国时期魏元帝曹奂的第二个年号。

【译文】三国魏元帝咸熙年间，有老翁老妇在瑞昌门，靠耍猴卖艺为生。一天，老妇去世了，老翁安葬了她。没过多久，老翁也去世了，却没有人来安葬他。他们养的猴子一直守在老翁的尸体边，人们看着可怜，就安葬了老人。众人都称猴子为"义猴"。

正德辛巳，有夫妇以弄猴为衣食者，十年矣，寓于嘉州之白塔山。主者死，葬于塔之左，猴日夜号。其妇更招一丐者为夫，猴举首揶（yé）揄（yú）之。妇弄猴使作技，猴伏地不为，鞭之辄奋叫。入夜，走主者之墓，抱土悲号，七日而死。

【译文】明朝正德辛巳年间，有夫妇二人以耍猴卖艺为生，他们从事这一行当已经十年了，住在嘉州白塔山。男主人去世后，葬在白塔山的左侧，猴子日夜哀号。后来，他的妻子又找来一个乞丐作为丈夫，猴子抬头嘲笑他。他的妻子让猴子表演，猴子趴在地上不动，用鞭子打它，猴子就使劲叫唤。夜里，猴子跑到男主人的墓前，抱着坟堆哀伤呼号，过了七天也死了。

汪学使可受，初尹金华。有丐者行山中，见群儿缚一小猴而虐之。丐者买而教之戏，日乞于市，得钱甚多。他丐忌且羡，因酒醉丐者，诱至空窑，椎杀于窑中。异日绳其猴，复使作戏。而汪公呵导声遽至，猴即啮断绳，突走公之前，作冤诉状。公遣人随而往，得尸窑中。亟捕他丐鞫（jū）问，伏法。阖邑骇而悼之，买棺焚丐者尸。烈焰方发，猴哀叫跃入，死矣。

【译文】学使汪可受，当初在金华县任县令。当时有个乞丐在山中行走，看见一群小孩绑住一只小猴，正在虐待它。这个乞丐就把小猴买下来，教给它一些把戏，每天到集市上卖艺行乞，讨到了很多钱。别的乞丐对他又嫉妒又羡慕，就把他灌醉之后，诱骗到一座空窑里，用大锤把他打死了。过了几日，凶手用绳子拴住猴子，让它表演把戏。正好县令汪可受出行，衙役呼喊回避的声音传来，这只猴子咬断绳子，突然跑到汪公面前，做出申冤的动作。汪公派人跟着它，在空窑中找到了乞丐的尸体。汪公立即将其他乞丐抓捕审讯，其他乞丐供认不讳，随后伏法。全县的人都被这件事惊动，大家哀悼这个乞丐。众人买来棺材，将乞丐的尸体收殓后火化，火焰刚刚升起，猴子就哀叫着跳入火中烧死了。

牛

齐河县洪店，有盗杀人于王臻户前，众执臻，已诬服久矣。知县赵清过洪店，一牛奔清前，跪而悲鸣，若有所诉。清曰：“谁氏之牛？”众曰：“王臻牛也。”清曰：“臻其有冤乎？”抵邑，即辩释臻父子。后鞫大盗王山，得其杀人状。齐河人称神明，作《义牛记》。

【译文】齐河县洪店，有盗贼在王臻家门前杀了人，众人误以为是王臻所杀，就把他绑送官府。拷问之下，王臻无奈认罪，已经有一段时间了。一天，知县赵清路过洪店，一头牛跑到赵清面前，跪下悲鸣，好像有话要说。赵清问："这是谁家的牛？"众人回答说："是王臻家的牛。"赵清说："难道王臻有冤情吗？"回到县城，就重新勘察案件，将王臻父子无罪释放。后来抓到大盗王山，经过审讯，了解清楚了当年杀人案的经过。齐河县的百姓都称颂知县英明，有人还作了一篇《义牛记》。

天长县民戴某，朝出，其妻牧牛于野。平昔豢（huàn）犬随之，俄入草芥不出。戴妻牵牛寻之，未百步，见虎据丛而食犬。虎见人至，弃犬趋人，戴已为虎搏矣。牛见主有难，忿然而前。虎又释人而应牛。二物交加哮吼，虎张爪牙，牛以二角奔击。逾时，牛竟胜虎，戴乃得免。

【译文】天长县百姓戴某，早晨出门办事，他的妻子去田野里放牛。她家的狗也跟着她，狗钻进草丛里，好久没有出来。戴某的妻子牵着牛去寻找狗。还没走一百步，见到一只老虎蹲在草丛中啃咬狗。老虎见到有人过来了，扔掉狗而扑向人，结果戴某的妻子被老虎捉住了。牛看到主人有难，愤怒地向前冲去。老虎又放下人而扑向牛。老虎与牛互相咆哮怒吼，老虎挥动尖爪和利牙，牛就用两只角来攻击老虎。过了一会儿，牛竟然战胜了老虎，戴某的妻子得以幸免一死。

嘉靖乙卯，胡抚镇贤，统兵御倭，至临山，少憩树下。见屠儿将解一牛，一犊尚随乳，将利刃衔至车沟内，以蹄蹈没泥中，屠儿遍索不获。

【译文】嘉靖乙卯年间，一位姓胡的巡抚很贤明，率兵抵御倭寇，当行军到临山卫时，他在树下休息。见到一个屠夫正准备宰杀一头母牛，而旁边还有一头尚未断奶的牛犊，趁屠夫不注意，偷偷衔起刀放到车辙里，并用蹄子将刀踩进泥中，屠夫四周寻找也找不到刀。

犬

孙吴时，襄阳纪信纯，一犬名乌龙，行住相随。一日，城外大醉，归家不及，卧草中。太守邓瑕出猎，纵火爇草，犬以口衔纯衣，不动。有溪相去三、五十步，犬入水湿身，来卧处周回，以身湿之。火至湿处即灭。犬困乏，致毙于侧。信纯获免，醒见犬死毛湿，观火踪迹，因而痛哭。闻于太守，命具棺衾葬之。今纪南有“义犬冢”，高十余丈。

【译文】孙吴时，襄阳纪信纯家里养了一条狗，名叫“乌龙”，日常起居都让狗跟着。有一天，他在城外喝得大醉，来不及回家就醉倒在路边的草丛中。正好碰上太守邓瑕出来打猎，派人放火烧草。狗用嘴拉纪信纯的衣服，但是拉不动。附近有一条小溪，离他躺的地方只有三、五十步，狗跑进小溪，用水浸湿身体，再跑到纪信纯跟前，在他的周围来回跑，用身上的水淋在草上。火烧到湿草就熄灭了。狗因为劳累过度，累死在主人的身旁。纪信纯得以避免被烧死。纪信纯醒来后，看见狗已经死了，浑身的毛都湿透了，又看到有火烧的痕迹，这才知道狗是为了救他而死，悲痛地大哭起来。太守听说后，叫人准备了棺衾，把狗安葬了。现在纪南还有“义犬冢”，高十多丈。

晋泰兴二年，吴人华隆，好弋猎。畜一犬，号曰“的尾”，每将自随。隆后至江边，被一大蛇围绕周身，犬遂咋蛇死焉，而华隆僵卧无所知矣。犬彷徨嗥吠，往复路间。家人怪其如此，因随犬往，隆闷绝委地，载归，二日乃苏。隆未苏之际，犬终不食。

【译文】东晋泰兴二年，吴人华隆，喜欢狩猎。他养了一条狗名叫“的尾”，经常带在身边。后来有一次华隆来到江边，被一条大蛇紧紧缠住，狗硬是把大蛇咬死，救下主人。而华隆直挺挺地躺着，没有知觉。这条狗大声叫唤着，在回家的路上来回奔跑。家里人觉得奇怪，便跟着狗，看到华隆晕倒在地上，用车把他拉了回来，过了两天华隆才醒过来。在华隆还没有醒过来的时候，这条狗始终不肯吃东西。

太和中，杨生养狗，甚爱之。后生醉酒，行大泽，草中眠。时冬月，野火起，风又猛，狗号呼，生不觉。前有一坑水，狗便走往水中，还以身洒生左右。草沾水得着地，火寻过去。他日又暗行，堕于空井中，狗呻吟彻晓。有人过，怪之，往视，见生在井。生曰：“君可出我，当厚报君！”人曰：“以此狗相与，便当相出。”生曰：“此狗曾活我于已死，不得相与，余即无惜。”人曰：“若尔，便不相出。”狗因下头向井，生知其意，乃语人，以狗相与。人乃出之，系狗而去。后五日，狗夜走归。

【译文】太和年间，杨生养了一条狗，特别喜欢它。一次，杨生喝醉了酒，在大泽中行走，醉倒在草丛中。当时是冬天，草丛中突然烧起野火，风又很大。狗不停的叫唤，杨生仍然没醒来。前面有一个水坑，于是狗走到水坑里，用自己的身体沾了水后，洒在杨生的周围。草都被水打湿了，野火就没烧到杨生。后来又有一次，杨生天黑赶路，不小心掉到空井里，狗叫了整整一个晚上。有人从这里路过，奇怪狗为什么不停地叫，过去一看，发现杨生在井里。杨生说："如果你能救我出来，我一定会重重酬谢你的！"那个人说："你如果能把这条狗送给我，我就救你上来。"杨生说："这条狗曾经救过我，我不能把它送给你，其他的要求我都答应，决不吝惜。"那个人说："既然这样，那我就不救你了。"这时狗低下头望着井里，杨生明白了狗的意思，于是对那个人说，愿意把狗送给他。于是那个人救出了杨生，牵着那条狗离开了。过了五天，那条狗夜里跑回了杨生家。

袁粲①值萧道成②将革命，自以身受顾托，谋起义，遂遇害。有儿方数岁，乳母携投粲门生狄灵庆。庆曰："吾闻出郎君者厚赏。"乳母号呼曰："公昔有恩于汝，故冒难归汝。若杀郎君以求利，神明有知，行见汝族灭也！"儿竟死。儿存时，尝骑一大狌狗戏。死后年余，忽有狗入庆家，遇庆入庭，啮杀之，并其妻，即向所骑狗也。

【注释】①袁粲：原名愍孙，字景倩，陈郡阳夏（今河南太康）人，南朝刘宋宰相。②萧道成：字绍伯，南北朝时期南齐开国皇帝。

【译文】袁粲得知萧道成准备谋反。袁粲认为自己受宋明帝的临终托付，就应该忠诚不二，于是谋划除去萧道成，后来兵败遇害。他有个儿子刚几岁，乳母领着投靠袁粲的门生狄灵庆。狄灵庆说："我听说交出袁粲的孩子，可以获得重赏。”乳母痛哭着说：“袁公过去对你有恩，所以我才冒险来投奔你。如果你杀害袁公的孩子，以求重赏，神明有知，必将诛灭你全族。”结果孩子还是遇害了。这个孩子活着的时候，常骑着一条高大的长毛狗玩耍。孩子死后过了一年多，忽然有一条狗闯入狄灵庆的家中，在庭院里遇见狄灵庆，将他咬死，接着又咬死了他的妻子，正是孩子骑的那条狗啊。

饶州乐平民章华，元和初，尝养一犬，每樵采入山，犬必随。三年冬，比舍有王华者，同上山采柴，犬亦随之。忽有一虎榛中跃出，搏王华，盘踞于地，然犹未伤。章华叫喝且走，虎遂舍王华，来趁章华。既获，复坐之。时犬潜在深草，见章被衔，突出跃上虎头，咋虎之鼻。虎不意其来，惊惧而走，二人皆僵卧如沉醉者。其犬以鼻袭章口取气，即吐出涎水，如此数次，章稍苏。犬乃复以口袭王华之口，亦如前状。良久，王华能行，相引而起。犬惫，伏不能起，一夕而毙。

【译文】饶州乐平县人章华，在元和初年曾养了一条狗，每次进山打柴，这条狗必定会跟着他。元和三年冬天，邻居有个叫王华的人和他一起上山打柴，这条狗也跟去了。忽然有一头老虎从草木丛中跳出来，把王华抓住，按在地上，但还没有受伤。章华吓得边叫边跑，老虎就放下王华，去追章华。把章华抓住后，压在身下。这时那条狗正躲在草丛中，看见章华被老虎咬住，猛地窜了出来，跳到老虎头上，并咬住老虎的鼻子。老虎被吓了一跳，赶紧逃走了。王华和章华二人都直挺挺地躺着，一动也不动，像喝醉了一样。那条狗用鼻子对着章华的嘴吹气，章华的嘴里开始吐出口水，这样几次以后，章华渐渐醒来。狗又用嘴对着王华的嘴吹气，王华也渐渐醒来。过了好长时间，王华能行走了，两人相互搀扶着站起来。那条狗却累得趴在地上起不来了，过了一夜就死了。

唐禁军大校齐琼，家畜良犬四，常畋回广囿，辄饲以粱肉。其一独填茹咽喉齿牙间以出，如隐丛薄，然后食。食已，则复至，齐窃异之。一日，令仆伺其所往，则北垣枯窦，有母存焉，老瘠疥秽，吐哺以饲。齐奇叹久之，乃命筐牝犬归，以败茵席之，余饼饵饱之。犬则摇尾俯首，若怀知感。尔后擒奸逐狡，指顾如飞将，扈猎驾前，必获丰赏。逾年牝死，犬加勤效。后齐卒，犬日夜嗥吠。越月，将有事于丘陇[1]，则留犬以御奸盗。及悬棺之夕，犬独来，足蹄土成坳，首叩棺见血。掩土未毕，犬亦至毙。

【注释】①丘陇：坟墓。

【译文】唐朝的禁军将领齐琼，家里养了四条良犬，齐琼经常带着猎犬去猎场打猎，用精美的饭食喂养它们。其中有一条犬在进食时，总是把食物塞满嘴，然后躲进草丛里进食，吃完了再回来取食，齐琼觉得很奇怪。一天，他让仆人暗中察看这条犬究竟去了什么地方，原来在北墙的一个枯洞里，这条犬的母亲还活着，又老又瘦，身上长满疥疮，非常脏，这条犬用衔来的食物喂给它。齐琼听说后惊叹了很久，命仆人用小箱子把那条母犬抬了回来，找来旧褥子给它当垫子，用剩饭来喂养它。这条犬朝着主人摇尾俯首，好像心存感激的样子。从此以后，每当打猎时，这条犬都竭尽全力追捕猎物。齐琼随从皇上打猎，每次都猎获颇多，获得皇上的丰厚赏赐。一年以后，母犬死了，这条犬更加尽力地为齐琼效劳。后来齐琼去世，这条犬日夜嚎叫。过了一个月后，即将在郊外安葬齐琼，把这条犬留下看家。等到棺木入土的那天，这条犬独自跑来，用爪子给坟墓培土，并向棺木叩拜，把头都磕出了血。棺木盖土还没有完毕，这条犬也死了。

会稽张然滞役，有少妇无子，唯与一奴守舍，奴遂与妇通焉。然素养一犬，名“乌龙”，常以自随。后归，奴欲谋杀然，盛作饮食。妇曰：“与君当大别离，君可强啖！”奴已张弓拔矢，须然食毕。然涕泣不能食，以肉及饭掷狗，祝曰：“养汝经年，吾当将死，汝能救我否？”犬得食，不啖，惟注眼视奴。然拍膝大呼曰：“乌龙！”犬应声伤奴，奴失刀遂倒，狗咋其阴。然因取刀杀奴，以妻付县杀之。

【译文】会稽郡有个叫张然的，长期在县城里做差事，家中有一个年轻的妻子，没有孩子，只有一个仆人和她一起看家，这个仆人就与他的妻子私通。张然平常喂养了一只狗，名叫“乌龙”，经常跟在张然的身边。后来张然回到家里，那仆人准备要把张然杀死。妻子做了一顿丰盛的饭菜。张然吃饭时，妻子对张然说：“我就要与你永别了，你应该多吃一些！”那仆人已经张弓搭箭，等待张然把饭吃完。张然流着眼泪吃不下饭，把肉和饭喂给狗，对狗说：“我喂养了你这么多年，我就要被人杀死了，你能救我吗？”那条狗看着眼前的食物却不吃，只是用眼死死盯着仆人。张然突然猛拍膝盖大声喊道：“乌龙！”那条狗随即扑上去，咬住仆人，仆人丢掉刀倒在地上，狗咬掉了仆人的生殖器。张然拿起刀杀死了仆人，然后把妻子送交官府，判处死刑。

五代南唐时，江州陈氏，族七百口，畜犬百余，共一牢而食。一犬不至，诸犬不食。

【译文】五代南唐时，江州陈氏，全族有七百口人，养了一百多只狗，这些狗都聚在一起吃食。倘若有一只狗没到，其余的狗也不会吃食。

上党人卢言，尝见一犬羸瘦将死，悯而收养。一日醉寝，而邻火发。犬忙迫，乃上床于言首嗥吠，又衔衣拽之。言惊起，火已爇其屋柱，突烟而出，始得免。

【译文】上党人卢言，曾见路旁有一条狗非常瘦弱，快要死了，他心生怜悯就收养了它。一天，卢言喝醉酒睡觉，正赶上邻居家失火。这条狗急忙窜上床，对着卢言大叫，又咬住他的衣服使劲拽他。卢言从床上惊醒，大火已经烧着了屋里的柱子，卢言赶忙冒着浓烟冲了出去，这才免于一死。

扶风县西有大和寺，在高冈之上，其下有龛（kān），豁若堂，中有贫者赵叟家焉。叟无妻儿，病足伛偻，常策杖行邑里中。人哀其老病，且穷无所归，率给以食。叟既得食，常先聚群犬以食之。后岁余，叟病寒，卧于龛中。时大雪无衣，裸形俯地，且战且呻。其群犬俱集于叟前，摇尾而嗥。已而，环其衽席，竟以身蔽叟体，由是寒少解。后旬余，竟以寒死其龛中。犬皆哀鸣，昼夜不歇，数日方去。

【译文】扶风县的西面有大和寺，位于山脊上。下面有一座佛龛，像厅堂一样敞亮，穷人赵叟就住在里面。赵叟没有妻儿，脚有毛病，弯着腰，经常拄着拐杖到乡里乞讨。人们可怜他又老又病，而且穷困无依，都施舍给他食物。他每次得到食物，常常聚集群狗来吃。一年后，赵叟得了风寒病，躺在佛龛里。当时天下大雪，他没有衣服穿，裸露着身体趴在地上，不住的发抖、呻吟。群狗都聚集到他的身边，摇着尾巴大声嚎叫。然后，又围着他，用身体遮挡，为他取暖，赵叟才感觉不那么冷了。十多天后，赵叟被冻死在佛龛中。这群狗一起悲鸣，昼夜不停，好几天后才离开。

杨光远[1]叛于青州，有孙中舍居围城中，族在西州别墅。城闭久，食尽，举家愁叹。犬彷徨其侧，似有忧思。中舍因嘱曰："尔能为我至庄取米耶？"犬摇尾若应状。至夜，置一布囊，并简系犬背上。犬由水窦[2]出，至庄鸣吠。居者开门，识其犬，取简视之，令负米还。如此数月，以至城开。孙氏阖门，赖以不馁，愈爱畜此犬。后数年毙，葬于别墅。至其孙彭年，语龙图赵师民，刻石表其墓，曰《灵犬志》。

【注释】①杨光远：五代将领。②水窦：水下的小洞。

【译文】后晋时，杨光远占据青州城叛乱，孙中舍家在城中，被围困出不去，家族的其他人都住在西州的别墅。当时城门久闭，家中所有的粮食都吃光了，全家人都忧愁叹息。家里养的狗，在孙中舍的身边走来走去，好像也有忧愁。孙中舍就对它说："你能为我到田庄取米吗？"这条狗摇着尾巴，好像答应了。到了晚上，孙中舍取来一个布袋，和一封信一起，栓在狗背上。这条狗从城墙的下水洞钻出去，到了田庄就大声叫唤。田庄的人开门出来，认出是自家的狗，取出书信看完以后，让狗把米背了回去。这样过了好几个月，直到城门重新打开。孙家人靠这条狗才没有挨饿，因此更加宠爱这条狗。几年后这条狗死了，就葬在别墅边上。后来孙中舍的孙子孙彭年，将这件事告诉了龙图学士赵师民，并把这件事的经过刻在了墓前的石碑上，名为《灵犬志》。

淳熙中，王日就，字成德，分水县人，少负侠气。夜猎，从骑四出。有畜犬，鸣鸣衔衣，捶之不却，且道且前。怪之，亟随以归。明日复视其处，虎迹纵横，叹曰：“犬，人畜也，犹知爱主。吾奉父母遗体，不自爱，可乎？”遂散其徒读书。

【译文】南宋淳熙年间，有一个叫王日就的人，字成德，分水县人，年轻时就有豪侠的气概。有一次晚上出去打猎，有很多随从骑马相随。这时家里养的一条狗呜呜大叫，咬住他的衣服，打它也不放开，无论怎么驱赶，它都要阻拦。王日就觉得很奇怪，就和它一起回去了。第二天再去那个地方查看，发现到处都是老虎的脚印。他感叹地说：“狗只是人喂养的畜生，尚且知道爱护主人。我的身体是父母赋予的，怎么就不知道爱护呢？”于是遣散了随从，开始专心读书。

湖州颜氏，夫妇出佣，留五岁女守家，溺门前池内。家有畜犬，入水负至岸，复狂奔至佣主家作呼导状。颜惊骇归家，见女伏地，奄奄气息，急救乃苏。

【译文】湖洲有一户姓颜的人家，夫妇俩都出去做雇工，只留五岁的女儿在家，结果女儿不小心掉进门前的池塘里。家里养了一条狗，狗跳进水里，背着小女孩上了岸，狗又狂奔到雇主家，大声叫唤，让他们夫妇俩赶紧回家。颜氏夫妇惊慌失措地跑回家，看见女儿趴在地上，奄奄一息了，经过抢救，女儿才苏醒过来。

滁州一寺僧，被盗杀死，徒往报官，畜犬尾其后。至一酒肆中，盗方群聚纵饮，犬忽奔噬盗足。众以为异，执之到官，讯服。

【译文】滁州有一位僧人，被盗贼杀死，僧人的徒弟去官府报案，寺里养的狗跟在他身后。走到一个酒馆附近，正碰上盗贼们聚在一起喝酒，狗突然跑过去咬住盗贼的脚。众人都觉得奇怪，于是把盗贼押到官府，经审问，盗贼都认了罪。

沈处士恒吉①，尝畜一金丝犬，长不过尺，甚驯。处士日宴客，犬必卧几下。后三载，处士病，犬即不食。数日，处士卒，殓于正寝，犬盘旋而号，竟夕方罢。停柩者期年，犬日夜卧其侧。将葬，遂一触而毙。

【注释】①沈恒吉：字同斋，长洲（今江苏苏州）人，明代书画家。

【译文】沈恒吉曾养了一条金丝犬，身长不到一尺，非常温顺。沈恒吉每次招待客人时，金丝犬就趴在桌子底下。过了三年，沈恒吉生了病，金丝犬也立即不吃东西了。几天后，沈恒吉就去世了，在正厅入殓，金丝犬围着棺材不停地哀号，到了晚上才停下来。沈恒吉的棺材，在那停放了一年，金丝犬白天晚上都趴在旁边。后来，准备下葬的时候，金丝犬就一头撞到棺材上，也死了。

刘钊，铁岭卫人，畜一犬，出入必从。钊常以马负薪山中，犬亦从。一日，犬忽独归，向钊子国勋鸣跃不已。勋异之，随其所往，见钊为盗所杀，弃尸石间，取其马去。勋为营葬毕，人皆罢归，犬独守冢不去，日夜悲泣，泪湿草土。数日，抉土及棺，死棺旁。

【译文】刘钊是铁岭卫人，养了一条狗，无论去哪里狗都跟着他。刘钊经常到山里砍柴，然后用马拉回家，这条狗总是跟着一起去。一天，狗突然独自回来，对着刘钊的儿子刘国勋，不停地又跳又叫。刘国勋觉得很奇怪，就跟着狗前去查看，看见刘钊已经被强盗杀死了，尸体被丢在乱石中，那匹马也被抢走了。刘国勋把父亲埋葬了，其他人都回去了，只有这条狗独自守在墓旁，从早到晚都悲伤地哭泣，眼泪打湿了身前的草地。几天后，这条狗把坟上的土刨开，死在了棺材旁。

淮安城中民家，有母犬，烹而食之。其三子犬，各衔母骨抱土埋之，伏地悲鸣不绝。里人见而异之，共传为孝犬。

【译文】淮安城中有一户人家，把自家养的母狗杀掉吃了。母狗的三只小狗，各自咬着母狗的骨头，放到一起用土埋了，然后趴在地上不停地哀叫。乡里人看见了，觉得这三只小狗很特别，都说它们是孝犬。

常州芮氏，家贫，日饲犬以糠（kāng）粃（bǐ）①。其邻为富室姚氏，犬多余食，所限仅一小竹篱。姚犬每向篱窦，低声摇尾，若招呼状。芮犬蟠曲卧地，惟昂首相应，绝不过食其余粒，如是以为常。

【注释】①糠粃：指谷皮和瘪谷。

【译文】常州有一户姓芮的人家，家里很穷，每天只能用糠粃来喂狗。邻居是富户姓姚，他家的狗食物很多，经常还能剩下。两家只隔了一道小竹篱笆，姚家的狗每次吃完食，都对着竹篱笆上的狗洞，摇着尾巴小声叫唤，好像是在招呼芮家的狗。而芮家的狗依然蜷伏着，趴在地上，只是抬起头叫几声，作为回应，但是坚决不过去吃剩饭，一直是这样。

马

秦叔宝[①]所乘马，号“忽雷驳”，常饮以酒。每于月明中试，能竖越三领黑毡。及胡公卒，嘶鸣不食而死。

【注释】①秦叔宝：即秦琼，字叔宝，齐州历城（今山东济南市）人，隋末唐初名将。死后追赠为徐州都督、胡国公。

【译文】秦叔宝所骑的马，叫“忽雷驳”，这匹马有一嗜好，经常要喝酒。每次月中测试马的脚力，忽雷驳能一次跨越并排放置的三领黑毡。后来秦叔宝去世，这匹马也整日嘶鸣不吃不喝，不久也死了。

伪蜀[①]渠阳邻山，有富民王行思，尝养一马，甚爱之，饲秣甚于他马。一日，乘往本郡，遇夏潦[②]暴涨。舟子先渡马，回舟以迎行思，至中流，风起船覆。其马自岸奔入骇浪，接其主，苍茫之中，遽免沉溺。

【注释】①伪蜀：指五代十国时期在四川建立的“前蜀”和“后蜀”，两者都是“十国”之一。②夏潦：夏季因久雨而形成的大水。

【译文】伪蜀渠阳邻山，有一位富人叫王行思，曾养了一匹马，王行思特别喜欢它，喂养它的饲料也比其它的马好很多。一天，王行思骑着那匹马到郡里去，正遇到江水上涨。船夫先把马送到对岸，再回来接王行思过江，船行到江中时，大风把船掀翻了。那匹马从岸上跑进汹涌澎湃的浪涛中，救起主人，王行思免于在茫茫江水中，沉水溺亡。

毕再遇[①]，兖州将家也。开禧中用兵，累有功，金人认其旗帜即避之。后居于霅（zhà）[②]，有战马号“黑大虫”，骏驵（zǎng）[③]异常，独主翁能御之。再遇死，其家以铁絙羁之圉（yǔ）中。适遇岳祠迎神，闻金鼓声，意谓赴敌。马嘶，奋迅断絙而出。其家虑伤人，命健卒十人挽之而归，因好言戒之云：“将军已死，汝莫生事累我家！”马耸耳以听，汪然出涕，喑哑长鸣数声而毙。

【注释】①毕再遇，字德卿，兖州人，南宋名将。②霅：浙江省湖州市的别称。因境内有霅溪而得名。③骏驵：高大强壮。

【译文】南宋大将毕再遇，出身兖州将门世家。开禧年间参加北伐，屡建战功。金人只要看到他的旗帜，就赶紧避开。后来他居住在湖州，毕再遇有一匹战马叫“黑大虫”，神骏异常，只有毕再遇才能骑乘它。毕再遇去世后，家人用铁索把它拴在马厩中。正巧遇到岳祠举行迎神仪式，这匹马听见金鼓声，以为又要奔赴战场，就仰头嘶鸣，奋力挣断铁索跑了出去。家里人担心它会伤着路人，就派了十个强壮的士兵把它拉了回来，对它好言劝说：“将军已经去世了，你不要惹事连累我家！”马竖起耳朵听完，泪水连连，长嘶数声就死了。

龙泉县有白马墓，即开国勋臣胡公深[①]所乘之桃花马也。公以征陈友定[②]，遇害，其马驰归门外，悲嘶殒绝。夫人义之，因葬焉，号为“白马墓”。

【注释】①胡深，字仲渊，处州龙泉人，元末明初著名将领。②陈友定：字永卿，号国安，归化（今福建明溪）人，元末忠臣。

【译文】龙泉县有一座白马墓，里面埋葬的是明朝开国功臣胡深的坐骑桃花马。当年胡深率兵征讨陈友定时，不幸遇害。桃花马飞奔回家，在门外凄凉的嘶鸣，随后就倒在地上气绝身亡了。胡深的夫人认为它很忠义，便将它安葬了，名为白马墓。

天顺中，吴之嘉定姚生，素心险异，尝构怨于母弟陆某。陆充粮长，乘马自本都夜归。姚候至中途无人，操刃伏于桥下。马亦觉之，至桥，踯躅不进。陆加鞭楚，马始进，而已杀桥下矣。是夜，月暗更幽，寂无知者。马逸归，对陆妻惊嘶不已，若有诉状。妻知夫必死非命，持灯尾马后，至一旷野，夫果死焉。妻又谓马曰："吾夫尸虽得，然正犯不得，何以雪冤？"马即前行，首撞姚门。见姚，啮之蹴之。其妻执以闻官，乃弃姚市。

【译文】天顺年间，吴郡嘉定县的姚生，为人一向阴险，与同母的弟弟陆某结怨。陆某担任粮长，晚上骑着马从县城回家。姚生在陆某回家的必经之路，找了个行人稀少的地方，拿着刀躲在桥下，准备袭击陆某。陆某的马觉察到了异样，快到桥边的时候，徘徊不前。陆某使劲鞭打它，马才不得已往前走。结果陆某在桥下被姚生杀死了。当晚，月色昏暗，四周寂静，没有人知道这件事。陆某的马一路跑回家，对陆妻不停地嘶鸣，好像要诉说什么，陆妻猜测丈夫必定遭遇不幸，就拿着灯笼，跟着马，来到一处旷野，看见丈夫果然被害。陆妻又对马说："我丈夫的尸体虽然找到了，但是杀害他的人却没有找到，该怎么洗雪冤屈呢？"马立即就往姚生家走去，用头撞开大门。见到姚生，又咬又踢。陆某的妻子当即抓住姚生去官府，于是姚生被判处死刑。

孙办事家，有马生驹，甚奇。令牡交其母以传种，子母俱不肯，乃涂其身以泥而交焉。及洗出本色，母子皆跳躅以死，人号为“烈马”云。

【译文】孙办事家，有母马生下了一匹小马，小马长得很特别。孙办事让雄马交配母马来繁衍后代，小马和母马都不愿意，于是在马身上涂上泥，让彼此认不出来，进行交配。交配完了，洗出本色，母子都上下跳跃而死，人们称它们为“烈马”。

流寇破河内，县尹丁运泰骂贼被磔（zhé）①。所乘马，贼骑以入县，至堂下，大嘶人立，狂逸不可制，竟触墙死。

【注释】①磔：古代一种酷刑，把肢体分裂。

【译文】明朝末年，李自成的部队攻陷了怀庆府河内县，县令丁运泰被擒，大骂叛贼，被叛贼残忍杀害。丁运泰骑的马，被叛贼骑着进入县城，到了县衙大堂前，马突然大声嘶叫，人立而起，然后放足狂奔，无法拦住，最后撞墙而死。

和硕亲王有良马，曰“克勒”，犹汉言枣骝马也。高七尺，自首至尾，长可丈有咫，耳际肉角寸许，腹下旋毛，若鳞甲然，翘骏倍常，识者谓是龙种，王甚爱之。王薨，马蹢（zhí）躅哀鸣，未几随毙。

【译文】和硕亲王有一匹良马，名叫“克勒”，汉语意思是“枣骝马”。这匹马身高七尺，从头到尾有一丈多长。耳边有一寸多长的肉角，肚子下的卷毛像鳞甲一样，神骏异常，懂马的人都说这是龙马，和硕亲王非常喜爱它。亲王去世后，这匹马徘徊哀鸣，没过多久也死了。

骡

明末张贼破蜀城，蜀藩率其子女宫人投井死。王所乘白骡，踯躅其旁，亦跳入殉焉。后樵苏[1]者当阴雨暝晦时，于蜀宫故址，往往见白骡出没蔓草间。

【注释】①樵苏：打柴砍草的人。

【译文】明朝末年，张献忠的军队攻破成都。蜀王带着子女、宫人，投井而死。蜀王所乘的白骡在井边徘徊，也跳到井里殉葬了。后来，打柴砍草的人每当天阴下雨时，在蜀宫的旧址，常常看见白骡在蔓草间出没。

张行人鹤洲，讼系西曹[1]，以常所乘骡抵逋于人，骡悲鸣不食。一日，堕其新主，自逸归。王西樵吏部与张同患难，目击其事，感之，作《义骡行》。

【注释】①西曹：刑部的别称。

【译文】担任行人职务的张鹤洲，因犯事被关押在刑部，家里生计难以维持，就把张鹤洲经常骑的骡子抵押给别人还债，骡子整天悲鸣不吃东西。一天，骡子抛下新主人，跑回了张鹤洲家。吏部王西樵与张鹤洲是患难之交，亲眼看到这件事，很感动，作了一篇《义骡行》。

羊

邠州屠者安姓家，有牝羊并羔。一日，欲刲（kuī）其母，缚上架之次，其羔忽向安前双跪前膝，两目涕零。安惊异良久，遂致刀于地，去呼童稚，共事刲宰。及回，遽失刀，乃为羔子衔之，致墙根下，而卧其上。屠遍索方觉，遂并释之，放生焉。

【译文】邠州有个姓安的屠户，家里有一只母羊和一只小羊羔。一天，安屠户准备要宰杀母羊，把母羊绑到架子上的时候，小羊羔忽然向安屠户跪下前腿，两眼不停地流泪。安屠户惊讶了好长时间，就把刀子扔在地上，去叫他的孩子来帮他宰杀母羊。等他回来的时候，却找不到刀子了，原来刀子被小羊羔叼走，藏到墙根底下，并且小羊羔卧在刀子上。屠户四处寻找了半天才找到，于是把母羊和小羊羔放生了。

猫

唐时北平王家猫，有生子同日者，其一死焉，有二子饮于死母，母且死，其鸣咿咿。其一方乳己子，若闻之，起而听，走而救，衔其一置于其栖，又往如之，反而乳之，若己子然。

【译文】唐朝时北平王的家里，有两只猫在同一天生下小猫。其中一只母猫死了，它的两只小猫还在死去的母猫身上吃奶，还不知道自己的母亲已经死了，咿咿的直叫，声音很是凄惨。另一只母猫正在喂自己的孩子，好像听到了小猫的叫声，就站起来仔细倾听，继而跑过去救它们，母猫叼着其中一只小猫放在自己的窝里，又跑过去叼来另一只，回来后又给这两只小猫喂奶，就像对待自己的孩子一样。

姑苏齐门外，陆墓一小民负官租出避。家独一猫，催租者持去，卖之阊门铺商。忽小民过其地，跃入怀，为铺中所夺，辄悲鸣，顾视不已。至夜，衔一绫帨（shuì），内有金五两余，投之而去。

【译文】苏州齐门外的陆墓村有一户人家，欠了官府的租税，外出躲避。他的家里只剩下一只猫，催租的人把猫捉走了，卖给了阊门的一家商铺。有一天，这人经过商铺时，猫就一下跳进他的怀里，结果又被商铺里的人抢回去了，小猫悲伤地鸣叫，不停地回头看他。到了晚上，小猫叼来一个绸缎包袱，里面装着五两多银子，扔进这家商铺里就离开了。

仁　鱼

海中有“仁鱼”，尝负一小儿登岸，偶以鬐（qí）[①]触伤儿，儿死。鱼不胜悲痛，亦触石死。

【注释】①鬐：通“鳍”，鱼类的运动器官。

【译文】海里有一种“仁鱼”，经常会救落水的人，有一条仁鱼曾背着一个落水的小孩上岸，然而不小心用鳍触伤了这个小孩，小孩就死了。仁鱼悲痛异常，也撞到石头上自尽了。

鳖

宋傅庆中，家得一大鳖，其婢不忍杀，放之沟中。年余，后婢有病，将卒。夜有大鳖，被泥登婢胸冰之，遂愈。

【译文】宋朝的傅庆中，家里捕到一只大鳖，婢女不忍心杀死大鳖，就把它放进水沟里，放生了。一年后，这个婢女生了重病，快要病死了。半夜有一只大鳖，带着泥水爬上婢女的胸前，为她冷敷，婢女的病竟然痊愈了。

黄德瓌家人烹鳖，将箬笠覆其釜，揭见鳖仰把其笠，背皆蒸烂，然头足犹能伸缩。家人愍（mǐn）之，潜放河泾间。后因患热，将殛，德瓌徙于河边屋中将养。夜有一物，徐徐上身，觉甚冷。及曙，能视，胸臆悉涂淤泥。其鳖在土间，三曳三顾而去，即日病瘥。

【译文】黄德瓌的家人煮鳖时，把斗笠盖在锅上，揭开的时候发现这只鳖向上抓住斗笠，后背都被蒸烂了，但头和四肢还能伸缩。家人可怜它，偷偷地把它放到河沟里。黄德瓌后来患了热病，快要病死了，就搬到河边的屋子养病。半夜有一个东西慢慢地爬到他的身上，感觉十分冰凉。等天亮以后，黄德瓌的眼睛能看见东西了，发现自己的胸口涂满了淤泥，那只鳖在土里回头看了黄德瓌三次才离去，当天他的病就好了。

蟹

松江干山人沈宗正，每深秋，设簖（duàn）[1]于塘，取蟹入馔。一日，见二三蟹相附而起，近视之，一蟹八腕皆脱，不能行，二蟹舁以过簖。沈叹其义，遂命折簖，终身不复食蟹。

【注释】①簖：拦河插在水里捕鱼蟹用的竹栅栏。

【译文】松江干山人沈宗正，每到深秋时，就会在池塘里放置竹栅栏，来捕捉蟹吃。有一天，他看见二、三只蟹互相挤在一起，靠近一看，才发现有一只蟹的八条腿都没了，不能行走，另外两只蟹居然抬着它过栅栏。沈宗正感叹螃蟹的义举，于是让人拆掉栅栏，从此一生都不再吃蟹。

蝌蚪

绍兴郡丞张公佐治，擢金华守。去郡，至一处，见蝌蚪无数，夹道鸣噪，皆昂首若有诉。异之，下舆步视，而蝌蚪皆跳踯为前导。至田间，三尸叠焉。公有力，手挈二尸起，其下一尸微动，汤灌之，逡巡间复活，曰："我商也，道见二人肩两筐适市，皆蝌蚪也。意伤之，购以放生。二人复曰：'此皆浅水，虽放，人必复获。前有清渊，乃放生池也。'我从之至此，不虞挥斧，遂被害。二仆随后尚远，有腰缠，必诱至此，并杀而夺金也。"丞命急捕之，人金皆得。以属其守石公昆玉，一讯皆吐实，抵死，腰缠归商。

【译文】绍兴郡丞张公，升任浙江金华知府。当张公离开绍兴时，途中经过一个地方，看见有无数只蝌蚪，在道路两旁的水沟中发出声音，都仰着头，好像诉说冤情。张公感到奇怪，下车步行察看，而蝌蚪们都上下跳跃在前面引路。到了田间，看到三具尸体堆在一起。张公力气大，用手翻开上面的两具尸体，发现下面的尸体，还有动静，张公命人灌下热水施救，过了一会儿，那人就活了过来，说："我是商人，途中遇到两个人，肩上扛着两个筐子去集市，里面装的都是蝌蚪。我心生怜悯，便买来放生。那两个人又说：'这都是浅水，虽然把它们放生了，必定还会被人再次抓住。前面有一个清水潭，那才是放生的好地方。'我跟随他们到这里，不料他们抡起斧头向我砍来，于是被害。我那两个仆人，跟在我们后边很远，随身携带钱财，必定被他们引诱到这里，一同杀死并夺走钱财。"张公急速命人追捕，贼人和财物都追了回来，把那二人交到当地知府石昆玉那里，经过审讯，都招供罪行，二人被判处死刑，钱财归还了商人。

蜂

正德间，镇江北固山下，有群蜂拥王出游，遇鸷鸟攫杀之。群蜂环守不去，数日俱死。杨邃庵①相公一清，令家伻瘗焉，表其上曰"义蜂"，亲作文祭之。

【注释】①杨邃庵：即杨一清，字应宁，号邃庵，别号石淙，明朝南直隶镇江府丹徒人，官至内阁首辅。

【译文】明朝正德年间，在镇江的北固山下，有一群蜜蜂护拥着蜂王出行。遇到猛禽，把蜂王抓住杀了。这群蜜蜂围绕这蜂王不肯离开，过了几天都死了。相国杨一清让家仆埋葬了这群蜜蜂，立碑名为

“义蜂”，并亲自作了一篇祭文悼念它们。

太仓张用良，素恶胡蜂螫人，见即扑杀之。尝见一飞虫，投一蛛网，蛛束缚之甚急。忽一蜂来螫蛛，蛛避。蜂数含水湿虫，久之得脱去。因感蜂义，自是不复杀蜂。

【译文】太仓张用良，一向厌恶胡蜂螫人，看见蜜蜂就立刻打死。有一回，看见一只飞虫撞到蜘蛛网上，蜘蛛把它捆住，情况十分危急。突然有一只蜜蜂飞来螫蜘蛛，蜘蛛躲了起来。蜜蜂多次沾水把飞虫弄湿，过了一会儿，飞虫就挣脱蜘蛛网飞走了。张用良被蜜蜂的行为感动，所以从此再不杀蜜蜂。

张山来曰：佛氏谓蠢动含灵，皆有佛性。今读此录，不其然欤？

【译文】张山来说：佛家说一切众生，都有佛性。如今阅读这本《圣师录》，难道不是这样吗？

海天行记

钮琇玉樵

【题解】本篇是《虞初新志卷十八》的第二篇。此篇主要记述了海瑞的孙子海述祖造了一艘大船，在航行中，恰巧到了龙宫，龙王借他的船到天宫献贡，海述祖有幸跟随到天宫一游，最后他带着龙王给的宝珠回到了家里。

海忠介公[1]之孙述祖，倜傥负奇气。适逢中原多故，遂不屑事举子业，慨焉有乘桴之想。斥其千金家产，治一大舶，其舶首尾长二十八丈，以象宿；房分六十四口，以象卦；篷张二十四叶，以象气；桅高二十五丈，曰擎天柱，上为二斗，以象日月。治之三年乃成，自谓独出奇制，以此乘长风破万里浪，无难也。濒海贾客三十八人，赁其舟，载货互市海外诸国，以述祖主之。

【注释】①海忠介公：这里指海瑞，字汝贤，号刚峰，海南琼山（今海口市）人。明朝著名清官。

【译文】海忠介公的孙子海述祖，为人洒脱，志向高远。当时正值中原多事之秋，他因此不愿意参加科考，反而热衷于有乘船出海，周游四方。他不惜花费重金，建造了一艘大船。这艘大船首尾长二十八丈，象征天上二十八星宿；船上有房间六十四间，象征六十四卦；船帆二十四张，象征二十四节气；船桅高二十五丈，称做“擎天柱”，上面有二斗象征日月。花了三年时间才完成，海述祖也觉得这是一艘独一无二的宝船，乘这艘大船航行，应该不用惧怕什么狂风恶浪。在沿海地区做生意的三十八个商人，租赁他的大船，装载货物到海外各国从事贸易，并请海述祖当船长。

崇祯壬午[①]二月，扬帆出洋。行至薄暮，飓风陡作，雪浪粘天，蛟螭之属，腾绕左右，舵师失色。随风飘至一处，昏霾莫辨何地。须臾，云开风定，遥见六七官人，高冠大带，拱立水次。侍从百辈，状貌丑怪，皆鱼鳞银甲，拥巨螯之剑，荷长须之戟，秉炬张灯，若有所伺。不觉舟忽抵岸，官人各喜，跃上舟环视曰：“是可用已。”即问船主为谁。述祖不解其意，匆遽声诺。

【注释】①崇祯壬午：指1642年。

【译文】崇祯壬午年二月，海述祖等人扬帆启航，远洋航行。黄昏的时候，海上忽然狂风大作，巨浪滔天，隐约看见蛟龙一类的东西，在大船周围翻滚出没，舵工大惊失色。风浪中，大船随风飘到某处，四周昏天黑地，也无法辨认出是什么地方。不一会儿，云散风停，远远望见六七个官人，戴着高大的帽子，系着宽阔的衣带，恭敬地站在水边。旁边有一百多个侍从，容貌极其丑陋怪异，都身披鱼鳞银甲，手拿巨螯样子的宝剑，背着长须一样的戟，拿着火把，点着灯，好像在等待什么人。不知不觉中，大船忽然抵达了岸边，这些官人都很高兴，跳上船后四处看了看说：“这艘船可供使用。”随后问大船的主人是谁。海述祖不明白他们是什么意思，只好匆忙出声应答。

诘朝，呼述祖同入见王。约行三里许，夹道皎如玉山，无纤毫尘土。至一阙门，门有二黄龙守之。周遭垣墙，悉以水晶叠成，光明映彻，可鉴毛发。述祖私念曰：“此殆龙宫也！”又逾门三重，方及大殿。其制与人间帝王之居相似，而辉煌巀（jié）嶪（yè）①，广设千人之馔，高容十丈之旗，不足言矣。王甫升殿，首以红巾围两肉角，衣黄绣袍，髯长垂腹。众官进奏曰：“前文下所司取二舟，久不见至。今有自来一舟，敢以闻。”王曰：“旧例二舟陈设贡物，今少一，奈何？”众曰：“贡期已迫，臣等细阅此舟，制度暗合浑仪，以达天衢，允宜利涉。且复宽大新洁，若将贡物摒挡，俟到王宫，以次陈设，似无不可。”王允奏，曰：“徙其凡货凡人，涤以符水，速行勿迟。”众唯唯下殿，仍回至舟，将人货尽押上岸，置之宫西琅玕池内。唯述祖不肯前，私问曰：“贡将焉往？”众曰：“贡上天耳。”述祖曰：“述祖虽炎陬贱民，而志切云霄，常恨羽翼未生，九阍难叩。幸遘（gòu）②奇缘，亦愿随往。”众曰：“汝浊世凡人也，去则恐犯天令，不可。”中有一官曰：“汝可具所生年月日时来。”述祖亟书以进。官与众言：“此人命有天禄，且系忠直之裔，姑许之。”

【注释】①巀嶪：高耸。②遘：相遇，遇到。

【译文】清晨，有官员招呼海述祖一同去见他们的大王。大约走了三里远，海述祖看见道两边都是洁白的玉山，不沾丝毫尘土。走到一座宫门前，门口有两条黄龙把守。周围耸立着围墙，都是用水晶堆砌而成的，晶莹剔透，光可鉴人。海述祖暗想：“这可能就是龙宫了！”又过了三道门，才来到大殿。大殿的规模与人间帝王的居所大致相同，并且更加光彩耀眼，宏伟壮观，宫殿广阔足够容纳千人宴席；内部高大足能竖立十丈之旗，其它华丽之处，无法用语言一一描述。不一会儿，龙王升殿，头上两个肉角围着红巾，身上穿着刺绣黄袍，胡子垂到肚子上。各大臣上奏说："先前要求下属门准备好的两艘船，却一直迟迟未到，现在正好有艘船来了，臣等禀告大王知道。"龙王说："按照以前的规定，要用两艘船运送贡物，现在少了一艘，该怎么办？"大臣们说："进贡的日子快要到了，臣等仔细查看了这艘船，规格暗合天象，可以到达天庭，能够涉川渡海。而且又宽敞又整洁，将贡物尽量排列紧密一些，应该可以全部装下，等到了王宫，依次陈列出来，好像也无不当。"龙王赞同，说："把船上那些凡间的货物和人都腾出去，用符水洒一遍，尽快动身不要晚了。"大臣们恭敬地答应，出了大殿，来到海述祖的大船上，将船上的人和货物都挪到岸上，放到龙宫的西琅玕池内。只有海述祖不肯过去，暗中问大臣们："贡物将送到什么地方？"大臣们回答说："贡物要运到天上。"海述祖说："我虽是平民百姓，但一直希望能有机会上达云霄，常常怨恨自己没有长翅膀，无法达到天门。现在有幸遇到这样的机会，我非常想跟随诸位去天上。"大臣们回答说："你只是尘世中的一介凡人，去了则恐怕会违犯天规，因此不能让你去。"其中有一位大臣说："你把生辰八字报上来。"海述祖急忙书写呈上，这位大臣与其他大臣们说："这个人命中有上天的福运，而且是忠臣的后代，暂且答应他。"

俄顷，舁贡物者数百人，络绎而至。赍贡官先以符水遍洒舟中，然后奉金叶表文，供之中楼。次有押贡官二员，将诸宝物安顿。述祖私窥贡单，内开：赤珊瑚林一座，大小共五十株；黄珊瑚林一座，大小共七十株，高者俱一丈四五尺；夜光珠一百颗，火齐珠二百颗，圆大一寸五分；鲛绡（xiāo）[①]五百匹，灵梭锦五百匹；碧瑟瑟二十斛；红靺鞨二十斛；玻璃镜一百具，圆广三尺，各重四十斤；玉屑一千㪷（dǒu）[②]；金浆一百器；五色石一万方。其他殊名异品，不能悉记。

【注释】①鲛绡：传说中鲛人所织的丝绢、薄纱。②㪷：同“斗”。

【译文】不一会儿，有几百人抬着贡物，陆续到来。进贡官先用符水把全船都洒了一遍，然后捧着金箔文册，放在船的中楼供奉。之后有两名押送官把各种宝物放置在船中。海述祖暗中偷看了一下贡单，上面写着：红珊瑚林一座，大小共五十株；黄珊瑚林一座，大小共七十株，都是一丈四五尺高的珊瑚；夜光珠一百颗，火齐珠二百颗，珠子的直径都有一寸五分；鲛绡五百匹，灵梭锦五百匹；碧瑟瑟二十斛；红靺鞨二十斛；玻璃镜一百具，直径三尺，各重四十斤；玉屑一千斗；金浆一百器；五色石一万方。还有其他名称奇特的珍奇物品，不能全都记住。

安顿已毕，大伐鼍（tuó）鼓[①]三通，乃始启行。逆风而上，两巨鱼夹舟若飞。白波摇漾，练静镜平，路无坦险，时无昼夜。中途石壁千仞，截流而立，其上金书“天人河海分界”六大字。众指示述祖曰：“昔张骞乘槎[②]，未能过此。今汝得远泛银潢[③]，岂非盛事！”述祖俯首称谢。食顷之间，咸云：“南天关在望矣。”

【注释】①鼍鼓：用鼍皮蒙的鼓。②槎：木筏。③银潢：天河，银河。

【译文】安顿完毕后，敲了鼍鼓三下，就启航出发。大船迎风而上，两条巨鱼托着船好像飞一样。微波荡漾，水平如镜，一路上没有艰难险阻，也不分白天和黑夜。途中遇到一道很高的石壁，伫立在水中，上面写着金色的六个大字“天人河海分界”。各位官员指着石壁对海述祖说："从前张骞乘木筏出海，但是没能渡过此处。如今你可以远到天河，难道不是美事吗？"海述祖低头致谢。大约过了一顿饭的时间，各位官员说："可以看见南天门了。"

既而及关，赍贡官、押贡官各整朝服，舁宝诸役，俱易赭色长衣，亦令述祖衣之，登岸陈设。足之所履，皆软金地，间以瑶石嵌成异彩。仰视琼阙璇堂，绛楼碧阁，俱在飘渺之中，若近若远，不可测量。门下天卿四员，冕笏传旨，令赍贡官入昊天门，于神霄殿前进表行礼。述祖及众役叩首门外，惟闻乐音缭绕，香气氤氲，飘忽不断而已。随有星冠岳帔者二人，为接贡官，察收贡物，引押贡官亦入，行礼毕，玉音宣问南方民事，北方兵象，语甚繁，不尽述。各赐宴于恬波馆，谢恩而出。

【译文】不一会到了南天门，进贡官、押送官各自整理朝服，抬着宝物的下属们也都换上赭色长衣，也让海述祖更换了衣服，登上岸后陈列贡物。脚下所踩的地面都是软金铺就，上面镶嵌着美石。抬头观看到美玉装饰的宫殿和厅堂，还有亭台楼阁隐隐约约，若近若远，数量多的无法估量。南天门下有四位天神，手持笏板传达谕旨，命进贡官员进入昊天门，在神霄殿前献表行礼。海述祖和下属们在昊天门外叩头行礼，听到天乐萦绕，香气弥漫，不停地飘送过来。随后有两位头戴星冠，身披绣帔的天神过来。原来是接收贡物的官员，他们检查完贡物，带领押送官也进入昊天门，行完礼，玉帝询问官员们南方民间的事情和北方战争的情况，问了很多事情，这里不能详细地陈述。之后玉帝在恬波馆赐宴，官员们谢恩后退出昊天门。

于是集众登舟，述祖假寐片时，恍忽不知几千万里，已还故处。因启领所押货物，与同行诸人。王下令曰：“述祖之舟，曾入天界，不可复归人寰。众伴在池，宜令一见。”则三十八人，俱化为鱼，唯首未变。述祖大恸，前取舟官引至一室，慰谕之曰：“汝同行人，命应皆葬鱼腹，其得身为鱼，幸也。汝以假舟之故，贷汝一死。尚何悲哉！候有闽船过此，当俾汝归。”日给饮食如常。居久之，忽有报者曰：“闽船已到。”王召见，赐白黑珠一囊，曰：“以此偿造舟之价。”命小艇送附闽船，抵琼山还家，壬午之十二月也。

【译文】于是众人登船返回，海述祖稍微小睡了一会儿，不知不觉中已经航行了几千万里，又回到了原来出发的地方。他准备和同行的人一起去拿货物。龙王下令：“海述祖的船，已经到过了天界，就不能再回到凡间。但是你的同伴在西琅玕池，还可以让你见一面。”和海述祖一同出海的三十八个商人都变成了鱼，只有头没有变。海述祖悲伤的大哭，先前向他要船的官员把他带到一间屋子里，宽慰他说：“你的同伴们，本来注定命丧鱼腹，现在变成鱼，也是值得庆幸的事了。因为你有借船的功劳，所以免你一死。还有什么可伤心的！等福建渔船路过这里时，你就可以回家了。”此后每日，仍像先前一样供给海述祖饭食。住了很久，忽然有人通报说：“福建渔船已经到这里了。”龙王召见海述祖，赐给他一袋子白黑宝珠，对他说：“这是补偿你的船钱。”然后命小船把他送到福建渔船上，海述祖乘船回到琼山家中时，已经是崇祯壬午年的十二月了。

家人蚤闻覆溺之信，设主发丧，乍见述祖，惊喜逾望。述祖亦不言所以，但云狂风败舟，幸凭“擎天柱”遇救得免。次年入广州，出囊中珠，鬻于番贾，获赀无算，买田终老。康熙丙子，粤僧方趾麟亲访述祖，具得其详。时述祖年已九十六，貌如五十岁人。

【译文】家里人早先听到船沉的消息，以为海述祖已经遇难，所以为他设立牌位，发丧出殡，现在突然看见海述祖回来，喜出望外。海述祖也没有说明实情，只是说当时狂风大作，毁坏了船只，他多亏抱住“擎天柱”才幸免一死。第二年海述祖到了广州，拿出那袋子白黑宝珠，卖给外国商人，获得的金银珠宝无法计算，他回乡后购买田产安度晚年。康熙丙子年，广州僧人方趾麟亲自拜访海述祖，才得知了事情的经过。当时海述祖已经九十六岁了，然而容貌仍然像五十岁的人。

张山来曰：若非有年月姓名，便如读《太平广记》[①]矣。

【注释】①《太平广记》：是宋代人编的一部巨著，全书500卷，取材于宋朝以前各代的野史传说。

【译文】张山来说：如果不是有年月，有姓名，看这篇文章就好像是在读《太平广记》一样啊！

先君尝疑李贺[①]《白玉楼记》[②]，谓九州万国语言文字，各不相同。今观此，则上天果与中华同矣。余谓长吉[③]事属荒唐，今读此文，则是实有其事。但不识所谓“天人河海分界”六大字，以及贡单所列，为篆乎？为楷乎？为中国文字乎？为各国文字乎？真不可晓。

【注释】①李贺：字长吉，唐代河南福昌（今河南洛阳宜阳县）人，有“诗鬼”之称，是与“诗圣”杜甫、“诗仙”李白、“诗佛”王维相齐名的唐代著名诗人。②《白玉楼记》：出自李商隐《李贺小传》和张读《宣室志》，是一则关于李贺的传说。③长吉：指李贺。

【译文】先父曾经怀疑《白玉楼记》中的李贺，知晓九州万国的语言文字，各自都不相同。现在看这篇文章，天上的风土人情果然和中原相同。我曾说李长吉的事纯属荒唐，现在读这篇文章，看来真有这种事。但是不知道文中提到的“天人河海分界”六个大字，以及贡单的文字，是篆书？还是楷书？是用中国文字书写的？还是用外国文字书写的？人们就无法知晓了。

卷十九

七奇图说

南怀仁

【题解】本篇是《虞初新志卷十九》的第一篇。此篇由比利时传教士南怀仁编写，全文介绍了西方的七大建筑奇观，包括巴必鸾城、铜人巨像、尖形高台、茅索禄王茔墓、供月祠庙、木星人形、法罗海岛高台，内容详尽细致，另外还介绍了罗马斗兽场以及西方的海船。

上古制造弘工，纪载有七，所谓"天下七奇"者是也：巴必鸾城；铜人巨像；尖形高台；茅索禄王茔墓；供月祠庙；木星人形；法罗海岛高台。公乐场附；海舶附。

【译文】上古时期的国家建造了很多宏伟工程，书籍中记载了七处奇观，也就是人们所说的"天下七大奇迹"：巴必鸾城；铜人巨像；尖形高台；茅索禄王的陵墓；供奉月神的祠庙；木制神像；法罗海岛高台。另外还附有公乐场和海船的介绍。

一、亚细亚洲巴必鸾城[①]：瑟弥辣米德王后，创造京都城池。形势矩方，每方长五十里，周围计二百里。城门共一百处，门皆以净铜为之。城高十九丈，阔厚四丈八尺，以美石砌成。城楼上有园囿[2]树木诸景，引接山水，涌流如小河然。造工者每日三十万人。

【注释】①亚细亚洲巴必鸾城：即著名的巴比伦空中花园。②园囿：供人游玩的园林。

【译文】一、亚细亚洲巴必鸾城：是由瑟弥辣米德王后建造的城池。城池为正方形，每边长五十里，周长有二百里，共一百个城门，城门都是用精铜制成。城高十九丈，城墙厚四丈八尺，是用美石砌成。城楼上有园林树木等各种景观，引山水到园中，像小河一样在园中流淌。建造这座城，每天需要三十万工匠。

二、铜人巨像[1]：乐德海岛铜铸一人，高三十丈，安置海口。其手指一人不能围抱，两足踏两石台，跨[2]下高广，能容大舶经过。左手持灯，夜则点照，引海舶认识港口，以便丛泊。铜人内空，从足至手，有螺旋梯升上点灯。造工者每日千余人，凡十二年乃成。

【注释】①铜人巨像：即爱琴海罗德岛上的太阳神巨像。②跨：通"胯"。跨下，指两腿之间。

【译文】二、铜人巨像：乐德海岛上有一个用青铜铸成的人像，高三十丈，安置在入海口。铜像的手指头粗得一人都不能抱住，铜像的两个脚踏在两个石台上，两腿之间高大宽广，能容纳大船通过。铜像左手拿着巨灯，晚上灯就会被点亮，引导海上的船只找到港口，以便众船停泊。铜像里面是中空的，从脚到手，设置有螺旋梯，可以登上去点灯。每天需要一千多名工匠，一共用了十二年才建成。

三、利未亚洲厄日多国孟斐府尖形高台[①]：多禄茂王所建，地基矩方，每方一里，周围四里。台高二百五十级，每级宽二丈八尺五寸，高二尺五寸，顶上宽容五十人。造工者每日三十六万人。

【注释】①利未亚洲厄日多国孟斐府尖形高台：即埃及金字塔。

【译文】三、利未亚洲厄日多国孟斐府尖形高台：由多禄茂王建造，地基正方，每边长一里，周长四里。高台有二百五十级台阶，每级台阶宽二丈八尺五寸，高二尺五寸，高台顶端可容纳五十人。建造这座高台，每天需要三十六万名工匠。

四、亚细亚洲嘉略省茅索禄王茔墓[①]：亚尔德弥细亚王后，追念其夫王，建造茔墓。下层矩方，四面各有贵美石柱二十六株。穿廊圆拱，各宽七丈余。内有石梯至顶，顶上铜辇一乘，铜马二匹，茅索禄王像一尊。其奇异，一制度，二崇高，三精工，四质料纯细，白石筑造。将毕，王后忆念其夫王，怅闷而殂。

【注释】①亚细亚洲嘉略省茅索禄王茔墓：即小亚细亚的摩索拉斯陵墓。

【译文】四、亚细亚洲嘉略省茅索禄王茔墓：是亚尔德弥细亚王后为缅怀她的夫君而建造的陵墓。陵墓下层为正方形，四面各有二十六根精美的石柱。石柱组成了圆拱走廊，有七丈多宽。里面有石梯可到达顶层，顶层有铜辇一乘，铜马二匹，茅索禄王像一尊。它的奇特之处在于，一是样式精美，二是建筑高大，三是雕刻细致，四是用料讲究，是用白色大理石建造。快要建造完成时，王后因思念她的夫君，惆怅郁闷而死。

五、亚细亚洲厄佛俗府供月祠庙①：宏丽奇巧，基址建在湖中，以免地震摧倒。高四十四丈，宽二十一丈，内有细白石柱，凡一百五十七株，各高约七丈。庙内多细石绝巧人像。庙外四面各有桥，以通四门。桥最宽阔，以细白石为之。正门前，安置美石精工神像。筑工者至二百二十年乃成。

【注释】①亚细亚洲厄佛俗府供月祠庙：即小亚细亚以弗所的阿耳忒弥斯神庙。

【译文】五、亚细亚洲厄佛俗府供月祠庙：宏伟壮丽，新奇精巧，神庙建在湖中，以免地震时倒塌。高四十四丈，宽二十一丈，里面有白色的石柱，共一百五十七根，每根高约七丈。庙内有很多石头雕刻成的精美人像。庙外四面都有桥，通向四个大门。最宽阔的桥是用白石建成的。正门前，安置了由石头雕刻成的精美神像。用时二百二十年才建造完毕。

六、欧逻巴洲亚嘉亚省供木星人形①：斐第亚，天下名工，取山中一最坚大石，雕刻木星人形。身体弘大，工精细巧，安坐庙中。时有讥笑者语工师曰："设此宏大之躯起立，宁不冲破庙宇乎？"工师答曰："我已安置之，万不能起立。"

【注释】①欧逻巴洲亚嘉亚省供木星人形：即希腊奥林匹亚宙斯巨像，宙斯的代表星为木星。

【译文】六、欧逻巴洲亚嘉亚省供木星人形：斐第亚是全世界著名的工匠，他选取山中最为坚硬的一块大石，雕刻成木星神灵的塑像。神像身形巨大，作工精细，安稳地放置在神庙里。当时有人讥讽雕刻师说："这么巨大的身躯如果站起来，还不把庙宇都顶破了吗？"雕刻师回答说："我已安放好了，它绝不会站起来的。"

七、法罗海岛高台[1]：厄日多国多禄茂王建造。崇隆无际，高台基址，起自丘山，以细白石筑成。顶上多置火炬，夜照海艘，以便认识港涯从泊。

【注释】①法罗海岛高台：即亚历山大灯塔。

【译文】七、法罗海岛高台：由厄日多国多禄茂王建造而成。高耸无边，高台建在山丘上，用大理石筑成。顶上放置了很多火炬，黑夜里点燃，可以引导海上的船只，进入港口停泊。

古时七奇之外，欧逻巴洲意大理亚国罗玛府营建公乐场[1]一埏（yán）。体势椭圆，周围楼房异式四层，高二十二丈余，俱以美石筑成。空场之径，七十六丈，楼房下有畜养种种猛兽诸穴。于公乐之时，即出猛兽，在场相斗。观者坐，团圆台级，层层相接，高出数丈，能容八万七千人座位。其间各有行走道路，不相逼碍。此场自一千六百年来，至今现存。

【注释】①公乐场：即古罗马斗兽场。

【译文】除了古代的七大奇迹之外，欧罗巴洲意大理亚国罗马府营建了公乐场。公乐场形状椭圆，周围楼房式的看台共有四层，高二十二丈多，都是用石头筑成。中间的空地直径可达七十六丈，楼房下有很多饲养猛兽的洞穴。在公开表演的时候，放出猛兽，在场中搏斗。观看的人坐在圆形台阶上，层层相接，每一层高出下一层好几丈，

能容纳八万七千人。台阶中间各有通道，互不干扰。这座建筑建成一千六百年来，至今仍存。

海舶百种不止，约有三等。小者仅容数十人，用以传书信，不以载物。其腹空虚，自上达下，惟留一孔，四围点水不漏。下镇一石，一遇风涛，不习水者，尽入舟腹，密闭其孔，涂以沥青，使水不进。操舟者，缚其身于樯桅，任水飘荡。其腹空虚，水不沉溺，船底有镇石，亦不翻覆。俟浪平，舟人自解缚，万无一失，一日可行千里。中者容数百人，自小西洋①以达广东，则用此舶。其大者，上下八层，高约八丈。最下一层，镇以沙石千余石，使舶不倾侧震荡。二、三层载货与食用之物。海水得淡水最艰，须装千余大桶，以足千人一年之用，他物称是。上近地平板一层，中下人居之，或装细软切用等物。地平板外，则虚百步，为扬帆习武游戏之地。前后各建屋四层，为尊贵者之居。中有甬道，可通头尾。尾建水阁，可纳凉，以待贵者游息。舶两旁列大铳②数十门，其铁弹有三十余斤重者。上下前后，有风帆十余道。桅之大者，二十丈，周一丈二尺，帆阔八丈，约需白布二千四百丈为之。铁锚⑦重六千三百五十余斤，其缆绳周二尺五寸，重一万四千三百余斤。水手二三百人，将卒铳士三四百人，客商数百。有舶总管贵官一员，是西国③国王所命，以掌一舶之事，有赏罚生杀之权。又有舶师三人，通天文二士。舶师专掌候风使帆，整理器用，吹号头，指使夫役，探试浅水礁石，以定趋避。通天文士专掌窥测天文，昼测日，夜测星，用海图量取度数，以识险易，知里道。又有官医，主一舶疾病。有市肆贸易食物。大舶不畏风浪，独畏山礁浅沙，又畏火，舶上火禁极严，千人之命攸系。其起程但候风色，不选择日时，亦未尝有大失。若多舶同走，大者先行引路，舶后尾楼，夜点灯笼照视。灯笼周二丈四尺，高一丈二尺，皆玻璃板凑成。行海昼夜无停，有山岛可记者，指山岛行。至大洋中，万里无山岛，则用罗经④以审方。审方之法，全在海图量取度数，即知舶行至某处，离某处若干里，了如指掌。

【注释】①小西洋：指古代对印度部分西化程度较高区域的称呼。细软：指精细而易于携带的贵重物品。②大铳：即大炮。③西国：指欧美国家。④罗经：指提供方向基准的仪器。船舶用以确定航向和观测物标方位。

【译文】海船有一百多种，大约分为三类。小海船仅能容纳几十人，是用来传递书信的，不能载物。它的船仓中空，从上到下，只留有一个小孔，四周不会漏一点水。下面有压仓石，一旦遇到风浪，不会游泳的人，全都进入船仓中，封闭那个小孔，涂上沥青，海水就不会进来了。驾驶船只的人，把身体绑在桅杆上，随水飘荡。船仓中空，所以不会沉没，船底有压仓石，所以也不会翻船。等到风平浪静时，驾驶船只的人自己解开绳子，这样可以保证船只安全，万无一失。这种船一天可以航行千里。中等海船可以容纳几百人，从小西洋到达广东，则需要乘坐这样的船。大海船，上下八层，高约八丈。最下面的一层，有一千多石沙石作为压仓物，保证船只不会倾斜。二、三层装着货物和食物。海中很难获得淡水，船上必须装载一千多个大水桶，才能满足千人一年的需要，其他东西也要准备够一千人的使用量。向上一层，是中下等人居住的地方，或者装载精细贵重的物品。甲板之上，则有百步大的空地，是用来扬帆习武休息的地方。船前后各建造四层屋子，是尊贵的人居住的地方。中间有通道，可以通向船头和船尾。船尾建有水阁，可乘凉，以供尊贵的人游玩休息。船舷两旁摆设几十门大炮，使用的炮弹重达三十多斤。海船的上下前后，有十几道风帆。桅杆最大的高二十丈，周长一丈二尺，风帆宽八丈，大约需要二千四百丈白布才能制成。铁锚重六千三百五十多斤，拉锚的缆绳周长有二尺五寸，重一万四千三百多斤。船上有二三百名水手，三四百名将领士兵和几百名客商。还有船只的总管官员一名，是由西国国王任命，他掌管一船的事务，有赏罚生杀的大权。又有三名船师和两名通晓天文的人。船师专管观测风向、驾驶行船，整理器用，吹号传讯，指使役夫，探测水深和暗礁，以此确定是否需要躲开障碍。通晓天文的人负责天文观测，白天测日，黑夜测星，用海图量取经纬度数，以此辨识航线，了解航道险易。船上又有医官，负责一船人的疾病诊治。船上还有市场，可以买到食物。大船不惧怕风浪，只害怕触礁搁浅，又害怕火灾，所以船上严格管制火种，因为关系到全船一千人的性命。海船起程时只是等待合适的风向，而不选择时日，也不会有大的失误。如果多艘船只一起走，大船先出发带路，其他船只随后跟上，大船晚上点着灯笼照明。灯笼周长有二丈四尺，高一丈二尺，都是由玻璃板拼成的。海上行进日夜不停，看见海岛时，就向着海岛行进。到了大洋中，见不到海岛，则用罗经辨别方位。辨别方位的方法，全靠在海图量取经纬度数，这样就可以知道船只走到了什么位置，离某个位置还有多少里，了解的清清楚楚。

张山来曰：极西巧思独绝，然吾儒正以中庸[①]为佳，无事矜奇斗巧也。

【注释】①中庸：指不偏不倚，折中调和。

【译文】张山来说：西方国家的人构思精巧，绝无仅有，然而我国读书人却认为坚持中庸才是最好的，这只是没事的时候炫耀新奇、投机取巧的小把戏罢了。

讱庵偶笔

汪□□□□

【题解】本篇是《虞初新志卷十九》的第二篇。此篇选取了几个善恶有报的小故事，告诉人们“福祸无门，惟人自召”的道理。

孝感县一妇，不孝于姑①，雷下击之。妇急以血裤蒙头，雷为所厌，欻（xū）然②坠地，形如鹰而稍大。其家以香汤沐浴之，奉于香火座上，雷仍自褫（chǐ）其翅羽。其家又为作法事，一旦，风雨飞腾而去。此妇自以为得计，每出入必挟血片自随。一日，河边漂衣，天无纤云，忽闻雷轰，妇已毙矣。

【注释】①姑：旧时指婆婆。②欻然：忽然。

【译文】孝感县有一妇人，不孝顺婆婆，结果遭到雷击。妇人急忙用沾血的裤子盖在头上，雷神厌恶污秽，现形落在地上，其外形像鹰，但比鹰稍大。这家人用香汤为雷神沐浴，把雷神供奉在香火座上，雷神仍然要拔扯自己翅膀上的羽毛，不愿接受他们的供奉。这家人又为它作法事，一天，雷神趁着风雨飞走了。这个妇人以为计谋成功了，每次出入必然随身带着有血的布片。有一天，妇人在河边洗衣服，天上没有一点云彩，忽然听到雷声轰鸣，妇人已经被雷劈死了。

张山来曰：鬼神之属，类恶污秽，污秽之取恶固宜，但往往偶一相值，即不能运其威灵，诚不可解。我若为雷神，则以柳下惠“尔焉浼（měi）我”①之度量，效皋陶“执之而已”②之用法，并行不悖，亦何不可？

【注释】①尔焉浼我：出自《孟子·公孙丑》篇，意思是像柳下惠一样，做事出自本心，又如何会被污染呢？②执之而已：语出《孟子·尽心上》，意思是不论对方是谁，只要犯了罪，该抓就抓。

【译文】张山来说：鬼神都十分厌恶不干净的东西，污秽的东西本来就是令人厌恶的，但鬼神偶然遇到不干净的东西，就不能发挥自己的威力，实在是不能想明白。我如果是雷神，则会以柳下惠的“你如何能污染我”的胸怀，或者效仿皋陶“秉公执法”的观念来处理，还有什么不可以的呢？

康熙癸丑，上海县有人以假银买猪三十六头，又有他人以钱四百托买一头，同载入舟。俄而疾雷揭篷轰击，三十六头一时皆毙。独一头无恙，则用钱所买者也。卖猪人以假银买货，为人所执，讼之于县。县官诘之，供云：“实系卖猪得来，非某假造。”官问：“汝识其人否？”曰：“买猪人虽识其貌，不识其住处。而载猪之船，现在郎家桥。”于是押同舟子物色其人，果获之，县官痛责枷示焉。

【译文】康熙癸丑年，上海县有人用假银子买了三十六头猪，又有他人用四百文铜钱，委托此人购买了一头猪，一同装在船上。不一会儿，这条船遭到疾雷轰击，船篷都掀飞了，三十六头猪也全都死了。只有一头猪安然无恙，正是他人委托买的那头猪。卖猪人用假银子买货，被人抓住，告到县衙。县官责问他假银子从何而来，他的供认说："这是卖猪得来的，并非是我假造的。"县官问："你认识买猪的人吗？"卖猪人说："只认得买猪人的容貌，不知道他住在什么地方。而运猪的船，现在郎家桥。"于是县官派人押着同船的人去寻找买猪人，果然抓住了他，县官严厉地责骂他并给他带上刑具示众。

张山来曰：雷所击者，不孝与用铜为多，而光棍不与焉，则何也？吾非谓不孝与用铜不当击，只以光棍为更当击耳。雷之不及光棍，殆亦畏之耶？抑多而不胜击邪？

【译文】张山来说：被雷击的人，大多是一些不孝顺或者是使用假钱的人，而为什么不雷击那些光棍呢？我不是说不孝的人与用假钱的人就不该遭到雷击，我只是认为光棍更应该遭到雷击。光棍不被雷击，难道是因为雷神害怕他们吗？或者是因为光棍太多，雷神忙不过来吗？

高怀中，业鳝面于扬州小东门，日杀鳝数千。一婢悯之，每夜分，窃缸中鳝，从后窗抛入河，如是积年。一日，面店被焚，婢踉跄逃出，为火所伤，困卧河滨。夜深睡去，比醒而痛减，火疮尽愈。视之，有河中污泥堆于疮处，而地有鳝行迹，始知向者所放生来救之也。按医书，河底泥，能涂汤火伤。高感其异，遂为罢业。及拆锅，下有洞穴，生鳝数石盘其中，尽举而纵之河。

【译文】高怀中在扬州的小东门卖鳝鱼面，他每天要杀几千条鳝鱼。有一名女仆哀怜这些鳝鱼，每天晚上就偷一些缸里的鳝鱼，把它们从店铺后面的窗户扔回河里，像这样过了几年。有一天，面店失火，女仆跌跌撞撞地从店里逃了出来，她也被火烧伤。她困乏极了，就躺在河边睡着了，等到醒来，发现疼痛减轻了，连烧伤的地方也都好了。她仔细查看，发现有一些河泥堆在伤口上，而地上有鳝鱼游过的痕迹，她这才知道是从前被她放生的鳝鱼来救她了。（按医书上记载，河底污泥能治烧伤。）高怀中被这件奇事感动了，于是不再做鳝面。拆除灶台的时候，高怀中发现灶台下面有一个洞穴，有很多鳝鱼在里面，高怀中把它们全部放回河里。

上海朱锦，初投潘尚书为家人，后其子游泮[①]，入谢于公。潘曰："汝子已系朝廷士子，可以门生礼见，勿复作主仆观也。"即检其靠身文书[②]还之。朱不胜感激，曰："荷洪恩，须当报效，庶慊（qiè）微心耳。"潘曰："我富贵已足，何赖于汝？"朱恳请不已。潘沉吟再四，乃曰："现今文庙圮（pǐ）坏[③]，汝能修葺，贤于报我远矣！"朱即独力营缮，颇称华焕。此事已过百余年，人亦无有忆及之者。顺治己亥科，会元朱锦，亦上海人，官翰苑，至康熙壬子殁。临卒时，文庙正梁，年久朽坏，亦以是刻崩殒。视其建造之姓名，即朱锦也。始知会元乃其后身，事详《上海志》。又缙云郑赓唐，天启丁卯孝廉，亦以儒学为兵火所毁，躬自督造，晨夕不辍。其子惟飏、载飏，相继登进士。今人惟知崇饰寺观，以希冥福，而于幼所诵法之圣人，反秦越视之。抑知东家[④]氏之灵爽，固若是其彰彰也乎！

【注释】①游泮：指明、清科举制度，经州县考试录取为生员者就读于学官。②靠身文书：指自愿投靠官宦人家充当奴仆而立的卖身文契。③圮坏：毁坏。④东家：也作“东家丘”。孔子的西邻不知孔子的学问，称孔子为“东家丘”。

【译文】上海人朱锦，最初在潘尚书家做仆人，后来他的儿子考中生员，入官学读书，他向潘尚书家道谢。潘尚书说：“你儿子已经是朝廷的士子了，我们彼此见面时可以行门生礼，不要再看成是主仆的关系了。”随即查找他的卖身文契还给了他。朱锦特别感激潘尚书，说：“我承受您如此大的恩情，一定要报答您，希望您能满足我的这一点心意。”潘尚书说：“我已经足够富有了，还有什么需要你报答呢？”朱锦一再请求。潘尚书沉思了好一会儿，才说：“现今文庙毁坏，如果你能修缮文庙，远胜过报答我呀！”朱锦随即开始修缮的工作，文庙修缮得光彩绚丽了。这件事过了一百多年，人们也都淡忘了。顺治己亥科，会元朱锦，也是上海人，在翰林院供职，直到康熙壬子年去世。临死时，文庙的房梁，由于年代久了，已经朽烂，也在此时断裂了。查看上面镌刻的建造者的姓名，正是朱锦。人们这才知道朱会元原来是当时朱锦的后人，事情详见《上海志》。又有缙云县人郑赓唐，是天启丁卯年的举人，也是因为学校被兵火毁坏，他就亲自监督重建，日夜不停。他的儿子郑惟飚、郑载飏，接连考中进士。如今的人们只知道兴建寺院，以此祈祷冥福，而在幼年时所称颂并效法的圣人，反而看得与自己毫不相干了。却不知道孔圣人的在天之灵，原本也是这样灵验啊！

张山来曰：此事若论功，当以潘为首，而朱次之，岂为潘已富贵耶？至于不报前之朱锦，而报于百余年后之同名者，则又何也？

【译文】张山来说：这件事如果论功，应当以潘尚书为首，而朱锦次之，难道因为潘尚书已经富有了，就不给他福报了吗？另外没有报答前世的朱锦，反而报答一百多年后同名的人，则又是为什么呢？

仪真孔姓者，于荒年购得《孔氏家谱》，遂诣县冒陈圣裔[①]。时值变乱之余，圣胄散落，县为申请，得补奉祀生，遂于家安设圣位。然其人无行，淫人之妻，夫死，遂娶为妾；而已妻亦有淫行，乡里薄之。邻有塾师，夜梦一儒者乘车，上竖一旗，题曰“司马牛[②]”，弟子从者甚众，皆头带包角巾。罩于髻（jì）上，方顶有带者。语塾师曰：“来日此处有事，汝当避之。”觉而骇甚，如言避去。至午后，火发，孔姓者从外奔归，见火势尚缓，亟入，欲攫（jué）其谱。甫进门内，火忽四合，遂夫妻焚死。

【注释】①圣裔：圣人的后代，这里指孔子的子孙。②司马牛：孔子的弟子。

【译文】仪真县有一位姓孔的人，在荒年间买到一本《孔氏家谱》，于是他到县里报告，冒充是孔子的后代。当时正值局势混乱，孔子的后代分散各地，县里就为他申请，他才得以当上奉祀生，他便在家里安设孔子的牌位。然而这个人品行不好，奸淫他人的妻子，丈夫死了，就娶他人的妻子做小妾；而且他的妻子也有淫乱的行为，乡里人都看不起他。他的邻居是一位私塾老师，晚上梦见一个读书人坐在车上，车上立着一面旗子，旗上写着“司马牛”，随从的弟子很多，都是头带包角巾（头巾罩在头上，顶端有带子）。他对私塾老师说：“明天此处有事，你应当躲避一下。”私塾老师睡醒后，觉得非常害怕，就出去躲避了。到了午后，姓孔的家里就起了大火，姓孔的人从外面跑了回来，看见火势不是太大，就急忙冲进屋里，想取出《孔氏家谱》。刚进到门内，大火忽然包围了他，于是他们夫妻都被烧死了。

张山来曰：此事予犹及见之，然亦此人不肖，故遭此报耳。

【译文】张山来说：这件事我也看见了，确实是因为此人品行不好，所以才会遭到这样的报应。

柳轩丛谈

佚　名

【题解】本篇是《虞初新志卷十九》的第三篇。此篇文章主要讲述了少年国手江君辅的一番奇遇。江君辅被人以下棋为名，拐卖给中州某官员，为了证明自己是棋手，他先后下棋赢了某官员和某位国手，证明了自己，才得以回家。

婺源江君辅，幼工奕，称国手。年十七，忽一人扣户，称江北某家，延请角技，君辅襆被[①]随之往。月余，抵中州某宦宅。其人先入内，见某宦，诈云："吾途穷，鬻吾子为归串。"既得金，立契，复涕泗曰："父子情，不忍面别，请从后门去，免吾子牵衣惨状也。"宦信之，君辅方久坐堂上，讶无出肃客[②]者。忽一鬅（péng）头婢肩水桶，目江大声曰："尔新来仆，速出汲！"江惊异，厉声争之。宦从内出，持券示曰："尔父卖尔去，复何云？"江曰："异哉！君数千里遣使迎我手谈[③]，乃为此不经语乎？谁为吾父？"出所著《奕谱》呈宦证之。宦大惊曰："汝果能胜我，言即不谬。"甫对着，君辅连胜数局，宦爽然，深相礼貌。其地有国手，从无出其右，宦忽请对局，辅又连胜。宦大喜，待为上客。盘桓数月，作书叠荐好奕巨公处，获金数百归。

【注释】①襆被：用包袱裹束衣被，指整理行装。②肃客：迎进客人。③手谈：下围棋。

【译文】婺源人江君辅，自幼擅长下棋，被人称为“国手”。十七岁时，突然有人来拜访他，此人自称江北的某户人家，邀请江君辅去比试棋艺，江君辅整理好行装跟他去了。一个多月后，抵达中州某位官员的住所。那个人先进入内堂，见到某位官员，谎称：“我走投无路，把我儿子卖给你换个路费。”那个人拿到钱，写下卖身契，他又哭着说：“父子情深，不忍心和我的儿子当面告别，请让我从后门离开，避免生离死别的惨状吧。”官员相信了他的话，江君辅在大厅里坐了很长时间，正在奇怪怎么没有人迎接客人。突然一个头发散乱的婢女担着水桶，看着江君辅大声说道：“你这个新来的仆人，赶紧出去打水！”江君辅感到奇怪，就和她争辩。官员从内堂出来，拿出卖身契给江君辅看，然后说：“你父亲已经把你卖给我了，你又想怎么样呢？”江君辅说：“太奇怪了！你派使者把我从几千里远的地方请来和你下棋，为什么竟然现在说出这样的话呢？谁是我父亲呢？”他拿出自己编写的《奕谱》呈给官员作证明。官员非常惊讶地说：“你如果下棋能胜过我，那么你说的就不是假话了。”于是开始下棋，江君辅连胜好几局，官员也很爽快，对他以礼相待。当地有一位国手，从来没有人能胜过他，官员请他来与江君辅对局，江君辅又连胜好几局。官员非常高兴，把江君辅当作贵宾对待。江君辅在官员家逗留了几个月，官员写信把江君辅推荐给喜欢下棋的某达官那里，江君辅又从达官那儿得到了几百两银子的奖赏，然后回家了。

张山来曰：此当是某宦故作此狡狯耳！不然，卖子为仆，岂不睹面而遽成交邪？

【译文】张山来说：这应该是那位官员故意设得圈套吧！要不然，卖子为什么，哪能不当面成交呢？

啸虹笔记

丘炜萲菽园

【题解】本篇是《虞初新志卷十九》的第四篇。此篇选自《啸虹笔记》中的一篇，主要介绍了篆刻名家汪梦龙的一则轶事。

篆学图书，多出于新安，为他郡所不及。如汪梦龙，休宁西门人，名涛，字山来，多膂力，人呼之“梦龙将军”。真草隶篆[①]，以及诸家书法，无所不精。每写一家，从不致杂入一笔。大则一字方丈，小则径寸千言。铁笔之妙，包罗百家，前无古人。少时至楚中贩米，逆旅暇日，偶至一寺，见衣冠者十余辈，在佛殿以沙聚地，成字径丈，曰“岳阳楼”。山来笑谓曰：“是可以墨书也，何艰于八法[②]乃尔耶？”众惊愕，因白之郡守。延入署，煮墨一缸，山来以碎布蘸墨，书于匾上，顷刻成。守叹赏久之，因嘱山来落款于后，曰“海阳汪涛书”。至今楼虽屡修，而此匾不能易也。其徒王言，字纶紫，北门人。纶紫篆书出宦光[③]之上，隶书直追中郎[④]，至于行楷，各尽其妙。

【注释】①真草隶篆：指汉字书写体的统称，具体可分为古文、楷书、草书、隶书、篆书、行书六种书写形式，即“古真草隶篆行”六体。②八法：匾额的书写属于榜书，又叫擘窠书，其书写比普通书法尤难，有侧、勒、努、趣、策、掠、啄、磔等八字要诀。③宦光：即赵宧光，擅书法，尤精篆书，是明代文学家、文字学家、书论家。④中郎：即蔡邕，精于书法，擅篆、隶书，尤以隶书造诣最深，是东汉时期著名文学家、书法家。

【译文】篆刻方面的书籍，多出自新安地区，其他地方都比不上。如汪梦龙，他是休宁县西门人，名涛，字山来，臂力强健，人们称他为“梦龙将军”。他对于真草隶篆，以及各家的书法，没有不精通的。汪梦龙每次书写某一家的书法，从不会掺杂一笔别家的书法。大字可达一丈见方，小字可以在方寸之间写下千言。汪梦龙的篆刻技法高妙，包含百家，超越古人。他年少的时候曾到楚地贩米，在旅店投宿时，闲来无事，偶然到了一座寺庙，看见十几位士人，在佛殿内把沙子铺到地上，写成大小一丈左右的字，名为“岳阳楼”。汪梦龙笑着说：“可以直接用墨来书写，为什么要这样艰难地书写呢？”众人非常震惊，因此禀告郡守得知。郡守把汪梦龙请到府衙，准备了一缸墨，汪梦龙用碎布蘸墨，在匾上书写，不一会儿就写成了。郡守赞叹了很长时间，并嘱咐汪梦龙在匾上落款，写的是“海阳汪涛书”。至今岳阳楼虽多次修补，然而这块匾却没有更换。他的徒弟王言，字纶紫，北门人。王言的篆书可以超越赵宧光，他的隶书能与蔡邕媲美，至于行楷，则各有妙处。

张山来曰：仆与汪君同字山来，彼于书法精妙乃尔，仆则十指如悬槌，深以为憾。岂灵秀之气，为彼所独得邪？犹忆为童子时，得一图章，形扁而空其中，一面刻“月色江声共一楼”七字，一面刻“雪夜书千卷，花时酒一瓢”二句，俱朱文[①]。其旁一刻“辛酉秋日篆”五字，又“汪涛”二字，一刻“山来”二字。今此石尚存箧中，向亦不知山来为谁，由今观之，真足发一笑也。

【注释】①朱文：指印面上的文字凸起，所以又称阳文。

【译文】张山来说：我与汪君的字，都是山来，他的书法精妙绝伦，而我的十指却像棒槌一样，真是太遗憾了。难道天地间的灵秀之气，都集中到他的身上了吗？还记得小时候，我得到了一枚图章，形状扁平而且中间镂空，一面刻着“月色江声共一楼”七个字，一面刻着“雪夜书千卷，花时酒一瓢”两句，都是阳文篆刻。另一边刻着“辛酉秋日篆”五字，又刻有“汪涛”二字，一边刻着“山来”二字。现在这枚图章还在我的箱子里，从前也不知道山来是谁，如今看来，真是太好笑了。

燕觚

钮琇玉樵

【题解】本篇是《虞初新志卷十九》的第五篇。此篇选自《觚剩》卷四《燕觚》中的两个故事，一篇是高咏的族兄在崇祯年间遇到的奇事，另一篇是工部郎中郑濂的妻子转世后，与郑濂再次相认的故事。

宣城高检讨遗山[①]，言其族兄某，于崇祯中训蒙[②]村庙，暑夕散徒，纳凉庭间。忽见庙殿青灯影影，因从窗楞窥之，内有一人，危冠方袍[③]，南面而坐。两旁童子以次侍立，约十余人。深目巨鼻，貌极狰狞。高拍窗惊呼，殿内人从容徐步出揖曰："吾亦师也。所训诸徒，皆三十年后公侯将相。上帝悯其目不识丁，欲使稍习文字，略知仁义。天下将乱，孑遗之民[④]，不至被其卤莽啖噬也。吾身隐少微，适奉帝命来此，分方授业，暂假庙席，月余事毕矣。"语后入殿，息灯，寂无所见。

【注释】①高检讨遗山：即高咏，字阮怀，号遗山，安徽宣城人，清初著名诗人，曾任翰林院检讨。②训蒙：指教导初入学的人或孩童。③方袍：和尚所穿的袈裟。因为呈方形，故称方袍。④孑遗之民：指残存者，遗民。

【译文】宣城高咏，曾说他的族兄高某，崇祯年间在一个村庙里教书。一个夏天的晚上，他讲完课后，在院子里乘凉。忽然看见村庙的大殿里隐隐约约有亮光，于是他从窗格中偷看，看到里面有一个人，头戴高冠，身穿袈裟，面向南而坐。两旁站立着童子，大约有十多人。这个人眼睛凹陷，鼻子很大，容貌凶恶。高某拍打窗户，并吃惊地叫喊，殿内人不慌不忙地走出来拱手行礼说："我也是老师。正在教导的这些人三十年后都是公侯将相。上帝怜悯他们目不识丁，想要让他们稍微学习一下，知道些仁义的道理。天下将要大乱，前朝的遗民们不至于被他们的鲁莽所坏事。我一向隐身不见世人，这次奉天帝命令来到这里，向他们传授学业，暂时借这个村庙一用，一个多月就会教完了。"说完后就进入大殿，灯也熄灭了，大殿又寂静的像什么都没有发生一样。

张山来曰：公侯将相中，尽有"没字碑"①在，想未入村庙中读书耳。然皋（gāo）、夔（kuí）、稷、契②，所读何书？即不识字，未为不可，但徒为舞文辈地耳！

【注释】①没字碑：比喻虚有仪表而不通文墨的人。②皋：即皋陶，尧舜禹时期掌管刑法的大臣，倡导"明于五刑，以弼五教"，上古四圣之一。夔：传说他是舜时的典乐官。稷：即后稷，传说他在舜时教人稼穑。契：传说是舜时掌管民治的大臣。

【译文】张山来说：公侯将相中，很多人都没有文化，想必是小时候没有进入村庙读书的原因。然而皋、夔、稷、契，读过什么书呢？即使不识字，也没有什么不可以的，只不过会被那些玩弄文字的人看低罢了！

京城东偏，有民家生一女，能言之岁，忽曰：“我工部郎中郑濂妇也，何以在此？我欲归我家矣。”迹郑之居，与女家相去二里许，某秘之，不以告。女甫能行，即出户觅郑居。或时趋出巷外，其家辄抱持之，防其逸。而女之求归益坚，不得已，以闻于郑，郑乃迎之，盖八龄矣。重堂①邃室，皆若素游，直入踞床，南面而为妇言曰：“我之子与媳安在，不速出见？”众方匿笑旁睨，濂适自外来，起而曰：“我别夫子日久，岂遂不相识耶？”笼箧之庋（guǐ）②，香履之存，靡不一一指点其处。郑郎中以事近怪，不逾宿而遣之。然闻者惊相传告，旋彻内庭。今上召询濂，濂不敢隐，因命续再世之婚。濂辞以“年齿甚悬，且臣之子已生孙矣，居室名言，恐有未顺”。上曰：“天命之也，待十三岁而婚，谁曰不宜？”濂奉旨届期成礼，伉俪如初。

【注释】①重堂：指楼房。②庋：搁置，放置。

【译文】京城东有一户百姓家里生了一个女儿，到了能说话的年龄时，有一天忽然说：“我是工部郎中郑濂的媳妇，怎么会在这里呢？我要回我家。”郑濂居住的地方，与女孩家相距二里多路。家里人严守秘密，没有告诉女孩。女孩刚能走路的时候，就要离开家去寻找郑家。有时还跑到巷子外面，她的家人就常抱着她，严防她跑出去。而女孩要回到郑家的意愿很坚决，实在不得已，她家里人就把这件事告诉了郑家，于是郑家派人来接她，这时女孩已经八岁了。郑家房屋众多，可女孩好像非常熟悉，直接进到内室，面朝南坐在床上，用主妇的口吻说：“我的儿子和媳妇在哪里？还不快出来见我。”众人都暗中偷笑，不敢正眼看她。正好郑濂从门外进来，女孩站起身来说：“我与相公你已经分离很久了，难道你不认识我了吗？”家里的东西放在哪儿，她都了解，都能一一指出位置。郑郎中觉得这事太怪异了，没有让小女孩在家过夜，又把她送了回去。但是看到的人觉得此事太出人意料了，于是互相转告，就连皇宫内的人都知道了。皇上召郑濂进宫询问此事，郑濂不敢有所隐瞒，把事情的经过详细地禀报给皇上。皇上让他再续前世姻缘。郑濂推托说："两人年龄相差悬殊，况且臣的儿子都已经给我生了孙子，这样老夫少妻住在一块，恐怕不合适。"皇上说："这是天命让你们在一起的。等她长到十三岁时再完婚，谁还会说不合适呢？"等女孩到了十三岁时，郑濂奉旨与她成婚，夫妻恩爱如初。

张山来曰：不识定情之夕，亦有所痛楚否？

【译文】张山来说：郑濂没有和前妻相认的那一天，其前妻会感觉痛苦吗？

豫 觚

钮琇玉樵

【题解】本篇是《虞初新志卷十九》的第六篇。此篇选自《觚剩》卷五《豫觚》中的三个故事，第一篇叙述一位判官因徇私舞弊遭谴的故事，第二篇叙述山西汾州李通判回忆自己前世以及在地府里的经历，第三篇叙述有条龙托生在窦西家的经过。

永城有张生者，屡就童子试，不遇。读书芒砀山天齐寺，攻苦之暇，散步殿庑，见东帝座下判官，像貌伟丽，戏拊其背曰："人间安得如公者，吾与论心订交乎？"是夕，生篝灯禅堂，披简孤坐。忽闻扣门声，且曰："君所愿交者来矣。"启扃而迎，则昼所见判官也。始颇疑惧，继稍款洽。坐谈之顷，温语庄言，纚纚动听。生且喜得佳友，由是定更辄来，夜分乃去，率以为常。生久之与习，因自陈坎坷有年，莫测荣枯所诣，乞其搜示冥册。神颦蹙曰："君无显秩，即一芹犹难撷（xié）也，奈何？"生不觉愤恸，坚请为之回斡。神徐曰："当为君图之。"阅数夕，至曰："已得之矣。山东某邑，有与君同姓者，应于明年入泮。吾互易其籍，可暂得志。然事久必露，君其慎之！"嗣后神不复见，生亦归里。试果获售，悉如神言。浮沉黉（hóng）宫②十余载，忽梦神仓皇前诉曰：“吾因与君一日之契，潜窜衿录③，已蒙帝谴，法当远戍，兹行与君永别耳。”生觉而惘然。未几，亦以试劣被黜。

【注释】①入泮：科举时代学童入学为生员称为“入泮”。②黉宫：学宫。③衿录：旧时指入泮的簿籍。

【译文】永城有一位姓张的书生，屡次参加童生试都没有考中。他后来到芒砀山的天齐寺内读书备考，有一次读书的闲暇之余，他在寺中散步。看见东帝座下供奉着一位判官，容貌魁梧不凡，他便拍着判官的后背，逗趣地说：“人世间哪能找到像您这样的人，能和我愿意成为无话不谈的朋友？”晚上，张生在禅堂里点上灯，一个人读书。忽然听到有敲门声，并且有人说：“你所希望结交的朋友来了。”张生连忙开门迎接，只见门外站着的正是白天在庙中见到的判官。张生开始时心里有些害怕，过了一会儿就安定下来。两人就坐交谈，判官说话温和、庄重，娓娓动听。张生很高兴自己遇到这样的朋友。从这以后判官每晚初更必到，一直畅谈到半夜才离去。时间久了，张生也就习惯了。张生和判官相处时间长了，就向判官述说自己多年科场不得志，不知道自己还有没有希望考中，请求判官帮忙查看冥府文册。判官皱着眉头说：“你命中注定不能做官，即使是芝麻大的功名也难以获得，怎么办呢?”张生既失望，又气恼，一再请求判官替他想想办法。过了一会儿，判官说：“我会为你想办法的。”过了几天，判官又来了，说：“已经有办法了。山东某县有一个与你同名同姓的人，应该明年成为生员，我已经互换了你俩的籍贯，所以你也可以暂时成为生员。但是时间一长必然露馅，你要谨慎行事。”从这以后，再没有见过判官的面，张生也回家参加考试去了。这次，张生果然考中，一切都像判官所说的那样，张生在官学里待了十几年。有一天，忽然梦到判官慌慌张张来对张生说：“我因与你朋友一场，暗中篡改冥册，已被东帝责罚，就要被发配到边远地方去了，这次来是与你告别的!”张生忽然惊醒，不知道该怎么办。果然过了没多久，张生因考试成绩不佳而被削去生员资格。

张山来曰：神虽因生被谴，而爱才若此，殊足千古!

【译文】张山来说：判官虽然因为张生被发配到边远地方，但是他这样爱惜人才，足以名垂千古!

李通判者，山西汾州人。其前世为乡学究，年逾五旬，闲居昼卧，梦二卒持帖到门云：“吾府延君教授，请速往。”挟之上马，不移时，至一府第，如达官家。青衣者引之入，重闼焕丽，曲槛纡回，最后书室三楹。坐顷，两公子出拜，锦衣玉貌，皆执弟子礼，日夕讲课不辍。书室外院，地逼厅事，时闻传呼鞭笞之声，特不见主人为怪，且不晓是何官秩。请于二子，二子曰：“家君即出见先生矣。”未几，主人果出，冠带殊伟。晤语间，礼意款洽。学究因言：“晚辈承乏幕下，久且阅岁，不无故园之思。”主人微哂曰：“君至此，已不可归。然自后当有佳处，幸勿复多言。”学究凄然不乐，竟不知身在冥府也。一日，主人开宴，邀学究共席，辞以寒素不宜与先辈抗礼，强之乃行。厅事设有四筵，扫径良久，一僧肩舆而至，极驺从之盛，曰“大和尚”。又一僧至，如前，曰“二和尚”，直据南面两筵。学究、主人，依次列坐。主人与二僧语，学究皆不解，酒果亦并非人间物。酒半，忽见一梯悬于堂檐，二僧出，蹑之，冉冉而去。主人促学究从而上，攀援甚苦，倏(shū)然堕地，则已托生本州李氏矣。襁褓中能语如成人，但冥府有勿言之约，不敢道前世事。生四岁，握笔为制义，评骘(zhì)

其父文，可否悉当。后登崇祯乙榜[①]。顺治初，通判扬州。天兵南下，出迎裕王。王手掖之，如旧相识，曰："当时事犹能记忆耶？"一笑驰去。潜窥裕王状貌，即所见"二和尚"也。而"大和尚"未知出世为何如人。

【注释】①乙榜：指举人。

【译文】有位李通判，是山西汾州人。他的前世是乡里的私塾老师，当时年纪已有五十多岁，有一天，他白天无事睡觉，梦见有二个差役，拿着名帖上门说："我家老爷邀请您前去教书，请赶快前往。"说完，就被他们拉上了马，没过多长时间，到了一座府邸，好像是达官贵人的家。穿着青衣的人带他进去，府内楼宇辉煌，曲折幽深，最后来到有书房，书房里外三间。刚坐下，有两位身穿华服，相貌俊朗的公子，出来拜见老师，对他行学生礼。他就在这儿每天教学，从不中断。这间书房的外院靠近厅堂，有时会听到厅堂传来鞭打犯人的声音。老师很好奇为什么这儿的主人一直不出来相见，也不知道他是什么官。他问两位公子，两位公子说："家父马上就会和先生见面了。"没过多久，主人果然来了，穿着相貌，都不同凡响。主人与老师寒暄时，礼数很周到。老师说："我在您的府里已经很长时间了，难免会有些想家。"主人微笑的说："您到了这里，就不能再回去了。但是以后会有好的去处，我自会为您安排的，希望您不要再提此事了。"老师听了非常伤心，竟然不知道自己早已身在地府了。有一天，主人设宴请客，邀请这位老师出席。老师以自己地位低微，不能和前辈平起平坐为理由推辞，主人再三邀请，他才勉强出席。厅堂中摆设了四个座位，庭院中的道路也打扫得干干净净，过了很长时间，一位和尚坐着轿子进来，随从众多，主人称他为"大和尚"。过了一会儿，又有一位和尚进来，主人称他为"二和尚"，他们直接坐在朝南的两个座位上。然后主人和这位老师，依次入坐。主人与两位和尚交谈，老师也听不懂他们说的话，宴席上的酒、水果、菜肴，都不是人间的东西。酒宴吃到一半的时候，忽然看见一架梯子挂在厅堂的屋檐下，大和尚、二和尚走出来，登上梯子，渐渐上升而去。主人催促老师也赶快登梯，老师非常辛苦地爬上梯子，突然掉在地上，等他睁眼一看，已经投胎转世到山西汾州的李姓人家了。当他还在襁褓中时，就可以像成人那样说话了，但因为他在阴曹地府时，曾被告诫过出生后不得随意说话，所以他不敢说出自己前世的事情。四岁时，他便能握笔撰写八股文，能够品评他父亲文章的好坏，评语都很恰当。之后在明朝崇祯年间考中举人。清代顺治初年，他被委任为扬州通判。后来，清兵南下扬州，李通判恭迎清朝承泽裕亲王进城，裕亲王用手搀扶着他的胳膊，好像旧相识一样，对他说："当时的事你还能记起吗？"说完就笑着走了。李通判暗中查看裕亲王的相貌，原来这位裕亲王就是在地府中见过的"二和尚"呀。只是不知道"大和尚"转生成何人了。

窦四者，沈丘槐店窦生之佃也。康熙庚午夏日，四妇将逼娩期，梦黑丈夫颀而髯，谓之曰："我欲暂托汝家，幸勿加害，当有以报。"次日之晡，产一龙，蜿蜒逾尺，鳞角俱备，项间有黄鬃如马鬣，拂拂而动。妇极惊怖，意欲斫（zhuó）①除。忽飞蟠屋梁。因忆前梦，姑置豢焉。不三日，骤长数丈，夭矫游行，就乳则体仍缩小，如初生时。熟习日久，饲以鸡卵，亦能啖也。沈丘范令，亲往其家视之。

【注释】①斫：指大锄，引申为用刀、斧等砍。

【译文】有一个叫窦四的人，是河南沈丘县槐店镇窦生的佃户。康熙庚午年的一个夏日，窦四的老婆临近分娩，梦到一个黝黑的男子，个子很高且长着大胡子，对她说："我想暂时托生在你家，希望你不要伤害我，我一定会报答你的。”第二天的傍晚，窦四的老婆生下一条龙，弯弯曲曲有一尺多长，鳞和角都长出来了，脖子上有黄色鬃毛，随风飘动。妇人非常惊恐，想要杀死它。这条龙忽然飞到屋梁上。妇人想起之前做的梦，就暂时把它养在家里。不到三天，它骤然就长到了好几丈长，行动敏捷，吃奶的时候，身体就会缩小，就像刚出生的样子。时间长了，就用鸡蛋喂它，它也能吃。沈丘的范县令，亲自到窦四家看过这条龙。

张山来曰：不知此龙何以报母？

【译文】张山来说：不知道这条龙用什么来报答母亲呢？

秦 觚

钮琇玉樵

【题解】本篇是《虞初新志卷十九》的第七篇。此篇选自《觚剩》中卷六《秦觚》中的一个故事，主要写了蒲城有个叫屈曼的人在月下抢了书生的宝珠吞下，从此来去无踪，后被人重金收买到公堂里偷取公文，被御史发现后乱棒打死。

崇祯末，蒲城人屈曼者，为县隶，性嗜酒。一日，持檄下乡，中途醉卧，夜半乃醒。时朗月如昼，见古槐树间，有年少书生，乌巾绒袍，仰月呼吸。俄而口吐一珠，色赤于火，以手承弄。曼踉跄而前，遽向生手夺取吞咽。生怒争不已，既而曰："假汝经年，仍当归我耳。"随失所在。曼吞珠后，觉体甚飘忽，举念即至其所。旋有黠者，雇曼入省会投文，距西安二百余里，食顷已到，并不见其跋涉之迹。试之他事皆然。众咸谓其得隐形术。适御史巡蒲，录诸讼牒，怨家重赂曼，径入堂掣牒，左右无见者。御史微觉阶前有半体人，案牒翻翻自动，心甚骇异。急以所佩印重按之，忽得人手，其全体亦遂现，立命箠毙。曼埋逾夕，其地坟起，成一小穴，若有物出入状，盖书生取珠为之。

【译文】明朝崇祯末年，陕西蒲城县有个叫屈曼的人，在县衙当差，他生性喜欢喝酒。有一天，他拿着公文去乡里办事，中途喝醉了，躺在路边睡觉。半夜的时候，才醒过来，当时月明如昼。他看见路边古槐树下有一位年轻的书生，头戴黑巾，身穿长袍，正在对着月亮吐纳呼吸。不一会儿，书生从嘴里吐出一颗珠子，颜色火红，捧在手里来回观看。屈曼急急忙忙跑了过去，突然从书生手中夺过珠子吞进肚里！书生生气地要求屈曼归还，过了一会儿又说："就算你拿走，一年后还得给我！"说完书生就消失不见了。屈曼把珠子吞下后，就感觉身子异常轻盈，不论去哪儿，只要想一下，转眼间就到。不久有一个人雇用屈曼到省城投递文书，蒲城距离西安有二百多里远，一顿饭的功夫，屈曼就赶到了，还看不出来风尘仆仆的痕迹。试着让他去别的地方，也是转瞬即到。后来乡里人都说屈曼会隐形术。当时有个御史到蒲城巡视，查看案件公文。有打官司的人家重金买通了屈曼，让他进到公堂里偷公文，周围的差役没有人能看见他。御史也只是稍微感觉到台阶前好像有个人，而桌子上的公文就自动开始翻动起来，御史非常惊讶。他赶紧拿起随身带的官印重重地压在文书上，忽然发现是压在了人的手上，不久，这个人的全身也都显现了出来，御史立刻命差役们将屈曼乱棍打死。等到屈曼被埋葬的第二天晚上，他的坟地忽然出现了一个小洞，像是有什么东西进出的样子，大概是书生来取珠子吧。

张山来曰：屈曼得珠，反以自毙，想亦书生启御史之衷耳。

【译文】张山来说：屈曼得到珠子，反而白白送了性命，想来也是书生启发御史抓住屈曼的。

吴觚

钮琇玉樵

【题解】本篇是《虞初新志卷十九》的第八篇。此篇选自《觚剩》的《吴觚》中的三个故事，第一篇讲述的是史痴抛妻弃家，在集市上乞讨，而且为人预言祸福，也大多都很应验；第二篇讲述的是陈其年和紫云之间的缠绵之恋，冒巢民因陈其年爱慕紫云，还亲自导演了一出“赋梅释云”；第三篇写的是顾媚喜爱的狸猫死后，用沉香斫棺安葬，并且请十二位女僧为其超度了三天三夜。

嘉兴东门外，有史痴者，娶妇甚美，遣之别嫁，佯狂行乞于市。所乞之家，货必倍售。以是遇其来，辄施以钱。或有过门不入者，虽招与之，掉头不顾也。蓬首，发如乱丝。沍（hù）寒[①]时，身衣草衫，以破絮缠两足，日至河中濯之，曳冰而走，琤（chēng）琮（cóng）有声，以为乐。乞钱沽酒，饮辄醉，余钱置道旁墙隙中，云：“有缘者任得之。”间与人言祸福，多奇验。有老妪素相识，忽诣之曰：“诘朝当有少钱助汝。”是夜，即于妪门端坐而逝。人闻其死，争致赙钱[②]，妪果大获。既举棺，轻若无人，盖尸解[③]矣。

【注释】①沍寒：闭寒，极为寒冷。②赙钱：为助办丧事而赠送给丧主的钱财。③尸解：道教认为得道后可遗弃肉体而仙去，或不留遗体，只假托一物遗世而升天。

【译文】嘉兴东门外，有一位痴迷于史书的人，他娶的媳妇非常漂亮，但他却让媳妇再嫁别人，然后假装疯狂去集市上乞讨。他所乞讨的人家，货物一定会加倍地卖出去。因此人们见他来了，总是给他施舍钱财。有些人家，他即使路过，也不进去乞讨，就算那家人招呼他，他也会摆摆手，头也不回的走了。他总是头发蓬散，就像乱麻一样。天气特别寒冷的时候，他身上也只穿一件单衫，用破旧的棉絮包住两脚，白天就到河中洗脚，结果双脚冻成冰坨，走路的时候，丁当作响，他还以此为乐。他用乞讨来的钱买酒，一喝就醉了，剩下的钱都塞进路旁的墙缝中，并且说："有缘的人可以随便拿。"他有时会预言别人的祸福，大多数都非常灵验。有一位老妇人认识他很久了，忽然有一天，他上门对老妇人说："明早你会得到很多钱。"晚上，他就坐在老妇人的门前去世了。人们听到他去世的消息，争着出钱，来给他办丧事，老妇人果然得到了很多钱。等抬起棺材准备下葬时，棺材轻的就像里面没东西一样，大概他已经尸解了吧。

余所交"海内三髯"，一为慈溪姜西溟，一为郃阳康孟谋，其一则阳羡生陈其年[①]也。其年未遇时，游于广陵，冒巢民[②]爱其才，延致梅花别墅。有童名紫云者，儇（xuān）丽善歌，令其执役书堂。生一见神移，赠以佳句，并图其像，装为卷帙，题曰"云郎小照"。适墅梅盛开，生偕紫云徘徊于暗香疏影间。巢民偶登内阁，遥望见之，忽佯怒，呼二健仆缚紫云去，将加以杖。生营救无策，意极彷徨，计唯得冒母片言，方解此厄。时已薄暮，乃趋赴母宅前，长跪门外，启门者曰："陈某有急，求太夫人发一玉音，非蒙许诺，某不起也。”因备言紫云事。顷之，青衣媪出曰：“先生休矣！巢民遵奉母命，已不罪云郎。然必得先生咏梅绝句百首，成于今夕，仍送云郎侍左右也。”生大喜，摄衣而回，篝灯濡墨，苦吟达曙。百咏既就，亟书送巢民。巢民读之击节，笑遣云郎。其后紫云配妇，合卺（jǐn）[③]有期矣，生惘惘如失，赋《贺新郎》赠之云：“小酌荼蘼酿，喜今朝钗光钿影，灯前滉漾。隔着屏风喧笑语，报道雀翘初上，又悄把檀奴偷相。扑朔雌雄浑不辨，但临风私取春弓量。送尔去，揭鸳帐。□六年孤馆相依傍。最难忘，红蕤枕畔，泪花轻飏。了尔一生花烛事，宛转妇随夫唱。努力做藁砧模样。只我罗衾浑似铁，拥桃笙难得纱窗亮。休为我，再惆怅。”此词竟传人口，闻者无不绝倒。

【注释】①陈其年：即陈维崧，字其年，号迦陵，宜兴人。明末清初词坛第一人，阳羡词派领袖。②冒巢民：即冒襄，字辟疆，号巢民，如皋（今属江苏省）人，是明末清初名士、文学家。③合卺：指新郎、新娘在结婚当天的新房内共饮交杯酒。

【译文】我结交过三位有胡子的朋友，一位是慈溪人姜西溟，一位是郃阳人康孟谋，还有一位是阳羡生陈其年。陈其年在没有扬名的时候，曾到扬州游历，冒巢民爱惜他的才华，请他到梅花别墅居住。冒家有一位名叫紫云的童仆，敏慧美好，擅长唱歌，冒巢民让他在书房做仆役。陈其年一见到他就无法控制自己了，赠给紫云诗句，并为他画像，装成画轴，题名叫“云郎小照”。正巧别墅中的梅花盛开，陈其年带着紫云在梅花树下徘徊。冒巢民偶然登上阁楼，远远地望见他们，突然假装大怒，叫来两个强壮的奴仆把紫云带走了，准备施以杖刑。陈其年没有办法救紫云，不知如何是好，就想到只有冒母出面，才能解救这次灾难。当时已到傍晚，陈其年急忙赶到冒母的住处，长跪门外，对开门的仆人说："陈某有急事，求太夫人帮着说些话，如果不答应，陈某将长跪不起。"并且详细诉说是紫云的事情。过了一会儿，有一位身穿青衣的老妇人出来说："先生可以休息了！巢民遵奉母命，已经不再怪罪云郎了。但是一定要得到先生写的一百首咏梅绝句，今晚就必须完成。完成之后，仍然会送云郎到先生左右侍奉。"陈其年很高兴，整理了下衣服回到梅花别墅，点起油灯蘸墨书写，反复推敲直到天明。百首咏梅绝句做成之后，他赶紧派人送给冒巢民。冒巢民读了之后，不仅拍手称道，笑着将云郎送回别墅。之后紫云娶妻，眼看就要成亲了，陈其年惘然若失，作了首《贺新郎》赠给紫云："小酌荼蘼酿，喜今朝钗光钿影，灯前滉漾。隔着屏风喧笑语，报道雀翘初上，又悄把檀奴偷相。扑朔雌雄浑不辨，但临风私取春弓量。送尔去，揭鸳帐。□六年孤馆相依傍。最难忘，红蕤枕畔，泪花轻飏。了尔一生花烛事，宛转妇随夫唱。努力做藁砧模样。只我罗衾浑似铁，拥桃笙难得纱窗亮。休为我，再惆怅。"此词人们互相争着传颂，看到的人都佩服他的文采。

张山来曰：闻髯在水绘园，每年索俸三百余金。辟疆讶其多，髯曰："我不须金，但以某郎伴我，一夕一金可耳！"然不知为紫云、为杨枝也。

【译文】张山来说：听说陈其年在水绘园时，每年索要三百多两俸金。冒辟疆惊讶他为何要这么多，陈其年说："我可以不要银子，只要某郎陪伴我，一晚抵一两银子！"然而不知道是为了紫云还是为了杨枝呢。

合肥宗伯所宠顾夫人，名媚，性爱狸奴[1]。有字乌员[2]者，日于花栏绣榻间，徘徊抚玩，珍重之意，逾于掌珠。饲以精粲[③]嘉鱼，过餍（yàn）[④]而毙。夫人惋悒[⑤]累日，至为辍膳。宗伯特以沉香斫棺瘗之，延十二女僧，建道场三昼夜。

【注释】①狸奴：指猫。②乌员：猫的别称。③粲：指上等白米。④餍：吃饱。⑤惋悒：怅恨不安。

【译文】合肥龚宗伯宠爱的顾夫人，名媚，她生性爱猫。养了一只狸猫，每天顾夫人都在花栏绣榻上，来回抚弄赏玩这只猫，特别爱惜它，就像掌上明珠一样。还用精米、肥鱼来喂养这只猫，猫因为吃的太饱而死。顾夫人连着好几天都惆怅不已，吃不下饭。龚宗伯特地用沉香作了一副棺木，埋葬了那只猫，并且请了十二位女尼，设置道场超度了三天三夜。

张山来曰：此猫享用太过，但不识工于捕鼠否？

【译文】张山来说：这只猫享受的太好了，但不知道会捉老鼠吗？

卷二十

三侬赘人广自序

汪价三侬

【题解】本篇是《虞初新志卷二十》的第一篇。三侬，即汪价，字介人，上海嘉定县人，清初著名的小说家。本篇是作者汪价的一篇长达万言的自序，直言不讳地谈论他自己的生活、遭遇、对世事的看法，展示了作者乐观开朗的性格以及旷达不羁的心胸。

余小时读书西圃，以林鸟为里舍。每展卷，自首讫尾，方理他册，不抽阅，不中辍。坐必竟夜，不停晷（guǐ）[①]，不知寒饿，不栉发颒（huì）面[②]。一夕，正拈枯管作时论，忽闻棂外呦呦鬼声，自思不敢为孽，伯有、彭生[③]断不我厉，我岂畏倛头[④]恶刹者耶？燃火迹之，声出竹畦中，见一败叶为蛛丝所罥（juàn），风入窍中鸣。余始悟曰："向以为鬼而嗥者，即此是也。"又一夕，疑耳室[⑤]有偷儿在焉，持杖逐之，见颀然而立者，人也。以杖横击，偷之衣纷然而坠，但无声息。遽以灯照，乃老苍头浣其故衣，悬之室中。因思天下事原无实相，皆是人以其意造之，嗣是无疑惧心。余尝为牧猪奴戏[⑥]，凡宴集诩为豪举，辄得大采。又尝事狭斜游，每遇名姝，无乞介人缠头者，或反以橐金佽助膏火。二者皆有利焉，宜其溺矣。忽思轻侠亡赖，非大雅所乐闻，正当一尝恶趣，即解脱耳。一意敕断，更不复为。向应京兆试，数见刖（yuè）⑦于有司。友人同斥者，多惝怳悲惶，泪簌簌雨下。余则廓落宴笑，犹故吾也。甲申当国变，天地裂崩，邑令修故事，群士大夫临于县庭，口呼大行⑧，含辛以为泪。余独号踊，几不欲生，平日泪不轻挥，谓其近于妇人也。自丧二亲以来，中心抽割，唯此一恸。

【注释】①停晷：时间驻留。②頮面：洗脸。③伯有：春秋时郑大夫良霄，被杀后变为厉鬼作祟，郑人互相惊扰。彭生：春秋初期齐国大夫，杀害鲁桓公，齐襄公归罪于彭生而杀之。④倛头：指凶神。⑤耳室：正屋两面的小室。⑥牧猪奴戏：对赌博的鄙称。⑦刖：古代的一种酷刑，把脚砍掉。⑧大行：旧时皇帝或皇后初崩称为大行。

【译文】我小时候在西圃读书，林中的鸟就是我的邻居。我每次读书，总是习惯把一本书从头到尾读完，才去看别的书，不会抽取书中的一部分来读，也不会半途而废。我一旦坐下来读书，必定会看一整夜，忘记休息，忘记饥寒，忘记梳头洗脸。一天深夜，我正提笔写文，突然听见窗外有“呦呦”的鬼叫声，我心想，我平生不作恶事，伯有、彭生那样的厉鬼绝不会来找我，难道还会害怕山妖小鬼吗？于是我点着火把，循着声音走出门外，发现声音来自竹丛中，原来一片枯叶被蜘蛛丝缠住了，有风吹过便产生“呦呦”的响声，我这才明白：“刚才以为的鬼叫声原来是这么回事呀。”又一天深夜，我怀疑厢房里进了小偷，于是拿起木棍进到厢房抓小偷，我看见有一个长长的东西站在那儿，一定是小偷。我用木棍打过去，只见衣服落在地上，但没有发出声响。我急忙用灯一照，原来是老仆人白天洗的旧衣服挂在屋子里。因此想到天下很多事原本就是假象，都是人想象出来的。从此以后，我再也不疑神疑鬼了。我也曾偶尔小赌，只要是宴会聚集的场合，都会小试身手，而且总是能赢。我又曾出入风月场所，每次遇到歌妓美女，如果不是那种贪恋财物的人，我反而会出钱资助她们。我觉得这样做对她们，对我都有好处，所以沉溺其中久矣。有一天，我突然想到游戏人生、不务正业的事情，不是正人君子所应该做的，这些低俗趣味的东西我也都尝试过了，没什么可留恋的，应该停止了。一旦下定决心，我以后就再没有碰过这些东西。从前我赴京城应试时，好几次看见有人被执行刖刑。友人特别排斥这些，每次遇到这种场面都不敢观看，还会惆怅悲伤，眼泪簌簌地往下落。而我依旧像往常一样说笑。后来遇到甲申国变，天崩地裂，县令下令修改明朝的旧制（主要指剃发留辫），各位乡绅大夫来到县衙大厅，嘴里喊着崇祯皇帝的名字，强忍悲痛，却不敢大声哭泣。唯独我嚎啕大哭，痛不欲生，我平日虽不轻易流泪，但那时却像个妇人一样痛哭。自从父母去世以来，我还没有如此地悲伤过，心中如同刀割一样。

余鲜兄弟，止仲子①一人，早游芹水，会逢世乱，乃隐于市。端木货殖②，亦何所讥？阃（kǔn）以内，妻妾二人，雍容井臼，各生二男，共保抱之，无异视。四子友爱，一如同产。二氏皆先我化去，奉倩③哀殒，蒙庄④鼓歌，俱失物情之正。余唯顺天委运，礼以制哀而已。诸子善承吾教，亦喜诵古人书，亦竞为歌诗，亦嗜杯酌，亦精于奕，亦涉书林画苑，亦好作四方游。余尝戏语曰："诸如类我，不忝以生，颓老不遇，幸无克肖。"今皆得成遂，皆有妻孥，皆服章缝为圣门弟子，骎（qīn）骎乎有进取之意，得者自得，失者自失，不以萦老人之怀。

【注释】①仲子：对兄弟中排行为第二者的尊称。②端木货殖：指孔子的弟子子贡，又名端木赐，以诚信经商，所以孔子也不反对。③奉倩：指三国时荀粲，字奉倩。与妻子感情深厚，妻亡后不久，荀粲哀伤过度，也去世了。④蒙庄：指庄周。妻子去世后，庄周鼓盆而歌，来悼念妻子。

【译文】我兄弟很少，只有一个弟弟，他早年游历芹水时，正巧碰上乱世，就隐匿于市井之中，不求显达。就像子贡愿意去经商一样，我弟弟选择隐居，也是他自己的志向吧。我家中有妻妾二人，她们温文大方，能够操持家务，各生了两个男孩，妻妾二人一同抚养，对彼此的孩子一视同仁。四子友爱，就像一母同胞。妻妾二人都先我而去，我非常哀伤，但是像荀粲那样哀伤过度而亡，或者像庄周那样鼓盆而歌，都是极端的做法。所以我也只能节哀顺变，按照礼制哀而不伤罢了。孩子们蒙受我的教诲，也喜欢诵读古人的文章，也争相作诗歌，也爱好饮酒，也擅长下棋，也涉猎书画，也喜欢去四方游历。我曾经开玩笑说："孩子们这么多方面都和我相像，不愧是我的儿子，希望不要像我一样，年老还不得志，。"现在这些愿望都得以实现，儿子们都有了妻子和儿女，都考取了诸生，也都有进取的意愿，该得到的自会得到，该失去的也会失去，都不用我这个老人操心。

至若朋友，吾性命也。愿言结契，莫非俊人；率尔相遭，便如夙昔。脱口披肝膈之言，对面领诗书之气。有若志迹乘离、判若行路者，即其人可知矣。鼎新以后，同学吾友，仕粤东者死兵合浦令陈室臣，大埔令蒋文若，化州守曹蜚孟，粤西者死疾兴安令王非台，宰峄者死墨误峄县令吴丕能，帅河北者死颠连河北左营游击沈元培，贡大廷者死于鬼于盗侯公羊病而死祟，张政起为盗劫杀，仕兖（yǎn）仕莒仕汾者，皆以真朴不能突梯[①]上官，并见黜落兖州通判项莘友，武康令吴定远，平遥令朱兼两，以进士为吏部选人，沉废数十年，不能沾一命者，多有嗟嗟！士人著进贤冠[②]，为南面贵人，可谓荣矣！乃累累遭挫辱，终其身困踣（bó）不聊，以至死。余虽不幸，犹得优游林水，泰然以韦布[3]老。酒国诗城，长为三侬[4]汤沐邑，此非天纵之耇（gǒu）民哉？

【注释】①突梯：圆滑、随俗的样子。②进贤冠：古时朝见皇帝的一种礼帽。③韦布：韦带布衣，指粗陋的衣服。借指寒士、平民。④三侬：指作者汪价，字介人，一字三侬，上海嘉定县人，清初著名小说家。

【译文】对于朋友，我视同自己的生命。与我意气相投的朋友，都是当世的俊杰；我与朋友们初次相遇，就相处的像老朋友一样。彼此推心置腹，畅谈诗书。如果朋友中有人改变志向，与大家形同路人，那么这个人的人品也就可想而知了。改朝换代以后，我的同学朋友，在粤东做官的友人死于兵乱（合浦县令陈室臣，大埔县令蒋文若，化州知府曹蜚孟），在粤西做官的友人死于疾病（兴安县令王非台），在峄县做官的友人死于笔误（峄县县令吴丕能），在河北做官的友人死于困顿（河北左营游击沈元培），在朝廷任职的友人死于鬼死于盗（侯公羊患病而死于邪祟，张政起被盗贼劫杀），在兖、莒、汾做官的友人，都因敦厚朴实而不能巴结奉承上司，一同被罢黜（兖州通判项苹友，武康县令吴定远，平遥县令朱兼两）。我还有很多友人以进士出身，通过吏部考选成为官员，在官场沉沦了好几十年，依然不能一尝生平所愿，徒发感慨！读书人科场及第，成为身居尊位的贵人，本来是件非常荣耀的事情！却难免屡次遭遇挫折凌辱，甚至终生困顿潦倒而死。我虽不幸，没能考取功名，却能悠闲地游山玩水，以一介平民的身份安然养老。酒国诗城，就是我的徜徉场所，这难道不是上天对我的眷顾吗？

余一生遭罹，大抵平乐，间有奇厄，冥冥之中，默为提救。壬申，随先君官楚，道经彭泽。江岸忽崩，樯柁尽折，舟压其下，料无生理。食顷，有声阈然，舟浮水面。是岁家中不戒于火，藏书数万卷悉成灰烬。归而典衣赁屋，复集数千卷。乙酉城陷，为乱兵所掠，仅存零帙，遍从书肆①配合，其粗有头讫②者，又得数百卷。辛卯，被一穷戚胠窃殆尽。于三四年中，节汤糜之费，又聚得数十卷。丁酉遇祸，皂隶③入吾室，枵然乌有也，见几上书，捆之以去。因忆往昔平阳书乘，珍护甚严，唯恐饱蟫（yín）④鼠之腹。乃于二十余年之内，一灾于火，二灾于兵，三灾于盗，四灾于皂隶，可胜叹哉！乙酉，江左⑤鼎沸，海上帅纵兵劫民舍，口呼缚儒冠者，破我闼而入，剿掠靡遗，余几被縶，越墙而仅免。己亥，入豫州，过老儿庄，群盗截劫。一魁曰："彼书生者，行李可怜，不足供东道。"大笑扬鞭而去。

【注释】①书肆：中国民间出售书籍的店铺或市场。②头讫：开端和结尾。③皂隶：衙门里的差役。④蟫：俗名蠹鱼。蛀蚀衣服、书籍的蛀虫。⑤江左：指长江下游以东的地方，即今江苏省南部等地。

【译文】我一生的际遇，总的来说还算安定，中间虽然有些苦难，然而冥冥之中，也总能获得救助。壬申年，我跟随家父到楚地任职，路过彭泽湖时，江岸突然崩塌，落下的土石把船上的桅杆和船舵都砸断了，船被压在了下面，我料想没有生还的希望了。哪知过了一会儿，一声巨响，船又重新浮到了水面上。还有一年家中失火，几万卷藏书全部化为灰烬。回来后典当衣服，卖掉房屋，凑钱又买了几千卷。乙酉年县城陷落，被乱兵抢走了大部分书籍，仅留下几本，我又走遍各个书肆，收集粗略完整的书籍，又得到几百卷。辛卯年，这些书籍被一个穷亲戚全部偷走了。在此之后的三、四年间，我节省日常生活费用，又买回了几十卷书。丁酉年遭遇灾祸，差役闯进我家，看到没有什么值钱的东西，就把桌子上的书，捆住带走了。回忆起自己收藏的平阳刻书，特别珍爱，唯恐让虫鼠毁坏。但是在这二十多年里，第一次遭受火灾，第二次遭受兵灾，第三次遭受盗灾，第四次遭受差役掠夺，损失殆尽，令人不胜叹息啊！乙酉年，清兵渡江，江东局势动荡，有水师将领，放纵士兵抢掠民舍，还叫嚣着要抓儒生，乱兵撞破我家的大门，闯进屋里，把东西几乎都抢走了，我也差点被抓住，幸亏翻墙逃走，才幸免于难。己亥年，我去豫州，路过老儿庄，群盗拦路抢劫。一个魁梧的盗贼说："这是个穷书生，行李也没几件，还不能够咱们分的。"大笑着扬鞭而去。

余于行路，凡三遇虎。壬申，先君命余至荆州谒贺惠藩，道经玉泉山，有虎踞崖。仆夫骇走，虎跃入田，攫一鸡，掠余马尾越涧去。庚子，游密之超化砦（zhài），饮于张鉴[①]空山斋，红蕊侑酒，不觉狂醉，扶置马上，鼾然据鞍而行。闻从人欢噪声，次日始知有虎引二子饮涧中，都无动色。甲辰，游富春山，登子陵钓处，因访桐君，见山凹绝巇（xī），一白额虎坐瞯溪流。余与众客方侧行岩下，虎张爪竖尾，欲来扑人。众客噤战[②]俯地，余拱手语之曰："山君，山君，闻声久矣。今日得瞻神采，幸无妨我去路。仆所携三寸弱管[③]耳，当挥斥成长律奉献。"虎点首者三，一啸跳入丛莽。与众客越宿樵子之庐，燃灯疾书五排六十韵。天方曙，以诗焚故处，祝之曰："一言相赠，余不爽约。君有英神，能无印可乎？"是夜，梦虎头人来谢教，持鹿酒共酌。兴正酣，为役夫催起，乃惊失之。

【注释】①张鉴：字秋水，号春冶，浙江归安人，清代诗人、藏书家、校勘学家。②噤战：咬紧牙关打颤。③三寸弱管：指毛笔。

【译文】我出行途中，一共三次遇到老虎。壬申年，家父让我到荆州去道贺惠王朱常润，路过玉泉山，有老虎蹲在山崖上。仆人都吓跑了，老虎跳入田中，抓了一只鸡，从我的马后跑过，进到山里去了。庚子年，我在新密超化寨游历时，曾到张鉴的空山斋喝酒，席间有红蕊劝酒，不知不觉就喝得大醉，我被扶到马上，抱着马鞍边走边睡。忽然听到有人大声叫喊，第二天才知道当时有老虎领着两只幼虎在山涧喝水，我听完后脸上也没有后怕的表情。甲辰年，我到富春山游历，登上严子陵钓台，并寻访桐君故址，看见山坳陡险，一只白额虎坐在山涧边。我和客人们刚走到岩下，老虎就张牙舞爪，要来扑人。众人吓得趴在地上，牙关打颤，我拱手对老虎说："山君，我听说您的名声已经很久了。今日有幸能够瞻仰到您的神采，希望您不要阻碍我们的去路。我会用手中的笔，编写一曲长律奉献给您。"老虎点了三下头，大吼一声，跳入树丛中不见了。这天晚上，我与众人住在樵夫的草庐中。在灯下，我挥笔写出五排六十韵的乐曲。天刚亮，我到先前遇见老虎的地方把曲谱烧了，并祷告说："按照约定，我送来曲谱，我没有爽约。而您是神仙，哪能没有回应呢？"当天晚上，我梦见一个虎头人来向我道谢，我们一起喝着鹿酒。喝得正高兴的时候，我被车夫催着起床，这才惊醒了。

余短于目，穷睫之力，不及寻丈[①]，道途拱揖，不辨为谁。迨老而视不加眊（mào），昏暮能审文字点画，灯下书红笺，能作细楷，以光常内敛也。相传文人目多眚（shěng）[②]，归咎读书，焚膏继晷[③]，以致损明。此言近诬，殆由天分。宋学士作《咨目瞳文》，罪其失职，冤矣！余诎（qū）于目，而耳倍聪，嘤嘤私语，虽远必闻，睡梦之中，有声即觉。四足者无羽翼，予之角者去其齿，殆是之谓乎？贱目眶大而睛露，有议其蜂目不祥、鹰目为暴者，此世俗之惑也。古有兽其形而人其心者，羲、农[4]之牛首而蛇身是也；有人其形而兽其心者，桀、纣之长巨姣美而筋骨越劲是也。而又何法相之足去乎？

【注释】①寻丈：八尺到一丈之间的长度。②眚：眼睛生翳。③焚膏继晷：点上油灯，接续日光。形容勤奋地工作或读书。④羲、农：指伏羲、神农。

【译文】我视力不佳，睁大眼睛，也看不清一丈以外的东西，路上有人向我拱手行礼，我也辨别不清是谁。等到年纪大了，我的视力却没有变得更差，傍晚时分也能圈点文章，灯下能题写诗词，能写小楷，大概是因为年轻时视力不好，因而没有过度用眼的原因吧。相传文人大多会生眼病，往往把原因归咎于夜以继日地读书，所以才导致眼睛损伤。此言差矣，眼病大概是天生的吧。宋学士作《咨目瞳文》，归罪于眼睛未尽职责，实在是冤枉啊！我眼睛不好，所以耳朵就分外灵敏，周围人小声谈论，虽然距离很远，但我也能听见。睡梦之中，有一点动静，我就会醒来。拥有四足的动物，上天就不会再给它羽翼；长了角的动物，上天就不会再给它尖牙，是这个道理吗？对于眼眶大而眼睛凸出来的人，有人说这种长相属于相面书上提到的蜂眼，不吉利，或者是鹰眼，代表残暴。这是世俗的偏见。古代有禽兽的外形而具有人心的例子，就比如伏羲和神农，他们是牛头蛇身；也有人的外形而怀有禽兽之心的例子，就像桀、纣长得修长英俊，而且体魄强健。所以又何必以貌取人呢？

余足不健于行，然亦曾走百里，不见苦劻（guì）[1]。至如登山觅胜，扪萝[2]跻险，命且不惜。不能守“齿刚舌柔”之说，好齮（yǐ）龁

(hé)刚物，未六十而齳(yǔn)然落其二。时逞舌锋，以言语抵忤人，人以不堪。初时不省，后乃悔之。吾年既迈，有客相见，必减我年数，誉我以红颜，则其为衰惫，亦可知也。

【注释】①劾：精疲力尽。②扪萝：攀援葛藤。

【译文】我虽不擅于行走，但是也曾跋涉百里路程，而没有感到精疲力尽。对于攀登高山、探寻名胜这些事情，即便是以身犯险，我也在所不惜。我忘记了"齿刚早亡，舌柔长存"的道理，喜欢嗑咬坚硬的东西，结果还没到六十岁就掉了两颗牙。我经常言词犀利，以言语冒犯他人，众人难以忍受。刚开始我并没有反省，后来才后悔了。我已经年迈了，每当有客人来拜访，就夸我年轻，称赞我脸色红润，由此可知我的衰老，也很明显了。

余在蓉江，受异人术，能炼臂为铁，听力士仡如虎者，张拳击之，余臂无恙。至十数击，而彼拳萎苶(nié)①，不能举矣。海昌查伊璜尝言有豪客者，铁臂与余无二。客本武林窭(jù)人也，伊璜宴客湖心亭，客艧(huò)破舟畔索酒，伊璜拉与同饮，酣叫尽欢。饮毕，悉以余馔赠之。后客仗剑从军，底定闽粤，以功帅于交广之间，锡有封爵。伊璜以《明史》事挂累，客感酒食之惠，阴为营救，冤乃白。同一臂术耳，客以窭而侯，余特用之以戏，犹是孱(chán)书生也，可哂也！庚子，擢得白发，为文以骂之。白发对以臆曰："鹿，仙畜也，千年而苍，又千年而白。龟，四灵之一也，五百年而紫，又五百年而白。然则白也者，物老而圣，斯足以当之。"余由是得老而娱，得白而喜。吾愿天下学道人，共闻斯语。

【注释】①萎苶：萎靡。

【译文】我在蓉江时，从异人那学到奇术，可以把手臂锻炼的如同钢铁一样坚硬，让壮勇如同猛虎的大力士挥拳击打，我的手臂也不会有丝毫损伤。连打十几下后，大力士的拳头都软弱无力，举不起来了。海昌查伊璜曾说有位勇士，也是和我一样的铁臂。勇士原本是杭州一带的穷人，查伊璜在湖心亭设宴招待客人时，勇士乘坐破船过来要酒喝，查伊璜就拉他一起喝酒，彼此喝得很尽兴。喝完酒，查伊璜把酒食全部送给他。后来勇士从军，平定闽粤，以战功成为广东地区的统帅，还因此获得爵位。查伊璜因《明史》一事被牵连，勇士感念他当时给予酒食的恩惠，暗中搭救，才使查伊璜的冤屈大白于天下。同样都是铁臂，勇士从穷苦人变成公侯，我只能以铁臂作为游戏，至今仍是一介的书生，真是惭愧啊！庚子年，我拔下白发，然后写文章骂它。白发辩解说："鹿，是仙界的神兽，寿命达到一千年，颜色就变为苍青色，又过千年会变为白色。龟，是四灵之一，长到五百年颜色就变为紫色，又五百年会变为白色。因此头发变白，是人老了成为圣人的标志，可以这么理解。"我因此以老为乐，得白发而喜。我愿天下学道人，一同听到这些话。

余南土弱夫，素倚舟楫，与鞍辔（pèi）①不相谋。随李御史渡河，撤舆而马，御史振策逐余马而驰，余身若翥（zhù）霄堮②之外，目迷阴曀（yì），耳轰怒涛，始而惊，既而爽，终而安焉。后此群骑并出，余马必先骛。崇祯末，习射于石岗之汝南书墅，弓张矢落，同学者以为笑。余愤欲胜之，味射义"志正体直，持而审固"之语，悬的者三匝月，心柔手熟，忽焉大进。以是知人不贵自然，贵勉然。性不可恃，而习有可通，大抵然矣。

【注释】①辔：驾驭牲口的嚼子和缰绳。②霄堮：天边。

【译文】我是南方人，身体瘦弱，平时习惯乘船，很少骑马。一次，我跟随李御史渡河后，弃车而骑马，御史挥鞭抽打我的马，我的马一下就飞奔起来，我的身体好像腾云驾雾一般，眼花缭乱，耳边轰响，开始时我很害怕，过了一会儿就觉得很惬意了，最后感觉很适应了。此后众人一起骑马出去时，我必定一马当先，冲在前面。崇祯末年，我在石岗的汝南书墅学习射箭，弓张箭落，同学们都嘲笑我。我心有不甘，想要胜过他们，我仔细体会射箭"志正体直，持而审固"这几句要领，三个月的时间，整天拿着弓箭练习，逐渐熟练。有一天，我好像茅塞顿开，突然有了很大的进步。我因此体会到，世人学习新事物，不能随其自然，贵在勤勉。不能只依赖天赋，而在于勤学苦练，才可以掌握技艺，大概是这样的道理。

余善饮而不善啖，饭可二缶，常食不能啖大脔，客之饕（tāo）者，喜并余餐。侨朔方者数年，日食蒸饼不托[①]之属，生姜鲜葱有同嗜焉，归而馔且兼人，反觉稻粱之寡味。五岁时，私闯酒室，垂首盎面，吸取浮醴，遂至沉顿。家人遍索，乃酣卧于瓶罍（léi）之侧。长而僭称大户，常时列宴，众客支离，狂花病叶[②]，独沛国朱抡生，搴（qiān）旗对垒，终夕不言散，时有"朱鸡啼"、"汪天亮"之目。主人悦，间亦取憎侍者。计余一生，曾有二醉：壬寅，与合肥龚伯通饮于怀庆之高台寺。同饮者，王蜀隐、沈云门。所饮者，五香柿酒，此朔方烧醴之最俊者。四人篝灯细酌，自酉达卯，倾二罂无剩沥，饮时但觉甜美可人，无茗艼（dǐng）[③]意。从者报曰："日高舂[④]矣！"四人启户而视，触受风色，心目迷眩，一时俱倒。余睡至日晡而复。三公者，相对唠咯，病不起者累日。是年在邺之旅舍，候李御史行旆（pèi），痴坐无憀，闻西郊演剧，观者甚众，趁步一往。台之旁，列肆酤酒，士商聚饮，不觉流涎，因选席而坐，傲然独酌。已而兴发，拉客中之豪者并釂（jiào），拇战⑤不已，遂蔓及他席。大众轰饮，余玉山颓矣。彼此造次，未及叙姓氏，亦未识余邸舍，群起而掖余，舁之野庙神幔之前。迨晓，怪笑而回。"名教⑥中自有乐地"，昔贤所云，时复戢（jí）之。

【注释】①不托：汤饼的别名。②狂花病叶：饮酒者称醉后怒目忤视者为"狂花"，醉后昏然闭目而睡者为"病叶"。③茗艼：即酩酊，形容醉得很厉害。④高春：日影西斜近黄昏时。⑤拇战：酒令的一种，也叫划拳、豁拳。⑥名教：指以正名定分为主的封建礼教。

【译文】我擅长饮酒，但是饭量不大，饭只能吃两钵，而且不能大块吃肉，客人中有贪吃的人，喜欢同我一起吃饭。我客居在北方好几年，每天吃蒸饼、汤饼这类饭食，甚至生姜鲜葱也同样喜欢吃。我回到家乡后，饭量大了一倍，而且觉得稻米的味道太淡。五岁时，我私进酒窖，偷酒喝，结果大醉。家人到处寻找，才在酒坛旁边找到醉倒的我。长大后，自己冒充大户人家，经常设酒宴款待宾客，众人都喝的东倒西歪，醉态百出，只有安徽人朱抡生，和我旗鼓相当，能通宵达旦的畅饮，当时有"朱鸡啼"、"汪天亮"的说法。宾主非常尽兴，但是有时也会让服侍的仆人劳累不堪，会心生怨恨吧。我这一生，只喝醉过两次：壬寅年，与合肥龚伯通在怀庆的高台寺饮酒。一同喝酒的还有王蜀隐、沈云门。大家喝的是五香柿酒，是北方最好的烧酒。四个人点上灯，慢慢品尝，从晚上喝到早晨，将两坛酒喝完，一点也没有剩下，饮酒的时候只感觉味道甜美，没有醉意。当仆人禀告说："太阳已经升起来了！"四个人打开房门看日出，被微风一吹，酒劲发作，眼睛一片昏花，一时之间全都倒地。我一直睡到旁晚才醒来。另外三个人，呕吐不止，好几天都起不了床。还有一年，我在郫城的旅舍中，等候李御史，呆坐着觉得很烦闷，听说西郊有表演，有很多人在观看，我就步行过去。剧台的旁边，有很多买酒的店铺，读书人、商人都在一起饮酒，我也嘴馋了，于是找个座位坐下，独自一个人喝酒。后来兴致上来，拉来旁边的豪爽客人一起饮酒，大家划拳行令，好不痛快。我还嫌不过瘾，又和别的桌子的客人划拳喝酒，众人一通狂饮，我也喝倒了。众人萍水相逢，也没有互通姓名，他们也不知道我的住址，众人扶着我，把我送到野庙里，躺在神像前的布幔下。等到天亮以后，我大笑着回到客栈。“在礼仪的范围里，也可以找到一片乐土”，过去贤者曾说过这句话，我也时常体味其中的含义。

余不习铛杓，而洞于茶理。友人戴惕庵，为邑之陆羽①。余时过领日铸，以消七碗之兴②。及至杞子国，有马布庵者，又卢野之后劲也。一枪一旗，居然独步。尝戏语之：“若与吾乡惕庵共品泉源，正未知谁当北面。”余于甲辰，偶然禁酒，有句云：“我当上奏天帝庭，酒星谪去补茶星。”此亦老侬谩言，非实尔也。性好食醋，失此则诸味不调。又好秋末蟹、夏初蚕豆，二物充庖，不想他味。人以汪生所嗜，不殊屈到之芰（jì）、姬文之昌歜（chù）③。近日俗尚食烟，余每语人：“奈何以火烧五脏？请观筒中垢腻，将何以堪？”其人猛省，誓不再食。少焉忆之，便渝戒矣。病酒之夫，狂饮不待明朝；难产之妇，好合何须满月？嗜烟之酷，乃至同与酒色，何惑溺也？

【注释】①陆羽：字鸿渐，复州竟陵（今湖北天门）人，号竟陵子、桑苎翁、东冈子，又号“茶山御史”，是唐代著名的茶学家，被誉为“茶仙”。

②七碗之兴：指卢仝《七碗茶歌》中的喝茶说法。卢仝，出生于河南济源，唐代诗人，无意仕途，被称为“茶仙”。③昌歜：指菖蒲根的腌制品。

【译文】我虽然不擅长烹茶，但是对于茶道，倒是有些心得。我的友人戴惕庵，是我家乡的陆羽。我经常到他家去品尝日铸茶，以解茶瘾。等到了杞县，有一个叫马布庵的人，他不愧是卢仝的后辈同乡。对茶道的研究，居然也是独一无二。我曾对他开玩笑说：“您如果和我的同乡戴惕庵一起品茶论道，不知谁高谁低。”我在甲辰年，偶然禁酒，就戏作了二句诗说：“我当上奏天庭，酒星撤职去当茶星。”这也是我的玩笑话，并非实情啊。我还生性爱吃醋，不吃醋就觉得没有味道。又喜爱秋末的螃蟹、夏初的蚕豆，只要有这两种东西食用，就不会再想别的食物了。我对这些东西的嗜好，与楚国的屈到喜欢芰菱、周文王喜欢菖蒲根没有区别。近日社会上崇尚抽烟，我每次都对别人说：“为什么要用火来灼烧五脏呢？请看一下烟筒中的污垢，你怎么能忍受呢？”那个人突然觉悟，发誓不再抽烟。但是没过多久，他烟瘾发作了，就又破戒了。沉醉于饮酒的人，不会等到第二天才畅饮；难产的妇人，又何必等到满月才分娩？抽烟的爱好，与嗜好酒色没有区别，世人为什么会沉迷其中呢？

余家常乏，独衣冠必鲜整。人目之，若雄于财者。然少而惜福，茧丝不以附内体，服之矜重，不轻为尘涴，即至褛裂，亦不轻掷。《记》曰：“敝帷不弃，为埋马也。”尝记先大夫于余入泮时，制一西洋布袍，凡遇佳节良宴，则衣之几三十年，不之澡濯。有劝余改作亵衣者，贾子[①]曰：“冠虽敝，弗以苴履。先人所赐，吾不忍也。”先人之敝庐，不过数楹，团聚家人，三世不易其旧。余日坐卧者，止于半舫，围塞书卷，栉比鳞次，容我头足一席地耳。俯仰之余，不见其窄。出而翔步王公之第，崇构迢峣，霞垂云耸，余处之落落然，了无与也。“公自见其朱门，贫道如游蓬户”②，大智之言，岂欺我哉！余爱楼居，及庋（guǐ）板之房，不耐卑庳（bì）下湿。又爱短檐净几，其窗四辟，晨起披襟，爽受风日。如入暗室幽暧，便闷欲绝。又爱舟行，放桨芦洲蓼（lù）渚之间，率其宕往，有会心处，嗒尔忘归。余向不喜浴，虽夏月，亦止以巾拭汗，老始习之，乃觉除淹消瘕（xiá），体气荣杨，即沍寒，且乐就澡室焉。

【注释】①贾子：指汉代贾谊。②“公自见其朱门，贫道如游蓬户”：出自《世说新语》中的记载：竺法深在简文坐，刘尹问：“道人何以游朱门？”答曰：“君自见其朱门，贫道如游蓬户。”

【译文】我家虽然一向穷困，但是服饰必定要鲜亮整齐。人们看到我衣冠光鲜，以为我是很有钱的人。我的衣服虽少却很珍惜，我不穿蚕丝的内衣。外面的礼服，也不轻易弄脏，即使衣服破旧，也不随便扔掉。《礼记》中写道：“旧车的帷布不能扔掉，可以用来埋葬马匹。”我记得先父在我入读官学时，给我做了一件西洋布袍，每逢遇到佳节赴宴，我就穿这件衣服，已经三十多年了，也不用怎么清洗。有人劝我把它改作内衣，贾谊曾说过：“帽子虽破旧，但不会用来垫鞋。”先人所赐的东西，我不忍心裁剪啊。先人所建的房子，只有几间，一家人居住在一起，已经三代了，也没有更换屋子。我每天坐躺的地方，是一处名叫“半舫”的书斋，房中堆满了书卷，密密地排列着，屋内只有立足之地。居住在这里，我并不感觉到狭窄。出门到王公的府邸做客，里面高楼林立，金碧辉煌，而我也能坦然处之，并不羡慕。别人看到的是豪门，而在我看来和在穷人的屋子没有分别，这是智慧之人说的话，他们怎么会欺骗我呢？我爱住楼阁，如果住在低矮的房子里，我就忍受不了房间的狭小和潮湿。我又喜爱短小的屋檐和干净的几案，喜欢房间四面开窗户，早晨打开窗户，可以充分感受凉风旭日。如果进到封闭闷热的房间，我就会烦闷不已。我又爱坐船，经常划着桨在芦洲蓼渚之间，放任自由，遇到风景优美的地方，就忘记了回家。我一向不喜欢洗澡，即使在夏天，我也只是用毛巾擦汗，年纪大了才习惯洗澡，才感觉到洗澡可以通经活络，舒张气血，即使是严寒天气，我也喜欢去澡堂洗澡。

余得天强固，不婴重疴，偶尔违和，亦不用药，医之以至清之酒，医之以至快之书。辛巳午月①，贱体忽惫，头涔（cén）涔作楚，一日夕不思汤饵，若染时疠者。适有饷余佳酿，呼至床头开看，芬香拉鼻，急命温之。取太史公《荆轲传》连饮连读，瞬息之间，拍案而起。古书难信，切不可以身试方。吾友贾静子，睢阳才人也，体有不适，欲行"倒仓"之法。余诤之曰："奈何于腹中演戏法？"不听，一服之后，下泄不止而毙。岂惟药石，即平时饮膳，皆可伤人。余尝于醉后饮养花宿水，不死；于相国寺僧舍误中鲜菌毒，不死；此小人幸免也。子美②死于白酒牛脯，太白③纵饮采石，捉月而亡。李、杜，诗人之魁也，皆以轻率自殒其生，可不慎哉！

【注释】①午月：夏历以寅月为岁首（正月），所以称五月为午月。②子美：指杜甫，字子美。③太白：指李白，字太白。

【译文】我天生身体强健，很少生病，偶尔有病，也不用吃药，用清酒诗书就可以治好。辛巳年五月，我突然感觉身体疲乏，头痛异常，一整天都不想吃饭，像是生了重病。正好有剩下的美酒，叫人拿到床头，打开一闻，芬香扑鼻，我连忙命人温酒。取来太史公的《荆轲传》边喝边读，眨眼之间疾病痊愈。古书不可全信，切不能拿自己的身体试验药方。我的朋友贾静子，是睢阳的才子，身体有些不舒服，就乱用泻药。我对他说："你难道要在肚子里演戏法吗？"他不听，服用一次后，就不停地拉肚子而死。不仅是药石，就是平时饮食不当，也可伤害人。我曾在酒醉之后喝养花的过夜水，幸好没有死；在相国寺的僧房中误食有毒的蘑菇，也没有死；这是我侥幸逃过一劫啊。杜甫死于暴食酒肉，李白在采石喝酒，酒醉捉月，失足掉进水里淹死。李、杜二人，是诗人中的翘首，都因轻率死于非命，所以对饮食和服药不可不小心啊！

壮时不免房帷之好，后乃以渐而淡。至为汗漫游[①]，遂与色远。即燕赵歌姬，充列侑饮，从无一人沾昵者。北妓入席，见客即拜，立而执役，主人加之诃叱。余命之入坐，诸执事悉令隶人司之，北人且谓介人坏其乡俗礼貌。知命之年[②]，便绝婉娈，友人俱诮其假，席间每引为笑资。李剩斋至谓"五十断欲，不如捐馆[③]作泉下人"。彼长余四龄，竟以啖牛胾（zì）[④]，淫一妖妪而殂。夫精、气、神，人之"三宝"，而丹药之王也。先祖遇一异人，授以"龙虎吐纳"之法，习练四十年，道成，夏月盖重衾卧炽日中，无纤汗。冬以大桶满贮凉水，没顶而坐，竟日不知寒。余以骨顽无仙分，不之向学，然于玄牝（pìn）要诀，颇熟闻之，大要以宝神啬精为主。世之愚伧，纵情雕伐，以致阳弱不起，乃求助于禽虫之末。蛤蚧，偶虫也，采之以为媚药；山獭，淫毒之兽，取其势以壮阳。海狗以一牡管百牝，鬻之助房中之术。何其戕真败道，贵兽而贱人也！且方士挟采阴之说，谓御女[⑤]可得长生，则吾未见蛤蚧成丹、山獭尸解、海狗之白日冲举也。

【注释】①汗漫游：指世外之游。形容漫游之远。②知命之年：知道自己命运的年龄。指五十岁。③捐馆：死亡的委婉说法。④牛胾：大块牛肉。⑤御女：指男与女交合。

【译文】我年轻的时候不免喜欢房帷之事，后来才逐渐看淡。等到了出门远游之后，就与女色远离了。即使是燕赵歌姬，服侍劝酒，我也从来没有和任何女色亲近过。北方歌妓入席，见到客人就行礼，而且只能站立服侍客人，主人还时常加以斥责。我让她们都入坐，所有服侍的事情都交由仆人负责，主人说我这样做，是破坏他们的习俗规矩。五十岁的时候，我就彻底断绝女色，朋友都讽刺我是在假装，宴席上每次都把这事作为笑料。李剩斋曾说："五十岁边断绝欲望，还不如一死了之。"他比我大四岁，后来竟然因为暴食牛肉过量，加上与一淫妇纵欲过度而死。精、气、神，是人的"三宝"，也是丹药之王。先祖曾遇到一奇人，教给"龙虎吐纳"的方法，练习四十年才练成，可以在夏天盖两层被子躺在太阳下，也不会出一滴汗；冬天用大桶装满凉水，全身浸没水中一整天，也不觉得寒冷。我觉得自己是凡胎俗骨，与神仙没有缘分，没有向先祖学习道术，然而对于玄牝要诀，却也不陌生，大概不外乎保养精神。世间的愚人，纵情淫欲，导致阳弱不起，才寻求各种补药。蛤蚧，也就是大壁虎，一般成对服用，挑选它们做成壮阳药；山獭，是淫毒之兽，取用它的睾丸用来壮阳。海狗，一只雄性可以与百只雌性交配，买来它们帮助房中之术。这是在伤害天性且败坏道德，以禽兽为贵而贬低人自己啊！而且方士提出采阴之说，说御女可得长生，然而我未曾见过蛤蚧炼成仙丹、山獭能够尸解、海狗白天飞升成仙啊！

记诵之外，无时不亲操诸务，盥漱泛扫，不以烦厮役。花则手灌之，草则手薅（hāo）之，鱼鸟则手饲之。或杂伍渔樵，或混同佣乞，或时与童稚相嬲，掷弄觿（xī）鲽[①]以嬉，故年虽近髦

（máo），人以为有童心。举步轻跃，容色亦不衰，不似龙钟齿豁人。年来游兴不减，梦想时在湖漘（chún）岳麓。诸子惜余筋力，柅（nǐ）余车不得远行。在家闲极，有花即看，有酒即饮，有对弈者即终日。老友相值，即解杖头以醵。缁流之上者，乐共余谈，余亦乐坐旃檀之室，谓之“清时小太平”。适与红裙会，方袍骨董，不至以唐突取厌。赠邗水桂姬，有“休将量大欺红袖，但得情痴恕白头”之句，非乞怜语，佳人会生怜耳。孙子数人，与长者点定文字，粗为疏解。群小则牵绕衣裾，分枣栗与之，各餍所欲而往。分之必均，偶有参差，聚而向老人计较，尤可爱也。

【注释】①觽：同“觿”，古代一种解结的锥子。用骨、玉等制成。一般是随身佩戴的装饰品。鲽：本意指比目鱼，这里可能是指鱼形的衣带钩。

【译文】除了诵读诗书，其他时间我都亲自操持各种事情，洗漱洒扫这些小事，就不用小厮仆役们做了。我亲手浇灌花卉，亲手拔除杂草，亲手喂养鱼鸟。我有时混迹在渔人和樵夫之间，有时混迹在仆佣和乞丐之间，有时与小孩玩耍，以掷弄觽鲽为游戏，所以年纪虽然很大了，人们都认为我很有童心。我走路轻快，面容也不老相，不像上了年纪的人。这几年游兴不减，我还想去湖边山脚游览。儿子们担心我的体力，阻止我远行。我在家非常清闲，有花就看，有酒就饮，有棋友就下一整天棋。与老朋友相遇，就解下钱袋买酒畅饮。僧徒们都很乐意和我交谈，我也乐意坐在充满檀香的禅房中，称它是“清时小太平”。如果与美女相遇，我一个身穿僧袍的老头子，应当不会被讨厌吧。我赠诗给邗水美人的诗里，就有“休将量大欺红袖，但得情痴恕白头”的句子，并不只是乞求佳人的怜悯。我有好几个孙子，我教岁数大一点的孙子识字，并大概进行讲解。其他小一点的孙子则抓着我的衣服，围着我分枣栗，各自满足了才离开。分的时候必定要平均，偶然有差别，小孩儿们就聚在一起和老人计较，尤其可爱。

余行李半天下，所至以客为家。客两河者，前后十数年，始于察荒李御史幕，怀孟薛宗伯知之，呼至其家，与仲蒨（qiàn）二兄读书翕（xī）园。后为贾大中丞召修省志，别去。越三年，会吊宗伯之丧，黄门卫公先生①正在读《礼》，留与岬山草堂，商榷今古。又为洛阳太守朱灿煌邀阅试卷，别去。介人之久于兹土者，实以宗伯父子恩分滋深，故依刘御李②，马首不能他指耳。时沈宫詹绎堂先生，分巡大梁，清慈明允，为海内岳牧表。余驱车八郡，历收河岳之英，倦则以钧阳清署为归焉。其他逆旅主人，无不款昵如戚属。水行则戒榜人无妨缓棹，河上逍遥；陆行则常与执辔（pèi）者试走，舍舆马而徒，恣其流览。余之所为通，余之所为介也。

【注释】①黄门卫公先生：薛所蕴的儿子，薛奋生，字大武，号卫公，为大理寺丞。②依刘御李：指依附权贵。

【译文】我带着行李行走了半个天下，以客居之处做为自己的家。我曾客居两河，前后有十几年。开始时，我投身于河南察荒御史李御史的幕府中。后来河南孟县的薛所蕴赏识我，邀请我去他家，与仲蒨两位兄长在翕园读书。后来我又被河南巡抚贾汉复召去编修省志，完成后才告辞离去。过了三年，我去吊唁薛宗伯，当时薛奋生正在读《礼记》，就留我在岬山草堂，一同商讨古今。之后我又被洛阳知府朱灿煌邀请阅览试卷，完事后离去。我久居河南，与蔡宗伯父子的恩情缘分特别深厚，所以依附在他家，没有去往别处。当时沈荃正担任河南大梁道副使，他为人清正严明，是天下官吏的楷模。我驾车游遍河南八个郡县，结交了很多河南的名士，疲倦的时候就回到钧阳，在沈荃的官署中休息。其他借宿的主人，无不对我像亲戚一样友好。我每次乘船出行，就告诉船夫不妨缓慢地划桨，在河上正好可以逍遥观景；我在路上出行时，则经常和骑马的人同行，但是我不坐车马而是徒步行走，这样可以随意浏览。我行走到哪里，就游览到哪里。

余殚精音律，于古今离合之义，无不博综。吾邑陆君扬，弦索化工手也，从余考订音声，字有讹舛，悉为厘正。遂使八风二十四气[①]，相为嘘吸。海内名公卿，以及文章之士，皆与之游，其名直达禁掖。擘（bò）阮传人，乃以介人为导师，亦可异也。余尝作一想，取尼父《猗（yī）兰操》、桓子野[②]《挽歌》、孔明《梁父吟》、谢安《洛生泳》、嵇康《广陵散》、袁山松[③]《行路难》、李太白《乌夜啼》，令相如[④]鼓琴，桓伊吹玉笛，高渐离[⑤]击筑，祢衡[⑥]挝渔阳鼓，君扬出而欹冠短袖，为之提掇其间，左顾右盼，意气激昂，拨清弦，发哀弄，人声天籁，云委雪飞，一洗梨园法曲[⑦]之陋，顾不乐哉！

【注释】①八风二十四气：我国古代乐器，通常为金、石、丝、竹、匏、土、革、木八种不同质材所制，分别与八卦和八风相对应。二十四气：指通过“葭管飞灰”法可以把十二律吕与二十四节气联系起来。所以八风二十四气代指八音和十二律吕。②桓子野：即桓伊，字叔夏，小字子野。谯国铚县（今安徽濉溪临涣镇）人。善吹笛，有“笛圣”之称。③袁山松：字桥孙，陈郡阳夏（今河南省太康县）人，是东晋大臣，文学家。④相如：即司马相如，字长卿，蜀郡成都人，是西汉的辞赋家。⑤高渐离：战国末燕国人，荆轲的好友，擅长击筑。筑，古代的一种乐器。⑥祢衡：字正平，平原郡（今山东德州临邑德平镇）人，东汉末年名士。⑦法曲：唐玄宗设梨园法部，所奏乐曲，称为法曲。

【译文】我殚精竭力的研究音律，对于古今的谱曲方法，没有我不知道的。我的同乡陆君扬，也擅长音律，他帮助我考订乐谱，对于曲谱中错误的地方，都一一改正。于是使八风二十四气，互相协调。天下的公卿名士，都和他有来往，他的名气直达宫廷。弹奏阮咸的传人，竟把我当成导师，也是令人诧异的事情。我曾有一种想法，选取孔子的《猗兰操》、桓子野的《挽歌》、诸葛孔明的《梁父吟》、谢安的《洛生泳》、嵇康的《广陵散》、袁山松的《行路难》、李太白的《乌夜啼》，让司马相如弹琴，桓伊吹奏玉笛，高渐离击筑，祢衡敲渔阳鼓，陆君扬，斜戴着帽子，挽着袖子，在他们中间指挥协调，左顾右盼，意气激昂，拨弄清弦，激扬哀调，人声天籁，如云兴起，如雪飘飞，一洗梨园曲调的浅陋，不是很快意的事情吗！

博塞[①]之事，盛于魏晋，近日士大夫，皆以奉十斋[②]、打叶子，为名流雅尚，相煽成风，浸淫海内。余不之效，只是黑白二子，比势覆局，“木野狐[③]”之诮，恐亦在所不免。当余少贱，颇耽戏术，射覆藏钩[④]，与夫“顷刻花[⑤]”、“逡巡酒[⑥]”之类种种幻化，皆所熟谙。至于召请乩仙，尤极灵响，即非真仙，当亦才鬼。己卯应试失利，情怀愺（cǎo）恅（lǎo），舞仙童[⑦]以释闷，令其搬演杂剧，穷姿尽态，有老梨园所不到者。一时传播，男妇聚观，拥塞堂庑，终日哄笑，匝月而不散，窗几悉遭挤毁。余深悔其贱，固逃匿于外以谢之。世俗无聊，动拈骰子以卜。乙亥试，玉峰，同寓友人，竞卜休咎[⑧]。余一呼而六子皆赤，果于是年入泮。先君六旬时，遘疾弥月，医药不能疗。余心焚灼，抱骰盆跽于中庭，祝曰：“大人病果无患，幸赐吉征！”一掷而五子各色，独一子旋转不定。余默恳之，一跃而成顺色，病亦旋瘳。昔寄奴[⑨]喝子成卢，明皇叱子成四，慈圣之侧立不仆，光献之盘旋三日，精诚所注，符应立呈，樗（chū）蒲[⑩]有神，岂虚也哉！

【注释】①博塞：即六博、格五等博戏。六博、格五都是中国古代流行的棋类游戏。②十斋：念佛之人，应当长期吃素。如果不能，于每月中十天斋戒。③木野狐：围棋的别称之一。④射覆藏钩：射覆、藏钩都是中国传统的猜物游戏。⑤顷刻花：忽然开放的神奇花朵。⑥逡巡酒：传说中神仙酿造的顷刻即成之酒。⑦舞仙童：舞仙童是跳大神的变体，也叫斗阴拳。请神上体后，表演者手舞足蹈，或多人群舞。⑧休咎：占卜吉凶。⑨寄奴：南朝宋武帝刘裕的小名。⑩樗蒲：古代的一种赌博游戏。有骰子五枚，一面为黑，一面为白。掷出的五子中有二子为黑色称为犊，有二子为白色称为雉，全黑者为卢。卢的彩金最高，其次为雉。

【译文】有关博弈的事情，兴盛于魏晋时期，近来士大夫，都把奉行十斋、打叶子牌，看作是风雅时尚的事，已经形成风气，逐渐蔓延到全国。我不追随潮流，只以下棋为乐，常和人比试对局，因此被人讥诮沉迷于围棋，恐怕也在所难免。当我年少贫贱的时候，很是沉溺于游戏，对于射覆、藏钩，以及那些顷刻花、逡巡酒的戏法，都很了解。至于召请乩仙，我尤其擅长，请来的即使不是真仙，也应当是才鬼。己卯年我科举未中，心乱如麻，于是就舞仙童来解闷，仙童手舞足蹈，动作身法高妙，就是老梨园都做不到。一时之间传扬出去，男女老少都来观看，房间里挤满了人，整天哄笑嬉戏，持续了一个月，家里的窗户桌子都被挤坏不少。我深感后悔，所以跑出去躲开众人。我有时觉得无聊，就掷骰子来占卜吉凶。乙亥年我参加科举考试，玉峰是和我住在一起的朋友，我们掷骰子来占卜考试结果。我大叫一声，掷出的六粒骰子，都是红色，果然那一年我考中官学。先父六十岁的时候，卧床生病整整一个月，医药都无效。我的内心像油煎火烧一般，抱着骰盆跪在厅堂，祈祷说："父亲的病如果可以痊愈，希望赐予我吉祥的征兆！"一掷而五粒骰子各有不同的颜色，只有一粒骰子还在旋转。我暗自恳求，那粒骰子一下变成了顺色，父亲的病也好了。从前南朝宋武帝刘裕掷骰子，大声一呼五子成卢；唐明皇李隆基大声呵斥，骰子就变成四点；宋朝的慈圣太后掷出的铜钱可以侧立不倒，光献掷出的铜钱能盘旋三日不掉，精诚所至，心想事成，樗蒲通神，难道有假吗！

余与汉阳李云田偶过汴市，见有争钱而相搏者。云田曰："古人名钱曰刀，以其铦利能杀人也；执两戈①以求金，谓之钱，亦以示凶害也。"余曰："执两戈以求金，谓之钱，执两戈以求贝，谓之贱。执十戈以求贝，则谓之贼而已矣！"云田曰："两戈一金，当更有精义。子试说之！"余曰："两戈不敌一金，钱真神物也！"云田曰："得一金而来两戈，岂不可危？"余曰："操两戈以求一金，亦复何畏？"有一老父笑而前曰："此贪者之必济以酷也。敬领两公高论，老夫快极！惜王介甫②不得一证斯言。"

【注释】①戈：古代的一种兵器，横刃，用青铜或铁制成，装有长柄。②王介甫：即王安石，字介甫。王安石变法时，为了增加财政收入，所采取的很多措施，使百姓深受其害。

【译文】我与汉阳李云田偶然路过汴市，看见有人为了争钱而相互打斗。李云田说："古时候的人把钱叫做刀，因为刀刃锋利可以杀人；手拿两戈来求金，称它为钱，也表明钱能带来灾害。"我说："手拿两戈来求金，就是钱，手拿两戈来求贝，就是贱。手拿十戈来求贝，那就是贼罢了！"李云田说："两戈一金，应当有更精深的含义。亲您试着说说吧！”我说：“两戈不敌一金，钱真是神物啊！”李云田说：“得一金而来两戈，难道不危险吗？”我说：“手拿两戈来求一金，又有什么可害怕的呢？”有一位老人笑着走到我们面前说：“贪婪的人必定遭受灾祸。敬领两位高论，老夫听得极为痛快！可惜王安石听不到这一高论了。”

乙巳，从三衢①假道至汾水、开化道中，资斧告匮，依依乎靡所骋。适遇一蒙馆②，其馆师教读“心广体胖”，“胖”音为伴。余入语之曰：“先生误矣。胖，蒲官切，当读如盘。”馆师曰：“门下精于翻切③乎？愿受台教。”因教以上字母，下韵脚，中间过脉，如“经坚丁颠”诸诀，一一指授，呼调数四。令其师弟同余念诵，一堂之中，齐声唱和。初如小儿喤喤学语，舌本都强，少焉渐觉柔利。至数百遍，而趁口以出，自然通协。主人闻之狂喜，出揖余曰：“等字切法，里俗罕传，村塾蠢儿，肉橐衣楦，何幸得公提诲！请问公姓氏，今将何往？何为停车于此？”余实告以前往江右，行李空乏之故。主人曰：“是不难。”命家僮立取青钱文绮④见饷。余拜受之，得以即时就道。余于字学，童而习之，音义略无讹舛，不谓浪游乃受其益，以《解字》而得酒食，以《切韵》而得钱财，是亦学圃之美谈也。

【注释】①三衢：指今浙江衢县，因县境有三衢山，故称。②蒙馆：古时候对儿童进行启蒙教育的学校。③翻切：即反切。用两个字拼切一个字的音，上字取声，下字取韵。④文绮：华丽的丝织物。

【译文】乙巳年，我从浙江衢县取道去往汾水、开化，盘缠马上就要用完了，不知道该去哪里。正巧遇到一间蒙馆，那里的老师正在教学生读“心广体胖”，老师把“胖”读为伴。我进去对他说：“先生错了。胖，蒲官切，应当读盘音。”老师说：“您精通反切吗？愿意听您指点。”于是我教他取上一个字的声母，取下一个字的韵母和声调，拼在一起连读，像“经坚丁颠”等口诀，一一指点传授，多次示范。我让老师和学生一起念诵，在讲堂上大家一起练习反切。就像小孩刚开始学说话，舌根僵硬，过了一会儿逐渐柔和。读了几百遍后，老师和学生们就能脱口而出了，发音自然协调。主人听说后特别高兴，出来对我作揖说：“反切注音的方法，乡里人很少见到，我等乡村野人是何等的幸运，能得到您的指导！请问您高姓大名，您现在这是要到哪里去呢？为什么在这里暂时停留呢？”我如实告诉他，我本来要前往江西，但目前缺少盘缠。主人说：“这不难办。”命家仆立刻取来铜钱衣物赠给我。我拜谢后就收下了，因此能够及时上路。对于文字的注音，我从小就学过了，对于注音的方法十分清楚，我没有料想到四处游历的时候，还能凭借教人学习反切注音而得到衣食盘缠，这也是学界的美谈了。

二氏皆视世人蠢俗，故一以冲举歆之，一以轮回惧之。余明于死生之故，不溺其说。然其标旨清微，振辞高妙，有足豁懵人之阂塞者，故夫道家之六甲秘文、万毕神木，释氏之三车要义、四谛真言，罔不洞究。我若静地修玄，不在采芝咽液；高座说法，不在竖拂拈槌，将使上清羽客，鳖守丹炉，大善知识，都向篱门外瞌睡也。

【译文】佛、道两家都觉得世人蠢笨而庸俗，所以道家以飞升成仙来吸引世人修道，佛家以轮回报应学说使世人心生敬畏。我清楚死生的原因，所以不沉溺于这些学说。然而佛、道的宗旨精微，言辞巧妙，可以让心智混乱的人受到启发，所以对道家的六甲秘文、万毕神术，佛家的三车要义、四谛真言，我都深入研究。如果我去修道，则不会修炼吐纳之术；如果我去修行佛法，则不会去礼佛念经，我会让道士真人，去静守丹炉；得道高僧，都去打盹睡觉。

余不信星相家言。李虚中①、唐举②，世无其人。二家推余限度，按余部位，皆云至贵之格，公卿将相，早于年三、四十内得之。人多以此佞余，余初亦喜闻其佞。逮其后来，往往不验。今阅七十甲子矣，黄粱熟矣，痴梦不复作矣，虽欲信之，又乌得而信之？又不信师巫之术。吾瞜（liú）③多有女巫，召人先灵与人叙语。余幼随家人往，果于隔户隐隐有声，家人白日见鬼，哭而问讯。余恶之，从后闼密侦，见一人垂首瓮中作语，遂发其奸。余在河南，与李御史同谒嵩岳，见有所谓“马子”者，托神附体，俨坐堂檐，执绳棍者，森列左右。愚民朝山者，有不谒神座，竟拜“马子”酬愿而去。忽而恫喝逻索，众皆惊窜，财如阜积。余恶之，令御史皆缚之至，众“神”叩头，哀乞免死。

【注释】①李虚中：字常容，唐代魏郡（今河北大名）人，世传《李虚中命书》由他作注，擅于用四柱八字来算命。②唐举：战国时梁人，以善相术著名。③瞜：即瞜城，上海市嘉定县的简称。

【译文】我不相信星相家的言论。我认为世上并没有像李虚中、唐举那样灵验的占卜之人。曾有两个算卦的人说我的长相体貌，都是极其尊贵的命格，最早在三、四十岁就可以获得公卿将相的地位。人们大多用这些话来取悦我，我刚开始也喜欢听他们的花言巧语。到了后来，他们的话常常不灵验。现在我已经七十岁了，黄粱饭都早已熟了，不用再做痴梦了。就算我想相信他们，但又怎么能相信呢？我也不相信巫术。我们嵺城有很多女巫，据说能召唤别人祖先的灵魂来与人对话。我小的时候跟随家人前往观看，果然在门后隐隐有所谓“祖先”的说话声，家人大白天看见祖先的鬼魂，就哭着询问近况。我厌恶这些事情，就绕到后门偷偷地察看，看见一个人低着头坐在大坛子里说话，于是我就揭发了她的骗术。我在河南时，与李御史一起拜谒嵩山，见到了人们所说的“马子”，据说有神灵附在他身体里，他庄重其事地坐在堂檐下，随从们拿着绳棍，排列在他的左右。那些愚昧无知的人来到嵩山，竟然有不拜谒山神，反而拜见“马子”祈祷许愿。他们还恐吓许愿祈祷的百姓，众人都吓得四散逃窜，捐给他的钱财堆积如山。我厌恶他们，让李御史派人把他们都绑了起来，直到此时，众“神”才叩头谢罪，乞求免于一死。

声色移人，余性亦有殊焉者。喜泉声，喜丝竹声，喜小儿娘娘诵书声，喜夜半舟人欸乃声。恶群鸦声，恶驺人喝道声，恶贾客筹算[①]声，恶妇人詈声，恶男人咿嚘（yōu）[②]声，恶盲妇弹词[③]声，恶刮锅底声。喜残月色，喜晓天雪色，喜正午花色，喜女人淡妆真色，喜三白酒[④]色。恶花柳败残色，恶热熟媚人色，恶贵人假面乔妆色。至余平日，有喜色，无愁苦色；有笑声，无嗟叹声。窃谓屈原之《九叹》、梁鸿[⑤]之《九噫》、卢照邻[⑥]之“四愁六恨”、贾谊之“长太息”、扬雄之《畔牢愁》、殷深源[⑦]之“咄咄怪事”，皆其方寸逼仄，动与世忤。惜不与介人同时，为作旷荡无涯之语以广之。

【注释】①筹算：古代计算方法之一，用刻有数字的竹筹来计算数目。②咿嚘：形容人叹息、呻吟或吟咏声。③弹词：曲艺的一个类别。④三白酒：乌镇的特产。⑤梁鸿：东汉时期的隐士、诗人。⑥卢照邻：字升之，自号幽忧子，幽州范阳（治今河北省涿州）人，是初唐时期的诗人。⑦殷深源：即殷浩，字深源，是东晋时期的大臣、将领。

【译文】声音颜色能改变人的性情，我的性格也和其他人不同。我喜欢泉声，喜欢丝竹声，喜欢小孩响亮的读书声，喜欢半夜划船人的摇橹声。我厌恶乌鸦的叫声，厌恶衙役吆喝行人让路的声音，厌恶商人打算盘的声音，厌恶妇人的骂声，厌恶男人的叹息声，厌恶盲妇的弹词声，厌恶刮锅底声。我喜欢残月的景色，喜欢黎明时雪天的景色，喜欢正午时花朵的颜色，喜欢女人画淡妆的真实面容，喜欢三白酒的颜色。我厌恶花柳残败的景象，厌恶讨好谄媚的表情，厌恶权贵装腔作势的样子。我平时有欣喜的神色，没有愁苦的神色；有笑声，没有叹息声。我私下说屈原的《九叹》、梁鸿的《九噫》、卢照邻的“四愁六恨”、贾谊的“长太息”、扬雄的《畔牢愁》、殷深源的“咄咄怪事”，都是他们心胸狭窄，动辄对世间产生怨恨的牢骚之作。可惜他们不和我处在同一时代，否则我可以说一些豁达宽广的话来开导他们。

余不识金钱之数，不知方物之值，不闻营殖之方，不设会计之籍。傥然而来者，傥然而去。室中忽盈忽虚，若与阿家翁无与焉。年七岁时，族伯亡，应余承祧（tiāo）①，有宗人出而争嗣。郡司马某当谳（yàn）②，得宗人赇，袒之。余起告曰：“争为人后者，利其产耳。儿不愿如俗情奉人宗祀。”遽辞以出。司马谓先君曰：“有是佳儿，宜不赖此！”其为志大财疏，自童龀（chèn）③已然矣。倾余行箧，从无十金之积。白镪青蚨，亦数来数往，但不恋清寒吾辈人。余曾坐皋比，收诸生修脯④；亦曾心织笔耕，卖文字作生活；亦曾以文应采风之使，得受前茅上赏。不以事生产，不以食孱孱八口，床头阿堵，不知何故咄嗟而散？

【注释】①承祧：指承继为后嗣。②谳：审判定罪。③童龀：幼小；童年。④修脯：送给老师的礼物或酬金。

【译文】我对金钱的多少没有概念，不知道东西的价值，不懂得盈利的方法，我家也没有账簿。我的东西不知如何而来，又如何而去。家里财物忽多忽少，好像和我这个家长没有关系。我七岁的时候，同族的伯父去世，让我来继承他的家业，有族人出来和我争夺继承的资格。当时郡里掌管的刑罚的某位官员审理此案，这位官员收了族人的贿赂，偏袒他。我告诉官员说："争着要给他人当后嗣，只不过是为了得到财产而已。我不愿意按照世俗的做法，去当他人的后嗣。"于是告辞离去。这位官员对家父说："你有这样的好儿子，应当用不着依赖别人的家业啊！"我是志向远大而钱财不济，从幼年的时候就是如此了。找遍我所有的家当，从来没有十两银子的积蓄。白银铜钱，也是来多少，就去多少，从不留恋我这个贫寒之士。我曾坐堂讲学来收取学生的酬金；也曾为人撰文以获得报酬，我也曾靠卖文字为生；也曾因文章获得采风使的赏识而受到奖赏。我没有把花钱用来从事经营，也没有把钱用来养家糊口，床头的钱，不知道都去哪儿了？

余最僻古器，幸而购得，宝玩不已，倘或失去，经时怏怏，如忆故人。向在东都，所得当道之贶，悉置三代尊彝[1]，真赝各半。橐负抵舍，家人意其赀重，启视之，确确然皆邙土中物也。余夸而家人笑，不久即星失。假使余囊金以归，要亦垂手尽，不能作临沮守钱翁。人言介人痴，不痴也。

【注释】①尊彝：指古代酒器。

【译文】我最喜爱各种古董，如果有幸可以买到喜欢的古董，则会终日赏玩，爱不释手。如果不幸失去，我会很长时间都怏怏不乐，就像思念故人一样。从前我在东都洛阳的时候，把当朝重臣赠送给我的财物，全部用来收藏三代的青铜器物，真品和赝品各半。把这些东西运回家中的时候，家人还以为是财物，打开一看，却是古董物件。我向家人炫耀这些宝贝，家人笑而不语，不久这些东西就没了。如果我把买古董的钱带回家，应该也会花光的，我不能像临沮人邓差那样做守财奴。人们说我傻，其实我并不傻啊。

向有三畏：畏盗，畏猘（zhì）犬[①]，畏笑面多机智人。不幸旋触党人怒，卒吹蜮沙，兴文字狱，执余而囚之。余日事著述，若不知有狴（bì）犴（àn）[②]者。客谯余曰：“子才之不戢以至于斯，今犹是放宕其辞以自骋乎？”余曰：“马迁腐刑，居蚕室[③]而著《史记》；陆平原[④]临刑曰：‘古人立言以垂不朽，吾所恨者，予书未成耳！’蔡中郎被收，请黥（qíng）首[⑤]刖足，继成《汉史》。此三贤者，介人之师也。子乌足以知之？”或又引善恶报应之说曰：“子有何恶而遘此刑狱？”余曰：“盗跖（zhí）[⑥]为暴，肝人之肉而食之，卒得上寿。柳下惠操行修洁，以黜辱没其年。崇侯虎[⑦]进炮烙以痡（pū）百姓，国灭不与其难。西伯[⑧]修德行仁，囚于羑（yǒu）里。司马魋（tuí）[⑨]欲杀圣人，终柄宋国。仲尼贤过尧、舜，拘于匡，围于蒲，微服于宋。信如报应之语，则是盗跖、崇侯、司马之善报为不爽，而柳下、西伯、仲尼之恶报为断如也！有是理乎？”

【注释】①猘犬：指疯狗。②狴犴：传说中的走兽，后用为牢狱的代称。③蚕室：古代执行宫刑及受宫刑者所居的狱室。④陆平原：即陆机，字士衡，吴郡吴县（今江苏苏州）人，西晋时著名文学家、书法家。因他曾任平原内史，故称陆平原。⑤黥首：指刻额染墨，是古代的刑罚。⑥盗跖：传说是春秋时期率领盗匪数千人的大盗。⑦崇侯虎：为崇城（今陕西户县）国君，侯爵，名虎。⑧西伯：指周文王姬昌。⑨司马魋：即桓魋，东周春秋时期宋国（今河南商丘）人。

【译文】我一向害怕三种东西：害怕盗贼，害怕疯狗，害怕笑里藏刀的人。我不幸触怒奸党，最终被人诽谤，大兴文字狱，把我抓到牢里囚禁起来。我每天做著书立说，好像不知道自己是在监牢里面。有人责备我说："你恃才傲物，才到了这种地步，如今还打算不收敛自己的言辞而任意妄为吗？"我说："司马迁受宫刑，住蚕室而写成《史记》；陆机临刑时说：'古人著书立说是为了永垂不朽，我所怨恨的是我的书还没有完成啊！'蔡邕被抓起来，宁愿受到刻额染墨，截断双脚的刑罚，也要完成《汉史》。这三位贤人，都是我的老师。你怎么能懂得这些道理呢？"有的人又援引善恶报应的说法来劝说我："你有什么罪恶才造成这次刑狱之灾呢？"我说："盗跖残暴，把人的肝脏当作肉吃，最终得到高寿。柳下惠操行高尚，却遭到罢免，使他的一生蒙受耻辱。崇侯虎呈上炮烙之刑来危害百姓，然而商朝灭亡，他却没有受到惩罚。周文王修行德行，施行仁义，却被囚禁在羑里。司马魋曾想杀死孔子，却最终掌控宋国。孔子的贤能超过尧、舜，却在匡地被扣押，在蒲地被围困，在宋国还得隐蔽身分。如果相信报应的话，那么盗跖、崇侯虎、司马魋得到善报，而柳下惠、周文王、孔子得到恶报！有这样的道理吗？"

知己之恩，侔[①]于生我。古人云："士为知己者用。"又云："士屈于不知己，而伸于知己。"又云："感恩则有之，知己则未也。"又云："天下有一人知己，可以不恨。"甚矣，知己之难也！而余之生也，凡得知己者十。发未燥，应童子试，甬东谢象三先生目之曰："渥洼[2]之神驹也，困以盐车，恐未得千里腾逸。"此一知己。楚黄曹石霞先生令蟉（liú），月两课士[3]，余辄冠一军。迨解官，放浪西子湖与白门诸山水间，连手吟唱，狂叫绝倒。此一知己。光州唐雪灵先生，选邑士廿人，时校艺于衙斋[4]，文必面阅，必戒诸少隽者，奉余为经师。辛卯之役，谓余必抡元。及报罢，仰天嚄（huō）唶（jiè）[5]，至于流涕。此一知己。湘潭沈旭轮先生李昊，三简首诸士，曰："时文中古文，盲、腐二史，其鼻祖也。终恐不利时官之目！"此一知己。之莱李琳枝先生，以省方试士，拔余罪隶之中，弁冕都人士，序予文曰："介人之文，能令人悲，亦能令人怒，能令人喜，能令人下酒，能令人已疾。是介人以文生天下，而群伧乃欲报之以杀，忍乎哉？"此一知己。河阳薛行屋先生，人伦渊薮，坐余澹友轩，相与订千秋业。余断梗，又折角如意也，而先生折官位辈行以交，诧为"珠采玉英，希世之宝"，此一知己。七闽黄石斋先生，讲学湖上，弟子数千人，蚁升庑下。《易正》一书，荃蹄爻象，妙契图先，独以授余，曰："沧桑而变，唯此子不刊其书。谯周[6]之得文立[7]，藩卫门墙，吾何恨矣？"此一知己。吾乡之文，久没云雾中，潜壶许子，与余力刷之，并草松陵，分题汉上[8]，他无可与语者。尝曰："有志三代，同心二人。"此一知己。上洋妓王翩仙，姿才无辈，颇不近贵人。得余文，必焚檀拜读，读已又拜。相对清谈，无一语堕人间粉泽者。此一知己。有授伪秩官人，偕邑中雕面[9]少年，密谋倾余。事且露，主者曰："斯人制作，胚胎大家，必将羽仪天下，必务杀之。"再击不中，叹曰："才士固不可杀！"爱我之口，无可准的。若辈方欲割我以刃，而肯称为"大家"、呼为"才士"，此亦一知己。

【注释】①侔：相等，等同。②渥洼：水名。在今甘肃省敦煌市阳关镇，传说是产神马的地方。③课士：考核士子的学业。④衙斋：衙门里供职官闲居之处。⑤嚄唶：大声呼叫。⑥谯周：字允南，巴西西充国（今四川西充槐树镇）人，三国时期蜀汉学者、官员。⑦文立：字广休，巴郡临江（今重庆忠县）人。西晋大臣，著名学者。⑧松陵：指《松陵集》，是晚唐诗人皮日休与陆龟蒙互相酬唱的唱和诗集。汉上：指《汉上题襟》，是唐段成式与温庭筠等唱和往来的书信集。⑨雕面：比喻面目狰狞、猥琐。

【译文】知己的知遇之恩，不次于父母的养育之恩。古人曾说："士为知己者效力。"又有人说："士人在了不解他的人面前，只能委曲求全；遇到了解他的人，就可以施展抱负。"又有人说："有值得自己感恩的人，但知己却很难遇到。"又有人说："全天下的人中，能找到一位知己，就无遗憾了。"由此可知知己难求！而我这一生，一共得到十位知己。我稚气未消时，就参加童生考试，甬东谢象三先生看着我说："你就像渥洼的神马，但是目前身处困顿，恐怕还不能驰骋千里。"这是我的一位知己。黄州的曹石霞先生到了嵺城，每月两次考核士子的学业，我总是获得冠军。等到他辞去官职后，和我一起浪迹西子湖，并游览南京一带山水，两人携手吟唱，开怀大笑。这是我的一位知己。光州唐雪灵先生，挑选本县二十名士人，到衙斋考察学问，诸人的文章，他必定当面批阅，必定告诫各位名列前茅的少年才俊，把我当做他们的经师。辛卯年的科考，唐雪灵预言我必定会获得第一名。得知我落第的消息后，他仰天长叹，为我流下惋惜的眼泪。这是我的一位知己。湘潭的沈旭轮先生负责管理吴地，三次规劝我，说："你的文章不类似现在的时文，而更像是古文，《左传》《史记》二史，就是这种风格的鼻祖。最终恐怕你的文章不能被当代的考官看入眼啊！"这是我的一位知己。之莱人李琳枝先生，巡视各地，考核士子，把我从待罪之人中选拔出来，信赖有加，委以重任，他为我的文章作序说：

“介人的文章，能让人悲，也能让人怒，能让人喜，能用来下酒，能让人祛病。介人用文章来造福天下，而那些粗俗的人竟然想杀害他，他们能忍心这么做吗？”这是我的一位知己。河阳的薛行屋先生，才学渊博，在澹友轩中，和我商定应试“博学鸿词科”的大事。我一介漂泊之人，又喜欢争论反驳别人，而薛行屋先生愿意放下身份与我平辈交往，还认为我是世间少有的人才，这是我的一位知己。七闽的黄石斋先生，在浙江大涤山讲学，弟子几千人，挤满了屋子。他的《易正》一书，只传授给了我，并说：“世事变化，只有此人不会埋没这本书。就像谯周得到文立这个学生，汪价可以继承我的学说，我还有什么遗憾呢？”这是我的一位知己。我的家乡一直以来文风不振，许潜壶与我尽力改变这一现状，两人著作颇丰，就像古人做《松陵集》和《汉上题襟》一样，交相辉映，其他值得一提的人就没有了。他曾说过：“崇尚夏商周，知己汪介人。”这是我的一位知己。上洋歌妓王翩仙，资质聪慧，无人可比，她生性不愿意巴结权贵。她拿到我的文章，必定先焚香而后拜读，读完又拜。和她闲谈时，没有一句话是关于世俗闲事的。这是我的一位知己。有官员伙同乡中的恶人，密谋想要陷害我。事情败露后，主谋说：“看此人的文章，有大家风范，将来必飞黄腾达，务必要扳倒他。”于是再次陷害我，他们依然没有得逞，主谋叹息着说：“有才能的士人本来就不容易杀死！”推崇我的意思，也是很明显了。虽然是仇人，但他肯称我为“大家”、叫我为“才士”，这也算是我的一位知己。

李献吉[1]，前朝之文人也，葬于崆峒山，冢已崩阤，几出狸首。颍人无过而问焉者，余语禹州史太守：“张良洞旁黄石[2]冢，聂政[3]墓侧姊嫈（ying）坟，大抵荒唐，为士人耳食语。独明诗人李献吉墓，埋骨不过百年，没于丰草，碑识无存焉。为太守者，所当急为表治，以培风雅。”守即鸠工往茸，余亲为舆土而封，出故碑而重泐之，曰：“明诗人李梦阳之墓”。云间彭燕又，当代之文人也。以五十年老孝廉，授汝宁司李[4]，才华震荡，不屑以肺石[5]绳人。或议其有文才，无吏干。一日，来谒李御史于汴署，余从屏后觇之，见其内衷红褶，心为窃骇。御史甚加礼遇，肃之坐，谈论甚洽。茶凡三点[6]，燕又渐忘分位，以足加膝，哆口横议，旁若无人。御史微哂，无憎意，入而呼余曰：“子见夫狂司李乎？”余曰：“见之，才不检制，幸夫子怜而恕之。”御史曰：“我无责乎尔。天下岂皆爱才者？恐终以是祸。”未几，巡方使者会稿至，御史谓余曰：“彭司李挂弹章[7]矣！款迹累累，罪且不测。”余切恳御史转旋，为文人留一生地。御史难之，曰：“直指驻节彰德，汴之去邺也远，疏发，追无及矣！”余为跽请，乃删其重大者数条，遣一干役[8]，策飞骑诣直指所，追还原疏，更为改缮。燕又得从薄谴以归。余初不令燕又知也。

【注释】①李献吉：即李梦阳，字献吉，号空同子，庆阳（今属甘肃）人，明代文学家。②黄石：即黄石公，曲阳人，春秋战国时期诸子百家的流派之一，与鬼谷子齐名。③聂政：战国时侠客，韩国轵（今河南济源东南）人，以任侠著称，为春秋战国四大刺客之一。④司李：官名。即司理，掌狱论之官。⑤肺石：设于朝廷门外的赤石。民有不平，得击石鸣冤。⑥三点：为饮茶的三项要求：新茶、甘泉、洁器为一，天气好为一，风流儒雅、气味相投的佳客为一。⑦弹章：弹劾官吏的奏章。⑧干役：办事老练的差役。

【译文】李献吉是前朝的文人，葬在崆峒山，他的坟墓已经毁坏，甚至有狸猫之类的在里面做窝。颍州、禹州一带没有人过问此事，我对禹州史知府说：“张良墓旁是黄石公的坟，聂政墓旁是他姐姐聂嫈的坟，这些说法虽然可信度不高，只是文人们的传说。但是明代诗人李献吉的墓，距今不过才一百年，就被荒草埋没，墓碑也无法辨识了。您作为知府，应该赶快对其进行修缮，以培养百姓尊重文化的风气。”知府当即招集工匠，前往修葺，我亲自去坟上添土，找出以前的墓碑，又重新篆刻，墓碑上写着：“明诗人李梦阳之墓”。云间彭燕又，是当代的文士。他五十岁的时候考中举人，担任汝宁府司理，掌管狱讼，他才华横溢，但对刑狱诉讼之类的事情却不感兴趣。有人评论他有文才，却没有做官的干才。一天，彭燕又到开封府来拜见李御史时，我从屏风后偷偷地观察他，看到他的中衣竟然是红色，心里暗暗吃惊。李御史对他以礼相待，请他入座，彼此交谈很融洽。品茶有三项要求，而彭燕又逐渐忘记了行为举止的得体这一条，把脚放在膝上，恣意议论，旁若无人。李御史微笑着，并没有流露出不高兴的神色，他送走客人后进来对我说：“你看见狂人司理了吗？”我说：“看见了，彭燕又不懂得约束自己，所幸您体谅并宽容他。”李御史说：“我可以不计较他。但是天下的人并非都爱才，不是吗？恐怕他最终会因此酿成祸患。”果然没过多久，巡视地方的官员送来公文，李御史对我说：“彭司理已经被人上奏弹劾了！他的罪名众多，他会受到何种处罚，现在还难以预料。”我恳求李御史从中周旋，以便救下彭司理一条命。李御史为难地说：“巡视地方的官员的官署在彰德府的邺城，开封距离邺城路远，而且奏章已经送出，追也来不及了！”我跪下请求，李御史删除了其中几条重大的罪名，派了一位办事老练的差役，骑马飞奔彰德，追回原来的奏疏，改为修改后的奏章。最后，彭燕又只受到了轻微的责罚。我刚开始时并没有让彭燕又知道这件事。

余方童丱(guàn)①，尝梦一人，纤细娟好，自称“金銮否人”，以绿沉笔一矢授余曰：“乾德初，蒙公见借，今以奉还。”由是文思大进，放骋词涂，不可捉搦。患难后，于资善僧寮，曾昼梦作文，有朱衣人裂而掷之地。余启之曰：“岂以文受祸，不当更费喻縻耶？今后但为蹄涔（cén）[2]杯水之文，不复为惊涛怒鳌之文；但为软面滑口之文，不复为聱（áo）牙[3]棘齿之文；但为依篱傍闼之文，不复为开疆凿嶂[4]之文；但为女子镜奁娇昵之文，不复为丈夫棨（qǐ）戟森峨之文。如是可乎？"朱衣人色霁[5]而去。及余提笔，匠心独诣，其为砰奇如故也。又梦朱衣人怒诃曰："违吾意旨，由汝虎视文林，但无望龙门烧尾！"余乃绝意金闺，日与曲生[6]者为友，上追风人，下逮三唐[7]吟老，遥相鼓吹。

【注释】①童丱：指童子，童年。②蹄涔：容量、体积等微小。③聱牙：文句别扭，读不上口。④凿嶂：凿通天嶂，比喻开疆拓土。⑤色霁：怒气消释，脸色转向平和。⑥曲生：酒的别称。⑦三唐：诗家论唐人诗作，多以初、盛、中、晚分期，或以中唐分属盛、晚。

【译文】我小的时候，曾梦到一个人，瘦高清秀，自称"金銮否人"，他把一支绿沉竹制成的笔送给我说："乾德初年，承蒙您借给我，现在我把它还给您。"从此之后，我写文章时思如泉涌，下笔流畅，没有写不出来的时候。蒙难后，我在资善寺的僧房中，曾白天梦到我写文章时，有身穿红色衣服的官员把我的文章撕碎扔到地上。我对他说："您是不是在提醒我，我会因为文章而遭受灾祸，告诫我以后不要乱写文章呢？那我今后只写一些无关痛痒的文章，不再做惊世骇俗的文章；只写顺耳动听的文章，不再做振聋发聩的文章；只写附和他人的文章，不再做标新立异的文章；只写女子闺房粉黛的文章，不再做大丈夫气吞山河的文章。像这样可以吗？"身穿红色衣服的官员这才怒气渐消，随后离去。但是等我提笔写文章时，还是像以前那样，观点独到，惊世骇俗。我又梦到身穿红色衣服的官员怒骂我说："你违背我的旨意，以后任由你在文坛称雄，但不可能科场得意！"我于是断绝了做官的念头，每天与酒作伴，吟咏古今诗文，仿佛与历代贤人名士对坐畅谈。

余壮盛时，力为时文，若科目可旦暮掇焉者。甲午，同考官某，与余有神契，欲收之夹袋[①]，密相招，授以关节。余惊复之曰："科名[②]为何物，可以暗汶获之？且余命多蹇（jiǎn）剥[③]，恐非桂籍[④]中人，文之售不售，无所逃命。若使一日诡遇[⑤]，是与命拗也，人祸天谴，均有之矣！"当事怪恨，便与余绝。

【注释】①夹袋：夹袋人物的简称，旧指当权者的亲信。②科名：为科举考中而取得的功名。③蹇剥：指时运不济。④桂籍：科举登第人员的名籍。⑤诡遇：比喻不以正道猎取名利。

【译文】我年轻时，热衷于写作应试文章，八股文章很快就能写好。甲午年，我参加考试，当时的某位考官，对我一向欣赏有加，想让我成为他的门生，就偷偷的召见我，告诉我考题。我惊讶地回复他说："功名是何物，可以用不正当的手段获得吗？况且我时运不济，恐怕不是官场中的人，文章能不能受到考官的亲睐，都是命里注定的事情。一旦用不正当的手段得到，是违背天命的做法，那时天灾人祸都会遭遇到啊！"那位考官怨恨我，从此和我断绝往来。

老而力为古文。岁戊午，薛黄门卫公先生谋之要津，欲以"博学宏词[①]"荐，余上札启谢曰："价夙遭屯难，沉痼书城，雕虫琐事，不足名家，实乏史材，无容忝窃。宏博之称，非所据也。且也山麋野性，不乐冠裳，岂其濛汜余年，顿忘丘首？孝然[②]窜河渚，仲蔚[③]没蓬蒿，匹夫有志，不可回也。"固辞而后已。刑部伴阮刘公，结三十年中州缟纻[④]，近为侍从亲臣，出督芜关税，迎余栾江之署，饮酒赋诗。公于署前方池之上，构一新亭，镌御赐“松风水月”字为之额，朝夕瞻对，题曰“敬亭”，志不忘君也。余为之颂，系之以诗。复命[5]日，拟以余才缓颊左右，余恳止之曰：“草泽寒蜩（tiáo）[6]，久甘噤伏，岂可以不祥名字，上干帝座？”公为默然，退语幕客曰：“此公老钝，命与才违。”余之古今文，洵非逢年之物，天下巨公，谬以富贵相贻，此世间诩为奇遇，蠖屈[7]鼠拱感涕以受者，而余顾麾而去之，若将浼焉！然则介人七尺，其为不翥（zhù）之末翎、早飘之败叶也，审矣！

【注释】①博学宏词：科举名目的一种。②孝然：即焦光，字孝然，三国时魏国河东郡（治所在今山西省夏县）人。③仲蔚：即张仲蔚，晋朝的一名高士，平陵人，擅长诗词，隐居在嵩阳。④缟纻：深厚的友谊。⑤复命：执行命令后回报。⑥寒蜩：寒蝉。用以比喻对事情有所顾忌，保持静默不语。⑦蠖屈：像尺蠖一样的屈曲之形，比喻人不得志时，屈居下位或退隐。

【译文】我年老以后，致力于古文写作。戊午年，薛卫公先生为我谋划入朝为官，想推荐我参加“博学宏词”科的考试，我写了一封书信婉拒他的好意，说：“我一向时运不济，只能沉浸在诗书中，聊以自慰，我学问浅薄，不足以自成一家，也没有什么真才实学，实在没有资格参加这样的考试。知识广博的称号，不是我能承受的起得的。况且我也是山野之人，一向不愿意入朝为官，又怎么会在垂暮之年，忽然忘记故乡呢？焦光隐居在荒野草庐中，张仲蔚隐居在蓬蒿中，匹夫有志，不可改变。”我坚决推辞这件事，后来也就作罢了。曾经担任刑部主事的刘伴阮，我和他在河南相处三十年，彼此友谊深厚，他也把我当做亲近之人。后来刘伴阮负责芜湖税政，把我接到他的官署，饮酒赋诗。刘公在官署前方的池子上，建造了一座凉亭，匾额上雕刻着康熙帝御赐的“松风水月”四个字，因为亭子与官署相对，所以给亭子起名为“敬亭”，意思是不忘君主。我为此赞扬他，做了一首诗。刘公复命回朝的时候，打算找皇上身边的人为我说情提携，我诚恳地制止他说：“我就像一只寒禅，早已不敢随意说话了，而且我已经习惯了普通生活，怎么可以让我的名字上达朝廷，来冒犯皇上呢？”刘公沉默不语，他回去后对幕僚说：“汪价这人已经年老迟钝，虽有才华，怎奈没有当官的命。”我写的文章，不论是古文还是时文，实在不符合现在的潮流，朝中的达官贵人，屡次想推荐我，让我得到功名富贵，这在世人看来是难得的机遇，觉得我应该感激涕零的接受才对，而我一概辞谢，好像怕玷污了自己的品行！其实，我早已经是强弩之末、昏聩老朽了，这一点我很清楚啊！

向集自少至老所为诗古文辞，删九而存一。客见之，问余曰：“其中所称最快意之作，可得闻乎？”余曰：“流落散人，实多笔墨之乐，试为足下略言一二。李御史察荒两河时驻节归德，余入谒，御史手授《丙申诗刻》一册，凡百有余首。余回寓，命从者焠（cuì）灯酾（shī）酒[①]，依韵和之，漏五下而卒业。黎明投入宪府。御史立邀进署，大呼曰：‘君以一夕敌我一年，才之相去，奚但百倍而已！’遂留幕内。可为大快者，此其一。

【译文】我把自己过去所做的诗文收集起来，去芜存菁，删去十分之九分，只留下十分之一。客人看到后，问我说：“能把您最称心如意的作品告诉我吗？”我说：“我流落四方、文章大多随手而写，只为愉悦自己而已，算不上佳作，不过可以试着为您稍微说几篇。李御史在两河察荒时在归德办理公务，我去拜见他时，御史给了我一本《丙申诗刻》，里面一共收录了一百多首诗。我回到住处，命人点灯斟酒，按照书内的诗歌和韵作诗，到五更的时候，就全部写完。黎明时送给李御史。御史立即把我邀请进官署中，大声说道：‘您的一晚抵得上我的一年，我与您相比，才华差了何止百倍啊！’于是把我留在他的幕府内。这是非常痛快的一件事，这是第一件佳作。

河阳妓小红儿，性豪善饮，常倚其量以压人。一日，余取大觥容数升者奉之，红儿不辞，曰：‘我善酒，尔善诗，尔成一诗，我尽一爵[①]。今日试以诗酒一决楚汉。’余吟红饮，酣对数巡，红儿微有醺态。余乃一连叠咏，红不能支，跽而乞降。余纵之睡，自吟自饮，坐客各举杯称贺。可为大快者，此其二。

【注释】①爵：古代饮酒的器皿。

【译文】河阳歌妓小红儿，生性豪爽擅长饮酒，经常依仗她的酒量来打压别人。一天，我拿着能装好几升酒的大觥给她敬酒，小红儿也不推辞，她说：‘我擅长饮酒，你擅长作诗，你作成一诗，我就喝一爵酒。今日我们尝试用诗酒一决高下。’于是我吟诗一首，小红儿就饮酒一杯，几轮过后，小红儿稍微有些醉态。我却接连咏了好几首诗，小红儿支持不住，投降认输。我让她去睡觉，我则自吟自饮，周围的客人各自举杯向我祝贺。也是非常痛快的事情，这是第二件佳作。”

“缪（miào）侍读念斋先生过瞜（liú），有青楼何媛，以诗晋谒，备陈堕落苦状。侍讲心恻，呼其嬷尽偿所值，听其择人而字，无他染也。余作《种德记》以赠之。一夕，余病不能饮，而为酒纠[①]，为之约法曰：‘苟有犯，不能饮者，罚以酒；能饮者，罚以诗。’即以缪侍讲捐金与何媛落籍为题。众闻以诗赠缪，皆应曰：‘诺！’一客曰：‘奈何能饮而不罚之酒？’余曰：‘若以酒罚能饮者，则是赏也，非罚也。’余乃随罚随吟，令小童录之，计所为诗，竟得免罚酒三十二瓯。侍讲笑曰：‘昔人宴集，诗不成者，罚依金谷酒数[2]。未闻有不与饮而罚之诗者，有之，自介人始矣。’余私喜曰：‘不意于风雅林中，而得逃酒法。’余素负酒人之名，每罚即俯首受之，无可解免，此番乃得以诗硬抵，公然强项不饮，众不敢哗。可为大快者，此其三。

【注释】①酒纠：饮宴时，劝酒监酒令的人。②金谷酒数：罚酒三斗的隐语。

【译文】“缪念斋先生经过嘉定时，有青楼何媛，以诗拜见，诉说自己的不幸和痛苦。缪念斋先生动了恻隐之心，叫来老鸨，替她赎身，让她随自己的意愿嫁人，别人不许干涉。我作了一篇《种德记》赠予缪念斋。某天，我生病不能饮酒，在宴会上担任监酒，我就立下酒规说：‘如果有人违反酒规，对于不能饮酒的人，就罚他饮酒；对于饮酒的人，就罚他作诗。’就以缪念斋先生捐助何媛的事情作为题目，要求众人作诗赠给缪侍讲，众人都回答说：‘好！’一位客人说：‘怎么能饮酒的人却不罚他喝酒呢？’我说：‘如果用酒来惩罚能饮酒的人，那是奖赏，而非惩罚。’于是我受到惩罚时，就吟诗抵酒，并让小童记录，计算所作的诗，竟然能够免除罚酒三十二碗。缪侍讲笑着说：‘从前石崇举办宴会，写不出诗的人，被罚酒三斗。还没有听过不罚喝酒却罚作诗的情形，如果有，也是从你开始的。’我也暗自高兴：‘没有想到风雅场合，能够想到逃避喝酒的方法。’我一向有爱喝酒的名声，每次受罚就低头喝酒，没法逃避，这一次能够用作诗来抵偿罚酒，可以公然拒绝饮酒，而众人也不反对。这也是非常痛快的事，这是第三件佳作。”

“戊子入乡闱，号舍[①]中啾然有声，其鸣甚哀。余信为场屋文鬼，大声诵余向日《秋啸》诗曰：‘三年龌龊逢逻卒，七义光芒吓主翁。’其声遂灭。有顾香王者，邑之才士，以不得青其衿而死。余为立传，人阅之，喜其描情绘意，有若写生，无不颐解。己酉，客上箬僧伽舍，邻寓有二生，披而读之，忽相抱而哭，至于失声。余惊问之，彼亦负奇诧（chà）傺（chì）[②]，而不得一遇者，其为此态也，盖重有所伤也。我之诗，可以妥鬼精灵；我之文，可以役人情性。可为大快者，此其四。

【注释】①号舍：古人考试的地方。②诧傺：失意而神情恍惚的样子。

【译文】“戊子年我参加乡试，考场的号舍中有声音发出，叫声非常哀伤。我猜想是科场里死去书生鬼魂的叫声，我就大声诵读我以前写的《秋啸》诗：‘三年龌龊逢逻卒，七义光芒吓主翁。’于是叫声消失。有一位叫顾香王的人，是乡里的才子，因为考不中秀才抑郁而死。我为他立传，人们翻阅后，喜爱传记的描写生动，如见其人一样，无不点头称赞。己酉年，我客居在上箬寺的僧舍，旁边住着二位书生，阅读了这篇传记后，互相抱头痛哭。我惊讶地询问原因，原来他们也是满腹经纶，却得不到知遇之人，之所以会痛哭，大概触动了他们的伤心事了吧。我写的诗，可以安慰鬼魂；我写的文章，可以激起人们的共鸣。这也是非常痛快的事，这是第四件佳作。”

“周少司农栎园先生[①]，被蜚语中以闽事，穷极栲讯，终无赇证。时臬司李官[②]以谳（yàn）决[③]失轻，此次逮问，与司农同系刑部，死者数人，滞于狱者八载。世祖[④]忽念无辜，有贷死意，廷议改流宁古，将为散戍征人。升遐[5]之日，特谕放令还乡。辛丑，偕王过客司李東藁南归，道经雪苑，留宿宋公牧仲家。余适邂逅，宋出上赐先相国古画同观，司农一一赏鉴毕，列坐开宴。余曰：‘姑缓之，请再观今画。’取余所著《火山客谯》阅之。诸公叫读不已，都忘杯箸，鼓掌而笑，巾帻尽欹。主人劝且饮，诸公曰：‘得此奇文，愈读愈快，正如身入龙藏，争看宝贝，唯恐其尽，谁肯撤而去之？’竟阅达旦，不备宾礼。可为大快者，此其五。

【注释】①周少司农栎园先生：即周亮工，字元亮，又有栎园等别号，学者称栎园先生、栎下先生，是明末清初的文学家。②李官：即理官，负责狱讼之官。③谳决：判决。④世祖：指清朝顺治皇帝。⑤升遐：帝王去世的婉辞。

【译文】“周亮工先生，被人弹劾在福建时履职不当，屡经审讯调查，最终也没有找到确凿的证据。原来负责审理案件的主审官田缉馨，也被认定为偏袒周亮工，也被逮捕问罪，与周亮工一起被控告到刑部，此案牵连数人被判死罪，周亮工被关押在监狱里八年。世祖顺治帝觉得他无辜，就赦免了他的死罪，廷议改判为流放宁古塔，成为戍边之人。不久顺治驾崩，特谕放他返回家乡。辛丑年，周亮工先生与王望如一起南归，途经雪苑，留住在宋牧仲家。正巧我与他相遇，宋公拿出皇上御赐的先相国古画一同观赏，周亮工先生一一鉴赏完毕，准备入席开宴。我说：‘诸位暂缓酒宴，请再观赏一幅当今的作品。’于是取来我写的《火山客谯》，让众人翻阅。诸公被内容所深深吸引，都忘记了宴席的事情，大家看到精彩处，不时鼓掌称赞，头巾都歪了。主人劝大家入席，诸公说：‘得此奇文，越读越痛快，就像进入宝藏，争看宝贝，唯恐文章结束，谁愿意半途放弃呢？’众人竟然观看了整整一夜，完全忘记接待宾客的礼节。这也是非常痛快的事，这是第五件佳作。”

“覃怀沈云门，嵚（qīn）崎[①]异人，与余订金石交[②]。艰得子嗣，颇制于内，不容置妾媵。秘一人于外宅，产一男，聪颖明俊，且八龄矣。托为里人儿，携至家。夫人见而惊异曰：‘阿渠家生此九苞凤？’云门进启曰：‘此即夫人子。’讯得其实，夫人大喜逾望，涓日[③]为育麟之宴，亲朋制锦称庆，文皆属余捉刀。一为中书段玉美，一为给谏薛卫公，一为河北大将军鲍济宇，一为大总戎鲁璧山，一为怀庆太守彭悟山；一为张乾雅诸同学兄弟。一日之内，横笔挥霍，悉副其请，无一雷同门面语[④]。可为大快者，此其六。

【注释】①嵚崎：比喻品格卓异。②金石交：指交谊深厚，如金石的坚固。③涓日：选择吉祥的日子。④门面语：指表面的虚饰的话。

【译文】“覃怀人沈云门，是位品格出众的人，与我交情深厚，彼此的友谊就像金石一样的坚固。沈云门一直没有子嗣，而且很受家里老婆的管束，不允许他取小妾。于是他就在外面偷偷养了一个小妾，生下一个男孩，孩子天资聪慧，明慧俊异，都已经八岁了。他假装说是邻居的儿子，带回家。夫人见到后惊讶地说：‘谁家生了这么一个出众的孩子呢？’沈云门进来说：‘这就是夫人的儿子。’夫人询问后得知实情，感到特别高兴，挑选吉日摆设宴席，庆祝喜得贵子，亲友们制作了锦衣，前来道贺，道贺文章都由我来代笔。一篇为中书段玉美而写，一篇为给事中薛卫公而写，一篇为河北大将军鲍济宇而写，一篇为统帅鲁璧山而写，一篇为怀庆知府彭悟山而写；一篇为张乾雅各位同学兄弟而写。一天之内，所有文章都挥笔写就，而且都符合各人的要求，没有一句相同的门面话。这也是非常痛快的事，这是第六件佳作。”

“庚子修《豫志》，午日，贾大中丞邀饮开府，谈次论及诸葛孔明、王景略[①]二人优劣，互有异同。适襄城余令献襄酒三百器，陈列阶前，诸同事并启分贶（kuàng）。中丞笑曰：‘请诸公各草《葛王优劣论》一篇，佳者悉持去，不须分也。’诸同事闻言贾勇[②]，各就席构思。余伸纸摇笔，不加点窜，俄顷而稿毕。中丞令余口诵，余音辞郎鬯（chàng）铿戛[③]，中丞为之击节叹赏，诸同事皆撤笔长嘘，自坏己作。余进揖[④]谢赐。督军校四人，担酒于前，余拥之徐步而出。可为大快者，此其七。尝见馆孩村腐，妄为诗文，多有口自吟诵，忭手点头、自鸣其得意者，若稍知痛痒，则不然矣。韩愈曰：‘小称意则人小怪，大称意则人大怪。’刘蜕曰：‘十为文不得十如意。’则求余所为最快意之作，当又绝少也。”

【注释】①王景略：即王猛，字景略，东晋北海郡剧县（今山东潍坊寿光东南）人，是十六国时期著名的政治家、军事家，在前秦官至丞相、大将军。②贾勇：指鼓足勇气。③铿戛：形容文词音节铿锵有力。④进揖：上前拱手行礼。

【译文】“庚子年我参与编修河南省志，一天中午，巡抚贾汉复邀请我到府衙喝酒，言谈中提到诸葛孔明、王景略二人的优缺点，我和贾公有些观点相同，有些不同。正巧襄城县余县令送来襄酒三百坛，摆放在台阶前，众同事正准备打开分酒。贾公笑着说：‘请诸公各自写一篇《葛王优劣论》，写得好的人，酒可以全都带走，不用和大家分享。’众同事听到后各自振作精神，入席构思。我展开纸，提笔就写，不加润色，一会儿就写完了。贾公让我诵读文章，我读得抑扬顿挫，铿锵有力，贾公拍手赞赏，众同事都放笔长叹，把自己的文章都撕了。我上前拱手行礼答谢赏赐。让四名士卒，担着酒走在前面，我跟在后面缓步出去。这也是非常痛快的事，这是第七件佳作。我曾看见蒙馆里的孩子、村中的腐儒，胡乱作诗文，大多是随口吟诵，拍手点头、自鸣得意，如果稍知作诗的要领，就不是这样了。韩愈说：'自己有点小小的得意，别人就觉得你有点小小的怪异；自己觉得非常得意，别人就会觉得你非常怪异。'刘蜕说：'写十篇文章不一定十篇都满意。'所以让我说出最满意的作品，当然是极少了。"

有议余文多游戏者，余曰："方朔[①]之《客难》，假难以征辞；崔实[②]之《答讥》，因讥以寓兴；崔骃之《达旨》，寄旨以纬思；韩愈之《释言》，凭言以摅志；扬雄之《解嘲》，托嘲以放意；班固[③]之《宾戏》，随戏以逞怀也。"客曰："子云[④]拟经之徒，孟坚述史之士，奈何鼓其舌颖，以笔墨为游戏乎？"余曰："昔孔子目冉父[⑤]为犁牛，斥宰予[⑥]为朽木，睹仲由[⑦]之好勇，取暴虎以示规，闻言偃[⑧]之弦歌，举割鸡以志喜。游戏之语，虽圣人有所不废，而况为圣人之徒哉？"

【注释】①方朔：汉东方朔的省称。②崔实：字子真，冀州（今河北安平一带）人，东汉后期政论家、农学家。③班固：字孟坚，扶风安陵（今陕西咸阳东北）人，东汉著名史学家、文学家。④子云：即扬雄，西汉后期著名学者，哲学家、文学家、语言学家。⑤冉父：即冉雍，字仲弓，春秋末鲁国人，是孔门七十二贤之一。⑥宰予：字子我，亦称宰我，春秋末鲁国人，是孔子的著名弟子，为孔门十哲之一，擅长言辞。⑦仲由：字子路，又字季路，鲁国卞人，是孔门十哲之一。⑧言偃：字子游，春秋时吴地常熟人，是孔门七十二贤弟子中唯一的南方弟子。

【译文】有人评论我的文章大多是嬉笑玩乐的内容，我说："东方朔作《客难》，是借别人的责难来表达他的观点；崔实作《答讥》，是借讥讽来寄托志向；崔骃作《达旨》，目的在于抒发自己清静无为的思想；韩愈作《释言》，借助言语来表达厌恶谗言想法；扬雄作《解嘲》，借用嘲讽来表达自己怀才不遇的郁闷；班固作《宾戏》，借宾客的戏言来展现自己不得志的心意。”客人说：“扬雄是仿照经书写文章的人，班固是擅写史书之士，为什么要妄发议论，以文章为娱乐呢？”我说：“过去孔子把冉父比作犁牛，责备宰予是朽木，看见仲由的好逞勇武，就拿暴虎冯河的例子来表明谨慎胜过莽撞，听到言偃治理地方，用音乐来教化百姓，就拿杀鸡用牛刀的例子来表示赞同。嬉笑玩乐的言语，即使圣人也不废除，更何况是圣人的弟子呢？”

少辨方言，作《侬雅》四卷。蒙难时，作《火山客谯》十五卷，《广禅喜》一卷。会有感喟（kuì）[①]，作《鼠吓》五卷。豫游最久，作《中州杂俎》二十四卷。同人问讯，作《千里面目》六卷。老闲半舫，作《化化书》十二卷、《人林题目》八卷、《蟹春秋》一卷。《三侬赘人诗文全集》，未定卷数。今虽衰瓞（dié），踵门而乞文者，必应之，如偿夙逋，不以为疲。后有作者，得吾书而秘之中郎之帐[②]，听之；如李汉序韩文以行，寿之百世，听之。即不然，如张伯松不喜《法言》[③]，叱覆酱瓿（bù）[④]，亦听之。

【注释】①感喟：有所感触而叹息。②中郎之帐：指蔡邕得到《论衡》，以其新奇可喜，秘藏帐中。③《法言》：西汉扬雄仿照儒家经典《论语》所写的一本书。④覆酱瓿：比喻著作毫无价值，或无人理解，不被重视。

【译文】我年少的时候辨析方言，作《侬雅》四卷。在遭受灾难时，我作《火山客谯》十五卷，《广禅喜》一卷。恰好有所感慨，我又作

《鼠吓》五卷。我在河南游历时间最长，作《中州杂俎》二十四卷。与志同道合的人相互问答的内容，写成《千里面目》六卷。年老以后闲住半舫，作《化化书》十二卷、《人林题目》八卷、《蟹春秋》一卷。《三侬赘人诗文全集》还没有确定卷数。如今我虽年老体衰，但对亲自上门讨要文章的人，必定答应他们，满足他们的心愿，我写文章也不觉得疲倦。后来有文人喜欢我的文章，得到后，就秘密收藏，我也听之任之；即使有人像李汉为韩愈文集作序那样，借我来谋取名声，也听之任之。即便有人不喜欢我的文章，就像张伯松不喜读《法言》那样，极力贬低我的文章，我也听之任之。

张山来曰：文近万言，读之不厌其长，唯恐其尽，允称妙构。

【译文】张山来说：文章将近一万字，读起来却不嫌长，唯恐读完，实在是一篇是佳作。

予素不识三侬，而令嗣柱东，曾通缟纻，因索种种奇书，尚未惠读，不知何日方慰予怀也！

【译文】我一向不认识汪价，而与他儿子汪柱东，曾经有交往，因此我讨要了汪价的各种奇书，只是尚未拜读，不知道什么时候才能好好的拜读啊！

板桥杂记

余怀澹心

【题解】本篇是《虞初新志卷二十》的第二篇。此篇是一部短篇小说，分上、中、下三卷，记述明朝末年南京十里秦淮南岸长板桥一带旧院中歌女名妓的情况及有关各方面的见闻。上卷雅游，描写明末清初金陵秦淮河畔的梨园、灯船、妓院的相关旧事；中卷丽品，描写包括尹春、李十娘、顾媚、董小宛、李香、寇媚等秦淮群艳的事迹；下卷佚事，记录了诸狎客的奇闻逸事。作者余怀痛感在明末江山飘摇之际，江南却依然声色犬马，纸醉金迷，文章通过对秦淮往日繁华的描写，和改朝换代后的凄凉境况进行对比，表现出作者对时代变迁的无限感慨，即“一代之兴衰，千秋之感慨。”

金陵为帝王建都之地，公侯戚畹（wǎn）①，甲第连云，宗室王孙，翩翩裘马②，以及乌衣子弟③，湖海宾游，靡不挟弹吹箫。经过赵李④，每开筵宴，则传呼乐籍⑤，罗绮芬芳，行酒纠觞，留髡（kūn）送客⑥。酒阑棋罢，堕珥遗簪⑦，真欲界之仙都，升平之乐国也。

【注释】①戚畹：这里指外戚。②裘马：轻裘肥马。形容生活豪华。③乌衣子弟：指富贵人家的子弟。④赵李：指能歌善舞者，多指歌妓舞女一流人物。⑤乐籍：乐户的名籍。也指乐户或官妓。⑥留髡送客：指留下尊贵的客人畅饮或住宿。⑦堕珥遗簪：耳环与簪子都掉落在地上。多形容妇女纵情欢乐、轻狂放浪的情景。

【译文】金陵作为历代帝王建都的地方，公侯外戚的府邸鳞次栉比，皇室王孙的车马络绎不绝，还有富家子弟，四海宾客，无不沉醉于笙歌燕舞之中。四海人士但凡来到金陵的花街柳巷，酒宴之上，一定叫来歌妓作陪，众人偎红倚翠，猜拳喝酒，眠花宿柳，真个是纸醉金迷，声色犬马。酒筵结束时，杯盘狼藉，钗横鬓乱。金陵实在是欲望之界的仙都，太平之世的乐土啊。

旧院①人称“曲中”，前门对武定桥，后门在钞库街。妓家鳞次，比屋而居，屋宇精洁，花木萧疏，迥非尘境。到门则铜环半启，珠箔低垂。升阶则猧（wō）②儿吠客，鹦哥唤茶；登堂则假母③肃迎，分宾抗礼；进轩则丫鬟毕妆，捧艳而出；坐久则水陆备至，丝肉竞陈；定情则目挑心招④，绸缪宛转。纨绔少年⑤，绣肠才子，无不魂迷色阵，气尽雌风⑥矣！妓家仆婢称之曰“娘”，外人呼之曰“小娘”，假母称之曰“娘儿”。有客称客曰“姐夫”，客称假母曰“外婆”。

【注释】①旧院：在现在的南京，明朝为妓女丛聚之所。②猧：小狗。③假母：鸨母。④目挑心招：眉目传情，心神招引。⑤纨绔少年：富家子弟。⑥雌风：指妇女温柔娇媚之态。

【译文】旧院被称做“曲中”，前门对着武定桥，后门在钞库街。妓院密密麻麻，一户挨着一户，妓院的房屋大多精致整洁，花木摇曳，绝非尘世的布置。这些院落往往门户半开，珠帘低垂。客人上了台阶则有小狗欢叫，鹦鹉迎客；进了大堂则有鸨母恭迎，作揖行礼；进到屋内则有丫鬟簇拥着歌妓出来；不一会儿则山珍海味都准备齐全，乐声和歌声相继响起；彼此有意时则互相眉目传情，缠绵悱恻。世家子弟，俊秀才子，都被迷得神魂颠倒的，沉迷于温柔乡中了！妓院中的奴仆、婢女称这些歌妓为“娘”，外人叫她们为“小娘”，鸨母称她们为“娘儿”。有客人的时候称客人为“姐夫”，客人称鸨母为“外婆”。

乐户统于教坊司[①]，司有一官以主之，有衙署，有公座[②]，有人役、刑杖、签牌之类。有冠有带，但见客则不敢拱揖耳。

【注释】①教坊司：中国古代宫廷音乐机构，隶属于礼部，主管乐舞和戏曲。②公座：指官吏办公的坐席。

【译文】妓院统一归教坊司管理，教坊司有一名主管官员，设有衙门和办公的地方，还有差役、刑杖、签牌之类的。主管官员的服饰有官帽有腰带，只是见到客人不拱手行礼罢了。

妓家分别门户，争妍献媚，斗胜夸奇。凌晨则卯饮淫淫，兰汤滟滟，衣香满室；停午乃兰花茉莉，沉水甲煎，馨闻数里；入夜而擫笛搊筝，梨园[①]搬演，声彻九霄。李、卞为首，沙、顾次之，郑、顿、崔、马，又其次也。

【注释】①梨园：古代对戏曲班子的别称。

【译文】妓院各分门户，争相献媚，斗胜称奇。清晨时客人可以先品美酒，然后香汤沐浴，穿上香料熏过的衣服；中午时各家的兰花茉莉，沉香甲煎等香料的香味能传出好几里远；入夜后吹笛弹筝，乐曲悠扬，各种演出竞相登台，乐声直上云霄。诸歌妓中，以李香君、卞玉京为首，沙才、顾横波次之，然后是郑如英、顿文、崔科、马娇。

长板桥在院墙外数十步，旷远芊绵，水烟凝碧。回光、鹫峰两寺夹之，中山东花园亘其前，秦淮朱雀桁[1]绕其后，洵可娱目赏心，漱涤尘襟。每当夜凉人定，风清月朗，名士倾城，簪花约鬓，携手闲行，凭栏徙倚。忽遇彼姝，笑言宴宴，此吹洞箫，彼度妙曲，万籁皆寂，游鱼出听，洵太平盛事也。

【注释】①朱雀桁：即朱鹊桥，也叫朱鹊航。朱鹊桥是一座浮桥，此处也是一个渡口。桁，浮桥。

【译文】长板桥在旧院墙外几十步远的地方，道路宽阔，草木茂盛，水雾缭绕，浓荫碧绿。长板桥在回光、鹫峰两座寺庙的中间，中山东花园横贯在它的前面，秦淮河与朱雀桥环绕在它的后面，这实在是一处令人赏心悦目，洗涤尘俗的好地方。每当夜深人静，微风送爽，明月高照的时候，名士美女，簪花约鬓，携手出行，倚栏徘徊，流连不去。突然遇到自家姊妹，互相说说笑笑，你吹洞箫，我唱妙曲，周围悄无杂声，游鱼也出来倾听，实在是太平盛事啊。

秦淮灯船之盛，天下所无。两岸河房，雕栏画槛，绮窗丝障，十里珠帘。客称“既醉”，主曰“未归”。游揖往来，指目曰：“某名姬在某河房。”以得魁首者为胜。薄暮须臾，灯船毕集，火龙蜿蜒，光耀天地，扬捶击鼓，踢顿[1]波心。自聚宝门水关至通济门水关，喧阗（tián）[2]达旦。桃叶渡口，争渡者喧声不绝。余作《秦淮灯船曲》，中有云：“遥指钟山树色开，六朝芳草向琼台。一围灯火从天降，万片珊瑚驾海来。”又云：“梦里春红十丈长，隔帘偷袭海南香。西霞飞出铜龙馆，几队娥眉一样妆。”又云：“神弦仙管玻璃杯，火龙蜿蜒波崔嵬。云连金阙天门迥，鹤舞银城雪窖开。”皆实录也。嗟乎！可复见乎？

【注释】①蹋顿：即踏顿，歌舞时，以足踏地打节拍。②喧阗：喧哗，热闹。

【译文】秦淮河上的灯船众多，天下少有。两岸的河房，雕栏画槛，绮窗丝障，珠帘连绵十里。客人早已酒醉，主人仍劝勿归。游客往来，争相指点：“某名妓在某河房。”无不想得到名妓的青睐。天刚薄暮，灯船就云集河上，犹如火龙弯曲延伸，光亮照彻夜空，顷刻间鼓声响起，歌舞齐奏。从聚宝门水关到通济门水关，整夜都热闹非凡。在桃叶渡口，争抢上船的人喧嚣不停。我的《秦淮灯船曲》诗中写道：“遥指钟山树色开，六朝芳草向琼台。一围灯火从天降，万片珊瑚驾海来。”又有：“梦里春红十丈长，隔帘偷袭海南香。西霞飞出铜龙馆，几队娥眉一样妆。”又有：“神弦仙管玻璃杯，火龙蜿蜒波崔嵬。云连金阙天门迥，鹤舞银城雪窖开。”都是对秦淮河夜景的真实记录啊。哎！还会再见到这些盛景吗？

教坊梨园，单传法部，乃威武[①]南巡所遗也。然名妓仙娃，深以登场演剧为耻。若知音密席，推奖再三，强而后可，歌喉扇影，一座尽倾。主之者大增气色，缠头[②]助采，遽加十倍。至顿老[③]琵琶、妥娘[④]词曲，则只应天上，难得人间矣！

【注释】①威武：明朝正德皇帝朱厚照，给自己取化名朱寿，自封为“威武大将军朱寿”。②缠头：指赠送妓女财物。③顿老：指明代金陵琵琶手。④妥娘：即郑妥娘，一名如英，字无美，小字妥娘。明末名妓，秦淮八艳之一。

【译文】教坊戏院，都由专门的衙门管理，是明朝正德皇帝南巡时所留下来的规定。然而名妓们，都不愿意登场演出。除非遇到知音，经过再三请求，她们或许会同意一展歌喉，届时满座为之倾倒。主人也大为高兴，一掷千金毫不吝惜。至于顿老的琵琶、郑如英的词曲，则更是只应天上有，难得人间闻啊！

裙屐[①]少年，油头半臂，至日亭午，则提篮挈榼，高声唱卖逼汗草[②]、茉莉花，娇婢掩帘，摊钱争买，捉腕捺胸，纷纭笑谑。顷之，乌云拥雪，竟体芳香矣。盖此花苞于日中，开于枕上，真媚夜之淫葩，殢（tì）[③]人之妖草也。建兰则大雅不群，宜于纱厨文榭[④]，与佛手、木瓜，同其静好。酒兵茗战之余，微闻香泽，所谓"王者之香"、"湘君之佩"，岂淫葩妖草所可比缀乎？

【注释】①裙屐：借指衣着时髦的富家子弟。②逼汗草：香草名。散发的香气能驱除汗液气味。③殢：纠缠。④文榭：饰以彩画的台榭。

【译文】衣着光鲜的少年，头上涂着发油，身穿半臂衣，每天正午，提上篮子，拿着盒子，高声叫卖逼汗草、茉莉花，婢女躲在帘子后，出钱争相购买，游戏打闹，说笑戏谑。不一会儿，乌黑的长发，雪白的肌肤上，都充满了香味。因为茉莉花在白天含苞未放，而在晚上开花，真算得上是黑夜里魅惑人的淫花，纠缠人的妖草啊。兰花则是孤芳自赏，与众不同，适合放在卧室书房，与佛手、木瓜都是清静美好的象征。喝酒品茶之余，闻到微微的香气，这就是人们所说的"王者之香"、"湘君之佩"吧，哪里是淫花妖草所能相比呢？

南曲衣裳妆束，四方取以为式。大约以淡雅朴素为主，不以鲜华绮丽为工也。初破瓜[1]者，谓之“梳栊”；已成人者，谓之“上头”。衣衫皆客为之措办。巧样新裁，出于假母。以其余物，自取用之。故假母虽年高，亦盛妆艳服，光彩动人。衫之短长，袖之大小，随时变易，见者谓是时世妆[2]也。

【注释】①破瓜：指女子初次为妓。②时世妆：入时或时髦的装饰打扮。

【译文】南方歌妓的衣裳妆束，都被其他各地所效仿。大约以淡雅朴素为主，不擅长鲜艳华丽。初次为妓的，叫做“梳栊”；多年为妓的，叫做“上头”。衣衫都是客人为之筹办，鸨母的衣服也是裁剪精巧。其他的物品，都是歌妓自己置办。所以鸨母虽然年龄已大，但也是穿着华丽，光彩动人。歌妓衣衫的长短，袖子的大小，都随时俗而改变，见到的人都说这是时尚的装饰打扮。

曲中女郎，多亲生之女，故怜惜倍至。遇有佳客，任其留连，不计钱钞。其伧父大贾，拒绝勿与通，亦不顾也。从良落籍，属于祠部。亲母则取费不多，假母则勒索高价，谚所谓“娘儿爱俏，鸨儿爱钞”者，盖为假母言之也。旧院与贡院[1]遥对，仅隔一河，原为才子佳人而设。逢秋风桂子之年，四方应试者毕集，结驷连骑[2]，选色征歌[3]。转车子[4]之喉，按阳阿[5]之舞，院本之笙歌合奏，回舟之一水皆香。或邀旬日之欢，或订百年之约。蒲桃架下，戏掷金钱；芍药栏边，闲抛玉马。此平康之盛事，乃文战[6]之外篇。迨夫士也色荒，女兮情倦，忽裘敝而金尽[7]，亦遂欢寡而愁殷。虽设阱者之恒情，实冶游者所深戒也。青楼薄幸，彼何人哉！

【注释】①贡院：是古代乡试、会试的考场，即开科取士的地方。②结驷连骑：随从、车马众多。形容排场阔绰。③选色征歌：挑选美女，征召歌伎。④车子：指三国时期的薛访车子善于歌唱。⑤阳阿：古时候名倡阳阿善舞，后因以称舞名。⑥文战：指科举考试。⑦裘敝而金尽：皮衣穿破了，钱用完了。比喻生活穷困。

【译文】妓院中女子，大多是歌妓的亲生女儿，所以倍加爱惜。遇上贵客来访，则任由他来去，从不索要金钱。但对于那些俗夫和商人，她们则不愿意接待，也不管他们出手多么阔绰。如果有人替妓女赎身以及脱除乐籍的事项，则归属于祠部负责。亲母收取的赎身费用不多，鸨母则高价勒索，这就是谚语所说的“娘儿爱俏，鸨儿爱钞”，大概说的就是鸨母吧。旧院与贡院隔河相对，原本就是为了方便才子佳人相会才这样安排的吧。每当秋天桂花盛开的时候，四面八方前来参加科举士子，都聚集在这里。一时间，旧院门前车水马龙，士子们争相拜访名妓，观戏听曲。轻歌让人陶醉，曼舞使人色迷，教坊梨园终日笙歌不断，连河水中都散发着芳香。有人只图一时的快乐，有人想谋定终身之约。蒲桃架下，芍药栏边，众人忘情游乐，忧愁烦恼皆抛脑后。这是旧院南曲的盛景，也是科举考场的小插曲。等到士人、歌妓两相厌烦了，财物也挥霍一空，就欢乐渐少而忧愁渐多了。这是美色陷阱的常态，沉迷其中的人应该引以为戒啊！。不要怨恨青楼中的人薄情，她们本来就是那样的人啊！

曲中市肆，精洁殊常。香囊云舄（xì）①、名酒佳茶、饧（xíng）糖②小菜、箫管琴瑟，并皆上品。外间人买者，不惜贵价，女郎赠遗，都无俗物。正李仙源《十六楼集句》诗中所云“市声春浩浩，树色晓苍苍。饮伴更相送，归轩锦绣香”者是也。

【注释】①云舄：指绣鞋。②饧糖：麦芽糖，糖稀。

【译文】妓院一带的商铺，精致整洁，与众不同。香囊绣鞋、名酒好茶、糖果小菜、箫管琴瑟，都是上等货品。外面的人不惜高价，争相购买，赠送给歌女的东西，都不是普通物件。正如李仙源《十六楼集句》诗中所写到的“市声春浩浩，树色晓苍苍。饮伴更相送，归轩锦绣香”就说的这些事情。

虞山钱牧斋《金陵杂题绝句》中，有数首云：“淡粉轻烟佳丽名，开天营建记都城。而今也入烟花部，灯火樊楼似汴京。”“一夜红笺许定情，十年南部早知名。旧时小院湘帘下，犹记鹦哥唤客声。”旧院马二娘，字晁采。“惜别留欢恨马蹄，勾阑月白夜乌啼。不知何与汪三事，趣我欢娱伴我归。”“别样风怀另酒肠，伴他薄幸耐他狂。天公要断烟花种，醉杀扬洲萧伯梁。”“顿老琵琶旧典型，檀槽生涩响零丁。南巡法曲谁人问？头白周郎掩泪听。”绍兴周禹锡，喜听顿老琵琶。“旧曲新诗压教坊，缕衣垂白感湖湘。闲开闺集教孙女，身是前朝郑妥娘。”郑女英，小名妥娘，载《列朝诗选·闺集》诗中。新城王阮亭[①]《秦淮杂诗》中有二首云：“旧院风流数顿杨，梨园往事泪沾裳。樽前白发谈天宝，零落人间脱十娘。”“旧事南朝剧可怜，至今风俗斗婵娟。秦淮丝肉中宵发，玉律抛残作笛钿。”以上皆伤今吊古、感慨流连之作，可佐南曲谈资者，录之以当哀丝急管[②]。黄浩翁[③]云：“解作江南断肠句，世间惟有贺方回。”倘遇旗亭[④]歌者，不能不画壁也。以上纪雅游。

【注释】①王阮亭：即王士祯，字子真，号阮亭，山东新城人，清初诗人、文学家。②哀丝急管：形容管弦乐声的悲壮动人。③黄浩翁：即黄庭坚，字鲁直，号山谷，洪州分宁（今江西修水）人，北宋著名的文学家、书法家。④旗亭：酒楼。

【译文】虞山钱谦益《金陵杂题绝句》中，有诗这样写到："淡粉轻烟佳丽名，开天营建记都城。而今也入烟花部，灯火樊楼似汴京。""一夜红笺许定情，十年南部早知名。旧时小院湘帘下，犹记鹦哥唤客声。"（旧院马二娘，字昆采。）"惜别留欢恨马蹄，勾阑月白夜乌啼。不知何与汪三事，趣我欢娱伴我归。""别样风怀另酒肠，伴他薄幸耐他狂。天公要断烟花种，醉杀扬洲萧伯梁。""顿老琵琶旧典型，檀槽生涩响零丁。南巡法曲谁人问？头白周郎掩泪听。"（绍兴周禹锡，喜欢听顿文弹琵琶。）"旧曲新诗压教坊，缕衣垂白感湖湘。闲开闺集教孙女，身是前朝郑妥娘。"（郑女英，小名妥娘，记载在《列朝诗选·闺集》诗中。）新城王阮亭《秦淮杂诗》中有二首诗写到："旧院风流数顿杨，梨园往事泪沾裳。樽前白发谈天宝，零落人间脱十娘。""旧事南朝剧可怜，至今风俗斗婵娟。秦淮丝肉中宵发，玉律抛残作笛钿。"以上这些都是凭古吊今，有感而发的诗作，可以作为秦淮名妓们的轶事，记录下这些委婉动人的故事。黄浩翁曾写过："解作江南断肠句，世间惟有贺方回。"假如遇到往昔佳人，沦落到在酒楼中唱歌的，就不能不在墙壁上题诗以做感慨啊。（以上是雅游部分的内容。）

八琼逸客曰：此记须用冷金笺（jiān）①，画乌丝栏，写《洛神赋》小楷②，装以云鸾缥带③，贮之蚊龙箧中，薰以沉水、迷迭，于风清日白，红豆花间，开看之可也。

【注释】①冷金笺：即冷金纸。②《洛神赋》小楷：指《小楷洛神赋》，是清初四大书家之一的姜宸英所书写。③缥带：淡青色带子。

【译文】八琼逸客说：这篇文章必须用冷金纸，画上乌丝栏，用

《洛神赋》那样的小楷书写，用云鸾缥带装饰，放在蚊龙箱中，用沉香、迷迭香熏制，在云淡风轻的日子，坐在红豆花间，才可以打开观看。

余生万历末年，其与四方宾客交游，及入范大司马[①]莲花幕中，为平安书记者，乃在崇祯庚辛以后。曲中名妓，如朱斗儿、徐翩翩、马湘兰者，皆不得而见之矣。则据余所见而编次之，或品藻其色艺，或仅记其姓名，亦足以征江左之风流，存六朝之金粉也。昔宋徽宗在五国城，犹为李师师立传，盖恐佳人之湮没不传，作此情痴狡狯耳。"风乍起，吹绉一池春水"，干卿何事？"彼美人兮，巧笑倩兮，美目盼兮。""中心藏之，何日忘之！[②]"

【注释】①范大司马：即范景文，明末官员。字梦章，号思仁，别号质公，河间府吴桥（今属河北）人。②中心藏之，何日忘之：出自《诗经·小雅·鱼藻之什》。

【译文】我出生在万历末年，喜欢与四面八方的客人结交，后来我到范景文的幕府中担任平安书记，那是崇祯庚、辛年以后的事了。秦淮中的名妓，如朱斗儿、徐翩翩、马湘兰这些人，在那时都已经见不到了。她们的事迹是我根据一些见闻整理出来的，这些文章有的是品评她们的姿容和技艺，有的仅能记载她们的姓名，虽然对于她们的事迹记录得不很完整，但也完全可以表现出江左人物的风流，而且保留下了六朝靡丽繁华的景象。过去宋徽宗在五国城受难时，还不忘为李师师立传，大概是怕佳人被埋没，才做出这种既痴情又机灵的事吧。"风乍起，吹绉一池春水"，宋徽宗为何不能忘怀呢？大概是"彼美人兮，巧笑倩兮，美目盼兮。""中心藏之，何日忘之！"

尹春，字子春，姿态不甚丽，而举止风韵，绰似大家。性格温和，谈词爽雅，无抹脂鄣袖①习气。专工戏剧排场，兼擅生、旦②。余遇之迟暮之年，延之至家，演《荆钗记》，扮王十朋。至《见娘》《祭江》二出，悲壮淋漓，声泪俱迸，一座尽倾，老梨园自叹弗及。余曰："此许和子③《永新歌》也，谁为韦青④将军者乎？"因赠之以诗曰："红红记曲采春歌，我亦闻歌唤奈何。谁唱江南断肠句，青衫白发影婆娑。"春亦得诗而泣，后不知其所终。嗣有尹文者，色丰而姣，荡逸飞扬，顾盼自喜，颇超于流辈。太平张维则昵宠之，唯其所欲，甚欢。欲置为侧室，文未之许。属友人强之，文笑曰："是不难，嫁彼三年，断送之矣。"卒归张，未几文死，张后十数年乃亡，仕至监司，负才华，任侠，轻财结客，磊落人也。

【注释】①鄣袖：以袖遮颜。形容故作姿态。②生、旦：戏曲行当的名称。生，指男子。旦，指女子。③许和子：是唐代著名的女歌唱家。④韦青：唐京兆杜陵人。官至左金吾将军，擅长音律。

【译文】尹春，字子春，容貌体态不是非常美丽，然而举止风韵，却胜过大家闺秀。她性格温和，言词直爽、文雅，没有矫揉造作的习气。尹春专工戏剧表演，兼擅长生、旦角色的表演。我遇到她时，她已上了年纪，我请她到家里来演出《荆钗记》，她扮演王十朋。当演到《见娘》《祭江》二出戏的时候，尹春的表演得悲情四溢，声泪俱下，满座为之倾倒，老戏曲家都叹息自己比不上她。我说："这是许和子在唱《永新歌》，那么谁又是韦青将军呢？"因此赠她一首诗："红红记曲采春歌，我亦闻歌唤奈何。谁唱江南断肠句，青衫白发影婆娑。"尹春得到诗后也感动地留下眼泪，后来就不知道她的下落了。她的女儿名叫尹文，容貌美丽，才艺出众。太平人张维非常喜欢她，凡是她喜欢的都尽力满足，彼此相处非常融洽。张维想把她纳为小妾，尹文没有答应。亲戚、朋友都劝说她，尹文笑着说："这原本也不是什么难事，但是我嫁给他三年内，就会命终的。"终究尹文还是嫁给了张维，没有多久尹文便去世了，又过了十几年，张维才去世。张维官至监司，是一位满腹才华、行侠仗义、轻财结客、光明磊落的人。

李十娘，名湘真，字雪衣。在母腹中，闻琴歌声，则勃勃欲动。生而娉婷娟好，肌肤玉雪，既含睇兮又宜笑，殆《闲情赋》[①]所云"独旷世而秀群"者也。性嗜洁，能鼓琴清歌，略涉文墨，爱文人才士。所居曲房密室，帷帐尊彝，楚楚有致。中构长轩，轩左种老梅一树，花时香雪霏拂几榻。轩右种梧桐二株，巨竹十数竿，晨夕洗桐拭竹，翠色可餐，入其室者，疑非尘境。余每有同人诗文之会，必至其家。每客用一精婢，侍砚席、磨隃（yú）麋[②]、爇都梁[③]、供茗果。暮则合乐酒宴，尽欢而散。然宾主秩然，不及于乱。于时流寇讧江北，名士渡江，侨金陵者甚众，莫不艳羡李十娘也。十娘愈自闭匿，称善病，不妆饰，谢宾客。阿母怜惜之，顺适其意，婉语辞逊，概勿与通。惟二三知己，则欢情自接，嬉怡忘倦矣。后易名贞美，刻一印章，曰"李十贞美之印"。余戏之曰："美则有之，贞则未也。"十娘泣曰："君知儿者，何出此言？儿虽风尘贱质，然非好淫荡检者流，如夏姬[④]、河间妇[⑤]也。苟儿心之所好，虽相庄如宾，情与之洽也。非儿心之所好，恐勉同枕席，不与之合也。儿之不贞，命也如何？"言已，涕下沾襟。余敛容谢之曰："吾失言，吾过矣！"十娘有兄女曰媚姐，十三才有余，白皙，发覆额，眉目如画，余心爱之。媚亦知余爱，娇啼婉转，作掌中舞。十娘曰："吾当为汝媒。"岁壬午，入棘闱。媚日以金钱投琼[6]，卜余中否。及榜发落第，余乃愤郁成疾，避栖霞山寺，经年不相闻矣。鼎革后，秦州刺史陈澹仙，寓丛桂园，拥一姬，曰姓李，余披帏见之，媚也。各黯然掩袂。问十娘，曰："从良矣。"问其居，曰："在秦淮水阁。"问其家，曰："已废为菜圃。"问其"老梅与梧竹无恙乎？"曰："已摧为薪矣。"问："阿母尚存乎？"曰："死矣。"因赠以诗曰："流落江湖已十年，云鬟犹卜旧金钱。雪衣飞去仙哥老，休抱琵琶过别船。"

【注释】①《闲情赋》：东晋文学家陶渊明的赋作。②隃麋：墨的古称。③都梁：香名。④夏姬：春秋时期郑国公主，妖淫成性，与多位诸侯、大夫通奸。历史上记载她三次成为王后、先后七次嫁给别人为夫人，共有九个男人因为她而死，号称"杀三夫一君一子，亡一国两卿"。⑤河间妇：出自柳宗元的《河间传》，是一个淫荡的妇人。⑥投琼：指掷骰子。

【译文】李十娘，名湘真，字雪衣。她还在娘肚子里时，每当听见弹琴唱歌的声音，就会蹬腿动脚。李十娘天生清秀美丽，肌肤如雪一样洁白，双目含情且笑靥如花，就像《闲情赋》所描写的"独旷世而秀群"的美人吧。她生性喜欢干净整洁，能弹琴唱歌，稍微懂些文章，喜爱和有学问的人来往。她所居住的院子幽静，屋内的帷帐、器具，布置得精巧别致。院中有一条长廊，长廊左边种了一棵老梅树，花开的时候，香气氤氲，白色的花朵像雪一样落在靠几与卧榻上。长廊右边种了两棵梧桐，几十株高大的竹子，每天早晨，梧桐和竹子的绿叶都好像水洗过一样，翠色浓郁。凡是到过她屋子的人，都觉得这不是凡间的居室。我每次和朋友举行诗会文会，都一定要到她家举办。她会为每位客人安排一个美丽的婢女，在一旁侍奉诸如磨墨、点香、献茶果的事情。晚上就举行酒宴，宾主尽欢之后，方才分别。但是宾主之间始终以礼相待，不会乱来。当时盗贼在江北作乱，很多名士渡江南下，侨居南京，没有人不喜爱李十娘的。李十娘反而不愿意多见客，对外宣称自己生了病，每日也不加梳洗打扮，谢绝宾客拜访。鸨母爱惜她，一切都顺着她的心意，对外人婉言谢绝，不给她通报。只是对二三个知己，李十娘才会高兴地亲自接待，嬉笑娱乐，不知疲倦。后来她改名叫贞美，还刻了一个印章，刻着“李十贞美之印”。我和她开玩笑说：“你是很漂亮，但是贞洁却算不上吧。”十娘哭着说：“您是了解我的人，怎么能说出这样的话呢？我虽然是烟花女子，但并非是夏姬、河间妇那样的放荡女人。如果是我喜欢的人，我就会对他以礼相待，是因为与他情投意合的缘故。如果是我不喜欢的人，即使勉强跟他睡在同一张床上，我的心也不在他身上。我不能保持贞洁，是我命不好啊！叫我该怎么办呢？”说完，泪水潸然而下，沾湿衣襟。我郑重地向她道歉说：“我出言失当，是我的错啊！”李十娘的兄长有个女儿名叫媚姐，才十三岁，皮肤白净，发长过额，眉清目秀，我由衷地喜爱她。媚姐也知道我喜爱她，和我情意绵绵。李十娘说：“我一定为你们做媒。”壬午年，我参加科举考试。媚姐每天都掷钱占卜，卜问我是否能考中。等到放榜，结果我没有考中，我愤郁成疾，躲在栖霞山的寺庙里，一整年没和媚姐互通消息。改朝换代以后，秦州知州陈澹仙，住在桂园，他有一位小妾，说是姓李，我去他家一看，正是媚姐。我和她都黯然神伤。我询问李十娘在那里，她说：“十娘已经从良了。”问住在什么地方，她说：“在秦淮水阁。”问十娘的旧居情况，她说：“已经荒废成菜园了。”问她院里的“老梅树和梧桐、竹林还安然无恙吗？”她说：“已经被砍掉当柴烧火了。”问她：“鸨母还健在吗？”她说：“已经死了。”临别时我赠给她一首诗：“流落江湖已十年，云鬟犹卜旧金钱。雪衣飞去仙哥老，休抱琵琶过别船。”

葛嫩，字蕊芳。余与桐城孙克咸[①]交最善，克咸名临，负文武才略，倚马千言立就，能开五石弓，善左右射，短小精悍，自号“飞将军”。欲投笔磨盾，封狼居胥[②]，又别字曰武公。然好狭邪游，纵酒高歌，其天性也。先昵珠市[③]妓王月，月为势家夺去，抑郁不自聊，与余闲坐李十娘家。十娘盛称葛嫩才艺无双，即往访之。阑入卧室，值嫩梳头，长发委地，双腕如藕，面色微黄，眉如远山，瞳人点漆。叫“请坐”，克咸曰：“此温柔乡也，吾老是乡矣！”是夕定情，一月不出，后竟纳之闲房。甲申之变，移家云间[④]，间道入闽，授监中丞杨文骢军事。兵败被执，并缚嫩。主将欲犯之，嫩不从，嚼舌碎，含血噀（xùn）其面，将手刃之。克咸见嫩抗节死，乃大笑曰：“孙三今日登仙[⑤]矣！”亦被杀。中丞父子三人，同日殉难。

【注释】①孙克咸：孙临，字克咸，改字武公，明末武官，安徽桐城人。②封狼居胥：指西汉大将霍去病讨伐匈奴胜利后，登狼居胥山筑坛祭天之事，后来代指建功立业。③珠市：旧时金陵城中的妓院之一。④云间：松江府的别称。⑤登仙：人死亡的婉辞。

【译文】葛嫩，字蕊芳。我与桐城人孙克咸最是要好，克咸名临，文武兼备，挥笔作文，千言立就，能拉开五石弓，善长左右射箭，他身材短小，精明强悍，自称“飞将军”。孙克咸想弃文就武，征战沙场，希望能像霍去病一样封狼居胥，所以又给自己取了别字叫武公。然而他喜好流连花街柳巷，纵酒高歌，这也是他的天性。他先是与珠市名妓王月亲近，王月后被有权势的人家抢走。孙克咸抑郁无聊，与我在李十娘家闲坐。李十娘极力称赞葛嫩才艺双绝，他随即前往拜访。孙克咸擅自闯入卧室，正巧葛嫩在梳头，只见她乌黑的头发长可及地，两只手腕像莲藕一样粉嫩，面色微黄，眉如远山，瞳如点漆。对孙克咸说了一声“请坐”，孙克咸叹道：“好一个温柔乡啊，我将终老在这里了！”当天晚上两人就山盟海誓，约定终身。孙克咸在这里闭门呆了一个月，后来纳葛嫩为偏房。甲申之变，孙家搬到松江，又取道进入福州，孙克咸在杨文骢军中担任监军。兵败后，孙克咸被抓，葛嫩也一同被俘。清军主将想侵犯葛嫩，葛嫩拒不听从，嚼碎舌头，含血喷在他脸上，主将恼羞成怒亲手杀了葛嫩。孙克咸看到葛嫩守节而死，于是大笑着说：“孙三今日要登仙了！”最后也被杀死。杨文骢父子三人，也在同一天英勇就义。

李大娘，一名小大，字宛君。性豪侈，女子也，而有须眉丈夫之气。所居台榭庭室，极其华丽，侍儿曳罗绮者十余人。置酒高会[①]，则合弹琵琶筝瑟，或狎客[②]沈元、张卯、张奎数辈，吹洞箫，唱时曲。酒半，打十番鼓[③]，曜灵西匿，继以华灯。罗帏从风，不知喔喔鸡鸣、东方既白矣。大娘曰：“世有游闲公子、聪俊儿郎，至吾家者，未有不荡志迷魂、没溺不返者也。然吾亦自逞豪奢，岂效龊龊倚门市娼，与人较钱帛哉！”以此得“侠妓”声于莫愁[④]、桃叶[⑤]间。后归新安吴天行。天行巨富，赀产百万，体羸，素善病，后房丽姝甚众，疲于奔命，大娘郁郁不乐。曩（nǎng）所欢胥生者，赂仆婢通音耗。渐托疾，荐胥生能医，生得入见大娘。大娘以金珠银贝纳药笼中以出，与生订终身约。后天行死，卒归胥生。胥生本贫士，家徒四壁立，获吴氏资，渐殷富。与大娘饮酒食肉相娱乐，教女妓数人歌舞。生复以乐死。大娘老矣，流落阛（huán）阓（huì）[⑥]，仍以教女娃歌舞为活。余犹及见之，徐娘虽老，尚有风情。话念旧游，潸焉出涕，真如华清宫女说开元、天宝遗事也！昔杜牧之于洛阳城东，重睹张好好[⑦]，感旧伤怀，题诗以赠，有云：

“朋游今在否，落拓更能无。门馆恸哭后，水云秋景初。斜日挂衰柳，凉风出座隅。酒尽满襟泪，短歌聊一书。”正为今日而说。余即出素扇以贻之，大娘捧扇而泣，或据床以哦，哀动邻壁。

【注释】①置酒高会：设酒宴办盛会。②狎客：嫖客。③十番鼓：一种民间音乐，乐队由十种乐器组成，包括管弦乐器和打击乐器。④莫愁：即南京的莫愁湖，为六朝胜迹，有“江南第一名湖”、“金陵第一名胜”等美誉。⑤桃叶：即桃叶渡，是秦淮河上的一个古渡，南京古名胜之一，位列于金陵四十八景内。⑥阛阓：街市，街道。⑦张好好：本是歌伎，与杜牧早年在江西幕府时相识。后来张好好与人为妾，就与杜牧音信隔绝。几年后，杜牧来到洛阳，才发现张好好早已被薄情的丈夫抛弃，在洛阳东城的一家酒店里卖酒。

【译文】李大娘，又名小大，字宛君。生性豪放奢侈，虽然是女子，但是有堂堂男子汉的气概。她居住之处的楼台庭院，极其华丽，有身穿绫罗绸缎的侍女十多人。每逢酒宴盛会，便和客人一起弹奏琵琶筝瑟，或者是沈元、张卯、张奎这些人，吹奏洞箫，演唱时曲。酒宴过半，又换成打十番鼓助兴。太阳落山以后，点上华灯，继续饮宴，罗帐随风飘荡。不知不觉中，已经是雄鸡报晓、天光大亮了。李大娘说：“世间闲游的富家子弟、聪明英俊的少年郎，只要到了我家，没有人不心智迷乱，沉溺流连在这里。然而我也会豪放大度，倾心结交天下人。我难道会效仿那些普通娼妓，与人计较钱帛吗！”因此李大娘在莫愁湖、桃叶渡一带，获得了“侠妓”的名声。后来李大娘嫁给新安吴天行。吴天行是巨富豪门，财产百万，但是身体瘦弱，经常生病，他家里姬妾众多，疲于应付，李大娘感觉被冷落，因此闷闷不乐。以前李大娘有个相好叫胥生，胥生贿赂吴天行家的奴仆婢女，与李大娘互通消息。慢慢地，李大娘借口有病，推荐胥生来医治，胥生得以入内见到李大娘。李大娘把金银珠宝放在药箱中让胥生带走，并与胥生私订终身。后来吴天行去世，李大娘终于和胥生相聚。胥生原本是穷书生，家徒四壁，一无所有，自从得到吴家的钱财，日渐富足。他与李大娘整日饮酒吃肉，快活务必，还教几个女妓学习歌舞。胥生因作乐过度而死。而李大娘已经人老珠黄，只能流落街头，以教女娃歌舞为生。我后来还见过她，徐娘虽老，但还有风情。说起从前的旧事，李大娘眼泪止不住地往下流，就像华清池的宫女说起开元、天宝年间的事情啊！过去杜牧在洛阳城东，重见张好好，感伤旧事，写了一首诗赠给张好好，诗中写到："朋游今在否，落拓更能无。门馆恸哭后，水云秋景初。斜日挂衰柳，凉风出座隅。酒尽满襟泪，短歌聊一书。"正是今日李大娘的写照啊！我随即拿出扇子送给李大娘，李大娘捧着扇子哭泣不停，继而趴在床上放声大哭，甚至惊动了邻里。

顾媚，字眉生，又名眉。庄妍靓雅，风度超群。鬓发如云，桃花满面，弓弯[①]纤小，腰肢轻亚。通文史，善画兰，追步马守真[②]，而姿容胜之，时人推为南曲第一。家有眉楼，绮窗绣帘，牙笺玉轴，堆列几案，瑶琴锦瑟，陈设左右，香烟缭绕，檐马[③]丁当。余常戏之曰："此非眉楼，乃迷楼也。"人遂以"迷楼"称之。当是时，江南侈靡，文酒之宴，红妆与乌巾紫裘相间，座无眉娘不乐。而尤艳顾家厨食品，差拟郇公[④]、李太尉[⑤]，以故设筵眉楼者无虚日。然艳之者虽多，妒之者亦不少。适浙东一伧父，与一词客争宠，合江右某孝廉互谋，使酒骂座，讼之仪司[⑥]，诬以盗匿金犀酒器，意在逮辱眉娘也。余时义愤填膺，作檄讨罪，有云"某某本非风流佳客，谬称浪子端王。以文鸳彩凤之区，排封豕长蛇[⑦]之阵；用诱秦诓楚[⑧]之计，作摧兰折玉[⑨]之谋。种夙世之孽冤，煞一时之风景"云云。伧父之叔为南少司马，见檄，斥伧父东归，讼乃解。眉娘甚德余，于桐城方瞿庵堂中，愿登场演剧为余寿。从此摧幢息机，矢脱风尘矣。未几，归合肥龚尚书芝麓。尚书雄豪盖代，视金玉如泥沙粪土，得眉娘佐之，益轻财好客，怜才下士，名誉盛于往时。客有求尚书诗文及乞画兰者，缣笺动盈箧笥，画款所书“横波夫人”者也。岁丁酉，尚书挈夫人重游金陵，寓市隐园中林堂。值夫人生辰，张灯开宴，请召宾客数十百辈，命老梨园郭长春等演剧。酒客丁继之、张燕筑及二王郎，中翰王式之，水部王桓之。串《王母瑶池宴》。夫人垂珠帘，召旧日同居南曲、呼姊妹行者与燕，李大娘、十娘、王节娘皆在焉。时尚书门人楚严某，赴浙监司任，逗留居樽下，褰帘长跪，捧卮称“贱子上寿”。坐者皆离席伏，夫人欣然为罄三爵，尚书意甚得也。余与吴园次、邓孝威作长歌纪其事。嗣后还京师，以病死。殓时现老僧相，吊者车数百乘，备极哀荣。改姓徐氏，世又称徐夫人。尚书有《白门柳》传奇行于世。

【注释】①弓弯：指旧时妇女裹缠如弓形的脚。②马守真：即马湘兰，秦淮八艳之一。③檐马：挂在屋檐下的风铃，风吹时撞击发声。④郇公：指唐代韦陟，袭封郇国公。生性奢侈放纵，穷治馔羞，厨中多美味佳肴。后来用“郇公厨”称膳食精美的人家。⑤李太尉：指唐武宗朝宰相、卫国公李德裕。⑥仪司：指地方司法机构。⑦封豕长蛇：贪婪如大猪，残暴如大蛇。⑧诱秦诓楚：战国时张仪劝导秦国以连衡破合从，以诡诈手段欺骗楚国背齐向秦。后表示挑拨离间。⑨摧兰折玉：毁掉兰花，折断美玉。比喻摧残和伤害女子。

【译文】顾媚，字眉生，又名眉。端庄美丽，幽静文雅，风度超群。鬓发如云，面如桃花，金莲细小，腰肢轻盈。通文史，善画兰，很多方面她都仿效马守真，而美貌则胜过马守真。当时的人们推崇她为金陵第一名妓。她家有眉楼，雕窗绣帘，精致无比。秀笺画轴，堆列几案。瑶琴锦瑟，陈设左右。香烟缭绕，风铃作响。我经常和她开玩笑说："这里不是眉楼，而是迷楼啊。"于是人们就称它为"迷楼"。当时，江南风气奢侈糜烂，酒席宴会之中，歌女文士济济一堂，如果没有眉娘到场，众人就难以尽兴。众人尤其喜爱顾家厨子做的食物，可与郇公、李太尉家的美食相媲美，所以几乎天天都有人在眉楼宴饮。喜爱她的人虽然有很多，但是嫉妒她的人也不少。浙东有一个卑贱小人，与一名文人为了她争风吃醋，这个小人就与江右某位孝廉合谋，在酒宴上故意生事，告到官府，诬蔑文人盗窃酒器，目的是借此来侮辱眉娘。我当时十分气愤，作檄文声讨这个粗人的罪行，文中写到"某某本来就不是名流正派，还妄称自己是正人君子。在风月娱乐之地，行暴虐无礼之事；用诽谤诬陷的方法，做出摧残佳人的事情。为自己种下种种冤孽，使众人大为扫兴"。小人的叔父担任南京兵部侍郎，见到檄文，对他一通斥责，让他回乡，诉讼的事情才得以免除。眉娘非常感激我，在桐城方瞿庵堂中，为我登场演剧祝寿。从此以后眉娘收敛行迹，脱离风尘。没过多久，嫁给合肥人龚芝麓。龚尚书英雄盖世，视金玉如泥沙粪土，他得到眉娘的辅助，更加轻财好客，爱惜人才，礼贤下士，而名声日盛。宾客中有人请求龚尚书作诗文，并画一幅兰花图，龚尚书完成后，在画上落款写着"横波夫人"。丁酉年，龚尚书带眉娘重游金陵，住在市隐园的中林堂。当时正值眉娘生日，府内张灯结彩，设宴庆贺，邀请了百十位宾客，还请来老梨园郭长春等人演戏。宴会中的客人丁继之、张燕筑及两位姓王的客人（中翰王式之，水部王桓之）串演《王母瑶池宴》。眉娘垂下珠帘，邀请往日居住在金陵、互称姊妹的那些名妓前来参加宴会，李大娘、十娘、王节娘都被邀请。当时龚尚书的门人楚严某，准备赴浙江任职，特地前来道贺，他掀开珠帘跪下，手捧酒杯对眉娘说："我给夫人祝寿"。在座的人都离开座位下跪，眉娘非常愉快地喝光了三杯酒，龚尚书也更加高兴。我与吴园次、邓孝威作长诗记载此事。后来眉娘回到京师，因病而死。入殓时现老僧相，前来吊唁的人有好几百，丧事办得非常隆重。眉娘死后改姓徐氏，所以人们又称她为徐夫人。龚尚书有文集《白门柳》流传于世。

董白，字小宛，一字青莲。天姿巧慧，容貌娟妍。七八岁时，阿母教以书翰，辄了了。少长，顾影自怜，针神曲圣，食谱茶经，莫不精晓。性爱闲静，遇幽林远涧，片石孤云，则恋恋不忍舍去。至男女杂坐，歌吹喧阗（tián），心厌色沮，意弗屑也。慕吴门山水，徙居半塘，小筑河滨，竹篱茅舍。经其户者，则时闻咏诗声，或鼓琴声，皆曰："此中有人。"已而，扁舟游西子湖，登黄山，礼白岳，仍归吴门。丧母抱病，赁居以栖。随如皋冒辟疆，过惠山，历澄江、荆溪，抵京口，涉金山绝顶，观大江竞渡①以归。后卒为辟疆侧室，事辟疆九年，年二十七，以劳瘵（zhài）②死。辟疆作《影梅庵忆语》二千四百言哭之。同人哀辞甚多，惟吴梅村宫尹十绝，可传小宛也。其四首云："珍珠无价玉无瑕，小字贪看问妾家。寻到白堤呼出见，月明残雪映梅花。"又云："念家山破定风波，郎按新词妾按歌。恨杀南朝阮司马，累侬夫婿病愁多。"又云："乱梳云髻下妆楼，尽室苍黄过渡头。钿盒金钗浑抛却，高家兵马在扬州。"又云："江城细雨碧桃村，寒食东风杜宇魂。欲吊薛涛怜梦断，墓门深更阻侯门。"

【注释】①竞渡：指划船比赛。②瘵：指病。

【译文】董白，字小宛，一字青莲。天姿聪慧，容貌艳丽。七八岁时，母亲教她文字，就能很快学会。长大了以后，孤芳自赏，她对于针织酿造，食谱茶经，没有不精通的。她生性喜爱安闲宁静，遇到幽林远涧，片石孤云，就非常留恋，舍不得离开。在男女混杂，声音喧闹的地方，她就心生厌烦，神情颓丧，非常不喜欢这些场合。董小宛因为喜欢吴门山水，就迁到半塘，在河边筑起小屋，一派竹篱茅舍的田园风光。经过她家门前的人，有时会听到里面有咏诗声，有时是鼓琴声，人们都说："这里面有雅人啊。"后来，董小宛泛舟西子湖上，登黄山，白岳山，再回到吴门。母亲去世后，董小宛疾病缠身，租屋居住。后来她跟随冒辟疆游历惠山，澄江、荆溪，还到达京口，又跋涉到金山绝顶，观看了大江中的龙舟比赛这才返回。董小宛最终成为辟疆的侧室，侍奉冒辟疆九年，二十七岁时，过劳病死。冒辟疆作《影梅庵忆语》共二千四百句话吊唁她。志同道合的朋友写了很多哀悼、纪念董小宛的文章，但是只有吴伟业的十首绝句，才是对董小宛最好的评价。其中的四首是："珍珠无价玉无瑕，小字贪看问妾家。寻到白堤呼出见，月明残雪映梅花。"又有："念家山破定风波，郎按新词妾按歌。恨杀南朝阮司马，累侬夫婿病愁多。"又有："乱梳云髻下妆楼，尽室苍黄过渡头。钿盒金钗浑抛却，高家兵马在扬州。"又有："江城细雨碧桃村，寒食东风杜宇魂。欲吊薛涛怜梦断，墓门深更阻侯门。"

卞赛，一曰赛赛，后为女道士，自称玉京道人。知书，工小楷，善画兰，鼓琴，喜作风枝袅娜，一落笔，画十余纸。年十八，游吴门，居虎丘。湘帘[①]棐（fěi）几[②]，地无纤尘。见客初不甚酬对，若遇佳宾，则谐谑间作，谈词如云，一座倾倒。寻归秦淮，遇乱，复游吴门，吴梅村学士作《听女道士卞玉京弹琴歌》赠之，中所云"昨夜城头吹筚篥，教坊也被传呼急。碧玉班中怕点留，乐营门外卢家泣。私更妆束出江边，恰遇丹阳下渚船。剪就黄絁贪入道，携来绿绮诉婵娟"者，正此时也。在吴作道人装，然亦间有所主。侍儿柔柔，承奉砚席如弟子，指挥如意，亦静好女子也。逾两年，渡浙江，归于东中一诸侯。不满意，进柔柔当夕，乞身下发。复归吴，依良医郑保御，筑别馆以居。长斋绣佛，持戒律甚严。刺舌血书《法华经》，以报保御。又十余年而卒，葬于惠山祇陀庵锦树林。

【注释】①湘帘：用湘妃竹做的帘子。②棐几：用棐木做的几桌。

【译文】卞赛，又叫赛赛，后来她做了女道士，自称玉京道人。卞赛通诗书，擅长小楷，善画兰，会弹琴，喜欢画婀娜多姿的风中柳枝，一落笔，就能画十多张纸。十八岁时，卞赛游历吴门，住在虎丘。她的房间布置典雅，没有纤尘。卞赛刚见到客人时，并不怎么说话，如果遇到心仪的嘉宾，她则诙谐逗趣，娓娓而谈，满座的人都为之倾倒。不久卞赛回到秦淮，正值战乱，于是再次游历吴门，吴伟业作了一首《听女道士卞玉京弹琴歌》的诗作赠给她，诗中写到"昨夜城头吹筚篥，教坊也被传呼急。碧玉班中怕点留，乐营门外卢家泣。私更妆束出江边，恰遇丹阳下渚船。剪就黄絁贪入道，携来绿绮诉婵娟"，正是写的这个时候的情形。在吴门，卞赛身穿道装示人，然而中间也嫁过人。卞赛的侍女柔柔，像她的弟子一样，在她身边侍奉，而且善解人意，也是一位安静文雅的女子。过了两年，卞赛坐船到了浙江，嫁给东中府的一位达官。因不满意这桩婚姻，就把侍女柔柔进奉给他，她自己则离去。后来，卞赛重新回到吴门，依附于良医郑保御，另建别馆居住。她长年吃斋拜佛，持守戒律很严格。曾刺舌出血，抄写《法华经》，以此报答郑保御的恩情。又过了十几年后卞赛去世，葬于惠山祇陀庵锦树林。

玉京有妹曰敏，颀而白，如玉肪，风情绰约，人见之，如立水晶屏也。亦善画兰鼓琴，对客为鼓一再行，即推琴敛手，面发赪（chēng）。乞画兰，亦止写篆（xiǎo）竹枝兰草二三朵，不似玉京之纵横枝叶，淋漓墨渖也。然一以多见长，一以少为贵，各极其妙，识者并珍之。携来吴门，一时争艳，户外履恒满。乃心厌市嚣，归申进士维久。维久宰相孙，性豪举，好宾客，诗文名海内，海内贤豪多与之游。得敏益自喜，为闺中良友。亡何，维久病且殁，家中替。后嫁一贵官颍川氏，三年病死。

【译文】卞玉京有一个妹妹叫卞敏，身材修长且皮肤白皙，像凝脂一样，风姿绰约，人们看见她，就像见到立着的水晶屏一样。卞敏也善画兰花，会弹琴，一曲终了，如果客人要求再多弹奏一曲，她会立刻收手，停止弹琴，而且害羞脸红。如果要求她画兰花，她也只是画两三朵而已，不像卞玉京那样挥毫泼墨，酣畅淋漓的风格。然而一个以画得多为特长，一个以画得少为珍贵，卞玉京姐妹各有妙处，赏识的人都会珍惜她们的画作。卞敏与卞玉京相伴来到吴门，姐妹俩一时争艳，经常是宾客满屋。卞敏厌烦市井的喧闹，嫁给进士申维久。申维久是万历年间内阁首辅申时行的孙子，生性豪放不羁，喜好宴请宾客，诗文名扬海内，海内的贤士豪杰大多都喜欢和他来往。申维久得到卞敏之后更加高兴，视卞敏为闺中良友。不久，申维久因病而死，家道衰落。后来卞敏嫁给一名贵官颍川氏，三年后病死。

范珏，字双玉，廉静，寡所嗜好。一切衣饰歌管、艳靡纷华之物，皆屏弃之。惟阖户焚香瀹茗，相对药炉经卷而已。性喜画山水，摹仿史痴[①]、顾宝幢[②]，槎枒老树，远山绝磵，笔墨间有天然气韵，妇人中范华原[③]也。

【注释】①史痴：史痴翁，本姓徐，名端本，字廷直，后更名史忠，号痴翁，金陵（今南京）人，明代画家。②顾宝幢：即顾源，字清甫，号宝幢居士，工于诗书善于绘画。③范华原：即范宽，宋代绘画大师，又名中正，字中立，陕西华原（今陕西铜川耀州区）人。擅画山水，为山水画“北宋三大家”之一。

【译文】范珏，字双玉，秉性谦逊沉静，没有什么特别的爱好。她对于一切华丽的衣服、首饰、乐器等物品一概舍弃。范珏只是整日待在房中，焚香煮茶，与药炉经卷相伴而已。范珏喜欢画山水，她摹仿史痴、顾宝幢的山水技法，画出的枝杈老树，远山深涧，笔墨间有天然的韵味，是妇人中的范华原。

顿文，字小文，琵琶顿老孙女也。性聪慧，略识字义，唐诗皆能上口。授以琵琶，布指濩（hù）索[①]，然意弗屑，不肯竟学。学鼓琴，雅歌《三叠》，清泠泠然，神与之浃（jiā），故又字曰“琴心”云。琴心生于乱世，顿老赖以存活，不能早脱乐籍。赁屋青溪里，荜门圭窦[②]，风月凄凉，屡为健儿伧父所厄，最后为李姓者挟持，牵连入狱，虽缘情得保，犹守以牛头阿旁[③]也。客有王生者，挽余居间营救，偕往访之。风鬟雾鬓，憔悴可怜，犹援琴而鼓，弹“别凤离鸾”之曲，如猿吟鹃啼，不忍闻也。余说内乡许公，属其门生直指使者纵之，复还故居。吴郡王子其长主张燕筑家，与琴心比邻，两相慕悦。王子故轻侠，倾金钱，赈其贫悴，将携归，置别室。突遘奇祸，收者至，见琴心，诧曰：“此真祸水也！”悯其非辜，驱之去，独捕王子。王子被戮，琴心逸，后终归匪人。嗟乎！佳人命薄，若琴心者，其尤哉！其尤哉！

【注释】①濩索：转关濩索的省称，古乐府琵琶曲名。②荜门圭窦：指贫户居室。③牛头阿旁：指地狱中的鬼卒。

【译文】顿文，字小文，是琵琶顿老的孙女。她生性聪慧，学过一些诗书，也能写几句唐诗。顿老教她琵琶，弹奏“濩索”这首曲子，顿文心里却不愿意，不肯学完。顿文又学过弹琴，她弹奏《三叠》曲时，琴声清越激扬，曲意相通，所以顿文又字“琴心”。琴心生在乱世，顿老依靠她才能生活，所以顿文不能尽早从良，她在青溪里租下屋子，房屋极其简陋，光景凄凉，她又多次被蛮夫欺负，最后她被姓李的人牵连入狱，虽然能够暂时保全，但是顿文在监狱中，整天就像和地狱中的鬼卒呆在一起一样。客人中有一位王生，拉着我去施以援手，我们一同前去探望她。只见她头发散乱，憔悴可怜，仍然拿着琴在弹奏，弹奏“别凤离鸾”之曲，就像杜鹃啼血一样，真叫人不忍心听下去啊。我通过内乡县的许公，让他的门生上下活动，使琴心重获自由。琴心后来回到旧居。当时吴郡的明朝皇室后裔住在张燕筑家里，与琴心是邻居，两人互相仰慕。这名皇室原本就轻财重义，一见到琴心，就倾囊接济，他本来准备带琴心回家，娶为侧室。这一天，突然遭遇横祸，清廷派人缉捕他，抓捕他的人进来，看见琴心，就惊讶地说：“这女子真是祸水啊！”差役可怜她无罪，就放走了她，只抓了这名皇室。这名皇室后来被杀，琴心逃亡他乡，最终被盗贼掳走。哎！佳人薄命，像琴心那样的遭遇，真是让人遗憾啊！让人遗憾啊！

沙才，美而艳，丰而逸，骨体皆媚，天生尤物也。善弈棋，吹箫度曲。长面修容，留仙裙，石华广袖，衣被灿然。后携其妹曰嫩者，游吴郡，卜居半塘，一时名噪，人皆以“二赵”、“二乔”目之。惜也才以疮发，剜其半面，嫩归吒利，郁郁死。

【译文】沙才，美艳动人，丰腴美丽，身材妩媚，是天生的绝色美女。她善长下棋，能够吹箫唱曲。沙才长面丽容，身穿留仙裙，华服广袖，衣饰艳丽。后来和她的妹妹沙嫩一起，游历吴郡，在半塘居住，当时沙才的名声很大，人都用"二赵"、"二乔"来形容她们姐妹。可惜沙才因为毒疮发作，毁了半边脸，沙嫩嫁给吒利，最终郁郁寡欢而死。

马娇，字婉容，姿首清丽，濯濯如春月柳，滟滟如出水芙蓉，真不愧"娇"之一字也。知音识曲，妙合宫商，老伎师推为独步。然终以误堕烟花为恨，思择人而事，不敢以身许人，卒归贵竹杨龙友[①]。龙友名文骢，以诗画擅名，华亭董文敏[②]亟赏之。先是闽中郭圣仆有二妾，一曰李陀那，一曰珠玉耶。圣仆殁，龙友得玉耶，并得其所蓄书画，瓶砚几杖诸玩好古器。复拥婉容，终日摩挲笑语为乐。甲申之变，贵阳马士英[③]册立福王[④]，自为首辅，援引怀宁阮大铖，构党煽权，挠乱天下，以至五月出奔。都城百姓，焚烧两家居第，以龙友乡戚有连，亦被烈炬，顷刻灰烬。时龙友巡抚苏松，尽室以行，玉耶亦殉，婉容莫知所终。龙友父子殉难闽峤，母丐归金陵，依家仆以终天年。婉容有妹曰嫩，亦著名。又有小马嫩者，轻盈飘逸，自命风流。真州盐贾用千金购得，奉溧阳陈公子，公子昵之。未久，并奁具[⑤]赠豫章陈伯玑，生一子一女，如王子敬[⑥]之有桃根也。

【注释】①杨龙友：名文骢，号山子，金陵九子之一。②董文敏：即董其昌，字玄宰，号思白，别号香光居士，松江华亭（今上海市）人。明朝后期大臣，著名书画家。谥叫文敏，因称董文敏。③马士英：字瑶草，贵州贵阳人，明末大臣，官至内阁首辅。④福王：即朱由崧，南明首位君主。⑤奁具：

嫁妆。⑥王子敬：即王献之，字子敬，会稽山阴（今浙江省绍兴市）人。东晋著名书法家、诗人、画家，“书圣”王羲之的第七子。

【译文】马娇，字婉容，容貌清秀美丽，就像春日里的清新柳枝，又像明艳的出水芙蓉，真不愧“娇”这个字。马娇知音识曲，擅长音律，老乐师也称赞她无人可比。然而她终究还是觉得自己误落烟花之地，而深为悔恨，想选择一个可靠之人，托付终身，所以她不敢随意以身许人，最终嫁给了贵阳人杨龙友。杨龙友名文骢，以诗画而出名，华亭董文敏非常欣赏他。先前闽中的郭圣仆有两个妾室，一个叫李陀那，一个叫珠玉耶。郭圣仆去世后，杨龙友得到珠玉耶，并得到她收藏的书画，瓶砚、几杖各种玩器。随后杨龙友又得到了婉容，就整日和两位美人嬉戏谈笑为乐。甲申之变后，贵阳马士英册立福王，自己担任首辅，又推荐阮大铖担任要职，结党擅权，扰乱天下，一直到五月才从南京逃走。金陵的百姓，烧毁了两家的宅第，因杨龙友与马士英既是同乡，又是亲戚，所以受到牵连，宅院也被烧毁，变成灰烬。当时杨龙友担任苏松巡抚，抗清兵败后，他全家遇难，珠玉耶也遇难了，婉容则不知下落。杨龙友父子在福建遇难后，杨龙友的母亲一路乞讨，回到金陵，寄居在仆人家，得以终老。婉容有妹妹叫马嬿，也很出名。又有叫小马嬿的，轻柔优美，自视甚高。真州盐商花重金买下她，去侍奉溧阳的陈公子，公子非常喜爱她。但没过多久，陈公子又准备嫁妆，把她赠予豫章的陈伯玑，她为陈伯玑生下一子一女，她和陈伯玑就像王子敬和桃根一样恩爱。

顾喜，一名小喜，性情豪爽，体态丰华，趺（fū）不纤妍，人称为“顾大脚”，又谓之“肉屏风”。然其迈往不屑之韵，凌霄拔俗之姿，则非篱壁间物①也。当之者似李陵②提步卒三千人抵鞮汗山入狭谷，往往败北生降矣。汉武帝《悼李夫人赋》③有云“佳侠含光”，余题四字颜其室。乱后不知从何人以去，或曰归一公侯子弟云。

【注释】①篱壁间物：指平常之物。②李陵：字少卿，陇西成纪（今甘肃天水市秦安县）人。西汉名将，飞将军李广的长孙。③《悼李夫人赋》：汉武帝刘彻为悼念宠妃李夫人而写得一篇赋。

【译文】顾喜，一名小喜，性情豪爽，体态丰满，她双脚并不裹足，所以人们称她为“顾大脚”，又叫她“肉屏风”。然而她那种豪迈洒脱、超然世俗的气质，绝非常人所能拥有。想和她比较气势的人就像李陵带着三千士卒进入鞮汗山的狭谷一样，只能兵败投降。汉武帝在《悼李夫人赋》中写到“佳侠含光”，我题写了这四个字挂在她的房间。战乱之后不知道她跟何人走了，有人说她嫁给了一位公侯子弟。

米小大，颇著美名，余未之见，然闻其纤妍俏洁，涉猎文艺，粉掏墨痕，纵横缥帙，是李易安[①]之流也。归昭阳李太仆。太仆遇祸，家灭。

【注释】①李易安：即李清照，号易安居士，齐州章丘（今山东章丘）人，宋代女词人。

【译文】米小大，一向以美貌著称，我虽未见过她，但听说她纤细美丽、优美雅洁，涉猎文艺，钟情字画，畅游诗书之中，是李清照那一类的女子。她后来嫁给昭阳的李太仆。后来李太仆遭遇灾祸，家破人亡。

王小大，生而韶秀，为人圆滑便捷，善周旋。广筵长席，人劝一觞，皆膝席欢受。又工于酒，纠觥录事，无毫发谬误。能为酒客解纷释怨，时人谓之“和气汤”。扬州顾尔迈，字不盈，镇远侯介弟也。挟戚里之富，往来平康，悦小大，贮之河庭。时时召客大饮，效陈孟公[①]、高季式[②]，授女将军酒正印，左右指麾，客皆极饮沾醉。有醉而逸者，锁门脱履，卧地上，至日中乃醒。时吴桥范文贞公，官南大司马，不盈为揖客，出入辕戟，有古任侠风，书画与郑超宗[③]齐名。

【注释】①陈孟公：即陈遵，字孟公，杜陵（今西安）人，为人极其好客。②高季式：字子通，渤海郡蓨县（今河北景县）人。北魏北齐时期将领。豪率好酒，喜欢宴客。③郑超宗：即郑元勋，广陵（今扬州）人，字超宗，号惠东。工诗善画，是明代画家。

【译文】王小大，天生清秀美丽，为人周到灵活，善长应酬。宴会之上，如果有人进酒，她都是跪在席上欣然接受。她又擅长酒令，监酒杯行令，没有丝毫错误。她常常能为酒客排解纠纷、消除怨忿，当时人们说她是“和气汤”。扬州顾尔迈，字不盈，是镇远侯顾肇迹的弟弟。携带重金来到金陵，出入花街柳巷之中。顾尔迈非常喜欢王小大，让她住在自己河边的寓所。顾尔迈常常邀请宾客来家饮酒，效仿陈孟公、高季式的好客之道，让王小大作为女将军来监酒，监督众人受罚喝酒，客人都痛饮大醉。有的客人喝醉了，跑出去把门锁上，脱掉鞋，就睡在地上，直到第二天中午才醒来。当时吴桥的范景文，担任南京兵部尚书，顾尔迈对他长揖不拜，出入官府衙门，有古时大侠的风范，他的书画与郑超宗齐名。

张元，清瘦轻佻，临风飘举。齿少长，在少年场中，纤腰踽（jǔ）步，亦自楚楚，人呼之为“张小脚”。

【译文】张元，体态清瘦轻盈，好似要迎风起舞。长大后，她在欢乐场中，纤腰慢步，楚楚动人，人们称她为“张小脚”。

刘元，齿亦不少，而佻达轻盈，目睛闪闪，注射四筵。曾有一过江名士与之同寝，元转面向里帷，不与之接。拍其肩曰：“汝不知我为名士耶？”元转面曰：“名士是何物？值几文钱耶？”相传以为笑。

【译文】刘元，年纪不小了，但是体态轻盈，目含秋波，频送四座。曾有一位过江名士与她共眠，刘元转过头面向里，不和他有接触。名士拍着她的肩膀说：“你不知道我是名士吗？”刘元转过头说：“名士是什么东西？值几文钱啊？”人们把这个当成笑话流传开来。

崔科，后起之秀，目未见前辈典型，然有一种天然韶令之致。科亦顾影自怜，矜其容色，高其声价，不屑一切。卒为一词林所窘辱。

【译文】崔科，是秦淮的后起之秀，以前还没有见过她这类型的女子，她有一种天然聪慧的气质。崔科也是孤芳自赏，以自己的容貌为傲，抬高自己的身价，对其他人颇为不屑。最终被一文人凌辱。

董年，秦淮绝色，与小宛姊妹行，艳冶之名，亦相颉（xié）颃（háng）①。钟山张紫淀，作《悼小宛》诗，中一首云：“美人在南国，余见两双成。春与年同艳，花推月主盟。蛾眉无后辈，蝶梦是前生。寂寂皆黄土，香风付管城。”

【注释】①颉颃：不相上下，相抗衡。

【译文】董年，秦淮绝色，与董小宛以姊妹相称，她的娇艳名声，也与董小宛不相上下。钟山的张紫淀，作《悼小宛》诗，其中有一首写到："美人在南国，余见两双成。春与年同艳，花推月主盟。蛾眉无后辈，蝶梦是前生。寂寂皆黄土，香风付管城。"

李香，身躯短小，肤理玉色，慧俊宛转，调笑无双，人名之为"香扇坠"。余有诗赠之云："生小倾城是李香，怀中婀娜袖中藏。何缘十二巫峰女，梦里偏来见楚王。"武塘魏子一为书于粉壁，贵阳杨龙友写崇兰诡石于左偏，时人称为"三绝"。由是香之名盛于南曲，四方才士，争一识面以为荣。

【译文】李香，身材矮小，皮肤白皙，聪颖俊美，话语柔和，戏谑逗笑没有人能比得上她，人们称她为"香扇坠"。我曾赠给她一首诗，写到："生小倾城是李香，怀中婀娜袖中藏。何缘十二巫峰女，梦里偏来见楚王。"武塘的魏子把这诗题写在白墙上，贵阳杨龙友在诗的左边画上兰花和怪石，当时人们称这幅绘画为诗、书、画"三绝"。因此李香在南曲的名气很大，四方才士，争着与她相见，并以此为荣耀。

珠市在内桥旁，曲巷逶迤，屋宇湫（jiǎo）隘①。然其中有丽人，惜限于地，不敢与旧院颉颃。以余所见，王月诸姬，并著迷香②、神鸡③之胜，又何羡红红、举举④之名乎？恐遂湮没无闻，使媚骨芳魂⑤，与草木同腐，故附书于卷尾，以备金陵轶史云。

【注释】①湫隘：低下狭小。②迷香：指迷香洞，妓院的代称。③神鸡：指《神鸡枕》，是唐代名妓史凤所作的诗歌。后也作为妓院的代称。④

红红：唐代歌姬，不知姓名，因其常穿红衣，称之为红红。举举：唐代歌姬郑举举。⑤芳魂：美人的魂魄。

【译文】珠市在内桥旁，巷子曲折、深邃，房子低矮且狭小。然而其中有佳丽，可惜被局限在这里，不敢与旧院诸美相抗衡。根据我所见到的王月等艳姬，也是一带名妓，又何必羡慕红红、郑举举那样的名气呢？我担心她们的名字就此被埋没，没有人知道，以致她们的芳魂，与草木一同腐烂，所以把她们的事迹记录在卷尾，作为在金陵轶史的补充。

王月，字微波，母胞生三女，长即月，次节，次满，并有殊色。月尤慧妍，善自修饰，颀身玉立，皓齿明眸，异常妖冶，名动公卿。桐城孙武公昵之，拥致栖霞山下雪洞中，经月不出。于牛女渡河之夕，大集诸姬于方密之[①]侨居水阁，四方贤豪，车骑盈闾巷。梨园子弟，三班骈演，水阁外环列舟航如堵墙。品藻花案[②]，设立层台以坐状元。二十余人中，考微波第一，登台奏乐，进金屈卮[③]。南曲诸姬皆色沮，渐逸去。天明，始罢酒。次日，各赋诗纪其事，余诗所云"月中仙子花中王，第一嫦娥第一香"者是也。微波绣之于帨（shuì）巾[④]，不去手。武公益眷娈，欲置为侧室。会有贵阳蔡香君名如蘅，强有力，以三千金啖其父，夺以归。武公悒悒，遂娶葛嫩也。香君后为安庐兵备道，携月赴任，宠专房。崇祯十五年五月，大盗张献忠破庐州府，知府郑履祥死节，香君被擒。搜其家得月，留营中，宠压一寨。偶以事忤献忠，断其头，函置于盘，以享群贼。嗟乎！等死也，月不及嫩矣。悲夫！

【注释】①方密之：即方以智，字密之，江南省安庆府桐城县（今安徽桐城）人，是明代著名思想家、哲学家、科学家。②花案：评定妓女名次的名单。③金屈卮：有曲柄的酒杯。④帨巾：拭手的巾帕。

【译文】王月，字微波，她母亲一共有三个女儿，长女王月，次女王节，三女王满，三个女儿都姿色出众。王月尤其聪慧美丽，善于妆扮，身材颀长，体态修美，明眸皓齿，艳丽无边，她在公卿中名气很大。桐城孙武公喜爱她，带她到栖霞山下的雪洞山庄中，整月都不出去。在七月初七那天，孙武公邀请各位名妓到方密之寄居的金陵水阁参加盛宴，同时，四面八方的贤士豪杰，也都集中到这里，因车马太多，堵塞了道路。他又叫了三个戏班，同时演出，水阁外环列的船只就像围墙一样密实。众人品评诸位歌妓的高下，设立高台让状元坐在其上。二十多人中，王月排在第一，在一片奏乐声中，王月登上高台，向宾客敬酒。其他南曲的歌妓都神情沮丧，一一离开。天亮以后，庆贺的酒宴方才停止。第二天，文人墨客各自写诗记录此事，我写的诗中有“月中仙子花中王，第一嫦娥第一香”就是指她。王月把这首诗绣在手帕上，从不离手。孙武公对她也更加眷恋，想娶她为侧室。但是贵阳的蔡如蘅，势大财大，用三千两银子作为聘礼，让王月的父亲同意蔡如蘅把她娶走。孙武公心里郁闷，于是娶了葛嫩。蔡如蘅后来担任安庐兵备道，带着王月赴任，非常宠爱她。崇祯十五年五月，大盗张献忠攻破庐州府，知府郑履祥为保全名节殉国而死，蔡如蘅被抓。贼兵搜查他家时找到了王月，王月被张献忠留在营中，张献忠对她十分宠爱。王月偶然因小事触怒张献忠，被砍下头颅，装在盘子里蒸熟，分给群贼食用。哎！最后赴死的时候，王月比不上葛嫩啊。真是太可悲了！

王节，有姿色。先归顾不盈，后归王恒之。甘淡泊，怡然自得，虽为姬侍，有荆钗裙布风。妹满，幼小好戏弄，窈窕轻盈，作娇娃之态。保国公买置后房，与寇白门不合，复归秦淮。

【译文】王节，有姿色。先是嫁给顾不盈，后来嫁给王恒之。她生性对名利淡漠，能怡然自得，虽然是侍妾，但是有荆枝作钗、粗布为裙的风范。她的妹妹王满，小的时候喜欢戏弄人，是一个窈窕轻盈的娇俏女娃。后来被保国公朱国弼买为妾，因为与寇白门不合，再次回到秦淮。

寇湄，字白门。钱牧斋诗云："寇家姊妹总芳菲，十八年来花信迷。今日秦淮恐相值，防他红泪一沾衣。"则寇家多佳丽，白门其一也。白门娟娟静美，跌宕风流，能度曲，善画兰，粗知拈韵，能吟诗，然滑易不能竟学。十八九时，为保国公购之，贮以金屋，如李掌武之谢秋娘①也。甲申三月，京师陷，保国公生降，家口没入官。白门以千金予保国赎身，匹马短衣，从一婢南归。归为女侠，筑园亭，结宾客，日与文人骚客相往还。酒酣耳热，或歌或哭，亦自叹美人之迟暮，嗟红豆之飘零也。既从扬州某孝廉，不得志，复还金陵。老矣，犹日与诸少年伍。卧病时，召所欢韩生来，绸缪悲泣，欲留之同寝。韩生以他故辞，执手不忍别。至夜，闻韩生在婢房笑语，奋身起唤婢，自棰数十，咄咄骂韩生负心禽兽，行欲啖其肉。病甚剧，医药罔效，遂死。蒙叟②《金陵杂题》有云："丛残红粉念君恩，女侠谁知寇白门。黄土盖棺心未死，香丸一缕是芳魂。"以上纪丽品。

【注释】①谢秋娘：唐朝浙西歌妓。死后，浙西观察使李德裕为之撰《谢秋娘》悼亡。②蒙叟：指钱谦益，号牧斋。

【译文】寇湄，字白门。钱牧斋的诗中写到："寇家姊妹总芳菲，十八年来花信迷。今日秦淮恐相值，防他红泪一沾衣。"寇家佳丽众多，寇白门只是其中的一位。寇白门美丽恬静，性格洒脱，能唱曲，善画兰，粗略懂得一些韵律，能吟诗，然而没有下工夫去学，所以没能完全学会。寇白门十八九岁时，被保国公朱国弼赎身，藏在金屋，就像李德裕对待谢秋娘那样。甲申三月，京师陷落，保国公归降，全家都被没入官府。寇白门筹集千金为保国公赎身，然后她单身匹马，身着短衣，带着一名婢女回到南方。回来后，寇白门被人称为女侠，她修建园亭，结交宾客，每天与文人墨客相往来。众人酒喝得正高兴的时候，她却时而唱歌时而哭泣，感叹美人已老、漂泊无依。寇白门后来又嫁给了扬州某孝廉，因郁郁不得志，再次回到金陵。那时寇白门已经年纪大了，但还是每天与少年们厮混一起。寇白门生病卧床时，邀请相好的韩生到家里来，她不停地哭泣，想留下韩生共眠。韩生找借口推辞，她拉着韩生的手不忍分别。到了晚上，寇白门听见韩生在婢女的房间里谈笑，她猛地跳起来呼喊婢女，自己打了自己好几十下，并且痛骂韩生负心禽兽，想走过去咬他。然而寇白门的病情逐渐加剧，最终医药无效而死。钱牧斋《金陵杂题》中写到："丛残红粉念君恩，女侠谁知寇白门。黄土盖棺心未死，香丸一缕是芳魂。"（以上是丽品部分的内容）

金陵都会之地，南曲靡丽之乡。纨茵浪子，潇洒词人，往来游戏，马如游龙，车相接也。其间风月楼台，尊罍（léi）[①]丝管，以及娈童[②]狎客，杂伎名优，献媚争妍，络绎奔赴。垂杨影外，片玉壶中，秋笛频吹，春莺乍啭。虽宋广平[③]铁石心肠，不能不为梅花作赋也。一声《河满》[④]，人何以堪？归见梨涡，谁能遣此？然而流连忘返，醉饱无时，卿卿虽爱卿卿，一误岂容再误。遂尔丧失平生之守，见斥礼法之士，岂非黑风之飘堕、碧海之迷津乎？余之缀葺斯编，虽曰传芳，实为垂戒。王右军云："后之览者，亦将有感于斯文也。"

【注释】①尊罍：指酒器。②娈童：被当作女性玩弄的美男。③宋广平：唐代宋璟的别称，唐玄宗时的名相。④《河满》：即《何满子》，何满子是人名，犯罪当死。临刑前，进献一曲，以赎罪，然终不获免。后为词牌名。

【译文】金陵是历代国都所在地，是南曲盛行的地方。纨绔子弟，文人墨客，往来游历，车水马龙。里面风月楼台，酒器乐器，以及娈童嫖客，杂伎名伶，争相表演，纷纷不绝。花红柳绿，美酒当前，秋笛伴奏，曲声婉转。宋广平虽然铁石心肠，但是也不能不为梅花作赋啊。一声《河满子》，孰能无情呢？美色当前，谁能无动于衷呢？然而文人名士流连忘返在温柔乡中，每天醉生梦死，虽与歌妓情意缠绵，但于家于国却并无补益。这是一再误人误己的做法，最终丧失自己的平生志向，被忠直之士所排斥，难道不是自甘堕落、迷失自己吗？我写这篇文章，名义上是为了流传美人芳名，但实际是为了给后人留下训戒。王右军曾说："后人看了，也会对这篇文章有所感悟吧。"

瓜洲萧伯梁，豪华任侠，倾财结客，好游狭斜。久住曲中，投辖轰饮，俾昼作夜，多拥名姬，簪花[①]击鼓为乐。钱宗伯诗所云"天公要断烟花种，醉杀瓜洲萧伯梁"者是也。

【注释】①簪花：插于头上的首饰。

【译文】瓜洲萧伯梁，仗义疏财，喜欢结交朋友，还喜欢去妓院游乐。他长期沉溺于妓院中，花天酒地，日夜寻欢，他还找来多位名姬，簪花击鼓为乐。钱谦益在诗中写到"天公要断烟花种，醉杀瓜洲萧伯梁"说的就是他。

嘉兴姚壮若，用十二楼船于秦淮，招集四方应试知名之士百有余人，每船邀名妓四人侑酒，梨园一部，灯火笙歌，为一时之盛事。先是嘉兴沈雨若，费千金定花案，江南艳称之。

【译文】嘉兴姚壮若，在秦淮河上布置了十二艘楼船，邀请各地参加应试的一百多位知名人士前来赴宴，每船安排四位名妓劝酒，一个戏班唱戏，暮夜灯火之下奏乐歌唱，成为一时的盛事。在这之前，嘉兴的沈雨若，不惜花费千金，来得到秦淮的花魁，江南人都羡慕不已。

曲中狎客，则有张卯官笛，张魁官箫，管五官管子，吴章甫弦索，钱仲文打十番鼓，丁继之、张燕筑、沈元甫、王公远、宋维章串戏，柳敬亭说书。或集于二李家，或集于眉楼，每集必费百金，此亦销金之窟也。张卯尤滑稽婉腻，善伺美人喜怒。一日偶触李大娘，大娘手碎其头上鬃帽，掷之于地。卯徐徐拾起，笑而戴之以去。

【译文】妓院中的常客，比如张卯擅于吹奏笛，张魁擅于吹箫，管五擅于吹管子，吴章甫则弹奏弦乐，钱仲文会打十番鼓，丁继之、张燕筑、沈元甫、王公远、宋维章能客串唱戏，柳敬亭则说书逗乐。这些人有时在二李家聚会，有时在眉楼聚会，每次聚会必定花费百金，这些聚会真是销金窟啊。张卯尤其能言善辩，擅长应付美人的喜怒。一天，他偶然冒犯了李大娘，大娘用手撕破他头上的帽子，扔在地上。张卯慢慢地捡起帽子，笑着戴上离开了。

张魁，字修我，吴郡人，少美姿首，与徐公子有断袖之好[①]。

公子官南都府佐，魁来访之。阍（hūn）者[2]拒，口出亵语，且诟厉，公子闻而扑之，然卒留之署中，欢好无似。移家桃叶渡口，与旧院为邻，诸名妓家，往来相熟。笼中鹦鹉见之，叫曰："张魁官来！阿弥陀佛！"魁善吹箫度曲、打马投壶，往往胜其曹耦（ǒu）。每晨朝，即到楼馆，插瓶花，爇炉香，洗岕（jiè）片[3]，拂拭琴几，位置衣桁（héng）[4]，不令主人知也。以此仆婢皆感之，猫狗亦不厌焉。后魁面生白点风，眉楼客戏榜于门曰："革出花面蔑片[5]一名张魁，不许复入。"魁惭恨，遍求奇方洒削，得芙蓉露，治之良已。整衣帽，复至眉楼，曰："花面定何如？"乱后还吴，吴中新进少年，搔头弄姿，持箫擫管，以柔曼悦人[6]者，见魁则揶揄之，肆为诋诃，以此重穷困。龚宗伯奉使粤东，怜而赈之，厚予之金，使往山中贩岕茶，得息颇厚，家稍稍丰矣。然魁性僻，尝自言曰："我大贱相，茶非惠泉水，不可沾唇；饭非四糙冬舂米，不可入口；夜非孙春阳家通宵椽（chuán）烛，不可开眼。"钱财到手辄尽，坐此不名一钱，时人共非笑之，弗顾也。年过六十，以贩茶、卖芙蓉露为业。庚寅、辛丑之际，余游吴，寓周氏水阁，魁犹清晨来插瓶花，爇炉香，洗岕片，拂拭琴几，位置衣桁如曩时。酒酣烛跋，说青溪旧事，不觉流涕。丁酉，再过金陵，歌台舞榭，化为瓦砾之场，犹于破板桥边，一吹洞箫。矮屋中一老姬启户出曰："此张魁官箫声也！"为呜咽久之。又数年，卒以穷死。

【注释】①断袖之好：指男性之间的同性恋。②阍者：看门的人。③岕片：即岕茶。④衣桁：指衣架，挂衣服的横木。⑤蔑片：指专门在有钱人家逢节日或文娱活动期间前去凑热闹，捧场逗趣的人。⑥悦人：即面首，指供贵妇人玩弄的美男子。

【译文】张魁，字修我，吴郡人，年幼时容貌美丽，与徐公子有断袖之好。公子担任南都府佐时，张魁去拜访他。看门人不让他进去，而且还口说脏话辱骂他，公子听到后杖打了看门人，将张魁留在了官署里，与他亲密无间。后来他家搬到了桃叶渡口，与旧院相邻，他和各家名妓，彼此熟悉。笼中鹦鹉见到他，就会叫着说："张魁官人来了！阿弥陀佛！"张魁善长吹箫唱曲、打马投壶，往往能胜过同伴。每日清晨，张魁就到旧院楼馆，插瓶花，点炉香，洗芥茶，拂拭琴几，安置衣架，也不让主人知道。因此各家的仆佣婢女都很感谢他，连猫狗也不讨厌他。后来张魁脸上长了白癜风，眉楼的客人开玩笑地在门外张榜写到："革除花面张魁，不许入内。"张魁羞愧忿恨，遍求药方，得到芙蓉露，治好了白癜风。张魁整理衣帽，再次来到眉楼，对众人说："花面来了又如何呢？"战乱之后他回到吴郡，吴郡新来的欢场少年，搔首弄姿，吹奏箫管，被当做面首的这些人，看到张魁就嘲笑他，还任意诋毁他，因此张魁很难与他们相处，生活再次陷入贫困。龚宗伯奉旨出使粤东，可怜他的遭遇，给了他一大笔钱作为救济。张魁就前往山中贩卖芥茶，获利丰厚，家境稍稍富足了些。然而张魁性情古怪，曾自言自语地说："我为人粗鄙，茶不是惠赠的泉水冲泡，绝不沾唇；饭不是四糙冬舂米，不可入口；夜里不是孙春阳家的通宵大烛，不可开眼。"钱财到手就花完了，身上分文也没有，当时的人都笑话他，他也不理睬。张魁年过六十时，仍以以贩茶、卖芙蓉露为业。庚寅、辛丑年，我游历吴郡，住在周氏水阁，张魁还是像以前一样，清晨来旧院插瓶花，点炉香，洗芥茶，拂拭琴几，安置衣架。于是我邀请张魁叙旧，彼此酒喝得很尽兴，蜡烛将要燃尽时，说起青溪旧事，张魁不知不觉流下眼泪。丁酉年，我再次路过金陵，旧院过去的亭台楼阁，都已经变成废墟，他还在破板桥边，吹着洞箫。矮屋中一位老妇人开门出来说："这一定是张魁官人的箫声啊！"老妇人呜咽着哭了很久。又过了几年，张魁最终因穷困而死。

岁丙子，金沙张公亮、吕霖生，盐官陈则梁，漳浦刘渔仲，雉皋冒辟疆，盟于眉楼。则梁作盟文甚奇，末云："姓盟不如臂盟，臂盟不如心盟。"

【译文】丙子年，金沙张公亮、吕霖生，盐官陈则梁，漳浦刘渔仲，雉皋冒辟疆，在眉楼结拜为兄弟。陈则梁写得盟文非常特别，文末说："同姓为盟不如割臂为盟，割臂为盟不如心里结盟。"

中山公子徐青君①，魏国介弟也。家赀钜万，性豪侈，自奉甚丰，广蓄姬妾。造园大功坊侧，树石亭台，拟于平泉②、金谷③。每当夏月，置宴河房，日选名妓四五人，邀宾侑酒。木瓜佛手，堆积如山；茉莉珠兰，芳香似雪。夜以继日，把酒酣歌，纶巾鹤氅（chǎng）④，真神仙中人也。福王时，加中府都督，前驱班剑⑤，呵导入朝，愈荣显矣。乙酉鼎革，籍没田产，遂无立足。群姬雨散，一身孑然，与佣丐为伍，乃至为人代杖，其居第易为兵道衙门。一日，与当刑人约定杖数，计偿若干。受刑时，其数过倍，青君大呼曰："我徐青君也。"兵宪林公骇问左右，有哀王孙者，跪而对曰："此魏国公之公子徐青君也，穷苦为人代杖。此堂乃其家厅，不觉伤心呼号耳。"林公怜而释之，慰藉甚至，且曰："君尚有非钦产可清还者，本道当为查给，以终余生。"青君跪谢曰："花园是某自造，非钦产也。"林公唯唯，厚赠遗之，查还其园，卖花石、货柱础以自活。吾观《南史》所记，东昏⑥宫妃，卖蜡烛为业，杜少陵[⑦]诗云："问之不肯道姓名，但道困苦乞为奴。"呜呼！岂虚也哉！

【注释】①徐青君：明代开国功臣中山王徐达之后。②平泉：即平泉庄，在今洛阳市，是唐代大臣李德裕的别墅。③金谷：即金谷园，晋代权贵石崇所建，在今河南洛阳西北。④纶巾：古代用青丝带做的头巾。鹤氅：汉服中的一种。⑤班剑：有纹饰的剑。⑥东昏：古代废帝的封号之一。指南朝齐萧宝卷。⑦杜少陵：即杜甫，字子美，自号少陵野老。

【译文】中山公子徐青君，是魏国公的弟弟。家财万贯，生性奢侈，日常生活享用非常丰厚，还养了很多姬妾。他在大功坊旁建了园子，里面的树、石、亭、台，可以与平泉庄、金谷园相比拟。每当夏天的时候，他在河房设宴，每天选四五位名妓，邀请宾客喝酒。木瓜佛手，堆积如山；茉莉珠兰，芳香似雪。经常是夜以继日，把酒唱歌，盛装华服，真是神仙中人啊。福王时，徐青君加授中府都督，仪仗威武，声势显赫，更加荣华显贵了。乙酉年改朝换代后，徐青君的田产被登记没收，他就没有了容身之地。家里群姬离散，他孤零零一个人，沦落到与乞丐为伍，后来他竟然为了谋生，代人受杖责，他的府邸也变成了兵道衙门。有一天，徐青君与当刑人约定受杖打的数目，计算好补偿的钱数。然而受刑时，杖数超过了原定数目的一倍，徐青君大喊："我是徐青君。"兵备道林公惊讶地询问左右侍从，有同情徐青君的人，跪下回答说："这是魏国公的公子徐青君，因穷苦代人受杖责。这个大堂原是他家的客厅，所以才伤心哭叫。"林公可怜并放了他，对他倍加安慰，并且说："你如果有不是钦赐的产业，本道当查清后归还给你，让你用来养老。"徐青君跪下致谢说："花园是我自己建造的，不是钦赐的产业。"林公答应了，厚赠财物给他，查清并把园子归还给他，他以卖花石和房屋石基换钱为生。我看《南史》中的记载，东昏宫妃以卖蜡烛为业，杜少陵诗中写到："千问万问，总不肯说出自己姓名，只说生活困苦，求人收她做奴。”哎！这话难道是假的吗！

同人社集松风阁，雪衣、眉生皆在。饮罢，联骑入城，红妆翠袖，跃马扬鞭，观者塞途。太平景象，恍然心目。

【译文】当年众人在松风阁集会，李十娘、顾媚都在。喝完酒，大家一起骑马入城，红妆翠袖，跃马扬鞭，观看的人堵塞了道路。这些盛景，仿佛就在眼前一样。

丁继之扮张驴儿娘，张燕筑扮宾头卢，朱维章扮武大郎，皆妙绝一世。丁、张二老，并寿九十余。钱虞山《题三老图》诗，末句云：“秦淮烟月经游处，华表归来白鹤知。”不胜黄公酒垆[①]之叹。

【注释】①黄公酒垆：魏晋时王戎与阮籍、嵇康等竹林七贤会饮之处。

【译文】丁继之扮张驴儿娘，张燕筑扮宾头卢，朱维章扮武大郎，都扮演的精妙绝伦。丁、张二老，一同活到了九十多岁。钱谦益在《题三老图》诗中，末句写到：“秦淮烟月经游处，华表归来白鹤知。”这是类似黄公酒垆的叹息。

无锡邹公履游平康，头戴红纱巾，身着纸衣，齿高跟屐，佯狂沉缅，挥斥千黄金不顾。初场毕，击大司马门鼓，送试卷。大合乐于妓家，高声自诵其文，妓皆称快。或时阑入梨园，氍（qú）毹（shū）[①]上为“参军鹘”[②]也。

【注释】①氍毹：旧时演剧用红氍毹铺地，因用以为歌舞场、舞台的代称。②参军鹘：又称参军戏，起源五胡十六国。

【译文】无锡邹公游历旧院时，头戴红纱巾，身着纸衣，脚穿高齿鞋，狂放不羁，挥金如土。初场考完，他击打大司马门前的大鼓，送上试卷。他又在妓院大排音乐，高声诵读自己的文章，众妓都拍掌叫好。有时还跑到梨园，登台演出参军戏。

柳敬亭，泰州人，本姓曹，避仇流落江湖，休于树下，乃姓柳。善说书，游于金陵，吴桥范司马、桐城何相国，引为上客。常往来南曲，与张燕筑、沈公宪俱。张、沈以歌曲，敬亭以弹词，酒酣以往，击节悲吟，倾靡四座，盖优孟[①]、东方曼倩[②]之流也。后入左宁南[③]幕府，出入兵间。宁南亡败，又游松江马提督军中。郁郁不得志，年已八十余矣，间遇余侨寓宜睡轩中，犹说《秦叔宝见姑娘》也。

【注释】①优孟：春秋时期楚国宫廷艺人。②东方曼倩：即东方朔，本姓张，字曼倩，西汉平原郡厌次县（今山东省德州市陵城区）人，西汉时期著名文学家。③左宁南：指宁南侯左良玉。

【译文】柳敬亭，泰州人，本姓曹，因躲避仇人而流落江湖，他曾在树下休息，才改姓柳。柳敬亭善长说书，他在金陵游历时，吴桥的范司马、桐城的何相国，都把他当作贵宾。柳敬亭经常与张燕筑、沈公宪一起往来南曲。张、沈唱歌，柳敬亭弹词，以前酒喝得尽兴时，柳敬亭就会打着拍子歌唱，满座客人都为之倾倒，大概他是优孟、东方朔那类人吧。之后，柳敬亭到了宁南侯左良玉的幕府，出入军中。宁南侯败亡后，他又依附松江马提督。皆不如意，当时柳敬亭已经八十多岁了，我和他偶然在宜睡轩中相遇，他还在说《秦叔宝见姑娘》这段评书。

莱阳姜如须[1]，游于李十娘家，渔于色，匿不出户。方密之、孙克咸并能屏风上行，漏下三刻，星河皎然，连袂间行，经过赵李，垂帘闭户，夜人定矣。两君一跃登屋，直至卧房，排闼哄张，势如贼盗。如须下床，跪称："大王乞命！毋伤十娘！"两君掷刀大笑，曰："三郎郎当！三郎郎当！"复呼酒极饮，尽醉而散。盖如须行三。如须高才旷代，偶效樊川[2]，略同谢傅[3]。秋风团扇，寄兴扫眉[4]，非沉溺烟花之比。聊记一则，以存流风余韵[5]云尔。

【注释】①姜如须：即姜垓，字如须，号伫石山人，山东莱阳人，明末诗人。②樊川：即杜牧，字牧之。③谢傅：即谢安，字安石，陈郡阳夏（今河南太康）人，东晋著名政治家。卒赠太傅。④扫眉："扫眉才子"的省称，指有才华的女子。⑤流风余韵：前代流传给后世的风雅韵事。

【译文】莱阳人姜如须，沉溺于李十娘家，寻欢作乐，躲着不出门。方密之、孙克咸有轻身功夫，入夜三更后，星光明亮，他们一起偷偷地从小路走，到达旧院时，各家都早已放下帘子，门户紧闭，已经夜深人静了。两人一跃登上屋顶，直奔卧房，推门进去虚张声势，就好像盗贼进来一样。姜如须下床，跪着说："大王饶命！不要伤害十娘！"两人扔下刀大笑，说："三郎好狼狈啊！三郎好狼狈啊！"几个人又叫人摆酒痛饮，大醉之后才离开。姜如须排行老三，才智过人当代无人能比，属于杜牧、谢安那类人物。只是偶尔逢场作戏，不是沉溺女色的那种人。姑且记录一则他的往事，只是为了留给后世一些风雅韵事而已。

陈则梁，人奇文奇，举体皆奇。尝致书眉楼，劝其早脱风尘，速寻道伴，言词切至。眉楼遂择主而事，诚以惊弓之鸟，遽为透网之鳞也。扫眉才子，慧业文人，时节因缘，不得不为延津之合[①]矣。

【注释】①延津之合：指晋时龙泉、太阿两剑在延津会合的故事。后比喻因缘会合。

【译文】陈则梁，为人奇特，文章奇特，他浑身上下都很奇特。他曾给顾眉楼写过一封信，劝她早日脱离风尘，寻找可靠之人，托付终身，言词非常恳切。于是顾眉楼选择心仪之人，出嫁从良。顾眉楼实在是被那场官司吓怕了，就像惊弓之鸟，漏网之鱼了。顾眉楼这样有文采的女子和龚尚书这样有才华的文人，由于机缘巧合，结成百年之好。

十七、八女郎，歌“杨柳岸晓风残月”，若在曲中，则处处有之，时时有之。予作《忆江南》词云：“江南好景本无多，只在晓风残月下。”思之只益伤神，见之不堪回首矣！沈公宪以串戏擅长，同时推为第一。王式之中翰、王恒之水部，异曲同工，游戏三昧，江总持[①]、柳耆卿[②]依稀再见，非如吕敬迁、李仙鹤[③]也。

【注释】①江总持：即江总，字总持，著名南朝陈大臣、文学家。②柳耆卿：即柳永，初号三变，字耆卿，北宋词人。③吕敬迁、李仙鹤：唐代演滑稽戏杂耍的艺人。

【译文】十七、八岁的女郎，唱着“杨柳岸晓风残月”，如果在曲中，这样的女孩到处都有，时时都有。我作的《忆江南》词中写到：“江南好景本无多，只在晓风残月下。”往事想得太多只能更加伤神，见到旧景就更加不忍心去回忆啊！沈公宪擅长客串演戏，被大家公认为水平第一。王式之、王恒之，也都擅于客串唱戏，为人狂放不羁，有江总、柳永的风格，而不是像吕敬迁、李仙鹤那类人。

乐户有妻有妾，防闲最严，谨守贞洁，不与人客交语。人客欲强见之，一揖之外，翻身入帘也。乱后，有旧院大街顾三之妻李三娘者，流落江湖，遂为名妓。忽为匪类所持，暴系吴郡狱中。余与刘海门梦锡兄弟及姚翼侯、张鞠存极力拯之，致书司李李蠖（huò）庵，仅而得免。然亦如严幼芳、刘婆惜，备受箠楚决杖矣。三娘长身玉色，倭堕[①]如云，量洪善饮，饮至百觥不醉。时辛丑中秋之际，庭兰盛开，置酒高会，黄兰丛及玉峰女士冯静容偕来。居停主人金叔侃，尽倾家酿，分曹角胜，轰饮如雷，如项羽、章邯巨鹿之战，诸侯皆作壁上观。饮至天明，诸君皆大吐，静容亦吐，髻鬟委地，或横卧地上，衣履狼藉。惟三娘醒，然犹不眠倚桂树也。兰丛贾其余勇，尚与翼侯豁拳，各尽三四大斗而别。嗟乎！俯仰岁月之间，诸君皆埋骨青山，美人亦栖身黄土。河山邈矣，能不悲哉！

【注释】①倭堕：古代汉族妇女发髻式样。

【译文】乐户也有妻妾，所以男女之防很严，其妻妾谨守贞洁，不随便与宾客交谈。宾客如果无礼的话，她们就拱手作揖，转身掀开帘子进到内室。战乱之后，旧院大街顾三的妻子李三娘，流落江湖，成为名妓。后被坏人挟持，关在吴郡狱中受苦。我与刘海门、刘梦锡兄弟以及姚翼侯、张鞠存极力搭救，给司理李蠖庵写信求情，才幸免于难。然而李三娘也像严幼芳、刘婆惜那样，受尽拷打杖刑。三娘身材修长，皮肤白皙，梳着倭堕髻发型，秀发如云，酒量好，善饮酒，能百杯不醉。辛丑年中秋，院子里的兰花盛开，李三娘设酒席宴宾客，黄兰丛及玉峰女士冯静容也前来参加。房东金叔侃，拿出家里所有的酒招待客人，大家较量酒量，欢呼如雷，声势就像项羽、章邯在巨鹿进行决战一样，诸侯只敢在一旁观看。喝到天亮时，众人都喝吐了，冯静容也吐了，发髻散落在地，有的人横躺在地上，衣衫散乱。只有李三娘还清醒，没有睡着，倚靠着桂树。黄兰丛尚有酒量，还在与姚翼侯高声划拳，各自喝完三四大斗酒才离开。哎！可惜转眼之间，当年的诸人都埋骨于青山，美人也藏身于黄土。河山远去，能不伤心吗！

李贞丽者，李香之假母，有豪侠气，尝一夜博输，千金立尽。与阳羡陈定生[①]善。香年十三，亦侠而慧，从吴人周如松受歌，玉茗堂《四梦》皆能妙其音节。尤工琵琶，与雪苑侯朝宗善，阉党阮大铖欲纳交于朝宗，香力谏止，不与通。朝宗去后，有故开府田仰以重金邀致香。香辞曰："妾不敢负侯公子也。"卒不往。盖前此大铖恨朝宗，罗致欲杀之，朝宗逃而免，并欲杀定生也，定生大为锦衣冯可宗所辱。云间才子夏灵胥[②]作《青相篇》寄武塘钱漱广，末段云："二十年来事已非，不开画阁锁芳菲。那堪两院无人到，独对三春有燕飞。风弦不动新歌扇，露井全飘旧舞衣。花草朱门空后阁，琵琶青冢恨明妃。独有青楼旧相识，蛾眉零落头新白。梦断何年行雨踪，情深一调留云迹。院本伤心正德词，乐府销魂教坊籍。为唱当时《乌夜啼》，青衫泪满江南客。"观此可以尽曲中之变矣，悲夫！以上纪轶事。

【注释】①陈定生：即陈贞慧，字定生，明末清初散文家。②夏灵胥：即夏完淳，字存古，号小隐，又号灵首，明末诗人。

【译文】李贞丽，是李香的义母，有豪侠的气概，曾在一晚上赌输了一千两银子。李贞丽与阳羡的陈定生关系亲密。李香才十三岁时，也颇具豪侠气概而且十分聪慧，她跟随吴人周如松学唱戏，玉茗堂的《四梦》都能很好的演唱出来。李香尤其擅长弹琵琶，与侯朝宗关系亲密，阉党阮大铖想要结交侯朝宗，李香极力劝阻，不让他们往来。侯朝宗走后，原来的明朝重臣田仰用重金礼聘，想娶李香为妾。李香推辞说："我不敢辜负侯公子。"最终也没有答应田仰。因为以前的过节，阮大铖记恨侯朝宗，找人想杀了他，侯朝宗赶忙逃走，才免于一死，还想杀了陈定生，而陈定生没有逃脱，被锦衣卫冯可宗抓住侮辱。云间才子夏灵胥作《青相篇》寄给武塘人钱漱广，信的末尾写着："二十年来事已非，不开画阁锁芳菲。那堪两院无人到，独对三春有燕飞。风弦不动新歌扇，露井全飘旧舞衣。花草朱门空后阁，琵琶青冢恨明妃。独有青楼旧相识，蛾眉零落头新白。梦断何年行雨踪，情深一调留云迹。院本伤心正德词，乐府销魂教坊籍。为唱当时《乌夜啼》，青衫泪满江南客。"看完这首诗，就可以了解南曲的巨变，真是令人伤心啊！（以上是轶事部分的内容。）

附录：盒子会

沈周[①]作《盒子会辞》，其序云："南京旧院，有色艺俱优者，或二十、三十姓，结为手帕姊妹。每上灯节，以春檠（qíng）[②]、巧具、肴核相赛，名'盒子会'。凡得奇品为胜，输者罚酒酌胜者。中有所私，亦来挟金助会，厌厌夜饮，弥月而止。席间设灯张乐，各出其技能，赋此以识京城乐事也。"辞云："平乐灯宵闹如沸，灯火烘春笑声内。盒奁来往斗芳邻，手帕绸缪通姊妹。东家西家百络盛，装肴饤核春满檠。豹胎间挟鳇冰脆，乌榄分槐椰玉生。

不论多同较奇有，品里输无例赔酒。呈丝逞竹会心欢，裒钞褌金走情友。哄堂一月自春风，酒香人语百花中。一般桃李三千户，亦有愁人隔墙住。”

【注释】①沈周：字启南，号石田，长洲（今江苏苏州）人，明代书画家。②春檠：装果菜的盒子。

【译文】沈周曾作《盒子会辞》，序中写到：“南京旧院，有色艺都很优秀的名妓，其中二十、三十人，结为手帕姊妹。每逢上灯节，用春檠、巧具、肴核来互相比赛，名为‘盒子会’。凡是菜品做好的人获胜，输的人则给获胜的人敬酒。有人看好某位名妓，也会带着钱赶来助兴，如此盛大的聚会，一直持续一个月才会停止。席间摆灯奏乐，各出才艺，作这篇文章是为了让大家了解京城的一大乐事。”文章中写到：“平乐灯宵闹如沸，灯火烘春笑声内。盒奁来往斗芳邻，手帕绸缪通姊妹。东家西家百络盛，装肴饤核春满檠。豹胎间挟鳇冰脆，乌榄分欃椰玉生。不论多同较奇有，品里输无例赔酒。呈丝逞竹会心欢，裒钞褌金走情友。哄堂一月自春风，酒香人语百花中。一般桃李三千户，亦有愁人隔墙住。”

图书在版编目(CIP)数据

虞初新志 / (清) 张潮辑 ; 学谦译注. -- 北京 :团结出版社, 2019.11

ISBN 978-7-5126-7427-1

Ⅰ. ①虞… Ⅱ. ①张… ②学… Ⅲ. ①笔记小说—小说集—中国—清代 Ⅳ. ①I242.1

中国版本图书馆CIP数据核字(2019)第239423号

出版: 团结出版社

（北京市东城区东皇城根南街84号 邮编: 100006）

电话: （010）65228880　65244790 (传真)

网址: www.tjpress.com

Email: zb65244790@vip.163.com

经销: 全国新华书店

印刷: 三河市富华印刷包装有限公司

开本: 145×210　1/32

印张: 38.25

字数: 850千字

版次: 2020年6月 第1版

印次: 2022年4月 第2次印刷

书号: 978-7-5126-7427-1

定价: 136.00元（全三册）

全注全译

虞初新志

（中）

〔清〕张潮 撰
学谦 注译

团结出版社

目录

卷十

卷十一

卷八

江石芸传

吴良枢璿在

【**题解**】本篇是《虞初新志卷八》的第一篇。讲述了发生在江石芸身上的众多神奇之事，显示出了她的与众不同。作者也不知江石芸是何许人，记述她的事迹，也表达出作者对江石芸好奇和佩服。

江石芸，吴山桃花厓（yá）①女子也。幼习经史，穷元会运世②之数。及长，好兵法，铸剑诛妖，摄人万里外。一日过小孤山，遇白衣道士，授以书，尽通其义；人读之，莫能晓也。以时无知者，遂隐于吴山。种桃花，无根，花四时常开，名其地曰桃花厓。厓下月，当日午而明。或曰："此龙宫女子也。有宝珠，其光夺日入月。"因聚群盗劫之，其珠不可见。石芸曰："珠固在，若乌能得也？舍若珠，劫吾珠，若将失其珠，乌能得我珠？唯自宝其珠以无失其珠可耳。"崖之中有黄夫人者，与之善。黄夫人家有虎，名白公，出入常骑之，能陟（zhì）山③渡水。石芸家有白牛一头，卧桃花下，鼻无绳，常出入自如。人以为黄夫人虎，不敢近。久之，石芸与夫人亦不知也。于时构茅屋崖下，读《易》终日，不为人所知。所著有《悟真注》[4]。有为之序者，曰：“不知何许人也。”予尝见石芸，观其所著书，其女子邪？其非女子邪？天乎，其不知我也！宜其不知何许人也！

【注释】①厓：同“崖”。②元会运世：简称“元会”。北宋邵雍提出的纪年单位。一元复始，万象更新。一元十二会，一会三十运，一运十二世，一世三十年。故一元即有十二万九千六百年。③陟：登高。④《悟真注》：为《悟真篇》作的注。《悟真篇》，北宋张伯端撰。考该书以诗、词、曲等体裁阐述内丹理论。张伯端承钟离权、吕洞宾之学，祖述黄老，仿效《周易参同契》，著为《悟真篇》，内丹之学遂大显于世。

【译文】江石芸，是吴山桃花崖的一位女子。她幼年就开始学习经史，了解元会运世的学问。江石芸长大后，喜欢兵法，会铸造飞剑，用来诛杀妖魔，可以万里之外取人性命。曾一天，她路过小孤山，遇到了一位白衣道士，传授给她一本秘籍，后来江石芸完全通晓了书中的内容，而其他人读这本书，却难以知晓其中的意思。因为难以遇到志同道合的人，于是江石芸就隐居在吴山种桃花，她种的桃树没有树根，而桃花却能四季盛开，她将这个地方命名为桃花崖。桃花崖下的明月，每当中午就会大放光明。有人说：“江石芸是龙宫来的女子。有宝珠，能把太阳的光芒夺走，送入月亮里。”因此有盗贼聚集起来想要抢夺宝珠，结果宝珠就不见了。江石芸说：“宝珠就在那里，只是你们不能得到。舍弃你们自己的宝珠，来抢夺我的宝珠，你们就将失去自己的宝珠，又怎么可能拥有我的宝珠呢？只有珍视自己的宝珠才不会失去它啊！”桃花崖有一位黄夫人，和江石芸交好。黄夫人家里有头老虎，叫白公，黄夫人经常骑着老虎出入，老虎能够翻山渡水。江石芸家有一头白牛，常常在桃花下卧着，牛鼻子没有穿绳子，可以自由出入。人们以为白牛是黄夫人的老虎，因此不敢靠近。久而久之，人们也不知道江石芸和黄夫人最终去哪里了。当时江石芸曾在桃花崖下建造茅屋，整天都在读《周易》，而不被人们知道。她的著作有《悟真注》。有人给《悟真注》写序文，说："不知道江石芸是什么人。"我曾见过江石芸，也看过她写的书，心中很感慨，她真的是普通女子吗？或者不是一般的女子吗？天啊！我也不能知道啊！同样也不知道她是哪里人。

张山来曰：补天立极，应归女娲氏。其光夺日入月，则丹成矣；驱烟染墨，设想着语，皆不在人间，宜世人之不知也。

【译文】张山来说：补天立极，应该是女娲才能完成的事情。江石芸的宝珠能夺日入月，应该是炼成了内丹；她写得东西，言语构思，都超出俗世的境界，所以世人难以知晓。

又曰：洪子去芜[①]，授我《强意堂稿》[②]，美不胜收。仅登其一，余者自当借光梓[③]入《阐幽集》中，以成大观也。

【注释】①芜：丛生的杂草。②《强意堂稿》：清代吴良枢撰写。③梓：刻板，付印。

【译文】张山来又说：洪子将《强意堂稿》去芜存菁交给我，书中内容美不胜收。现仅刊登其中一篇文章，剩下的文章将被收录在《阐幽集》中刻板刊行，以便将众多佳作汇集在一起。

耕云子传

洪嘉植去芜

【题解】本篇是《虞初新志卷八》的第二篇。耕云子，相貌衣着异于常人，行为不循流俗，不求名利，不被世人理解。展现了作者对人性的最终追求。作者借以抒发对世事的感慨，对贤才的渴求，对神仙异事的迷惘。

耕云子，秦人也，隐于楚江[①]之西。尝有人见其登匡庐[②]顶，携一竹杖，衣葛藟（lěi）衣[③]，不冠，冬夏不易；见月出，则抚掌大叫啸，麋鹿不辟[④]，从之行，见之者皆谓神仙人也。身长七尺，长髯而修下，双瞳子炯炯如流电光。人问其姓字，不答。性嗜酒，有饷[⑤]则大笑尽饮，去亦不谢。卒有人终饷之不懈。人疾病过其前者，则止之，语其故，治以药草，遂愈。酬以钱，不受，曰："吾非医者，恶用此？"其行事多如此类。然其不能与人以可见者，人遂不能知也。尝入市，众哗之，谓其异人。趋而前，则不为礼；各相视无语，则又两手爬搔，眼顾五老峰云起，移时去。

【注释】①楚江：指长江。楚国发源于长江流域上的湖北、湖南地区。之后一直东进，至战国相继灭了长江流域各国。占据了整个长江流域，故古人亦称长江为楚江。②匡庐：指江西庐山。③葛藟：葡萄科植物，果实味酸，不能生食，根、茎和果实供药用。④辟：通“避”，避开。⑤饷：用酒食等款待。

【译文】耕云子，秦地人氏，隐居在江西。曾经有人看见他登上庐山山顶，拿着竹杖，身穿葛衣，没有戴帽子，一年四季都不换装束；耕云子看到月亮出来，就拍掌大叫，山中的麋鹿也不躲避他，跟着他一起行走，见到的人都说他是神仙。他身高七尺，长着大把胡子而且腿也很长，双目炯炯有神，如同流动的电光一样。人们问他姓名，他也不回答。耕云子生性喜欢喝酒，如何有人以酒食款待他，他就大笑着开怀畅饮，离开时也不道谢。总是会有人用酒食款待他。有病的人从他面前经过，耕云子就会让这个人停下，说出他的病因，并且施以药草医治，治好疾病后，给他酬金作为感谢，他也不要，他还说：“我又不是医生，用不着给钱。”他的行事方式大多如此。但是别人很难看到他的所做所为，于是也就不能了解他。耕云子曾经去到街市中，引得众人一片哗然，把他当做奇人。他也自顾自前行，并不向众人回礼；看看众人也不说话，又用两手抓痒，看到五老峰上云雾生起，就又待过了一会儿离去了。

或曰：“耕云子，非秦人也。”耕云子曰：“秦无人也。”或曰：“耕云子，有道人也。龙蛇其身者也，人莫知其所自来，其隐君子邪？”。洪子曰：“古无神仙，无异人，天下有道，将安其身于烟霞泉石之中乎？夫何皇皇如也？欲与天下之士相见哉？顾天有不可逆者，而终皭然长往矣！凤集于棘，鸮雀调之；神龙潜乎深渊，终能雨此九土也。”

【译文】有人说：“耕云子不是秦地的人。”耕云子说：“秦地并无此人。”有人说：“耕云子是得道之人，只不过现在像龙蛇一样蛰伏，人们不知道他的来历，他难道是隐居山林的君子吗？”洪子说：“自古没有什么神仙、异人，天下有道，奇人异士难道愿意终老于山林吗？那样多没意思啊！或者耕云子是为了吸引天下贤人来和他相见吗？天下的事情，终究不可随意改变，只能洁身自好罢了。凤凰栖息在荆棘中，燕雀也会调笑它，而龙藏九渊之下，就可以呼风唤雨了。”

张山来曰：古无神仙，非无神仙也。耕田凿井，含哺鼓腹[①]，夫人而神仙也。古无异人，何以异于人哉？尧、舜与人同耳。然则神仙、异人之有，其于中古[②]乎？读此可以知世变矣。

【注释】①含哺鼓腹：哺：口中所含的食物。鼓腹：鼓起肚子，即饱食。口含食物，手拍肚子，形容太平时代无忧无虑的生活。形容太平时代无忧无虑的生活。②中古：三古之一，次于上古的时代。在我国历史上多指魏晋南北朝和隋唐时期。

【译文】张山来说：说古代没有神仙，并不是没有神仙。那时候人们耕田劳作，吃饭休息，整天无忧无虑，那时的人就是神仙。古代没有高人异士吗？高人异士什么方面和普通人不一样呢？尧、舜也和普通人一样罢了。既然这样，那么神仙和高人异士的说法，难道是从中古时候开始的吗？读到这里可以知道世事的变化了。

吴孝子传

魏 禧冰叔

【题解】本篇是《虞初新志卷八》的第三篇。讲述了孝子吴绍宗的父亲病重，他为了救父，情愿到太华山跳舍身崖，代父去死。他的孝心感动了上天，得到了仙篆，治好了父亲。孝子的行为使人敬佩。

孝子姓吴，名绍宗，字二璧，建昌新城县人，世居梅溪里。性聪敏，幼善属文。万历丙午[①]，督学骆公日升[②]，拔置诸生第一，时年二十，屡试辄高等。孝子父道隆，善病，久之，痹不能起，前后血并下，医药十余年无效者。戊午正月病甚，孝子惶恐无所出，乃斋戒沐浴，焚香告天地，刺肘上血书，将谒太华山，自投舍身崖下代父死。太华山者，抚州崇仁县之名山也，距新城三百里，相传神最灵异。诸来谒者，有罪辄被祸不得上，甚则有灵官[③]击杀之，同行人闻鞭声铮然；或忽狂病，自道生平隐恶事。而神殿左有悬崖陡绝，曰“舍身崖”。人情极不欲有生者，则掷身投之，头足尽破折死。

【注释】①万历丙午：即万历三十四年（1606年）。②骆日升：字启新，号台晋，明朝泉州人，万历二十三年中进士，累官至四川布政司参政。③灵官：道教的护法尊神。

【译文】有一个孝子姓吴，名叫邵宗，字二璧，江西建昌府新城县人，世代居住在梅溪里。他天性聪明，幼年时候就擅长写文章。万历丙午年间，督学骆日升为主考时，在众多考生中，将他选拔为第一名，当时他二十岁，后来多次参加科考都获优等。孝子的父亲叫吴道隆，体弱多病，久病之后，浑身麻痹不能起身，身体前后都淌血，医治十多年，都没有效果，戊午年正月，吴道隆病情加重，孝子心中十分担忧，却又想不出好办法，就斋戒沐浴，焚香祷告天地，并刺破臂肘写下血书，打算到太华山，跳舍身崖代替父亲去死。太华山是抚州崇仁县境内的名山，距离新城有三百里，相传那里的神仙最为灵验。凡是来朝拜的人，有罪的人就会遭到处罚，而上不了山，甚至还会有灵官来击杀他们，同行的人可以清楚地听到铁鞭击打的声音；有的人会忽然发狂，把自己生平不为人知的恶行都说出来。并且在神殿左边有陡峭异常的悬崖，叫“舍身崖”。有人遇到极其想不开的事，就会来此跳崖，头脚折断而死。

孝子既告天作疏，明晨独身行。二日，至山上，宿道士管逊吾寮（liáo）[1]。同寮宿者，南昌乡先生二人，同郡邑诸生三人。十八日，孝子升殿，默祷焚疏既，同寮人相邀游著棋峰，路经舍身崖。孝子于是越次前行，至崖所欻（xū）然[2]投身下。同行人惊绝，不知所为，一时传骇，聚观者千人。道士使人买棺往就殡，自山顶至崖下，路迂折四十里。而殿上道士急奔崖所，呼众人曰：“谁言吴秀才投崖死也？今方在神座下叩头，方巾道服如故。”众群走殿上视之，果然。方孝子之自投崖也，立空中不坠，开目视，足下有白云起，又遥望见石门，门上一大“孝”字。俄而见三神人命之曰：“孝子，吾左侧石有仙篆九十二画，汝谨记之，归书纸食汝父，不独却疾，且延年矣。”更授催生、治痢疟、驱瘟咒并诸篆。孝子叩头谢毕，身已在殿上。孝子乃言：“吾如梦中也。”

【注释】①寮：小屋。②欻然：亦作“欻然”，忽然。

【译文】孝子写完祷文后，第二天早上就独自出发，路上走了两天，到达太华山后，孝子住在道士管逊吾的小屋里。一起同住的人中，有两人是南昌的退隐官员，还有三人是同乡的书生。十八日那天，孝子进入大殿，默默祈祷并焚烧祷文，同住的人邀请他一起游览著棋峰，经过舍身崖时。孝子越过众人走到前面，到了崖边突然跳下悬崖。同行的人都惊呆了，不知道该怎么办才好，事情传开，震惊众人，有上千人围观。道士让人买来棺材准备收敛孝子，从山顶到崖底，山路迂回曲折有四十里。突然殿里的道士急匆匆地跑到崖上，对众人大喊说：“谁说吴秀才跳崖死了？现在他正在神座下面磕头呢，服饰和先前穿的一样。”众人走到殿上观看，果然如此。原来孝子跳崖之后，停在空中并没有下落，他睁开眼睛一看，脚底下有白云升起，又远远地看到了石门，门上写着一个大大的“孝”字。不一会儿，看到三位神仙对他说：“孝子，我左侧的石头上有九十二划的一道神仙符篆，你记住它们，回去之后写在纸上，让你的父亲吃下，不但可以治好他的病，还可以延年益寿。”又教给他催生、治痢疟、驱瘟等咒语和符篆。孝子叩头感谢后，身体已经在大殿上了。孝子说：“整个过程我就像做梦一样。”

孝子既定，疾走归，一日有半而至家，至则父垂绝，不能言。孝子急书九十二画篆焚服之，室中人皆闻香气。甫入口，父即言曰："是何药耶？"明日起坐啜粥，旬日疾大愈。孝子徒步反复六百里，不饮食者五日。而父乃益康强善饭，以诗酒自娱，年九十二，耳目清明，无疾终焉。由是孝子名闻远近。邑大冢宰涂公国鼎[①]与为同道友，进士黄端伯、过周谋，举人黄名卿、涂伯昌，贡士璩光孚，皆拜为弟子。孝子当国变时，避乱泰宁，以病卒诸生廖愈达家。愈达，予所传三烈妇[②]夫也。愈达来新城，主孝子子吴长祚，予故并得交。一日而见孝子之子，烈妇之夫，为荣幸焉。愈达言："孝子生平好名义，轻财，往往出钱物为人解讼斗。既感神应，益自修。人病苦者，恒用符篆救之，以施药为名。"

【注释】①邑大冢宰涂公国鼎：大冢宰，古代官名，明、清吏部尚书别称之一。涂国鼎，明末江西新城东坊（今属江西省黎川县）人，历任太仆卿、刑部侍郎、南明吏部尚书等职。②三烈妇：指廖愈达的妻李氏，妾汪氏、张氏。

【译文】孝子事情办完，即刻飞奔回家，用了一天半的时间回到家里。到家时父亲快要病死了，已经不能说话了。孝子赶忙写下九十二划的符篆烧了让父亲吃下，房间里的人都闻到了一股香气。符篆刚进到口中，孝子的父亲就能说话了："这是什么药啊？"第二天就能坐起来喝粥，十天后病就痊愈了。孝子徒步往返六百里，五天时间没有吃喝。他的父亲此后更加健康，饭量也增长了，每天以诗酒为乐，活到了九十二岁，依然耳聪目明，最后无疾而终。从此孝子远近闻名，前吏部尚书涂国鼎和他是同道的朋友，进士黄端伯、过周谋，举人黄名卿、涂伯昌，贡士璩光孚，都拜他为师。孝子在甲申年明朝灭亡的时候，去到泰宁躲避战乱，因病在书生廖愈达家中去世。廖愈达，就是我撰写的三烈妇的丈夫。廖愈达来到新城，寄住在孝子的儿子吴长祚的家里，我因此得以和他交往。一天之内，我见到了孝子的儿子还有烈妇的丈夫，因此感到非常荣幸。廖愈达说："孝子生平重视名节，轻视钱财，经常出钱物为人解决诉讼。又亲眼见到神灵，也就更加注意修养自己的德行。如果周围有人得病，孝子就用符箓来救治他们。"

魏禧论曰：闻孝子常诣太华山，登座附神耳语，为人祈祷，颇不经[1]。然邑君子往往道其事甚悉。梅溪东出四十里，为南丰县，县贡士赵希乾者，与禧交。母尝病甚，割心以食母，即剖胸，心不可得，则叩肠而截之。母子俱无恙。其后胸肉合，肠不得入，粪秽从胸间出，而谷道遂闭，饮食男女[2]如平人。假谓非有神助，其谁然哉？其谁然哉？

【注释】①不经：近乎荒诞，不合常理。②饮食男女：儒家的观点，泛指人的本性。其中饮食指食欲；男女指性欲。

【译文】魏禧评论说：听说孝子经常去太华山，登上神座，与神明耳语，替人祈祷，在我听来这些都是违背常理的说法。但是县里的君子却常常能详细地述说他的事迹。梅溪往东四十里，是南丰县，县内的贡士赵希乾，和我关系很好。赵希乾的母亲曾经病得很厉害，赵希乾就想把自己的心割下给母亲吃，他剖开胸膛，却没有找到心，就把肠子掏出截断为母治病，结果母子都安然无恙。后来赵希乾胸口的肌肉愈合了，肠子却不能放回去，粪便都从胸间流出来，而且肛门也自动闭合了，但是饮食男女等事却像普通人一样。假如不是有神仙相助，谁能做到呢？谁能做到呢？

张山来曰：古有以祝由[1]治病者，今"九十二画箓"，以及痢疟诸箓，殆即其道耶？然吾以为必孝子行之，乃能有验；若人人可行，斯又理之所难信者矣！

【注释】①祝由：也称祝由术、祝由科、祝由十三科等，是在《黄帝内经》成书之前，用符咒治病的方法。在古代又被称为巫术。

【译文】张山来说：古时候有用祝由术来医治疾病的情况，现在用“九十二划符篆”治病，以及有治疗痢疟等病的符箓，应该也是属于祝由术吧？但是我认为必须是孝子做这些事，才会灵验；要是人人都可以做到的话，那就很难让人信服了！

李一足传

王猷定于一

【题解】本篇是《虞初新志卷八》的第四篇。记述了李一足的传奇故事。他博学多才，却仕途不顺；为报父仇，不惜亡命天涯；后游历天下，寻仙访道，最后坐化而去。其非同凡响的经历，令作者一时不知如何评价他才合适。

李一足，名夔（kuí），未详其家世。有母及姊与弟。貌甚癯（qú）①，方瞳微髭（zī）②，生平不近妇人。好读书，尤精于《易》，旁及星历医卜之术。出常驾牛车，车中置一柜，藏所著诸书，逍遥山水间，所至人争异之。

【注释】①癯：清瘦。②髭：嘴上边的胡子

【译文】李一足，名夔，不清楚他的家世。他有母亲、一个姐姐和一个弟弟。李一足容貌清瘦，方形瞳仁，嘴上有少许胡须。他平生不近女色。喜好读书，尤其精通《易经》，其他星相、医卜之类的学问也有涉猎。他经常驾着牛车外出，车上放一个柜子，里面收藏他所写的书籍，在山水间自在的畅游，所到之处，人们都认为他是个奇人。

天启丁卯[1]，至大梁，与鄢陵韩叔夜智度交。自言其父为诸生，贫甚，称贷于里豪，及期无以偿，致被殴死。时一足尚幼。其母衔冤[2]十余年。姊适人[3]，一足亦婚。母召其兄弟告之。一足长号，以头抢柱大呼。母急掩其口。不顾，奋身而出，断一梃（tǐng）为二，与弟各持，伺仇于市，不得；往其家，又不得；走郭外，得之，兄弟奋击碎其首。仇眇（miǎo）[4]一目，抉其一，祭父墓前。归告其母，母曰：“仇报，祸将及！”乃命弟奉母他徙，遂别去。

【注释】①天启丁卯：指天启七年（1627年）。天启：明熹宗朱由校年号。②衔冤：含冤。③适人：指女子出嫁。④眇：瞎了一只眼，后也指两眼俱瞎。

【译文】天启丁卯年间，李一足来到开封，和鄢陵人韩叔夜、韩智度等人交往。他说自己的父亲是诸生，因家里贫穷，就向乡里的豪强借了高利贷，到了期限，无钱偿还高利贷，最后父亲被殴打致死。当时李一足还年幼，他的母亲含冤忍辱十多年。直到他姐姐嫁了人，他也成了婚，母亲才把他们兄弟二人叫来，把这件事告诉他们。李一足听完号啕大哭，用头猛撞门柱，大声哭喊。他的母亲急忙捂住他的嘴。他头也不回，挺身而出，将一根棍子折断为二，和弟弟各拿半根，去集市寻找仇人，但是没有找到；去仇人家里，也没有找到；走到城外，终于找到仇人。兄弟俩合力打碎了仇人的脑袋。仇人瞎了一只眼，他们挖出仇人的另一只眼，拿到父亲的坟前祭拜。回来把这件事告诉母亲，母亲说：“大仇得报，但是祸事恐怕也要来了！”于是让弟弟带着母亲迁移到别处，从此就和他们分别了。

时姊夫为令于兖，往从之。会姊夫出，姊见之，惊曰：“闻汝击仇，仇复活，今遍迹汝，其远避之！”为治装，赠以马。一足益恚恨，乃镌其梃曰：“没棱难砍仇人头。”遂单骑走青齐。海上见渔舟数百泊市米，一足求载以济，遂舍骑登舟。渡海，至一岛，名高家沟。其地延袤①数十里，五谷鲜少，居民数百户，皆蜑（dàn）②籍，风土淳朴，喜文字，无从得师。见一足至，各率其子弟往学焉。

【注释】①延袤：绵亘；绵延伸展。②蜑：与黎族有远亲关系的水上居民，他们的船只在我国广州和福州形成密集的水上聚居区。

【译文】当时李一足的姐夫在兖州做县令，李一足前去投奔他们。恰好姐夫外出不在，姐姐见到他，惊慌地说：“听说你报复仇人的事情了，可是仇人又活过来了，现在正到处找你呢，你还是到远处躲躲吧！”就给他准备了行李，并赠送了一匹马。李一足十分愤恨，就在棍子上刻了一行字：“砍掉仇人脑袋的心愿很难达成了。”于是就单人独骑去了山东。在海边，看到几百条渔船，停靠在米市买米，李一足就恳求他们载他过海，于是他舍弃了马匹，登上渔船。渡过大海后，来到了一座小岛，名叫高家沟。这个地方绵亘几十里，岛上种植的庄稼很少，居民有几百户，都是蜑家人，民风淳朴，喜欢诗文，但是苦于没有老师教。见到李一足来了，都带着他们的孩子，来向李一足拜师学习。

其地不立塾，晨令童子持一钱诣师，师书一字于掌教之，则童子揖而退，明日复来。居数年，积钱盈室。辞去，附舟还青州，走狭邪。不数日，钱尽散，终不及私。由辽西过三关①，越晋，历甘凉，登华岳，入于楚，抵黔桂，复历闽海吴越间，各为诗文纪游。二十载，乃反其家。仇死，所坐皆赦。母亦没，登其墓大哭，数日不休。自以足迹遍天下，恨未入蜀。会鄜陵刘观文除②夔守，招之同下三峡，游白帝、绵、梓诸山，著《依刘集》一卷。

【注释】①三关：河北境内沿内长城的居庸关、倒马关、紫荆关，明代称为“内三关”。②除：拜受官位任职，担任。

【译文】这个地方老师授课不设私塾，每天清晨家长让学生拿一枚铜钱来拜见老师，老师就在学生的手掌上写下一个字，然后学生就作揖告退。第二天学生再来拜见学习，周而复始。过了几年，李一足积攒的铜钱装满了房子。李一足就告辞离去，乘船返回青州，他流连在风月场所。没过几天，钱财就花光了，没有留下一点。李一足从辽西经过三关，穿越山西，经过甘凉地区，又登上华山，进入楚地，到达贵州、广西地区，又去闽海、吴、越一带游历，分别写下诗文来记述游历的情况。过了二十年，才回到他的家乡。这时仇人已经死了，李一足罪过也被赦免了，他的母亲也已经去世。李一足到母亲的墓前祭拜，一连好几天都痛哭不止。他认为已经游遍天下，只是遗憾还没有去过蜀地。恰逢鄢陵刘观文担任夔州知府，邀请他一同下三峡，游览了白帝城、绵山、梓山等地方，他写下《依刘集》一卷。

其弟自母丧，不知所在。一日欲寄弟以书，属韩氏兄弟投汴之通衢。韩如其言，俄一客衣白袷（jiá）①，幅巾草履，貌与一足相似，近前揖曰：“我张太羹也，兄书已得达。”言讫不见。辛巳，李自成陷中州诸郡，韩氏兄弟避乱至泗上，见一足于途，短褐敝屣（xǐ），须眉皆白。同至玻璃泉，谈笑竟日，数言天下事不可为。问所之，曰：“往劳山访徐元直②。”韩笑之。一足正色曰：“此山一洞，风雨时披发鼓琴，人时见之，此三国时徐庶也。”约诘朝复来，竟不果。

【注释】①白袷：白色夹衣。袷：同“夹”。②徐元直：指徐庶，字元直。颍川郡长社县（今河南许昌长葛东）人。东汉末年刘备帐下谋士，后归曹操，并仕于曹魏，魏文帝时，官至右中郎将、御史中丞。

【译文】自从母亲死了之后，李一足的弟弟就不知道去哪了。有一天，他想给弟弟写封信，嘱咐韩氏兄弟送到开封一带的大路上。韩氏兄弟按照他说的做了，不一会儿，一个客人穿着白色的衣服，戴着头巾，穿着草鞋，样貌和李一足很相似，上前作揖说："我是张太羹，兄长的书信已经送到了。"说完就不见了。辛巳年间，李自成攻陷中原的各处郡县，韩氏兄弟为躲避战乱，来到泗水一带，在路上遇到李一足，穿着短衣和旧鞋，胡须眉毛都白了。一起同行到了玻璃泉，坐在一起谈笑了一整天，李一足几次说到天下的事情不可为，韩氏兄弟询问他要去哪，回答说："去劳山拜访徐元直。"韩氏兄弟取笑他。，李一足态度严肃地说："劳山有一个山洞，刮风下雨的时候，有人在里面披发弹琴，人们经常会见到他，这人是三国时候的徐庶啊。"彼此约定第二清晨再见，结果李一足没有来。

甲申后，闻一足化去①。先一日，遍辞戚友，告以远行。是日，鼻垂玉筋②尺许，端坐而逝，袖中有《周易全书》一部。后数月，济人有在京师者，见之正阳门外。又有见于赵州桥下，持梃观水，伫立若有思者。韩子智度，不妄言人也，述其事如此。

【注释】①化去：飞升成仙或死亡。②玉筋：像玉一样的，类似鼻涕的东西，舍利的一种。

【译文】甲申年国难后，我听说李一足去世。他在去世的前一天，依次和各位亲戚朋友告别，告诉他们自己要出门远行。当天，他端坐在那儿，鼻子垂下一尺多长的玉筋，就坐化了，衣袖中有一部《周易全书》。后来过了几个月，有济南人在京师，看到他在正阳门外。又有人看到他在赵州桥下，手持木棒在凝视着河水，站在那儿若有所思。韩智度不是那种言语虚妄的人，他就是这样讲述李一足的事迹。

张山来曰：观一足行事，亦孝子，亦侠客，亦文人，亦隐者，亦术士，亦仙人，吾不得而名之矣。

【译文】张山来说：从李一足的事迹来看，他既是孝子，也是侠客，既是文人，也是隐者，既是术士，也是仙人，我不知道该如何去称呼他。

孝贼传

王猷定于一

【题解】本篇是《虞初新志卷八》的第五篇。主要记述了一个心怀孝道的贼人，在母亲死后，为了安葬母亲，不惜偷盗棺材。其行为于法不容，于情可谅。

贼不详其姓名，相传为如皋人，贫不能养母，遂作贼。久之，为捕者所获，数受笞（chī）有司[①]。贼号曰："小人有母无食，以至此也！"人且恨且怜之。一日母死，先三日廉[②]知邻寺一棺寄庑（wǔ）下。是日，召党具酒食，邀寺中老阇（dū）黎[③]痛饮。伺其醉，舁棺中野[④]，负其母尸葬焉。比反，阇黎尚酣卧也。贼大叫叩头乞免，阇黎惊，不知所谓，起视庑下物，亡矣！亡何[⑤]，强释之。厥后不复作贼。

【注释】①有司：指主管某部门的官吏；泛指官吏。②廉：考察，视察。③阇黎：也译作"阇梨"，意为高僧，也泛指僧人、和尚。④中野：原野之中。⑤亡何：不久。

【译文】有个贼人，不知道他的名字，据传他是如皋人，家贫不能赡养母亲，于是就做了贼。时间长了，被捕快抓到，数次被鞭打受刑。贼人哭号着说："小人家中有老母，缺衣少食，所以才沦落到这种地步！"人们对他又恨又怜。有一天，他的母亲死了，他三天前就查访到附近寺院里有一口棺材，寄存在走廊上。这一天，他召集同伙准备酒食，邀请寺里的和尚痛饮。等到和尚喝醉后，他把棺材抬到野外，把母亲的尸身背过来，装进棺材安葬了。等他到回到寺院的时候，和尚还酒醉酣睡不醒。贼人大声把和尚喊起，向和尚磕头，乞求原谅，和尚非常吃惊，不知道他说什么，起身看廊下的棺材已经没了。过了几天，和尚只得勉强把他放了。从此以后，他就再也不做贼了。

张山来曰：有孝子如此，而听其贫，至于作贼，是谁之过欤？

【译文】张山来说：有像这样的孝子，却任由他贫困，甚至不得已去做贼，这是谁的过错呢？

王翠翘传

余怀澹心

【题解】本篇是《虞初新志卷八》的第六篇。通过一代名妓王翠翘的生平故事，间接讲述了明末江浙平定倭患的诸多人、事。尤其是王翠翘劝说徐海归降朝廷后，徐海反被胡宗宪设计杀死，王翠翘痛悔不已，觉得自己辜负了徐海，也投海自尽。这一悲剧性的结局，感染了历代很多文人，创作出众多以此为题材的戏曲、小说。

余读《吴越春秋》，观西施沼吴，而又从范蠡以归于湖，窃谓妇人受人之托，以艳色亡人之国，而不以死殉之，虽不负心，亦负恩矣。若王翠翘之于徐海，则公私兼尽，亦异于西施者哉。嗟乎！翠翘故娼家，辱人贱行，而所为耿耿[①]若此。须眉男子，愧之多矣！余故悲其志，缀次其行事，以为之传。传曰：

【注释】①耿耿：诚信守节的样子。

【译文】我读《吴越春秋》一书，读到西施用美色来迷惑吴王，事成之后，又随范蠡泛舟江湖而去的时候，私下认为西施受人指使，凭借美色而使吴国灭亡，却不能以死殉节的行为，虽不辜负勾践的嘱托，却辜负了夫差对她的恩情。而王翠翘对待徐海的方式，可称得上是恩义兼顾，与西施的做法大相径庭。王翠翘原本是娼妓，从事的是污秽下贱的行当，但是她的所作所为，有情有义。即便是男子汉，和她一比，也会显得相形见绌。我很同情她的遭遇，所以将她的事迹记载下来，写成这篇传记。传记中写道：

王翠翘，临淄人，幼鬻于倡，冒姓马，假母呼为翘儿。美姿首，性聪慧，携来江南。教之吴歈（yú）①歌，则善吴歈歌；教之弹胡琵琶，则善弹胡琵琶。吹箫度曲，音吐清越，执板扬声，往往倾其座客。平康里②中，翘儿名藉甚。然翘儿雅淡，顾沾沾自喜，颇不工涂抹倚门③术。遇大腹贾及伧（cāng）父④之多金者，则目笑之，不予一盼睐（lài）⑤温语。以是假母日忿而笞骂。会有少年私翘儿金者，以计脱假母，而自徙居嘉兴，更名王翠翘云。

【注释】①吴歈：指昆曲。②平康里：位于长安城北，也称“北里”。后为妓院的代称。妓院的代称。③倚门：旧指妓女接客。④伧父：泛指粗俗、鄙贱之人，犹言村夫。⑤盼睐：观看；顾盼。

【译文】王翠翘是山东临淄人，幼年时被卖到妓院，改为姓马，鸨母称呼她为翘儿。王翠翘长得漂亮，又聪明伶俐，鸨母将她带到江南。教她演唱吴地的昆曲，她能很快学会昆曲；教她弹奏胡琵琶，她也能很快学会弹奏胡琵琶。吹箫唱曲，声音清脆悠扬；执板高歌，倾倒满座宾客。在风月场中，王翠翘冠绝一时。但是她为人清雅淡泊，自视甚高，颇为自负，所以她不屑涂脂抹粉，倚门叫卖地去讨好嫖客。遇到那些大腹便便的富商，以及那些粗俗鄙贱的有钱人，只目视而窃笑，从不柔声细语地去奉承讨好他们。为此，鸨母常常打骂她。恰好有少年客人私底下给了王翠翘许多钱，王翠翘就设计摆脱鸨母，自己迁居到嘉兴居住，改名为王翠翘。

当是时，歙（shè）人罗龙文，饶于财，侠游结宾客，与翠翘交欢最久，兼昵小妓绿珠。而越人徐海者，狡佻，贫无赖，方为博徒所窘，独身跳翠翘家，伏匿不敢昼见人。龙文以其壮士，倾身结友，接臂痛饮，推所昵绿珠与之荐寝。海亦不辞，酒酣耳热，攘袂持杯，附龙文耳语曰：“此一片土非吾辈得意场，丈夫安能郁郁久居人下乎？公宜努力，吾亦从此逝矣！他日富贵，毋相忘！”因慷慨悲歌，居数日别去。徐海者，杭之虎跑寺僧，所谓“明山和尚”者是也。

【译文】那时候，有歙县人罗龙文，家资富有，为人很讲义气，喜欢结交江湖朋友，与王翠翘相识的时间也最久，同时他还和一个叫绿珠的妓女相好。浙江人徐海，狡诈轻挑，贫困无赖，当时他正被其他赌徒追债，情急之下跳进王翠翘的家里，躲了起来，不敢在白天见人。罗龙文认为徐海是一位壮士，便与他结为好友，两人置酒痛饮，罗龙文还让自己宠爱的绿珠去给徐海侍寝，徐海也不推辞。喝到酒酣耳热之际，徐海敞开衣服，撸起袖子，手拿酒杯，对罗龙文耳语说：“这里并不是你我施展抱负的地方，男子汉大丈夫怎能郁郁不得志而久居人下呢！？您应当奋发努力啊！我也将很快离开这里了。他日您得到富贵，一定不要忘了故人！”说完就慷慨悲歌，又住了几天就离去了。徐海，是杭州虎跑寺的僧人，“明山和尚”就是他。

居无何，海入倭，为舶主，拥雄兵海上，数侵江南。嘉靖三十五年，围巡抚阮鹗[1]于桐乡，翠翘、绿珠皆被掳。海一见惊喜，命翠翘弹胡琵琶以佐酒，日益宠幸，号为夫人，斥诸姬罗拜。

翠翘既已骄爱无比，凡军机密画，唯翠翘与闻。乃翠翘阳[②]为亲昵，阴实幸其覆败，冀归国，以老泪渍渍常承睫[③]洗面也。

【注释】①阮鹗：字应荐，号南直隶桐城县（今安徽枞阳）人。明世宗嘉靖二十三年（1544年）进士，历官南京刑部主事、浙江提学副使。为明代抗倭将领，后因罪革职为民。②阳：古同“佯”，假装。③承睫：含着眼泪。

【译文】不久之后，徐海去了日本，当上了船主，手下有众多亡命之徒。徐海雄踞海上，多次侵犯江南地区，嘉靖三十五年，徐海将浙江巡抚阮鹗围困在桐乡，王翠翘与绿珠都被掳走。徐海乍一见到她们非常惊喜，让王翠翘弹琵琶以助酒兴，此后徐海日见宠幸王翠翘，称她为夫人，还让其余的妻妾来拜见她。徐海对王翠翘的宠爱无以复加，就连军机密事，也都让王翠翘参与谋划。但是王翠翘虽然表面上对徐海很亲近，暗地里却希望他早日覆灭，期盼自己能够终老故国，因此暗地里常常以泪洗面。

会总督胡宗宪[①]开府浙江，善用兵，多计策，欲召致徐海，自戕麻叶[②]、陈东，而离散王直[③]之党，乃遣华老人赍檄招降。海怒，缚华老人，将斩之。翠翘语海曰：“今日之事，生杀在君，降不降何与来使？”海乃释其缚，畀（bì）[④]金而遣之。老人归，告宗宪曰：“贼气方锐，未可图也。然臣睨海所幸王夫人者，左右视，有外心，或可借以歼贼耳。”而罗龙文者微闻是语，自喜与翠翘旧好，乃因幕府上客山阴徐渭[⑤]以见于宗宪。宗宪以乡曲[⑥]故，降阶迎揖曰：“生亦有意功名富贵乎？吾今用君矣！”与语大说。遂受指诣海营，摄旧日任侠衣冠，投刺谒海。

【注释】①胡宗宪：字汝贞，号梅林。曾任直浙总督，主持抗倭，官至兵部尚书和右都御史。死后追谥襄懋。②麻叶：本名叶明。浙江人。明朝嘉靖年间的倭寇首领。多次侵扰明朝浙江一带，后被徐海设计捕获，在嘉兴被斩首。③王直：南直隶（今安徽歙县）人，原为海上贸易商人，后为海盗。后被胡宗宪招安，随即又被浙江巡按使王本固处死。④畀：给予。⑤徐渭：绍兴府山阴（今浙江绍兴）人。字文长，号青藤老人。明代著名文学家、书画家、戏曲家、军事家。⑥乡曲：乡亲；同乡。

【译文】后来总督胡宗宪到浙江任职，胡宗宪擅长用兵，足智多谋，他想招降徐海，让他去和麻叶和陈东自相残杀，进而削弱王直的党羽。于是胡宗宪派华老人手持招降文书前去招安徐海。徐海看完大怒，下令绑了华老人，要将他斩首。王翠翘对徐海说："今天这件事，生杀大权掌握在您手中，投不投降和使节有什么关系呢？"徐海于是给华老人松绑，还给了赏钱打发他离去。华老人回去后，告诉胡宗宪说："反贼气焰十分嚣张，现在还难以招降。但是我观察到他宠幸的王夫人，眼睛左顾右盼，似乎对徐海有贰心，或许可以借助她来消灭反贼。"罗龙文在一旁听到这些话，暗自庆幸自己与王翠翘往日交好，罗龙文通过胡宗宪的幕僚绍兴人徐渭的引荐，得以拜见胡宗宪。胡宗宪出于同乡的缘故，亲自走下台阶迎接罗龙文，拱手作揖说道："你有意于功名富贵吗？我现在正有事情需要你去办！"胡宗宪与罗龙文交谈得非常愉快。于是罗龙文接受指派前往徐海的营地，他穿上从前游侠时的衣冠，向徐海投递名帖请求拜见。

海亟延入，坐上座，置酒握龙文手曰："足下远涉江湖，为胡公作说客耶？"龙文笑曰："非为胡公作说客，乃为故人作忠臣耳。王直已遣子纳款[①]，故人不乘此时解甲释兵，他日必且为虏。"海愕然曰："姑置之，且与故人饮酒。"锦绣音乐，备极豪侈，僩（xiàn）然[2]自以为大丈夫得志于时之所为也。酒半，出王夫人及绿珠者见龙文。龙文改容礼之，极宴语不及私。翠翘素习龙文豪侠，则劝海遣人同诣督府输款[3]，解桐乡围。宗宪喜，从龙文计，益市金珠宝玉，阴赂翠翘。

【注释】①纳款：归顺；降服。②僩然：也作"僴然"，狂妄的样子，自大的样子。③输款：投诚。

【译文】徐海急忙将罗龙文请进来，让他坐在上位，摆下酒宴，握着罗龙文的手说："您不远万里来到这里，是替胡大人做说客吗？"罗龙文笑着答说："我不是替胡公做说客，而是为我的老朋友做忠臣来了。王直已经派遣他的儿子来朝廷觐见，表示要归顺了，您如果不趁此时机停止叛乱，归顺朝廷，他日必将成为俘虏！"徐海一愣，说："暂且不去理会这些，还是和老朋友一起喝酒吧！"徐海安排歌舞来招待罗龙文，轻歌曼舞，极其奢侈，徐海洋洋自得，认为大丈夫得志，就应该是这个样子。酒宴进行到一半，徐海让王翠翘与绿珠出来拜见罗龙文。罗龙文也郑重向她们回礼，直到酒宴结束，也不曾说起自己与她们的往事。王翠翘向来了解罗龙文是个仗义豪爽的人，于是劝说徐海派人同罗龙文一起前往胡宗宪处协商归顺事宜，并让徐海解除了对桐乡的围困。胡宗宪知道后非常高兴，就按照罗龙文的计谋，派人带着许多金银珠宝，私下里贿赂王翠翘。

翠翘益心动，日夜说海降矣。海信之，于是定计，缚麻叶，缚陈东，约降于宗宪。至桐乡城，甲胄而入。是时赵文华[1]、阮鹗与宗宪列坐堂皇，海叩首谢罪，又谢宗宪。宗宪下堂摩其顶曰："朝廷今赦汝，汝勿复反。"厚劳而出。海既出，见官兵大集，颇自疑。宗宪犹怜海，不欲杀降，而文华迫之。宗宪乃下令，命总兵俞大猷（yóu）[2]整师而进。会大风，纵火，诸军鼓噪[3]乘之，贼大溃，歼焉。海仓皇投水，引出，斩其首，而生致翠翘于军门。

【注释】①赵文华：字元质，明慈溪县人，认严嵩为义父，上下其手，颠倒黑白，后被黜病死，死后被弹劾巨额贪污。②俞大猷：字志辅，晋江（今福建泉州）人，明代抗倭名将，军事家。③鼓噪：古代指出战时擂鼓呐喊，以壮声势。今泛指喧嚷。

【译文】王翠翘也更加心动，日夜劝说徐海归降。徐海听信了王翠翘的话，于是定下计谋，抓住了麻叶和陈东，与胡宗宪约定日期归降。徐海到了桐乡城，穿着甲胄去拜见胡宗宪。当时赵文华，阮鹗和胡宗宪一起坐在公堂上，徐海叩头请罪，又向胡宗宪请罪。胡宗宪走下堂来，抚摸着他的头顶说："朝廷今天赦免你，你以后不能再谋反了。"重重的赏赐慰劳徐海后，让他退下。徐海出去后，看到大批官兵在集结，心里颇为疑虑。胡宗宪非常怜惜徐海，不忍心杀了他，但是赵文华屡次逼迫他。于是胡宗宪下令，命令总兵俞大猷指挥军队进攻。恰巧遇上大风，俞大猷的士兵就放火烧船，军队趁机擂鼓呐喊进攻，贼人大败，全部被歼灭。徐海仓皇中投水自尽，尸体被打捞上来，斩下首级，在徐海的营中俘获了王翠翘。

宗宪大飨（xiǎng）参佐[1]，命翠翘歌吴歈（yú）歌，遍行酒[2]。诸参佐或膝席[3]，或起舞捧觞，为宗宪寿。宗宪被酒大醉，瞀（mào）乱[4]，亦横槊障袖，与翠儿戏。席乱，罢酒。次日，宗宪颇愧悔醉时事，而以翠翘赐所调永顺酋长。翠翘既随永顺酋长，去之钱塘江中，悒悒（yì）悒[5]捶床叹曰："明山遇我厚，我以国事诱杀之。毙一酋又属一酋，吾何面目生乎？"向江潮长号大恸（tòng），投水死。

【注释】①飨参佐：用酒食款待部下，僚属。②行酒：依次斟酒。③膝席：跪在席上，直起身子。也称“长跪”。④瞀乱：精神错乱。⑤悒悒：忧郁，愁闷。

【译文】胡宗宪摆酒筵犒赏部下，命令王翠翘唱曲助兴，并让她为众人斟酒。诸位将领或在席上，或捧酒杯，一齐向胡宗宪敬酒。胡宗宪喝得酩酊大醉，神志不清，也放浪形骸，和王翠翘调笑。直到曲终人醉，一片凌乱才结束。第二天，胡宗宪对酒后的行为颇为惭愧，于是将王翠翘赐予了永顺县的一个酋长。王翠翘跟随这位酋长，行船到了钱塘江上，她忧郁地捶床叹息说：“徐海待我不薄，而我却为了国事而诱杀了他。我杀了一个酋长，却又属于另一个酋长，我还有何面目活着呢？”她对着钱塘江潮水大声哭嚎，最后投江自尽。

外史氏曰：嗟乎！翠翘以一死报徐海，其志亦可哀也！罗龙文者，世称小华道人，善制烟墨者也。始以游说阴赂翠翘，诱致徐海休兵，可谓智士。然其后依附权势，与严世蕃[①]同斩西市，则视翠翘之死，犹鸿毛之于泰山也。人当自重其死，彼倡且知之，况士大夫乎？乃倡且知之，而士大夫反不知者，何也？悲夫！

【注释】①严世蕃：字德球，号东楼，江西新余人，明朝嘉靖皇帝的首辅严嵩之子。

【译文】外史氏说：唉！王翠翘以一死来回报徐海，她的志气也值得哀怜！罗龙文，人称小华道人，擅长制烟墨。最初游说并私下贿赂王翠翘，让她劝说徐海退兵，可以称得上是有智慧的人。但是他后来依附权势，与严世蕃一同被斩于西市，与王翠翘的死相比，就如鸿毛相比于泰山一般。人应当重视自己身后的名声，作为妓女的王翠翘尚且懂得这个道理，何况是士大夫呢？妓女尚且知晓这个道理，如果士大夫反而却不知晓这个道理，那是什么缘故呢？可悲啊！

张山来曰：胡公之于翠翘，不以赐小华，而以赐酋长，诚何心乎？观翠翘生致之后，不能即死，居然行酒于诸参佐前，则其意有所属从可知已。其投江潮以死，当非报明山也。

【译文】张山来说：胡宗宪对待王翠翘，不将她赐予小华道人，而是赐予酋长，是出于什么目的呢？王翠翘被俘虏之后，并没有立即自尽，竟然还能为胡宗宪的部下斟酒唱曲，她想要回到罗龙文身边的用意很明显了。王翠翘投江自尽，应该不是为了报答徐海的恩情。

戴文进传画苑三高士传之一

毛先舒稚黄

【题解】本篇是《虞初新志卷八》的第七篇。此篇是清初文学家毛先舒为明代画家戴进写的一篇传记。戴进是明初著名画家，浙派代表人，擅画山水、人物、花鸟、虫草，画风雄健劲挺，秀逸典雅，生动自然。可是谁又能想到，戴进起初只是一首饰匠人，“命意不朽，卒成其名”。

明画手以戴进为第一，进字文进，钱唐人也。宣宗喜绘事，御制天纵，一时待诏有谢廷循、倪端、石锐、李在，皆有名。进入京，众工妒之。一日在仁智殿呈画，进进《秋江独钓图》，画人红袍垂钓水次。画唯红不易著，进独得古法入妙。宣宗阅之，廷循从旁跪曰：“进画极佳，但赤是朝廷品服，奈何著此钓鱼？”宣宗颔[①]之。遂麾去余幅不视。故进住京师，颇穷乏。

【注释】①颔：点头答应。

【译文】明代的画家中，排在第一位的应该是戴进。戴进，字文进，浙江钱塘人。明宣宗喜欢绘画而且绘画的天赋很高。当时，他身边的书画待诏有谢廷循、倪端、石锐、李在，都非常有名气的画家。戴进初到京城时，众画工都嫉妒他。一天，众人在仁智殿进献画作给皇上看，戴进呈上的画作是《秋江独钓图》，画中人穿着红袍在水边垂钓。绘画中，红色不容易用好，戴进却独有古人妙法，擅长使用红色。明宣宗观画时，谢廷循在旁边跪下对皇帝说："戴进的画水平非常高，但是红色是朝廷官服的颜色，怎么能穿在钓鱼人身上呢？"宣宗点头表示赞同，于是就不再看戴进其余的画。因此戴进在京师期间，郁郁不得志。

先是进锻工也，为人物花鸟，肖状精奇，直倍常工。进亦自得，以为人且宝贵传之。一日于市，见熔金者，观之，即进所造，怃①然自失。归语人曰："吾瘁②吾心力为此，岂徒得糈③（xǔ），意将托此不朽吾名耳！今人烁吾所造，亡所爱，此技不足为也；将安托吾指而后可？"人曰："子巧托诸金，金饰能为俗习玩爱，乃儿妇人御耳。彼唯煌煌是耽④，安知工苦？能徙智于缣（jiān）素⑤，斯必传矣。"进喜，遂学画，名高一时。然进数奇，虽得待诏，亦轗（kǎn）轲⑥亡大遇⑦。其画疏而能密，著笔澹远，其画人尤佳，其真亦罕遇云。予钦进锻工耳，而命意不朽，卒成其名。

【注释】①怃：失意，失望。②瘁：劳苦。③糈：粮食。④耽：沉溺，喜好过度。⑤缣素：指细绢、书册或书画。⑥轗轲：困顿，不得志。⑦大遇：指殊遇。

【译文】戴进最初是首饰匠，打造的人物花鸟首饰，惟妙惟肖，价值超过一般工匠的数倍。戴进自己也很得意，以为人们会非常珍视他制作的金饰，并且世代流传下去。一天在街市上，戴进看到有人熔炼金子，正是他打造的金饰，戴进怅然若失。回来后对人说："我耗尽心血制作的这些东西，难道仅仅是为了换口饭吃吗？是想借此让我的名字流传下去啊。如今他们融化我制做的金饰，一点也不爱惜，这种手艺不值得再做下去了。今后我干什么行当才好呢？”人们对他说：“你的高超手艺只是用来制作金银首饰，而首饰是给世人赏玩的，是小孩和妇女的装饰而已。他们只是喜爱首饰闪闪发亮的光泽，怎么会知道制作者的辛苦？如果把你的手艺用到绘画方面，你的名声一定能流传下去。”戴进听完非常高兴，于是就去学习作画。没过多久，戴进的画作，就天下闻名。但是戴进命运不济，虽然得到待诏的官位，他的一生也是坎坷困顿，难以得到皇帝的赏识。他的画疏中有密，下笔清淡幽远。尤其擅长画人物，他的真迹很少能见到了。我很钦佩戴进，虽是一个首饰匠，却立志要名扬千秋，最终成就了自己的名声。

赞曰：立志探悬，鬼神所赞。孰是殚精，而屑近玩？戴君操捶，锻金为生。感慨徙业，卒成高名。盖人极而天呈矣夫！

【译文】称赞他说：立下志向，探索玄奥，鬼神都赞扬他，怎么会把殚精竭虑做出的作品，只为了供人把玩呢？戴君拿着锤子，锻造金饰当作生计。大发感慨后改变职业，最终成就了很高的名声。大概人专心做事到了极致时，上天也会眷顾他。

张山来曰：明画史又有仇十洲者，其初为漆工，兼为人彩绘栋宇，后徙而业画，工人物楼阁。予独嫌其略带匠气，顾不若戴文进为佳耳。且戴兼工山水，则尤不可及也。

【译文】张山来说：明朝的画家中，还有一个叫仇十洲的人，早期是漆工，为别人粉饰屋宇，后来改行画画，擅长画人物楼阁。我个人觉得他的画作稍微带点匠气，反而没有戴文进的作品好。况且戴进还擅长山水画，这一点仇十洲就分外比不上他了。

髯樵传

*顾彩*天石

【**题解**】本篇是《虞初新志卷八》的第八篇。记述了明末一位义士髯樵的事迹。髯樵力大过人，侠肝义胆，轻利重义，救人急难。明末甲申国难后，很多官员屈膝投降，晚节不保，而髯樵不过一介布衣，却深明大义，不愿当贼寇的臣民，投湖殉国而死。对于这样一位忠义之士，不禁让人感慨敬佩。

明季[①]吴县洞庭山，乡有樵子者，貌髯而伟，姓名不著，绝有力。每暮夜樵采，独行山中，不避蛇虎。所得薪，人负百斤而止，髯独负二百四十斤，然鬻于人，止取百斤价。人或讶问之，髯曰：“薪取之山，人各自食其力耳。彼非不欲多负，力不赡[②]也。吾力倍蓰[③]而食不兼[④]人，故贱其值。且值贱，则吾薪易售，不庸有利乎？”由是人颇异之，加刮目焉。

【**注释**】①季：最末的（指时间）。②赡：丰富，充足。③蓰：五倍。④兼：加倍。

【**译文**】**明朝末年，吴县洞庭山一带，乡间有一位樵夫，长髯浓眉。身材魁伟，人们不知道他的姓名。髯樵天生神力，经常在夜里进**

山砍柴，独自一人行走在深山中，也不惧怕毒蛇猛虎。砍下的柴，别人只能背一百来斤，髯樵却能背二百四十斤，但是卖柴时，他却只按一百斤柴的价钱出售。别人很惊讶地询问他原因，髯樵说："木柴取自山中，人们只不过靠力气吃饭罢了。他们不是不想多背，只是力气不够。我的力量是别人的几倍，但吃得饭并不比别人多，所以降价出售。再说，价格便宜了，木柴也容易卖出去，这难道不是好事吗？"人们对他的解释颇感意外，对他更加刮目相看了。

髯目不知书，然好听人谈古今事，常激于义，出言辩是非，儒者无以难。尝荷薪至演剧所，观《精忠传》所谓秦桧者出，髯怒，飞跃上台，捽桧殴，流血几毙。众咸惊救，髯曰："若为丞相，奸似此，不殴杀何待？"众曰："此戏也，非真桧。"髯曰："吾亦知戏，故殴；若真，膏吾斧矣！"其性刚疾恶类如此。

【译文】髯樵不识字，但是喜欢听别人谈古论今，常常激于义愤，开口与别人争论是非得失，即使读书人也很难驳倒他。髯樵曾经背着柴去戏园观看《精忠传》，当扮演秦桧的演员出场时，髯樵大怒，跳上戏台，按倒扮演秦桧的人，一顿痛殴，把他打得头破血流，差点打死了。众人大惊，赶忙过来劝阻。髯樵说："他当丞相，却如此奸邪，不打死他还等什么？"众人说："这是演戏啊，不是真的秦桧。"髯樵说："我也知道是演戏，所以才打他一顿，如果是真秦桧，我就用斧头砍他了！"他的性格就是如此刚烈，嫉恶如仇。

髯有兄进香茅山，堕崖折胸死。或传其暮夜饮酒不诚，被王灵官鞭杀者。髯怒，走一日夜，诣茅山，饮大醉，数王灵官曰："汝有罪三！人敬祖师，来进香，固有善心，饮酒小过，无死状，汝辄杀之，不仁，罪一。祖师以慈庇下土[①]，量甚宏大，汝居位下，行残忍，不遵祖师意，不恭，罪二。吾兄，小人也，酬香而来，小被酒，汝辄杀之；吾来不酬香，昨实大饮，今日詈汝，汝反不能杀，无勇，罪三。汝宜毁撤，曷为横鞭嗔目，坐踞于此？”欲夺鞭碎象，众譬遣[②]之，乃止，负兄骨归葬焉。

【注释】①下土：指人间。②譬遣：抚慰晓喻。

【译文】髯樵的兄长到茅山进香，却意外坠下山崖，折断胸骨摔死了。有人传言是因为进香那天晚上，他喝了酒，对神灵不敬，所以被王灵官用鞭子打死了。髯樵大怒，走了一天一夜，到了茅山，喝得酩酊大醉，来到王灵官神像前，数落王灵官说：“你有三项罪！我的兄长敬重祖师，大老远前来进香，他本是善良之人，只不过偶犯了饮酒的小过错，又不是死罪，你却把他杀了，枉杀无辜是不仁，这是第一项罪。祖师慈悲庇护众生，一向宽宏大量，你身为祖师下属，行为残忍，不遵循祖师的意愿，目无祖师是不恭，这是第二项罪。我的兄长，不过是个普通人，为了进香来到这里，喝了一点酒，你就杀了他；我来的时候没打算进香，昨天也喝了不少酒，今天还这样辱骂你，你却反而不杀我，欺软怕硬是无勇，这是第三项罪。你应该被拆掉搬走，为什么还拿着鞭子瞪大眼睛坐在这呢？”说完，髯樵就想夺下鞭子，砸碎塑像，众人连忙一番安抚开导，他才作罢，背着兄长的尸骨回去安葬了。

洞庭有孤子陈学奇，聘邹氏女为室，婚有期矣。女兄忽夺妹志，献苏宦某为妾。学奇泣诉于官，官畏宦势，无如何也。学奇讼女兄，宦并庇兄不得伸，学奇窘甚。一日，值[①]髯于途，告之故，且曰：“若素义激，能为我筹此乎？”髯许诺：“然需时日以待之，毋迫我也。”学奇感泣。髯去，鬻身为显者舆仆。显者以其多力而勤，甚信爱之，得出入内闼。邹女果为其第三妾。髯得间，以陈情告，女泣如雨，诉失身状，愿公为昆仑。髯曰：“毋迫。”一日，显者夫人率群媵②（yìng）游天平山，显者不能禁。髯嘿贺曰：“计行矣！”于是密具舟河干③。众妾登舆，髯舁第三舆，乃邹氏也。出门，绐其副迂道，疾行，至河干，谓女曰：“登舟！”舟遽开，帆疾如驶。群仆骇变，号呼来追。髯拳三人仆地，不能出声。徐去，则女舟已至陈门矣。学奇得室忻感，谓古押衙④不是过也。髯谓学奇，亟宜鸣之官以得妻状。官始不直显者，至是称快，询知义由于髯，赐帛酒花彩以荣之。显者惭，杜门⑤若不闻者。自是“义樵”名益著，年五十余矣。

【注释】①值：碰到，遇上。②媵：妾。③河干：河边，河岸。④押衙：侠义之士。⑤杜门：闭门，关门。

【译文】洞庭山有个孤儿叫陈学奇，与邹家的女子约定婚姻，已经定下了结婚的日期。女子的哥哥忽然强行改变妹妹的意愿，把妹妹嫁给一个姓苏的官宦当小妾。陈学奇到官府哭诉，官府畏惧苏姓官宦的势力，不能秉公处理。陈学奇又状告邹氏的兄长，因为姓苏官宦的庇护，陈学奇的诉讼也得不到受理，陈学奇陷入窘境。一天，陈学奇在路上遇到髯樵，把事情经过告诉了髯樵，并且说道：“你一向嫉恶如仇，能帮我解决这件事吗？”髯樵答应他说：“可以，只是需要等待时机，不要催我。”陈学奇见他肯帮忙，感动得落下泪来。髯樵与陈学奇分别后，就卖身到苏姓官宦的家中当轿夫。苏姓官宦看他力气大，干活勤快，非常信任喜欢他，这样髯樵就有机会进入内院。经过打探，髯樵发现邹氏果然是这家的第三个小妾。髯樵找到机会，把陈学奇的情况告诉了邹氏，邹氏听完泪流满面，诉说了她失身的情况，希望髯樵能像昆仑奴那样，救他出去。髯樵说："我自自有办法，不要催我！"一天，苏姓官宦的夫人带领着诸位小妾一起游览天平山，苏姓官宦想阻止，但是没能成功。髯樵高兴地说道："可以执行我的计谋了！"于是髯樵在河边事先备好船只。出游那天，各小妾坐上轿子，髯樵抬起第三顶轿子，里面坐的就是邹氏。出了门，髯樵欺骗另一个轿夫，绕到另一条路上，一路疾行到达河边，髯樵对邹氏说："快上船！"船夫马上开船，扬起船帆，疾行如飞。众仆人大惊，大喊着跑来追赶。髯樵挥拳打倒三人，其余人再不敢发声。髯樵等了一会儿才离去，而邹氏的船也差不多到了陈家。陈学奇得到妻子非常感动，认为古代的侠义之士也不过如此。髯樵对陈学奇说，赶快去官府把妻子的事情说明清楚。官府开始不敢管这件事情，此时看到陈学奇找回妻子，也不禁拍手称快，询问众人才知道是髯樵仗义出手。官府就赏赐他衣帛美酒，让他披红挂彩来表彰他。苏姓官宦也很惭愧，关门闭户假装不知道这件事。从此以后"义樵"的名声更加响亮，当时他五十岁。

甲申，闯贼破京城，崇祯帝凶问[①]至。或传于市中曰："李自成坐却龙廷矣！"髯不信，历问三四人，言如一口。髯大愤曰："吾生年七八岁时，即知皇帝姓朱，今李贼何为者耶？故君安往耶？何文武满朝，无一人出力救耶？吾年老，不能复为贼百姓也！"乃大呼天者三，投具区[②]以死。死之日，义声振吴下云。

【注释】①凶问：死讯，噩耗。②具区：太湖。

【译文】甲申年，闯贼李自成攻破北京，崇祯帝在煤山自尽，死讯传来，有人在集市中说："李自成已经坐上龙椅了！"髯樵不肯相信，又询问了三四个人，说法都相同。髯樵非常悲愤地说："我七八岁的时候，就知道皇帝姓朱，如今李自成是什么人？先前的皇帝又在何处？为什么满朝的文武官员，没有一个出手相救呢？我已经老了，不能临到老还成为李贼的百姓！”于是大呼上天三次，投太湖而死。殉节之日，髯樵忠义的名声传遍吴地。

顾子曰：义哉髯也！见义必为，矢志不屈，求之士人中，亦戛戛难之，况樵子乎？髯无姓名，吾师吴颂筠，曾为立传，传未悉。予又询之朱子僧臣，所言如此，良不妄矣。彼附势利、忘君亲者，观髯梗概，亦可以知所儆乎？

【译文】顾彩说：髯樵真是忠义啊！看到符合道义的事情就去做，坚持志向决不屈服，这样的品格在士人中也难找到，更何况他只个是樵夫呢？髯樵没有姓名，我的老师吴颂筠，曾经为他做了传记，我未曾见过。我又询问了朱僧臣，他所讲述的情况也与此类似，所以髯樵的事迹应该是不虚构的啊！那些趋炎附势，忘记君亲的人，看了髯樵的事迹，也能警醒吗？

张山来曰：观剧忿怒杀人，所闻者非止一事。此樵奇处，在后数段，劫邹女尤见作用。至自投具区以死，真可谓得其所矣。

【译文】张山来说：因为看戏引发怒火，进而杀人，类似这样的事情也不止一件。然而髯樵的奇特之处，在于后面所发生的事情，尤其是劫走邹氏的故事更加神奇。至于他投太湖而死，真可以说是死得其所。

赵希乾传

甘表中素

【题解】本篇是《虞初新志卷八》的第九篇。讲述了孝子赵希乾看到母亲久病不见好转，出于至孝，割心救母的故事。赵希乾的孝行感动天地，母子都奇迹般的活了下来。赵希乾的孝行看似愚孝，而作者感慨“古今忠孝之士，非愚不能成。“这句话可谓说到了关键之处。

赵希乾，南丰东门人，幼丧父，以织布为业。年十七，母抱病月余，日夜祈祷身代，不少愈。往问吉凶于日者[①]，日者推测素验，言母命无生理[②]。又往卜于市，占者复言不吉。希乾踟蹰[③]不去，曰：“何以救母病？”占者恶其烦数，曰：“汝母病必不治，若欲求愈，无乃割心救之耶？”希乾归，侍母左右，见病益危笃。时日光斜射床席，形影孑立，寂寂旁无一人。希乾忽起去，笥中得薙（tì）发小刀，立于窗外，剖胸，深寸许，以手入取其心，不可得。忽风声震飒，门户胥动，以为有人至。四顾周章[④]，急取得肠，抽出，割数寸。盖人惊则心上忡，肠盘旋满胸腹云。希乾置肠于釜上，昏仆就室而卧。顷刻，母姑来视病，见釜上物，以为希乾股肉也，烹而进之母。再视希乾，则血淋漓心腹间，不能出声，始知希乾为割心矣。城邑喧然传其事，闻于令，令亲往视之，命内外医调治母子病。不数日，母病愈；旬日，希乾亦渐次进饮食。胸前肠出不得纳，每日子午间，粪滴沥下。月余后，希乾起无恙，终身矢[5]从胸上出。

【注释】①日者：古时以占候卜筮为业的人。②生理：生存的希望。③踟蹰：徘徊犹疑的样子。④周章：仓皇惊恐。⑤矢：古同"屎"。

【译文】赵希乾，是江西南丰东门人，年幼的时候父亲就去世了，他家靠织布来谋生。赵希乾十七岁的时候，母亲患病一个多月都不见好，赵希乾日夜为母亲祈祷，希望自己可以代替母亲承受病痛，但是母亲仍然没有好转的迹象。赵希乾向算卦的人卜问吉凶，这个算卦的人一向都很灵验，这个人告诉赵希乾，他的母亲寿数已尽。赵希乾又去市集上找其他人占卜，也说他的母亲凶多吉少。赵希乾徘徊着不肯离开，问道："有什么法子可以挽救母亲吗？"占卜的人厌烦他如此啰嗦，就说："你母亲的病是没法医治了，要想病好，只有割心治病了。"赵希乾回到家里，在母亲身边侍奉着，看到母亲的病情愈加严重。当时，阳光斜照在床席上，形影相伴，周围寂静，一个人也没有。赵希乾忽然起身离开，在箱中找出剃发的小刀，站在窗前，用刀割开胸膛，有一寸多深，把手伸进去掏自己的心脏，但是没有找到。忽然风声大作，门窗震动，赵希乾以为有人来了，紧张地环顾四周，匆忙中抓住了肠子，抽了出来，割下数寸。大概人惊慌的时候，心脏向上提起，肠子就盘据在胸腹之间。赵希乾把割下的肠子放进锅中，就昏倒在屋里了。过了一会儿，他的姑母来探望母亲的病情，看见锅里的东西，以为是赵希乾割下的大腿肉，就煮了给他母亲吃。回头再看赵希乾，胸腹间鲜血淋漓，已经不能说话，这才明白赵希乾为母亲割心治病。赵希乾的事迹被大家知道后，轰动全城。县令听说后，亲自前去探望，并让内、外科医生调治他们母子。没过几天，母亲的病就痊愈了；十天后，赵希乾渐渐也能吃东西了。但是肠子悬挂在胸前，不能再收回去了，每天子时和午时，就会有粪滴落下。一个多月以后，赵希乾可以下床了，身体痊愈，只是终生都从胸上排出粪便。

赵氏故宋裔，为南丰巨族。宗党以为奇孝，供赡其母子，而更教之读书。学使者侯峒曾闻其事，取充博士弟子员。崇祯壬午，以恩诏天下学，选一人贡于成均[①]。学使者吴石渠既考试毕，进诸生而告之曰："百行以孝为先。赵希乾割心救母，不死，不可以寻常论。建武多才，校士衡文，希乾不应入选。今欲诸生让贡希乾，以示奖劝。"诸生咸顿首悦服。于是以希乾选补壬午恩贡。又三四年而有甲申、乙酉之变。希乾避乱山中，将母不遑[②]，遂卖卜，奔走于四方，以养其母。又十余年，母寿八十余而卒。

【注释】①成均：泛称官设的最高学府。②不遑：无暇，没有闲暇。

【译文】赵氏家族是宋朝皇室后裔，在南丰是大家族。同族之人认为赵希乾很孝顺，就出资供养他们母子，并且教他读书。江西督学侯峒曾听说了他的事情，录取他为县学生员。崇祯壬午年间，皇帝降旨诏告天下各地的官学，在诸生中选拔一人进入太学。江西提学吴石渠，在选拔考试结束时，召见各位考生说："百行以孝道为先。赵希乾割心救母，能够不死，这件事不能当做一般事情来对待。选拔武学要考量武艺，评比士子就要比较文章，赵希乾的才能都不足以入选。现在想让大家将机会让给他，来表示对他的奖励和劝勉。"诸生们都点头答应，心悦诚服。于是赵希乾被补选为壬午年间的贡生。又过了三四年，发生了甲申、乙酉年的国难，赵希乾带着母亲到山中避乱，由于没有生活来源，就靠占卜来谋生，于是赵希乾就四处为人占卜，来赚钱赡养母亲。又过了十多年，赵希乾的母亲八十多岁时才去世。

予自幼时，常见希乾过[①]先君谈，饮食起居如常人，面黎黝，高准方耳，睛光满眸子，欣然而长，多浑朴之风。与之立久，胸间时闻秽气。予年十岁，先君请希乾入书室，命表肃揖再拜，求解衣开胸视之。两乳正中间，肠突出寸许，色鲜红如血；以丝带系竹筒悬于颈，乘其肠粪出，洗换竹筒，日必再三换，常时滴黄水不绝；盖已三十余年。自是希乾少家居，母死未七年，而希乾亦卒，年六十一。

【注释】①过：拜访。

【译文】我年幼的时候，经常见到赵希乾来拜访先父，他的饮食起居和平常人一样。赵希乾面色黝黑，高鼻梁四方耳，目光炯炯有神，身材高大，敦厚纯朴。跟他在一起呆久了，能闻到他胸前有污秽之气。我十岁的时候，先父请赵希乾到书房，命我郑重揖拜，然后请求赵希乾解开胸前的衣服。看到他胸前两乳之间的位置上，肠子伸出来有好几寸，颜色鲜红像血一样，用丝带系着一个竹筒挂在脖子上，用来盛接粪水，每天要更换三次，经常有黄水滴下，这样的状况已经持续三十年了。自从母亲死后，赵希乾就很少待在家里，母亲死后不到七年，赵希乾也去世了，时年六十一岁。

甘表曰：朝廷不旌毁伤愚孝，尚矣！然希乾一念之诚，若有以通天地、格神鬼也，岂不可嘉哉？汤公惕庵最恶言希乾事，予则以为应出特典，一加旌赏。盖事不可法而可传，使知孝行所感，虽剖胸断肠而不死，岂非天之所以旌之耶？天旌之，谁能不旌之？然旌而不传，不若不旌而传也。安得龙门之书[①]以施于后世哉？呜呼，古今忠孝之士，非愚不能成。而世之身没而名不传者，又何多也？悲夫！

【注释】①龙门之书：司马迁在《太史公自序》中说自己“迁生龙门，耕牧河山之阳。”所以“龙门”成了司马迁的代称，龙门之书就代指史书。

【译文】甘表说：朝廷很久以来，都不表彰毁伤身体的愚孝做法。但是赵希乾至诚之念，感动了天地、鬼神，难道不值得嘉奖吗？汤惕庵先生最不愿谈论赵希乾的事情，我却认为应该作为特例来处理，加以表彰褒奖。赵希乾的事情不可效仿但可以广为传播，让人们知道孝道可以感动天地，即使剖开胸膛，割断肠子也不会死去，这难道不是上天之所以表彰他的原因吗？上天都在褒奖他，世人能不褒奖他吗？但是褒奖他，却不将他的事迹广为传播，还不如不褒奖而广为传播他的事迹啊。如果不广为传播，怎么能够将他的事迹记载于史书而流传后世呢？哎，古今忠臣孝子，如果不是大愚之人是做不到的。世上终老而死，但是名声不能得以流传的人，又何其多呢？可悲啊！

张山来曰：予友王不庵曾为予言孝子事，惜属口述，不获载之简编（biān）。今甘子中素以斯传见示，乃知事之度越寻常者，终不能泯其姓字也。

【译文】张山来说：我的朋友王不庵曾对我说过孝子的事迹，可惜是口述，没有文字记载。现在甘中素将赵希乾的事迹写了出来，才知道赵希乾的事迹远远超出一般人的想象，上天也不愿让赵希乾的名字被埋没。

万夫雄打虎传

张惣南村

【题解】本篇是《虞初新志卷八》的第十篇。记述了泾川人万夫雄对朋友忠诚仗义，为救朋友不惜力搏三虎，最终使朋友脱险的故事。从古至今，那些忠孝节义之士，赴汤蹈火，为别人所不能为、不敢为之事，常常是因为愚拙诚朴才能做到的。万夫雄就是这样的人。

泾川有万姓字夫雄者，少负膂力，以拳勇称，初亦未尝事田猎也。一日，与夙所莫逆尔汝昆季范姓友，早行深山中。忽林莽出巨虎，搏[①]范以去。范号曰："万夫雄救我！救我！"万亦茫然不知所措，遂撼大树拔之，怒持树往追。经里许，震天一呼，虎为逡巡退步者三，范得以脱。因梃击虎，中其项。虎负狰狞欲迎斗，然项痛，竟不能举。万乘势一再击之，虎毙矣。母虎暨虎子相寻至。万度不能中止，且却且前，又奋鼓生平之勇，纵送格扑，而二虎复相继而毙于其手。

【注释】①搏：捕捉。

【译文】甘肃泾川县有个人叫万夫雄，年少时就力大过人，以拳劲勇猛著称，万夫雄从来没有打过猎。有一天，他和自己的莫逆之交、一个姓范的朋友，大清早一同在深山里行走。忽然，从草丛中窜出一只猛虎，咬住范姓朋友就跑。范姓朋友大声呼喊：“万夫雄救我！救我！”万夫雄一时愣住，不知所措。随即就摇动一棵大树把它拔了出来，抱着大树怒气冲冲地追赶猛虎。追了大概一里地，万夫雄惊天动地大吼一声，老虎被震慑住，徘徊后退了好几步，范姓朋友乘机得以逃脱。万夫雄就用树干撞击猛虎，打中了猛虎的脖子。猛虎龇牙咧嘴，想要与万夫雄搏斗，但是脖子疼痛难忍，竟然抬不起头来。万夫雄趁势不停地击打猛虎，就把猛虎打死了。一会儿，母虎和小虎寻找公虎而来。万夫雄料想一场恶斗在所难免，犹豫再三，又鼓起生平未有之勇气，来回跳跃腾挪与两只老虎搏斗，最后这两只老虎也被他打死。

嗟乎！万夫雄一乡野鄙人耳，素不识《诗》《书》为何物，亦不识交道[①]为何事，而仓卒间不忍负异姓兄弟之意，卒毙三虎以救其友，其义岂不甚伟？万夫雄亦诚烈丈夫[②]哉！余尝见世之聚首而处者，交同手足之亲，谊比金石之固，设有缓急，即蜂虿（chài）微毒，不致贻祸杀人，当其纷纷未定之时，虽夙昔周旋，密迩徒辈，靡不潜迹匿形，鸟飞云散，悄然而不一顾焉。其视万夫雄为何如也？

【注释】①交道：指交际来往的事。②烈丈夫：刚正有气节的男子。

【译文】万夫雄不过一介乡野莽夫，从来没有读过《诗》《书》，也不知道什么是朋友之道，只是在仓促之间，不忍心丢下异姓兄弟不管，而最终杀死三只猛虎，救下了他的朋友，他对朋友的义气难道不值得称道吗？万夫雄诚然是一位刚烈的大丈夫啊！我见到世人间聚在一起做朋友，开始时感情融洽如同手足一般，友谊牢固就像金石一样。一旦遇到紧急事情，即使是一些如同被蜜蜂蛰一下的小事，虽然稍有损害却还不至于带来滔天巨祸，或者危及性命。当事情尚未确定的时候，以往那些整天待在一起，过从甚密的朋友，全都一哄而散，销声匿迹，甚至连一句问候也没有。这些人和万夫雄相比，又该如何评价呢？

或云："一人而毙三虎，颇似不经[①]，殆属乌有子虚之谈。"噫！诚有之矣！家九宣从泾川来，为余述其事最奇。亦曾亲见其人，短小精悍。与之语，意气慷慨，须眉状貌，殊磊砢[②]（luǒ）不凡，飞扬跋扈，犹可想望其打虎时英风至今飒飒云。盖义愤所激，至勇生焉；即万亦不自知其何以至此也。从古忠孝节义，蹈水赴火，为人之所不能为，并为人之所不敢为，往往以蚩愚诚朴而得之。万夫雄有焉。

【注释】①不经：不合常理。②磊砢：形容仪态豪放洒脱。

【译文】有的人说："以一人之力能打死三只老虎，听起来好像不太可能，属于子虚乌有的事情。"但是这确实是真事啊！家九宣从泾川过来，给我讲述的万夫雄事迹最为神奇。他曾亲眼见过万夫雄，长得矮小精悍。同他交谈，说起话来慷慨激昂。眉目间的神情，坦荡磊落，意气风发，从他现在的风貌，依然可以想象出当年他打虎时的风采。大概万夫雄当时是激于对朋友的义气，从而勇气倍增。连万夫雄自己都不知道当时是如何做到的。从古到今，忠孝节义之士，能够赴汤蹈火，做到别人不能做和不敢做的事情，常常是因为他们看似愚笨，却又真诚而质朴的性格，才能做到的。万夫雄就具有这样的性格。

南村野史曰：余友苍略氏，闻其事而异之，太息曰："士亦视所托身为贵耳！得交万夫雄，其人虽陷入虎口，猛虎不能害也。甚矣，人固不可无义烈男子以为之友哉！"

【译文】南村野史说：我的朋友苍略氏，听说万夫雄的事迹后，觉得很神奇，感慨说："读书人也应该重视与什么样的朋友交往！能够交到万夫勇这样的朋友，即使自己身陷虎口，也不会被猛虎伤害。世人本来就不能没有忠义刚直的人来作朋友啊！"

张山来曰：孔子论宁武子，谓其"愚不可及"。匪[1]独愚忠愚孝[2]，凡事之度越寻常者，大抵多近于愚耳。一结最妙。

【注释】①匪：副词，不，非。②愚忠愚孝：不明事理，盲目地尽忠尽孝。

【译文】张山来说：孔子评论宁武子，说他在邦国无道时就佯装愚笨。并非只是愚忠愚孝的事情，任何超常的事情，只有看似愚笨的人才能做到。这一总结最为精妙。

又曰：今之义气满洲，类能生搏虎豹。使万夫雄而在，当必与干城[1]之选矣。

【注释】①干城：盾牌和城墙。比喻捍卫者

【译文】又说：现在天下正需要忠义之士，尤其是能生搏虎豹的勇士。假使万夫雄在世，一定会是匡复天下的人选。

卷九

剑侠传

王士祯阮亭

【题解】本篇是《虞初新志卷九》的第一篇。本篇描写了三位剑侠，都是神出鬼没，行侠仗义，专门惩治恶人。世有不平，所以剑侠的存在，也算是替天行道。

新城令崔懋（mào），以康熙戊辰[①]往济南。至章丘西之新店，遇一妇人，可三十余，高髻如宫妆。髻上加毡笠，锦衣弓鞋，结束为急装[②]，腰剑。骑黑卫[③]，极神骏。妇人神采四射，其行甚驶。试问："何人？"停骑漫应曰："不知何许人。""将往何处？"又漫应曰："去处去。"顷刻东逝，疾若飞隼。崔云："惜赴郡匆匆，未暇蹑其踪迹，疑剑侠也。"

【注释】①康熙戊辰：即清康熙二十七年（1688年）。②结束：装束，打扮。急装：为行动方便，把衣服装束得很紧。③黑卫：黑色的驴。卫，古代称驴。

【译文】新城县令崔懋，在康熙戊辰年前往济南。到了章丘西边的新店时，遇到一个妇人，大概三十多岁，挽着高高的发髻，像是宫人的装扮。发髻上戴着一顶毡笠，身穿锦衣，脚踏弓鞋，浑身上下紧凑利索，腰中佩剑，骑着一头神骏异常的黑驴。妇人神采飞扬，行进速度很快。崔懋试探着问道：“你是何人？”妇人停下来随口回答说：“不知道是什么地方的人。”“将要去哪呢？”妇人又随口回答说：“往去处去。”顷刻间又向东飞驰而去，像鹰隼一样迅疾。崔懋说道：“可惜我急于赶到济南府，没有多余时间去追寻她，这个妇人好像是个剑侠啊。”

从侄鹓（yuān）因述莱阳[①]王生言：顺治初，其县役某，解官银数千两赴济南，以木夹[②]函之。晚将宿逆旅，主人辞焉，且言镇西北里许，有尼庵，凡有行橐[③]者，皆往投宿。因导之往。方入旅店时，门外有男子著红帩（qiāo）头[④]，状貌甚狞。至尼庵，入门，有廨（xiè）[⑤]三间，东向，床榻甚设。北为观音大士殿，殿侧有小门，扃焉。叩门久之，有老妪出应，告以故，妪云：“但宿西廨无妨。”久之，持朱封鐍山门[⑥]而入。役相戒勿寝，明灯烛，手弓刀以待曙。至三更，大风骤作，山门砉（huā）然[⑦]而辟。方愕然相顾，倏闻呼门声甚厉。众急持械谋拒之，廨门已启。视之，即红帩头人也。徒手握束香掷地，众皆仆。比天晓，始苏，银已亡矣。急往市询逆旅主人，主人曰：“此人时游市上，无敢谁何者，唯投尼庵客辄无恙。今当往诉耳。然尼异人，须吾自往求之。”

【注释】①从侄：即堂侄，堂兄弟的儿子。莱阳：县名，位于今山东省东部。②木夹：古代传递并保护文书用的木制夹板。③行橐：即行囊。④帩头：同“幧头”，古代男子束发的巾。⑤廨：原指官吏办公的地方。此处为房屋意。⑥朱封：用红笔在封口作标记。山门：寺院的大门。⑦砉然：形容迅速动作的声音。

【译文】我的堂侄王鹓转述莱阳王生的话：顺治初年，莱阳县的差役们押送数千两官银前往济南，银两用木盒装着。晚上投宿旅馆时，旅馆的主人拒绝了他们，并且告诉他们“在镇子西北大约一里处，有一座尼姑庵，凡是带着行囊的旅人，都会前往那里投宿。”于是旅馆的主人带着差役们前往尼姑庵。差役们刚进旅店时，门外有个包着红头巾的男子，模样非常狰狞。差役们一行到了尼姑庵，进到门里，看见有三间屋子，坐西向东，床榻陈设一应俱全。北面是观音大士殿，殿旁边有一个小门，门锁着。敲了很长时间，才有一位老妇人出来应答，差役们告诉了原因，老妇人说：“你们尽管放心地住在西边屋子里好了。”过了一阵儿，差役们拿来朱色封条把山门封上就进去了。到了晚上，差役们轮流警戒，不敢睡觉，点上灯烛，手持弓刀等待天亮。到了三更的时候，突然狂风大作，山门咣当一声被推开。差役们正吃惊时，忽然听到有人大声叫门。众人急忙拿起兵器，准备抵挡，这时屋门大开。众人仔细一看，进来的正是那个戴着红头巾的人。那人手里握着一束香，往地上一扔，众差役闻到后就都倒了下去。等到天亮，差役们才醒过来，发现官银已经不见了。差役们急忙去集市上询问旅店老板，老板说：“这个人经常在集市上游逛，没有人敢过问他，只有投宿尼姑庵的客人，才会安然无恙。现在只有前往尼姑庵请求帮助了。但是那位尼姑是一位奇人，需要我亲自前往。”

至，则妪出问故，曰：“非为夜失官银事耶？”曰：“然！”入白。顷之，尼出，妪挟蒲团趺坐[①]，逆旅主人跪白前事。尼笑曰：“此奴敢来此作狡狯，罪合死。吾当为一决！”顾妪入，牵一黑卫出，取剑臂之，跨卫向南山径去，其行如飞，倏忽不见。市人集观者数百人。移时[②]，尼徒步手人头，驱卫返，驴背负木夹函数千金，殊无所苦。入门，呼役曰：“来！视汝木夹，官封如故乎？”验之良是。掷人头地上，曰：“视此贼不错杀却否？”众聚观，果红帩头人也，罗拜谢去。比东归，再往访之，庵已空无人矣。

【注释】①趺坐：两脚盘腿打坐。②移时：一会儿。

【译文】到了尼姑庵，老妇人出来询问缘故，问道：“难道是因为昨天夜里丢失官银的事吗？”回答说：“正是！”老妇人进去通报。不一会儿，尼姑出来，老妇人拿过来一个蒲团，让尼姑盘腿坐下，旅馆的老板跪下讲述了事情经过。尼姑笑着说：“这个奴才竟然敢在我这作出这等的坏事，罪该处死，我当为你们了结了他！”尼姑举目示意老妇人，老妇人进去牵出一头黑驴，尼姑取剑绑在手臂上，骑上黑驴向南山而去，她疾行如飞，一下子就不见了踪影。当时有好几百人在周围聚集围观。过了一会儿，尼姑步行手提人头，赶着黑驴回来了，驴背上驮着的木盒里装着数千两银子，丝毫没有费力的样子。进门之后，尼姑对差役们喊道：“来！看看你们的木盒，上面封印还和以前一样吧？”差役们仔细检验，封印完好无损。尼姑把人头扔在地上，说：“看看这个贼人，没有杀错吧？”大家过去一看，果然是那个戴红头巾的人。差役们拜谢后就离开了。等到他们从东边返回的时候，再去拜访，尼姑庵已经空无一人了。

尼高髻盛装，衣锦绮，行缠罗袜[①]，年十八九，好女子也。市人云：“尼三四年前挟妪俱来，不知何许人。常有恶少夜入其室，腰斩掷垣外，自是无敢犯者。”

【注释】①行缠：裹足布；绑腿布。古时男女都用。后惟兵士或远行者用。罗袜：丝织的袜子。

【译文】这个尼姑高挽发髻，穿着盛装，衣着华丽，打着绑腿，脚穿罗袜，年龄大约十八九岁的样子，是个面容娇好的女子。市井中的人说："这个尼姑在三、四年前带着老妇人来到这里，不知道她们是哪里人氏。曾经有恶少晚上闯入她们的屋子，结果被腰斩后扔到墙外，从此，就没有人敢去冒犯了。"

某中丞巡抚上江[①]，一日遣吏赍金数千赴京师，途宿古庙中，扃鐍甚固。晨起，已失金所在，而门钥宛然。怪之，归以告中丞，中丞怒，亟责偿官。吏告曰："偿固不敢辞，但事甚疑怪，请予假一月，往踪迹之。愿以妻子为质。"中丞许之。

【注释】①中丞：是清朝对巡抚的尊称。上江：指安徽。

【译文】某中丞担任安徽巡抚，一天，派小吏运送数千两银子到京城。小吏途中夜宿古庙，睡觉前将古庙的门窗都关锁严密。早晨起来，银子却不翼而飞了，但是门锁钥匙却完好无损。小吏感到非常奇怪，回去报告给中丞，中丞大怒，马上催促他赔偿官银。小吏告诉中丞说："赔偿官银的事我当然不敢推卸，但是事情非常奇怪，请您给我一个月的时间，前去追查贼人的踪迹。我愿意把妻子、儿女作为人质。"中丞答应了他。

比至[①]失金处，询访久之，无所见，将归矣。忽于市中遇瞽叟，胸悬一牌云："善决大疑。"漫问之，叟忽曰："君失金多少？"曰："若干。"叟曰："我稍知踪迹。可觅露车[②]乘我，君第随往，冀可得也。"如其言。初行一日，有人烟村落；次日入深山行，不知几百里，无复村疃（tuǎn）[③]；至三日，逾亭午[④]，抵一大市镇。叟曰："至矣！君但入，当自得消息。"不得已，第从其言。比入市，则肩摩毂击⑤，万瓦鳞次。忽一人来问曰："君非此间人，奚至此？"告以故，与俱至市口，觅瞽叟，已失所在。

【注释】①比至：等到。②露车：无帷盖的车子。③村疃：村庄。④亭午：指正午，中午。⑤肩摩毂击：形容人车络绎不绝，热闹拥挤。

【译文】来到丢失银子的地方，小吏询问查访了很久，仍然没有发现什么线索，准备要回去了。忽然在集市里遇到一位瞎眼的老人，胸前挂着一块牌子，上面写着："善决大疑。"小吏漫不经心地向他询问，老人忽然问道："你丢失了多少银子？"小吏回答说："很多。"老人说道："我稍微知道一些线索。你可以找辆车子载着我，你在后面跟着，我们一起前往一个地方，有可能找到银子。"小吏就按老人所说的去准备。刚走了一天，还可以看见人烟村落；第二天开始就进入深山中，行走了有几百里，已经不再有村庄人烟；到了第三天，过了中午，到了一个大的市镇。老人说："到了！你只管进去，自然会得到消息。"小吏迫不得已，只能按照他的话去做。小吏进入集市，里面车马络绎不绝，热闹非凡，房屋鳞次栉比。忽然过来一个人来问他："你不是这里的人，为何来到这里？"小吏便把其中的缘故告诉他，和他一起来到街口寻找瞎眼的老者，已经不知道去哪里了。

乃与曲折行数街，抵一大宅，如王公之居。历阶及堂，寂无人，戒令少待。顷之，传呼令入，至后堂，堂中唯设一榻，有伟男子科跣①坐其上，发长及骭，童子数人，执扇拂②左右侍。拜跪讫，男子询来意，具对。男子颐指③语童子曰："可将来。"即有少年数辈，扛金至，封识宛然，曰："宁欲得金乎？"吏叩头曰："幸甚，不敢请也。"男子曰："乍来此，且好安息。"即有人引至一院，扃门而去。馈之食，极丰腆④。是夜，月明如昼，启后户视之，见粉壁⑤上累累有物，审视之，皆人耳鼻也。大惊，然无隙可逸去，彷徨达晓。前人忽来传呼，复至后堂，男子科跣坐如初，谓曰："金不可得矣！然当予子一纸书。"辄据案作书，掷之，挥出。前人复导至市口，惝恍疑梦中，急觅路归。

【注释】①科跣：露头跣足。②扇拂：即拂尘。用以拂除尘埃和驱除蚊蝇的用具。③颐指：不开口说话，只以面颊表情指使他人做事。④丰腆：丰盛。⑤粉壁：白色的墙壁。。

【译文】小吏跟着那人，曲折迂回地走过数条街道，来到一所大宅院前，像是王公居住的地方。登上台阶来到大堂，堂上寂静无人，那人告诉他稍等片刻。过了一会儿，传话让他进去，到了后堂，堂中只陈设了一张睡榻，有一位伟岸的男子批头赤足坐在上面，头发很长，都垂到了小腿，有数名童子，拿着拂尘在两边服侍。跪拜完毕，男子询问他的来意，小吏详细做了回答。男子示意童子说："可以把东西抬过来了。"立即有几个少年扛着银子过来，封条标记与之前一模一样，男子说："你是不是想要得到这些银子呢？"小吏叩头说："很希望得到，只是不敢开口请求。"男子说："你刚来到这个地方，先好好休息一下吧。"于是有人把他带到了一个院子，关上门就离开了。还给他送来丰盛的食物。这天晚上，月光明亮，照的院里如同白昼一样，小吏打开后窗观看，只见白色的墙壁上挂满了东西，仔细一看，都是人的耳朵和鼻子。小吏大吃一惊，但是没有办法可以逃走。他心神难安地徘徊了一个晚上。天亮后，先前那个人忽然来叫他，小吏于是再次来到后堂，男子还是像之前那样批头赤足地坐着，对他说道："银子是不能给你了！但是我可以给你一封信。"于是就伏案写信，写完就扔给了小吏，挥手让他出去。先前那个人再次领着他来到了街市口，小吏恍然如梦中一样，急忙寻找道路回去。

见中丞，历述前事。叱其妄。出书呈之，中丞启缄，忽色变而入。移时，传令吏归舍，释妻子，豁其赔偿。吏大喜过望。久之，乃知书中大略斥中丞贪纵，谓勿责吏偿金，否则某月日夫人夜三更睡觉，发截三寸，宁忘之乎？问之夫人，良然，始知其剑侠也。日照李洗马应廌（zhì）云。

【译文】小吏回来见到了中丞，详细叙述了所经历的事情。中丞呵斥他荒谬。小吏拿出书信呈给中丞，中丞打开书信一看，忽然脸色骤变跑进内室。过了一会儿，传令让小吏回家，并释放了他的妻子儿女，免除了他的赔偿。小吏大喜过望。过了很久，小吏才知道书信的大意是斥责中丞的贪婪放纵，告戒他不要责罚小吏赔偿银子，还提到某月某日晚上三更夫人睡觉时，被截断了三寸头发的事情，难道忘记了吗？中丞马上询问他的夫人，果然有这么回事，才知道这是遇到了剑侠。日照人李应廌讲述了这件事。

张山来曰：予尝遇中山狼①，恨今世无剑侠，一往诉之。读此乃知尚有异人，第不识于我有缘否也。

【注释】①中山狼：一般用作形容那种忘恩负义、恩将仇报的人。

【译文】张山来说：“我曾经遇到过忘恩负义的中山狼，只恨现在世上没有剑侠，不能前去向他诉说。读完这篇文章才知道还有这样的奇人，只是不知道我是否会有缘能遇到。

皇华纪闻

王士祯阮亭

【题解】本篇为《虞初新志卷九》的第二篇。是张潮从王士祯先生所著的《皇华纪闻》中选取一些奇闻异事。例如为母求灵药的故事；海市、山市蜃楼的故事；缚龙把土鲁的故事……故事虽然短小，却非常引人入胜。

天顺[①]间，恩县人赵云，性至孝。母刘病笃，闻怀庆府济源庙神有灵药，诚求可得，云往求之。越二日，水中涌出一绢囊，内盛绛桃花片，约二升许。持归煎汤奉母，疾果愈。其余愈疾又十余人。

【注释】①天顺：明英宗朱祁镇年号（1457—1464年）。

【译文】天顺年间，恩县人赵云，天性非常孝顺。母亲刘氏的病情沉重，赵云听说怀庆府济源庙中的神灵有灵药，诚心而求就能得到，赵云于是前去求药。过了两天，水里涌出一个绢囊，里面盛着红色的桃花片，大约两升左右。赵云把桃花拿回去煎汤给母亲喝，母亲的病果真痊愈了。剩下的桃花又治愈了十几个人的疾病。

白马营，在恩县西十五里，夏秋之际，清晨辄现城郭人物，林木郁葱，日出乃不见。茌平马令村亦有此异。盖山市、海市之属，陆地亦有之。

【译文】白马营，位于恩县以西十五里的地方，夏秋季节，清晨在空中会浮现出城郭人物，以及葱郁林木的景象，太阳升起之后就不见了。茌平的马令村也有这样的奇特景象。大概是山市蜃楼、海市蜃楼之类，陆地也有这样的奇景。

赖塔拉把土鲁，满洲人，素以勇称。尝从征①浙闽。一日浴于溪，水底有物，槎（chá）枒（yá）②如古木，因呼侪辈缚以绳，共引出之，则一龙首，须鬣（liè）③宛然，缚者乃其角。众皆惊走。赖神色不变，徐入水手解其缚。少顷，雷雨晦冥④，龙腾空而去。众皆无恙。人更称为"缚龙把土鲁"。把土鲁，勇也。元时把土鲁必出上赐，本朝亦然。

【注释】①从征：跟随军队出征。②槎枒：树木枝杈歧出的样子。③须鬣：胡须。④晦冥：指昏暗，阴沉。

【译文】赖塔拉把土鲁，满洲人，向来以勇猛著称。曾经跟随军队出征浙江、福建等地。一天，他在小溪里洗澡，摸到水底有个东西，像有枝杈的古木，赖塔拉把土鲁就喊同辈用绳子绑住，一起把它拉出水面，原来是一个龙头，龙须好像还在颤动一般，绳子正绑在它的角上。众人都大惊失色，赶忙逃走。赖塔拉把土鲁面不改色，慢慢下到水里解开龙身上的束缚。不一会儿，天昏地暗，雷雨大作，巨龙腾空而去。众人都安然无恙。从此，人们便把赖塔拉把土鲁改称为"缚龙把土鲁”。把土鲁，是“勇士”的意思。元朝时，把土鲁的称号一定是皇上亲自封赐，本朝也是这样。

张大悲，合肥人，居邑之香炉岩。好仙术，常画地为限，牛不能出。恒作泥丸食之，坐卧处往往有云气，后不知所终。

【译文】张大悲，合肥人，住在县境内的香炉岩。喜好仙术，曾经画地为牢，把牛困在圈里面不能出去。他常做泥丸来食用，起居的地方经常云雾缭绕，后来不知其下落如何。

朝城陈给事[①]赞化，崇祯间为桐城令。偶有馈蛋者，其一有五色光，令家鸡翼之。俄卵破，得一小白凤。不数日，寖大，时去时来。其伏卵之鸡，重至三十斤，毛变五色，久之同翔去。

【注释】①给事：官名。给事中的省称。

【译文】朝城的陈赞化，在明朝崇祯年间，担任桐城县令。偶然有人赠送给他几枚蛋，其中有一枚发出五色的光芒，陈赞化就让家里的母鸡来孵化它。不久，蛋壳破了，从里面孵出一只小白凤。没过多久就长大了，时而离开，时而回来。孵化蛋的那只母鸡，重量长到三十斤，羽毛也变成了五种颜色，过了一段时间之后，和小白凤一同飞走了。

王文正，桐城人，七岁得道书，能役鬼神。后祷雨皖城，有道人亦祷雨池口。池口云起，文正招云过皖。道人曰：“皖有异人。”即棹片席[①]渡江访之，文正亦浮磨江中迎之。咨论[②]竟日[③]。临别，道人以三指附文正背，有顷，背痛，则有三铜钉入骨。文正急用瓮自覆，围火炼之。戒家人曰：“七日勿启，可活。”至五日，家人不能待，试启之，钉已出三寸许。文正叹曰：“命也！”遂死。

【注释】①片席：片帆，孤舟。②咨论：议论，商讨。③竟日：终日，整天。

【译文】王文正，桐城人，七岁的时候得到一本修道的书，学成后，能够役使鬼神。后来他在皖城祈雨，另一位道人也同时在池口祈雨。池口风起云涌的时候，王文正就把池口的云雾招唤到皖城来，道人说：“皖城有奇人。”立即划着小船过江来拜访他，王文正也坐在磨盘上浮在江中迎接他。两人谈论了一整天。临别时，道人用三个手指按在王文正的后背，过了一会儿，王文正就感到背部很痛，发现有三颗铜钉钉入骨头里。王文正急忙用瓮把自己盖住，用火围在瓮的四周灼烧。告诫家人说：“七天之内不要打开瓮，我就可以活过来了。”到了第五天的时候，家人等不下去了，就试着打开瓮，看到王文正后背的钉子已经拔出来三寸多长。此时王文正长叹一声，说到：“看来命中注定难逃一死啊！”结果就死了。

何公冕，潜山人，少遇异人，授符箓（lù）[1]二卷，能役鬼神。初置田于乱墩山，硗（qiāo）确[2]无水。公冕每取手巾沥水，町畦[3]盈溢。会大旱，郡守遣役檄呼之。公冕笑曰：“吾非可檄者。但汝往来烈日良苦，吾书符汝掌中，当得片云覆头，可固握之。”使至，如其言。守怒，固令开视，则疾风雷电骤作。乃大惊，礼致之。尝行路迷津，问芸者，不答。公冕取柳叶布田，尽化为鱼。芸者竞取之，至禾皆被践踏，及登岸视之，乃柳叶耳。

【注释】①符箓：一种道家用来役使鬼神的符号文字。②硗确：多砂石、不宜种植的贫瘠土地。③町畦：规划整齐的田埔。

【译文】何公冕，潜山人，年少的时候碰到奇人，传授给他两卷符箓，能够役使鬼神。当初，他在乱墩山开垦田地的时候，土地贫瘠缺水。何公冕取来手巾，拧出水滴到田里，结果田里的水多得溢了出来。那年恰逢大旱，郡守派差役持檄文招唤他前去祈雨。何公冕笑着说："我可不是用檄文能招唤动的。但是你在烈日下往来很辛苦，我把符写在你的手掌中，可以招来云彩为你遮阳，一定要紧紧地握住啊！"差役回到府衙，把何公冕的话告诉郡守。郡守大怒，命令差役松开手掌来看，结果马上狂风怒号、雷电交加。郡守大惊，对何公冕以礼相待。何公冕曾迷路，向旁边种地的人问路，种地的人没有回答他。何公冕取来柳叶撒在田中，柳叶都变成了鱼。种地的人连忙去捉鱼，结果把禾苗都踩坏了，等上岸一看，鱼都变成了柳叶。

崇祯癸未，潜山县溪河中，结冰如钱形，上有古篆文四，人莫辨之。

【译文】崇祯癸未年，潜山县的河里，河水结冰如同钱的形状，上面有四个古篆文字，人们都辨别不出是什么字。

南华寺六祖[1]钵，非金非石。魏庄渠督学[2]广东，遍毁佛寺。至曹溪，索钵掷地，碎之为二，每片各有一字，视之，乃"委鬼"也。庄渠异之，寺因得不毁。

【注释】①六祖：佛家称禅宗的第六代祖师，一般指惠能。②督学：旧时主管教育的的官员，是提督学政或督学使者的简称。

【译文】南华寺有六祖留下的钵，即不是金属也不是石质。魏庄渠在广东担任督学时，到处毁坏佛寺。他来到曹溪，把六祖的钵扔到地上，碎成两半，每一片上各有一字，仔细一看，却是“委鬼”二字。魏庄渠感到奇怪，南华寺因此没被毁坏。

崇祯中，有彭举人某，病中梦至一官府，其神冠冕坐堂皇，状如王者。闻胥吏①传呼魏校一案。须臾，有一官人，峨冠盛服而入。其神问：“何以毁曹溪钵？”答言：“吾为孔子之徒，官督学校，在广东所毁淫祠几千百所，岂但一钵？”神云：“闻钵破中有‘魏’字，如此神异，乌可以为异端②而毁之？”答言：“魏是予姓，既数已前定，虽欲不毁，其可得耶？”神语塞，揖之而出。彭病痊，为人言如此。

【注释】①胥吏：职官名。古代掌理案卷、文书的小吏。②异端：和传统道德思想，尤指和儒家思想相违背的邪说。

【译文】崇祯年间，有一位彭举人，生病时梦见自己到了一个府衙，那里的神明戴着官帽，坐在宏伟的殿堂上，就好像一位君王。听到小吏传唤魏庄渠来核实一个案子。片刻之后，有一位头戴高冠、身着华服的官人走了进来。神明问道：“为什么要毁坏曹溪六祖的钵？”魏庄渠回答说：“我是孔子的弟子，负责巡视地方教育，在广东毁坏了成百上千所淫祠，难道仅仅是一个钵吗？”神明说：“听说钵破了之后其中出现了一个‘魏’字，这样的神奇之物，你怎么可以当成妖异之物而毁坏了呢？”魏庄渠回答说：“魏是我的姓氏，说明这件事已经命里注定了，即使我不想毁坏，能做得到吗？”神明一时无话可说，于是魏庄渠就作揖出去了。彭举人的病痊愈之后，向人们讲述了这件事。

林癸午，不知何许人。年十余，投阳江北贯中为人牧竖①。每出牧，以箫管一枚自随。牛有逸者，取箫画地，牛不敢出。晚归，辄束箫高篁（huáng）②中。篁俯地受寄，若有神物伺之者。河畔一巨石，形如犬，癸午每坐啸其上。忽一日谓其徒曰：“吾当以来日上升。”明日往视，与石俱不见。事在万历初年。

【注释】①牧竖：即牧童。②篁：竹林，泛指竹子。

【译文】林癸午，不知道是什么地方的人。十多岁的时候，去阳江县北贯镇为人做牧童。每次出去放牧的时候，都随身带着一支箫管。放牧的牛有时候四处乱跑，林癸午就拿出箫在地上画一圆圈，牛就困在圈里出不去了。晚上回去的时候，林癸午就把箫放到高竹之上。竹子俯身下来接住箫管，好像有神奇的东西在伺奉他一样。河边有一块巨石，形状像犬，林癸午经常坐在上面长啸。忽然有一天对他的同伴说：“我会在明日升天。”第二天大家去看的时候，林癸午和石头都不见了。这个事情发生在万历初年。

崇祯丙子秋，广州城东二十里北亭洲田间有雷出地，奋而成穴。耕者梁某投以石，空空有声。内一雄鸡其中，逾夜鸡鸣无恙。乃发之，有金人如翁仲①者数枚，各重十五、六斤。有二金像，冕②而坐者，笄翟③如后妃者，各重五、六十斤。地皆金蚕珠贝，旁有镜一，光烛④穴中；宝砚一，砚池中有玉鱼，能游泳；他异物不可指识者甚众。梁携归，光动四邻。邻人觉而争往，遂白之官。有司亲临发之，隧道如城，高五尺余，深三丈，中有碑，乃伪汉刘龑（yǎn）⑤塚也。文曰：“维大有十五年，岁次壬寅，四月甲寅朔，廿四日丁丑，高祖天皇大帝崩于正寝。粤光天五年，五月癸未朔，十四日丙申，迁神于康陵，礼也。”文多阙，不尽载。“翰林学士知制诰正议大夫尚书右丞赐紫金鱼袋⑥臣卢应初撰并书。”按《五国故事》，龑天福壬寅岁四月，避暑甘泉宫，未几殂。《通鉴》及《十国春秋》⑦皆作三月。据碑当以《五国故事》为正。《十国春秋》又云：“康陵在兴王府城东二十里之漫山，陵中以铁锢之，坚不可启。”光天乃龑子玢年号。玢立仅二年，为其弟晟所弑，即改光天二年为应乾元年。按，光天无五年，《十国春秋》称殇帝光天元年八月，葬天皇大帝于康陵，与碑皆不合。又考伪汉诸臣列传，止有卢膺仕龑为工部侍郎，才藻俊茂，晟时拜中书侍郎，同平章事⑧，无应初名。识之以俟博雅者考焉。

【注释】①翁仲：指铜像或石像，也专指墓前的石人。②冕：古代帝王及地位在大夫以上的官员们戴的礼帽，后专指帝王的皇冠。③翟：古代乐舞用的雉羽。④光烛：照耀。⑤刘龑：即南汉高祖刘龑（889年—942年），又名刘龑、刘纻，初名刘岩、刘陟。⑥知制诰：职官名。唐宋两朝专掌内命，典司诏诰的官吏。正议大夫：文散官名。紫金鱼袋：是唐、宋时官员佩戴的一种表明官级的饰物。⑦《通鉴》：即《资治通鉴》的简称。《十国春秋》：是记录五代时期十国史事的纪传体史书。⑧同平章事：同中书门下平章事简称同平章事。

【译文】崇祯丙子年秋季，广州城东二十里的北亭洲田间有雷从地里发出，不停震动形成一个巨大的洞穴。种田人梁某往洞里扔了一块石头，发出空空的响声。往洞里扔进去一只雄鸡，过了一夜，雄鸡依然鸣叫，没有异样。于是梁某挖掘洞穴，发现多个像翁仲一样的金人，每个重十五、六斤。还有两尊金像，戴着皇冠坐着，簪子和羽饰像后妃一样，各重五、六十斤。地上都是金蚕、珠贝一类的东西，旁边有一面镜子，光芒四射，照亮了整个洞穴；还有一方宝砚，砚池里有玉制的小鱼，能在砚台里游泳；其他无法辨识的奇珍异宝还有很多。梁某带着这些东西回到家里，宝物发出的光芒惊动了四邻。邻居们发现后，争相到他家去观看，有人将这事告诉了官府。有关官员带人去洞穴挖掘，里面的墓道像城门洞一般，高有五尺，深有三丈，里面有墓碑，是伪汉刘龑的坟墓。上面写着："维大有十五年，岁次壬寅，四月甲寅朔，廿四日丁丑，高祖天皇大帝崩于正寝。粤光天五年，五月癸未朔，十四日丙申，迁神于康陵，礼也。"文字多有缺漏，不能详尽了解所述内容。"翰林学士知制诰正议大夫尚书右丞赐紫金鱼袋臣卢应初撰并书。"按《五国故事》记载，刘龑在天福壬寅年四月，去甘泉宫避暑，不久就驾崩了。《资治通鉴》和《十国春秋》都记载的是三月。根据墓碑应当以《五国故事》为正确。《十国春秋》又说："康陵在兴王府城东二十里之漫山，陵中以铁锢之，坚不可启。"光天是刘龑儿子刘玢的年号。刘玢在位仅两年，就被他的弟弟刘晟所杀，刘晟将光天二年改为应乾元年。按礼说，并没有光天五年的年号，《十国春秋》中称殇帝光天元年八月，将天皇大帝埋葬在康陵，这和墓碑记载的都不相符。又去考证了伪汉群臣列传，只有卢膺在刘龑在位时担任过工部侍郎一职，他才能杰出，刘晟在位时，卢膺担任中书侍郎，同平章事，没有叫过"卢应初"这个名字。我将这些事情记载下来，等待那些学识渊博的人来考证它。

《澹归禅师集·六和尚小传》云：吴震崆（kōng）侍御[①]，小字[②]六和尚。髫（tiáo）时[③]读书灯下，水中盂内跃出一僧，长三寸许，绕案而行，且言。震崆惊问之，曰："吾能知人终身，亦知人前世。"震崆意稍定，曰："试言我终身。"曰："汝以某年登科，某年登第，初任某官，再三任某官。"曰："更言我前世。"曰："汝前世某山某僧，吾即汝同道之友，今相报耳。"曰："何以教我？"

曰："当早回首，无忘来处。"因忽不见。明日，案上瓶花枯枝更开，一生功名，片语不爽。

【注释】①侍御：清朝御史的通称。负纠察、弹劾责任的官吏，属都察院，有左、右御史，左、右副都御史，佥都御史，监察御史等。②小字：小名，乳名。③髫时：幼年时期。

【译文】《澹归禅师集·六和尚小传》中记载道：吴震崆侍御，小名叫六和尚。小时候在灯下看书，突然从水盂中跃出一位僧人，身高三寸左右，绕着书案边走边和他说话。吴震崆吃惊地询问他的来历，僧人回答说："我能知道人的来生，也知道人的前世。"吴震崆稍微平定了一下心情，说："请您说一下我的未来吧。"僧人回答说："你将在某年中举，在某年进士及第，刚开始担任某官，再以后担任某官。"吴震崆说："那您再说说我的前世吧。"僧人回答说："你的前世是某山里的某位僧人，我和你是一同修行的道友，现在来告诉你这些事。"吴震崆说："您要教导我些什么呢？"僧人回答说："尽早觉悟，莫忘来处。"说完就消失不见了。第二天，书案上花瓶里已经干枯的花枝上又都开满了花朵，后来吴震崆一生的经历，与僧人的预言丝毫不差。

韶人黄思德《纪事》云：韶城西南楼，有关帝庙。顺治丙申，五月二十日未时，思德游芙蓉山归，从舟中见楼上毫光[①]炫曜（yào），关帝披金甲，蓝纱巾，立楼牖面北，少顷面转西，移时[②]而没。两岸居人皆见之，且惊且拜。二十一、二十四、二十五、三十，凡四日，依时复现。次年丁酉七月初十、十二、十四日，依间复现。或黄盖，或二将随侍，见者不啻千万人，因镌碑勒像，以志灵异。以事余在京师，闻之袁密山景星通政[③]，至曲江，乃得其月日之详如此。

【注释】①毫光：如毫毛般四射的光线。②移时：经历一段时间。③袁密山：即袁景星。号休庵，广西平乐人，康熙甲辰进士。通政：官名。明、清时期通政使司副长官。

【译文】韶城人黄思德在《纪事》一书中记载说：韶城的西南城楼处，有一座关帝庙。顺治丙申年间，五月二十日未时，黄思德游览芙蓉山归来，从船中看到楼上毫光闪耀，关帝身披金甲，戴着蓝纱巾，面朝北立于楼上窗前，一会儿，又面转向西边，这个景象持续了一段时间就不见了。居住在两岸的人都看到了，人们惊讶万分，磕头下拜。二十一、二十四、二十五、三十这四天关帝又依次显灵。第二年丁酉七月初十、十二、十四日，也都出现了关帝显灵的事情。关帝身后或是黄罗伞盖随侍，或是二将扈从，有成千上万的人看到这一景象，众人因此刻碑雕像，来记载关帝显灵这件事。我当时有事在京师，后来从袁景星那里听说此事，我又去了曲江县，才详细地了解到此事发生的具体日期。

张山来曰：《皇华纪闻》凡四卷，先生奉使南海时所笔记也。余窃僭取[1]异事数条，盖欲与拙选相类云尔。倘读者欲观全豹，则自有原书在。

【注释】①僭取：超越本分取得名位、器物的行为。

【译文】张山来说：《皇华纪闻》共有四卷，是王士祯先生奉命去南海任职时，所记录的逸事趣闻。我私自越厨代庖地摘录几条奇人异事，是想选取一些和自己文集风格相类似的文章。假如读者想要浏览《皇华纪闻》的全部文章，可以去查看原书。

毛女传

陈鼎定九

【题解】本篇为《虞初新志卷九》的第三篇。讲述了河南嵩县任士宏的妻子，入山途中遇猛兽坠入深谷，因食女贞子而满身长毛，并能腾跃如飞。后随任士宏返家，慢慢地身上长毛落尽，又恢复了原来容貌的故事。

毛女者，河南嵩县诸生任士宏妻也，姓平氏，美而且淑。归士宏，阅三岁而无子，乃往祷少室[①]。行二十里，度绝岭，方舍车而徒，以休舆夫。忽猛兽横逸，平氏惊坠深谷。士宏四顾，皆千仞壁，不可下，大恸而归。召沙门梵诵[②]，誓不再娶。

【注释】①少室：山峰名，因山中有石室而得名，在今河南登封县西北，属嵩山。东与太室山相对，上有三十六峰。②沙门：梵语的音译。出家的佛教徒的总称。梵诵：谓佛家诵经。

【译文】毛女，是河南嵩县诸生任士宏的妻子，姓平，美丽而贤惠。毛女嫁给任士宏三年后，却一直没有生子，于是前往少室山祈神求子。行进了二十里路后，前面的山路陡峭难走，就下车步行，好让车夫休息一下。突然有猛兽从旁边跃出，平氏受惊跌入深谷。任士宏环顾四周，都是悬崖峭壁，无法攀爬下去，任士宏伤心欲绝，大哭一场，无奈只能回去了。回家后，任士宏找来和尚念经超度平氏，发誓不再娶妻。

平氏既亡三年，里有张义，向竖[①]任家。往樵山中，猝闻幽篁深箐间婉婉[②]呼张义者。义大骇，回顾见一毛女，通体垂黄毫，长六七寸许，因咋舌[③]不敢语。毛女曰："我任家大嫂也，汝不相识耶？"义惊曰："大嫂固无恙乎？何幸而得此？"曰："我初坠，缘藤得无损。既而饥甚，见交柯女贞子[④]甚繁，因取食，味殊涩，不可口，三日后，则甘香满颊。三月乃生毫，半载则身轻如叶，任腾踔（zhuó）[⑤]上下矣。第山中乏水，唯此有泉，渴则来饮耳。不意得与汝相见。"义具道任生哀慕状。毛女曰："我已趯（yuè）然[⑥]轻举，与鸾鹤[⑦]为伍，其乐何如，肯复向樊笼哉？为我谢任生，早续姻盟，以丰后嗣，毋徒自苦也。"言已，一跃而往。

【注释】①竖：旧称未成年的童仆，小臣。②婉婉：委婉。③咋舌：咬着舌头，形容吃惊、害怕，说不出话。④交柯：指交错的树枝。女贞子：一种植物，其子可入药。⑤腾踔：跳跃。⑥趯然：指跳跃。⑦鸾鹤：鸾和鹤。相传为仙人所乘的禽鸟。

【译文】平氏死后三年，乡里有个人叫张义，曾在任家当过童仆。有一次，张义去山里砍柴，忽然听到竹林里有人喊他的名字。张义大惊，回头看到一个毛女，浑身上下长满六七寸长的黄毛。张义被惊吓得说不出话来。毛女对他说："我是任家大嫂，你不记得我了？"张义吃惊地问："大嫂您没事吗？怎么变成这个样子了？"毛女说："我当初跌下山崖，幸好抓住藤蔓才得以生还。后来又感到饥饿，看见到枝叶繁茂的树上结满了女贞子，就摘下来吃，初尝味道特别苦涩，难以下咽，三天后，就觉得齿颊留香。三月后身上长出了长毛，半年后身体就变得像树叶般轻盈，可以随心所欲地上下腾跃。只是这山中缺少水源，只有这里有泉水，我渴了就到这儿来喝水。没想到竟然能在这里与你相见。”张义详细向毛女讲述了任生哀伤思念的情形。毛女说：“我已能飘然腾跃，和鸾鹤为伍，这是多么快乐啊，怎肯再回到樊笼里呢？你回去后替我辞别任生，让他早日再娶，延续子嗣，不要自寻苦恼。”说完，一跃而走。

义亟报任生。任生大喜，即偕义诣樵所取之。伏草中，俟三日，毛女果至，直前抱之。毛女曰：“谁耶？”曰：“夫也。”曰：“妾貌已寝①，君不足念也。”曰：“我不嫌汝，何忘夙昔之好乎？”因泣下。毛女心动，乃允之，遂与归。初饮食，腹微痛，逾时而定。半月，毛尽脱，依然佳丽也。自是情好益笃，生子女数人，历四十余年而死。

【注释】①寝：面貌难看。

【译文】张义连忙回去告知任生。任生大喜，就和张义一起到砍柴的地方去寻找毛女。他们伏在草丛中，等了三天，毛女果然来了，任生上前抱住了毛女。毛女问道：“你是谁？”任生回答说：“我是你的丈夫啊。”毛女说：“我的容貌已经变得难看了，不值得您挂念了。”任生回答说：“我不嫌弃你，你又如何能忘记我们从前的美好日子呢？”说完泪流不止。毛女也被感动，就答应了，于是和任生一起回到家里。毛女刚开始吃饭时，腹部感到有些疼痛，过了一段时间就好了。半月以后，身上的长毛就全部脱落了，依然非常美丽。从此二人感情更加深厚，还生了好几个子女，又过了四十多年毛女才去世。

外史氏曰：神仙可为也，使平氏当饮水时，不呼张义，则凌踔碧虚之上，一死生而无极矣，何至埋身黄壤哉？甚矣，情丝之难割也！

【译文】外史氏说：毛女本来是可以做神仙的，假如平氏在喝水的时候，不呼唤张义，那么她就会凌虚飞举，超脱生死之后，永不堕轮回了，哪里还会埋身黄土呢？还是难以割舍对丈夫的感情啊！

张山来曰：使我为任生，则随毛女入深山中，亦效其饵女贞实，共作仙家眷属，何乐如之？计不出此，何也？

【译文】张山来说：如果我是任生，就随毛女一起进到深山中，也效仿毛女，吃女贞果实，一起做神仙眷侣，哪里去找这样的快乐啊？为什么不这样选择呢？

宝婺生传

陆次云云士

【题解】本篇是《虞初新志卷九》的第四篇。金华书生在战乱中与妻子失散，寻妻未果。后来书生在店里帮工时，捡到客人遗落的银子，并还给了客人。书生去参加客人婚礼时，发现新娘尽然是自己的妻子，客人深明大义，让书生夫妇破镜重圆。店主被感动，把女儿嫁给了客人，事情皆大欢喜。善有善报，如果当时书生动贪念，将银子据为己有，也就不可能和妻子破镜重圆了。

宝婺①（wù）生，忘其名。顺治初，我师②破金华，宝婺生夫妇相散失。生卧积尸中，得免死。妇行不知所向，为健儿③所获。无何④，健儿移师驻华亭。生觅耗于华亭，不可得。困乏无聊，坐叹于旅馆之侧。旅馆主人鉴其貌，怜而问之。生告以故，主人曰："若识字乎？"曰："识。""习会计乎？"曰："习。"主人曰："盍留我馆中，勷（xiāng）⑤若事而徐访尔妻，可乎？"生曰："得如是，诚幸甚。"生入馆，悉代主人劳。主人逸甚，而业加盛，利倍入。主人有女，欲妻之而未发也。

【注释】①宝婺：浙江金华府的别称。②我师：这里指清军。③健儿：这里指清兵。④无何：不久;很短时间之后。⑤勷：同“襄”，助；辅助。

【译文】浙江金华有位书生，他的名字不记得了。顺治初年，清军攻陷金华，书生夫妇在战乱中走散。书生躺在死尸堆里装死，才侥幸没有遇难。他的妻子逃难时迷失了方向，被清兵抓获。没过多久，清军转移到华亭驻扎。书生到华亭打听妻子的消息，却没有任何线索。书生困顿疲乏而又无计可施，就坐在旅馆旁叹气。旅馆老板打量他的模样，心生怜悯，便询问发生了什么事。书生告诉了老板事情的经过，老板说：“你识字吗?”书生说：“识字。”“会算账吗?”书生说：“会算。”主人说：“那你不如留在我这里，一边在店里帮工，一边慢慢寻访你的妻子，你看这样好吗?”书生回答：“如果是这样的话，那就太幸运了。”书生就留在旅店，尽心尽力帮老板打理生意。老板越来越清闲，生意却越来越兴隆了，利润收入也成倍增加。老板有个女儿，想把她嫁给书生，但还没有说出来。

一日者，旭始旦，一人急遽趋而来，至馆饭，饭毕，酬值，急遽趋而去。生视其有所遗，启之，灿然白镪[1]五十金也。以告主人，俟其返。日亭午，其人复急遽趋而来，汗渍衣，息喘喘，详视几地，茫然也。生问之，曰：“觅遗金。”生曰：“遗几何？”曰：“金五十。”生曰：“何用乎？”曰：“持向营中往娶妇，失之矣，将奈何？”生曰：“金固在，还之于子，无苦也。”即出金，其人受金拜谢去。越数日，失金者持二柬云：“蒙子还金，事谐矣。某日当婚，此婚君所赐也，敬请主人与君饮卮酒。”生固辞。主人曰：“吾勿暇，而不可却也。”

【注释】①白镪：银子。

【译文】一天，太阳刚刚升起，有一个人就匆忙赶来，进店吃饭，吃完饭，付了钱，又匆忙离去。书生看见那人有东西落下，打开一看，竟然是白花花的五十两银子。书生把这件事告诉了老板，然后等着失主回来寻找。中午的时候，那人又匆忙地赶回来了，汗水浸透了衣衫，气喘吁吁，来回仔细检查桌子和地面，一副怅然若失的样子。书生问他找什么东西，那人回答："在找丢失的银子。"书生问："数目是多少？"那人回答说："五十两。"书生问："打算用这些钱做什么呢？"那人回答说："去军营赎娶媳妇。现在把银子丢了，该如何是好啊？"书生说："银子没有丢，现在可以还给你了，你也不用烦恼了。"于是拿出银子还给失主，那人接过银子拜谢后就离开了。过了几天，那位失主拿着两份请柬来拜访，说："多谢您还给我银子，事情已经办好了，订在某日举行婚礼。这件婚事拜您所赐，我特意来请老板和您去喝杯喜酒。"书生再三推辞。老板说："我没有时间去，你就不要再推辞了。"

生秉主人之命，至期往，往见失金者之家，乃亦一善族也。日未晡[①]，生闲步溪头，遥见一叶扁舟，半篙春水，中有翠袖云鬟之人，掩袖而坐，云载新妇至。生偶举目视妇，俨然故妻也。妇偶举目视生，俨然故夫也。于是生一恸而偃于碧草之上，妇一恸而伏于孤篷之中。舟及门，促妇起，不能起也。问其故，曰："适见一人如故夫，故伤悼欲绝耳。"问其人何若，妇言其仪表衣冠，宛然生也。娶妇者急觅生，见生悲卧不能起，问其故，不肯言。固问之，曰："适见一人……"语未毕，哽咽不能续。娶妇者憬然[②]曰："我知之，是妇即君妇矣。君既得金，君之金矣。还金而赎妇，是天命我代君以完其偶也。君无悲，吾感君义，敢不以此为报乎？"生难之，娶妇者请其主人以为主。主人曰："还金者，义士也；还妇者，义不在还金下。娶妇而失妇，不可也。吾有女，当妻还妇者。所娶妇，当返还金者。”闻者咸以为善而两从之。更推主人之义，与二义士相鼎立。

【注释】①晡：申时，即下午三时至五时。②憬然：醒悟的样子。

【译文】书生听从老板的吩咐，到了日子就去参加婚礼，到了地方见到失主，也是一户善良的人家。太阳还没下山，书生在溪边散步，远远地望见一条小船，春水荡漾，船中有一位身穿翠绿衣裙，梳着云髻的女子，用衣袖掩着脸坐在那里，众人说这是新娘子来了。书生偶然间看了一眼女子，竟然是自己的妻子。那女子也偶然间看了一眼书生，竟然是自己原来的丈夫。书生悲痛难忍，跌倒在草丛中，那女子也大哭着，卧倒在船中。船到了门口，众人催促新娘子赶快起身，那女子却难以起来。问她怎么回事，回答说：“刚才看见一个人很像我原来的丈夫，所以我伤心欲绝。”询问那人长什么模样，女子就描述了他的样貌及穿戴，完全就是书生的样子。那位娶妻的人立刻就去寻找书生，看到书生悲伤得卧倒在草丛中无法起身，询问他原因，书生不肯说。一再追问，才说道：“刚刚看见一个人……”话还没说完，就抽泣哽咽得讲不下去了。娶妻的人恍然大悟，说：“我知道了，这位女子就是你的妻子。你既然捡到了银子，这银子就是你的了。你归还银子就等于是赎回女子，这是老天让我帮着成全你们夫妻团圆啊。你不要悲伤，我感激你的大义，怎么敢不报答你呢？”书生非常为难，娶妻的人请书生的老板来作主。老板说：“归还银子的人，是有大义的人；归还妻子的人，大义不亚于归还银子的人。想要娶妻却失去妻子，这可不行。我有一个女儿，可以嫁给这位归还妻子的人。这位新娘子，应当归还给书生。”众人听了都认为这是一个两全其美的好办法，双方也都同意了这个办法。人们也都称赞老板，认为他和两位义士都是重道义的人。

陆子曰：余读愚山①学士《兔丝女萝》之篇，见有商山人失妇，为健儿妻，健儿亦失妻，为商山人妇，征途相遇，各易以归者，叹其奇绝。而宝婺之遇更奇！乱离之际，镜破珠沉②，不胜数矣！而健儿以不吝，使商山人认妇而得妻。彼还金者，亦犹是也。天乎？人乎？虽曰天意，而所以格天者，吾以为不在天也。

【注释】①愚山：即施闰章（1619—1683），字尚白，江南宣城（今安徽省宣城市宣州区）人，清初政治家、文学家。②镜破：比喻夫妻或恋人分离。珠沉：比喻美女的死亡。

【译文】陆次云说：我读了愚山学士的《兔丝女萝》这篇文章，提到有一位商山人与妻子失散，其妻成了某军士之妻；某军士也丢失了妻子，其妻成了商山人之妻。后来商山人与军士在途中相遇，各自换回了自己的妻子。我感叹世间的事情真是奇妙。然而宝婺书生的际遇更是神奇！遭逢乱世，人们流离失所之际，家破人亡这种事，不计其数！然而军士很大度，使商山人夫妻相认并重新团圆。那个归还银子的人，也是这样的情况。这一切安排冥冥中是天意？还是人愿？虽说应该是天意，但能按照天意去行事，我认为并不是上天决定的而是在于人为。

张山来曰：篇中有极难措语处，须看其不棘手之妙。

【译文】张山来说：文章里有些情节，很难描述清楚，需要注意作者驾轻就熟的处理手法。

王义士传

陈鼎定九

【题解】本篇是《虞初新志卷九》的第五篇。王义士夫妇为搭救以身殉国的许元博的妻子，由王义士的妻子代替许元博的妻子，被流放千里的故事。王义士夫妇与许元博夫妇素昧平生，能有如此义举，实在令人衷心敬佩。

王义士者，失其名，泰州如皋县隶[1]也。虽隶，能以气节自重。任侠好义。甲申国亡后，同邑布衣许元博德溥，不肯剃发，刺臂誓死。有司以抗令弃之市，妻当徙。王适值解，高德溥之义，欲脱其妻而无术，乃终夜欷歔不成寐。其妻怪之，问曰："君何为彷徨如此耶？"王不答。妻又曰："君何为彷徨如此耶？"曰："非尔妇人所知也。"妻曰："子毋以我为妇人也而忽之。子第语我，我能为子筹之。"王语之故，妻曰："子高德溥义而欲脱其妻，此豪杰之举也。诚得一人代之可矣。"王曰："然。顾安得其人哉？"妻曰："吾当成子之义，愿代以行。"王曰："然乎？戏耶？"妻曰："诚然耳。何戏之有？"王乃伏地顿首以谢，随以告德溥妻，使匿于母家，而王夫妇即就道。每经郡县驿舍，就验时，俨然官役解罪妇也。历数千里，抵徙所，风霜艰苦，甘之不厌。于是皋人感之，斂金赎归，夫妇终老于家焉。

【注释】①隶：对差役的称谓。

【译文】王义士，不知道他的具体名字，他是泰州如皋县的差役。他虽然是差役，但是为人很重气节，行侠仗义。甲申年，明朝灭亡后，同县的平民许元博，字德溥，不肯剃发归顺，他刺破自己的手臂，誓死不从。官府以违抗命令为由把他斩首弃市，他的妻子也要被流放。王义士正好负责押解她，他敬佩许德溥的忠义，打算放走许德溥的妻子，但是却想不出好办法，于是整晚唉声叹气，不能入睡。他的妻子觉得奇怪，就问他："你因为什么事如此惆怅呢？"王义士不回答。妻子又说："你因为什么事如此惆怅呢？"王义士说："不是你们妇道人家应该过问的。"妻子说："你不要以为我是妇人，就小看我，你把事情告诉我，我能给你想办法。"王义士告诉了她事情的经过。妻子说："你敬佩许德溥的大义而打算放走他的妻子，这是豪杰的行为，只需找到一人代替他妻子就行了。"王义士说："确实如此。但是到哪儿去找代替的人呢？"妻子说："我应该成全你的义举，愿意代替她被流放。"王义士说："是真话？还是玩笑话？"妻子说："当然是真的，怎么会是玩笑话呢？"王义士跪在地上向妻子磕头致谢。随后王义士把想法告诉了许德溥的妻子，让她藏到自己的娘家，而王义士夫妇就上路了。每次经过郡县馆驿查验身份时，他们夫妇就装扮得如同官差押解罪妇一般。王义士夫妇跋涉了几千里路，到了流放的地方，虽然饱受风霜雨雪的艰苦，他们夫妇却也甘之如饴。如皋县的人们被他们义举所感动，凑钱赎回了王义士的妻子，王义士夫妇最后在家中终老。

外史氏曰：今之吏胥，只知侮文弄法以求温饱，何尝知有忠义也？王胥竟能脱义士之妻，而其妇尤能慨然成夫之志。噫，盖亦千古而仅见者矣！

【译文】外史氏说：现在的小吏，只知道歪曲法律条文，徇私舞弊来换取好处，何曾知道有忠义呢？王胥吏竟然会放走义士的妻子，他的妻子更能慷慨成全夫君的志向。噫，大概千古以来也只有这一例吧！

张山来曰：婴、臼犹赵氏客①也，此妇竟远过之，乃逸②其名氏，惜哉！

【注释】①婴、臼犹赵氏客：指春秋时程婴与公孙杵臼二人合谋保全赵氏的遗孤赵武。后以“婴臼”比喻指危难时可托孤的人。②逸：散失；失传。

【译文】张山来说：程婴与公孙杵臼因为是赵氏的门客，所以才会拼死保全赵氏孤儿，而王义士的妻子与许德溥的妻子素昧平生，却能有此义举，她的高风亮节竟然远远超过程婴与公孙杵臼，她的名字没有流传下来，真是可惜啊！

纪陆子容事

王晫丹麓

【题解】本篇是《虞初新志卷九》的第六篇。钱塘陆子容，喜爱读书，才华出众，因病早逝后，托梦内兄，作诗与老师张祖望的悼诗相和。读其遭遇，与李贺同，其诗文俱是呕心沥血之作，可惜英年早逝。

钱塘陆子容，名韬，一名自震，少负异姿，喜读书，经传史记，背诵如流。邑侯[①]梁公试童子，以古文诗词拔取第一。廉其贫，解金赠之。子容尽以买书。昼夜读，得咯血疾。已又向友人借《二十一史》[②]，力疾[③]研寻，随有论撰。疾愈笃，遂死。其师张祖望哭以诗曰："荒园寂寞绿苔生，肠断当年陆士衡[④]。春鸟不知人已去，棠梨树上两三声。"

【注释】①邑侯：县令。②《二十一史》：明万历国子监刊行的正史，是《史记》《汉书》《后汉书》三国志》《晋书》《宋书》《南齐书》《梁书》《陈书》《魏书》《北齐书》《周书》《隋书》《南史》《北史》《新唐书》《新五代史》《宋史》《辽史》《金史》和《元史》的合称。③力疾：勉强支撑病体。④陆士衡：指陆机，字士衡，吴郡吴县（今江苏苏州）人。西晋著名文学家、书法家。出身吴郡陆氏，为孙吴丞相陆逊之孙、大司马陆抗第四子，与其弟陆云合称“二陆”，又与顾荣、陆云并称“洛阳三俊”。

【译文】钱塘的陆子容，名韬，又名自震，年轻的时候就聪慧异常，喜欢读书，能流利背诵经传史记。县令梁公主持童子试，陆子容因为古文诗词写得好而被选拔为第一。梁公可怜他家境贫寒，特意赠金相助。陆子容把钱都用来买书了，不分白天黑夜地苦读，结果劳累过度得了咳血的病。他又向友人借了《二十一史》，勉强支撑病体阅读，还写下各种论述。他的病情越来越严重，最终病死了。他的老师张祖望哭着写诗祭奠他：“荒园寂寞绿苔生，肠断当年陆士衡。春鸟不知人已去，棠梨树上两三声。”

子容有内兄[①]某者，素不习诗，读张诗而哀之，欲和不能，辗转床第间。倦就寝，忽见子容相谓曰：“君和张先生诗未得耶？予已和成，为君诵之：谁向蓬门问死生？诸公枉道驾车衡。我游泉路无他乐，唯听萧萧松柏声。”某遽惊寤，寂无所见。时银釭（gāng）[②]半灭，唯有月映繐（suì）帷[③]而已。诘旦，以诗示祖望，且告以故。祖望把其诗流涕曰：“声情凄郁，何其诗之神似子容也？”传写人间，和者几数百人。予亦有诗云：“一读遗编百感生，文章无价漫权衡。子期去后知音少，肠断高山流水声。”好事者辑而存之，近得卒业[④]。因叹结习[⑤]之不能忘如是哉！

【注释】①内兄：对妻子的哥哥的称呼。②银釭：银白色的灯盏、烛台。釭：油灯。③繐帷：设于灵柩前的帷幕。繐：细而稀疏的麻布，古时多用作丧服。④卒业：完成未竟的事业或工作。⑤结习：积久而难改的习惯。

【译文】陆子容有个内兄，向来也不精通诗词，读了张祖望的诗很感慨，想要和诗却写不出来，在床榻上辗转反侧，直到疲倦睡去，忽然看到陆子容对他说："你要和张先生的诗而写不出来吗？我已经写好了，读给你听：谁向蓬门问死生，诸公枉道驾车衡。我游泉路无他乐，唯听萧萧松柏声。"内兄突然惊醒，四周寂静，没有看到任何东西。灯火半明半暗，只有月光照在灵柩前的帷幕上。清晨，他将这首诗拿给张祖望看，并且告诉张祖望事情的来由。张祖望拿着陆子容的诗，流着哭说："诗文凄凉悲郁，这首诗多么像陆子容平时的风格啊！"这首诗流传出来，有好几百人写诗相和。我也写了诗说："一读遗编百感生，文章无价漫权衡。子期去后知音少，肠断高山流水声。"有热心的人把这些诗编辑成册而保存了下来，近期才完成。因而感叹人们对陆子容的英年早逝难以忘怀啊！

夫幽明①异路，纵甚所亲爱，亦皆弃之如遗，而独于诗文之际，往往欲自见其长，有不能尽泯者，岂非心之所结，虽生死亦莫为之隔耶？吾知慧业文人，应生天上，子容终不乐以才鬼自鸣于时矣。因纪之。

【注释】①幽明：指阴间和阳间。

【译文】阴阳不同路，纵然非常亲近的人，一旦生死分离就如同彼此遗弃，唯独在诗文方面，即使逝者也还想抒发自己的情怀，不能安心归于静寂，难道不是心中有放不下的执着，即使生死也不能分隔吗？我知道文思出众的才子，应该转生回天上，所以陆子容不会乐意被称为鬼才而名显于世。因此把这件事情记载下来。

张山来曰：语有之："宁为才鬼，尤胜顽仙。"然才鬼附乩作诗文者，世多有之，今此则于梦中和韵①，尤为奇也。

【注释】①和韵：旧体诗写作方式之一。指与别人的诗相唱和时，依照其诗所押的韵作诗。

【译文】张山来说：有句话说："宁为才鬼，尤胜顽仙。"才鬼附身乩童写诗的例子很多，现在这个在梦里和韵写诗的故事，就尤其神奇了。

雎雎儿传

陈鼎定九

【题解】本篇是《虞初新志卷九》的第七篇。记述了道士雎雄儿神通广大，他有三个竹筒，可以从中变出家具器物、饮食珍馐、妻妾奴仆等，与阳羡书生的故事有异曲同工之妙。

雎雎儿者，不知何许人，亦未详其姓氏。自言崇祯时孝廉也，未几为道士，往来江阴、无锡间，与予里黄介子先生善。每过其家，必袖一刺[①]，大书“年家眷[②]弟雎雎儿顿首再拜。”投入，相见必交拜，别去必顿首。衲衣[③]外，别无他物，唯腰佩竹筒三，大钱围，长五寸而已。

【注释】①刺：名帖。②年家眷：一般是用在交情不深的人之间的客套称呼。③衲衣：道袍。

【译文】雎雎儿，不知道是哪里人氏，也不知道他的姓名。他说自己曾是崇祯时期的举人，后来当了道士，来往于江阴、无锡之间。和我的同乡黄介子先生交好。他每次经过黄介子先生家的时候，他一定会从袖中拿出一张名帖，上面写着“年家眷弟雎雎儿顿首再拜。”递进去请求拜见，见到黄介子必定揖拜，离去时一定会叩首。除了道袍以外，没有其他东西，只在腰间佩戴三只粗细如大钱，长度为五寸的竹筒而已。

后游云间，云间诸氏，素封家[1]也，有空屋三百余楹。雌雌儿往僦（jiù）[2]之，如数与之值。既入，键其户，独坐堂上，取所佩竹筒，揭盖倾之，如芥子状者，跃于地不止。须臾，尽化椅桌帷帐器皿，无不具。既而复取一筒倾之，如芥子者复跃于地，须臾，谷粟饮食牛羊鸡犬，无不具。又以一筒倾之，则僮仆婢妪妻妾男妇数百人皆集矣，供奔走者，除堂宇者，整器用者，顷刻如大富贵家。诸氏从门隙窥之，大惊，以为怪。于是雌雌儿乘车马，拥仆从，交游通国[3]。居久之，诸氏以为妖，使人辞焉。雌雌儿尽以妻妾僮婢器用牛羊之类纳诸筒内，飘然长往，不知所终。

【注释】①封家：古时称受有封邑的贵族之家。②僦：租赁。③通国：指整个国家。

【译文】雌雌儿后来到云间一带游历，云间的诸氏家族，是名门望族族，有空房子三百多间。雌雌儿前去租赁下来，如数缴纳了租金。他进屋后，关上门窗，独自坐在堂上，取下一只所佩戴的竹筒，打开盖子倾倒出像芥子一样的东西，在地上不停地跳动。过了一会儿，都变成了桌、椅、帷帐、器皿等东西，凡居家所用的器具无不具备。又再拿出另一只竹筒倾倒，还是像芥子一样的东西在地上跳跃，不一会儿，谷物、饮食、牛、羊、鸡、犬等东西全都齐全了。又拿出第三只竹筒倾倒，僮仆、婢女、妻妾、老妇等数百人一下子变了出来，有的听他差遣，有的打扫屋舍，有的整理器皿用具，顷刻之间就像富贵的人家一样。诸氏从门缝中窥看，见到这些景象，大吃一惊，认为妖术。雌雌儿乘坐车马，簇拥着仆人，在封地内到处游玩。住了很久后，诸氏认为他是妖人，让人去打发他走。于是雌雌儿把妻妾僮婢器用牛羊这些东西都收入各个竹筒中，就飘然离开了，不知他去了哪里。

外史氏曰：黄介子高足[1]徐佩玉弟群玉，与松江倪永清为予言。雌雌儿，高士也，以幻术避世，而世卒不容，屡遭斥逐，终遁深山。呜呼！士生乱世，道亦穷矣！

【注释】①高足：高才。后常称呼别人的学生。

【译文】外史氏说：黄介子的学生徐佩玉的弟弟徐群玉，与松江的倪永清都给我说过这些事。雌雌儿，是一位高士，用奇幻的法术来隐居尘世，但是世俗中的人最终容不下他，他多次遭到斥责和驱逐，最终归隐深山。唉！高人生在乱世，其道也难以行通啊！

张山来曰：昔阳羡诸生[1]，以眷属什器[2]饮食纳口中。今雌雌儿以眷属什器饮食纳竹筒中，似逊阳羡书生一筹。然书生眷属有外夫，而雌雌儿则无之，是雌雌儿又胜于阳羡书生也。

【注释】①阳羡诸生：南朝梁吴均《续齐谐记》载：阳羡许彦负鹅笼而行，遇一书生以脚痛求寄笼中。至一树下书生从口中吐出器具肴馔，与彦共饮，并吐一女子共坐。书生醉卧，女子吐一男子。女子醉卧，男子复吐一女子共酌。书生欲觉，女子又吐锦帐遮掩书生即入内共眠。男子另吐一女子酌戏。后次第各吞所吐，书生以铜盘一赠彦而去。②眷属：指家眷、亲属或夫妻。什器：指各种生产用具或生活器物。

【译文】张山来说：从前阳羡诸生，把眷属器具饮食放在口中。如今雌雌儿把眷属器具饮食放在竹筒中，好像稍逊阳羡书生一筹。然而书生的眷属私藏情人，而雌雌儿的眷属则没有，所以雌雌儿又胜于阳羡书生一筹啊。

再来诗谶记

沙张白定峰

【题解】本篇是《虞初新志卷九》的第八篇。写了福建侯官的老儒才华横溢却屡次不第，忧愤而卒。转世为人后少年得志，文章显耀。后又偶遇前世妻子，了解了前生的事迹。原来今生所做文章，皆是前世呕心沥血之作；今生科举所选举子，皆是前世弟子。因果循环，令人嘘唏不已。

弘治[①]中，闽之侯官有老儒某，博学善文，屡举不第，性迂介[②]，贫困日甚。生一子，不能读书，佣耕自给。年七十，郁郁死。死之夕，取生平著作，题诗其后，嘱其妻善藏之，遂卒。贫无以敛，门人某某四五人醵金敛之。内某生者，家富，尤笃于谊，偕同学涕泣执丧[③]，瘗之而后去，又时时周恤其孥。

【注释】①弘治：明朝第九个皇帝明孝宗朱祐樘的年号（1488—1505年），共18年。②迂介：迂执耿介。③执丧：指奉行丧礼或守孝。

【译文】明朝弘治年间，福建侯官县有一个老儒，博学多才，擅长文章，但是多次参加科举都没有考中，他性情迂腐耿直，而家境日益贫困。他有一个儿子，不擅读书，就下田种地，倒也能自给自足。他七十岁的时候，郁郁而终。死的前夕，老儒拿出生平所写的著作，在后面题了诗句，嘱咐妻子要妥善收藏，然后就去世了。他家中贫困没有钱收殓入葬，全靠四五个门生筹钱把他安葬了。老儒有一个门生某，家里很富有，特别重情义，带着同学哭泣守孝，安葬完老儒才离去，又时常周济老儒的妻子和儿子。

嘉靖改元①，江南有某公者，十五发解②，十六捷南宫③，夙慧神敏④。起家庶常⑤，不五年，出典闽试，拔士公明。风檐⑥操笔，为程式之文，文不加点，八闽传诵焉。九月之望，值公诞辰，抚按监司，莫不具觞为寿。以翰苑之重，衔命典试⑦，礼仪宾主，盛绝一时。都人士莫不歆（xīn）艳⑧，目为神仙中人。荐绅先达⑨，亦相顾而愧弗如。盖不难其遇，难其少而遇也。

【注释】①嘉靖：明朝第十一位皇帝明世宗朱厚熜的年号（1522-1566年），共四十五年。改元：指皇帝即位时或在位期间改换年号。②发解：明清时乡试举人第一名称为解元，考中举人第一名为“发解”。③南宫：指礼部会试，即进士考试。④夙慧：早慧，指年少时便聪明出众。神敏：聪明神悟。⑤庶常：官职，庶吉士的代称。是明、清两朝翰林院内的短期职位。从进士中选择有潜质者担任，是皇帝近臣，负责起草诏书，有为皇帝讲解经籍等责任，是明内阁辅臣的重要来源之一。⑥风檐：科举时代的考试场所。⑦典试：主持考试之事。⑧歆艳：歆羡，羡慕。⑨荐绅：古代高级官吏的装束。也指有官职或做过官的人。“荐”，通“缙”。先达：有德行学问的前辈。

【译文】嘉靖元年，江南有某公，十五岁就考中解元，十六岁考中进士，灵慧聪明，被选为庶吉士，不到五年，又被派到福建主持乡试。某公选拔人才公正廉洁，撰写八股文，一气呵成，无须修改，整个福建都在传诵他的文章。九月十五日，恰逢他的生日，抚按监司，都来为他庆贺。他以翰林院学士的身份，奉命主持科考之事，礼仪隆重，盛极一时。众人没有不羡慕的，把他看作神仙中人。即使高官显贵和有德行学问的前辈，也都自愧不如！大概不光羡慕他的际遇难得，更主要是羡慕他少年得志。

抵暮醉甚，而晋接[①]无间，避归使舟，闭舱酣寝，戒舟人尽却贺客。比酒醒，已夜半矣，月射纱窗，晶皎如昼。顾瞻岸崖，清兴忽发，遂潜易衣帻[②]，呼一小竖[③]自随，乘月信步，不觉数里。所见山川林壑，恍若旧游，意颇讶之。俄闻哭声甚哀，出自村舍。公闻之，凄然心动，寻声踪迹之，至一僻小聚落中，一家茅屋数椽，了无篱落。命小竖排闼入视，则有老妪，年且八旬，头鬓皓白，然一纸灯，设野蔬麦粥，祭其亡夫而哭之，词旨悲惋。公揖而问妪："夫人何为者，过哀乃尔？"妪挥涕而谢，掇（duō）[④]一破绳床[⑤]命公坐，已乃泣告曰："妾拟昼祭亡夫，而儿子远出，迟之至今，度弗返矣，不得已夜祭之。觅杯酒为奠不可得，用是感伤，顿违夜哭之戒，知不免为君子所讥耳。"公曰："贤夫何人？没来几载？祭既无具，曷不姑俟质明[⑥]乎？"妪曰："妾夫侯官老儒，才丰命啬，没于弘治某年，今日乃忌辰也。未亡人伉俪情深，虽乏椒浆[⑦]，不忍不祭，移忌就明，理不敢出。"公闻之愕然，盖其忌辰，即公之生辰，而以岁计之，适二十一。

【注释】①晋接：进见，接见。②衣帻：衣服与头巾。③小竖：僮仆。④掇：挪；搬取。⑤绳床：唐代从印度传入，为倚背垂足之坐，如椅子。⑥质明：天刚亮的时候。⑦椒浆：用椒浸制而成的酒。古代多用以祭神。

【译文】到了傍晚，某公已经酩酊大醉了，但是前来道贺的人却不见减少，某公就回到船上去躲避，关上舱门倒头便睡，并且告诉船夫谢绝所有道贺的人。等到酒醒，已经半夜了，月光照在纱窗上，皎洁明亮，像白天一样。环顾两岸，某公雅兴忽起，于是偷偷地更换衣服和头巾，叫上一个小僮跟随，趁着月色信步出游，不知不觉走了数里。一路所看到的山川林壑，颇为眼熟，好像以前游历过一样，某公心里有些惊讶。过了一会儿，听到非常悲哀的哭声从村舍中传出，某公听后，心中感到很悲伤。顺着声音追寻，来到了一个偏僻的小村落，看到一间简陋的茅屋，四周没有篱笆围绕。某公让小僮进去察看，里面有一个老婆婆，年纪将近八十，头发花白，点着一盏纸灯，桌上摆放着野菜麦粥，正哭泣着祭祀她的亡夫，悼词悲哀婉转，某公作揖问老妇人："夫人这是在做什么，为何这样悲伤呢？"老妇人擦掉眼泪施礼，搬来一把破椅子让某公坐下，哭着告诉某公："我本打算白天祭祀亡夫，但是儿子远出在外，直到现在还没回来，估计不会回来了，不得已只能在晚上祭祀。想找杯酒来祭奠也找不到，因此感伤，于是就顾不上忌讳在夜里哭泣，知道不免会被君子嘲笑。"某公问道："你的夫君是什么人呢？去世多久了？既然没有准备好祭祀，为什么不等到天亮呢？"老妇人说："我丈夫是侯官县的老儒，才华横溢却怀才不遇，在弘治某年去世，今日就是他的忌日，我和夫君感情深厚，即使没有酒水，也不忍心不祭拜他，等到天亮再拜祭就过了时辰，所以也不敢如此。"某公听说之后非常惊讶，因为老儒的忌日时辰，就是某公的出生时辰，按照年岁来算，恰好二十一年。

睹妪容貌憔悴，而吐词温雅，有儒家风，且惊且怜之。因问曰："贤夫既是硕儒，必富著述，遗编存者，可得见乎？"妪闻而泫然首肯，若有所思，既而告公曰："妾事先夫五十年，见其精勤嗜学，无间寒暑。瓶无粟，突①无烟，淡如也。著述之富，充栋汗牛。制义文字[②]，别为一编。六十以后，每取而读之，未尝不抚几太息，泣下数行。妾恐伤其意，每箧藏之，不使得见。将死前一月，忽燔（fán）[③]烈焰，誓将焚之。既而展玩再四，徘徊不忍，嘱妾曰：‘一世苦心，难付秦炬[④]，当藏吾棺中，以为殉耳。’言已欷歔久之。易箦之夕，又向妾索观，题诗其后，而语妾曰：‘好藏之，当有识者。’既而笑曰：‘文义高深，非吾再来，安识其中神妙乎？吾生无愧怍[⑤]，死而食报，易世而后，大兴吾宗，令天下寒儒吐气也！’言已，大笑而绝，迄今二十年。唯门生数辈，抄而读之，他未有过而问者也。”

【注释】①突：烟囱。②制义：又称制艺，即八股文，明、清两代科举考试的文字程式。③燔：焚烧。④秦炬：秦火，也指火。⑤愧怍：指惭愧；羞愧。引申为因有缺点或错误而感到不安。

【译文】某公看到老妇人虽然容貌憔悴，但谈吐温文尔雅，颇有书卷气息，既惊讶又可怜她。某公询问说：“你丈夫既然是大儒，那一定有很多著作，留下的著作，可以然我看一下吗？”老妇人听完之后流着泪点头同意了，好像在思考什么事，然后告诉某公说：“我侍奉丈夫五十年，看到他勤奋治学，无论寒冬酷暑都不间断。常常瓮中没有米，家里揭不开锅，日子过得就是这样清贫。但是我丈夫的著作却是汗牛充栋。他所写八股文章，另外编辑成册。他六十岁以后，每次拿出来读，都会抚案叹息，默默流泪。我害怕他伤心，就把这些文章藏在箱子里，不让他看到。他死前的一个月，忽然燃起火盆，准备要烧了这些书稿。然而犹豫再三，他还是不忍心付之一炬，嘱咐我说：‘这是我一生的心血，难以忍心将它们付之一炬，你要将它们放进我的棺材里，作为殉葬。’说完就嘘唏不已。我丈夫病危将死的时候，他又向我索要书稿观看，并在后面题上了诗，对我说：‘好好收藏，总会有人能慧眼识珠的。’然后笑着说：‘我的文章的精妙高深，除非我转世再来，否则，别人怎么会知道里面的高妙呢？我一生问心无愧，死后应当会得到善报，我转世之后，必将振兴我的学派，让天下的寒窗苦读的儒生都能扬眉吐气啊！’话说完，就大笑而亡，到现在已经二十年了。只有他生前的几个学生，抄写阅读过这些文章，其他的人从来没有来问询过这件事。”

公闻，急索观之，开卷第一艺[①]，则发解首墨也。从初迄末，一字不殊。公益骇然，细加翻阅，则自应试游庠[②]，决科会试，一切试卷墨裁，论表策判，以至廷试策、馆选论，皆在其中。闽闱[③]（wéi）五程，亦皆集中语也。最后有一诗，盖临终绝笔，其诗曰：“拙守穷庐七十春，重来不复老儒身。烦君尽展生平志，还向遗编悟夙因[④]。”公读之，恍然大悟，点首浩叹。仰视破屋颓垣，真同故居，因问妪曰：“向有卧榻，今则安在？”妪以灯引公入，则朽箦敝衾，尘土坌（bèn）[⑤]满，妪拥破席，卧草荐[⑥]中。公对之叹息泣下。妪亦骇然，问：“公君子，对贫居而饮泣，岂于先夫有师友渊源之雅乎？”公曰：“非也。贤夫所谓再来人，既我是也。今日之会，岂繄（yī）[⑦]非天？”妪曰：“先夫之亡，妾柔肠寸断，因闻再来之语，私啮尸股，刺指血涂之，以图后验，君子岂有此征乎？”公解靴出股，齿痕宛然，作血殷色。于是妪大啼泣。公亦悲不自胜，徐慰妪：“夫人无忧，贤夫读书七十年，老不食报，而取偿于吾。吾之逸，贤夫之劳贻之也。苟昧夙因，即年少登瀛（yíng）[⑧]，皆侥倖耳。吾当大兴前生之门，以酬夙愿，使天下老儒有所感奋，不徒为夫人温饱计也。”妪收泪而谢。

【注释】①艺：指《诗》《书》《礼》《乐》《易》《春秋》六经。②游庠：就读于府或州县的学官，明清时指儒生经考试取入府、州、县学为生员。③闱：科举时代称考场。④夙因：前世因缘；前世的根源。⑤坌：尘土、尘埃。⑥草荐：指用草秆编成的床垫，铺在床板与草席之间。⑦繄：惟；只。⑧登瀛：登上瀛台。清代新进士及第授官仪式之一。

【译文】某公听完后，急忙要来书稿观看，开卷的第一篇文章，正是某公考中解元的那篇文章，从开篇到结尾，一字不差。某公十分惊讶，仔细地翻阅后面的文章，从某公考取生员，到参加会试，所有的试卷文章，还有论表策判，以及廷试策，馆选论，都在其中。福建会试所写的五篇八股文，也都是文集中的文章。文集最后有一首诗，大概是老儒临终前的绝笔，这首诗写道："拙守穷庐七十春，重来不复老儒身。烦君尽展生平志，还向遗编悟夙因。"某公读了这首诗后，恍然大悟，不住地点头叹息。抬头看到这破旧的屋子和残缺的墙壁，真的就像自己以前居住过一样。他问老妇人说："以前的卧榻还在吗？"老妇人拿着灯带着某公进去，卧榻的床席已经腐朽，被子也破旧不堪，上面落满了尘土，老妇人拿着破草席，铺在草垫上面，某公对着老妇人，叹息哭泣。老妇人也感到惊讶，问道："这位相公对着寒舍哭泣，难道和我死去的丈夫有师生之谊吗？"某公说："不是，你丈夫所说的转世再来的人，就是我啊，今天会面，难道不是上天安排的吗？"老妇人说："我丈夫去世时，我肝肠寸断，因为听他说还会转世再来，于是我就咬破他的大腿，刺破我的手指，用血涂抹他的伤口，以此作为验证，你可有这个证据吗？"某公于是脱下靴子，挽起裤腿，腿上的齿痕还在，颜色殷红。于是老妇人放声大哭。某公也悲伤不已，过了一会儿，某公安慰老妇人说："夫人不用担忧，你丈夫读了七十年的书，老了之后却没有得到回报，现在应该由我来进行补偿。我现在的富贵，都是你丈夫的辛勤馈赠啊。如果不承认前世的因果，即使我少年得志，也是侥幸而得啊！我应该振兴老儒生前的学派，完成他的夙愿，让天下的老儒生们都受到激励，不单单是为了解决夫人的生计。”老妇人止住眼泪连声道谢。

公又问：“令子焉往？”妪曰：“先夫没后，妾母子无以自存，幸及门数生，犹敦古处①，每当忌日，必遣恤祭。今某生甫登贤书②，未暇躬至，故遣儿子诣之，不识何以不至？”公问某生姓名，则是科所拔解元某也。余四五人，亦皆新贵③。公又慨然久之。既而东方渐明，妪子已至，后有苍头④负酒米钱物，相随而来。其子蓬鬓布衣，一田家庄夫耳。妪命与公相见，询其何以归迟，子言某解元以座师⑤寿诞，率同年称觞，衙署舟次，两不获见，彼候师而我候彼，是以归迟。公顾负米者曰：“若某解元仆耶？”曰：“然。”曰：“归语汝主，速来会此。”其仆星驰而去。妪语其子以再来故，子欲以父礼事公。公曰：“不可！此隔世事耳。”俄而某解元及同年数辈来，闻公语，皆顿首曰：“两世师弟⑥，古未闻也。”未几，县令来，又未几，太守至。公对多官，备述所以，无不愕然称奇。

【注释】①古处：以故旧之道相处。“古”，通“故”。②登贤书：乡试考中。③新贵：新近作高官的人。④苍头：指以青巾裹头的军队，后指奴仆。⑤座师：明、清两代举人、进士对主考官的尊称。⑥师弟：指老师和弟子。

【译文】某公又问：“你的儿子去哪儿了？”老妇人说：“先夫去世后，我们母子俩没有办法生活下去，幸亏先夫门下有很多学生，还能顾念先前的师生之谊，照顾我们母子。每次到了先夫的忌日，一定会来慰问祭奠。现在某生乡试考中，没有时间亲自过来，就派儿子前去邀请，不知道为什么还没有回来。”某公询问乡试及第的某生的姓名，正是自己选拔的解元。其余的四五人，也都是新进举人。某公又感慨了许久。不一会儿，东方渐渐发亮，老妇人的儿子回来了，后面有奴仆背着米酒钱物，一起过来。他的儿子披散着头发，穿着粗布衣服，一看就是一个田家农夫。老妇人让儿子和某公相见，问他为什么回来晚了。她的儿子说：“某解元去参加座师的寿宴，和同年一起想去为座师祝酒，但是在府衙和码头都没有见到座师，他在那儿等候座师，而我在等他，所以回来晚了。”某公回头看着背米的仆人说：“你是某解元的仆人吗？”仆人回答说：“是的！”某公说：“你回去告诉你的主人，让他赶紧来这个地方会面。”于是仆人赶快离去。老妇人对儿子说起了老儒转世再生的事情，她的儿子想要用对待父亲的礼仪来侍奉某公。某公说：“万万不可！我和你父亲已经是隔世之人了。”不久，某解元和同年的几个人一起来了，听某公说完事情的来龙去脉，都磕头说道：“能够两世都是师生的关系，这样的事情古时候也没有听说过啊。”不一会儿，县令来了，又隔了一会，知府也到了。某公对各位官员详细地叙述了事情的进过，大家都感到十分惊讶，不住地称奇。

公于是首祭老儒之墓，加封树[①]焉。大集姻族，咸有馈赠。其于妪母子有恩者，倍酬之。为妪子买田宅奴婢，倾赀赈给之，自抚按藩臬，下至公所取士，莫不有赠。妪母子遂为富人，又为其子娶妇。数日间，传遍八闽，自江以南，悉播为美谈。老生宿儒闻之，有泣下者。公以归期急，不及久留，辞妪母子去，终其身往返不绝焉。后其子生子女各五，某解元者与为婚姻。五子读书，三登甲第[②]，最少者犹以乡贡[③]起家，起至二千石，科名绵绵，为闽中鼎族云。

【注释】①封树：堆土为坟，植树为饰。古代祭祀的一种仪式。②甲第：明清时称进士。③乡贡：指不由学馆而先经州县考试，及第后再送尚书省应试的人。清朝时指举人。

【译文】某公于是先去祭拜老儒的坟墓，加封树。召集老儒的亲族成员，对他们都有所馈赠。对老妇人母子有恩的人，则加倍酬谢他。给老妇人的儿子买下田宅和奴婢，倾尽资财来帮助他们，上至巡抚藩台臬台，下到某公所录取的举子士人，都赠送老妇人母子财物。老妇人母子于是成了富人，又为她的儿子娶了媳妇。没几日，这件事传遍了整个福建，自闽江以南的地方，都传为美谈。老生宿儒听说后，多流下眼泪。某公因为归期在即，不能长时间滞留，于是辞别了老妇人母子离去，以后仍不断前来慰问。后来他的儿子生了儿女各五个，并且和解元某联姻。五个儿子读书，三个考中进士，最不济的也成为举人，有的甚至位至三公，其后世子孙中不断有人科举中榜，其家族也成为了闽中的大族。

张山来曰：前生处约[①]，而今生处乐，实所不必，以其于前生毫无所益也。若尽能如此公，则无复有遗憾矣。

【注释】①处约：生活在穷困之中。

【译文】张山来说：老儒前生穷困，今世显达，实际上没必要这样安排，这样对他的前生没有任何益处。要是老儒前生就是某公今世这样的经历，那么也不再有遗憾了。

卷十

筠廊偶笔

宋荦牧仲

【题解】本篇是《虞初新志卷十》的第一篇。此篇中的奇闻异事选自宋荦的《筠廊偶笔》，都是宋荦耳闻眼见之事。大千世界，原本就有许多神奇之事，人不能尽知，大可不必牵强附会来解释，姑且当做悬念吧。

今上御极①之四年，鹿邑中翰②梁公遂，以诏使③过洞庭。风雨中见一人，长髯，蓝衣纱帽④，气度闲雅，乘一物似马，半没水内；侍者持杖，狰狞随其后，与波涛上下。舟中数十人共见之，相距才数武耳。逆风而行，良久，迷离不见。其年八月，公返棹过齐安，与余杯酒间细言之。或曰“此洞庭君迎诏使”，理或然也。

【注释】①御极：指登极、即位。②中翰：明、清时内阁中书的别称。③诏使：皇帝派出的特使。④纱帽：指古代君主、官员戴的一种帽子，用纱制成。后用作官职的代称。

【译文】当今皇上即位已经四年了，河南鹿邑人，内阁中书梁遂，以朝廷特使的身份出差，途经洞庭湖。风雨之中，看到一个人，留着长长的胡子，身穿蓝色衣服，头戴纱帽，气质优雅，骑着一个像马的东西，半沉在水里；仆从拿着手杖，面目狰狞地跟在他后面，这一群人随着波涛上下起浮。船上几十个人都看到了，相距仅仅有几步远。他们迎风而行，过了好一阵儿，慢慢远去，模糊不见了。这年八月，梁公坐船返回，途经齐安，和我喝酒的时候，详细地叙述了这件事。有人说："这是洞庭君在迎接皇帝派出的特使。"从道理上说也许就是这样。

楚之黄安县，野塘荷叶数百，为暴风卷起，插三里外稻畦中，一叶不乱。

【译文】楚地的黄安县，野外池塘中有好几百片荷叶，被暴风卷了起来，插在三里外的稻田里，结果一片荷叶都没有凌乱。

扬州水月庵杉木上，俨然白衣大士像，鹦鹉、竹树、善财皆具。

【译文】扬州水月庵的杉树上有图案，非常像观音菩萨，而且鹦鹉，竹树，善财童子等的图像也一应俱全。

余于武城见一小儿，四五岁，手足似螳螂，头高起作两歧，见人念"阿弥陀佛"；唯索钱无厌耳。

【译文】我在武城看到一个小孩子，四五岁的样子，手和脚像螳螂一样，头部隆起分成两岔，看到人就念"阿弥陀佛"；只是对于金钱十分贪婪。

孝感夏孝廉振叔炜，见一儿六七岁，浴水中，势与谷道[①]各二。后不知所终。

【注释】①势：指生殖器。谷道：指肛门。

【译文】孝感的举人夏炜，字振叔，看到一个六、七岁的小孩子，在水里洗澡，生殖器和肛门各有两个。后来不知道哪里去了。

樵人于王屋山得茯苓如屋，送济源某公，服之十年不尽。

【译文】砍柴的人在王屋山上挖到了一块茯苓，像屋子一样大，送给了济源某公，某公服用了十年都没吃完。

一闽人山居，门前忽现宫阙数重，巍焕插天，须臾不见，盖山市也。

【译文】有一位闽人在山里住着，门前突然出现了好几座宫殿，巍峨高耸，一会就不见了，大概是山市蜃楼吧。

同里孝廉王皞（hào）之，有妹生不能言。及笄[①]，有道人过门乞食，云善治病。或问能治哑否，曰："能。"孝廉遂以妹请。道人命取水、油各一盏，咒之，倾一处，以簪搅成膏，渐结为丸，曰："以水调服，即能言，但须焚香谢天耳。"孝廉以药授妹服之，顷刻能言。急觅道人不见，举家向空拜谢，闻仙乐喧阗（tián）[②]，冉冉而去。

【注释】①及笄：古代女子满15周岁结发，用笄贯之，因称女子满15周岁为及笄，也指已到了结婚的年龄。②喧阗：喧哗，热闹。

【译文】同乡的举人王皞之，有一个妹妹天生不能说话。妹妹十五岁的时候，有一位道人从他家门前经过，乞要食物，道人说他擅长治病。就问他能不能治哑病，道人说："能。"王举人于是请道人为妹妹治病。道人命人取来水和油各一盏，念完咒语，将它们倒在一起，用箸子搅拌成膏状，慢慢地团成药丸，道人说："用水将药丸调服，就能说话了，但是一定要烧香感谢上天。"王举人将药给妹妹服下，不一会儿，妹妹就能说话了。回头再找道人，却不见了踪影，全家对着天空拜谢，只听到空中仙乐袅袅，慢慢地远去了。

闽中洛阳桥圮（pǐ）[①]，有石刻云："石头若开，蔡公再来。"鄞（yín）人蔡锡，中明永乐癸卯乡试，仁庙[②]授兵科给事中，升泉州太守。锡至，欲修桥，桥跨海，工难施。锡以文檄[③]海神，忽一醉卒趋而前曰："我能赍檄往。"乞酒饮大醉，自没于海，若有神人扶掖[④]之者。俄而以"醋"字出。锡意必八月廿一日也，遂以是日兴工。潮旬余[⑤]不至，工遂成。语载锡本传中，乃实事也。人不知而以其事附蔡端明[⑥]，且以为传奇中妄语矣。锡官至都御史，以才廉闻。

【注释】①圮：塌坏，倒塌。②仁庙：指明仁宗。③檄：古代官府用以征召或声讨的文书。④扶掖：搀扶，扶助。⑤旬余：十多天。⑥端明：正直聪明。

【译文】闽中的洛阳桥倒塌，有一块石头上刻着："石头若开，蔡公再来。"鄞县人蔡锡，在明朝永乐年间癸卯年的乡试中举，明仁宗授予他兵科给事中一职，不久又升任泉州知府。蔡锡到了泉州之后，想要修洛阳桥，这座桥横跨大海，难以施工。蔡锡写下檄文来请求海神帮忙，突然有一醉汉走到他面前说：“我能将檄文送到海神那里。”醉汉要来酒，喝了个大醉，跳入海里，好像有神人扶持他一样。不一会儿，拿一个“醋”字从海里出来。蔡锡猜想一定是八月二十一日。于是在这一天开工，潮水十多天没有到来，工程顺利完成。这些都记载在蔡锡的传记中，是真实的事。人们不知道事情经过而将修桥成功归因于蔡锡的聪明才智，并且认为传记中写得都是假话。蔡锡官至都御史，以才干和廉洁而闻名。

张山来曰：宋先生，予父执[①]也，抚吴时，以大集暨此帙见赠，获之不啻拱璧[②]。敬采异事数条载入选中，盖仿前人节录《搜神记》《续齐谐记》之例，非敢有所去取也。

【注释】①执：交谊深厚、志趣相同的朋友。②拱璧：以喻极其珍贵之物。

【译文】张山来说：宋先生，是我父亲的挚友，他在吴地做官时，将《筠廊偶笔》全集赠送给我，我得到之后不亚于获得珍宝。恭敬地摘录了其中的几件奇闻异事，编入我的文选中，大概是仿照前人节选、摘录《搜神记》《续齐谐记》的例子吧，我不敢对原文有所取舍。

金忠洁公传

董以宁文友

【题解】本篇是《虞初新志卷十》的第二篇。此篇是清初诗人董以宁为金铉写的一篇传记。金铉忠烈刚毅，为官时正值明末多事之秋，不顾自身安危，仍然尽忠事君，国破时，以身殉国。

金铉，字伯玉，武进之剡（shàn）村人也。因殉节①，谥忠洁，人称金忠洁云。初以顺天籍领解，成进士，时年十九；不习吏，请改教授。其大父②户部主事汝升，旧多藏书，乃与弟鋐日夜读之。继擢国子监博士，迁工部主事。

【注释】①殉节：为保全志节而牺牲生命。②大父：祖父。

【译文】金铉，字伯玉，是武进县剡村人。因为以身殉国，获赠“忠洁”的谥号，人们称他为“金忠洁”。金铉最初在顺天府考取解元，随后又考中进士，当时他才十九岁。因为不熟悉吏政，所以请求改任为府学的学官。金铉的祖父是户部主事金汝升，收藏了很多书籍。于是金铉和他的弟弟金鋐从早到晚攻读这些藏书。之后金铉升任国子监博士，又改任工部主事。

先是时，明怀宗①已诛魏忠贤，而太监张彝宪等旋用事。至是而贼李自成兵始炽②；添内饷，命彝宪总理户工钱粮，建别署。忠洁曰：“此天下存亡之机也，奈何诛忠贤，复任一忠贤？且我为工曹，必将属视我矣。”乃抗疏言，先言彝宪既有独踞之庭，必强二部郎官匍匐进谒，挫士节，辱朝廷。疏上不报，而总理已建署，果檄郎官以谒尚书仪注见。复上疏固争之，旨谕“职事相关，自当礼见，余不必通谒。”金铉亦不得激陈。彝宪意甚得，与其党议接侍郎官礼。或曰：“视尚书当稍倨③。”宪曰：“我当稍恭，而待金铉倨耳。”

【注释】①明怀宗：即明思宗朱由检。因庙号“怀宗”，又称明怀宗。②炽：旺盛，热烈。③倨：傲慢。

【译文】当初，明怀宗已经诛杀了魏忠贤，但是太监张彝宪等人很快又得到任用。此时，反贼李自成的兵势开始强盛。当时新设置了内库，明怀宗命令张彝宪统一管理户部和工部的钱粮收支，并为张彝宪专门设立了办理事务的府衙。金铉说：“现在是天下存亡的重要时刻，为什么诛杀了一个魏忠贤，却又任命另一个魏忠贤呢？况且我担任工部主事，张彝宪一定会把我当做他的下属对待。”于是金铉上书反对这件事，他提出张彝宪一旦开府设衙，一定会逼迫工部户部的官员们低声下气的去拜见他，使大臣们气节受损，使朝廷蒙受耻辱。奏疏上呈之后没有被批准，而张彝宪的府衙已经建成了，张彝宪果然让两部的郎官以参见尚书的礼仪去拜见他。金铉又上书抗争，明怀宗下旨说：“职务上和张彝宪有往来的官员，本来就应该按照礼仪进见他，其他官员就不用专门去拜见张彝宪了。金铉没法再为此事而上书了。张彝宪得意洋洋，和他的部下商议接见郎官们的礼仪。有的人说：“接见尚书的时候应该稍微傲慢一些。”张彝宪说：“我应该稍微恭敬一点，不过，接见金铉的时候要傲慢一些。”

金遂集诸郎官倡议曰：“职事可令椽吏移之，我曹有一人登彝宪堂，即属彝宪假子[①]，毋许入孔子庙。当提我靴掷肿其面，辱之朝堂。”于是诸郎官诣尚书，各请以公事出。至期，彝宪坐堂皇，黄衫缇衣[②]，倡赞毕，但见吏，不见郎官。曰：“谐尚书始来乎？待午乎？”久之，又不至，乃恚曰：“避金铉，不即来，待晚乎？”命小竖[③]窃伺门外，望扇导来即报。已而马蹄前后过之，无一人入者，乃大惭愤。借验放十六门火器，诬指十八位无火门，劾以故误军机，曰：“必杀铉。”会尚书争之力，仅削籍归。

【注释】①假子：养子，义子。②缇衣：红色的官服。③小竖：小太监。

【译文】金铉把各位郎官召集在一起提议说：“具体事务可以让小吏转交给张彝宪，我们这些人中有谁拜见张彝宪，就是想当张彝宪的干儿子，大家就不准他进入孔庙。我会用靴子打肿他的脸，在朝堂上公开侮辱他。”于是各位郎官都到尚书那儿，以出外办公为由请求离开京城。到了约定的日期，张彝宪坐在大堂之上，黄衫缇衣，随从唱赞完毕，但只看到小吏在堂下恭候，而没有见到郎官。张彝宪说：“各位郎官是要和尚书一起来吗？还是要等到中午才来？”又过了很长时间，各位郎官还是没来，张彝宪生气地说：“他们为了避开金炫，不马上来，难不成要等到晚上吗？”张彝宪让小太监偷偷地等在门外，看到郎官的仪仗就立即来通报。后来，先后马蹄声从张彝宪的府衙门前经过，但并没有一个人进来拜见，张彝宪于是非常羞愧愤怒。张彝宪借着要验放十六门火器的机会，硬是诬蔑十八门火器没有火门，以故意延误军机来弹劾金炫，还说：“一定要杀了金炫。”幸好工部尚书为金炫极力辩解，金炫只是被削夺官籍回到家乡。

家居益与弟鋐尽读所藏书，尤善《易》学。而父汀州太守显、母恭人章，更时时慰勉之。至父死，服阕，复起为兵部车驾司主事，分守皇城，益修城守火器。时崇祯十七年二月也。李自成已陷大同，而宣府镇方有太监杜勋监视。又上疏曰："宣府京城之蔽，宣府不救，虑在京城。抚臣朱之冯忠勇足恃，恐受内臣之掣，请亟撤之，并撤居庸关监视。"不听。至三月，果闻杜勋以宣府迎贼，朱死之。因哭语弟鋐："目今我哭朱公，数日后汝曹旋哭我也。"

【译文】金炫在家乡居住的时候，和弟弟金鋐把家里的藏书都看完了，金炫特别擅长《易》学。金炫的父亲汀州知府金显、母亲章氏有恭人的封号，也会经常安慰勉励他们。后来金炫的父亲去世，为父亲服完丧，金炫又被朝廷任命为兵部车驾司主事，分派守护皇城，金炫特别注重完善守城的火器。当时是崇祯十七年二月。后来李自成攻陷大同，宣府是太监杜勋做监军。金炫上书说："宣府是京城的屏障，宣府如果陷落，必然会威胁京城。宣府巡抚朱之冯忠义勇敢，朝廷完全可以信任他，但是担心他会受到宦官的干扰，请陛下尽快撤回做监军的宦官，并把居庸关的监军宦官也一同撤回。"明怀宗没有同意。到了三月的时候，果然听说杜勋把宣府献给了李自成，而朱之冯战死。金炫哭着对弟弟金鋐说："现在我为朱公流泪，过几天就该你们为我流泪了。"

及贼至居庸关，太监杜之秩果复迎降，遂进薄彰义门[①]城下。杜勋缒（zhuì）城上，入见大内，唯张皇[②]贼势以逼帝，遍语诸珰，谓我党富贵自在云。忠洁则仓皇点禁兵，归谋匿母，因哭告母曰：“铉守皇城，城亡当与偕亡。今日从母乞此身殉王事。”母曰：“噫！久谓汝读书知大义，乃今始向我乞身哉？且我命妇，与汝偕勉之。汝魂归，可会我于井矣！”趣之出，又命仆追往，以朝衣随之。

【注释】①彰义门：即北京西城的广安门。②张皇：夸大；显耀。

【译文】等反贼李自成攻到了居庸关的时候，太监杜之秩果然也打开城门投降了，这样一来反贼就打到了彰义门城下。杜勋顺着绳子爬上城墙，进入皇宫，极力夸大反贼的声势来威逼皇上，杜勋对各位大太监说，我们这些人的富贵已经有保证了。金炫仓促间集合起禁军准备迎战，然后回到家中想让母亲躲藏起来，他哭着对母亲说：“我的职责是守卫皇城，皇城如果失守，我也会殉国而死。今天我向您请求允许我殉国而死。”金炫的母亲说：“一直以为你读书知晓大义，怎么现在才向我请求为国而死呢？何况我是朝廷命妇，应当和你互相激励。你魂魄回来的时候，可以到井里与我相见啊！”金炫的母亲催促他赶紧走，又让仆人追上他，给他送去朝服。

见贼入京城，杀监察御史王章于城上，王章亦武进人，字芳洲，与忠洁素厚。方为之欷歔[①]数声，见市中宫人遍至，言贼入皇城，帝后已死社稷。欲趋入宫，又传闻提督京城太监王承恩从死，曰：“微独吾乡王御史也，若辈中尚有一人知大义者，我乃后之，不已为若笑耶？”遂衣朝衣，投御河死，死时有吕胖者，亦内监也，儽然[②]而至，两手反接而睨视[③]之，曰：“是金兵部耶？是人素不居我辈于人面，岂渠[④]能死，吾独不能死哉？渠生欲远我，我偏近之！”亦自沉于此。

【注释】①欷歔：叹气，抽咽声。②傫然：聚集的样子。③睨视：斜视，旁观。④渠：方言，“他”。

【译文】金炫看到反贼已经攻入京城，在城上杀死了监察御史王章，王章也是武进县人，字芳洲，和金炫平日里交情很深。金炫刚刚为王章的死哀叹了几声，就看到集市上到处都是宫人，纷纷传言说反贼已经进入皇城，皇上皇后都已经为社稷而死了。金炫想要赶去皇宫，又听说提督京城太监王承恩陪着皇上一起殉国了，金炫说：“看来除了我的同乡王御史，这些太监里也有知晓大义的人，我要是死在他们后面，岂不是被他们耻笑吗？”于是金炫穿上朝服，跳进御河殉节而死，他殉节的时候，有一个叫吕胖的太监，走到金炫投河的地方，背着双手斜着眼睛看着他，说：“这不是兵部主事金炫吗？这个人向来看不上我们这些太监，难道他能殉国而死，我就不能吗？他活着的时候总想要离我们远一些，我偏偏要死在他旁边。”于是吕胖也在那儿跳河自尽了。

仆以奔告其母。母曰：“孝哉铉也，既信于王公，又能激吕监死，吾安可以诳铉？”急正冠帔①，投井中，妾王氏随之下，遂与俱死。鋐归，收葬毕，焚其书而长恸曰：“吾母乎！吾兄乎！此时会相见而相依乎！”哀号数日，又死井中。其后清兵至，家人请入皇城，求得忠洁尸，已与吕监骨相杂，不可分敛。而皇城又不得入椁。竟合两骸藁葬②御河堤，而王御史之丧归里。

【注释】①冠帔：古代妇女的服饰。冠，帽子。帔，披肩。②藁葬：草草埋葬。

【译文】金炫的仆人跑回家，把金炫殉国的事情告诉了他的母亲，母亲说："金炫真是孝顺啊，不但对王御史能信守朋友之义，还能激励吕太监殉国，我怎么可以诓骗金炫呢？"说完急忙扶正礼服冠饰，投井自尽，金炫的妻子王氏也跟着跳入井中，一起殉国。金鋐回到家中，安葬了母亲和王氏之后，烧掉母亲的遗书大哭着说："母亲啊！兄长啊！你们现在已经见面了，相互有了依靠！"悲伤地痛哭了好几天，也投井自尽。后来清兵进了北京城，金炫的家仆请求进入皇城，收敛金炫的遗骸，但是金炫的尸身已经和吕太监的尸骨混在一起，没办法分开了。而且皇城内又不让棺材进入。最后不得不把两人的骸骨合并在一起草草地安葬在御河的堤岸边，而王御史的尸骨被带回家乡安葬了。

张山来曰：明末死于忠义者，较前代为独盛。特存此一编，以当清夜闻钟，发人深省。

【译文】张山来说：明末为忠义而死的人，比起前代来说格外的多。所以特地收录这篇文章，以此当作清夜钟声，来发人深省。

核舟记

魏学洢子敬

【题解】本篇是《虞初新志卷十》的第三篇。此篇是明代文学家魏学洢写的一篇说明性的文章，作者用简洁的语言描绘了“核舟”上栩栩如生的人物形象和景物特点，表现了王叔远高超的技艺和精巧的构思。

明有奇巧人曰王叔远，能以径寸之木，为宫室器皿人物，以至鸟兽木石，罔[①]不因势象形，各具情态。

【注释】①罔：无，没有。

【译文】明代有一位手艺精巧的人，名叫王叔远，他可以在直径一寸的木头上，雕刻出宫殿、器具、人物，还有飞鸟、走兽、树木、石头等东西，全都惟妙惟肖，神态各异。

尝贻[①]余核舟一，盖大苏泛赤壁云。舟首尾长约八分有奇，高可二黍许。中轩敞者为舱，箬（ruò）篷[②]覆之。旁开小窗，左右各四，共八扇。启窗而观，雕栏相望焉。闭之，则右刻“山高月小，水落石出”，左刻“清风徐来，水波不兴”，石青糁（sǎn）[③]

之。

【注释】①贻：赠送。②篛篷：用箬叶编的船篷。③糁：涂抹；粘。

【译文】他曾经送给我一个小船，是用桃核雕刻成的。主题是苏轼乘船游赤壁的情形。小船从头尾大约八分多长，大概有两个米粒那么高。中间高起并敞开的部分是船舱，上面覆盖着船篷。旁边有小窗，左右各四扇，一共有八扇。打开窗户一看，可以看到船两边雕刻着花纹的栏杆。把窗户关上，可以看到右边的窗户上刻着“山高月小，水落石出”，左边的窗户上刻着“清风徐来，水波不兴”，字都用石青染色了。

船头坐三人，中峨冠①而多髯者为东坡，佛印居右，鲁直②居左。苏、黄共阅一手卷③，东坡右手执卷端，左手抚鲁直背；鲁直左手执卷末，右手指卷，如有所语。东坡现右足，鲁直现左足，各微侧。其两膝相比者，各隐卷底衣褶中。佛印绝类弥勒，袒胸露乳，矫首昂视，神情与苏、黄不属。卧右膝，诎④右臂支船，而竖其左膝；左臂挂念珠倚之，珠可历历数也。舟尾横卧一楫，楫左右舟子各一人。居右者椎髻⑤仰面，左手倚一衡木，右手攀右趾，若啸呼状。居左者右手执蒲葵扇，左手抚炉，炉上有壶，其人视端容寂，若听茶声然。

【注释】①峨冠：高冠。②鲁直：即黄庭坚，字鲁直，号山谷道人，晚号涪翁，洪州分宁（今江西省九江市修水县）人，北宋著名文学家、书法家。③手卷：书画装裱中横幅的一种体式。以能握在手中顺序展开阅览得名。④诎：弯曲。⑤椎髻：将头发结成椎形的髻，也是我国古老的发式之一。

【译文】船头坐着三个人，中间戴着高帽并且有很多胡须的人就是苏东坡，佛印坐在右边，黄庭坚坐在左边。苏东坡、黄庭坚一同看一幅手卷。苏东坡右手拿着手卷的卷端，左手轻搭在黄庭坚的背上。黄庭坚左手拿着手卷的末端，右手指着手卷，好像在说些什么。苏东坡露出右脚，黄庭坚露出左脚，都略微侧身，他们挨着的膝盖，都被遮盖在手卷下边的衣褶里。佛印极像弥勒佛，袒胸露乳，抬头仰望，神情和苏东坡、黄庭坚大不一样。佛印蜷右膝，曲右臂支在船上，竖着左膝，左臂上挂着一串念珠，搭在左膝上，每一颗念珠都清楚地雕刻出来。船尾有一支船桨横放着，船桨的左右分别有一名船夫。右边人的头发结成了椎形的发髻，仰着脸，左手靠在一根横木上，右手扳着右边的脚趾头，仿佛正在长啸。左边的人右手拿着一把蒲葵扇，左手扶着火炉，炉上有茶壶，那人正看着茶壶，脸色非常平静，好像是在听茶水沸腾的声音。

其船背稍夷，则题名其上，文曰：“天启壬戌秋日，虞山王毅叔远甫刻。”细若蚊足，钩画了了，其色墨。又用篆章一，文曰：“初平山人”，其色丹。

【译文】船的背面稍微平坦一些，作者在上面刻上自己的名字，写着“天启壬戌秋日，虞山王毅叔远甫刻”。笔划像蚊子腿那么细小，但是字迹清楚，颜色是黑色。还刻着一枚篆字图章，写着“初平山人”，字的颜色是红色。

通计一舟，为人五，为窗八，为篛篷，为楫、为炉、为壶、为手卷、为念珠各一；对联题名并篆文，为字共三十有四；而计其长，曾不盈寸。盖简桃核修狭者为之。

【译文】总共一条船，雕刻了五个人，八扇窗户；雕刻了船篷、船桨、炉子、茶壶、手卷、念珠各一件；对联、题名和篆文，一共三十四个字。可是计算它的长度，竟然不够一寸。大概是挑选长而窄的桃核雕刻而成的。

魏子详瞩既毕，诧曰："嘻，技亦灵怪矣哉！《庄》《列》[1]所载，称惊犹鬼神者良多，然谁有游削于不寸之质，而须麋[2]瞭然者？假有人焉，举我言以复于我，亦必疑其诳，乃今亲睹之。由斯以观，棘刺之端，未必不可为母猴也。嘻！技亦灵怪矣哉！"

【注释】①《列》：即《列子》，道家学派著作，相传为列子所撰。列子，名御寇，战国时期郑国人，主张虚静无为，独立处世，善于修身养性。②须麋：比喻事物细微处。

【译文】魏学洢仔细地看了这只核舟之后，惊讶地说："哎，雕刻核舟的技艺也真是灵巧奇妙啊！《庄子》《列子》中记载的能工巧匠，能称得上是鬼斧神工的人也有很多，然而又有谁能在长不到一寸的材料上将极多的人物器具，能雕刻得清楚明了呢？假如有一个人，在我见到核舟之前，把这件事情告诉我，我也肯定会怀疑他在说假话，而现在我终于亲眼看见了这件精巧的作品。以这件作品来推测，在荆棘芒刺的尖端，未必不能雕刻出一只母猴啊。哎！这种技艺也真是灵巧奇妙啊！"

张山来曰：眼镜中有所谓显微镜者，一虱之细，视之大如枣栗。由此推之，则一核未尝不可视为东瓜矣。

【译文】张山来说：有一种眼镜叫做的显微镜，一只细小的虱子，用显微镜看也能放大得像枣栗一样。由此看来，那么一个桃核未必不能看得像东瓜那么大。

沈孚中传

陆次云云士

【题解】本篇是《虞初新志卷十》的第四篇。沈嵊，字孚中，一代才子，戏曲家，为人不修小节，常做些逾越礼法的事，曾醉酒参加考试，在白墙上挥毫撰文，文辞精彩，名噪一时。可惜不谙世务，徒具一腔复国热情，却因言辞不慎，引发骚乱，不幸身亡，实在令人哀叹。

沈嵊（shèng）①，字孚中，居武林②北墅。不修小节，越礼③惊众。作填词，夺元人席。好纵酒，日走马苏、白两堤。髯如戟，衿未青④，不屑意也。

【注释】①沈嵊：字孚中，号孚中道人，钱塘（今浙江杭州）人，明代戏曲作家。②武林：今浙江杭州市的别称。③越礼：越出礼法的规定；不守规矩。④青衿：青色交领的长衫。古代学子和明、清秀才的常服。

【译文】沈嵊，字孚中，家在杭州北墅。他为人不修小节，常做些不守礼法、让众人吃惊的事。沈嵊作曲填词，可以媲美元朝名家。他喜欢饮酒，平日里骑马在西湖苏、白两堤游览。沈嵊的胡子像戟一样竖立着，没有功名在身，他也不在乎。

崇祯末年，当九日，携酒持螯（áo）[①]，独上巾子蜂头，高吟浮白[②]。有僧濡笔窃记其一联云：“有情花笑无情客，得意山看失意人。”为之叫绝。拉归精舍[③]，痛饮达旦。

【注释】①螯：蟹，螃蟹。②浮白：满饮或畅饮酒。③精舍：僧道居住或说法布道的处所。

【译文】崇祯末年，某月九日的那天，他拿着美酒、螃蟹，独自一人登上巾子蜂顶，高声吟唱，开怀畅饮。有一位僧人执笔偷偷地记下了其中一句，说：“有情花笑无情客，得意山看失意人。”僧人听后不由得拍手叫好，拉着他回到自己的住处，两人开怀畅饮直到天明。

家人觅至，曰：“今邑试，郎君何不介意耶？”嵊方醉睐未开，履无详步，扶入试院，则已几席纵横，置足无地。嵊乃积墨广砚，立身高级，大书《登高词》于粉壁之上。其首阕曰：“万峰顶上，险韵独拈糕。撑傲骨，与秋鏖（áo），天涯谁是酒同僚？面皮虽老，尽生平受不起青山笑。难道他辟英雄一纸贤书，到做了禁登高三寸封条？”题毕而下，有拍其肩狂叫者曰：“我得一贤契[①]矣！”嵊视之，则令也，潜视其后良久矣。令宋姓，兆和名，字禧公，云间名士，不屑为俗吏态者。把嵊臂曰：“昔贺监[②]遇李白，为解金龟当酒。我虽远逊知章，君才何异太白？此日之事，今古攸同，盍拈是题，与君共填散曲[③]，志奇遇乎？”嵊曰：“善！”令未成而嵊脱稿[④]，更复击节[⑤]，擢之冠军。荐之学使[⑥]者，补弟子员[⑦]，声誉大起。

【注释】①贤契：对弟子或朋友子侄辈的敬称。②贺监：即贺知章，字季真，唐代著名诗人、书法家，曾任职秘书监。③散曲：曲的一种体式，盛行于元、明、清三代。④脱稿：著作完成，文稿写完。⑤击节：形容对别人的诗、文或艺术等的赞赏。⑥学使：即学政，是提督学政的简称，又叫督学使者。⑦弟子员：明、清对县学生员的称谓。

【译文】家人来找沈嵊，说："今天是县里考试的日子，你为什么不在意呢？"沈嵊喝得眼睛都睁不开了，路也走不稳，被人扶着进入考场，地上却已经几席纵横，连放脚的地方都没有了。沈嵊于是蘸笔研磨，站在高高的台阶上，在白墙上写下了《登高词》。开头写道："万峰顶上，险韵独拈糕。撑傲骨，与秋鏖，天涯谁是酒同僚？面皮虽老，尽生平受不起青山笑。难道他辟英雄一纸贤书，到做了禁登高三寸封条？"写完之后就下了台阶。有人拍他的肩大叫："我得到了一位贤才啊！"沈嵊回头一看，原来是县令，县令悄悄站在他后面，已经看了好长时间了。县令姓宋，名兆和，字禧公，是云间地区的名士，他不屑于那些庸俗的官吏的矫揉造作。他抓着沈嵊的胳膊说："以前贺知章遇到李白时，解下金龟换美酒招待李白。我虽然远远比不上贺知章，但你的才华和李白有什么不一样呢？今天这种场合，古今都是一样的难得，何不拿这个来做题目，和你共填散曲，记录这个奇遇呢？"沈嵊说："好！"于是两人开始写散曲，县令还没写完而沈嵊已经完成了，县令看完后对沈嵊更加赞赏，选拔他为第一名。县令把他推荐给学政，递补为县学生员，沈嵊从此名声鹊起。

嗣是非令醉嵊，即嵊醉令，交谊既狎，略师生而尔汝[①]，更冠易服，戏乐不羁。嵊弟有讼，对簿于令，令佯为研鞫[②]（jū）。嵊跃出厅事[③]，大呼曰："错矣！错矣！"令拂袖起。事闻直指[④]，以白简[⑤]斥令，令恬然[⑥]勿怨也。

【注释】①尔汝：彼此以你我相称，表示亲昵。②研鞫：勘问，审讯。③厅事：古作“听事”，指官署视事问案的厅堂。④直指：朝廷设置的专管巡视、处理各地政事的官员。⑤白简：古时弹劾官员的奏章。⑥恬然：满不在乎的样子。

【译文】从此之后，沈嵊与县令之间，不是你灌醉我，就是我灌醉你，两人的交情越发亲近，甚至忽略师生称呼而直呼对方名字，彼此不拘礼节，放荡不羁。有一次，沈嵊的弟弟打官司，在公堂上接受县令地问讯，县令假装进行审理，想要开脱沈嵊的弟弟。沈嵊却跳上公堂，大声呼喊：“不对，不对！”县令有些不高兴拂袖离去。这件事情传到巡视官员那里，巡视官员上奏章弹劾县令，县令对此却满不在乎，也没有埋怨沈嵊。

明鼎既移，阁部马士英卷其残旅，遁迹西陵。嵊往谈兵，士英伪为壮语云：“当背城[1]决胜。”嵊驰归语里人曰：“此地顷为战场矣。”里人群哗曰：“丞相宵奔，将军夜遁，谁能任战，欲殃吾民？”争击毙嵊，烧其著书，所存者，独《息宰河》《绾春园》传奇二种。《绾春园》尤为词场称艳云。

【注释】①背城：在自己城下和敌人决一死战，多指决定存亡的最后一战。

【译文】明朝灭亡后，内阁首辅马士英收拾残部，逃到西陵。沈嵊前往西陵与马士英谈论时局，马士英假装发出豪言壮语说：“我们应当在城下和敌人决一死战。”沈嵊骑着马跑回去告诉街坊邻居说：“这个地方马上就要变成战场了。”街坊邻居都叫嚷道：“丞相和将军们都连夜逃走了，谁能指挥打仗呢，你是想祸害我们百姓吗？”争相上前，打死了沈嵊，还烧了他的著作。所以沈嵊留下来的书，只有《息宰河》和《绾春园》这二本传奇了。《绾春园》中的诗词尤其被人称道。

陆次云曰：余童子时，尝从道中见孚中策骑过，有河朔少年风。及长，读其词而叹其死。语云："凡人之死，有重于泰山，轻于鸿毛者。"孚中之死，鸿毛耶？泰山耶？吾乌能论定之？

【译文】陆次云说：在我小的时候，曾经在路上看到沈孚中骑马经过，他颇有河朔少年的风采。等到长大了之后，读了他写的词，而惋惜他的不幸。常言道："人固有一死，或重于泰山，或轻于鸿毛。"沈孚中的死，是轻于鸿毛呢？还是重于泰山呢？我如何能做出定论呢？

张山来曰：文人不谙[①]世务，是以为世所轻，稍不得意，辄作不平鸣。若止观其文，诚足令人敬之重之。甚矣全才之难也！

【注释】①不谙：不了解，没有经验。

【译文】张山来说：书生文人不了解社会情况，因此被世人所轻视，他们稍微有不满意的地方，就愤愤不平。但是单就他们的文章来说，实在足以让人尊敬和重视。所以想做一个全才之人真是太难了！

爱铁道人传

陈 鼎定九

【题解】本篇是《虞初新志卷十》的第五篇。此篇记述了一位爱铁道人，爱铁成癖，混身上下挂满铁器，为人预言吉凶则屡次应验。更有好友铜袍道人，浑身上下挂满铜片，二人似疯似颠，又非疯非颠，大概是隐于世间的高人吧。

爱铁道人，逸其姓名，云南人也。少时曾为郡诸生。明亡，即弃家为道士。冬夏无衣裈（kūn）①，唯以尺布掩下体。不火食，所食者，瓜蓏（luǒ）②蔬果。滇中四时皆暖，虽腊月有鳞物③，故道人竟辟谷④。性爱铁，见铁辄喜，必膜拜，向人乞之。头项肩臂以至胸背腰足，皆悬败铁，行路则铮铮然如披铠，自号曰“爱铁道人”。久之，言人祸福多奇中，愚男女皆以神仙奉之。而道人亦遂以神仙自居，更号曰“爱铁神仙”。

【注释】①裈：古代称裤子。②蓏：指瓜类植物的果实。③鳞物：水族的统称。④辟谷：即不食五谷杂粮，是一种养生方法。

【译文】爱铁道人，没有人知道他的真实姓名，只知道他是云南人。他年轻的时候曾经是郡里的生员。明朝灭亡之后，就出家做了道士。不论是冬季还是夏季，他都没有一身完整的衣装，只能用一尺长的布来遮挡下身。他从不生火做饭，只吃些瓜果蔬菜。云南这个地方四季都很暖和，即使寒冬腊月也有鱼可以吃，而道人竟然辟谷，不再吃饭。道人生性喜爱铁器，看到铁器就非常高兴，必定会跪拜铁器。他向众人乞要铁器，他的头、脖子、肩膀、胳膊甚至胸、背、腰和脚，都悬挂着破旧的铁器，走路时发出的铮铮响声，就像披着铠甲一样，他自称为“爱铁道人”。他预测别人的祸福时，多能应验，那些愚夫愚妇就把他当做神仙来供奉。而道人也以神仙自居，更名为“爱铁神仙”。

嗜饮，市人争醉以酒。妇人持酒与，则倾泼不饮。或诘之，则厉声曰：“若不闻孟圣人云：男女不亲授受乎？”于是神仙之名四走。有不远数十百里，来问吉凶。时道人寄迹破庙，日环绕门者数百人。道人大怒，骂曰：“我何神仙，我贪酒花子耳，知底吉凶？汝辈来问我？”即擎秽撒之，众乃散。

【译文】爱铁道人喜欢喝酒，街市中的人们争相给他送酒，让他一醉。但如果是妇人拿酒给他喝，道人就把酒倒掉。有人问他原因，他就严厉地回答说：“难道没有听孟圣人说过男女授受不亲吗？”于是道人的神仙之名四处传扬。有人不远百里，前来卜问吉凶。当时道人寄住在破庙里，每天有数百人围绕在庙门前，等候问卜。道人非常生气，骂道：“我哪是神仙，我不过是贪酒的叫花子罢了，知道什么凶吉？你们为什么来问我？”抓起脏东西扔向他们，众人这才离去了。

与蜀中铜袍道人张闲善。铜袍者，联铜片为衣而服之者也，故号曰“铜袍道人”。常携杖头钱[①]，与爱铁饮与市，醉则歌呜呜，大恸而后休。甲寅乱，二人不知所往。

【注释】①杖头钱：指买酒钱。

【译文】爱铁道人和蜀中的铜袍道人张闲的关系很好。铜袍，就是把铜片串在一起当作衣服穿，所以称为“铜袍道人”。铜袍道人经常拿着酒钱，和爱铁道人在街市买酒喝，喝醉了两人就呜呜地唱歌，大哭之后就歇息。甲寅年云南发生战乱，二人不知道去了哪里。

外史氏曰：以铁为衣，以铜为袍，岂炫异以骇人耳目耶？抑道家别有所属，而寓意于铜铁耶？皆不可得而解也。

【译文】外史氏说：拿铁当作衣服，用铜当作袍子，难道是为了炫耀与众不同而让别人惊奇吗？还是道家的特别修行方法，非要借助铜铁不可呢？这些问题都难以找到答案。

张山来曰：既有铁，便应有铜。爱金银者为贪夫，则爱铜铁者自是异人矣。

【译文】张山来说：既然有铁，就应该有铜。喜爱金、银的人是贪心的人，那么喜爱铜、铁的人自然就是奇人异士了。

北墅奇书

陆次云云士

【题解】本篇是《虞初新志卷十》的第六篇。此篇中的故事，选自陆次云的《北墅奇书》，记录的都是些奇闻异事，其目的也是告诫人们凡事皆有定数，妄求无益；善恶有报，要多行善事。

顺治时，山左[1]有李神仙，游行京邸。庚子北直乡试[2]，有两生密询试题。李笑曰："公皆道德仁艺中人也，无庸卜。"题出，乃"志于道"全章，二人皆中式。辛丑会试[3]，又有以场题问者，李曰："五后四可。"场中首题，乃"知止而后有定"一节，果五"后"字；二题乃"夫子之文章"一章，三题乃"易其田畴"二节，果四"可"字。灵异最多，此特其一事耳。

【注释】①山左：山东省旧时的别称。②乡试：明、清时在各省省城和京城举行的科举考试。照例每三年举行一次。乡试考中的称举人，俗称孝廉，第一名称解元。③会试：通过乡试的举人，可参加在京师由礼部主持的考试。取中者称为"贡士"，贡士首名称"会元"。

【译文】顺治年间，山东有一位李神仙，在京师一带游历。庚子年间北直隶地区举行乡试，有两个考生偷偷地向李神仙询问试题。李神仙笑着说："你们都是有道德仁艺的人，不用占卜。"考题出来了之后，正是《论语》中"志于道，据于德，依于仁，游于艺"一章，两个人都考中了。辛丑年的会试，又有考生向李神仙询问考题，李神仙说："五后四可。"考场上第一道题，是《大学》中"知止而后有定"这节，果然一共是五个"后"字；第二题是《论语》中"夫子之文章"这一章，第三题是《孟子》中"易其田畴"的二节，果然一共是四个"可"字。李神仙的灵异事情还有很多，这只是拣选其中的几件而已。

张山来曰：先君视学[1]山左时，李神仙来谒，自署曰"治仙"。先君延入署中，仙命人于架上随手取书一册，复令信手揭开，随于袖中取出字纸一条，乃其首行也。又云："明日有贵人送礼至。"及次日，衍圣公[2]以叵（pǒ）罗[3]见赠。后不知所之矣。

【注释】①视学：天子派有司到国学对学子进行考试。②衍圣公：为孔子嫡长子孙的世袭封号。③叵罗：古代饮酒用的一种敞口的浅杯。

【译文】张山来说：先父在山东督学的时候，李神仙前来拜见，自称为"治仙"。先父将他请进府中，李神仙让人从书架上随手拿出一册书籍，又让人随意翻开一页，他从袖子中取出一张字条，字条上写着那页书第一行的内容。李神仙又说："明天将会有贵人来这里送礼。"第二天，果然衍圣公送来酒器。后来不知道李神仙去了哪里。

陈我白瞽目，善揣骨。居扬州，吴江相国金岂凡[1]召之。先令遍相诸人，多验。后及公，陈遍摸之，云："此穷相，不足道。"公不语，傍人曰："子无误言！"陈复遍摸，辄摇首曰："不差！"公复不语。陈摸至公眼，遽跪曰："此龙眼，当大贵！"众愕然。公笑曰："果神相也。"重赠以金，复为延誉②。盖公未生时，父翁祷于神庙，甚虔，夜梦神许赐以一子，视之，即寺傍丐者。私念有子如此，不如无矣。神复曰："汝勿虑，当易其眼。"取殿庑龙眼纳之，未几生公。故公以为神也。

【注释】①金岂凡：即金之俊，字岂凡。江南吴江（今苏州市吴江区）人，万历四十七年（1619年）进士，官至兵部右侍郎。明亡后降清，累官至吏部尚书加太傅。②延誉：播扬声誉，传扬好名声。

【译文】陈我白是个盲人，擅长为人摸骨占卜。他住在扬州，吴江相国金岂凡请他去做客。相国先让他给其他人摸骨占卜，结果大多很灵验。后来陈我白给相国摸骨，陈我白摸完后，说："这是穷相，不值得一说。"相国没有说话，旁人说："你不要胡说啊！"陈我白又摸了一遍，仍然摇头说："没有错啊！"相国还是不说话。陈我白摸到相国的眼睛时，马上跪下说："这是龙眼，应当大富大贵啊！"大家都很惊讶。相国笑着说："果然是神卜。"赏赐给他很多钱财，还到处传扬他的神技。原来，在相国还没有出生的时候，他的父亲去神庙里祈福，非常虔诚，晚上梦到神仙答应赐给他一个儿子，他父亲一看，原来是神庙旁边的那个乞丐。心里暗想，有这样的儿子还不如没有。神仙又说："你不要担心，我会更换他的眼睛。"于是将殿中塑像的龙眼放入乞丐的眼中，没过多长时间，相国就出生了。因此相国认为他很灵验。

张山来曰：审若是，则富贵之后身，仍为富贵；乞丐之后身，仍不免贫贱耶？真不可解！

【译文】张山来说：如果是这样的话，那么富贵之人转世后仍为富贵之人；乞丐转世后，难道仍然避免不了贫贱吗？真是难以解释啊！

余卜居[1]维扬时，陈我白已大富，不复为人揣骨，故无从一询休咎[2]，闻其颇精于弈，目虽瞽，人不能欺之，尤为奇也。

【注释】①卜居：选择地方居住。②休咎：吉凶，善恶。

【译文】我在扬州居住的时候，陈我白已经非常富有，不再为人摸骨占卜了，所以不能请他为自己卜问吉凶，听说他非常精通下棋，眼睛虽然瞎了，但是别人却难以欺骗他，特别神奇。

河南刘理顺，乡荐[1]久不第。读书二郎庙中，闻哭声甚哀。问之，乃妇人也。其夫出外，七年不归，母贫且老，欲嫁媳以图两活，得远商银十二两，将携去。姑媳[2]不忍别，故悲耳。刘闻之，急呼其仆曰："取家中银十二两来。"仆曰："家中乏用，止有纳粮[3]银在，明早当投柜[4]矣。"刘曰："汝且取来，官银再设处可也。"因代为其子作一书，称离家七年，已获五百余金，十日后便归矣，先寄银十二两等语。觅人送其家，姑媳得银及书，以告商。商知其子在，取银去。越十日，其子果归，所得之银及所行之事，与书中适符。母以问子，子骇甚，但曰："此神人怜我也，唯每日拜谢天地而已。"刘公是年会试，庙祝[5]见二郎神亲送之，中崇祯甲戌状元。其子后于庙中见公题咏，乃知书银出自公手，举家往谢，公竟不认，尤不可及也。

【注释】①乡荐：唐、宋时应试进士，由州县荐举，称“乡荐”。②姑媳：婆母与儿媳。③纳粮：指旧时农民秋收之后，向官府交税，从而产生了纳粮。④投柜：也叫自封投柜，是明清时期一种田赋征收方法。为了杜绝官吏贪污的弊端，各县设置钱粮柜，让纳税者将应缴钱粮，注明姓名和数目，自己封好后，投入柜内，并收取收据。⑤庙祝：寺庙中管香火的人。

【译文】河南人刘理顺，乡试屡试不中。他在二郎庙中读书时，听到非常伤心的哭声。一问，原来是一个妇人在哭泣。妇人的丈夫出门在外，七年都没有回家了，婆婆贫穷而且年老，想让媳妇改嫁，这样两人都有活路，有远方来的客商愿出十二两银子，把妇人带走。婆媳二人不忍分离，所以伤心哭泣。刘理顺听到后，马上叫来仆人说：“从家里取十二两银子来。”仆人说：“家里用钱也很紧张，只剩纳粮银了，明早就要自封投柜了。”刘理顺说：“你先取过来，交给官府的银子可以再想办法。”于是刘理顺以老婆婆儿子的口吻写了一封家信，信中称自己离家七年，已经赚到了五百多两银子，十天后就到家了，先寄回十二两银子等话语。找人送到老婆婆家，婆媳二人见到银子和家信后，告诉了商人，商人知道老婆婆的儿子尚在，拿回银子就离开了。过了十天，老婆婆的儿子果然回来了，所赚到的银子和行期的安排，都与信里说的相符合。母亲问儿子寄银子的事情，儿子非常吃惊，就说：“这是神仙在可怜我啊，我只有每天敬拜天地，以感谢上天的垂怜。”这一年，刘公参加会试，庙祝看见二郎神亲自护送刘公前去考场，最后刘公考中崇祯甲戌年的状元。老妇人的儿子后来在二郎庙中看到刘公的题咏，才知道那封信和银子都出自刘公之手，老妇人全家前去拜谢，然而刘公竟然不肯承认有这回事，这不是常人能够做得到的啊！

蓟门有人，新置茧袍一领，衣之过芦沟桥。值推车者碎其右袂，其人自顾，绝无一语。推车者跪而请曰：“小人误碎君服，贫不能偿，乞赐痛责[①]以惩过。”衣者曰：“衣已碎矣，责尔何为？”拂袖竟去。推车者归，忽颠狂曰：“吾冤不能报矣！”邻人聚观，诘问其故。曰：“衣茧袍者为某，与我仇积前生。今日我数当尽，碎其衣，欲致其击我，我则随击而毙，使彼受法抵偿。而无如[②]其不较也，吾如彼何哉？其量若此，吾怨已解。然彼于前世，尚负我五金。乞邻翁为我语彼，持此金来，资我殡事，我则与彼释此冤矣。”邻人走访，详语其人。其人大惊，拜推车汉于破坑之下。推车汉历叙前因，碎衣者浃汗[③]，叩求上五金偿夙负[④]。复上五金，曰：“以此为君祈福，修佛事。”推车汉曰：“如是，吾不唯不汝冤，且汝德矣！”一笑而逝。

【注释】①痛责：严厉责骂或责罚。②无如：无奈。③浃汗：遍身出汗。④夙负：对往事有所歉疚。

【译文】蓟门有个人，新置办了一件茧袍，他穿着这件茧袍路过芦沟桥。恰巧有一个推车的人，把他右边的衣袖弄破了，那个人只是看了看，没有说话。推车的人跪下请求说：“小人不小心弄破了您的衣服，但是我太贫穷，所以没法偿还，请您严厉责骂来惩罚我的罪过。”被弄破衣服的人说：“衣服已经弄破了，责骂你有什么用呢？”然后甩甩衣袖就离开了。推车的人回来后，突然发狂地说：“我的仇不能报了！”邻居都聚过来，问他缘故。他说：“穿着茧袍的那个人，和我前世结下了冤仇，今天我的命数将尽了，我故意弄破了他的衣服，想让他打我，我就能趁势被他打死，让他受到刑罚处置。但是他没有同我计较，我又能把他怎么样呢？他的气度如此之大，我的怨恨已经消除了。但是他在前世时，还欠我五两银子。请各位邻居替我向他带句话，让他把欠我的银子还了，作为我丧事的费用，这样我和他的冤仇就可以化解了。”于是邻居前去拜访那个人，将这些话详细地跟那个人说了。那个人非常吃惊，赶快来到推车人的破坑前，拜见了推车人。推车人详细诉说了原因，被弄破衣服的那个人听得满身冷汗，他立刻还上那五两银子，来偿还前世的欠债。另外又送上五两银子，说："这些银子来为您祈福，当做法事的费用。"推车的人说："如果是这样的话，那么我不仅不会再向你报仇，还会感恩你啊！"说完，推车的人就含笑离开了人世。

顺治戊戌进士汤聘，为诸生时，家贫奉母。忽病死，鬼卒拘至东岳。聘哀吁曰："老母在堂，无人侍养，望帝怜之！"岳帝[①]曰："汝命止此，冥法森严，难徇汝意。"聘扳案哀号。帝曰："既是儒家弟子，送孔圣人裁夺。"鬼卒押至宣圣处，曰："生死隶东岳，功名隶文昌，我不与焉。"回遇大士[②]，哀诉求生。大士曰："孝思也，盍允之以警世？"鬼卒曰："彼死数日，尸腐奈何？"大士命善财取牟尼泥完其尸。善财取泥，若旃（zhān）檀[③]香，同至其家，尸果腐烂，一灯荧然，老母垂涕，死七日，尚无以殓。善财以泥围尸，臭秽顿息，遂有生气。魂归其中，身即蠕动。张目见母，呜咽不禁。母惊狂叫，邻人咸集。聘曰："母勿怖，男再生矣！"备言再生之故，曰："男本无功名，命限已尽，求报亲恩，大士命男持戒，许男成进士，但命无禄位，戒以勿仕。"后聘及第，长斋绣佛[④]，事母而已。迨母死，就真定令，卒于官，岂违勿仕之戒欤？

【注释】①岳帝：东岳泰山之神，东岳大帝的简称，传说东岳大帝是掌管冥界的神灵。②大士：佛教称佛和菩萨。③旃檀：古书上指檀香。④长斋绣佛：吃长斋于佛像之前。形容修行信佛。

【译文】顺治戊戌年间的进士汤聘，还是诸生的时候，家中贫困，还有母亲需要奉养。后来，他因病突然死去，鬼卒将他押到泰山。汤聘对岳帝哀叹道："我家中有老母，无人奉养，希望岳帝您能可怜我！"岳帝说："你的寿命已经到头了，冥界的法规森严，很难按照你的心意从事。"汤聘听后扶着桌子放声大哭。岳帝说："你既然是儒家的弟子，就送到孔圣人那里裁定吧。"鬼卒将汤聘押到宣圣公孔子处，孔圣人说："生死大事属于岳帝掌管，功名之事属于文昌掌管，我不参与其中。"鬼卒押着汤聘返回时，遇到菩萨，汤聘向菩萨悲伤地诉说情况，以求重生。菩萨说："这是出于孝道的想法，为何不答应他来警示世人呢？"鬼卒说："他已经死了好几天了，尸身已经腐烂，如何是好？"菩萨让善财童子取来牟尼泥，重新修复汤聘的身体。善财童子取来牟尼泥，牟尼泥散发出檀香一般的香气，善财童子和汤聘一起回到他的家里，汤聘的尸身果然已经腐烂了。屋子里，一盏油灯发出微弱的光亮，老母亲流着眼泪守在汤聘的尸体旁哭泣，汤聘已经去世七天了，还没有入殓。善财童子用牟尼泥围在尸身周围，臭秽的气味顿时消失了，汤聘的身体有了生机。汤聘的魂魄进到身体里，身体就开始蠕动。汤聘张开眼睛看到老母亲，不禁哭泣不止。老母亲受惊，大喊大叫起来，邻居们都聚集过来。汤聘说："母亲不要害怕，儿子重生了！"又将重生的经历述说了一遍，汤聘对母亲说："儿子本来命中没有功名，寿命也已经到头了，我向菩萨肯求想报答母亲的恩情，菩萨命令儿子要遵行戒律，答应儿子可以考中进士，但命里没有禄位，告诫我不要做官。"后来汤聘考中进士，长年在家拜佛吃斋，侍奉母亲。等到母亲去世之后，汤聘就担任了真定县令，在官位上去世，他岂不是违背了不能做官的告诫了吗？

张山来曰：大士慨发慈悲，吾夫子独不为裁夺者，以死数日而复生，是为索隐行怪[①]，非中庸之道，故不为耳。

【注释】①索隐行怪：求索隐暗的事情，而行怪迂之道。

【译文】张山来说：菩萨可以大发慈悲，而我们的孔夫子却不与置评的原因，大概是因为已经死了好几天的人再重生，是神鬼奇异之事，属于怪异之道，而不是中庸之道，所以不去做。

顺天江霞子云：其母舅汪公，于崇祯十三年任四川巡道。经略[①]到省，单骑往谒，中途所乘马无病而死。蜀道难行，计无所出。忽有少年对马言曰："我当变马与公乘之。"左右以为奸人，拥至公前。公云："此狂人也。"释之。少年出门去，而马忽活。公喜甚，乘之，至辕门[②]，甫下马而复倒矣。公入谒，事毕，乘肩舆[③]归。方行，见一老者牵一人至，喊云："救命！"视其人，即少年也。老者云："适见公乘马死，小人随藏身山穴，变马负公。出马腹而寻身，不意宅舍竟为此人所占，伏乞[④]敕彼更换，各还故有。"公语少年，少年云："此系难得之物，愿受官刑，断不还矣。"公欲绳之以法，而无法可加。老者知不可强，拳詈交及，少年唯有笑受。公劝老者："尔有此手段，不若另觅好舍何如？"老者曰："公肯为某留心，某当从命。"少年拜谢去，老者亦随公回署。越半载，一日向公云："公书吏[⑤]之子，今夜暴亡，明晨弗令掩盖，使移置郊外，当拜公佳舍之惠。"公许之。明早升堂，问某吏："可有子昨夜死否？"吏曰："有之。"公云："汝欲令其重生否？"吏曰："安能得之？"公云："汝命无子，虽生必命出家，不则生而复死。"吏曰："与其死隔，宁使生离。"公令其舁之郊外，吏泣谢去。公归语老者，老者求一新衣，随公出郭。吏夫妇已先迎候，观者万众。见老者扶尸起，脱其衣，以已衣衣其身，随脱已衣，以其衣衣自身。老者忽卧地，棺中人突然起矣，拜谢汪公。吏夫妇呼之，绝不应，亦唯有向之拜谢而已。吏夫妇痛哭去。是人遂作道人妆，虽若舞勺之年⑥，而所出者尽神仙之语。谓公云：“时事不可问，宜急隐。”答曰：“君父事了却，稍俟之。”后再促公，公言如故。因叹云：“固有定数，不可强也！”遂辞去。明年寇大警，公卒于官。裘武宋口述。

【注释】①经略：古代官名。明及清初有重要军事任务时特设经略，职位在总督之上。②辕门：古时军营的门或官署的外门。③肩舆：即轿子。起初只是作为山行的工具，后来走平路也以它为代步工具。④伏乞：向尊者恳求。⑤书吏：承办文书的吏员。⑥舞勺之年：指男孩子13到15岁期间学习勺舞。

【译文】顺天府的江霞子说：他的母舅汪公，在崇祯十三年时就任四川巡道官职。有一次经略到达省城，汪公独自骑着一匹马前去拜见，途中汪公所骑的马无病暴亡。四川地区的道路，没有马十分难走，汪公一时想不出什么好办法来。突然有一位少年对马说：“我应该变作马来让汪公来骑。”汪公身边的随从觉得这位少年是个奸人，就推搡着少年来到汪公面前。汪公说：“这是一位狂人。”就让人放了少年。少年出门后，马却忽然活了过来。汪公非常高兴，骑着马，到了经略官府的外门，汪公刚下了马，马就倒在地上死了。汪公进去拜见经略，拜见结束后，汪公准备乘坐轿子回去。刚要出发，看见一位老人拉着另一个人过来，那人大喊：“救命！”汪公一看，原来是那位少年。老人说：“刚才看到您的马死了，我就随即藏身在山洞中，变作马来让您骑乘。当我从马腹中出来寻找身体时，没想到身体竟然被此人占据了，恳请您让他和我更换身体，各自回到原来的身体中。”汪公询问少年，少年说："现在这个身体是难得的东西，我宁愿受到官府的刑罚，也绝不归还。"汪公想要依法制裁少年，但是不知道该如何定罪。老人看出少年不肯归还身体，对少年又打又骂，少年只是笑着承受。汪公劝老人说："您既然有这样的手段，不如另外寻找更好的身体，你看如何呢？"老人说："如果汪公肯为我留心这件事，我自当服从您的命令。"少年拜谢汪公后就离开了，老人也跟随汪公回到了官署。过了半年，有一天，老人对汪公说："汪公您手下的书吏，他的儿子，今晚会突然去世，明天早晨不要让他埋葬儿子的尸身，让书吏将尸身移到郊外，我会感谢您赐予我身体的恩德。"汪公答应了老人。第二天早上汪公登堂理事，问书吏："你儿子是否在昨夜死去？"书吏说："是。"汪公说："你想让他重生吗？"书吏说："怎么可能呢？"汪公说："你命中注定没有儿子，即使重生了也一定要让他出家，不然就算是重生了也会死去。"书吏说："与其死而相隔，不如生而分离。"汪公让书吏派人将他儿子的尸身抬到郊外，书吏哭着道谢后离开了。汪公回来告诉老人，老人要了一件新衣服，跟随汪公出了城。书吏夫妇已经先到郊外迎接等候了，围观的人有很多。只见老人将尸身扶起，脱掉他的衣服，把自己的衣服穿到了他的身上，随后脱去自己的衣服，将尸身上的衣服穿在了自己身上。老人忽然倒在地上，棺材中的人突然坐了起来，向汪公拜谢。书吏夫妇呼叫他，他却不答应，也只是向书吏夫妇拜谢而已。书吏夫妇痛哭着离开了，这个人于是扮作道人，虽然就像十几岁的少年，但是说出的全是寻仙访道之类的话。他对汪公说："现在朝廷的事情不要去过问，最好赶紧归隐。"汪公回答说："国君交代的事还没有办好，稍微等一等。"后来再次催促汪公归隐，汪公还是这样说。因此他叹息着说："事情都有定数，不可强求呀！"于是告辞离去了。第二年，贼寇作乱，汪公死在官任上。这件事是裘武宋亲口讲述的。

明末，关东有为玉器之工李宛者，白皙无髭之人也。其里中有张远者，长髯倾黑之人也。宛、远俱抱病，宛先三日死，远后三日死。宛至冥，冥官曰：“张合[1]死，李犹未也，放转生。”鬼卒曰：“李舍坏矣！”冥官曰：“即借张舍舍之。”鬼卒送宛魂附远体而去。尸忽起，远之父惊喜曰：“儿生矣！”妻曰：“夫活矣！”子曰：“父能动矣！”宛张目曰：“我李宛也。此何地，尔何人，而子我夫我父我耶？”竟趋李宅，李阖家怪而逐之。宛曰：“我李宛也，父何以不我子？妻何以不我夫？子何以不我父耶？”其父曰：“我子死且腐，我子无髭，而尔多髯，大异矣！何诡说耶？”宛曰：“此张远之躯，冥曹判而假我生者也，盍辨我之声乎？”其家人曰：“声果宛声也。”张之父子追至，亦曰：“声诚非远声也。”而李之家究不敢纳也。宛曰：“不信，试取我器具来。”须臾，剖玉磨滤，为璧为珪，事事俱宛之素艺，远所不能者。于是信其果为宛也。张不能强之归，李不复驱之去。此王艾衲游边，云亲见其事者。

【注释】①合：应当，应该。

【译文】明朝末年，关东地区有一位制作玉器的工匠名叫李宛，是个皮肤白皙，没有胡子的人。他乡里有个人叫张远，是个皮肤黝黑，长大胡子的人。李宛和张远都生了病，李宛早三天去世，张远晚三天去世。李宛到了阴间，地府的冥官说：“张远应该寿终，李宛的阳寿还没有到头，放他重生吧。”鬼卒说：“李宛的身体已经腐烂了！”地府的冥官说：“那就把张远的身体给他吧。”鬼卒送李宛的魂魄附到张远的身体后就离开了。张远的尸身突然坐起，张远的父亲惊喜地说：“我儿子复活了！”张远的妻子说：“我丈夫活过来了！”张远的儿子说：“我父亲能动了！”这个人睁开眼睛说：“我是李宛。这是什么地方？

你们是什么人？为什么称呼我为‘儿子’、‘丈夫’和‘父亲’呢？”起身直奔李宅，李宛全家都很奇怪并且要赶他走。李宛说：“我是李宛啊，父亲为什么不认我这个儿子呀？妻子为什么不认我这个丈夫呀？儿子为什么不认我这个父亲呀？”李宛的父亲说：“我儿子已经死了，尸身都腐烂了，我儿子没有胡子，然而你却有很多胡子，太不一样了！为什么骗我们呢？”李宛说：“这是张远的身体，是地府的冥官借来让我复生的，为什么不辨认一下我的声音呢？”他的家人说：“声音确实是李宛的声音。”张远的父亲和儿子追来，也说：“声音确实不是张远的声音。”但是李宛的家人终究还是不敢接纳他。李宛说：“如果你们不相信，请将我使用过的工具拿过来。”不一会儿，李宛剖玉琢磨，制成玉璧和玉珪，每一种制作手法都是李宛平日的技艺，是张远所不能做到的。于是众人相信他确实是李宛。张家不再强求他回去，李家不再赶他离开。这是王艾衲游历边地时，亲眼见到的事情。

张山来曰：冥官亦舞文①如此耶？虽与受贿者不同，然亦恐宜挂弹章②也。

【注释】①舞文：玩弄文字，曲解法律。②弹章：弹劾官吏的奏章。

【译文】张山来说：地府的冥官也会胡来吗？虽然这件事情和接受贿赂的性质不一样，但是恐怕也要受到责备了。

不识李宛之妻肯与之同宿否？以白皙无髭之婿，而忽易以长髯倾黑之夫，能无怏怏？即张远之妇，见其夫复生，而为李宛之妻所踞，心能甘乎？俱不可解。

【译文】不知道李宛的妻子愿意和他同睡一起吗？皮肤白皙而且

没有胡子的夫婿，突然变成了长胡子、黝黑的丈夫，怎么能不郁闷呢？张远的妻子，看到她的丈夫复活了，但是却被李宛的妻子占有，能甘心吗？这些事情都不能了解啊。

鬼母传

李清映碧

【题解】本篇是《虞初新志卷十》的第七篇。此篇主要记述了一位商人的妻子因难产而死，死后在墓中生下小儿，小儿饥饿难耐，鬼母就每日清晨到集市买饼喂儿。情节凄婉动人，令人不禁潸然泪下，感叹母爱之深，超越阴阳。

鬼母者，某贾人妻也。同贾人客某所，既妊暴殒，以长路迢远，暂瘗隙地，未迎归。适肆有鬻饼者，每闻鸡起，即见一妇人把钱俟，轻步纤音，意态皇皇，盖无日不与星月侔[①]（móu）者。店人问故，妇人怆然曰："吾夫去身单，又无乳，每饥儿啼，夜辄中心如剜。母子恩深，故不避行露，急持啖儿耳。"

【注释】①侔：相等，齐。

【译文】鬼母，是某位商人的妻子。她和商人一同客居他乡，怀孕后，突然暴病死亡，因为路途遥远，商人就把他的妻子暂时安葬在一块空地上，没有送回家乡。当时正好集市上有一家卖饼的店，每天鸡刚刚打鸣的时候，店家就看见有一个妇人拿着钱等待买饼，步履轻盈，声音细微，看起来行色匆匆，像是每天都早出晚归的人。店家问她原因，妇人悲伤地说："我的丈夫离去了，我只身一人，又没有奶水，我儿子饿得哭个不停，我每晚听到都心如刀绞。母子情深，所以我不顾风露，着急来买饼喂给儿子吃。"

店中初聆言，亦不甚疑，但昼投钱于笥，暮必获纸钱一，疑焉。或曰："是鬼物无疑。夫纸爇于火者，入水必浮，其体轻也。明旦盍取所持钱，悉面投水瓮，伺其浮者物色之。"店人如言，独妇钱浮耳。怪而踪迹其后，飘飘飏飏（yáng），迅若飞鸟，忽近小冢数十步，奄然没。

【译文】刚开始的时候，店家听完妇人的话，也没有怀疑什么，但是白天把钱放到钱匣子里，傍晚打开时，一定会有一张纸钱在里面，店家于是开始怀疑妇人。有人说："这妇人一定是女鬼！纸钱在火里烧过，放到水中必然会飘浮在水面，是因为纸钱重量轻的缘故。明天早晨无论谁给你钱都放到水缸里，观察哪个会漂浮在水面上。"店家按他说的方法做了，发现只有妇人的钱漂浮在水面上。店家很奇怪，就悄悄跟在她后面，妇人走路飘忽，像鸟一样迅速。在离一个小坟冢几十步远的地方，忽然就没有了踪影。

店人毛发森竖[1]，喘不续吁，亟走鸣之官。起柩视，衣骨烬矣，独见儿生。儿初见人时，犹手持饼啖，了无怖畏。及观者猬集[2]，语嘈嘈然，方惊啼。或左顾作投怀状，或右顾作攀衣势，盖犹认死母为生母，而呱呱若觅所依也。伤哉儿乎！人苦别生，儿苦别死！官怜之，急觅乳母饲，驰召其父。父到，抚儿哭曰："似而母。"是夜儿梦中趯（tì）趯咿喔不成寐，若有人呜呜抱持者。明旦视儿衣半濡，宛然未燥，诀痕也。父伤感不已，携儿归。

【注释】①森竖：因恐怖而毛发耸立。②猬集：事情繁多，像刺猬的硬刺那样丛聚，比喻众多。

【译文】店家吓得毛发耸立，气喘吁吁地跑去报官。官府把坟中的棺木打开一看，发现里面的衣骨都已经腐朽了，只有一个小孩还活着。刚开始这个小孩看到陌生人时，还在抱着饼吃，没有一丝害怕。等到围观的人多了，声音嘈杂起来，小孩才害怕地哭了。有时向左看，好像要投入母亲的怀抱，有时向右看，好像要牵某人的衣服，大概他仍然将死去母亲的鬼魂当成是活人了，哭着去寻找依靠。这个小孩真是令人怜惜啊！别人都把跟活人分别当作痛苦，这个小孩却把和死人分别当作痛苦。官府可怜这个孩子，赶忙找来乳母给孩子喂奶，又急忙派人去寻找孩子的父亲。父亲到了之后，抚摸着儿子哭着说："长的像你的母亲啊！"当天晚上，小孩在梦里咿咿呀呀睡得很不安稳，好像是有人哭着抱他似的。第二天早上，看见小孩的衣衫已经湿了大半，还没有干透，好像是鬼母与孩子道别的泪痕。父亲非常难过，带着儿子回家了。

后儿长，贸易江湖间，言笑饮食，与人不异。唯性轻跳，能于平地跃起，若凌虚然。说者犹谓得幽气云。儿孝，或询幽产始末，则走号旷野，目尽肿。

【译文】后来小孩长大了，在各地做生意，说笑吃饭，和平常人没有区别。只是天生擅于弹跳，能从平地上跳起很高，好像悬浮在空中一样。大家都说这是墓中的阴气积累所致。这个儿子很孝顺，有时会询问自己出生的经过，知道经过后，就跑到郊外奔走痛哭，两眼都哭肿了。

张山来曰：余向讶既已为鬼，亦安事楮（chǔ）镪（qiāng）[①]为？今观此母，则其有需于此，无足怪矣。

【注释】①楮镪：祭供时焚化用的纸钱。

【译文】张山来说：我以前奇怪，既然人死后，已经成了鬼，还需要烧纸钱吗？如今看到这位母亲的事迹，感到确实有这样的需要，没什么值得奇怪的。

狗皮道士传

陈鼎定九

【题解】本篇是《虞初新志卷十》的第八篇。此篇描述了一位狗皮道人，擅学狗叫，平日里游戏风尘，但是在张献忠攻陷成都之后，他多次显神迹戏弄张献忠。

狗皮道士者，不知何许人，亦未详其姓氏。明末，尝冠道冠，蹑赤舄（xì）[1]，披狗皮，乞食成都市。每至人家乞食，辄作犬吠声，酷相类。家犬闻之，以为真犬也，突出吠之。道士辄与对吠不休。邻犬闻之，亦以为真犬也，辄群集绕吠之。道士怒，忽作虎啸声，群犬皆辟易[2]。每独居破庙，至深夜，辄作一犬吠形声，少顷，作众犬吠声，俨然百十犬相吠也。久之，通国之犬皆吠，而达乎四境矣。

【注释】①赤舄：古代天子、诸侯所穿的鞋。赤色，重底。②辟易：退避；避开。

【译文】狗皮道士，不知道是哪里人氏，也不知道他的姓名。明朝末年，他戴着道士的帽子，穿着赤鞋，披着狗皮，在成都的集市要饭。每次到人家门口要饭时，他总是发出狗叫声，学得非常像。家里的狗听到后，以为是真的狗，就冲出来对着他大叫。道士就和狗不停地对叫。邻居的狗听到后，也以为是真狗，就聚在一起绕着他叫。道士发怒，忽然发出老虎的吼叫声，所有的狗都吓走了。道士独自住在破庙里，到了深夜的时候，就发出狗叫的声音，不一会儿，又模仿许多只狗叫的声音，如同上百十只狗一起叫唤一样。一会儿，全城的狗都叫唤起来，叫声一直传到四面的边境。

岁余，献贼入寇，道士突至贼马前数十步，大作犬吠声。献贼怒，令群贼策马逐杀之。道士故徐徐[1]行，贼数策马，马不前。献贼益怒，令飞矢射之，如雨，皆不中。献贼益大怒，以为妖，亲策马射之，中其首不入，矢还中贼马，马毙。献贼大骇，乃已。

【注释】①徐徐：指速度或节奏缓慢地。

【译文】过了一年多，张献忠入侵四川，道士突然跑到张献忠马前数十步的地方，大声发出狗叫的声音。张献忠大怒，让所有贼人一起骑马追杀他。道士故意慢慢地走，贼人使劲鞭打马匹，但是马就是不肯向前。张献忠更加生气，让手下用弓箭射道士，箭像雨点一般落下，但都没有射中他。张献忠更加生气了，认为他是妖人，亲自打马上前射他，结果射中了道士的脑袋，但是射不进去，箭还折返回来射中了张献忠的马，把马射死了，张献忠这下害怕了，不敢再追杀道人了。

他日献贼僭尊号，元旦朝贼百官，忽见道士披狗皮，列班行，执笏作犬吠声。献贼大怒，令群贼缚之。道士乃大作犬吠声，盈庭如数千百犬争吠状，声彻四外。合城之犬，闻声从而和吠之，声震天地。献贼大声呼，众皆不闻，为犬声乱也。献贼大惊而退。既退，犬声息，道士亦不知何往。

【译文】后来张献忠在成都称帝，元旦时群贼朝见张献忠，忽然看到道士披着狗皮，站在官员中间，拿着笏板发出狗叫声。张献忠非常生气，让群贼一起上去把他绑了。道士于是大声地发出狗叫声，整个朝堂上好像有千百只狗同时狂叫，声音响彻朝堂内外。全城的狗听到后都跟着一起叫唤，声音震动天地。此时，任凭张献忠大声呼喊，众人都听不见，张献忠的声音被狗叫声淹没了。张献忠很震惊，慌忙退朝。等张献忠退朝之后，狗叫声也停下了，道士也不知道去哪儿了。

外史氏曰：世之言神仙者比比，余则疑信相半。今观狗皮道士之所为，岂非神仙哉？不然，何侮弄献贼如襁褓小儿哉？

【译文】外史氏说：世上很多人说有神仙，我却半信半疑。现在看到狗皮道士的事迹，他难道不是神仙吗？如果不是，为什么他戏弄张献忠，就好像在戏耍襁褓中的小孩子一样容易呢？

张山来曰：人皮者不能吠贼，狗皮者反能之，可以人而不如狗乎？

【译文】张山来说：披着人皮的人不能大声指责贼人，反而是披着狗皮的人可以做到，难道人还不如狗吗？

烈狐传

陈鼎定九

【题解】本篇是《虞初新志卷十》的第九篇。本篇描述了狐妖嫁女报恩的故事。乱世之中，狐女为保贞节不惜一死。作者感叹原本就是淫兽的狐妖都能够殉节而死，更何况是世人呢？

明末有狐，幻老人状，年可六、七十，诣昆山葛氏，欲僦[①]其荒圃以居。葛谢以无屋，老人曰："君第诺我，勿论屋有无也。"葛异而诺之。老人即与葛约曰："我异类也，与君家有夙世缘，故相依耳。徙来，请戒从者勿相扰，则佩君高谊[②]矣。"葛曰："谨奉教。"乃去。

【注释】①僦：租赁。②高谊：深情厚谊。

【译文】明末时有一狐妖，幻化成老人的模样，大概是六、七十岁的模样，来到昆山葛氏的家里，提出想要租用他家荒废的园子来居住。葛氏以没有多余的房屋为由推辞了，老人说："您只需要答应我，不用管有没有屋子。"葛氏感到奇怪但还是答应了老人。老人马上和葛氏约定说："我并非是人类，和您家有前世的缘分，所以想要和您做个邻居。我搬到这里之后，请您告诫下人不要来打扰我，那我就非常感谢您的深情厚谊了。”葛氏说：“谨遵教诲。”于是老人就离开了。

越数日，老人投刺[①]进谒曰：“徙来矣！”既至，从者数十人，皆衣裳楚楚，陈币悉珠玉锦绣，值数千缗。葛辞之，老人固让，葛然后纳其币。及去，达圃扉，即不见。葛愈异之，使人私瞯（jiàn）之，见圃内皆高堂大厦，画栋雕题，俨然缙绅家也。他日治酒招葛，樽俎[②]之盛，帷幄之富，极人间之异。

【注释】①投刺：古代礼节，通报姓名以求相见或表示祝贺。刺，指名刺或名帖。②樽俎：古代盛酒肉的器皿，樽以盛酒，俎以盛肉。后来常用做宴席的代称。

【译文】过了几天，老人投递名帖来拜见葛氏说：“我就要搬过来了！”等到老人搬来的时候，随从有几十人，都穿着华丽的衣服，送给葛氏的都是珠宝玉石，绫罗绸缎之类的礼物，都价值不菲。葛氏辞谢不肯接受这些礼物，老人坚持让葛氏收下，葛氏只好接受了他们赠送的礼物。老人离开葛家之后，来到园子门前，就突然消失不见了。葛氏越发感到奇怪，让人偷偷跟着去察看，看到园子里都是高大、豪华的房屋，雕梁画栋，像是高官大户人家。过了几天，老人摆设酒宴招待葛氏，酒席非常丰盛，帷帐等布置也富丽堂皇，与人间的事物极为不同。

葛有子方弱冠，风流都雅倾一邑。偶过其居，见一丽人，年可十五、六，如海棠一枝，轻盈欲语。归而思之不置。久之，遂成病，且欲死。父知其情，走告老人以姻请。老人曰：“恐吾辈异类，不足以辱君子耳！”葛固请之，乃许。择吉迎之，奁（lián）[①]赠以万计。既归，夫妇笃好，事舅姑[②]甚孝。未几，国变，乱兵入其家，见妇艳，欲污之。妇大骂，夺刀自刭（jǐng）而死，乃一九尾狐也。

【注释】①奁：陪嫁的衣物等。②舅姑：古指“公婆”。

【译文】葛氏有个儿子刚满20岁，风度翩翩，容貌优雅，闻名于乡里。偶然经过老人的住处，看到一位年轻漂亮的女子，大约十五、六岁，像是一支海棠花，娇艳欲滴，姿态纤柔。回去之后便无时无刻不在想念佳人。时间一长，就生了相思病，快要病死了。父亲得知这个情况，向老人述说了这件事并且请求联姻。老人说：“恐怕我们是异类，会辱没了您的儿子啊！”葛氏坚决请求老人答应婚事，于是老人就答应了。葛家选择良辰吉日迎娶了那位女子，老人陪嫁了很多金银财物。结婚之后，夫妇非常恩爱，那位女子侍奉公婆非常孝顺。没过多久，国家发生变故，乱兵闯进葛家，看到妇人非常美丽，想要玷污她。妇人大骂乱兵，夺过刀就自杀了，死后现出原形，竟然是一只九尾狐。

外史氏曰：狐淫兽也，以淫媚人，死于狐者，不知其几矣。乃是狐竟能以节死，呜呼！可与贞白女子争烈矣！

【译文】外史氏说：狐狸本是淫兽，常用妩媚来迷惑人，死于狐狸手里的人，不知道有多少了。但这只狐狸竟然能够为了保护贞节而死，唉！可以和守正清白的女子一比了！

张山来曰：曩于友人处，见小书一帙，皆纪妖狐故事。狐之多情者固不乏，而烈者则未之前闻。今得此文，可为淫兽增光矣！葛翁肯与联姻，亦非寻常可及。狐之以烈报之固宜。

【译文】张山来说：以前我在友人那里，看到了一套小册子，里面记载的都是关于妖狐的故事。多情的狐狸本来就不少，而能殉节的则从来都没听说过。今天这篇文章中的例子，可以为狐妖增添光彩了！葛翁愿意和老人联姻，也不是平常的人能够做到的。因此狐狸殉节来报答他，也是情理之中的事。

卷十一

过百龄传

秦松龄留仙

【题解】本篇是《虞初新志卷十一》的第一篇。过百龄是明末的围棋国手，他还在幼年时，就赢了当时的内阁学士叶向高，后来又在京师大胜国手林符卿，过百龄不仅棋艺高超，还写了众多围棋著作。他的后人过旭初是“棋圣”聂卫平的启蒙老师，曾在民国初年举行的中日围棋赛中赢了日本棋手，名噪一时。

锡固多佳山水，间生瑰闳（hóng）[①]奇特之士，常以道艺为世称述。若倪征君云林[②]以画，华学士鸿山[③]以诗，王佥事仲山[④]以书，乃今过处士百龄者，则以弈。其为道不同，而其声称足以动当世，则一也。

【注释】①闳：通“宏”。大，宏大。②倪征君云林：指倪瓒，初名倪珽，字泰宇，江苏无锡人。元末明初画家、诗人，与黄公望、王蒙、吴镇合称“元四家”。征君；不就朝廷征辟的士人被称作“征士”，“征君”就是对他们的尊称。③华学士鸿山：指华察，字子潜，号鸿山，无锡望族，工诗，著有《岩居稿》《翰宛留院集》等。④佥事：佥相当于现在的副职或者助理等职。佥：辅助。

【译文】无锡本地有很多佳山好水，山水之间孕育出了不少高人异士，他们常常因为学问或技能出众而被世人称赞。例如征君倪云林以绘画闻名，学士华鸿山以诗歌闻名，佥事王仲山以书法闻名，现在处士过百龄，则以棋艺高超而闻名天下。他们所擅长的事情各不相同，但他们的名声都震动当世。

百龄名文年，为邑名家子。生而颖慧，好读书。十一岁时，见人弈，则知虚实先后、进击退守之法。曰："是无难也。"与人弈，弈辄胜。于是闾党间无不奇百龄者。时福唐叶阁学台山先生①，弈品居第二。过锡山，求可与敌者，诸乡先生以百龄应召。至则尚童子也，叶公已奇之。及与弈，叶公辄负。诸乡先生耳语百龄曰："叶公显者，若当阳负，何屡胜？"百龄艴（fú）然②曰："弈固小技，然枉道媚人，吾耻焉。况叶公贤者也，岂以此罪童子耶？"叶公果益器之，欲与俱北，以学未竟辞。自是百龄之名，噪江以南。遂益殚精于弈。

【注释】①福唐叶阁学台山先生：指叶向高，字进卿，号台山。福建福州府福清（今福建福清）人。明朝大臣、政治家，万历、天启年间两度出任内阁辅臣。阁学：泛称诸阁学士。②艴然：生气的样子。

【译文】过百龄，名文年，是当地的名门望族子弟。他从小就聪慧，喜欢读书。十一岁时，他看见别人下围棋，就从中领悟到围棋的虚实先后、进攻防守的技法。他说："围棋没有什么难懂的。"他与人下围棋，出手就能取胜。于是乡人对过百龄感到十分惊奇。当时福唐人叶向高先生，棋艺天下第二。他有一次经过锡山，寻求可以和他一较高下的人，乡里众人就推荐过百龄去比试。过百龄去了以后，叶向高发现他还是小孩子，就非常惊奇。叶向高和过百龄下了几盘棋，结果叶向高全都输了。乡里众人悄悄对过百龄说："叶向高是地位显赫的人，你应当假装输给他，为何屡屡获胜呢？"过百龄生气地说："下棋虽然是雕虫小技，但是违背棋品去谄媚他人，也是我的耻辱。何况叶先生是贤人，岂能因此而怪罪一个小孩子呢？"叶向高果然没有怪罪过百龄，反而更加器重他，想要带他一同北上进京，过百龄以学业未完而推辞。从此在长江以南一带，过百龄名声大噪。过百龄也因此更加殚精竭虑的去钻研棋艺。

不几年，学成，曰："可以应当世矣。"会京师诸公卿闻其名，有以书邀致者，遂至京师。有国手①曰林符卿，老游公卿间，见百龄年少，意轻之。一日，诸公卿会饮，林君谓百龄曰："吾与若同游京师，未尝一争道角技②，即诸先生何所用吾与若耶？今愿毕其所长，博诸先生欢。"诸公卿皆曰："诺！"遂争出注，约百缗（mín）③。百龄固谢不敢，林君益骄，益强之，遂对弈。枰（píng）④未半，林君面颊发赤热，而百龄信手以应，旁若无人。凡三战，林君三北。诸公卿哗然曰："林君向固称霸，今得过生，乃夺之矣！"复皆大笑。于是百龄棋品遂第一，名噪京师。

【注释】①国手：精通某种技能，并是所处时代最高水平行列的人。②争道：争棋路。角技：指比赛技艺。③缗：古代穿铜钱用的绳子。百缗即百串铜钱，一般每串一千文。④枰：棋盘。

【译文】没过几年，过百龄棋艺学成，他说："我可以和当世高手一较高下了。"恰好京师的王公大臣们听说过百龄后，有人写信邀请他来京师，过百龄于是去了京师。京城有个围棋国手叫林符卿，常年混迹于王公大臣之间，他见过百龄年少，就很轻视过百龄。一天，王公大臣们聚在一起喝酒，林符卿对过百龄说："我与你都在京师游历，从未在围棋上一较高下，那么诸位大人怎么能知道谁的棋艺更高呢？现在希望施展我们的毕生绝学，比试棋艺，来让诸位大人一乐。"各位王公大臣都说好，于是大家争着下注，大约有百贯钱的赌注。过百龄坚决推辞，称不敢献丑，林符卿越发骄纵，更加强迫过百龄比试，过百龄就和他对弈。棋下了还不到一半，林符卿就面颊发热，困窘不已，而过百龄随手应对，镇定自若。一共下了三盘棋，林符卿输了三盘。各位王公大臣都轰动了，说："林符卿一向称霸棋坛，今天遇到过百龄，霸主的地位就该拱手相让了！"王公大臣们说完都哈哈大笑。于是过百龄的棋艺就成为天下第一，名动京师。

当是时，居停主[1]某锦衣者，以事系狱，或谓百龄曰："君为锦衣客，须谨避，不然，祸将及。"百龄毅然曰："锦衣遇我厚，今有难而去之，不义。且吾与之交，未尝干以私，祸必不及。"时同客锦衣者悉被系，百龄竟免。

【注释】①居停主：出租房屋的人。

【译文】当时，过百龄租住的是某锦衣卫的房子，房主因犯事被捕入狱，有人对过百龄说："你是他的房客，应该赶快躲起来，否则，你可能就大祸临头了。"过百龄坚决地说："房主待我很好，今天他有难我却逃跑，这不符合道义。况且我与他交往，并没有干涉公事，祸患一定不会殃及到我。"当时和锦衣卫有干系的很多人都被捕了，过百龄竟然得以幸免。

已天下多故，百龄不欲久留，遂归隐锡山。日与一二酒徒狂啸纵饮，不屑屑与人弈，独征逐角戏[1]以为乐。百龄素贫，出游辄得数百金，辄尽之博簺（sài）[2]。其戚党谯（qiáo）呵[3]百龄，百龄曰："吾向者家徒壁立，今所得资，俱以弈耳。得之弈，失之博，夫复何憾？且人生贵适志，区区逐利者何为？"噫，若百龄者，可谓奇矣！以相国之招而不去，以金吾之祸而不避，至知国家之倾覆而急归，为公卿门下客者垂四十年，而未尝有干请。若百龄者，仅谓之弈人乎哉！

【注释】①征逐：指朋友频繁交往、相互宴请。角戏：竞赛游戏。②博簺：也做"博塞"，古代中国博戏，属于棋类游戏。簺：古代流传的赌博性游戏，也称"格五"。③谯呵：也作"谯诃"，喝骂，申斥。

【译文】因为当时天下正是多事之秋，过百龄不想在京师久留，就归隐锡山。他每天与一两个酒友狂啸纵饮，不轻易与人下棋，唯独和酒友们频繁交往，相互宴请，以博簺游戏为乐。过百龄素来清贫，去京师挣了数百两银子，结果把钱都花在了博簺游戏上。过百龄的亲戚朋友斥责他，过百龄说："我一向家徒四壁，今日所得的钱，都是下棋赢来的。下棋得到钱，花在游戏上，还有什么好遗憾的呢？况且人生贵在舒适自在，仅仅为了追逐利益，那又有什么意思呢？"噫，像过百龄这样的人，可以说是奇人了！他受到相国招揽而不接受，遇到锦衣卫的灾祸而不避让，知道国家将要倾覆而急忙归隐，成为王公大臣的门客将近四十年，而从未干涉公事。像过百龄这样的人，能说他只是个下棋的人吗？

张山来曰：善弈者多在垂髫，然其人往往啬[1]于寿。今过君独历四十余载，岂其命名为之兆耶？

【注释】①啬：吝啬，悭啬。

【译文】张山来说：“善于下围棋的人大多是少年，然而这样的人往往寿数不长。而今过百龄下棋已经四十多年了，难道是他的名字‘百龄’的所带来的好运吗？”

八大山人传

陈鼎定九

【**题解**】本篇是《虞初新志卷十一》的第二篇。介绍了八大山人朱耷的生平事迹。朱耷才华横溢，书画双绝，但作为明朝宗室，在家国灭亡之际无处倾诉内心的痛苦，郁郁寡欢只能纵情于酒，行为癫狂，来发泄内心的苦闷。

八大山人，明宁藩①宗室，号人屋。人屋者，广厦万间之意也。性孤介②，颖异绝伦。八岁即能诗，善书法，工篆刻，尤精绘事。尝写菡萏（hàn dàn）③一枝，半开池中，败叶离披，横斜水面，生意勃然，张堂中，如清风徐来，香气常满室。又画龙，丈幅间蜿蜒升降，欲飞欲动，若使叶公见之，亦必大叫惊走也。善诙谐，喜议论，娓娓不倦④，常倾倒四座。父某，亦工书画，名噪江右，然喑哑不能言。甲申国亡⑤，父随卒。人屋承父志，亦喑哑。左右承事者，皆语以目，合则颔（hàn）之，否则摇头。对宾客寒暄以手，听人言古今事，心会处，则哑然笑。如是十余年，遂弃家为僧，自号曰雪个。未几病颠，初则伏地呜咽，已而仰天大笑，笑已，忽跿跔（tú jū）⑥踊跃，叫号痛哭。或鼓腹高歌，或混舞于市，一日之间，颠态百出。市人恶其扰，醉之酒，则颠止。岁余，病间，更号曰个山。既而自摩其顶曰："吾为僧矣，何可不以驴名？"遂更号曰个山驴。数年，妻子俱死。或谓之曰："斩先人祀，非所以为人后也，子无畏乎？"个山驴遂慨然蓄发谋妻子，号八大山人。其言曰："八大者，四方四隅[7]，皆我为大，而无大于我也。"山人既嗜酒，无他好。人爱其笔墨，多置酒招之，预设墨汁数升、纸若干幅于座右。醉后见之，则欣然泼墨广幅间，或洒以敝帚，涂以败冠，盈纸肮脏，不可以目。然后捉笔渲染，或成山林，或成丘壑，花鸟竹石，无不入妙。如爱书，则攘臂搦（nuò）管，狂叫大呼，洋洋洒洒，数十幅立就。醒时，欲求其片纸只字不可得，虽陈黄金百镒[8]于前，勿顾也。其颠如此。

【注释】①宁藩：指明太祖朱元璋第十七子朱权，封宁王。②孤介：耿直方正，不随流俗。③菡萏：古人称未开的荷花为菡萏，即花苞。④娓娓不倦：连续谈论，不知疲倦。娓娓：谈话连续不倦的样子。⑤甲申国亡：指1644年甲申年明朝灭亡。⑥踸踔：腾跳踊跃。⑦隅：角落。⑧镒：古代重量单位，一镒合二十两（一说二十四两）。

【译文】八大山人朱耷，是明朝宁王朱权的后代，号人屋。"人屋"就是"广厦万间"的意思。他生性孤傲，聪明过人，八岁就会作诗，擅长书法和篆刻，尤其精通绘画。他曾画了一枝荷花，花苞半开在池中，干枯凋落的叶子，横斜在水面上，活灵活现，把画挂在堂中，好像能感觉到徐徐清风吹来，阵阵荷香满屋。他又曾画龙，在丈许的画卷中，有龙蜿蜒升降，好像就要飞动一样，如果被叶公见到了，也一定会惊叫着落荒而走。八大山人言语诙谐，喜欢议论，与人谈话娓娓道来，不知疲倦，常常使周围的人为之倾倒。他的父亲，也擅长书画，名声在江西一带广为人知，然而却天生哑病，不能说话。甲申年明朝灭亡，八大山人的父亲也随之去世。八大山人秉承父志，也沉默不说话，他身边跟随侍奉的人，都用眼睛对他示意，合乎心意他就点头，不合心意他就摇头。对宾客他拱手表示寒暄，听人讲古今的事情，听到心领神会的地方，则哑然失笑。这样过了十多年，他便出家为僧，自己起了个名号叫“雪个”。没过多久他就得了癫狂病，刚开始时，他趴在地上哭泣，过了一会儿就仰天大笑，笑完了，忽然又手舞足蹈，大声呼叫痛哭。八大山人有时拍着肚皮唱歌，有时在街市上乱舞。一天之内，狂态百出。街市上的人厌恶他的癫狂，就用酒将他灌醉，他就停止发狂了。过了一年多，他的病有了好转，就更改名号为“个山”。不久他又摸着自己的头顶说：“我已经做了和尚，怎么不用驴来作为名号呢？”于是就改名号为“个山驴”。过了几年，他的妻子儿女都去世了。有人对他说：“断绝对先祖的祭祀，这可不是后代子孙应该做的事，您难道不畏惧吗？”八大山人便断然蓄发，想要娶妻生子，并自称为“八大山人”。他说：“所谓八大，就是四面八方，都是以我为大，而没有比更我大的。”八大山人除了嗜好喝酒，也没有其他的爱好，人们喜欢他的画，大多备下酒水招呼他前来，预先准备几升墨汁、若干纸张放在座位边。八大山人喝醉后见到纸墨，就会高兴地在上面泼墨作画，有时候用破笤帚，破帽子随意沾墨涂抹，纸张都变得肮脏不堪。然后提笔渲染，根据墨迹形状，有的画成山林，有的画成丘壑，或者花鸟竹石，所画无不高超神妙。如果想要写字，那他就撸起袖子，拿着毛笔，大声叫喊着，洋洋洒洒，数十幅书法立刻就写完了。等到他酒醒，再想索要片纸只字都无法得到，即使以百镒黄金做酬劳，放在他面前，他也不屑一顾。他的癫狂就到了这种地步。

外史氏曰：山人果颠也乎哉？何其笔墨雄豪也？余尝阅山人诗画，大有唐宋人气魄，至于书法，则胎骨于晋魏矣。问其乡人，皆曰得之醉后。呜呼！其醉可及也，其颠不可及也！

【译文】外史氏说："八大山人果真颠狂吗？为什么他的笔墨那样豪迈呢？我曾经看过八大山人的画作，觉得大有唐宋名家的气魄。至于他的书法，则是从魏晋书法中脱胎而来。问他同乡的人，都说那些书画是他喝醉后所作。唉！他的醉酒，常人可以做得到，他的癫狂却是无法做到！"

张山来曰：予闻山人在江右，往往为武人招入室中作画，或二三日不放归。山人辄遗矢堂中，武人不能耐，纵之归。后某抚军驰柬相邀，固辞不往。或问之，答曰："彼武人何足较？遗矢得归可矣。今某公固风雅者也，不就见而召我，我岂可往见哉？"又闻其于便面①上，大书一"哑"字，或其人不可与语，则举"哑"字示之。其画上所钤（qián）印②，状如屐。予最爱其画，恨相去远，不能得也。

【注释】①便面：扇子。当不想见人时，用来遮面，故称为便面。②钤印：中国古代官方文件或书画、书籍上面的印章符号。

【译文】张山来说：我听说八大山人在江西时，常常被武官招去家中作画，有时两三天都不放他回去。八大山人就在他家随处屎尿，武官不能忍受，就放他回去了。后来有位抚军派人骑马，拿着请柬来邀请他，他也坚决推辞不去。有人问他原因，他回答说："那些武官有什么值得称道的地方？他们只配我留下粪便。现在某公本来是位文雅的人，如果诚心相邀，我或者可以答应，但是现在他不来见我，而让我去见他，我怎么可以低三下四地去见他呢？"又听说他在扇面上，写了一个大大的"哑"字，遇到不想说话的人，就举起"哑"字给他看。

他画上的印章，形状很像木屐。我最喜欢他的画，只是遗憾和他的时代距离太远，不能得到他的作品。

圆圆传

陆次云云士

【题解】本篇是《虞初新志卷十一》的第三篇。本文讲述了吴三桂为陈圆圆冲冠一怒事件的始末。吴三桂置家国于不顾，为夺回红颜陈圆圆，放清兵入关，致使生灵涂炭，陷自己于不忠不孝境地，留下千古骂名。

圆圆，陈姓，玉峰歌妓也，声甲天下之声，色甲天下之色。崇祯癸未岁[①]，总兵吴三桂慕其名，赍千金往聘之，已先为田畹所得。时圆圆以不得事吴怏怏也，而吴更甚。田畹者，怀宗妃之父也，年耄矣。圆圆度《流水高山》之曲以歌之，畹每击节，不知其悼知音之希也。

【注释】①崇祯癸未岁：指崇祯十六年（1643年）。

【译文】圆圆，姓陈，原是江苏昆山的一名歌妓，她的歌声天下第一，她的美貌举世无双。崇祯癸未年，总兵吴三桂钦慕陈圆圆的名声，派人带着重金前去聘娶她，但被田畹抢先一步赎走。当时陈圆圆因为不能侍奉吴三桂而闷闷不乐，而吴三桂更是郁闷。田畹，是明怀宗崇祯皇帝妃子的父亲，年纪已经很大了。陈圆圆谱写《流水高山》之曲来歌唱，田畹每次打拍子听歌，却不知她是在哀伤知音稀少啊。

甲申[①]春，流氛[②]大炽，怀宗宵旰（gàn）[③]忧之，废寝食。妃谋所以解帝忧者于父。畹进圆圆，圆圆扫眉而入，冀邀一顾，帝穆然也，旋命之归畹第。

【注释】①甲申：指崇祯十七年（1644年）。②流氛：寇乱。③宵旰：指日夜。

【译文】崇祯甲申年春季，李自成兵势猛烈，明怀宗崇祯日夜忧虑，废寝忘食。田贵妃和她的父亲商量缓解皇帝忧愁的方法，田畹就向崇祯皇帝进献陈圆圆。陈圆圆一番精心打扮后进入皇宫，希望受到皇帝的眷顾，然而崇祯帝无动于衷，不久便命她返回田畹的府第。

时闯师将迫畿辅矣，帝急召三桂对平台，锡蟒玉，赐上方，托重寄命，守山海关。三桂亦慷慨受命，以忠贞自许也。而寇深矣，长安富贵家胥皇皇[①]，畹忧甚，语圆圆。圆圆曰："当世乱而公无所依，祸必至。曷不缔交于吴将军，庶缓急有借乎？"畹曰："斯何时，吾欲与之缱绻（qiǎn quǎn）[②]，不暇也。"圆圆曰："吴慕公家歌舞有时矣，公鉴于石尉，不借人看，设玉石焚时，能坚闭金谷耶？盍以此请，当必来，无却顾。"畹然之，遂躬迓（yà）吴观家乐。吴欲之而固却也，强而可。至则戎服临宴，俨然有不可犯之色。畹陈列益盛，礼益恭。酒甫行，吴即欲去。畹屡易席，至邃室，出群姬调丝竹，皆殊秀。一淡妆者，统诸美而先众音，情艳意娇，三桂不觉其神移心荡也，遽命解戎服，易轻裘，顾谓畹曰："此非所谓圆圆耶？洵足倾人城矣！公宁勿畏而拥此耶？"畹不知所答，命圆圆行酒。圆圆至席，吴语曰：“卿乐甚？”圆圆小语曰：“红拂尚不乐越公[③]，矧（shěn）不逮[④]越公者耶？”吴颔之。酣饮间，警报踵至，吴似不欲行者，而不得不行。畹前席曰：“设寇至，将奈何？”吴遽曰：“能以圆圆见赠，吾当保公家先于保国也。”畹勉许之。吴即命圆圆拜辞畹，择细马[⑤]驮之去。畹爽然[⑥]，无如何也。

【注释】①皇皇：惶恐的样子；彷徨不安的样子。“皇”，通“惶”。②缱绻：引申为结交。③红拂：相传为隋唐时的女侠，“风尘三侠”之一，李靖之妻。越公：指隋朝越国公杨素。④矧：另外，况且，何况。逮：等到，达到。⑤细马：指小马。⑥爽然：茫然。

【译文】这时李自成的军队已经迫近京城了，崇祯皇帝急忙在平台召见吴三桂，赐给他蟒袍、玉带，还有尚方宝剑，对他委以重任，令他镇守山海关。吴三桂也慷慨受命，表示一定会做一个忠贞之臣。当时李自成军队长驱直入，京城中的达官富人都彷徨不安，田畹也很担忧，把这些烦恼告诉了陈圆圆。陈圆圆说：“当今兵荒马乱，而您没有依靠，一定会遭遇祸患的。为何不去结交吴将军呢？紧急时候也好有个照应。”田畹说：“都什么时候了，我现在想和他结交，也来不及了。”陈圆圆说：“吴将军仰慕您府中的歌舞美姬很久了，但您有鉴于石崇在金谷园藏娇的遭遇，不给外人看，假设玉石俱焚的时候，能保留住吗？何不请来他观看歌舞，那时他一定会来，请您不要再犹豫了。”田畹同意了，于是亲自迎接吴三桂来家中观看歌舞。吴三桂一心想去，却却假意推辞，田畹一再请求，他才同意。吴三桂穿着甲胄去赴筵，眉宇间仿佛有不可侵犯的神色。田畹安排的酒宴非常丰盛，礼节也非常恭敬。刚行了几轮酒令，吴三桂便要离开。田畹多次离开座位，来到内室，让歌姬们出来弹奏音乐，歌姬们都非常美丽。其中有一位画着淡妆的歌姬，她的容颜最美，歌声最动听，情艳意娇，吴三桂不由得神移心荡，急忙命人解下甲胄，换上便装，回头对田畹说："这莫非就是陈圆圆吗？她确实倾国倾城啊！您难道不怕因此招来祸患吗？"田畹不知该如何回答，就命陈圆圆斟酒。陈圆圆来到席前，吴三桂问道："你在这儿快乐吗？"陈圆圆小声地说："红拂女尚且不喜欢越国公杨素，何况是不如杨素的人呢？"吴三桂点了点头。正喝得高兴的时候，紧急军情接踵而至，吴三桂似乎不想走，却又不得不走。田畹上前说："假使闯贼到来，那该怎么办呢？"吴三桂就说："假如您能将陈圆圆送给我，我当保护您全家，优先于保全国家。"田畹勉强答应了。吴三桂就让陈圆圆拜别田畹，用马将她驮回去。田畹茫然无措，但也无可奈何。

帝促三桂出关，三桂父督理御营名骧者，恐帝闻其子载圆圆事，留府第，勿令往。三桂去，而闯贼旋拔城矣。怀宗死社稷，李自成据宫掖，宫人死者半，逸者半。自成询内监曰："上苑三千，何无一国色耶？"内监曰："先帝屏声色，鲜佳丽。有一圆圆者，绝世所希，田畹进帝，而帝却之。今闻畹赠三桂，三桂留之其父吴骧第中矣。"是时骧方降闯，闯即向骧索圆圆，且籍其家，而命其作书以招子也。骧俱从命，进圆圆。自成惊且喜，遽命歌，奏吴歈（yú）①，自成蹙额曰："何貌甚佳而音殊不可耐也？"即命群姬唱西调②，操阮、筝、琥珀③，己拍掌以和之，繁音激楚④，热耳酸心⑤。顾圆圆曰："此乐何如？"圆圆曰："此曲只应天上有，非南鄙⑥之人所能及也！"自成甚嬖（bì）之，随遣使以银四万两犒三桂军。三桂得父书，欣然受命矣。

【注释】①吴歈：指春秋时期吴国的歌，也指昆曲。②西调：这里指陕西、关中一带的曲子。③琥珀：乐器，似琵琶，即琥珀词，也叫浑不似、火不思。④繁音：指繁密的音调。激楚：形容音调的高亢凄清。⑤酸心：伤心。⑥南鄙：南方边境地区。

【译文】崇祯帝催促吴三桂立即去山海关赴任，吴三桂的父亲叫吴骧，负责皇帝出巡、驻跸时的宿卫，他担心崇祯帝知道吴三桂带陈圆圆回家的事，会不高兴，便将陈圆圆留在家里，不让她跟吴三桂一同前往山海关，李自成的军队不久便攻占了京师。崇祯帝以身殉国，李自成占据皇宫，当是宫里的妃嫔、宫女死了一半，逃了一半。李自成询问太监说："后宫佳丽三千，怎么连一个国色天香的也没有呢？"太监说："先帝崇祯不喜好歌舞和女色，没有艳丽的妃子。但是有一个叫陈圆圆的美人，举世罕见，田畹曾将她进献给先帝，被先帝回绝了。如今听说田畹将她送给了吴三桂，吴三桂把她留在他父亲吴骧的府中。"这时吴骧刚刚投降闯王，闯王便向他索要陈圆圆，并且抄没了他的家产，又让他写信去招降他的儿子。吴骧都听从了，献出陈圆圆。李自成得到陈圆圆后，既惊奇又欢喜，急忙命她唱歌。陈圆圆演唱吴曲，李自成听后皱着眉头说："为什么你的容貌如此美艳，而歌声却如此难听呢？"便令歌姬们演唱西调，弹奏阮咸，秦筝、琥珀，自己拍着手应和，音调高亢凄凉，让人听了心生感伤。李自成回头对陈圆圆说："这曲子怎么样？"陈圆圆说："这首曲子只应天上有，不是我这种南方偏僻地方的人所能学会的。"李自成非常喜欢陈圆圆，随后派遣使者送四万两白银，去招降和犒赏吴三桂的军队。吴三桂读了父亲的书信，便欣然接受了李自成的要求。

而一侦者至，询之曰："我家无恙耶？"曰："为闯籍[1]矣！"曰："吾至当自还也。"又一侦者至，曰："吾父无恙耶？"曰："为闯拘絷（zhí）[2]矣！"曰："吾至当即释也。"又一侦者至，曰："陈夫人无恙耶？”曰：“为闯得之矣！”三桂拔剑砍案曰：“果有是，吾从若耶？”因作书答父，略曰：“儿以父荫，待罪戎行，以为李贼猖狂，不久即当扑灭。不意我国无人，望风而靡。侧闻圣主晏驾[3]，不胜眦裂！犹意吾父奋椎一击，誓不俱生，不则刎颈以殉国难。何乃隐忍偷生，训以非义？既无孝宽[4]御寇之才，复愧平原[5]骂贼之勇。父既不能为忠臣，儿安能为孝子乎？儿与父决，不早图贼，虽置父鼎俎[6]旁以诱三桂，不顾也。”随效秦庭之泣[7]，乞王师以剿巨寇，先败之于一片石[8]。

【注释】①籍：抄没。②拘絷：押系；束缚。③晏驾：古时帝王死亡的讳称。④孝宽：指韦孝宽，南北朝时期北魏、西魏、北周杰出的军事家、战略家。曾坚守玉壁（今山西稷山），打得高欢损兵折将，回师后病死。⑤平原：指颜真卿，曾贬为平原太守，世称“颜平原”。安史之乱时，颜真卿率义军对抗叛军。⑥鼎俎：泛称割烹的用具。⑦秦庭之泣：指楚国遭难，申包胥为复国，在秦城墙外哭了七天七夜，滴水不进，感动了秦国君臣，发兵救楚的故事。⑧一片石：古战场，位于抚宁县东北九门口村，地处河北、辽宁两省分界处。

【译文】吴三桂的一个探子从京师回来，吴三桂询问说：“我家还好吗？”探子说：“被闯贼抄没了！”吴三桂说：“我回去后他们一定会悉数奉还。”又一个探子从京师回来，吴三桂询问说：“我的父亲还好吗？”探子说：“被闯贼关押了！”吴三桂说：“我回去之后他们定然会将我的父亲释放。”又有一个探子从京师回来，吴三桂询问说：“陈圆圆还好吗？”探子说：“被闯贼霸占了！”吴三桂拔出佩剑砍断几案说：“果真如此，我怎么会投靠闯贼呢？”因此写信回复父亲，信的大概是说：“我因父亲的荫补，得以在军队里戴罪立功，自以为闯贼虽然狂妄放肆，但不久就会被剿灭。岂料国中无人，军队望风而倒。

后听说圣上驾崩，对此我愤怒得眼眶瞪裂！猜想我的父亲必定会奋力杀敌，发誓和贼人不共戴天，一旦失败就会拔剑自刎，以身殉国。为何至今苟且偷生，树立了不忠不义的榜样呢？父亲既没有韦孝宽抵御贼寇的才能，又没有颜真卿指责叛贼的勇气。您既然不愿做大明的忠臣，我又怎能做您的孝子呢？现在我与您诀别，只希望能早日剿灭贼闯，现在即使把您放在鼎濩、刀具旁来威胁我，我也绝不顾念。”随后吴三桂效法申包胥，向多尔衮借兵围剿李自成的军队，在一片石将其击溃。

自成怒，戮吴骧并其家人三十余口，欲杀圆圆，圆圆曰：“闻吴将军卷甲来归矣，徒以妾故，又复兴兵。杀妾何足惜，恐其为王死敌不利也。”自成欲挈（qiè）圆圆去。圆圆曰：“妾既事大王矣，岂不欲从大王行？恐吴将军以妾故而穷追不已也。王图之，度能敌彼，妾即褰（qiān）裳[①]跨征骑。”自成乃凝思。圆圆曰：“妾为大王计，宜留妾缓敌，当说彼不追，以报王之恩遇也。”自成然之，于是弃圆圆，载辎重，狼狈西行。是时也，闯胆已落，一鼓可灭。三桂复京师，急觅圆圆。既得，相与抱持，喜泣交集，不待圆圆为闯致说，自以为法戒追穷，听其纵逸而不复问矣。

【注释】①褰：提起。裳：古代指遮蔽下体的衣裙。

【译文】闯王李自成看信后大怒，杀了吴襄和他的家人共三十多口，还想杀陈圆圆，陈圆圆说：“听说吴将军准备要归降了，因为我的缘故，才再次起兵。杀死我不值得可惜，只怕我死后吴将军会成为您的死敌，对您不利啊。”李自成想带上陈圆圆一起逃走。陈圆圆说：“我既然已经侍奉大王了，怎么会不愿意和您一起走呢？我只是害怕吴将军会因为我的原因对您穷追不舍啊！请大王慎重考虑，如果能打败吴将军，我愿立刻上马随您一起离开。”李自成沉思不语。陈圆圆又说：“我这都是为大王着想，您应当将我留下拖延吴将军，我定然劝说他不要追击，以此来报答您对我的恩德。”李自成认为陈圆圆说得有道理，于是将她留在京师，自己带着辎重，狼狈地向西逃去。当时，李自成已经成惊弓之鸟，吴三桂只要一鼓作气便可将他消灭。吴三桂收复京师后，急忙寻找陈圆圆。找到后，互相拥抱，喜极而泣。还没等陈圆圆为李自成游说，吴三桂就认为兵法上有穷寇勿追的告诫，就任由李自成逃跑而不再追击了。

旋受王封，建苏台、营郿（méi）邬（wū）①于滇南，而时命圆圆歌。圆圆每歌《大风》之章②以媚之。吴酒酣，恒拔剑起舞，作发扬蹈厉③之容，圆圆即捧觞为寿，以为其神武不可一世也。吴益爱之，故专房之宠，数十年如一日。其蓄异志，作谦恭，阴结天下士，相传曰多出于同梦之谋。而世之不知者，以三桂能学申胥以复君父大仇，忠孝人也。曷（hé）知其乞师之故，盖在此而不在彼哉？厥后尊荣南面三十余年，又复浪沸潢池④，致劳挞（tà）伐，跋扈艳妻，同归歼灭，何足以偿不子不臣之罪也哉？

【注释】①苏台：即姑苏台，又名胥台。在苏州西南姑苏山上，相传为春秋时吴王阖庐所筑。郿邬：在陕西眉县东北渭水北岸。东汉初平三年董卓筑坞于郿，高厚七丈，周一里余，号曰万岁坞。②《大风》之章：指汉高祖的《大风歌》。比喻英雄人物的豪情壮志。③发扬蹈厉：原指周初《武》乐的舞蹈动作，后比喻精神奋发，意气昂扬。④潢池：即潢池弄兵，比喻不自量力而发动兵乱。

【译文】不久吴三桂受封为平西王，在云南建造如同苏台、郿邬那样的的亭台楼阁，而且时常让陈圆圆为他唱歌助兴。陈圆圆经常歌唱刘邦的《大风歌》来让吴三桂高兴。吴三桂喝到酒酣耳热时，常拔剑起舞，意气风发，陈圆圆就举起酒杯，为他祝酒，并称赞他英明神武，举世无双。吴三桂更加喜爱陈圆圆，对她的宠幸几十年如一日未曾改变。但是吴三桂心怀不轨，表面上装出谦恭的样子，暗地里却遍交天下的士人，据说他的阴谋，大多是和陈圆圆一起策划出来的。而世人不知道，以为吴三桂能够效法春秋时期的申包胥以报君父被杀之仇，是忠孝的好人呢！他们怎么知道吴三桂借兵的缘故，是为了陈圆圆而不是为了国家与君父啊！此后吴三桂在云南，荣华富贵享受了三十多年，又不自量力，起兵叛乱，导致清朝出兵讨伐他，他和艳丽妻子，一同被诛灭，这怎么够偿还他不忠不孝的罪名呢？

陆次云曰：语云无征不信，圆圆之说有征乎？曰：有。征诸吴梅村祭酒伟业[①]之诗矣。梅村效《琵琶》《长恨》体，作《圆圆曲》以刺三桂曰："冲冠一怒为红颜"，盖实录也。三桂赍重币，求去此诗，吴勿许。当其盛时，祭酒能显斥其非，却其赂遗而不顾，于甲寅之乱[②]，似早有以见其微者。呜呼！梅村非诗史之董狐[③]也哉！

【注释】①吴梅村祭酒伟业：指吴伟业，号梅村，曾任国子监祭酒，明末清初著名诗人，与钱谦益、龚鼎孳并称"江左三大家"，又为娄东诗派开创者。长于七言歌行，开创"梅村体"。②甲寅之乱：指康熙十三年即1674年爆发的三藩之乱。③董狐：春秋晋国太史，亦称史狐。

【译文】陆次云说：常言说没有凭据的话不能信，陈圆圆的事有凭据吗？我说：有的。凭据就是国子监祭酒吴伟业的诗，吴伟业效法白居易的《琵琶记》《长恨歌》而写了《圆圆曲》，来讥讽吴三桂：'冲冠一怒为红颜'，大概就是当时的真实写照吧！吴三桂送给他重金，请求删去这首诗，吴伟业没有答应。在吴三桂志得意满的时候，吴伟业能公开斥责他的过错，退回他的重金而不屑一顾，这似乎是因为对于吴三桂的甲寅之乱，吴伟业早有预感。呜呼！吴伟业岂不是诗人中的董狐吗？”

张山来曰：吴三桂未叛时，予读祭酒《圆圆曲》，不解所谓。甲寅后，友人因为予言其故，深服先生先见之明。今读此传，益知《圆圆曲》之妙也。

又曰：唐陈鸿作《长恨传》，白居易因谱为歌。今云士乃因歌作传，详略之际，较之前人稍难，诚足辉映后先矣。

【译文】张山来说：吴三桂没有反叛时，我读吴伟业的《圆圆曲》，不理解他所说的意思。甲寅之乱后，朋友为我说出了其中的原因，所以我很佩服吴伟业先生的先见之明。如今读到这篇传记，更加知道《圆圆曲》的精妙了。

张山来又说：唐代陈鸿作《长恨传》，白居易根据曲谱而写了《长恨歌》。如今陆次云根据《圆圆曲》而作传记，写作难度，比古人稍难，确实能够与古人前后辉映了。

啸翁传

陈鼎定九

【题解】本篇是《虞初新志卷十一》的第四篇。汪京因擅于长啸而被人称为“啸翁”。啸翁的啸声，时而清越悠长，时而铿锵有力。通过对啸翁的啸声描写，让人身临其境，感受到啸翁啸声的魅力，已不下丝竹之声。

啸翁者，歙（shè）州[①]长啸老人汪京，字紫庭，善啸，而年又最高，故人皆呼为啸翁也。

【注释】①歙州：即徽州，位于安徽省南部、新安江上游。

【译文】啸翁，就是歙州的长啸老人汪京，字紫庭，擅于发出啸声，而年龄又最大，所以人们都称他为啸翁。

啸翁尝于清夜独登高峰颠，豁然长啸，山鸣谷应，林木震动，禽鸟惊飞，虎豹骇走，山中人已寐者，梦陡然醒；未寐者，心悚然惧，疑为山崩地震，皆彷徨罔敢寝。达旦，群相惊问，乃知为啸翁发啸也。啸翁之啸，幼传自啸仙，能作鸾鹤凤凰鸣，每一发声，则百鸟回翔，鸡鹜（wù）[①]皆舞。又善作老龙吟，醉卧大江滨，长吟数声，鱼虾皆破浪来朝，鼋鼍（yuán tuó）[②]多迎涛以拜。他日，与黄鹤山樵、天都瞎汉、潇湘渔父、虎头将军十数辈，登平山六一楼，拉啸翁啸。啸翁以齿落固辞，强而后可。初发声，如空山铁笛，音韵悠扬。既而如鹤唳长天，声彻霄汉。少顷，移声向东，则风从西来，蒿莱[③]尽伏，排闼（tà）[④]击户，危楼欲动。再而移声向西，则风从东至，訚（yín）然荡然[⑤]，如千军万马，驰骤[⑥]于前。又若两军相角，短兵长剑紧接之势。久之，则屋瓦欲飞，林木将拔也。于时炷香烬而啸翁气竭，昏仆于地，众客大惊，亟呼山僧，灌以沸水，半晌[⑦]乃苏。归而月印前溪矣。

【注释】①鹜：鸭子。②鼋鼍：中国神话中指巨鳖和猪婆龙（扬子鳄）。③蒿莱：野草；杂草。④排闼：排闼：推门，撞开门。闼：门，小门。⑤訚：（香气）浓烈。⑥驰骤：驰骋。⑦半晌：半天。

【译文】啸翁曾在清静的夜晚，独自登上山巅，骤然发出长啸，一瞬间，山谷回响，树木震动，禽鸟因震惊而飞走，虎豹因恐惧而乱跑。山中已经入睡的居民，猛然从梦中惊醒；尚未入睡的人，则心中惊恐未定，人们怀疑是山崩地震，所有人都彷徨徘徊不敢入睡。到天亮，人们相互询问，才知道是啸翁在长啸。啸翁的技艺，年轻时从啸仙那儿学到的。啸翁能发出鸾鹤和凤凰鸣叫的声音，每次发出啸声，会引来百鸟飞舞回翔，鸡鸭都随之起舞。啸翁还善于发出老龙一样的吟声，他曾经醉卧在大江边，长吟数声，鱼虾都破浪前来朝拜，鼋鼍也迎着浪涛拜见。一天，啸翁与黄鹤山樵、天都瞎汉、潇湘渔夫、虎头将军等十几个人，登上平山的六一楼，众人拉着啸翁让他演示啸声。啸翁以牙齿脱落为由坚决推辞，经众人一再请求才答应。啸翁刚发出的啸声，就像空旷山谷中的铁笛声，婉转悠扬。一会又如仙鹤鸣叫，划破长空，声音响彻云汉。不一会儿，啸翁转向东方长啸，风就从西面吹过来，野草全都倒伏，屋内的门窗振动，高楼也好像在摇晃。然后再转向西方，风又从东边吹过来，只听到轰轰的响声，如同千军万马，在面前驰骋而过，又像两军对垒相互撕杀，长短兵器相互格斗的气势。时间一久，就感到屋瓦好像要被掀飞，树木将要被拔起。这时刚好烧完一炷香，啸翁也气竭，昏倒在地，客人们大惊，急忙喊来山中的僧人，给啸翁灌下沸水，啸翁半天才苏醒过来。回去的时候月亮已经映照在前溪了。

啸翁能医，工画，善歌；垂[①]八十，声犹绕梁云。

【注释】①垂：接近，快要。

【译文】啸翁懂得医术，能够作画，擅于唱歌；快八十岁的时候，啸声依然绕梁穿云。

外史氏曰：古善啸者称孙登[①]，嗣后寥寥，不见书传。迨至我朝[②]，称善啸者，洛下王、昭阳李而已。然予尝一闻之矣，第未知与苏门[③]同一音响否？昨闻啸翁之啸，则有变风云动山岳之势，大非洛下者可几及也。岂啸翁之啸，直接苏门者耶？

【注释】①孙登：字公和，号苏门先生，魏晋时期隐士，博才多识，会弹一弦琴，尤善长啸。阮籍和嵇康都曾求教于他。②我朝：指清朝。③苏门：山名。在河南省辉县西北。又名苏岭、百门山。孙登曾隐居于此。后因用以借指孙登。

【译文】外史氏说：古代擅于长啸的人有孙登，以后就很少有这样的人了，也很难在书中见到相关记载。等到我朝时，自称擅于长啸的人，只有洛阳的王某和昭阳的李某而已。然而我曾经听过他们的啸声，但不知是否和孙登的是同一种声响。昨天听到啸翁的啸声，有变幻风云、撼动山岳的气势，完全不是洛阳王某等人可以比得上的啊。难道说啸翁的啸声，秉承自孙登吗？

张山来曰：予遇啸翁，欲闻其啸，翁以齿豁辞，不意其在平山发如许[①]高兴。惜予不及知也！

【注释】①如许：如此；这样。

【译文】张山来说：我曾经遇到啸翁，想听他的啸声，啸翁以牙齿残缺为由来推辞，没想到他在平山，即兴长啸。可惜我来不及知道啊！

客窗涉笔

佚　名

【**题解**】本篇是《虞初新志卷十一》的第五篇。本文讲了三个关于鬼神的故事。其一为优人装神戏弄女鬼，其二为某进士能回忆起前生往事，其三为麻城鬼投胎的故事。三个故事记载详尽，人物姓氏可考，其事迹真耶？假耶？

康熙间，天津城外有旅店。其后一室，夜多鬼，店主键[①]其门。时有优人[②]至其家，人无宿处，欲入此室。店主告以故。其扮净[③]者云："无惧，吾能服之。"众饮酒，半醉，各归寝。扮净者取笔涂赤面，着袍靴，装关公。丑[④]涂墨面，持刀装周仓；小生[⑤]白面，持印作关平，左右立。关正坐，点烛若看兵书状。顷之，炕后一少妇出，前跪呼冤。装关公者，心慑[⑥]不能言。扮周仓者，厉声问："有何冤？可诉上！"妇指炕者再，周又厉声云："汝且去，明日当伸若冤。"妇拜谢，忽隐去。至明日，三人启炕砖视之，下果有一尸。询店主，云："此屋本一富家者，前年迁去，某赁（lìn）[⑦]之，其邻右云，屋主向有一妾，后不复见，殆冤死耶？"众云："今夜必复至，当细询之。"至夜，三人仍装像于室，众伏户外伺之。初更，妇人又自炕后出，怒指三人云：“吾以汝为真关君，特与诉冤。汝辈何能了吾事？”乃披发吐舌灭灯而去。众大惊，三人不敢复入室。

【注释】①键：插在门上关锁门户的金属棍子。②优人：古代以乐舞、戏谑为业的艺人。③净：戏剧角色之一，俗称“花脸”。④丑：传统戏曲中的一种角色，俗称“小花脸”。⑤小生：戏曲中生角的一种，扮演青年男子。⑥慑：恐惧，害怕。⑦赁：租。

【译文】康熙年间，天津城外有一所旅店。旅店后面有一间屋子，在夜里总是闹鬼，店主就把门户锁了。正赶上有唱戏的人前来投宿，但是店里没有空余的房间可住，他们就想住进鬼屋。店主告诉他们屋里闹鬼的事情。唱花脸的人说：“不用怕，我能制服鬼。”众优人开始饮酒，喝到半醉，各自回屋睡觉。唱花脸的人用笔把脸涂红，穿上袍靴，装扮成关公。唱丑角的人把脸涂黑，持刀装扮成周仓；唱小生的人把脸涂白，持印扮作关平，分别在假关公的左右侍立。假关公正襟危坐，点上蜡烛好像在看兵书。一会儿，炕后出来一个少妇，向前跪下喊冤。扮关公的人，心里恐惧不能说话。而扮周仓的人，厉声问道：“你有何冤？可上前诉说！”少妇指了两次炕，装扮周仓的人又厉声说：“你先回去，明日再为你申冤。”少妇拜谢，忽然隐去。等到第二天，三人挖开炕砖查看，炕砖下果然有一具女尸。他们询问店主，店主说：“此屋本来住着一户富人家，前年迁去别地，我把屋子租了下来，他的邻居说，原屋主有一个小妾，后来就不见了，大概是冤死了吧。”众人说：“今夜女鬼必定还会再来，应当详细询问她。”到了夜晚，三个人仍然在鬼屋装扮好，众人则趴在窗口暗中窥伺。初更时，妇人又从炕后出来，愤怒地指着三个人说：“我以为你是真的关君，特意向你诉冤。你们有什么本事能替我申冤？”于是女鬼披散头发，吐出长舌，吹灭灯火离去。众人大惊，三个人不敢再住在鬼屋了。

张山来曰：此鬼谬矣！即非真关君，宁不可借其力以鸣于官而究其冤耶？

【译文】张山来说：这个女鬼的想法有错！即使不是真的关君，难道不可以借他们的力量向官府告发而追查她的冤屈吗？

康小范言其伯父讳元积者①，顺治辛丑②进士，自幼能知前事。方诞生时，与同辈三人，皆沙门③中道履坚粹者。冥主赐以进贤冠④，绣紫衣⑤，礼而遣之。至一桥，有以杯茗进，同辈饮之，某独疑而置之，遂别去。某困诸生久，每思及此，曰："吾既紫绣来，阎老非谑我者。"后登进士，谢恩之日，班次中遇两同年，面目宛然当日两僧与偕来者。询之两君，则皆惘然，想即桥上杯茗为之蔽也。

【注释】①康元积：字日空，号函三，任太常寺博士达13年，改任吏科给事时未到任即病逝。②顺治辛丑：指顺治十八年，即1661年。③沙门：梵语的音译，对佛教徒的称呼，也指佛门。④进贤冠：古时朝见皇帝的一种礼帽，明代改称梁冠。原为儒者所戴，唐时百官皆戴。⑤紫衣：春秋战国时国君穿紫。南北朝以后，紫衣为贵官公服。

【译文】康小范说他的伯父康元积，是顺治辛丑年进士，自幼就知道自己前生的事情。康元积诞生时，和他一起有三个同辈，都是佛门中笃行佛法的僧人。冥主赐给他们进贤冠，紫色礼服，很有礼节的送他们离开。他们走过一座桥，有人给他们茶喝，同辈的人把茶都喝了，只有康元积心生怀疑而把茶放在一边，于是他们互相告别离去。康元积出生后，一直是诸生，已经很久了，每当想到冥主赐给衣冠的事情，便说：“我既然穿着紫衣而来，阎君肯定不会戏弄我。”康元积后来果然考上进士，谢恩之日，在朝堂中遇到两个同榜考中的人，面目宛然就是当日与自己一同转世的那两个僧人。康元积询问两个同年，他们全都茫然不知，康元积推想他们是被桥上所喝的茶，抹去记忆了。

崇祯末，张献忠屠戮楚中。麻城人为贼所杀，魂走川中，不自知其死也，急欲东归。每至途中，辄为风吹转。夜行三载，终不得归。于是闻风声，即伏地握草木根，乃不复回。将至故邑，城门尚闭，于岳庙①后少憩。见有一神，奉簿登殿，向岳帝云：“与麻城梅某一子。”帝云：“此人孽重，不得有子。”神又云：“天曹②所命，不敢违。”判官持一簿向帝云：“梅某于某日，见一冻人，买一草束烘之得活，是当得子。”帝云：“可将坐庙旁人与之。”四五人拽是人行。是人呼云：“我人也，何投胎之有？”众笑曰：“汝是人，何畏风夜行耶？”是人始悟已为鬼。至殿上，又云：“某即投胎，不愿之梅某家，向识其人，何可为若儿？”判官云：“但往为若儿，有好处。”是人记所言，数人押至梅某家。梅某妇产一儿，即能言，家人以为怪，欲杀之。儿述前生，并托生事，梅惊异。于是力行善，抚子成人，今尚在也。康熙丙辰③二月，施溥霖言之。

【注释】①岳庙：指东岳大帝的庙。东岳大帝：民间传说中主管世间一切生物生杀大权的神。②天曹：指仙官。③康熙丙辰：指康熙十五年，即1676年。

【译文】崇祯末年，张献忠在湖北大肆屠杀百姓。一个麻城人被张献忠的贼兵杀害，他的魂魄走到四川，不知道自己已经死了，想要赶快东归故乡。每次走到半路，他都被大风吹回来。他在夜里走了三年，最终还是不能回乡。麻城人以后再听到风声，就立刻伏在地上，抓住草木，这样才不至于被风吹回。他快要返回故乡时，城门还关着，于是他在岳庙后面稍事休息。他见到一位神仙，捧着书册进入庙内大殿，向岳帝说："应赐给麻城梅某一个儿子。"岳帝说："此人罪孽深重，不应该有儿子。"神仙又说："这是天官的命令，我不敢违背。"判官持一册书向岳帝说："梅某在某日，看见一个冻僵的人，买了一束柴草点火取暖，使冻僵的人活了过来，所以他应当有儿子。"岳帝说："可以将坐在庙旁的人给梅某当儿子。"四五个人拽着麻城人就走。麻城人大喊说："我是人，怎么能去投胎呢？"众人笑着说："你是人？为何畏惧风而在夜间行动呢？"这个人才醒悟到自己已经是鬼了。到了大殿上，麻城人又说："我即使投胎，也不愿到梅某家，我向来了解梅某，怎么可以成为他的儿子呢？"判官说："你只管成为梅某的儿子，对你有好处。"麻城人记住了判官的话，几个人把他押到梅某的家里。梅某的妻子生下一个儿子，一出生就能说话，家人以为是妖怪，想杀了婴儿。婴儿就陈述自己前生的往事，和转生为梅某儿子的经过，梅某感到惊异。于是尽力行善，抚养儿子长大成人，梅某如今还健在。康熙丙辰年二月，听施溥霖讲述了这个故事。

张山来曰：方岳帝未奉天曹命时，梅某妇已有孕矣。岂预知有投胎者耶？此与回生者胸前微温，同不可解也。

【译文】张山来说：当岳帝还没接到天官的命令时，梅某的妻子已经有了身孕。岳帝岂能预知将有投胎的人？这与复生的人胸前微温，同样不可解释。

闻见卮言

顾琨美

【题解】本篇是《虞初新志卷十一》的第六篇。"卮言"是对自己著作的谦词。本文的故事荒诞离奇却又让人信服。不论是卜问科考还是雷击显字的故事，其中包含着教人向善，不可违背天理的告诫。

顺治甲午[①]正月，四明[②]一士人金良者召仙。仙大书乩云："解元金良"。士人大喜，及开榜，解元乃钟朗也。盖"钟"字旁有"金"字，"朗"字旁有"良"字，神仙之游戏耳。然金君于次科亦即中式。

【注释】①顺治甲午：即1654年。②四明：浙江宁波府的旧称，因境内有四明山得名。

【译文】顺治甲午年间正月，四明的一个名叫金良的士人扶乩召唤仙人。仙人的乩文写道："解元金良"。金良大喜，等到开榜的时候，才知道解元是钟朗。大概"钟"字旁有"金"字，"朗"字旁有"良"字，乩文只不过是神仙的戏言罢了。然而金良在下一次科考中举。

晋时义兴善卷寺，雷震其柱，题字凡三：一曰“诗米汉”，一曰“射钩记”，一曰“谢君之”。皆大书，可径尺，非篆非隶，深入木理。正统[①]间，周文襄公[②]命试削之，字随削而入。乡人摹搨[③]，云佩之可以愈疟。宋祥符[④]间，岳州玉贞观[⑤]雷书一柱曰“谢大仙人”。问乩仙，曰“雷神之名也。”本朝顺治间，福州饥，昼锦坊有卖米者，雷震死其三人，有字大书尸上，其文曰“兴口月癶康口月癶昼”。无人识者。人题之于万寿塔壁，夜有蜘蛛垂丝于字之中，直贯而下，视之，乃“米中用水，康中用木查”九字也。询知其人，平日果然。天诛不爽[⑥]矣。

【注释】①正统：为明朝第六个皇帝明英宗朱祁镇的年号（1436—1449年）。②周文襄公：指周忱，字恂如，号双崖，江西吉水人。明朝前期名臣，以善理财知名。③乡人：指乡下人。摹搨：亦作“摹拓”。依样描制，复制。④祥符：即大中祥符，宋真宗的第三个年号（1008—1016年）。⑤岳州：今湖南岳阳市。⑥不爽：指不差；没有差错。

【译文】晋朝时，义兴的善卷寺的柱子被雷击中，形成了三处题字：一处为“诗米汉”，另一处为“射钩记”，再一处为“谢君之”。三处全都是大字，每个字有一尺大小，不是篆书也不是隶书，字迹深入木头的纹理。明朝正统年间，周忱命人试着削掉柱子上的字迹，字迹随着柱子的切削而不断深入。乡下人依样描画在纸上，据说佩戴在身上可以治愈疟疾。北宋祥符年间，雷击在岳州玉贞观的一个柱子上，写下“谢大仙人”几个字。问扶乩时请来神灵，神灵说“这是雷神的名字。”本朝顺治年间，福州发生饥荒，雷击震死昼锦坊三个卖米的人，在他们的尸身上都有字迹，内容为“兴口月癶康口月癶昼”。没有人能够辨识。有人把那些字写在万寿塔的墙壁上，夜晚有蜘蛛在字中央垂丝结网，蛛丝一直向下穿过字迹，仔细再看，原来是“米中用水，康中用木查”九个字。询问知情人，平日里他们果然是这样做的。上天没有诛杀无辜啊。

张山来曰：予曩在鸠兹市上，曾见破书一帙，所记皆雷事。其中雷书甚多，以其近于荒唐，未之购也。由今思之，仍当以数十文买之。今亦不知在否矣。

【译文】张山来说：我从前在芜湖的集市上，曾见到一套破书，书里所记录的全都是有关打雷的事情。其中雷击写字的事例非常多，因为觉得内容太过荒唐，我没有购买。如今想来，当时应该花数十文钱把书买下。如今也不知道那本书还在不在了。

樵书

来集之元成

【题解】本篇是《虞初新志卷十一》的第七篇。本文的故事依旧充满神奇，尤其是用木头代替人脚的故事，读后不禁令人感慨，大千世界果真有这等神奇之术吗?

樵川吴生，善请仙。顺治丁酉[1]，督学岁试将及，数子问场中题，书曰：“尹字带儿孙，一旦不离心。”复问次题出经题否？曰：“否，否，否！”比入试，首题是“得见君子者斯可矣。”至“得见有恒者斯可矣”，乃知“尹字儿孙”，“君子”也；“一旦心”，“恒”字也。次题“乐正子强乎”三段，三“否”字也。同时有武学生，亦问试题，书四语曰：“二人并肩，不缺一边。立见其可，十字撇添。”及入试，论题乃“天下奇才”四字。始悟“二人并肩”，“天”也；“不缺一边”，“下”也；“立见其可”，“奇”也；“十字撇添”，才也。拆字巧妙如此，非仙语不能到也。

【注释】①顺治丁酉：即1657年。②岁试：指岁考。

【译文】樵川的吴生，善于扶乩求仙。顺治丁酉年，岁考将要到了，数名书生询问考题，乩仙写到："尹字带儿孙，一旦不离心。"书生们又询问第二道题是否考五经题目，回答道："否，否，否。"等到考试的时候才知道，第一道题是从《论语》中"得见君子者斯可矣。"一句到"得见有恒者斯可矣"。学子们这才知道"尹字儿孙"，是指"君子"；"一旦心"，是指"恒"字。第二道题是《孟子》中"乐正子强乎"的三段问话，其回答是三个"否"字。同时有考武科的书生，也询问试题，乩仙写了四句话是："二人并肩，不缺一边。立见其可，十字撇添。"等到考试时，题目为"天下奇才"四个字。书生们这才领悟到"二人并肩"是"天"字；"不缺一边"，是"下"字；"立见其可"，是"奇"字；"十字撇添"，是才字。拆字如此巧妙，如果不是仙人的话，就很难做到啊。

康熙己酉科[①]，山阴袁显襄叩乩仙[②]，问场中题目。批云："不可语。"曰："然则终无一言耶？"曰："题目即在不可语上。"曰："乞明示之。"批一"署"字。出题乃"知之者"一节，有四"者"字，且在"不可语上"一章之上。袁遂获隽（jùn）[③]。

【注释】①康熙己酉科：指1669年的科考。②山阴：浙江绍兴古县名。叩：询问，打听。③隽：科举时代喻称考中。

【译文】康熙己酉年科考，山阴的袁显襄询问乩仙考题。神灵批示说："不可语。"袁显襄说："难道一句话也不能说吗？"神灵曰："题目就在不可语上。"袁显襄说："请求神灵明示。"神灵批了一个"署"字。考官出题为"知之者"一节，有四个"者"字，正好在"不可语上"一章之上。袁显襄于是考中。

贵州番民杂处，多閟（bì）[①]术，能以木易人之足。有郡丞某过其地，记室[②]二人从游其地，寓于客邸。一人与妇人淫，其夫怨之，易其一足。一人不与妇淫，其妻怨之，易其一足。明日踯（zhí）躅（zhú）③于庭。丞知，逮其人，始邀归作法，而足如故。

【注释】①閟：古通“秘”，神秘；秘密。②记室：东汉置，诸王、三公及大将军都设记室令史，掌章表书记文檄。③踯躅：以足击地，顿足；徘徊不前。

【译文】贵州地区番汉混杂相住，有很多秘术，能用木头代替人的脚。有一个郡丞路过贵州，他的两个记室跟着他一同出游，在某客店投宿时，其中一名记室和妇人淫乱，妇人的丈夫怨恨他，就用木头代替了这名记室的脚。另一个记室不和妇人淫乱，妇人怨恨他，也用木头代替另一个记室的脚。第二天两个记室都一瘸一拐。郡丞知道后，逮捕了妇人和她的丈夫，让他们做法，才使两个记室的脚复原。

张山来曰：淫其妇而仅易其足，可谓罪重而罚轻矣。

【译文】张山来说：和别人的老婆淫乱而仅仅用木头代替淫乱者的脚，这可以说是罪行严重而处罚轻微了啊。

钱塘于生三世事记

陈玉璂椒峰

【题解】本篇是《虞初新志卷十一》的第八篇。转世投胎之说野史中屡见不鲜，本文也记载了两件。钱塘于生前两世分别为猪和蟒蛇，因有善念不愿杀生而转生为人；金坛的大人物则死后投胎到百里外成为小牛。这些事虽然离奇，但是在告诫人们，天理昭彰，为恶即使一时逃脱，死后也必有报应。

钱塘[①]于生某，忠肃公裔孙[②]也。笃行，不妄言。虽盛暑不解衣带。每沐浴，必深自蔽匿。人怪之。一日，浴昭庆寺僧寮，同学蔡生者，排户逼视，见其两腋间，肌寸许，左豕右蛇，豕鬣而蚴，蛇麟麟然。

【注释】①钱塘：杭州城的古称。②忠肃公：指于谦，字廷益，号节庵，汉族，杭州府钱塘县（今浙江省杭州市）人。明朝名臣、民族英雄。裔孙：指后代子孙。

【译文】钱塘的于生，是忠肃公于谦的后世子孙。他品行淳厚，不乱说话。即使在酷暑也不解开衣服凉快。每次沐浴，他必定避开别人。人们都觉得很奇怪。有一天，他在昭庆寺僧舍沐浴，他的同学蔡生，推开门查看他的身体，看见于生两腋之下，各突出约一寸长的肌肉，左边的肌肉形状像猪，右边的像蛇，像猪的东西上还长着硬毛，弯曲盘绕；像蛇的东西上面似乎还有许多鳞甲。

生泣下，已乃[①]曰："此予三生业也，于今犹不忘。予初为豕，甚憎其生，既就死，极梃刃汤火[②]，神识终不去。已为蟒蛇，在岩穴下，自顾狞恶，时掩藏则口苦饥，百虫哱腥，附于甲，立啖尽，已念业益重。间日食一大禽，又念杀生无已时。誓日饮水，又念毒涎入水杀鱼蚌，误饮人杀人，慨然曰：'生而害生，曷不死？'遂引首于山，曝烈日中以死。见冥官，曰：'汝有人性，重生命，舍生，当拔汝为人。'"言罢，生又泣曰："予未尝以告妻子，今亦无用自匿矣。"蔡闻言悚（sǒng）然，因语于李九来，笔之书。

【注释】①已乃：旋即，不久。②梃刃汤火：棍棒刀刃、滚水烈火。

【译文】于生伤心地流下眼泪，过了一会儿，他说："这是我的三生的业障，到如今都不能忘记。我初世为猪，我十分憎恨转生为猪，后来被杀的时候，又遭受刀杀、水烫的惩罚。我的神识始终没有丧失，各种折磨痛彻心扉。后来我又转生成蟒蛇，栖息在岩洞里，想到自己面目狰狞凶恶，就时时掩藏自己，但是腹中饥饿难忍，正好有虫子发出腥味，趴在我的鳞片上，我立刻把它们吃光了，转而想到杀死虫子，岂不是不是又加重了自己的业障。数日后我又吃了一只大鸟，我想这样下去，会没完没了的杀生。因此我发誓每天只喝水而不吃其他东西，但是又想到口中毒液进入水中会杀死鱼蚌，人误饮也会被毒死，于是我感慨地说：'活着就要害人，为什么不去死呢？'于是我爬到山顶，在烈日下暴晒而死。死后见到冥官，冥官说：'你有人性，能看重众生性命，愿意舍命为人。应该将你转生为人'"说完后，于生又哭泣着说：

“我还没有把这些事告诉妻子儿女，从今以后我也不用再隐瞒了。”蔡生听完他的话，惊得汗毛倒竖，后来蔡生对李九来述说了这件事，李九来把它记录了下来。

陈子曰：轮回果报，为浮屠[①]家说，予不乐道。阅《太平广记》[②]诸书，载此类甚多，亦不之信。今九来亲得之其友，可无疑。嗟乎！物类以不嗜杀而得为人，人嗜杀将不得复为人，亦理有必然者。金坛某巨公[③]死，距百里许，农家适产牛，见腹下殊毛，若书某公姓名。众骇语，闻其子，鬻归，闭之别室[④]，以终其年。予闻之巨公姻党[⑤]，亦无足疑。夫天下之为乱臣贼子者多矣，岂能尽执其人而刀锯鼎烹之？故往往有逃于法者。苟非有冥报，使计穷力竭，贿赂无所施，干请[⑥]无所用，人亦何惮而不为乱臣贼子？故冥报者，所以济国法之穷也。吾友魏冰叔作《地狱论》，其说实有裨于世道人心，当书此文质之。

【注释】①浮屠：古人因称佛教徒为浮屠。②《太平广记》：由宋太宗命人编写的一部大型类书，收集了自汉代至宋初的各类野史小说。③巨公：大人物。④别室：正室以外的房间。⑤姻党：指姻族，有姻亲关系的各家族或其成员。⑥干请：请托。

【译文】陈玉璂说：因果轮回报应是佛教的说法，我不喜欢谈论这些事情。我阅读《太平广记》等书，里面记载的这种事也非常多，我也觉得不可信。如今李九来从他的朋友那里亲自听到这件事，事情的真实性应该没有什么可怀疑的。唉！动物因不愿杀生而转生为人，人如果嗜杀就不能再世为人，这也是有必然道理的。金坛县一个大人物去世了，距离他家大概百里的地方，一户农家的母牛正在生小牛，小牛腹部下的毛很特别，好像写着那个大人物的姓名。众人惊惧，四处传扬，被大人物的儿子听到，他把小牛买回家，单独放在一间屋子里饲养，让小牛终老天年。我从那个大人物的亲戚那儿听说这件事，事情的真实性也不用怀疑。天下的乱臣贼子多了，岂能把他们全都逮捕而施以刀锯鼎烹的刑罚？所以往往有逃脱律法制裁的人。如果不是有死后的报应，让奸臣们把计谋力量都用不上，也没法进行贿赂，请托。人们又有什么可害怕的而不做乱臣贼子呢？所以死后的报应，是弥补国家法律的不足。我的朋友魏冰叔写了《地狱论》，他的学说确实对世道人心有帮助，应当写下这篇文章作为魏冰叔的文章的验证。”

张山来曰：余曾作《轮回说》，谓人为异类，世苟不知，便不足以为戒，故必毛上成字方可耳。

【译文】张山来说：我曾经作《轮回说》，称人是特殊的物类，世人如果不知道因果报应的事例，便不足以为戒，所以必定在皮毛上写上名字才可以警示世人。

活死人传

陈鼎定九

【题解】本篇是《虞初新志卷十一》的第九篇。本文记载了活死人江本实的生平事迹，他弃家修仙，学成后，开门授徒。功成将退时，埋身土穴中，竟然三年不死。故事离奇，让人惊叹不已。

活死人，姓江，四川人，名本实。家素封[1]。明亡，散家财，弃妻子，入终南[2]学仙。十年得其道，遂遨游四海。既而止妙高峰，从阎老人结庐炼金丹。又十年，丹成。

【注释】①素封：指无官爵封邑而富比封君的人。②终南：又名太乙山、地肺山、中南山、周南山，简称南山，是佛道文化的发祥圣地，位于秦岭山脉中段，素有“仙都”、“洞天之冠”和“天下第一福地”的美称。

【译文】活死人，姓江，是四川人，名叫本实。虽然没有官爵，却是当地的大家族。明朝灭亡后，他散尽家财，抛弃妻子儿女，进入终南山学道。十年后学有所成，于是遨游四海。后停留在妙高峰，跟随阎老人建造房屋修炼金丹。又过了十年，他的金丹炼成。

座下弟子百余人，推荆溪[1]陈留王为首，能驾云往来，能水面上立，能峭壁间行。尝缚虎为骑，出入市中。活死人怒，呼而责之曰："所贵乎道者，清净无为也。无为而至于无声，方臻众妙之门[②]。故曰：有声之声，延及百里；无声之声，延及四海。今汝所行，皆有为也。有为则骇世惑俗，岂清净道哉？"于是陈留王乃尽弃其术，掩关息坐[③]。三年，然后请见。活死人大悦，曰："子可以授吾大道矣！"

【注释】①荆溪：位于江苏南部，在太湖西岸。②臻：至，到；引申为达到（美好的），（达到）完备的；再引申为周全。③掩关：关闭；关门。息坐：休息打坐。

【译文】活死人江本实的弟子有一百多人，其中荆溪人陈留王最为优秀，他能驾着云而行，能在水面上站立，能在悬崖峭壁间行走。他曾经俘获老虎为坐骑，出入闹市。活死人江本实很生气，把他喊过来，并责骂他说："学道之人所珍贵的，是清静无为啊。无为就能达到无声，才能到达通向万物奥妙的门径。所以说：能听到的声音，可以传播百里；听不到的声音，可以传播到四海。如今你的行为，全都是有意而为。有意而为则会惊世骇俗，岂能符合清静无为的要旨呢？"于是陈留王不再显露他的法术，转而闭门静修。三年后，陈留王去见活死人江本实。活死人十分高兴，说："我可以把衣钵传授给你了"

既授，乃集群弟子告曰："吾闻成功者退，今吾道既已得人，吾将隐矣。"乃命掘一土穴山半，仅可容身。活死人入居之，命以土掩，毋使有隙，但朝夕来呼吾可耳。既埋，群弟子如命，朝夕往呼之。活死人在土中，必大声应。三年，呼之不应矣。群弟子乃树以碣[①]，曰"活死人之墓"。

【注释】①碣：指圆顶的石碑。

【译文】传授完毕，活死人江本实召集弟子，告诉他们说："我听说功成身退，如今我的道法已有传人，我将隐退了。"于是命令弟子在山腰挖掘一个土穴，大小仅够容身。活死人江本实进入土穴，命人用土把洞口盖住，不要留有缝隙，只需要弟子早晚来呼唤他就行。把洞口掩埋好以后，弟子们遵从他的命令，早晚去洞口呼唤活死人。活死人在土中必定大声回应。三年后，喊他也得不到回应。弟子们便立了墓碑，称为"活死人墓"。

外史氏曰：神仙多为骇世惑俗之事，活死人既怪其弟子骇世惑俗，何为活埋土穴，而使呼之应之三年之久耶？岂夫子所谓索隐行怪者，即世之所谓神仙耶？

【译文】外史氏说：神仙多半会有惊世骇俗的表现，活死人江本实既然责怪他的弟子惊世骇俗，为何他自己活埋在土穴中，而让弟子们呼喊他而他应答达三年之久呢？这难道就是学者所说的行为怪诞的人，就是世人所说的神仙吗？

张山来曰：活埋土穴中，令人呼之而应，此当是其弟子辈故为此言以骇世耳，未必果有其事也。

【译文】张山来说：活埋在土穴中，让人呼叫而应答，这不过是活死人的弟子故意用这样的话来震惊世人罢了，未必真有这样的事。

义牛传

陈鼎定九

【题解】本篇是《虞初新志卷十一》的第十篇。记述了一头义牛的故事。义牛不仅在虎口下救了主人的儿子，而且在主人父子冤死后，义牛为主人报仇，撞死了仇人和他的两个儿子，又吓死受贿的县官。牛能忠义如此，让人敬佩。

义牛者，宜兴桐棺山农人吴孝先家水牯牛①也。力而有德，日耕山田二十亩，虽饥甚，不食田中苗。吴宝之，令其十三岁子希年牧之。希年跨牛背，随牛所之。牛方食草涧边，忽一虎从牛后林中出，意欲攫希年。牛知之，即旋身转向虎，徐行啮草。希年惧，伏牛背不敢动。虎见牛来，且踞以俟②，意相近即攫牛背儿也。牛将迫虎，即遽奔以前，猛力触虎。虎方垂涎牛背儿，不及避，蹼而仰偃隘涧中③，不能辗。水壅浸虎首，虎毙。希年驱牛返，白父，集众舁④虎归，烹之。

【注释】①牯牛：公牛。②踞：蹲坐。俟：等待。③蹼：即跌蹼，摔倒的意思。④舁：共同抬东西。

【译文】义牛，是宜兴铜棺山农民吴孝先家的公牛，不仅力大而且忠诚，每天可以耕二十亩山地，就算非常饥饿，它也不会吃田里的禾苗。吴孝先把牛当作宝贝，让他十三岁的儿子吴希年来放牧它。吴希年坐在牛背上，让牛随意走动。一天，牛正在水涧边吃草，忽然一只老虎从后面的树林里跑出来，想要抓吴希年。牛觉察到了，就转过身来对着老虎，慢慢走着吃草。吴希年非常害怕，爬在牛背上不敢动。老虎看到牛朝自己走来，蹲坐在那儿，想等牛走近后，把牛背上的人扑下来。牛将要走近老虎时，突然向前猛奔，用角猛力撞向老虎。老虎原本垂涎牛背上的吴希年，来不及躲避，被顶得四脚朝天，掉到的水涧中，不能动弹，水慢慢淹过老虎的头，不一会儿老虎就淹死了。吴希年骑着牛返回家，把事情告诉了父亲，吴孝先召集众人把老虎抬了回来，煮着吃了。

他日，孝先与邻人王佛生争水。佛生富而暴，素为乡里所怨，皆不直之，而袒孝先。佛生益怒，率其子殴死孝先。希年讼于官，佛生重赂邑令，反杖希年。希年毙杖下，无他昆季[①]可白冤者。孝先妻周氏，日号哭于牛之前，且告牛曰："曩幸借汝，吾儿得免果虎腹。今且父子俱死于仇人矣！皇天后土，谁为我雪恨耶？"牛闻之，大怒，抖搜长鸣，飞奔至佛生家。佛生父子三人方延客欢饮，牛直登其堂，竟抵佛生，佛生毙；复抵二子，二子毙。客有持杆与牛斗者，皆伤。邻里趋白令，令闻之，怖死。

【注释】①昆季：指兄弟。长为昆，幼为季。

【译文】后来，吴孝先和邻居王佛生争夺水源。王佛生家里富有，但为人生性残暴，平日里就被同乡的人所怨恨，对于这件事，大家都认为王佛生做得不对，而偏向吴孝先。王佛生更加生气，带领他的儿子们把吴孝先殴打致死，吴希年去告官，王佛生重金向县令行贿，县令反而杖打吴希年，吴希年被打死在杖下。吴家没有其他兄弟可以来鸣冤。吴孝先的妻子周氏，每天都在牛面前哭诉，告诉牛说：“从前幸亏有你，我的儿子才没有被老虎吃掉。如今他们父子都死在仇人手里，老天爷啊，谁可以为我报仇呢？”牛听后，非常生气，抖擞精神大吼一声，飞奔到王佛生家里。王佛生父子三人正在请客喝酒，牛就直接跑到他家的厅堂，撞向王佛生，结果王佛生被撞死。牛又撞向王佛生的两个儿子，王佛生的两个儿子也被撞死。客人中有人拿着长杆和牛搏斗，也都被牛撞伤。乡里的人跑去报告县令，县令听说后，吓死了。

外史氏曰：世之人子不肖，父仇不能报者比比矣。乃是牛竟能为吴氏报两世杀身仇。噫！牛亦勇矣哉！宜乎令闻之怖死也。

【译文】外史氏说：世人的儿子不孝，不能报父仇的例子，比比皆是。这头牛竟然能为吴氏报父子的杀身之仇。噫！这头牛也很勇猛了！所以县令听说后被吓死。

张山来曰：牛之为物，虽巍然一躯[①]，然观其状，大抵顽而不灵。今此牛独能为主报两世之仇，复怖死一贪墨吏，殆所谓“犁牛之子骍（xīng）且角[②]”者也。

【注释】①巍然：形容山或建筑物高大雄伟的样子。②犁牛：耕牛，古时耕牛不作牲供祭祀。犁牛之子：比喻父虽不善却无损于其子的贤明。骍：意思是赤色的马和牛，亦泛指赤色。

【译文】张山来说：牛，虽然躯体高大，然而它的样子，大概属于笨拙而不灵活的动物。如今此牛能单独为主人报两世之仇，又吓死一个贪官污吏，大概是所谓的牛中“豪杰”吧。

卷十二

邵士梅传

陆鸣珂次山

【题解】本篇是《虞初新志卷十二》的第一篇。邵士梅的前生奉公守法，转世后仍保有前世的记忆。自小就与众不同，考中进士后回到前生生活的地方，感慨世事沧桑，回报了前生的亲人，了结了今生的因果，事迹被乡里传颂。告诫人们要存善心，积善行，不要作恶。

邵士梅，号峄（yì）晖，山东济宁州人也。其前身为高小槐，本高家庄人，向充里正①，急公守法，不苛索民间一钱。病革②时，见二青衣人，如公差状，令谨闭其目，挟与俱行。行甚捷，唯闻耳边风涛声。少顷，至一室，青衣已去，目顿开，第见二妪侍房帷间，则已托生在邵门矣。口不能言，心辄自念，觉目中所见，栋宇器物，骤然改观。即手足发肤，何似非故我也？至二三岁能言时，辄云“欲上高家庄、高家庄”云。父母怪而叱之曰：“儿妄矣！高家庄安在？”及出就外傅③，间以语傅。傅曰：“此子前身事，宜秘之。”遂不复言。

【注释】①里正：官名。古时乡里小吏，负责掌管户口、赋役等事。②病革：指病势危急，病危。③外傅：是指出外就学的老师。

【译文】邵士梅，号峄晖，是山东济宁州人。他的前生叫高小槐，是高家庄的人，他一直在乡里担任里正一职，他为人奉公守法，不会贪污百姓一文钱。高小槐病危时，看见二个青衣人，打扮得像公差，让他闭住眼睛，挟着他一起前行。他们走得很快，只听到耳边的呼呼风声。不一会，来到了一间屋子，青衣人已经离开，他睁开眼睛，只见二个老妇人在帷帐里侍候，他已经托生在邵家了。他虽然口不能言，但是心里很明白，只觉得眼睛看见的东西，还有房屋器物，怎么不是原来自己家的样子，而且自己的手足发肤，好像也不是原来的？等到他二三岁能说话的时候，就对大人说“想要去高家庄”之类的话。他的父母感到奇怪，叱责他说：“小孩子瞎说！哪有高家庄呢？”等到他外出就学的时候，就把这些事告诉老师。老师说：“这是你前世的事，应该严守秘密。”于是他不再向别人说起这些事。

己亥成进士，改授登州郡博①。适奉台檄②，署篆栖霞③，道经高家庄，市井室庐，宛然如昨。因集土人而问之曰：“此地曾有高小槐乎？”曰：“有之，去世已历年所矣。”及询其殁（mò）时月日，与士梅生辰无异。遂告之故。觅其子，一物故④，一他出⑤，唯一女适人，相距里许。呼与语，语及少时膝下事，甚了了⑥。并访里中诸故老，其一尚存，皤（pó）皤黄发⑦，年九十余矣。相见道故旧，欢若平生。士梅因恍然有得，半生疑案，从此冰消。乃赋诗云：“两世顿开生死路，一身会作古今人。”遂捐资置产，厚恤其家。后俸满量移⑧，作令吴江。吴中人士，盛传其事。

【注释】①郡博：府学学官。②台檄：古代朝廷用于征召、晓谕、诘责等方面的文书。③署篆：署印。因官印皆刻篆文，故名。④物故：死亡。⑤他出：外出，往其他地方。⑥了了：明白；清楚。⑦皤皤：头发白的样子。黄发：老年人头发由白转黄，旧时长寿的象征，后常用指老人。⑧俸满：官吏任职满一定年限后，依例升调。量移：泛指迁职。

【译文】已亥年邵士梅考中进士，被授予登州府学官的职位。他接受朝廷的任命，去栖霞做官。他路过高家庄时，看到街市房屋非常熟悉，就像昨日才离开的一样。他召来本地人询问说："此地曾有个人叫高小槐吗？"回答说："有的，已去世多年了。"询问高小槐去世的日期，和邵士梅的生辰一样。于是告诉本地人其中的缘故。邵士梅寻找高小槐的子女，一个儿子已经去世，一个儿子外出，只有一个女儿嫁人，嫁到了几里外的婆家。邵士梅叫来高小槐的女儿说话，说起她小时候的事，都十分清楚。邵士梅访问邻里的老人，还有一位老人尚在，已经头发变黄，九十多岁了。他们相见后，说起以前的事，气氛欢乐融洽就像当年一样。邵士梅至此明白来了自己的前世因果，半辈子的疑问，从此消解。于是赋诗道："两世顿开生死路，一身会作古今人。"欢乐融洽的拿出钱财，置办产业，给家人丰厚的馈赠。后来邵士梅依例转迁，担任吴江县令。吴中的众人，都广泛传播他的事迹。

余初未之信也。适登州明经[①]李曰白，为余同年曰桂胞弟，便道过访。余偶言及，曰白曰："得非我登州邵峄晖先生乎？其事甚真，余所稔（rěn）闻[②]。"因述邵在登时，尝以语同官[③]李簠（fǔ），簠以语曰白者，缕悉如此。余稍铨次[④]其语，为立小传。夫高小槐，一里正耳，片善之积，尚能死无宿孽，生得成名，况其他哉？云间野史陆鸣珂撰，时康熙七年五月晦日也。

【注释】①明经：汉朝出现的选举官员的科目，被推举者须明习经学，故名。②稔闻：指素闻，素有耳闻。③同官：在同一官署任职的同僚。④铨次：编排次序。

【译文】我最初也不相信这件事。正好登州贡生李曰白，是我的同年李曰桂的同母弟，他顺路来拜访我。我偶然谈到这件事，李曰白说：“莫非是我们登州的邵峄晖先生吗？他的事迹确实是真的，我素有耳闻。”他说邵峄晖在登州的时候，曾经和同僚李篚说过这些事情，李篚又把这些话告诉李曰白，而且叙述地非常详尽。我稍后把李曰白的话进行整理，做此小传。高小槐，只是一个里正，因为积累小的善行，尚且能死后没有罪孽，转生后得到名望，何况其他的大善行呢？云间野史陆鸣珂撰写，康熙七年五月三十日。

张山来曰：观里正之善者，其福报如此，其恶者，来生从可知矣！

【译文】张山来说：看到里正行善，就得到了这样的福报。而那些作恶的人，就可以知道他们来生的下场了！

彭望祖传

陈鼎定九

【题解】本篇是《虞初新志卷十二》的第二篇。彭望祖曾帮助过一位道士，被授予丹书三卷，他熟读之后，学会法术，可以作法把草龙变成真龙，乘龙从千里之外采回新鲜荔枝，法术神奇，可媲美左慈。

彭望祖，名远，江西人。幼端方沉静，寡言笑。弱冠举诸生，从师读书西山草庵中。冬月①，有道士衣单麻衣，冒大雪来求宿，忽病足不能起。望祖怜之，日分饮食奉之。三年，道士足愈，起谢曰："吾受郎君惠厚矣，无以报。"出丹书三卷授之，曰："读之可证飞仙。"遂去，不复见。

【注释】①冬月：又称辜月、畅月、后十月、仲冬，农历十一月。

【译文】彭望祖，名远，江西人。幼年时性格端庄沉静，不苟言笑。二十岁成为诸生，跟随老师在西山草庵中读书。冬季十一月，有道士穿着单麻衣，冒着大雪前来求宿，忽然患脚病不能起身。彭望祖可怜他，每日把自己的饮食分一些来奉养道士。三年后，道士的脚病痊愈，起身对彭望祖道谢说："我受郎君的恩惠很多，无以为报。"于是拿出丹书三卷传授给彭望祖，说："读完这些丹书，就可以证悟飞仙。"说完道士就离开了，没有再出现。

望祖得其书，熟读之。明亡，弃举子业，来游江南。顺治中，京口明经张行贞，延为[①]孺子[②]句读师，宾主甚相欢。他日饮青梅下，行贞盛言闽粤鲜荔之美，恨不得啖。望祖曰："是固无难致也。"行贞曰："噫！先生何云不难哉？固无论山川险阻，第相去数千里，即使策骏马乘传，日夜兼程，行至此，亦槁矣！"望祖唯唯[③]。

【注释】①延：引进，请。②孺子：多指幼儿、儿童。句读：也称为句逗，即断句。③唯唯：恭敬的应答声。引申为不置可否之义。

【译文】彭望祖得到道士的丹书后，就日夜熟读。后来明朝灭亡，彭望祖放弃考取举子的打算，来到江南游历。顺治年间，京口的贡生张行贞，聘请他为孩子的老师，宾主之间相处甚欢。有一天他们在青梅树下饮酒，张行贞极力称赞福建、广东的新鲜荔枝味美，遗憾不能吃到。彭望祖说："这也不是难事。"张行贞曰："噫！先生为什么说不难呢？先不说这一路的山川险阻，就说福建、广东与这儿相去数千里，即使骑骏马接力，日夜兼程，回到这里时，荔枝也枯槁了！"彭望祖只是应承，并没说别的话。

抵暮，行贞入，望祖命童子洒扫书舍，庀（pǐ）[①]香具法坛，戒童子先寝。童子慧，怪之，假寐窃起窥。望祖于箧中取草龙一具，祭于坛。须臾，龙忽蠕然，鳞甲爪牙皆动。望祖乘之腾去，不半夜归矣。龙两角挂累累（lěi lěi）[②]，皆鲜荔也。乃撤坛，收草龙置箧中，而东方已白。呼童子起，进之，行贞大骇，诘童子，童子具以告。于是行贞知望祖有神术，谨事之。岁余，望祖忽于午夜出草龙，收行旅琴剑书箧挂于上，乘之而去，不知所终。

【注释】①庀：具备；备办。②累累：连接不断，连接成串。

【译文】等到夜晚，张行贞回去后，彭望祖命令童子打扫书舍，准备香火、用具和法坛，告诉童子先睡。童子聪慧，感到奇怪，先假装睡觉，后来悄悄起身偷看。看到彭望祖在箱子中取出一条草龙，放在法坛上。一会儿，草龙开始慢慢蠕动，鳞甲爪牙都动了起来。彭望祖乘着草龙腾空而去，不到半夜就回来了。龙的两只角上挂着成串的东西，全是新鲜的荔枝。彭望祖撤去法坛，把草龙收在箱子中，这时东方已亮。彭望祖把童子叫起来，让童子请张行贞过来，张行贞看到荔枝非常惊讶，就询问童子，童子把事情经过都告诉了他。于是张行贞知道彭望祖有法术，从此更加恭敬地对待他。过了一年多，彭望祖忽然在半夜拿出草龙，收拾行李琴剑书箱挂在龙上，乘龙离去，不知去了哪里。

外史氏曰：神仙固多幻术也。往往以幻术游戏人间，第无缘值之耳。或曰：望祖特术士耳，非神仙也。虽然，数千里不半夜而往还，即谓之神仙也亦宜。

【译文】外史氏说：神仙本来就会许多幻术。他们往往凭借幻术游戏人间，只是世人无缘见到这些幻术。有人说：彭望祖只是术士罢了，不是神仙。虽然如此，但是数千里的路程，不到半夜就能往返，就算称他为神仙也是适宜的。

张山来曰：余尝羡左慈[①]于盂中钓松江四腮鲈鱼，今望祖尚有借于草龙，犹觉逊一筹也。

【注释】①左慈：字元放，庐江人，东汉末年著名方士，传说能役使鬼神。

【译文】张山来说：我曾经羡慕左慈施法，能在盆中钓起松江的四腮鲈鱼，如今彭望祖还得借助草龙，所以觉得他稍逊左慈一筹。

程弱文传

罗坤宏载

【题解】本篇是《虞初新志卷十二》的第三篇。记述了一位才女程弱文的故事。程弱文幼年聪慧，擅长诗文，书法精妙，可惜英年早逝，只留下数卷文集。

弱文程氏，名璋，歙（xī）人程某之女也，其母梦吞花叶而生。幼极颖慧，九岁即好弄翰墨，工诗文，日摹《曹娥》《麻姑》①诸帖，书法尤称精楷。性复喜植花，更爱花叶，能于如钱莲叶，熨制为笺，书《心经》②一卷。

【注释】①曹娥：东汉时期会稽上虞（浙江绍兴市）人，古代著名孝女。麻姑：又称寿仙娘娘、虚寂冲应真人，中国民间信仰的女神。②《心经》：指《般若波罗蜜多心经》，也称《般若波罗蜜心经》，简称《心经》，共一卷，260字。

【译文】程弱文，名璋，歙县程某的女儿，她的母亲梦到吞花叶而生下她。她幼年时就特别聪慧，九岁时就喜欢舞文弄墨，善写诗文，每天临摹《曹娥》《麻姑》等字帖，书法尤其精美端正。她还喜欢种花，更喜爱花叶，能把如铜钱大小的莲叶，熨烫制成为书笺，在上面书写《心经》一卷。

及笄，适里人方元白，伉俪[①]甚欢。元白偕友人吴某，作客广陵，弱文忧形颜色，不能自已。尝作诗文，缄（jiān）[②]寄元白，元白开缄，辄闭户欷歔（xī xū）[③]，怅惋累日。一日平头[④]复持缄至，友人伺其出，私启视之，乃制新柳叶二片，翠碧如生，各书绝句一首。其一曰："杨柳叶青青，上有相思纹。与君隔千里，因风犹见君。"其二曰："柳叶青复黄，君子重颜色。一朝风露寒，弃捐安可测？"又有《染说》一编、《原愁》一则寄元白，文情绵恻，媚楚动人。

【注释】①伉俪：指夫妻。②缄：书信。③欷歔：本意是哭泣后不由自主地急促呼吸，现在指感慨，叹息。④平头：代指奴仆。

【译文】她十五岁的时候，嫁给同乡人方元白，夫妻感情融洽。方元白和友人吴某，一同到扬州访客，程弱文整日面露忧色，难以抑制自己的思念。她曾经作诗文，寄给方元白，方元白打开书信看完后，就关上门长吁短叹，整日闷闷不乐。一天奴仆又送来书信，友人吴某乘方元白外出，私自拆信观看，信里是新作的二片柳叶，颜色翠碧宛如刚摘下来的，柳叶上各写了绝句一首。其一为："杨柳叶青青，上有相思纹。与君隔千里，因风犹见君。"其二为："柳叶青复黄，君子重颜色。一朝风露寒，弃捐安可测？"程弱文又有《染说》一编、《原愁》一则寄给方元白，言语缠绵，字字动人。

年二十一而卒，著有文集数卷，歙人有传之者。元白伤悼过情，终不复娶，亦不复作客，遂入天台山为名僧焉。

【译文】程弱文二十一岁时去世，一生著有文集数卷，歙县有人为她做传。方元白悼念妻子，哀伤过度，终生不再娶妻，也不再四处访客，后到天台山出家成为名僧。

张山来曰：吾邑有此闺秀，当访购其集而表章之。

【译文】张山来说：我的家乡有这样才貌双全的女子，应当收集她的文集，让后人知道她的文采。

薜衣道人传

陈鼎定九

【题解】本篇是《虞初新志卷十二》的第四篇。薜衣道人有着媲美华佗的高超医术，更令人吃惊的是，他竟然救活了一个被斩断头的人。他的神奇医术使人难以置信。只可惜后来薜衣道人进入终南山修道，一身医术失传。

薜（bì）衣①道人祝巢夫，名尧民，洛阳诸生也。少以文名，明亡，遂弃制艺②，为医，自号薜衣道人。得仙传疡（yáng）医③，凡诸恶疮，傅其药少许即愈。人或有断胫（jìng）④折臂者，请治之，无不完。若刳（kū）⑤腹洗肠，破脑濯髓，则如华陀之神。

【注释】①薜衣：即“薜荔衣”的简称，是用薜荔的叶子制成的衣裳，原指神仙鬼怪所披的衣饰，后称隐士的服装。②制艺：指八股文，这里指文章。③疡医：旧指外科医生。④胫：小腿。⑤刳：剖开。

【译文】薜衣道人祝巢夫，名尧民，是洛阳的诸生。他年少时以文采出名，明朝灭亡后，他就放弃了文章功名，成为医生，自称为薜衣道人。他得到神仙传授的外科医术，凡是各种恶疮，敷少许他的药就能痊愈。有断腿断臂的人，请他来医治，没有治不好的。像剖开腹部清洗肠子，破开脑壳洗濯脑髓之类的手术，操作起来也像华陀再世一样。

里有被贼断头者，头已殊，其子知其神，谓家人曰：“祝巢夫，仙人也，速为我请来！”家人曰：“郎君何妄也？颈不连项矣，彼即有返魂丹，乌能合即离之形骸哉？”其子固强之而后行。既至，尧民抚其胸曰：“头虽断，身尚有暖气。暖气者，生气也。有生气，则尚可以治。”急以银针纫其头于项，既合，涂以末药[①]一刀圭[②]，熨（yùn）以炭火。少顷，煎人参汤，杂他药，启其齿灌之。须臾，则鼻微有息矣。复以热酒灌之，逾一昼夜，则出声矣。又一昼夜，则呼其子而语矣。乃进以糜粥，又一昼夜，则可举手足矣。七日而创合，半月而如故。举家拜谢，愿以产之半酬之。尧民不受。后入终南山修道，不知所终。无子，其术不传。

【注释】①末药：没药树的树脂凝结成块状或颗粒状，可入药，有通经活血、消肿止痛等作用，亦称没药。②刀圭：中药的量器名。

【译文】乡里有人被贼人斩断头颈，头已与身体断开，他的儿子知道薛衣道人的医术神奇，对仆人说：“祝巢夫是仙人，快点把他请来！”仆人说：“郎君怎么说胡话呢？主人的脖颈都已经断了，薛衣道人即使有返魂丹，又怎么能把已经分开的躯体和头接合呢？”这个人的儿子仍然坚持自己的意见，最后仆人只好去请薛衣道人。薛衣道人来了之后，抚摸断头人的胸口说：“头虽断，但身体尚有暖气。暖气，是人的生气。有生气，就可以医治。”薛衣道人急忙用银针把断头人的头缝在脖子上，缝好后，涂上一刀圭的末药，用炭火炙烤。不一会儿，又煎人参汤，并掺进其他药材，撬开断头人的牙齿灌进去。不一会儿，断头人就稍微有了息鼻。又用热酒灌入，经过一昼夜，断头人就能出声了。又经过一昼夜，断头人可以呼唤他的儿子说话了。于是喂给断头人糜粥，又经过一昼夜，断头人就可以举起手脚了。七日后断头人伤口愈合，半月后恢复得和平常一样。断头人全家拜谢薛衣道人，愿意用一半的家产来酬谢他。薛衣道人不肯接受。后来薛衣道人进入终南山修道，不知所终。薛衣道人没有儿子，所以他的医术没有承传下来。

外史氏曰：世称华佗为神医，能破脑刳臂，然未闻其能活既杀之人也。乃尧民能之，不几远过于佗耶？孰谓后世无畸人[①]哉？

【注释】①畸人：神奇的人；仙人。

【译文】外史氏说：世人称华佗为神医，可以做手术破开病人的脑壳，剜下伤者手臂上的肉，然而却从未听说他能把被杀的人救活。而薛衣道人祝尧民可以做到，他难道不是远胜过华佗吗？谁说后世没有仙人呢？

张山来曰：理之所必无，事之所或有，存此以广异闻可耳。

又曰：使我得遇此公，便当以师事之。

【译文】张山来说：救活死人，从常理来说必定没有，但是这样的事情或许存在，记录这件事来增加异闻罢了。

张潮又说：如果让我遇到薛衣道人，一定要把他当老师一样事奉。

刘医记

陈玉璂椒峰

【题解】本篇是《虞初新志卷十二》的第五篇。刘云山生前医术精湛，可惜生不逢时，不能被大家了解。等刘云山死后，其魂魄施展医术救活了杭州某大家族的儿子，大家这才知道刘云山的医术高超。

刘云山，万历间医也，然当时其术未行，身死三十七年，而名始著。陈子闻之曰："异哉！理可信哉？"客曰："杭州巨室①某者，子患恶疾，垂毙，其家已环而哭之。有一医突至，曰：'我刘云山也。'视毕而病者愈。赠以金，不受去，曰：'他日晤我于毗（pí）陵城之司徒庙巷。'逾月，巨室子果至，觅云山，巷之老人曰：'子谬矣！云山死且三十七年矣。'然云山生时信鬼神，曾梦授斯庙之神，募钱尚书地以广其祠宇，因自为像于神旁，其形容尚可识也。巨室子趺入，惊顾骇愕②，抱其像哭泣而去。由是吾郡之人，观者、拜者、祭祷者，奔走无虚日，亦复有验。"

【注释】①巨室：指名望高势力大的世家大族。②骇愕：惊讶，惊愕。

【译文】刘云山，是万历年间的医生，然而当时他的医术还不能被大家了解，他死后三十七年，名气才开始渐渐传扬开来。陈子听后说：“真奇怪啊！有这种事情吗？”客人说：“杭州某名门望族，其家儿子患了重病，已经奄奄一息，家人围在他病床周围，伤心哭泣。有一名医生突然来到他家，说：‘我是刘云山。’经过诊治，其子竟然痊愈了。富人赠送刘云山金银，刘云山不肯接受而离去，说：‘将来到毗陵城的司徒庙巷找我。’一个月后，富家的儿子果然来到司徒庙巷寻找刘云山，司徒庙巷的老人说：‘你弄错了吧！刘云山已经死了三十七年了。’然而刘云山生前相信鬼神之说，曾经在梦里得到司徒庙的神灵传授的医术，还募钱买下钱尚书的土地，用来扩建司徒庙，并把自己的塑像放在神像旁，塑像的容貌尚且可以辨识。富家的儿子奔入庙中，非常惊讶的发现刘云山的相貌与塑像一模一样，就抱着刘云山的塑像大哭起来。从此我们郡的百姓，前来观看的、朝拜的、祭祀祈祷的，每天络绎不绝，而且也很灵验。”

陈子闻之曰：异哉！理可信哉？虽然，使云山之术得展于生时，吾固知云山之志可毕也。乃负其术而不遇其时，此云山之所以至死而犹不肯泯没者乎？虽其事近于荒唐怪异，君子亦当悯其志而姑信之也。康熙四年①三月某日记。

【注释】①康熙四年：即1665年，乙巳年。

【译文】陈子听后说：真奇怪啊！有这种事情吗？虽然这样，假使刘云山的医术可以在生前施展，我推想刘云山名扬天下的愿望就可以实现了。身怀高超医术而生不逢时，这是刘云山之所以到死也不肯安息的原因吗？虽然刘云山的事迹近乎荒唐，君子也应当怜悯他的志向而姑且相信啊。康熙四年三月某日记载。

张山来曰：艺术果精，其为神也固宜。

【译文】张山来说：刘云山的医术高超，就是成为神仙也是可以接受的。

湖壖杂记

陆次云云士

【题解】本篇是《虞初新志卷十二》的第六篇。本文收录的是一些灵异神怪之事，既有趣，又给人启示。其宗旨都是告诫世人，善恶之报，如影随形；福祸无门，惟人自招。

净慈寺[①]罗汉，其始止十八尊，吴越王梦十八巨人，而范其像。南宋时，僧道容增塑至五百尊，覆之以田字殿，殊容异态，无一雷同。焚香者按已年齿[②]，随意数之，遇愁者愁，遇喜者喜。按罗汉之异，不止一端。烟霞洞[③]后石壁，有石罗汉六尊，亦见梦于吴越王，乞完聚同气[④]，王为补刻其一十二。又愿云《现果录》，载明时休宁赵贾，出海病疽（jū）[⑤]，同舟者弃之穷岛。赵甦（sū）[⑥]，匍匐至一大寺，见有异僧，问彼沙弥，知为罗汉。贾向一僧求其送归，僧曰："可入袖中。"即越海掷贾室中，飘然竟去。贾还，捐资造建初寺[⑦]，画神僧之事于壁，以彰佛力。又明季，太仓有一巨姓，老年无子，斋十万八千僧讫，有十八异僧，复来求食，家僮拒之。一僧竟入堂中，以指濡唾作行书，书其几曰："十八高人特地来，谓言斋罢莫徘徊。善根虽种无余泽，连理枝头花未开。"随书随成金字。家僮惊报，主人急出，僧已逝矣。巨姓顶礼诗几，积诚一载，忽见“未”字转动，自下而上，竟成“半”字，遂得一女。

【注释】①净慈寺：位于浙江省杭州市，中国著名寺院之一。②年齿：年龄。③烟霞洞：位于浙江杭州南高峰翁家岭南部山腰，是一个天然溶蚀而成的石灰岩溶洞。④完聚：团聚，团圆。同气：一般指兄弟和睦。⑤疽：局部皮肤下发生的疮肿。⑥甦：通“苏”，苏醒。⑦建初寺：孙权于247年在建业（今南京）建造的江东首座寺庙，后屡次毁于战火，又屡次修建。

【译文】净慈寺的罗汉，最开始只有十八尊，当年吴越王梦到十八个巨人，就按照他们的样子塑了罗汉像。南宋时，僧人道容把罗汉像增加到五百尊，并建田字殿供奉他们，罗汉的容貌各异，无一雷同。进香的人按照自己的年龄，随意从一尊罗汉数起，数到面露愁容的罗汉就代表自己的愿望难以实现，数到面带笑容的罗汉就代表自己的愿望可以实现。各种罗汉的传说和神迹，不止一两件。烟霞洞后的石壁上，雕刻有石罗汉六尊，也曾托梦给吴越王，希望能和其他罗汉团聚。因此吴越王为他们补刻了其余的十二尊罗汉。《现果录》记载明朝时休宁人赵贯，出海时患上疽疮，同船的人把他抛弃在偏远的海岛上。赵贯苏醒过来，爬行到一座大寺前，见到有相貌奇异的僧人，询问那些沙弥，得知他是罗汉。赵贯向一名僧人请求把自己送回家，僧人说：“你可以进到我的袖子中。”僧人就越过大海把赵贯送回家中，然后飘然离去。赵贯回到家，捐钱修造建初寺，把神僧的事迹画在墙壁上，以弘扬佛法。明末，太仓有一富人，老年无子，给十万八千僧人施舍饭食，斋饭刚刚施舍完毕，又有十八名相貌奇异的僧人，前来求食，家僮拒绝了他们。一名僧人进入堂中，用手指沾着唾液在书案上写字：“十八高人特地来，谓言斋罢莫徘徊。善根虽种无余泽，连理枝头花未开。”字一写完，就变成了金字。家僮大惊，连忙禀报给主人，主人急忙出来，僧人们已经走了。富人顶礼膜拜书案上的字迹，诚心诚意的膜拜了一年，忽然看见“未”字转动，上下颠倒，竟变成了“半”字，于是富人生了一个女儿。

明末，净寺一僧尝昼寝，梦伽（qié）蓝[①]语之曰：“有张姓新贵人至矣，急迎之！”僧惊寤，旋往山门物色[②]，见一书生倚松太息。僧询之曰：“君得无张姓某名乎？”书生曰：“然！”僧急拉之曰：“新贵人盍过我？”书生急谢曰：“公勿误，我乃不取科举秀士也。今八月初六日矣，诸试俱毕，无计观场[③]，过此排闷，安得为新贵人耶？”僧曰：“君之为新贵人，神告之矣。未录科[④]，易事耳，吾为尔续取！”书生曰：“续取须金。”僧曰：“吾为若输金。”书生曰：“吾观场无费，不如休也。”僧曰：“吾为若措费，第得科名后无相忘足矣。”书生曰：“斯何敢？”僧续名为投卷、市参、授餐、僦（jiù）寓[⑤]。场事毕，又为卜筊（jiǎo）[⑥]于伽蓝，得大吉，益喜跃。榜将发，拉书生曰：“君候放榜，当必在我舍。”书生曰：“公无虑，我舍公，将安归？”于是轰饮彻夜，将旦，僧先入城观揭榜，果见姓名高列矣。驰归拉生赴宴，至则再视，视上名虽是而籍则非，相顾错愕，生甚惭而僧甚悔，各不复顾，分道叹息而去。

【注释】①伽蓝：原意为寺院，又指寺院护法神。②物色：访求，挑选。③观场：参加考试。多指乡试。④录科：清科举制度，科试通过了，才能参加乡试，叫做“录科”。⑤投卷：古代考生向名士“投献”自己的代表作，称之为投卷，以获得名士的推荐。市参：购买人参，古时候科举考试，历时数天，富家子弟以人参来滋补提气，也有说是购买参考书籍。授餐：给予饮食。僦寓：赁屋寓居。⑥卜筊：亦作“卜珓”，占卜术的一种。

【译文】明朝末年，净慈寺的一名僧人白天睡觉时，梦到伽蓝神对他说：“有姓张的新贵人到了，赶快去迎接他！”僧人突然惊醒，立刻前往山门处寻找，看见一位书生倚靠着松树在叹息。僧人询问他说：“您不会就是张某吧？”书生说：“是我！”僧人急忙拉着书生说：“新贵人为何不到我这儿来呢？”书生急忙推辞说：“您不要误会，我是个没有通过科试的秀才。现在已经八月初六了，我参加科试没有通过，所以没有资格参加乡试，因此到这里来排解烦闷，怎么能是新贵人呢？”僧人说：“您会成为新贵人的，这是神明告诉我的。没有录科，这事容易解决，我可以帮助你补考！”书生说：“补考需要交钱。”僧人说：“我为你支付这些费用。”书生说：“我参加考试的其他费用也没有，不如放弃吧。”僧人说：“我为你筹措费用，只愿你高中后不要忘了我就行。”书生说：“这怎么敢？”僧人给书生录科后，又为他准备投卷、市参、授餐、僦寓等事项。书生考完后，僧人又在伽蓝神前为书生卜筊，结果大吉，僧人更加欢喜雀跃。考试结果将要发榜时，僧人拉着书生说：“您一定要在我这儿等候放榜。”书生说：“您不要担心，我离开您，又能去哪呢？”于是两人彻夜畅饮，天快亮时，僧人先入城看榜，果然看见书生的姓名高列榜上。僧人赶快回来拉着书生去赴宴，到了放榜地方再细看，榜上的名字虽和书生的名字相同，但是籍贯却不一样，僧人和书生相互错愕地看着，书生非常惭愧，而僧人非常后悔，他们也没有再多看对方一眼，各自叹息着离去。

张山来曰：此当是寺僧平时势利炎凉，故伽蓝恶而戏之耳。

【译文】张山来说：这应当是寺僧平时为人势利，所以伽蓝神厌恶他而故意戏弄他。

高丽寺者，高丽国王为某世子所建也。宋神宗时，国王尝祈嗣于佛，得一子，昼夜啼，唯闻木鱼声则暂止。有声自空中来，或远或迩，王命寻声所自起，愈寻愈遥。渡海而南，倾耳清听，得之于武林镜湖[①]之畔。一僧端坐招提[②]，静宣贝叶[③]，击鱼按节，梵韵清扬。使者敬礼僧前，请涉朝鲜以疗世子。僧曰："世子云何？"使告以故，且曰："其臂间湛然[④]有'佛无灵'字，佛之所赐，而题识谓之无灵，此何说欤？"僧曰："异哉！为尔往视。"渡海见王，王出世子，僧合掌作礼，世子笑而颔之。王异之，问何故，僧曰："王之世子，吾师也。吾师曾为比丘[⑤]矣，其先盖舆夫也。肩舆得金，自给之外，每以余资投井底。积既久，金益多，出金建刹于湖上，遂为释。吾钦其德为之徒。乃师一年跛，明年盲，三年为雷击以死。吾深不平，因濡笔题"佛无灵"字于其臂。孰意其生于此欤？"王曰："审如是乎？佛有灵矣！彼种种者，安知非夙生之孽，并报一世，而后偿其善果乎？"因为建寺于其旧地，颜[⑥]曰"高丽"，且进金塔以表奇。因志失载，碑不存矣，余纪其略以贻主僧[⑦]。今寺唯无梁殿尚在，人比之鲁灵光[⑧]云。

【注释】①武林：杭州的旧称。②招提：指寺院。③贝叶：即指贝叶经，写在贝树叶子上的经文，泛指佛经。④湛然：清澈的样子。⑤比丘：佛家指男性出家人。⑥颜：门框上的匾额。⑦主僧：佛寺的住持。⑧鲁灵光：指鲁灵光殿，汉代著名宫殿，在山东曲阜。

【译文】高丽寺，是高丽国王为他的世子所建造的。宋神宗时，高丽国王曾向佛祖求子，后来果然得到一个儿子。但是世子昼夜啼哭，只有听到木鱼声才暂时停止。后来有木鱼声从空中传来，有时远有时近，高丽国王命人寻找声音的来源，结果越找越远。使者们渡海向南寻找，侧耳倾听，原来是从杭州镜湖边发出的声音。一位僧人正端坐在寺院中，默诵佛经，有节奏的敲打着木鱼，梵音清越悠扬。使者们来到僧人面前恭敬地行礼，请僧人到朝鲜治疗世子。僧人说："世子有什么麻烦吗？"使者告诉他经过，并且说："世子的手臂上清楚地显出'佛无灵'三字，应该是佛赐给的标记，但写着'无灵'两个字，是什么意思呢？"僧人说："奇怪啊！我同你们前去看看。"僧人和使者渡海来见高丽王，高丽王抱出世子，僧人合掌行礼，世子笑着对他点头。高丽王感到惊讶，问僧人是什么原因，僧人说："您的世子，前世是我的师父。我的师父曾经是比丘，他原先是轿夫。抬轿子得到的酬劳，除了自己的必须花费外，就把剩余的投入井底。过了很长时间后，积累了很多钱。他就出钱在湖边建寺庙，他自己也出家做了和尚。我佩服他的品德，成了他的徒弟。我的师傅一年后足跛，第二年眼盲，第三年被雷击而死。我深感天道不公，因此提笔在师傅的手臂上写了"佛无灵"三字。谁能料到他转生在这儿呢？"高丽王说："确实如此吗？佛祖有灵啊！这种种安排，是把您师父前生的众多罪孽，在这一世都偿还了，然后再回报他的善行吧？"因此为世子在原来寺庙的旧址上，重新修建寺庙，门上的匾额写着"高丽"两个字，并送金塔一座来纪念这件奇事。因为这件事方志中没有记载，当年的石碑也不复存在，我记载下大略送给佛寺的住持。如今这座寺里只有无梁殿尚在，人们把它比作山东曲阜的灵光殿。

张山来曰：使其徒不于臂间书"佛无灵"三字，则佛竟无灵矣。

【译文】张山来说：假使僧人的徒弟不在他的手臂上书写"佛无灵"三字，那么佛就不显灵了。

三茅观[1]，踞吴山之最胜。按《茅山志》记茅君[2]示现，以云气为衣服，而不辨眉目。一道士曾于观前见一幻影，与此说符，是灵奇不独茅山矣。观中张三丰曾来寄迹，故于其左肖三丰像，建三仙阁。中坐仙，平平耳；左立仙，首戴笠，玉质亭亭，扶杖欲出；右睡仙，侧卧覆衾，曲肱加枕，如得五龙蛰法，而呼吸有声也。其境不凡，故仙踪恒集。万历时，有凌姓医者，事仙最虔，每以针术施人，而不孳孳[3]于利者。过观中，见群乞儿席地会饮，候值隆冬，同云[4]欲雪，丐者且袒臂裸襟，握拳射覆。凌异而视之。丐者授以一脔，凌曰："吾不茹。"酌以一盏。凌曰："吾不饮。"问何故，曰："以奉仙故。"一丐曰："勿强之，我辈醉，宜归矣！"飘然而散。所遗在地数荷叶，鲜翠如盘，似倾露珠而新出水者。凌思木叶尽脱时焉得有此？丐者殆真仙，而以此贻我也？拜而收之，珍藏什袭[5]。每行针，先以针针叶上，疗疾即愈；人拟之徐秋夫[6]。至今其裔以针名世。

【注释】①三茅观：原名三茅堂，位于杭州吴山天风的南面，是符箓派道教的著名的圣地，祀三茅真君。②茅君：指传说中在句容句曲山修道成仙的大茅君茅盈、中茅君茅固、小茅君茅衷兄弟。③孳孳：孳，通"孜"。一心一意或用心力的样子。④同云：云朵都是一个颜色。⑤什袭：把物品一层又一层地包裹起来。⑥徐秋夫：南北朝时刘宋医家，从父习医，尤擅针灸。其子徐道度、徐叔响皆有医名。

【译文】三茅观，是吴山上最著名的古迹。按照《茅山志》的记载，曾有茅君在那里显灵，身前云气缭绕，人不能辨识他的样貌。还有一位道士曾在三茅观前看见茅君的身影，与这种说法相符，这些神异的事情不仅仅存在于茅山。张三丰曾到过三茅观，所以在茅君左侧有张三丰的塑像。人们修建了三仙阁，中间的坐仙，平常无奇；左侧的立仙，头戴斗笠，容貌端庄，扶着手杖好像要走出来一样；右侧的睡仙，盖着被子侧卧，弯曲胳膊当作枕头，好像在修行五龙蛰法，似乎能听到他呼吸的声音。他们是超俗脱凡的神仙，因此常有神迹显现。万历年间，有一名姓凌的医生，事奉神仙非常虔诚，每次施针救人，都不计较报酬。有一次，他经过三茅观，看见一群乞丐坐在地上喝酒，当时正值隆冬，彤云密布，将要下雪，乞丐们袒露手臂，敞开衣襟，握着拳玩射覆游戏。姓凌的医生感到奇怪便上前观看。乞丐给他一块肉，凌医生说："我不吃肉。"乞丐又给他斟了一杯酒。凌医生说："我不喝酒。"乞丐问他原因，凌医生说："是事奉仙人的缘故。"一名乞丐说："不要强求他，我们喝醉了，应该回去了！"说完便飘然离去。地上遗留数片荷叶，荷叶翠绿如同玉盘，好像刚刚抖落露珠，从水中摘取出来的一样。凌医生思量冬天树叶都掉落了，怎么会有荷叶呢？乞丐们大概是仙人吧，把荷叶赠送给我。凌医生拜谢后，把荷叶收起，妥善珍藏。每次针灸前，先把针扎在荷叶上，再用来给病人诊治疾病，病人便立即痊愈；人们把他比作徐秋夫。至今他的后代仍以针术闻名于世。

一亩田，在武林门内。有谁庵者，僧静然主之。静然晨夕焚修，诵经不怠。于顺治戊子[①]元旦，方宣梵呗[②]，有鼠窥于梁。嗣后每叩鱼声，其鼠即至；渐乃由梁及户，由户及几。僧呼："鼠子，尔来听经耶？"鼠即点头，蹲伏金经[③]之右，经止，乃徐徐去，率以为常，如是逾年。一日者，复来听经，经毕，向僧如作礼状，礼毕，寂然不动。僧抚之曰："尔圆寂耶？"已涅槃矣。越数日，体坚如石，有旃檀香。僧为制一小龛，塔而瘗之，如浮屠礼。

【注释】①顺治戊子：即顺治五年（1648年）。②梵呗：和尚念经的声音。③金经：指用泥金书写的佛经。

【译文】一亩田，是杭州城内的一处地方。那里有一座庵庙，僧人静然是主持。静然每天早晚焚香修行，诵经没有懈怠。顺治戊子年元旦，静然正在诵读佛经，有一只老鼠在房梁上窥探。此后僧人每次敲击木鱼念经，老鼠就立即到来；老鼠逐渐从房梁靠近房门，由房门靠近案几。僧人说："老鼠，你来听佛经吗？"老鼠立即点头，蹲伏在佛经右边，诵经声停止，老鼠才慢慢离去。后来，老鼠听经成了常事，就这样过了几年。一天，老鼠又来听经，僧人诵完佛经，老鼠向僧人作行礼的动作，施完礼，老鼠一动不动。僧人抚摸着老鼠说："你圆寂了？"老鼠已涅槃了。过了几日，老鼠的身体坚硬如同石块，有旃檀的香气。僧人为老鼠做了一个小龛，建塔把老鼠埋葬，如同对待佛教徒的礼节。

张山来曰：余亦曾于讲院[①]听经，竟不解所谓。而妇人女子，见其作点首会意状，殊不可解。然异类往往能之，则妇人女子听经会意，又不足奇矣。

【注释】①讲院：指讲经的寺院，也指儒学书院。

【译文】张山来说：我也曾在寺院听经，竟然不理解僧人所说的佛经意思。而我看见妇人女子，她们点头作理解的样子，不知道为什么她们能理解。动物尚且能理解佛经，那么妇人女子能理解佛经，就不足为奇了。

吴山之最胜者，曰紫阳山[①]。径曲奥[②]，石玲珑，洞幽闃（qù）[③]，水潺湲（yuán）[④]，岩秀刻，故米芾[⑤]书其石曰"吴山第一峰"。仙境也，真仙出焉。宋嘉定[⑥]间，有丁野鹤者，全真其处。山麓有善姓，恒斋丁。一日丁受斋，不即去。忽有无赖子数辈，掖一垂毙乞儿，投其家，众急走。无何，乞儿毙矣。善姓遽急，丁曰："无恐，盍闭我于静室，闻弹指声，方出。"俄而，无赖之众复轰然集矣，声以毙命，裂眦攘臂，正欲劫其资，而毙者倏然自地起，趋出户。众呼之不应，拉之不止，追之不可及也；归于无赖之家，复告毙。众错愕，急散去。而丁弹指出室中，谢善姓，不复至矣。人由是知丁之奇。未几，召其妻王守素，付偈[7]与别曰："懒散六十年，妙用无人识。顺逆两俱忘，虚空镇长寂。"抱膝而逝。守素遂漆其尸，遗蜕尚在，不异生平。其妻后亦证道云。

【注释】①紫阳山：元代山上建紫阳庵，始名紫阳山，山上多奇岩、怪石。②曲奥：曲折幽深。③幽阒：静寂。④潺湲：水慢慢流动的样子。⑤米芾：北宋书法家、画家、书画理论家，与蔡襄、苏轼、黄庭坚合称"宋四家"。⑥嘉定：是南宋宋宁宗的最后一个年号（1208—1224年），共计17年。⑦偈：佛经中的唱词，通常以四句为一偈。

【译文】吴山最著名的地方，是紫阳山。紫阳山的道路曲折幽深，山石玲珑，洞穴静寂，水流潺潺，山峰秀丽，所以米芾在紫阳山的崖石上题了"吴山第一峰"。吴山是仙境，曾有真仙人出现。南宋嘉定年间，有个叫丁野鹤的人，在此处修道。山脚有个善人，经常给丁野鹤送斋饭。一天，丁野鹤吃完斋饭，没有马上离去。忽然来了几个无赖，把一个垂死的乞丐，扔到善人家后，无赖们便急忙逃走。不一会儿，乞丐死了。善人非常着急，丁野鹤说："不要害怕，让我一个人待在静室中，听到弹指的声音，我就会出来。"不一会，无赖们又突然聚集过来，说乞丐已死，想要讹诈善人，他们张目怒视，捋起袖子露出胳膊，正想动手抢劫善人的家财，而死了的乞丐突然从地上站起，快步走出房门。众无赖喊他也不回应，拉也拉不住他，追也追不上；乞丐来到无赖的家，又倒下死了。众无赖大感意外，急忙散去。而丁野鹤弹指走出静室，和善人辞别，从此再没来过。人们因此知道了丁野鹤的神奇。不久，丁野鹤把妻子王守素叫到跟前，做偈和她道别说：“懒散六十年，妙用无人识。顺逆两俱忘，虚空镇长寂。”说完便抱膝而死。王守素把丁野鹤的尸体涂上金漆，直到现在他的尸体还保存完好，容貌和生前没什么不同。他的妻子王守素后来也得道了。

张山来曰：此日假人命最多，安得丁仙遍满人间也？

【译文】张山来说：现在借人命来勒索钱财的事情很多，怎么才能找到像丁野鹤那样的仙人来抱打不平呢？

崇祯末年，有江右客，寓珠宝巷。携一朱盒，中藏碧草一本①，上有生就小龙，其大如指，长逾三寸，光似淡金，鳞角爪牙，无一不备，循枝盘绕，气色如新，博物者不知其所从出。时潞王播越②在浙，售其府中。按潞王名敬一，精通释典，名潞佛子。工书善画，尤精于兰，至今有石刻留虎跑寺③。制为潞琴，前委两角，材最精良。其府中颇蓄异物，有拂水石；有竹节盆，其大如轮；有纯阳像，乃仙笔也，风右则须飘而左，风左则须飘而右；有舍利一颗，晦夜放光，视其燥湿，可占晴雨；有四面观音一尊，得之大鳖腹中者。王之绣佛长斋，从剖鳖得佛像始。而后陵谷变迁④，不知其乌有矣。

【注释】①一本：表示草木等植物的一株。②播越：流亡。③虎跑寺：原称大慈定慧禅寺，俗称虎跑寺，位于杭州西南大慈山。④陵谷变迁：

丘陵变山谷，山谷变丘陵，比喻世事变迁。

【译文】崇祯末年，有位江西的客商，居住在珠宝巷。他携带着一个朱红的盒子，盒中藏有碧草一株，碧草上天然就有一条小龙，小龙的大小如同指头，长近三寸，身上有如同淡金的光芒，鳞角爪牙，无不具备，沿着草茎盘绕，就如同活的一样，见多识广的人也不知道它的来历。当时潞王流亡到浙江，客商便把东西出售给潞王。潞王名敬一，精通佛经，又名潞佛子。他擅长书画，尤其擅于画兰，在虎跑寺至今仍有他留下的石刻。他制作的潞琴，前端两角削去，选材精良。他在府中收藏了很多奇珍异宝，有拂水石；有竹节盆，像轮子一样大；有纯阳像，据说是仙人所画，风从右吹来，画中人像的须发则飘向左，风从左吹来，画中人像的须发则飘向右；他还收藏了一颗舍利，黑夜中能放出光芒，根据它的干湿，可以预知天气晴雨；有四面观音一尊，是从大鳖腹中得到。潞王信佛，终年吃斋，就是从剖开鳖腹得到佛像的时候开始的。后来世事变迁，不知这些珍宝还在不在。

藩司①治前有百狮池，甚深广。顺治八年季冬②，群儿绕栏嬉戏，忽见赤蟹浮于池上，共讶严寒焉得有此。遂钩取之，有囊吞钩而起，举之甚重，视之，一肢解人也。急报藩伯③，藩伯陈姓，曰："蟹具八足，此间岂有行八之人，与名八之地乎？"一卒曰："去司不远，八足子巷中有丁八。"藩伯曰："速捕之！"至则遁矣。廉④得巷中有皮匠妇，与丁八有私，而匠复数日不见，邻人疑而举之。捕匠妇，一讯而伏，诚与丁八成谋，以皮刀磔（zhé）⑤匠而沉之池，将偕奔而未迨也。狱成，究不得八。藩伯旋开府粤西⑥，偶至一山寺，寺僧具迎。随开府者一童子，忽执一僧曰："杀人丁八在是矣！"僧失色。开府曰："若安识之？"童子曰："余邻也，虽变服而貌不可变。”童子盖浙人，而挈之以适粤者也。既得八，械送之浙，同伏法。穷凶冤债，虽髡(kūn)发[7]万里之外，其能避乎？

【注释】①藩司：一般指承宣布政使司，为明清两朝的地方行政机关。②顺治八年：即1651年辛卯年。季冬：农历十二月，即冬季最末一个月。③藩伯：古代诸侯中的领袖，明清时指布政使。④廉：察考，访查。⑤磔：古代祭祀时分裂牲畜肢体。⑥开府：古代指高级官员建立府署并自选僚属，清人称任督抚为开府。粤西：历史上两广别称“两粤”，广东为“粤东”，广西为“粤西”。⑦髡：古代指和尚。

【译文】布政司治所前有百狮池，非常深，也非常大。顺治八年农历十二月，一群小孩绕着围栏嬉戏，忽然看见赤蟹浮在百狮池上，他们十分惊讶，严寒的天气怎么会有赤蟹呢？于是小孩们用鱼钩钓取赤蟹，有像口袋的东西被钓起，非常重，打开一看，里面是一个被肢解的人。小孩急忙报告给布政使，布政使姓陈，说：“赤蟹有八只脚，这里有没有排行第八的人，与名字里有八的地方呢？”一个兵卒说：“离布政司不远的地方，八足子巷中有人叫丁八。”布政使说：“快去逮捕他！”兵卒们到了八足子巷发现丁八已经逃跑。查访得知，巷中皮匠的妻子，与丁八私通，而皮匠又数日不见踪迹，邻人怀疑皮匠的妻子而举报了她。兵卒们逮捕了皮匠的妻子，她一经审讯便伏地认罪。她确实与丁八合谋，用皮刀分解了皮匠的身体，沉到百狮池里，她与丁八正准备一同逃跑，但是还没有来得及付诸行动。案件审理完结，只是可惜最终也没有捕获丁八。布政使不久到广西任督抚，他偶然走到一座山寺中，寺里的僧人都出来迎接。跟随布政使的一个童子，忽然拉着一名僧人说：“杀人的丁八在这里！”那个僧人大惊失色。督抚说：“你怎么认出的？”童子说：“丁八是我的邻居，他现在虽然改变了服装，但相貌却不能改变。”童子是浙江人，随布政使来到广西。逮捕丁八后，加刑具押送到浙江，和皮匠的妻子一同被执行死刑。做下大恶事，即使跑到万里之外做了和尚，就能避开吗？

武林山之最高者，独推五云[①]。唯高斯寒，故宋时山僧，每在腊前进雪[②]。崇祯癸未[③]，时当重九，有数书生约登此山，以作龙山之会[④]。贾勇而上[⑤]，休息庙中。为时正早，庙祀五通之神[⑥]。一生戏拈神筄（yào）[⑦]卜曰："我辈今日得入城否？"筄语答以不能。书生睨视阶晷，大笑曰："何神之有灵？刻尚未午，而云我辈不得归家耶？"随步下。至一溪头，见双鲫游泳，迥异凡鱼，书生共下捕之。或远或近，或潜或跃，或入手中，泼剌又去。书生以必得为期，脱衣作网，濡手沾足，良久得之。贯以柳枝，携出山麓，至南屏酒家，而月上东山，禁门扃钥矣。因命童子烹鱼取醉，遣此良夜。童子谓鱼游釜中，久之不熟。命童子添薪益火，而其游如故。又加踊跃，有碎釜声。书生急往视之，俨然鱼也，取出乃木筄耳。因共惊悔，翌日归筄庙中，以牲醴（lǐ）祷神而去。

【注释】①五云：西湖附近的大山。据说因有五色云彩盘旋山顶而得名。②腊前进雪：五云山地势较高，下雪较早。每逢腊月前，僧人们会将山上的雪收集，作为礼物送给别人。③崇祯癸未：即崇祯十六年（1643年）。④龙山之会：东晋时，桓温曾在九月九日，在龙山大宴宾客。后以龙山之会，来指重阳登高聚会。⑤贾勇：鼓足勇气。⑥五通之神：五通神也称五显神，是中国民间一群神鬼的通称。⑦筄：原指铺在椽上瓦下用来隔热的苇席或竹席，这里指一种占卜用具。

【译文】杭州最高的山，是五云山。因为山高所以显得寒冷，宋朝时住在山寺的僧人，每年腊月前，必捧雪送人。崇祯癸未年，适逢重阳节，有数名书生相约攀五云山，来登高聚会。他们鼓足勇气向上攀登，达到山顶后，在庙中休息。当时时间还早，庙里供奉着五通神。一名书生开玩笑，用神筊占卜说："我们今天能进城吗？"占卜的结果是不能进城。书生斜视台阶上的日晷，大笑着说："什么神灵？现在还不到午时，却说我们不能回家。"书生们迈步下山，到达一条溪流的源头，看见两条鲫鱼在水里游泳，和平常的鱼迥然不同，书生们一同下水捕鱼。鱼儿有时游得远有时游得近，有时潜下，有时跃出，有时游入人手中，又泼刺一声游走。书生们非要捕到鱼不可，就脱下衣服作网，浑身弄湿，抓了半天才抓到鱼。用柳枝穿着鲫鱼，带着出了山，书生们走到南屏的酒家时，月亮已爬上东山，城门早已关闭了。书生们就让童子烹鱼，打算在此良辰美景，一醉方休。童子说鱼在锅中游动，过了很久都煮不熟。书生们让童子添薪加火，而鲫鱼仍然在游动。而且更加活跃，一会儿，听到了撞破锅的碎裂声。书生们急忙过去观看，明明看着是鱼，取出来才发现是木筊。书生们因此都非常吃惊和后悔，第二天把木筊还回庙中，用祭品酒水祭神后离去。

超山在皋亭山北，山不深而穴虎。顺治十八年[①]冬月，有僧闻虎啸，欲拽杖往伏之，竟为所噬。其徒延虎师捕虎，师江右人，捕虎有年矣。初造阱，即知当获七虎。每获一虎，乡人赠之以金。其法以羊置井中，鸣以相诱，煮青螺斗许，遍撒山隅。虎至，伥（chāng）鬼[②]导之，伥见螺，贪剔螺肉，忘为虎护。虎遂孤行，即误入阱，虎师遂束之以归。盖僧之徒，隔山遥望，所见如此。越月师云："今日当获第七虎矣！"乡人益以金为赠。师怀金纵步往视，虎在阱中，大吼一声，猛如霹雳。忽阱外二伏虎，自草中起，各衔师一足，中裂其体而去。夫擒虎乃祛害也，虎宜不能与师仇。而卒为之害者，意者[③]有祛害之心，而因之以为利欤？吁嗟！

虎师知虎之死于阱中，不知己亦殉于阱外也！

【注释】①顺治十八年：指1661年，辛丑年。②伥鬼：指的是被老虎吃掉而变成老虎的仆役的鬼魂，品行卑劣，常引诱人使其被老虎吃掉。③意者：表示测度。大概或许恐怕。

【译文】超山在皋亭山北面，山不深却栖息着老虎。顺治十八年农历十二月，有僧人听到虎啸，想要拿着手杖前往降伏它，竟然被老虎吞吃了。僧人的徒弟请虎师捕虎，虎师是江西人，捕虎好几年了。最初造好陷阱后，就知道可以捕获七只老虎。他每捕获一只老虎，乡人就送给他钱财。虎师的方法是把羊放在陷阱中，用羊的叫声引诱老虎，煮青螺一斗多，撒遍山野。老虎到来时，有伥鬼在前面引导，伥鬼看见青螺，就只顾贪婪地剔食青螺肉，而忘了为老虎作先导。老虎于是独自行动，就误入陷阱，虎师就捆绑了老虎回去。这些情况是僧人的徒弟，隔着大山，从远处看到的。过了一个月，虎师说："今天当捕获第七只老虎！"乡人赠送更多钱财作为酬劳。虎师怀揣着酬金，大步前往陷阱处查看，老虎在陷阱中，大吼一声，声音响亮如同霹雳。忽然陷阱外有两只趴着的老虎，从草丛中跃起，各叼住虎师的一只脚，把虎师的身体一撕两半后离去。擒获老虎是为了祛除祸害，老虎应当不能和虎师结仇。而虎师最终被老虎杀害，恐怕是他虽有祛除祸害的心愿，却还想因此而获利的原因吗？可叹啊！虎师知道老虎将死在陷阱中，而不知道自己也将死在陷阱外啊！

张山来曰：人为虎所食，其鬼为伥，理应仇虎；乃不唯不仇之而已，而反为之用，何耶？吾乡素多虎，猎师亦必以饵诱伥，然未闻其为虎所害也。

【译文】张山来说：人被虎吃了后，鬼魂就变为伥鬼，按理说应该仇视老虎才对，伥鬼不仅不仇视老虎，反而甘心被老虎利用，是何原因呢？我的家乡一向多虎，猎虎师也必定用诱饵来引诱伥鬼，然而却没有听说猎虎师被老虎伤害的事情。

看花述异记

王晫丹麓

【题解】本篇是《虞初新志卷十二》的第七篇。记述了王生因机缘巧合，进入花神仙乡游览的故事。历代名媛奇女聚集一堂，轻歌曼舞令人如痴如醉。文章以香花、美人为题，感伤世间好景难常，佳期难遇。

湖墅西偏，有沈氏园，茂才①衡玉之别业②也。茂才性爱花，自号花遁。园故多植古桂、老梅、玉兰、海棠、木芙蓉之属，而牡丹尤盛。叠石为山，高下互映，开时荧荧③如列星，又如日中张五色锦，光彩夺目。远近士女游观者，日以数百。

【注释】①茂才：即秀才，东汉时为了避讳光武帝刘秀的名字，将秀才改为茂才，后来也称秀才为茂才。②别业：与"旧业"或"第宅"相对，屋主原有一处住宅，而后另营别墅，称为别业。③荧荧：指光闪烁的样子。

【译文】湖边别墅的西畔，有沈氏的园林，是秀才沈衡玉的别业。沈秀才生性爱花，自号花遁。因此园中多种植古桂、老梅、玉兰、海棠、木芙蓉等植物，其中牡丹花开的最为茂盛。园中叠石造山，使花木高下映衬，花开时，星星点点就如群星闪烁，又像在太阳下铺开的

五色锦，光彩夺目。远近的士人女眷都来游览，每天数以百计。

三月十八日，予亦往观，徘徊其下，日暮不忍归。主人留饮，饮竟，月已上东墙矣。主人别去，予就宿廊侧，静夜独坐。清风徐来，起步阶前，花影零乱，芳香袭人衣裾（jū）[①]，几不复知身在人世。

【注释】①衣裾：衣服的前后襟。

【译文】三月十八日，我也去沈氏花园观赏，在花下徘徊良久，太阳落山了也不愿意回家。花园主人留我宴饮，喝完酒，月亮的影子已经爬上了东墙。主人告别离去，我就睡在堂前的廊屋，静夜中一个人倚栏独坐。此时清风徐来，我起身来到台阶前，只见花影零乱，花香袭人，连衣襟上似乎也沾染了香气，几乎忘记自己身在人世。

俄见女子自石畔出，年可十五六，衣服娟楚。予惊问，女曰："妾乃魏夫人弟子黄令征[①]，以善种花，谓之花姑。夫人雅重君，特遣相迓（yà）[②]。"予随问夫人隶何事？曰："隶春工，凡天下草木花片，数之多寡，色之青白红紫，莫不于此赋形焉。""然则何为见重也？"曰："君至当自知。"因促予行。予不得已，随之去。

【注释】①魏夫人：西晋女道士，上清派所尊第一代太师，道教尊奉的四大女神之一。②相迓：相迎。

【译文】不一会看见一个女子从巨石旁边出来，年纪大概有十五六岁，衣服秀丽整齐。我惊讶地上前询问，女子说："我是魏夫人的弟子黄令征，因为善于种花，人们称我为花姑。魏夫人十分敬重您，

特意派我前来相迎。”我随口问魏夫人负责什么事？花姑说：“负责春季万物的发生，凡是天下的草木花瓣，数量的多少，色彩的青白红紫，没有一样不是由魏夫人来负责赋予它们形态。”我问道：“既然这样，那么为什么魏夫人看重我呢？”花姑说：“您到了那儿就知道了。”不停地催促我快点起身。我不得已，只得随她而去。

移步从太湖石后，便非复向路。清溪夹岸，茂林蓊（wěng）郁①。沿溪行里许，但觉烟雾溟濛（míng méng）②，芳菲满目，人间四季花，同时开放略尽。稍前一树，高丈余，花极烂熳。有三女子，红裳艳丽，偕游树下，见客亦不避。予叹息良久。花姑曰：“此鹤林寺③杜鹃也，自殷七七④催开后，即移植此。”又行数里，一望皆梅，红白相间，绿萼倍之。当盛处有一亭，榜曰“梅亭”，亭内有一美人，淡妆雅度，徙倚花侧。予流盼移时，几不能举步。花姑曰：“奈何尔？此是梅妃。‘梅亭’二字，犹是上皇手书。幸妃性柔缓，不尔，恐获罪！”予笑谢乃已。

【注释】①蓊郁：形容草木茂盛或浓密。②溟濛：混沌不分的样子。③鹤林寺：旧名竹林寺，位于黄鹤山麓。④殷七七：名天祥，又名道筌，尝自称七七，唐代道士。曾于九月，让鹤林寺的杜鹃花盛开。

【译文】我跟着女子绕到太湖石后，便不再是园中的旧路。清澈的溪流在堤岸边流淌，水边树木茂密。沿着溪流走了一里多，只觉得烟雾弥漫，满眼都是花草，人间四季不同时期盛开的花，在这里同时开放。稍前的地方有一棵大树，高一丈多，花开得非常灿烂。有三个女子，穿着的红色衣裳非常艳丽，结伴在树下游玩，看见客人来了也不回避。佳人美景，令我感叹了很久。花姑说：“这是鹤林寺的杜鹃，自从殷七七催开后，便移植在这里。”又走了数里，一眼望去全是梅花，红白相间，绿萼如海。梅花茂盛的地方有一座亭子，匾额上写着“梅亭”，亭内有一个美人，化着淡妆，优雅大度，在梅花边流连徘徊。我不禁目光注视着她，看了好一会儿，几乎不能迈步走开。花姑说：“你怎么了？这是梅妃。‘梅亭’二字，还是上皇的手迹。幸好梅妃性情温柔和缓，不然，你恐怕已经获罪了！”我笑着赔罪，不再观看了。

行至一山，岩壑争秀，花卉殆与常异。听枝上鸟语，如鼓笙簧。渐见朱甍（méng）①碧瓦，殿阁参差，两度石桥，乃抵其处。相厥栋宇，侈于王者。旁有二司如官署，右曰“太医院”。予大惊讶，问花姑曰：“此处亦须太医耶？”花姑笑曰：“乃苏直耳。善治花，瘠者能腴，病者能安，故命为花太医。”“其左曰‘太师府’何？”曰：“此洛人朱仲儒②所居也。名单父，善吟诗，亦能种植。艺牡丹，术凡变易千种，人不能测。上皇尝召至骊山，植花万本，色样各不同，赐金千两，内人皆呼‘花师’，故至今仍其称。”入门，由西街行百步余，侧有小苑，画槛雕栏。予遽欲进内，花姑虑夫人待久，不令入。予再三强之方许。及阶，见一花合蒂，浓艳芬馥（fù），染襟袖不散。庭中有美女，时复取嗅之，腰肢纤惰③，多憨态。予不敢熟视。花姑曰：“君识是花否？”予曰：“不识也。”曰：“此产嵩山坞中，人不知名，采者异之，以贡炀帝。会车驾适至，爰赐名迎辇花。嗅之能令人清酒，兼能忘睡。”予曰：“然则所见美女，其司花女袁宝儿④耶？”花姑曰：“然！”遂出。

【注释】①朱甍：指朱红色的屋顶。②朱仲儒：即朱单父，也有称宋单父，曾应唐玄宗李隆基之召，在骊山种了一万多本牡丹，颜色各不相同。③纤惰：细柔无力的样子。④袁宝儿：隋炀帝妃子。洛阳进献迎辇花，隋炀帝命袁宝儿持之，号曰司花女。

【译文】走到一座山下，山峦溪谷都很秀美，花卉也与寻常的大不相同。树枝上的鸟鸣，好像弹奏笙、簧的声音。逐渐看见远处红屋碧瓦，殿阁参差起伏，再走过两座石桥，才抵达楼宇处。这里宫殿林立，像王宫一样壮观。旁边有二处如同官署的建筑，右边的官署写着“太医院”。我十分惊讶，问花姑说：“这里也需要太医吗？”花姑笑着说：“里面住着苏直。他善于治花，瘦弱花的能让它丰腴，生病的花能让它康复，所以任命他为花太医。”我问道“左边为何称为‘太师府’呢？”花姑说：“这是洛阳人朱仲儒居住的地方。朱仲儒名单父，善长吟诗，也擅于种植花木。他种植的牡丹，千姿百态，人们难以猜测出到底有多少种。上皇曾经召他到骊山，种植牡丹万余株，花的色彩样式各不相同，上皇赐他黄金千两，宫女们都称呼他为‘花师’，所以至今仍然这样称呼他。”进入大门，从西街前行百步多，侧面有小花园，里面有精雕细刻栏杆。我匆忙之间想要进入观赏，花姑怕让魏夫人久等，不让我进入。我再三请求，花姑才允许我进去。我登上台阶，看见一种花，一蒂两花，其花浓艳芬芳，香气沾染在襟袖上久久不散。庭院中有一个美女，不时到花旁嗅闻，她腰肢细柔，天真娇憨。我不敢注目细看。花姑说：“您认识这种花吗？”我说：“不认识。”花姑说：“这种花产自嵩山山坞，人们不知道花的名字，采花的人感到奇异，进献给隋炀帝。隋炀帝的车驾正好到达洛阳，于是给花赐名为迎辇花。迎辇花闻后能令人醒酒，还能让人忘记睡觉。”我说：“既然这样，那么刚才看见的美女，就是管理百花的女神袁宝儿吗？”花姑说：“对！”我们就出去了。

复由中道过大殿。殿角遇二少妇，皆靓妆，迎且笑曰：“来何暮也？”花姑亟问：“夫人何在？”曰：“在内殿观诸美人歌舞，奏乐为乐。客既至，当入报夫人。”予遽（jù）止之曰：“姑少俟。诸美人可得窃窥乎？”二妇笑曰：“可。”谓花姑：“汝且陪君子，我二人候乐毕相延也。”去后，予乃问花姑：“二妇为谁？”曰：“二妇本李邺侯[1]公子妾，衣青者曰绿丝，衣绯者曰醉桃。花经两人手，无不活。夫人以是录入近侍。”遂引予至殿前帘外，见丝竹杂陈，声容备善，正洋洋盈耳。忽有美人撩鬓举袂，直奏曼声，觉丝竹之音不能遏。既而广场寂寂，若无一人。予闻之，不胜惊叹。花姑曰：“此‘永新歌’[2]，所谓歌值千金，正斯人也。”

【注释】①李邺侯：指李泌，字长源，唐朝中期著名政治家、谋臣、学者，北周“八柱国”李弼的六世孙，封邺县侯，世称“李邺侯”。②永新歌：唐代永新县的许合子，又名永新，因善歌，所以她唱的歌又称为永新歌。唐明皇曾说：“此女歌值千金。”

【译文】我们又从中间的道路走向大殿。在殿角遇到二位少妇，都打扮得很美丽，迎过来笑着说：“为什么来的这么晚呢？”花姑急忙问：“夫人在哪里？”少妇说：“在内殿观看各位美人歌舞，听她们奏乐。客人既然到了，应当入内禀报夫人。”我匆忙阻止她说：“花姑稍等。我可以私下窥看各位美人吗？”二位少妇笑着说：“可以。”她们对花姑说：“你暂且陪着君子，我们二人等候音乐奏完，再邀请客人进入。”两位少妇走后，我就问花姑说：“这两位少妇是谁？”花姑说：“她们二人本是李泌儿子的姬妾，穿青衣服的叫绿丝，穿红衣服的叫醉桃。花木经过她们二人的手，没有不成活的。魏夫人因此把她们任用为近侍。”花姑引我到殿前的门帘外，只见里面丝竹乐器，布满其中，美女如云，曲调优美，乐声盈盈充满双耳。忽然有美人撩鬓发，举衣袖，唱着舒缓悠扬的歌曲，感觉丝竹的声音也不能掩盖她的歌声。一会儿大厅一片寂静，好像一个人也没有。我听完，非常惊叹。花姑说：“这是‘永新歌’，所谓歌值千金，正是如此啊。”

语未毕，闻帘内宣“王生入”，予敛容整衣而进，望殿上夫人，丰仪绰约，衣绛绡衣，冠翠翘冠，珠珰玉珮，如后妃状。侍女数十辈，亦皆妖丽绝人。予再拜。命予起，曰：“汝见诸美女乎？”予谢不敢。夫人曰：“美人是花真身，花是美人小影。以汝惜花，故得见此，缘殊不浅。向汝作《戒折花文》，已命卫夫人[①]楷书一通，置诸座右。”予益逊谢。旋命坐，进百花膏。夫人顾左右曰：“王生远至，汝辈何以乐嘉宾之心？”有一女亭亭玉立，抱琴请曰：“妾愿抚琴。”一声才动，四座无言。泠（líng）泠然抚遍七弦，直令万木澄幽，江月为白。夫人称善，曰：“昔于頔（dí）[②]尝令客弹琴，其嫂审声叹曰：三分中，一分筝，二分琵琶，绝无琴韵。今听卢女[③]弹，一弦能清一心，不数秀奴七七矣。”因呼太真[④]奏琵琶。予闻呼太真，私意当日称为“解语花”[⑤]，又曰“海棠睡未醒”，不料邂逅于此。乃见一人，纤腰修眸，衣黄衣，冠玉冠，年三十许，容色绝丽，抱琵琶奏之，音韵凄清，飘出云外。予复请搊（chōu）筝。夫人笑曰：“近来唯此乐传得美人情。君独请此，情见乎辞矣。”顾诸女辈曰：“谁擅此技？”皆曰：“第一筝手，无如薛琼琼[⑥]。”寻有一女，着淡红衫子，系砑（yà）罗裙，手捧一器，上圆，下平，中空，弦柱十二，予不辨何物。夫人曰：“此即筝也。”顷乃调宫商于促柱[⑦]，转妙音于繁弦，始忆崔怀宝诗，良非虚语。曲才终，又有一女，抱一器，似琵琶而圆者，其形象月，弹之，其声合琴，音韵清朗。予又不辨何物，但微顾是女，手纹隐处如红线。夫人察余意，指示予曰：“此名阮咸，一名月琴，唯红线[⑧]雅善此。”予方知是女即红线也。夫人忽指一女曰：“浑忘却汝，汝有绝技，何不令嘉客得闻？”予起视，见一美人，含情不语，娇倚屏间，闻夫人语，微笑。予遂问夫人：“是女云谁？”夫人曰：“此魏高阳王雍美人徐月华⑨也。能弹卧箜篌，为明妃出塞⑩之歌，哀声入云，闻者莫不动容。”已持一器，体曲而长，二十三弦，抱于怀中，两齐奏之，果如夫人言。

【注释】①卫夫人：本名卫铄，字茂漪，河东安邑（今山西夏县）人，晋代著名书法家，廷尉卫展之女。②于頔：字允元，河南（今河南洛阳）人，唐朝宰相，北周太师于谨七世孙。③卢女：亦称“卢姬”。相传为三国魏武帝宫女，善鼓琴。④太真：即杨玉环，唐玄宗李隆基的宠妃，小字玉环，道号太真。⑤解语花：唐明皇说杨贵妃为“解语花”，指善解人意的花，比喻善解人意的美女，也指美人聪慧可人。⑥薛琼琼：崔怀宝妻，唐玄宗时教坊第一筝手。⑦促柱：指移近支弦的柱，以使弦紧。⑧红线：传说中的唐代女侠，帮潞州节度使薛嵩吓退魏博节度使田承嗣。⑨徐月华：原为北魏献文帝的儿子高阳王元雍家歌伎，元雍死后，嫁与卫将军源士康为妾，善弹箜篌。⑩明妃：指王昭君，晋朝时为避司马昭讳，又称为明妃、王明君。

【译文】话还没说完，就听见帘内喊道：“请王生进来”，我端正神色，整理衣服进入，望见殿上的魏夫人，丰仪绰约，穿着绛绡衣，戴着翠翘冠，身上佩戴着珠宝玉珮，宛如后妃。魏夫人身边的数十个侍女，也都艳丽过人。我拜了两次。魏夫人命我起身，说：“你见到各位美人了吗？”我忙说不敢。魏夫人说：“美人们是花的真身，花是美人们的小影。因为你怜惜花，所以能够见到她们，所以你的缘分不浅。你以前的文章《戒折花文》，我已命卫夫人用楷书写了一副条幅，放置在她们座位旁。”我更加谦让一番。不久魏夫人命我坐下，奉上百花膏。魏夫人看着左右的美人说：“王生从远处而来，你们用什么来使客人高兴呢？”有一位亭亭玉立的女子，抱着琴请求说：“我愿为客人抚琴。”她的话才说完，四座的美女就全都不说话了。她开始弹奏七弦琴，清幽的声音让万木深邃，江月变白。魏夫人称赞说："从前的于頔曾经让宾客弹琴，于頔的嫂嫂听完感叹说：三分乐音中，一分筝声，二分琵琶声，绝没有琴韵。如今听到卢女弹奏的琴声，一根弦就能清静一颗心，已不亚于秀奴七七了。"又呼唤太真演奏琵琶。我听到呼唤太真，自度是当日被称为"解语花"，又被称为"海棠睡未醒"的杨玉环，不料在这里偶然相遇。这时看见一位美女，纤腰美目，穿着黄衣，戴着玉冠，年龄有三十多，容貌极其美丽，抱着琵琶演奏，音韵凄清，飘出云外。我又请求弹筝。魏夫人笑着说："近来惟有筝乐，能够表达美人的感情。您专门请求弹筝，情感已经表现在您的言辞中了。"魏夫人环顾各位美人说："谁擅长弹筝？"美人们都说："弹筝的第一高手，应当是薛琼琼。"不久有一位女子出列，穿着淡红衣衫，系着研罗裙，手捧着一件乐器，上圆，下平，中空，有十二根弦柱，我不知道它是什么乐器。魏夫人说："这就是筝。"薛琼琼不一会儿就开始演奏音乐，曲调美妙高雅，回忆起崔怀宝为薛琼琼写的诗，她的技艺高超，确实不是假话。乐曲刚完，又有一位美女出列，抱着一件乐器，像琵琶但是圆形，乐器的形状像月亮，弹奏起来，声音像琴声，音韵清朗。我又不能分辨它是什么乐器，但是略微看了一下那个女子，手纹处有一条红线。魏夫人察觉到我的动作，指给我看说："这件乐器叫阮咸，又名月琴，只有红线擅长弹奏。"我才知道这个女子就是红线。魏夫人忽然指着一位女子说："都忘了你了，你有绝技，为何不让客人欣赏一下呢？"我抬头一看，是一位美人，含情脉脉，但是不说话，娇媚地倚靠在屏围之间，听到魏夫人的话，她微微一笑。我于是问魏夫人："这位女子是谁？"魏夫人说："她是北魏高阳王元雍的美人徐月华。擅长弹奏卧箜篌，演奏的是王昭君出塞的歌曲，哀声入云，听到的人没有不动容的。"不多时她拿着一件乐器，乐器曲而长，有二十三根弦，抱在怀中，两头一齐演奏，果真如魏夫人所说的那样异常动听。

俄有一女跨丹凤至，诸女辈咸曰："吹箫女来矣！"女谓夫人曰："闻夫人延客，弄玉①愿献新声。"夫人请使吹之。一声而清风生，再吹而彩云起，三吹而凤凰翔，便冉冉乘云而去。耳畔犹闻呜呜声，细察之，已非箫矣。别一女子，短发丽服，貌甚美而媚，横吹玉笛，极要眇可听②。夫人曰："谁人私弄笛？"诸女辈报曰："石家儿绿珠③。"夫人命亟出见客，女伴数促不肯前。中一女亦具国色，乃曰："儿亦善笛，何必尔也？"绿珠闻之，怒曰："阿纪敢与我较长短耶？我终身事季伦，不似汝谢仁祖④殁，遂嫁郗（chī）昙⑤，不以汗颜，翻逞微技。"是女羞愤无一言。夫人不怿（yì）⑥，命止乐。

【注释】①弄玉：相传为春秋秦穆公女，又称秦娥、秦女、秦王女等，嫁善吹箫之萧史，后夫妻乘凤飞天而去。②要眇：美好的样子。③石家儿：指石崇，字季伦，西晋时期文学家、官员、富豪。绿珠：西晋石崇的宠妾，善吹笛。④谢仁祖：即谢尚，字仁祖。陈郡阳夏（今河南太康）人。东晋时期名士、将领，豫章太守谢鲲之子、太傅谢安从兄。⑤郗昙：字重熙，高平金乡（今山东金乡）人。东晋太尉郗鉴之子，司空郗愔之弟。⑥怿：高兴。

【译文】不久有一位女子乘坐丹凤而来，女子们都说："吹箫女来了！"女子对魏夫人说："听说夫人有客人，弄玉愿献上新作的乐曲。"魏夫人让她吹奏。箫声一起，有清风吹来，箫声再起，有彩云升起，箫声三起而凤凰翱翔，弄玉乘云渐渐离去。耳畔还留有乐声，仔细一听，已经不是箫声了。另有一位女子，短发穿着华丽的衣服，容貌非常美丽娇媚，正在横吹玉笛，声音美妙动听极了。魏夫人说："谁在私自吹笛？"女子们报告说："是石崇家的绿珠。"魏夫人命绿珠赶快出来见客，女伴们数次催促，绿珠都不肯出来。众人中一位长得国色天姿的女子说："我也善于吹笛，何必非要绿珠呢？"绿珠听到后，生气地说："阿纪如何敢与我一较长短？我终身事奉石崇，不像你等到谢仁祖死后，又嫁给郗昙，你不感到惭愧，反而在这里逞能。"那个女子羞愤得说不出一句话。魏夫人很不高兴，命令停止奏乐。

忽有啭喉一歌，声出于朝霞之上，执板当席，顾盼撩人。夫人喜曰："久不闻念奴①歌，今益足畅人怀！"念奴曰："妾何足言？使丽娟②发声，妾成伧父矣！"夫人指曰："丽娟体弱不胜衣，恐不耐歌。"予见其年仅十四五，玉肤柔软，吹气胜兰，举步珊珊，疑骨节自鸣。乃曰："对嘉宾，岂能辞丑？"因唱《回风曲》，庭叶翻落如秋，予但唤奈何而已。丽娟曰："君尚未见绛树③也，绛树一声能歌两曲。二人细听，各闻一曲，一字不乱。每欲效之，竟不测其术。"夫人曰："绛树术虽异，恐无能胜子。吾且欲与王生观绛树舞。"乃见飞舞回旋，有凌云态，信妙舞莫巧于绛树也。绛树谓丽娟曰："汝欲效吾歌不得，吾欲学汝舞亦不能。"夫人大悟曰："有是哉！汉武尝以吸花丝锦赐丽娟作舞衣，春暮宴于花下，舞时故以袖拂落花，满身都着，谓之百花舞。今日奈何不为王生演之？"丽娟复起舞，舞态愈媚，第恐临风吹去。忽闻鸡鸣，予起别。夫人曰："后会尚有期，慎自爱。"仍命花姑送予行。视诸美人，皆有恋恋不忍别之色，予亦不知涕之何从也。

【注释】①念奴：唐天宝年间著名歌女。歌声激越清亮。②丽娟：汉武帝所宠幸的一位宫人，倡家之女，玉肤柔软，吹气胜兰。③绛树：用作古代歌女名，亦借指美女。

【译文】忽然听到婉转的歌声，歌声直达朝霞之上，歌者手执响板，站在坐席处，顾盼生辉。魏夫人欣喜地说：“很久不曾听到念奴的歌声了，如今她的歌声更加令人胸怀舒畅！”念奴说：“我这点技艺有什么值得称道的？如果丽娟来歌唱，我的歌声就如同村夫的声音了！”魏夫人指着丽娟说：“丽娟体弱，连衣服都承受不起，恐怕不能唱歌。”我见到丽娟年仅十四五岁，玉肤柔软，吐气如兰，行走时珊珊作响，我怀疑是她的骨节在响。然而丽娟说：“招待嘉宾，怎么能怕出丑呢？”开始演唱《回风曲》，歌声一出，庭中树叶纷纷下落，就像秋天一样，我只能惊叹而想不出任何语言可以形容她的歌声了。丽娟说：“您尚未见到绛树，绛树能同时歌唱两首歌曲。二个人仔细倾听她唱歌，每人各听一曲，每首曲子都一个字不乱。我每次想要效仿她，但是都不能学会她的技艺。”魏夫人说：“绛树的技艺虽然奇异，也恐怕不能胜过你。我想要和王生观看绛树跳舞。”于是看见绛树飞舞回旋，有飞翔云霄的姿态，这才相信没有比绛树更高妙的舞蹈了。绛树对丽娟说：“你想效仿我的歌声而不得要领，我想学你的舞蹈也不能如愿。”魏夫人恍然大悟说：“有这回事！汉武帝曾经用吸花丝锦赐给丽娟作舞衣，春天的晚上在花下宴饮，丽娟跳舞时故意用袖子把花朵掸落，全身都落满鲜花，称为百花舞。今日为何不为王生表演呢？”丽娟又表演舞蹈，舞态更加娇媚，只恐她被风吹去。忽然听到鸡鸣，我起身告辞。魏夫人说：“后会有期，谨慎自爱。”仍命花姑为我送行。我环视诸位美人，脸上全都有恋恋不舍的神情，我也不知不觉流下眼泪。

花姑引予从间道出，路颇崎岖。回首忽失花姑所在，但见晓星欲落，斜月横窗，花影翻阶，翩然若顾予而笑。露坐[①]石上，忆所见闻，恍如隔世。因慨天下事大率类是，故记之。时康熙戊申[②]三月。

【注释】①露坐：在室外坐。②康熙戊申：即康熙七年，1668年。

【译文】花姑引导我从小路出来，小路很是崎岖。忽然回头，却找不到花姑，只见清晨夜空中，繁星将要落下，斜横的月亮照在窗户上，花木的影子延伸到台阶上，好像翩然美女对着我微笑。我坐在石头上，回忆所见所闻，恍如隔世。因此感慨天下的事大多是这样，所以把这件事情记录下来。康熙戊申年三月。

袁箨庵曰：具三十分才情，方能有此撰述。若有才无情，则不真；有情无才，则不畅。读竟始服其能。

【译文】袁箨庵说：具备三十分的才情，才能写出这样的文章。如果有才无情，就难以写出真情实感；如果有情无才，就难以文笔流畅。读了王晫的文章，开始佩服他的才能。

李湘北曰：此丹麓《戒折花文》①绝妙注疏也。将千古艳魂，和盘托出，笑语如生，不数文成将军之于李夫人②、临邛（qióng）道士之于杨玉环③矣。

【注释】①丹麓：指王晫，字丹麓，号木庵，浙江钱塘人，著作有《今世说》《遂生集》等。②文成将军：汉代将军名号，即李少翁，西汉方士，曾为汉武帝招李夫人魂。李夫人：汉武帝刘彻的宠妃。③临邛道士：从临邛来的道士，曾为唐玄宗招杨玉环魂。

【译文】李湘北说：这篇文章是对王晫《戒折花文》的绝妙注释。将名传千古的各朝美女，全部演绎出来，对诸位美女的笑语描写，宛如她们复生一般，不亚于李少翁对于李夫人、临邛道士对于杨玉环的招魂再生啊。

徐竹逸曰：逸兴[1]如落花依草，可补《虞初志》《艳异编》[2]之所未备。文心九曲，几欲占尽风流。

【注释】①逸兴：超逸豪放。②《虞初志》：明代志怪、传奇短篇小说选集。《四库全书总目》署为《陆氏虞初志》。编者陆采。《艳异编》：明代王世贞撰写的传奇小说。

【译文】徐竹逸说：《看花述异记》超凡脱俗，如同落花依附在草上，可弥补《虞初志》《艳异编》尚未收集的内容。王晫文采卓越，几乎占尽风流。

张山来曰：予尝谓以爱花之心爱美人，则领略定饶逸趣；以爱美人之心爱花，则护惜别有深情。丹麓惜花如命，固应有此奇遇。

又曰：向读《艳异》[1]诸书，见花妖月姊，往往于文士有缘，心窃慕之，恨生平未之遇也。今读此记，益令我神往矣！

【译文】张山来说：我曾经说用爱花之心爱美人，则能以超逸不俗的雅趣，来领略美人的风情；用爱美人之心爱花，则可以一往情深的爱惜花朵。王晫爱花如命，本来就应有此奇遇。

张潮又说：以前读《艳异编》等书，见到花妖月神，往往和文士有缘，心里非常羡慕那些文士，遗憾自己生平未能与花妖月神相遇。如今读了这篇《看花述异记》，更令我心驰神往了！

孝犬传

陈鼎定九

【题解】本篇是《虞初新志卷十二》的第八篇。记载了东莞县隐士陈恭隐家的母犬能尽忠职守，而且它生下的五只幼犬，不仅尽职尽责，还能孝敬母亲，实在令人感动。禽兽草木，尚能有情，世人如果无情无义，则不如禽兽。

孝犬，广东东莞县隐士陈恭隐家牝（pìn）[①]犬也，色白而尾骍（xīng）[②]，四足皆黑。恭隐痛父死国难，矢志不进取，隐居山中，以吟饮自纵，不与时人通。此犬随恭隐，未尝须臾离。每出，则犬先行数百步，若以为导者。遇豺狼蛇虎，则亟返，啮恭隐衣袂，曳之还，若不使前者。恭隐悟，即旋。犬又随后，离数十步，作大声嗥，若以为卫者，以是为常。夜则于庐舍前后巡且吠，达旦不少休。

【注释】①牝：指鸟兽的雌性，与“牡”相对。②骍：指赤色的马和牛，也泛指赤色。

【译文】孝犬，是广东东莞县隐士陈恭隐家的母犬，白毛红尾，四足都是黑色。陈恭隐哀痛父亲死于国难，立志不求取功名，隐居在山中，吟诗饮酒，放任不羁，不和当时的人来往。母犬跟随陈恭隐，片刻也不离开。陈恭隐每次外出，母犬就在前面，先走出数百步，好像是做向导。遇到豺狼蛇虎，母犬就急忙返回，咬住陈恭隐的衣袖，拽着他返回，不让他继续往前走。陈恭隐领悟到母犬的意思，就转身返回。母犬又跟随在他身后，离他数十步远，大声嗥叫，像是护卫一样，陈恭隐已经习以为常。夜晚母犬就在房子前后巡逻吠叫，直到天亮也不稍微休息。

数年，犬一乳五子，皆牝。既长，恭隐分赠前后左右邻家畜，皆能司门户不怠。初分之岁余，母犬日往各家，视乳犬一周，若训之勤者。有食，乳犬辄让母犬食。乳犬既壮，母犬即不往视，而乳犬每早辄齐来恭隐家视母犬。又数年，母犬病癞，瘦将死。乳犬日齐来，争与母犬舐癞，遂愈。每至元旦，五乳犬辄齐来，绕母犬摇尾，若为母犬贺岁状。后母犬死，五乳犬皆哀号不止。恭隐悯之，瘗之后山。五乳犬每早辄齐往瘗处号，如是者数年不辍。

【译文】数年后，母犬生下五头小犬，都是母犬。小犬们长大了，陈恭隐把它们分别赠送给前后左右的邻居饲养，小犬们都能看守门户不懈怠。刚把小犬们送出去的一年多时间里，母犬每日前往各家，巡视小犬们一圈，好像在训导它们要勤勉。有了食物，小犬们就让母犬先吃。小犬们长大后，母犬就不再前往巡视，而小犬们每天早上就一齐来陈恭隐家看望母犬。又过了数年，母犬生了癞病，瘦弱不堪，快要死了。小犬们每天一齐过来，争着为母犬舔舐癞疮，于是母犬病愈。每到新年元旦，五只小犬就一齐过来，绕着母犬摇尾，好像为母犬贺岁。后来母犬死了，五只小犬都哀号不止。陈恭隐怜悯母犬，把它掩埋在后山。五只小犬每天早上就一齐到母犬的坟墓前号叫，这样的情况连续数年都没有间断。

外史氏曰：世之人，能以酒食养父母，辄自诩曰“孝”，且有德色。子曰：“至于犬马，皆能有养，其难者敬耳！”睹兹五犬之殷殷[①]其母，敬矣哉！呜呼，世之人不若者众矣！

【注释】①殷殷：形容忧伤、忧郁。

【译文】外史氏说：世上的人，能用酒食赡养父母，就自称为“孝”，并流露出自以为是的神色。孔子说：“对于犬马，也能喂养它们，赡养父母，最难得的是能够恭敬！”目睹这五只小犬对它们母亲的殷殷孝心，值得敬佩啊！呜呼，世上比不上它们的人太多了！

张山来曰：义犬事甚多，不胜其载，今此犬独以孝闻，故特存之。

【译文】张山来说：义犬的故事非常多，难以全部记载下来，这个故事中的小犬特别能体现出孝心，所以特意记载下来。

卷十三

曼殊别志书砖

毛奇龄大可

【题解】本篇是《虞初新志卷十三》的第一篇。曼殊是丰台卖花翁的女儿，自幼聪慧异常，端庄美丽。后嫁给才子毛奇龄为妾。可惜毛奇龄家有妒妻，两人咫尺天涯，难以相见，曼殊相思成病，一代才女就此香消玉殒。此篇即是毛奇龄写的一篇回忆录，作为对曼殊的悼念和追思。

曼殊，丰台卖花翁女。陈检讨维崧[①]序云："疏篱织处，青门种树之翁；纤笼携来，缟袂卖花之妪。"汪主事懋麟[②]诗云："荒村侍婢卖花回，补屋牵萝晓镜开。怪底红颜如芍药，妾家生小住丰台。"汪春坊楫[③]诗云："春到长安芍药开，寻花曾一到丰台。自从解语归金谷，不是花时客也来。"张学士英[④]诗云："闻说丰台住小姑，百环新髻世应无。又添一段游人话，芍药开时说曼殊。"生时，母梦邻妪以白花一当一根也，寄使卖。其前邻奶奶庙也，后邻钱氏，疑昔者乃钱氏妪，因名阿钱。周赞善清原[⑤]《续长恨歌》云："张家小女名阿钱，种花家住丰台侧。生成骨格一枝香，斟酌衣裳百花色。"

【注释】①陈检讨维崧：陈维崧，字其年，号迦陵，宜兴人。明末清初阳羡词派领袖，曾纂修《明史》。检讨：官职名。②汪主事懋麟：汪懋麟，字季角，号蛟门，江苏江都人。康熙六年进士，授内阁中书，与修《明史》。③汪春坊楫：汪楫，字次舟，号悔斋，安徽休宁人。康熙十八年，授翰林院检讨，纂修明史。春坊：官署名。④张学士英：张英，字敦复，号乐圃，安徽省桐城人。康熙六年进士，累官至文华殿大学士兼礼部尚书。⑤周赞善清原：周清原，字浣初，武进人，官至工部侍郎。赞善：官职名。为东宫的属官。

【译文】张曼殊，是丰台卖花翁的女儿。（陈维崧的序言说："疏篱织处，青门种树之翁；纤笼携来，缟袂卖花之妪。"汪懋麟诗说："荒村侍婢卖花回，补屋牵萝晓镜开。怪底红颜如芍药，妾家生小住丰台。"汪辑做诗说："春到长安芍药开，寻花曾一到丰台。自从解语归金谷，不是花时客也来。"张英做诗说："闻说丰台住小姑，百环新髻世应无。又添一段游人话，芍药开时说曼殊。"）曼殊出生时，母亲梦到邻居老妇人把一枝白花托付给她卖。曼殊家前面紧挨着奶奶庙，后面与钱氏家相邻，母亲怀疑之前梦里的老妇人就是钱氏，因此给曼殊起名叫阿钱。（周清原在《续长恨歌》里说："张家小女名阿钱，种花家住丰台侧，生成骨格一枝香，斟酌衣裳百花色。"）

阿钱慧甚，能效百鸟音。京城贩儿推货车行叫卖，嘤嘟（yāo xù）①不可辨，阿钱遥闻便知之。十岁，前村学针线，把剪即能刻花种人兽，不构谱，俨熟习者。客有以千钱购蕃绣幡灯于前村家，阿钱方学绣，立应之去。既长，色白，目有曼光，十指类削玉，黝发委地可鉴。《续长恨歌》云："十枝春笋扶钗出，一寸横波入鬓（bìn）②流。银蒜双双垂彩索，晓日曈昽（tóng lóng）③射妆阁。"张编修廷瓒④诗云："子夜清歌醉不醒，曾看宝髻倚银屏。菱花掩后香云散，肠断春山一样青。"才拢头，作十种名。最上以髮弗（chǎn），绾作连环百结蟠顶前，名"百环髻”。《留视图》自序云：“饰予生平所梳百环髻。”王舍人嗣槐[5]诗云：“东风吹罗衣，空园自摇曳。采将千种花，拢作百环髻。”《续长恨歌》云：“八幅湘裙初拂地，百环云髻早宜春。”方编修象瑛[6]诗云：“自制新妆号百环，春风摇漾画图间。无端梦遥空王去，凄绝丰台旧日山。”张中书睿诗云：“百结云鬟别样妆，曼殊花放下巫阳。只今留视图犹在，减却生时一段香。”乔侍读[7]诗云：“百环髻就玉为神，别有秾华[8]领好春。斜傍青山长不扫，有谁堪作画眉人？”

【注释】①嘤嘟：形容语声含糊，不清晰。②髩：古同“鬓”。③曈昽：太阳初出由暗而明的光景。④张编修廷瓒：张廷瓒，字卣臣，号随斋，清代名臣、文学家。编修：古代史官之一，明清翰林院设编修，并无实质职务。⑤王舍人嗣槐：王嗣槐，清朝浙江仁和人，字仲昭，号桂山。舍人：官名。⑥方象瑛：清初诗人，字渭仁，号霞庄，浙江遂安人。康熙六年中进士，授翰林院编修。⑦乔侍读：即乔莱，字子静，一字石林，江苏宝应人，曾任侍读之职。⑧秾华：形容花开繁盛。

【译文】阿钱特别聪慧，能模仿百鸟的叫声。京城里的小贩儿推着车子边走边叫卖，声音混杂而难以听清，阿钱却远远的就能听出小贩儿的吆喝声。阿钱十岁的时候到前村学习针线活儿，刚学不久就能剪出各种花草、人物、鸟兽，也不用先画草图，俨然一个熟练掌握针线活儿的人。有客人在前村住户中，以千钱购买蕃绣幡灯，阿钱当时刚开始学绣工，立即接下这个绣活。等到年龄渐长，阿钱肤色白皙，目光柔美，十根手指就像削剪过的白玉，乌黑的头发飘垂于地，顺滑闪亮。（《续长恨歌》说：“十枝春笋扶钗出，一寸横波入髩流。银蒜双双垂彩索，晓日曈昽射妆阁。”张廷瓒的诗说：“子夜清歌醉不醒，曾看宝髻倚银屏。菱花掩后香云散，肠断春山一样青。”）阿钱刚刚开始梳理头发，就创造出十种发型。最上面用发簪，挽作连环百结，环绕在头顶前，起名叫“百环髻”。（曼殊在《曼殊留视图》自序中说：“把我有生以来所梳的百环髻装扮的好看一些。”王嗣槐的诗说：“东风吹罗衣，空园自摇曳。采将千种花，拢作百环髻。”《续长恨歌》说：“八幅湘裙初拂地，百环云髻早宜春。”方象瑛的诗说：“自制新妆号百环，春风摇漾画图间。无端梦遥空王去，凄绝丰台旧日山。”张睿的诗说：“百结云鬟别样妆，曼殊花放下巫阳。只今留视图犹在，减却生时一段香。”乔侍读的诗说：“百环髻就玉为神，别有秾华领好春。斜傍青山长不扫，有谁堪作画眉人？”）

顾性贞静[①]。十二，从庙归，路人观者啧啧称好，姑则大愠，归不再出。予来京师，益都夫子为予谋买妾，有以阿钱言者，预遣二世兄[②]往视，不许。吴文学[③]阐思诗云：“争似丰台解语花，脸波春色衬朝霞。盈盈碧玉年娇小，不爱青齐宰相家。”乔侍读诗云：“村庄无复往东墙，但对名花引兴长。莫道小家刘碧玉，一生不嫁汝南王。”先是阿钱病，西山尼师[④]过其门，咨嗟[⑤]曰：“阿钱不年，不宜为人妻。”或曰：“为小妻即免。”遂决计作妾。然往请者，率骄贵，深不自愿。及二世兄往，谓犹是相公家也。越数日，予亲往，询余甚喜，且有谬誉予善文者。李检讨澄中[⑥]《曼殊》诗云：“守身坚择对，偃蹇已数夫。不惜充下陈，但愿嫁通儒。毛郎富文史，作赋迈《三都》。”《续长恨歌》云：“纷纭粱肉皆尘土，不愿将身入朱户。兰生空谷人自知，啧啧张家有贤女。毛君一赋奏凌云，柱下才名天下闻。”龙检讨燮[⑦]诗云：“湘湖词客毛先生，日昨捧檄来燕京。《子虚赋》献官侍从，闺中儿女皆知名。”李中允铠[⑧]诗云：“毛子銮坡彦，文笔五色鲜。造访出花下，惊鸿何翩翩？岂有十斛珠，乃订三生缘。盈盈赋丽情，慕义良独难。”

【注释】①贞静：坚贞沉静。②世兄：旧时对有世交的同辈的称呼，也尊称有世交的晚辈。③文学：官职名。④尼师：指对尼姑的尊称。⑤咨嗟：叹息。⑥李澄中：清初著名文人、史学家、诗人、藏书家。⑦龙燮：江南望江县人。所作《琼花梦》传奇，《芙蓉城》杂剧，颇为当时人所称颂。⑧李中允铠：李铠，清江南山阳人，字公凯，号惺庵。顺治十八年进士。累官内阁学士。中允：官名。

【译文】曼殊从小性格就坚贞沉静。十二岁时，从庙上回来，路人都被她的容貌吸引，禁不住啧啧称赞，曼殊对此很生气，回来后就不再出去。我来京师时，益都冯相国想为我谋划买一房妾室，有人提到阿钱，我先让两位世兄前往了解情况，但是阿钱没有同意。（吴阐思做诗说："争似丰台解语花，脸波春色衬朝霞。盈盈碧玉年娇小，不爱青齐宰相家。"乔侍读的诗说："村庄无复往东墙，但对名花引兴长。莫道小家刘碧玉，一生不嫁汝南王。"）阿钱以前生病时，西山的尼师路过她家门，叹息着说："阿钱短寿，不宜嫁人。"有人说："为小妾可免去此劫。"阿钱于是决定作妾。然而前来求婚的人，都很骄矜、自大，阿钱打心里感到不喜欢。等到两位世兄前往提亲，阿钱以为还是先前那样的人家，所以就回绝了。过了些时日，我亲自前往，阿钱询问我的情况后，心中很是高兴，加之还有一些谬赞我擅长文章的传闻，阿钱就同意嫁给我。（李澄中的《曼殊》诗说："守身坚择对，偃蹇已数夫。不惜充下陈，但愿嫁通儒。毛郎富文史，作赋迈《三都》。"《续长恨歌》说："纷纭粱肉皆尘土，不愿将身入朱户。兰生空谷人自知，啧啧张家有贤女。毛君一赋奏凌云，柱下才名天下闻。"龙燮的诗说："湘湖词客毛先生，日昨捧檄来燕京。《子虚赋》献官侍从，闺中儿女皆知名。"李铠的诗说："毛子銮坡彦，文笔五色鲜。造访出花下，惊鸿何翩翩？岂有十斛珠，乃订三生缘。盈盈赋丽情，慕义良独难。"）

是夜，予梦大士，取盎[1]中花手授予，次日插戴。北方以下定为"插戴"。《续长恨歌》云："疏篱野径多闲暇，落花无人碧窗夜。天然芳洁不由人，优钵昙花是化身。"胡文学渭生诗云："媒氏新传玉帐音，定情何用百万金？帘前一见如相识，为插莲花玳瑁（dài mào）[②]簪。”丘学士象升[③]诗云：“昨日优昙带露开，簪花迤逦（yǐ lǐ）到丰台。湘帘一控春如海，万朵花光入座来。”其母兄与其母，疑予年大又贫，且相传妇妒，欲悔之。阿钱不然。陈序云：“原思入仕，仍然环堵[④]之家；仲路居官，不离缊袍[⑤]之色。况乎桓家郡主，性极矜严；吴国夫人，理多贵倨。王茂弘[⑥]将膺九锡[⑦]，时来悠谬[⑧]之谈；刘孝标[⑨]永憾三同[⑩]，属有纷纭之论。而乃情坚一诺，面许三生。”《续长恨歌》云：“相国冯公重古风，为访名姝到韦曲。韦曲春花烂熳生，求婚三唱《踏莎行》。忽传妇妒几中止，官贫复恐离乡里。阿钱却喜嫁才人，委身情愿同生死。”刘文学锡旦诗云：“梦授一枝和露种，肯教连理被云遮？”

【注释】①盎：古代的一种盆，腹大口小。②玳瑁：从玳瑁龟壳上取得的玳瑁片。③丘象升：清江苏山阳（今江苏淮安市）人，字曙戒，号南斋。官至大理寺左寺副。著有《谷音》《入燕》等。④环堵：四面围绕土墙的狭屋。⑤缊袍：以旧絮或碎麻做成的袍子，表示粗恶的衣服。⑥王茂弘：王导，字茂弘，小字赤龙、阿龙，琅玡郡临沂县。东晋时期政治家、书法家。⑦九锡：古代天子优礼大臣，所赐与的车马、衣服、乐器、朱户、纳陛、虎贲、弓矢、鈇钺、秬鬯等九种物品。⑧悠谬：荒谬无稽。⑨刘孝标：刘峻，南朝梁学者兼文学家。字孝标，本名法武，平原（今属山东德州平原县）人。以注释刘义庆等编撰的《世说新语》而著闻于世。⑩三同：古人将“同庚”、“同窗”，“同行”统称为“三同”。

【译文】这天晚上，我梦见菩萨，取出盆中的花亲手交给我，结果第二天正好给阿钱下定礼。（北方称下定礼为“插戴”。《续长恨歌》云：“疏篱野径多闲暇，落花无人碧窗夜。天然芳洁不由人，优钵昙花是化身。”胡渭生的诗写道：“媒氏新传玉帐音，定情何用百万金？帘前一见如相识，为插莲花玳瑁簪。”丘象升的诗写道：“昨日优昙带露开，簪花迤逦到丰台。湘帘一控春如海，万朵花光入座来。”）阿钱的哥哥和母亲都觉得我又老又穷，又听说我的正妻善妒，怀疑我不能照顾好阿钱，想要退掉这门婚事。阿钱则不以为然。（陈维崧做序说：“毛奇龄原想入仕做官，却怀才不遇，依然待在四面土墙的狭屋里；想当年子路为官，也是依然保持简朴本色。更何况毛奇龄那位大户人家出身的老婆，性格严厉；身为正妻，生性善妒。王导将要接受九锡封赠的时候，却不时传来荒谬无稽的传言；刘峻文采盖世，仍然避免不了被纷纭议论。阿钱却能情坚一诺，面许三生。”《续长恨歌》写道：“相国冯公重古风，为访名姝到韦曲。韦曲春花烂熳生，求婚三唱《踏莎行》。忽传妇妒几中止，官贫复恐离乡里。阿钱却喜嫁才人，委身情愿同生死。”刘锡旦的诗写道：“梦授一枝和露种，肯教连理被云遮？”）

及娶，检讨陈君就予饮，更名曼殊。曼殊者，佛花也。汪主事诗云：“昨宵梦乞杨枝露，从此更名号曼殊。”陈序云：“仆于阮妇[①]之新婚，曾学刘祯之平视[②]。屏前乍见，遽讶天人；烛下潜窥，已惊绝世。值此同官之被酒[③]，屡为爱妾以征名。以姬夙悟静因，亲耽禅喜，遂傍稽夫梵夹[④]，肇锡[⑤]之以曼殊。”姜州丞启诗云：“曼陀花散到人间，色相端然菩萨鬘。”蔡修撰[⑥]升《元月上纱窗夜乌啼》词云：“檀心蕙质玉亭亭，解语识迦陵。慈云一滴杨枝露，订三生，却向天花落处认前身。”《续长恨歌》云：“同官往往停驺御[⑦]，欲拜青娥不能去。迦陵太史为征名，曼殊本在西来处。”

【注释】①阮妇：指丽质之女。②刘祯之平视：刘桢，字公干，东汉末年东平宁阳人。博学多才，以文学见长。刘祯之平视：建安年间，刘桢在曹丕席上平视丕妻甄氏，获不敬之罪。③被酒：喝了酒，带有几分酒意或醉意。④梵夹：亦作“梵荚”或“梵筴”。佛书。佛书以贝叶作书，贝叶重迭，用板木夹两端，以绳穿结，故称。⑤锡：通“赐”。⑥修撰：职官名。唐代史馆有修撰之职。⑦驺御：指车马、随从。

【译文】等到娶亲的日子，检讨陈维崧凑到我身边一起饮酒，我为阿钱更名为曼殊。曼殊，是一种佛花。（汪懋麟的诗说道："昨宵梦乞杨枝露，从此更名号曼殊。"陈维崧做序说："我在佳人的新婚之日，曾学刘祯对其平视。屏风前乍一见到，惊为天人；在烛光下暗暗窥视，又惊叹她绝世无双。正赶上同僚们都有了几分酒意，毛先生便屡为爱妾广征名字。因为曼殊早就了悟了清静无为的道理，又特别沉醉于参禅佛法所带来的喜乐之中，于是常伴夫君左右潜心研究佛经，毛先生便把曼殊的名字赐给了她。"姜启的诗说道："曼陀花散到人间，色相端然菩萨鬘。"蔡升的《元月上纱窗夜乌啼》词云："檀心蕙质玉亭亭，解语识迦陵。慈云一滴杨枝露，订三生，却向天花落处认前身。"《续长恨歌》云："同官往往停驺御，欲拜青娥不能去。迦陵太史为征名，曼殊本在西来处。"）

曼殊既归，执挚[①]即贽。愿从学。取书观，有悟；才把笔，即能画字[②]。其字每类予，见者辄谓予假为之。任黄门辰旦[③]传云："检讨善诗文，能书，晓音律。曼殊心习焉，辄似检讨。"方编修诗云："夫子江东早擅名，学书学字尽聪明。"吴文学陈琰诗云："学书不学卫夫人，别有簪花体格新。争怪拈毫似夫婿，燕钗作贽仿来真。"施侍读闰章[④]诗云："夫人才把笔，便作逸少字。如此好夫婿，何处不可似？"朱供奉[⑤]《叶儿乐府》云："檀板能歌绝妙词，银钩学写相思字。"尝为予书刺，早起呵冻[⑥]，连作十余刺，心痛遽罢。陈序云："于是杂弄简编，间亲文吏，画眉楼畔，即是书林；傅粉[⑦]房中，便成家塾。学新声于弦上，询难字于枕间。硬黄纸滑，窃书夫子之衔；缥碧钗轻，戏作门生之贽。"张检讨鸿烈诗云："瞥见仙姝漫七年，每闻素腕写鸾笺。"潘检讨耒[⑧]诗云："学得簪花字体新，蛮笺十幅簇芳茵。修成外传多情思，为有灯前拥髻人。"予有《曼殊病》诗云："黛碗谁书刺，银床想挈壶。曼陀花一朵，看向日边枯。"

【注释】①执挚：古代礼制，谒见人时携礼物相赠。②画字：写字。③任辰旦：字千之，号待庵，浙江萧山人。康熙六年进士，后任兵科掌印给事中。④施闰章：字尚白，号愚山，江南宣城人，清初政治家、文学家。⑤供奉：以文学、特殊技艺被召入内廷任职的人。⑥呵冻：指嘘气使砚中凝结的墨汁融解。⑦傅粉：搽粉。或指搽粉的人。借指妾婢。⑧潘耒：字次耕，吴江人，清初学者。清康熙十八年进士，曾参与纂修《明史》。

【译文】曼殊嫁给我后，对夫君行礼，并表示愿意跟随我学习。曼殊才开始取书观看，即有所领悟；才开始学习握笔，就能写字。曼殊的字写的都很像我的笔体，看到的人总说我弄虚作假，把自己的书法说成是曼殊写的。（任辰旦作传说："毛奇龄擅长诗文，精通书法又通晓音律。曼殊一心向毛奇龄学习书法，因此越来越像毛奇龄的风格。"方象瑛的诗说："夫子江东早擅名，学书学字尽聪明。"吴陈琰的诗说道："学书不学卫夫人，别有簪花体格新。争怪拈毫似夫婿，燕钗作贽仿来真。"施闰章的诗说："夫人才把笔，便作逸少字。如此好夫婿，何处不可似？"朱供奉《叶儿乐府》云："檀板能歌绝妙词，银钩学写相思字。"）曼殊曾因为我写名刺，天气寒冷，墨汁凝固。曼殊就一早上起来不停地向砚中呵气，以使凝结的墨汁融解。连续为我写了十多个名刺，后来我心疼她，就不让她写了。（陈维崧做序说："曼殊于是帮助毛先生整理文编，有空就阅读文史。闺房之中，就是书房；家室之内，便是私塾。曼殊亲自操琴学习弹奏琴曲，于枕席之间向毛先生请教问题。曼殊与毛先生之间可谓是：笔墨纸砚之间，夫君就是老师；衩裙粉黛佳人，娇妻就是门生。"张鸿烈的诗说："瞥见仙姝漫七年，每闻素腕写鸾笺。"潘耒的诗说："学得簪花字体新，蛮笺十幅簇芳茵。修成外传多情思，为有灯前拥髻人。"我的《曼殊病》一诗写道："黛碗谁书刺，银床想挈壶。曼陀花一朵，看向日边枯。"）

予生平好歌，至是酒后歌，每歌必请予复之，三复则已能矣。按刌(cǔn)度节，丝黍不得爽。尤喜歌真定夫子《祝家园》词。梁司农夫子《桂枝香》曲开句："赏心乐事，祝家园里。"冯太傅夫子长歌云："从来绣阁惜娉婷，红牙欲按声转停。闻君雅擅周郎顾，妾若歌时君细听。"《续长恨歌》云："学书便仿簪花格，偷曲初成按拍时。"又云："拙宦中年何草草，但看曼殊愁顿扫。酒阑一唱《祝家词》，温柔乡里真堪老。冰弦檀板两怡然，花底征歌月底眠。"田编修需诗云："百绾云鬟巧样成，淡黄裙子称身轻。清歌按板偏能会，不数红红记豆名。"胡文学诗云："新翻《子夜》与《前溪》，顾曲周郎总不迷。一唱黄鸡娇欲绝，萧声同彻凤楼西。"王光禄三杰诗云："歌残《金缕》不胜悲，记得南园卧病时。夜起与郎花下坐，含颦一唱《祝家词》。"曼殊自为诗云："阶草衔虚槛，亭榴接断垣。酒阑携锦瑟，请唱《祝家园》。"

【译文】我生平喜欢唱歌，特别是酒后喜欢唱歌，每次唱完歌曼殊一定请我再重复，重复三遍后她便学会了。唱出的曲子应节合拍，丝毫不差。曼殊尤其喜欢唱真定夫子的《祝家园》词。（梁司农的《桂枝香》曲开句："赏心乐事，祝家园里。"冯太傅做长歌说："从来绣阁惜娉婷，红牙欲按声转停。闻君雅擅周郎顾，妾若歌时君细听。"《续长恨歌》写道："学书便仿簪花格，偷曲初成按拍时。"又写道："拙宦中年何草草，但看曼殊愁顿扫。酒阑一唱《祝家词》，温柔乡里真堪老。冰弦檀板两怡然，花底征歌月底眠。"田需的诗写道："百绾云鬟巧样成，淡黄裙子称身轻。清歌按板偏能会，不数红红记豆名。"胡渭生的诗写道："新翻《子夜》与《前溪》，顾曲周郎总不迷。一唱黄鸡娇欲绝，萧声同彻凤楼西。"王三杰的诗写道："歌残《金缕》不胜悲，记得南园卧病时。夜起与郎花下坐，含颦一唱《祝家词》。"曼殊自己写的诗说："阶草衔虚槛，亭榴接断垣。酒阑携锦瑟，请唱《祝家园》。"）

第苦无弹者，不可已，呼盲女街前琵琶，听数曲，谛视其拢捻剐(bāi)拨，遂能弹。朱供奉《洞庭秋色》词云："想暗通心曲，朱丝弦里；尽携书卷，玉镜台前。"尤检讨侗[①]《新样四时花》曲云："罗敷赵瑟侬家占，《子夜》吴歌近日谙。"袁编修佑[②]诗云："郎自艳吴曲，侬自缓秦筝。双栖梁上燕，解语弄春声。"冯检讨勖[③]诗云："细抛红豆谱相思，肠断金槽一缕丝。谁道梁尘惊散后，酒阑犹唱《祝家词》。"吴别驾[④]融诗云："渌水春来艳，金槽夜自弹。市楼盲女在，莫作段师看。"

【注释】①尤侗：明末清初著名诗人、戏曲家。苏州府长洲（今苏州）人。于康熙十八年举博学鸿儒，授翰林院检讨，参与修《明史》。②袁佑：字杜少，清初诗人、学者，东明人。有《诗议疑义》《老子别注》等著作。③冯勖：清江苏吴县人，字方寅，号勉曾。康熙十八年举博学鸿儒，纂修明史。④别驾：别驾从事史，官名。

【译文】但是苦于宅子里没有会弹奏乐器的人，不得已，就叫盲女在住宅的街前弹奏琵琶，曼殊听了数支曲子，仔细观察盲女的拢捻划拨的动作，自己就能弹奏了。（朱供奉《洞庭秋色》词说："想暗通心曲，朱丝弦里；尽携书卷，玉镜台前。"尤侗的《新样四时花》曲云："罗敷赵瑟侬家占，《子夜》吴歌近日谙。"袁佑诗写道："郎自艳吴曲，侬自缓秦筝。双栖梁上燕，解语弄春声。"冯勖诗写道："细抛红豆谱相思，肠断金槽一缕丝。谁道梁尘惊散后，酒阑犹唱《祝家词》。"吴融诗写道："渌水春来艳，金槽夜自弹，市楼盲女在，莫作段师看。"）

顾得奇疾，初书刺心痛，谓脘寒也。既谓伤肝，输东风，木扬，春作而秋止。又既谓中瀎[①]，有瘕癖，在胃傍，气积不行。历数载，审候，终不得其要领。每疾作，遍体若熥(bó)[②]，使婢按摩之；不足，以帔(pèi)[③]作兜，负之行；又不足，缒(zhuì)[④]筐而坐之，东西推挽，若秋千然。任黄门传云："然有奇疾。疾剧，则必约[5]彩为兜，有若花篮，坐其中，悬诸空际，左旋右转，乃少可。特终不可治。尝遍搜方术，不治，遂立愿舍身作佛弟子。不治，乃召绘者图之，名曰《留视图》云。已而竟不可治。"陆文学宏定诗云："病倚篮舆挹翠霞，后庭编径曲栏斜。彩兜行遍虽无迹，犹长金莲处处花。"

【注释】①懑：烦闷，生气。②熯：煎炒或烤干食物。③帔：古代披在肩背上的服饰。④缒：用绳索拴住人或物从上往下放。⑤约：绳子。

【译文】曼殊患有怪病，起初写名刺时就感到心痛，以为是胃部受寒。后来又说是伤肝，到了春天，肝气上扬，所以就春天发病而秋天停止。又说是胃胀，有肿块在胃的旁边，使胃气郁积不行。诊治了好几年，也没有确切的结果。每次疾病发作，浑身就像被火烤一样，让婢女帮助按摩也无济于事。把霞帔做成兜状，背着她行走，还是不能解决问题。又把筐用绳子吊起来，人坐在里面前后推动，如坐秋千一般，才能略微缓解一下病情。（任辰旦做传说："然而曼殊有怪病。病得特别厉害时，就必须用彩绸做成的兜状，好像花篮，人坐在里面，悬在空中，左旋右转，才稍微缓解一下病情。只是终究没有治疗方法。曾经收集各种偏方，也不能有效果。于是曼殊发愿舍身做佛弟子，仍然治不好。就请来画师为其画像，名为《留视图》。后来终不可治。"陆宏定的诗写道："病倚篮舆挹翠霞，后庭编径曲栏斜。彩兜行遍虽无迹，犹长金莲处处花。"）

尝梦邻庙奶奶唤归去，一日携儿至，曰："汝本吾家物，我挤眼，汝当随我行。"其儿曰："家去吧！不去，奶奶么喝。"醒乃刻桃木为偶人，饰之衣，被以生平所梳百环髻，流涕送庙间。赵编修执信（shēn）[1]诗云："淡红香白好容颜，宝髻堆云作百鬟。唤作佛花元自误，如今争肯住人间？"吴文学陈琰诗云："阿钱生小态婵娟，多病皈依绣佛前。不信曼陀花一朵，忍教憔悴夕阳天。”又云：“妖梦频随阿母回，香檀分影礼莲台。百鬟巧髻亲留视，画里真真唤不来。”沈文学季友[2]诗云：“雕香分送泪模糊，六尺生绡便作图。认取白衣龛外立，前身应是小龙姑。”予《送偶人》诗云：“且送青娥去，言随阿母归。荷花开作面，菊叶剪为衣。泪尽中途别，魂离何处依？他时香案下，相待莫相违。”曼殊自为诗云：“百计延医病转深，暂回阿母案傍身。此身久已魂离壳，莫道含颦又一人。”

【注释】①赵执信：清代诗人、诗论家、书法家。字伸符，号秋谷，山东省淄博市博山人。②沈季友：字客子，平湖人。康熙二十六年副榜贡生。与汪琬、毛奇龄交好。

【译文】曼殊曾梦到庙里的奶奶唤她回去，当时奶奶带着一个小孩儿来到她跟前，说：“你本来就属于我家，我眨眼示意，你就应当跟随我回去。”那个小孩儿也说：“回家去吧！不回去，奶奶会呵斥的。”曼殊醒来后就刻了个桃木人偶，给她穿戴上衣饰，头顶覆盖上她生平所梳的百环髻，流着泪把人偶送到庙里。（赵执信作诗说：“淡红香白好容颜，宝髻堆云作百鬟。唤作佛花元自误，如今争肯住人间？”吴陈琰的诗说：“阿钱生小态婵娟，多病皈依绣佛前。不信曼陀花一朵，忍教憔悴夕阳天。”又说：“妖梦频随阿母回，香檀分影礼莲台。百鬟巧髻亲留视，画里真真唤不来。”沈季友的诗说：“雕香分送泪模糊，六尺生绡便作图。认取白衣龛外立，前身应是小龙姑。”我的《送偶人》诗写道：“且送青娥去，言随阿母归。荷花开作面，菊叶剪为衣。泪尽中途别，魂离何处依？他时香案下，相待莫相违。”曼殊自作诗说：“百计延医病转深，暂回阿母案傍身。此身久已魂离壳，莫道含颦又一人。”）

乃复图其形，名《留视图》，而题诗焉。梁司农夫子诗云：“百朵云光绾髻斜，焚香小坐澹铅华。画图展向春风里，好护丰台第一花。”任黄门诗云：“舍身现在礼慈云，月月纤腰减半分。何事画工还染色，淡红衣褶藕丝纹。”沈明府皞日[①]诗云：“弹窝石畔冷如冰，消得春风数尺绫。一自檀雕分影去，夜深只坐佛前灯。”阮庶常[②]尔询诗云：“新镂香檀旧梦频，碧绡留供佛前身。由来仙骨原无二，不信双毫写玉人。”汪春坊霦诗云：“宝篆依微绣佛前，香台倚坐髻鬟偏。梦魂缥缈知何处，只在莲花秋水边。”高征士兆[③]诗云：“百结云鬟委陌尘，一函玉骨瘗江滨。可怜遗落春风影，挂向花前还妒人。”郑骠骑勋诗云：“细雨难滋天上花，春光杳渺白云赊。可怜粉黛空留视，肠断当时油壁车。”

【注释】①沈皞日：，字融谷，号茶星，浙江平湖人。清初“浙西六家”词人之一。著有《楚游草》《燕游草》《拓西精舍词》等。②庶常：庶吉士的代称。③高兆：字云客，号固斋居士等，康熙时闽县（今福州市区）鼓山镇后屿村人。高兆善诗，与彭善长等称“闽中七子”。

【译文】曼殊又为她自己的作了画像，名为《留视图》，并为画题诗。（梁司农的诗写道：“百朵云光绾髻斜，焚香小坐澹铅华。画图展向春风里，好护丰台第一花。”任辰旦的诗说：“舍身现在礼慈云，月月纤腰减半分。何事画工还染色，淡红衣褶藕丝纹。”沈皞日的诗说：“弹窝石畔冷如冰，消得春风数尺绫。一自檀雕分影去，夜深只坐佛前灯。”阮尔询的诗说：“新镂香檀旧梦频，碧绡留供佛前身。由来仙骨原无二，不信双毫写玉人。”汪霦的诗说：“宝篆依微绣佛前，香台倚坐髻鬟偏。梦魂缥缈知何处，只在莲花秋水边。”高兆的诗说：“百结云鬟委陌尘，一函玉骨瘗江滨。可怜遗落春风影，挂向花前还妒人。”郑勋的诗说：“细雨难滋天上花，春光杳渺白云赊。可怜粉黛空留视，肠断当时油壁车。”）

初，予妇将至，徙居南西门坟园，虑不容也。益都夫子怜其穷，强予开阁，而曼殊难之。其后有假予意逼遣之者，曼殊死复活。曼殊《回生记》云:“曼殊以壬戌十月十一日死,越三日,高邮葛先生治之,复苏。”李检讨《曼殊》诗云:“食贫二三载,两情如斯须。何意南来者,事变出不虞!举家色惨悽,丞相谓曼殊:‘毛郎生迟暮,官贫徒区区。改图便尔为,作计莫太迂。’曼殊一无语,泪落红罗襦。”又云:“始至相逼迫,既乃复揶揄。郎意久异同,计事一何愚?曼殊大悲摧,天乎我何辜?郎今负义信,恸哭声呜呜。气结肠欲断,死生在须臾。仓皇觅良医,强起事踟跌。药饵徐徐下,数日魂始苏。”李中允诗云:“踟蹰贮别馆,咫尺明河悬,脉脉但相望,郎言遂浪传。谓当羽翼乖,听续鸳鸯弦。闻言一悲愤,气绝如丝联。已乃泣吞声,仰首呼苍天。”《续长恨歌》云:“食贫三岁恩情重,恩情只道长相共,桓家郡主蓦地来,惊散鸳鸯夜深梦。深情无赖金门客,愁煞飘风荡魂魄。仓卒坟园贮阿娇,将使犊车无处觅。那料流光迅如电,好信不来飞语遍。野花村落白杨郊,安得仙郎日相见?含情一恸倒玉山,杳杳冥冥去世间。葛翁投药虽扶起,那得桃花还结子?画图试展旧时容,玉貌花姿全不是。”孟监州[①]远记云:“其初归也,则不以迟暮为非匹,而唯以得偶乎才子为幸。其濒危[②]也,群言纷构,犹矢若金石,唯愿得死于才子之手。”彭侍讲孙遹[③]诗云:“优钵从来不染尘,无端号作断肠春。凭谁地下三弹指,唤起迦文坐畔人。”张文学暗然诗云:“曾说南园卧病时,金槽犹拨《祝家词》。新声不向丰台度,付与啼莺恋旧枝。”曹学士禾[④]诗云:“芍药初开骤委泥,丰台犹见草萋萋。甘心远葬西施里,苦恋贫官与忌妻。”杨文学卧续张夫人《拜新月》词云:“拜新月,拜月在前墀(chí)[⑤]。死魂回生后,残眉未扫时。”

【注释】①监州:指监察州县之官。②濒危:临近危境,也指病危将死。③彭侍讲孙遹:彭孙遹,清初官员、词人,与王士祯齐名,时号“彭王”。④曹禾:字颂嘉,号未庵,江苏江阴人。与颜光敏等称“诗中十子”,著有《未庵初集》《峨嵋集》等。⑤墀:台阶上的空地,也指台阶。

【译文】当初,我的妻子将要来京师,便把曼殊搬到南西门坟园附近居住，主要是担心妻子容不下她。冯相国可怜她的困窘，想要强迫我接回曼殊。而曼殊也感到很为难，最后不了了之。后来我的妻子假冒我的意思，逼迫她离开。曼殊病死一次而后又被救活。（曼殊《回生记》记载说："曼殊在壬戌年十月十一日死，过了三天，高邮葛先生为她医治，苏醒过来。"李澄中《曼殊》诗写道："食贫二三载，两情如斯须。何意南来者，事变出不虞！举家色惨悽，丞相谓曼殊：'毛郎生迟暮，官贫徒区区。改图便尔为，作计莫太迂。'曼殊一无语，泪落红罗襦。"又写道："始至相逼迫，既乃复揶揄。郎意久异同，计事一何愚？曼殊大悲摧，天乎我何辜？郎今负义信，恸哭声呜呜。气结肠欲断，死生在须臾。仓皇觅良医，强起事踟蹰。药饵徐徐下，数日魂始苏。"李铠的诗写道："踟蹰贮别馆，咫尺明河悬，脉脉但相望，郎言遂浪传。谓当羽翼乖，听续鸳鸯弦。闻言一悲愤，气绝如丝联。已乃泣吞声，仰首呼苍天。"《续长恨歌》写道："食贫三岁恩情重，恩情只道长相共，桓家郡主蓦地来，惊散鸳鸯夜深梦。深情无赖金门客，愁煞飘风荡魂魄。仓卒坟园贮阿娇，将使犊车无处觅。那料流光迅如电，好信不来飞语遍。野花村落白杨郊，安得仙郎日相见？含情一恸倒玉山，杳杳冥冥去世间。葛翁投药虽扶起，那得桃花还结子？画图试展旧时容，玉貌花姿全不是。"孟远记说："曼殊刚刚出嫁时，不觉得毛公年老而和自己不相匹配，只想自己得到了一个堪称才子的夫君。当她病危将死，流言四起之际，仍然内心坚定，只愿死在才子的怀里。"彭孙遹诗写道："优钵从来不染尘，无端号作断肠春。凭谁地下三弹指，唤起迦文坐畔人。"张暗然诗写道："曾说南园卧病时，金槽犹拨《祝家词》。新声不向丰台度，付与啼莺恋旧枝。"曹禾的诗写道："芍药初开骤委泥，丰台犹见草萋萋。甘心远葬西施里，苦恋贫官与忌妻。"杨卧续写唐代张夫人的《拜新月》词写道："拜新月，拜月在前墀。死魂回生后，残眉未扫时。"）

至是病转剧，尝曰：“令吾小可者，吾当为尼忏除之。”李中允诗云：“古今伤心人，慷慨以永叹。庶几法王力，遣此长恨端。灼灼青莲花，阿母梦所搴（qiān）①。因之绮罗中，爱参清静禅。”《续长恨歌》云：“从此香衾日日扃，长斋顶礼愿难成。彩兜虚约香尘满，伏枕空房小胆惊。”既而谓予曰：“向阿三病时，予从子阿三死京师，予借其园居，邀君日来以为幸。今君将南行，而予以病残留尼寺中，其能来乎？”泣曰：“他日君归者，吾请以尼随君行，唯君置之。”既而病发死。曼殊之死，京朝争作挽吊，自梁司农夫子，暨张、曹诸学士下，诗词文赋，不可胜纪。又有作鼓子词，同韵唱和成帙，如云间李稌、李榛、顾士元、马左，西泠何源长，魏里周珂，同郡成肇璋、达志、金振甲、马会嘉、王麟游、陶篚、刘义林诸君，至同馆生，有托碧虚仙史，作《盎中花》杂剧者，皆汇载别集。死时羸甚，及敛，面有生色，坐而衣，骨节缓泽如平时。任黄门诗云：“垂帘无力倚阑干，怕见庭花易早残，偏怪瓦棺将掩处，海棠犹作睡时看。”

【注释】①搴：拔取。

【译文】到了这时曼殊的病情加重，她曾说：“如果能让我稍微好转一些的话，我就出家为尼，进行忏悔以去除恶业。”（李铠的诗写道：“古今伤心人，慷慨以永叹。庶几法王力，遣此长恨端。灼灼青莲花，阿母梦所搴。因之绮罗中，爱参清静禅。”《续长恨歌》写道：“从此香衾日日扃，长斋顶礼愿难成。彩兜虚约香尘满，伏枕空房小胆惊。”）不久她对我说：“从前阿三生病时，我借了他的园子居住，邀夫君每日来园相会，感觉很是幸福。今天夫君要南行，而我却因病留在尼寺中，夫君还能来吗？”她哭着说：“他日夫君回来时，我请求以女尼的身份伴君而行，一切都听夫君的安排。”不久病发而死。（曼殊去世后，朝廷里士大夫都争相作挽联吊唁她，自梁司农夫子，和张、曹诸位学士以下诸人，所做的诗词文赋，不可胜数。还有人作鼓子词，其他人同韵唱和，最后集成一本书，如云间李秾、李榛、顾士元、马左，西泠何源长，魏里周珂，同郡的成肇璋、达志、金振甲、马会嘉、王麟游、陶篁、刘义林等人，还有翰林院的生员，有人假托曼殊为碧虚仙人，编写了杂剧《盎中花》，皆汇载成集。）曼殊死时特别虚弱，等到收敛时，面容依然像活着的时候，扶她坐起来，为她穿衣，骨节像平时一样舒缓自如。（任辰旦作诗说道："垂帘无力倚阑干，怕见庭花易早残，偏怪瓦棺将掩处，海棠犹作睡时看。"）

初，陈检讨孺人[①]死，索予为墓铭[②]，而贻予以绢。绢浅黄色，为制裙而喜，嘱曰："假使贻绢有桃晕红者，当复制一裙。"越四年，无有贻者；既敛，乃卖金槽，裁一裙纳柳棺中。《续长恨歌》云："去路茫茫在何处？矫首空濛隔烟雾！金槽卖却剪红裙，大叫曼殊将不去。"高征士诗云："罗裙浅澹剪鹅黄，一束纤腰白玉床。长恨无人十洲外，飞行为觅返魂香。"吴文学诗云："减尽纤腰胜小蛮，淡黄裙子带围宽。可怜红绢空裁剪，不付金箱付玉棺。"

【注释】①孺人：古时称大夫的妻子，明清时为七品官的母亲或妻子的封号。也用对妇人的尊称。②墓铭：刻在石上埋入坟中的文字。铭是韵文，用于对死者的赞扬、悼念等。

【译文】起初，陈维崧的妻子去世，找我写墓志铭，赠送给我一些绢纱以示感谢。绢纱是浅黄色的，用来为曼殊做衣裙，曼殊很高兴，嘱咐我说："假如再有人赠送你桃红色的绢纱，我一定拿来再做一件衣裙。"过了四年，也没有赠送这个颜色的绢纱；等到给她收敛的时候，我卖了一个金槽，用所得银子找人裁制了一件桃红色衣裙放到她的棺材中。（《续长恨歌》写道："去路茫茫在何处？矫首空濛隔烟雾！金槽卖却剪红裙，大叫曼殊将不去。"高兆的诗写道："罗裙浅澹剪鹅黄，一束纤腰白玉床。长恨无人十洲外，飞行为觅返魂香。”吴文学诗写道：“减尽纤腰胜小蛮，淡黄裙子带围宽。可怜红绢空裁剪，不付金箱付玉棺。”）

张山来曰：予亦复有[1]长恨，间为诗五十首，名《清泪痕》，同人皆有赠挽诗歌。今读此，不觉触予旧恨也。

【注释】①复有：还有。

【译文】张山来说：我也很遗憾曼殊的去世，当年我曾作诗五十首，起名叫《清泪痕》来哀悼她，同辈人也都赠送挽诗。今天读到这篇文章，不觉中又触动了我的旧痛。

补张灵崔莹合传

黄周星九烟

【题解】本篇是《虞初新志卷十三》的第二篇。此篇讲述的是明代才子张灵与崔莹之间的凄美爱情故事，二人真心相爱，但怎奈造化弄人，最后张灵为情而死，崔莹以情相殉，读后令人感慨不已。

余少时阅唐解元①《六如集》，有云：六如尝与祝枝山②、张梦晋③大雪中效乞儿唱《莲花》，得钱沽酒，痛饮野寺中，曰："此乐惜不令太白见之！"心窃异焉，然不知梦晋为何许人也。顷阅稗乘中，有一编曰《十美图》，乃详载张梦晋、崔素琼事，不觉惊喜叫跳，已而潸然而泣。此真古今来才子佳人之佚事也，不可以不传，遂为之传。

【注释】①唐解元：唐伯虎，名寅，字伯虎，后改字子畏，号六如居士。唐伯虎曾乡试第一，所以被人称作"唐解元"。明代画家、书法家、诗人。②祝枝山：即祝允明，字希哲，长洲人，因右手有枝生手指，故自号枝山，世人称为"祝京兆"，明代著名书法家。③张梦晋：又名张灵，生卒年不详，吴郡人。诗人、画家，明代著名才子。

【译文】我年少时阅读唐伯虎的《六如集》，里面说：唐伯虎曾与祝枝山、张梦晋在大雪天假扮叫花子，唱莲花落，讨来的钱全部用来买酒，三人在山野寺庙中开怀畅饮，还说："只可惜不能让李太白见到我等如此乐趣！"当时我心中感到奇怪，不知梦晋是何许人。不久，翻阅一本记载民间秩闻的书籍，在里面看到一编名为《十美图》的文章，里面详细记述了张梦晋、崔素琼的故事，我不禁惊喜地跳起来，读完后又潸然泪下。这真是古往今来，少有的才子佳人故事，所以不能不让这段佳话流传下去，于是我就为他们作传。

张梦晋，名灵，盖正德[①]时吴县人也。生而姿容俊弈，才调无双，工诗善画，性风流豪放，不可一世。家故赤贫，而灵独蚤[②]慧。当舞勺时，父命灵出应童子试，辄以冠军补弟子员。灵心顾不乐，以为才人何苦为章缝[③]束缚，遂绝意不欲复应试。日纵酒高吟，不肯妄交人，人亦不敢轻交与，唯与唐解元六如作忘年友。灵既年长，不娶。六如试叩之，灵笑曰："君岂有中意人，足当吾耦[④]者耶？"六如曰："无之，但自古才子宜配佳人，吾聊以此探君耳。"灵曰："固然，今岂有其人哉？求之数千年中，可当才子佳人者，唯李太白与崔莺莺耳！吾虽不才，然自谪仙[⑤]而外，似不敢多让。若双文[⑥]，惜下嫁郑恒，正未知果识张君瑞[⑦]否。"六如曰："谨受教。吾自今请为君访之，期得双文以报命，可乎？"遂大笑别去。

【注释】①正德：正德是明朝第十位皇帝明武宗朱厚照的年号。②蚤：同"早"。③章缝：即章甫缝掖。章甫，礼冠。缝掖，袖子宽大的衣服。章甫缝掖指儒者的服饰。这里指获得诸生的身份。④耦：同"偶"。⑤谪仙：称人才情高超，清越脱俗，有如自天上被谪居人世的仙人。如汉朝东方朔、唐朝李白、宋朝苏轼等都曾被称誉为“谪仙”。此处指李白。⑥双文：此处指崔莺莺。⑦张君瑞：名珙，又名张生，字君瑞。原是元稹《莺莺传》中的男主人公。

【译文】张梦晋，名灵，大概是正德年间吴县人。他天生容貌俊朗，才华举世无双，擅长诗画，性情风流倜傥，是世间少有的才俊。虽然家境贫寒，而张灵却从小聪明。大概十三岁时，父亲让张灵参加童子试，结果以第一名的成绩而成为生员。张灵心里却闷闷不乐，认为有才华的人何苦被那些虚名所束缚，于是无意再去参加应试。每日纵酒高歌，不肯随意与人交往，人们也不敢轻易与他交往，他只与唐伯虎成为忘年之交。张灵年龄渐长，一直不肯娶妻。唐伯虎试探着问他，张灵笑着说：“难道您有合适的人选，可以作我的佳偶吗？”唐伯虎说：“没有，但自古才子就应配佳人，我不过是试探一下您的心意罢了。”张灵说：“您说的确实对，但是现在怎么还有真正的才子佳人呢？在这数千年中，可称得上才子佳人的，只有李太白与崔莺莺罢了！我虽然无才，但除了李太白之外，其他人也不遑多让。如果崔莺莺下嫁郑恒，真不知道她还能否了解到，世上有张君瑞那样的才子？”唐伯虎说：“恭敬受教了。我从今天开始就去为您寻访佳人，期望能找到像崔莺莺那样的佳人来告知你，可以吗？”于是大笑着道别而去。

一日，灵独坐读《刘伶传》，命童子进酒，屡读屡叫绝，辄拍案浮一大白。久之，童子跽（jì）①进曰：“酒罄矣！今日唐解元与祝京兆宴集虎丘，公何不挟此编一往索醉耶？”灵大喜，即行，然不欲为不速客，乃屏弃衣冠，科跣双髻，衣鹑结②，左持《刘伶传》，右持木杖，讴吟道情③词，行乞而前。抵虎丘，见贵游蚁聚，绮席喧阗④。灵每过一处，辄执书向客曰：“刘伶告饮。”客见其美丈夫，不类丐者，竟以酒馔贻之。有数贾人，方酌酒赋诗，灵至前，请属和⑤，贾人笑之。其诗中有“苍官”、“青十”、“扑握”、“伊尼”四事，因指以问灵。灵曰：“松、竹、兔、鹿，谁不知耶？”贾人始骇，令赓诗⑥，灵即立挥百绝而去。遥见六如及祝京兆枝山数辈，共集可中亭，亦趋前执书告饮。六如早已知为灵，见其佯狂游戏，戒座客阳为不识者以观之。语灵曰：“尔丐子持书行乞，想能赋诗。试题《悟石轩》一绝句，如佳，即赐尔卮酒⑦，否则当叩尔胫。”灵曰：“易耳！”童子遂进毫楮⑧。灵即书云：“胜迹天成说虎丘，可中亭畔足酣游。吟诗岂让生公法，顽石如何不点头？”遂并毫楮掷地曰：“佳哉！掷地金声⑨也！”六如览之，大笑，因呼与共饮。时观者如堵，莫不相顾惊怪。灵既醉，即拂衣起，仍执书向悟石轩长揖曰：“刘伶谢饮。”遂不别座客径去。六如谓枝山曰：“今日我辈此举，不减晋人风流。宜写一帧，为《张灵行乞图》，吾任绘事而公题跋之，亦千秋佳话也。”即舐笔伸纸，俄顷图成。枝山题数语其后，座客争传玩叹赏。

【注释】①跽：长跪，挺直上身两膝着地。②鹑结：鹑鸟尾秃，似缝补的衣服，故以鹑结比喻破旧不堪的衣服。③道情：曲艺的一个类别，多以唱为主，以说为辅。④绮席喧阗：盛美的筵席喧哗、热闹。⑤属和：唱和。⑥赓诗：和诗。⑦卮酒：一杯酒。⑧毫楮：指毛笔和纸。⑨掷地金声：比喻文章词藻优美。金指钟磬之类的乐器。

【译文】一天，张灵独自坐在堂上读《刘伶传》，让童子在一旁斟酒，每每读到精彩的地方，张灵就拍案叫好，喝上满满一大杯酒。过了一会儿，童子跪下报告说：“酒喝没了！今天唐解元与祝京兆在虎丘宴饮聚会，您何不带上此书前去一醉呢？”张灵大喜，立刻就要前往，却又不想作不速之客，于是换掉身上的衣冠，打乱发髻，光着脚，穿上破烂的衣服，左手拿着《刘伶传》，右手拿着木杖，唱着道情词，一路乞讨前往。到达虎丘时，张灵看到贵客多的像蚂蚁一般，聚集在那里，筵席丰盛，人声鼎沸。张灵每到一处，就拿着书对客人说："刘伶请求共饮一杯。"宾客们看他伟岸俊逸，不像乞丐的样子，争相用酒食款待他。有几个商人，正在饮酒赋诗，张灵到了他们面前，请求与他们和诗，商人们嘲笑他。他们的诗里有"苍官"、"青十"、"扑握"、"伊尼"四个词语，于是指着这四处问张灵。张灵说："这是松、竹、兔、鹿，谁不知道呢？"商人们这才大吃一惊，请他和诗。张灵马上挥毫写了数首诗，然后就离开了。张灵远远看到唐伯虎和祝枝山等几个人，正在可中亭中，就像先前那样，拿着书上前请求赐酒。唐伯虎早已认出是张灵，看他故意癫狂的样子，在游乐戏耍，便告诉在座的客人都装作没认出他来，看看张灵到底想做什么。唐伯虎对张灵说："你这乞丐拿着书行乞，想必能吟诗吧。你试着以《悟石轩》为题目作一首绝句，如果做得好，就赏你一杯酒喝，否则就打断你的腿。"张灵说："太容易了！"童子于是拿来纸笔。张灵立即写成一首诗："胜迹天成说虎丘，可中亭畔足酣游。吟诗岂让生公法，顽石如何不点头？"，然后抓起纸笔，一起扔到地上，感叹说："这诗真是妙啊！掷地金声啊！"唐伯虎看过诗句后，大笑，就叫张灵一起饮酒。当时围观的人很多，都面面相觑，惊讶不已。张灵喝醉后，就拂衣而起，仍拿着书向悟石轩长揖作礼道："刘伶多谢赐酒。"也不同其他客人告辞，就自己离去了。唐伯虎对祝枝山说："今天我们这番举动，堪比晋人风流。应该作画记录下来，就叫《张灵行乞图》，我来绘画你来题字吧，这也算得上是一段千秋佳话啊！"当即挥毫泼墨，一会儿就画完了。祝枝山在画上题诗数句，座上宾客争相传看欣赏。

忽一翁缟衣素冠，前揖曰："二公即唐解元、祝京兆耶？仆企慕[①]有年，何幸识韩[②]！”六如逊谢，徐叩之，则南昌明经崔文博，以海虞广文[③]告归者也。翁得图谛观，不忍释手，因讯适行乞者为谁。六如曰：“敝里才子张灵也。”翁曰：“诚然，此固非真才子不能。”即向六如乞此图归。将返舟，见舟已移泊他所，呼之始至。盖翁有女素琼者，名莹，才貌俱绝世，以新丧母，随翁扶榇归。先舣舟岸侧时，闻人声喧沸，乍启槛窥之，则见一丐者，状貌殊不俗。丐者亦熟视槛中，忽登舟长跪，自陈“张灵求见”，屡遣不去。良久，有一童子入舟，强挽之，始去。故莹命移舟避之。崔翁乃出图示莹，且备述其故。莹始知行乞者为张灵，叹曰：“此乃真风流才子也！”取图藏笥中。翁拟以明日往谒唐、祝二君，因访灵，忽抱疴，数日不起，为榜人[④]所促，遽返豫章[⑤]。

【注释】①企慕：仰慕。②识韩：初次见面或见到平生所仰慕的人。③广文：明、清时对教授、教官的别称。④榜人：船夫。⑤豫章：为南昌别称。

【译文】忽然一位白衣素冠的老者上前作揖道：“两位公子就是唐解元和祝京兆吧？我仰慕二位多年了，今天有幸能见到二位！”唐伯虎谦谢，缓缓地询问老人，才知道他是南昌贡生崔文博，从海虞县教官的职位上退休后，告老还乡。崔文博得到画后仔细观看，爱不释手，于是询问刚才那个乞丐是谁。唐伯虎说：“他是我们乡里的才子张灵。”崔文博说：“确实如此，如果不是真才子，断然做不来这样的事情。”便向唐伯虎索要这幅画带回去。崔文博返回船上的时候，发现船已经移到别处，他大声招呼，船才驶过来。原来崔文博有个女儿叫崔素琼，名莹，才貌举世无双，因为刚刚丧母，跟随父亲护送母亲的灵柩回乡。刚才停船靠岸的时候，听到人声鼎沸，她掀开窗帘观看，就见到一个乞丐，样貌脱俗。乞丐也正向船内观看，他忽然登上船直身而跪，自言“张灵求见”，多次打发他走，他也不肯离开。过了一会儿，有一位童子上船，强行拉着他离开。所以崔莹才让船换个地方停靠以躲避此人。崔文博拿出画给崔莹看，并且详细讲述了前后经过。崔莹这才知道行乞者是张灵，感叹着说：“这才是真正的风流才子啊！”她把画藏在竹箱中。崔文博打算第二天前往拜见唐、祝二人，顺便拜访张灵。结果崔文博忽然抱病，很多天都起不了床，又不断被船夫催促，只好返回南昌。

灵既于舟次[①]见莹，以为绝代佳人，世难再得，遂日走虎丘侦之，久之杳然。属蕲人方志来校士[②]，志既深恶古文词，而又闻灵跅（tuò）弛不羁[③]，竟褫（chǐ）[④]其诸生。灵闻乃大喜曰：“吾正苦章缝束缚，今幸免矣！顾一褫何虑再褫？且彼能褫吾诸生之名，亦能褫吾才子之名乎？”遂往过六如家，见车骑填门，胥尉盈座，则江右[⑤]宁藩宸濠[⑥]遣使来迎者也。

六如拟赴其招。灵曰：“甚善！吾正有厚望于君。吾曩者虎丘所遇之佳人，即豫章人也，乞君为我多方访之，冀得当以报我。此开天辟地第一吃紧事也，幸无忽忘！”六如曰：“诺。”即偕藩使过豫章。

【注释】①舟次：船只停泊。②校士：考评士子。③跅弛不羁：放荡不受拘束。④褫：剥夺。⑤江右：江西省的别称，古时在地理上以西为右，江西以此得名。⑥宁藩宸濠：朱宸濠，明代宁王朱权的第四代继承人，明太祖朱元璋五世孙，宁康王朱觐钧庶子。

【译文】张灵在船上看到崔莹后，认为她是举世无双的绝代佳人，于是日日到虎丘去寻找，找了很久都是杳无音讯。鄞人方志来考评士子，方志既对古诗词深恶痛绝，又听闻张灵放荡不羁，竟剥夺了他的诸生资格，张灵听到大喜，说："我正苦于被这些虚名所累，今天终于得以解脱了！被他剥夺了诸生资格也好，以后也不用再担心了。况且他只能剥夺我的诸生资格，难道还能剥夺我的才子名声吗？"后来他去唐伯虎家，见到唐伯虎门前车水马龙，屋里官吏满堂，原来是江西宁王朱宸濠派使者来迎接唐伯虎。

唐伯虎也准备接受他的召请去南昌。张灵说："太好了！我正有要事拜托您呢。我先前在虎丘遇到的佳人，就是南昌人，恳请您能为我多方寻访，希望能找到她。这对于我来说可是头等重要的大事，您可千万别忘了！"唐伯虎回答说："好。"就和使臣一起去往南昌。

时宸濠久蓄异谋，其招致六如，一博好贤虚誉，一慕六如诗画兼长，欲倩[①]其作《十美图》，献之九重。其时宫中已觅得九人，尚虚其一。六如请先写之，遂为写九美，而各缀七绝一章于后。九美者，广陵汤之谒，字雨君，善画；姑苏木桂，文舟，善琴；嘉禾朱家淑，文孺，善书；金陵钱韶，凤生，善歌；江陵熊御，小冯，善舞；荆溪杜若，芳洲，善筝；洛阳花萼，未芳，善笙；钱唐柳春阳，絮才，善瑟；公安薛幼端，端清，善箫也。图咏既成，进之濠。濠大悦，乃盛设特宴六如，而别一殿僚季生副之。季生者，憸（xiān）人[②]也。酒次[③]，请观《九美图》，因进曰："十美欠一，殊属缺陷，某愿举一人以充其数。诘朝，请持图来献。"比持图以献，即崔莹也。濠见之曰："此真国色矣！"即属季生往说之。

【**注释**】①倩：请，央求。②憸人：奸佞的小人。③酒次：宴饮间。

【译文】此时朱宸濠已图谋不轨很久了，他招来唐伯虎，一是为了博得爱才的虚名，二是仰慕唐伯虎诗画双绝，想请他作《十美图》，把它献给皇帝。当时宫中已找到九位美女，还缺一个。唐伯虎请求先画这九人，于是开始作九美图，并且每幅画后各题七绝一首。九位美女是：广陵汤之谒，字雨君，擅长绘画；姑苏木桂，字文舟，擅长抚琴；嘉禾朱家淑，字文孺，擅长书法；金陵钱韶，字凤生，擅长歌咏；江陵熊御，字小冯，擅长舞蹈；荆溪杜若，字芳洲，擅长抚筝；洛阳花萼，字未芳，擅长吹笙；钱唐柳春阳，字絮才，擅长鼓瑟；公安薛幼端，字端清，擅长吹箫。九美图及题诗都已完成，唐伯虎把它进献给朱宸濠。朱宸濠大悦，于是设盛宴特别答谢唐伯虎，而另一同僚季生作陪。季生，是奸佞小人。宴饮间，季生请求观看《九美图》，于是进言说："十美还差一美，实属缺陷，我愿举荐一人以凑够十美。明天早上，请允许我拿美人画像来献给宁王。"等到清晨，季生持画来献，画上的女子正是崔莹。朱宸濠见了说："这才是真正的倾城倾国之色啊！"立即嘱咐季生前往崔莹家去说和这件事。

先是崔翁家居时，莹才名噪甚，求姻者踵至。翁度非莹匹，悉拒不纳。既从虎丘得张灵，遂雅属意灵，不意疾作遽归。思复往吴中，托六如主其事。适季生旋里[①]丧耦，熟闻莹名，预遣女画师潜绘其容，而求姻于翁。翁谋诸莹，莹固不许，于是季生衔之，因假手于濠以泄私忿。时濠威殊张甚，翁再三力辞，不得。莹窘激欲自裁，翁复多方护之。莹叹曰："命也！已矣，夫复何言！"乃取笥中《行乞图》，自题诗其上云："才子风流第一人，愿随行乞乐清贫。入宫只恐无红叶，临别题诗当会真。"举以授翁曰："愿持此复张郎，俾知世间有情痴女子如崔素琼者，亦不虚其为一生才子也。"遂恸哭入宫。

【注释】①旋里：返回故乡。

【译文】先前崔文博在家闲居时，崔莹名噪一时，求婚者接踵而至。崔父觉得这些求婚者配不上崔莹，就把他们都拒绝了。等到在虎丘遇到张灵，崔文博对他极为中意，没想到后来自己疾病发作而仓促归乡。他想再去一趟吴中，托唐伯虎给作个媒。适逢季生丧偶回乡，经常听到崔莹的名字，便派女画师私下画了崔莹的画像，他到崔翁家里求婚。崔翁与女儿商量，崔莹坚决不同意，季生便因此怀恨在心，于是利用朱宸濠来发泄自己的私忿。当时朱宸濠气焰正炽，崔翁再三尽力推辞，都没有成功。崔莹激愤地想要自杀，崔翁又想尽办法劝说她。崔莹叹息着说："这就是我的命啊！罢了，罢了，我还能再说什么呢？"于是取出箱中的《行乞图》，在上面题诗说："才子风流第一人，愿随行乞乐清贫。入宫只恐无红叶，临别题诗当会真。"拿起来交给父亲说："请您拿这幅画回复张郎，让他知道世间还有一个崔素琼这样的痴情女子在思念着他，也不枉他一世才子之名了。"然后放声痛哭进入宫中。

濠得之喜甚，复倩六如图咏，以为"十美"之冠。而六如先已取季生所献者摹得一纸藏之。莹既知六如在宫中，乘间密致一缄，以述己意。六如得缄，乃大惊惋，始知此女即灵所托访者。今事既不谐，复为绘图进献，岂非千古罪人？将来何面见良友？因急诣崔翁，索得《行乞图》返宫，将相机维挽。不意"十美"已即日就道，六如悔恨无已。又见濠逆迹渐著，急欲辞归，苦为濠羁縻①，乃发狂，号呼颠掷②，溲秽狼籍。濠久之不能堪，仍遣使送归。杜门月余乃起。过张灵时，灵已颓然卧病矣。

【注释】①羁縻：牵制、维系。②颠掷：蹦跳。

【译文】朱宸濠得到崔莹大喜过望，又请唐伯虎像前那样作画赋诗，认为崔莹堪称“十美”之冠。而唐伯虎之前已将季生所献图临摹了一幅藏了起来。崔莹知道唐伯虎在宫中，就趁空隙给他写了一封密信，表达自己的心意。唐伯虎得到信，不禁大惊，这才知道这个女子就是张灵所拜托寻访的人。现在事与愿违，再为宁王绘画进献，岂不成了千古罪人？将来还有何脸面去见好友？于是唐伯虎急忙去拜会崔翁，要回《行乞图》返回宫中，准备伺机挽回这件事。没想到“十美”已经上路了，唐伯虎悔恨交加。又见朱宸濠谋反的迹象越来越明显，就想赶紧告辞回家，却苦于被朱宸濠所滞留，于是唐伯虎假装发狂，蹦跳呼号，随处便溺，一片狼籍。时间一长，朱宸濠也无法忍受，只好派人送他回去。唐伯虎闭门近一个月才起来。去看张灵时，张灵已经颓然卧病不起了。

盖灵自别六如后，邑邑亡憀（liáo）[①]，日纵酒狂呼，或歌或哭。一日中秋，独走虎丘千人石畔，见优伶演剧。灵伫视良久，忽大叫曰：“尔等所演不佳，待吾演王子晋吹笙跨鹤。”遂控一童子于地，而跨其背，攫伶人笙吹之，命童子作鹤飞，捶之不起。童子怒，掀灵于地。灵起曰：“鹤不肯飞，吾今既不得为天仙，唯当作水仙耳！”遂跃入剑池中。众急救之出，则面额俱损，且伤股，不能行。人送归其家。自此委顿枕席，日日在醉梦中。

【注释】①邑邑亡憀：邑邑：忧愁不乐的样子。亡憀：了无情趣。

【译文】张灵自从和唐伯虎分别后，整日闷闷不乐，觉得一切都了无乐趣，每日纵酒狂呼，不是高歌就是大哭。中秋那天，张灵独自来到虎丘的千人石畔，看到艺人在演戏。张灵伫视良久，忽然大叫道：“你们演的不好，待我把王子晋吹笙跨鹤这一出戏演给你们看。”于是把一童子掷于地上，自己跨在童子背上，夺过艺人的笙吹了起来，又命童子学鹤的样子飞，把童子捶打的爬不起来。童子大怒，把张灵掀翻在地。张灵爬起来说：“鹤不肯飞，我今天既然做不成天仙，只能做水仙了！”于是跃入剑池中。众人急忙把他救起，但是张灵面部额头都碰伤了，而且伤到大腿，不能行走。人们把他送回家。自此张灵萎靡颓废，躺在床上不想起来，每天都过着醉生梦死一样的生活。

至是忽闻六如至，乃从榻间跃起，急叩豫章佳人状。六如出所摹“素琼图”示之。灵一见，诧为天人，急捧至案间，顶礼跪拜。自陈“才子张灵拜谒”云云。已闻莹已入宫，乃抚图痛哭。六如复出莹所题《行乞图》示之。灵读罢，益痛哭，大呼：“佳人崔素琼！”随踣（bó）地[①]呕血不止。家人拥至榻间，病愈甚。三日后，邀六如与诀曰：“已矣[②]唐君！吾今真死矣！死后，乞以此图殉葬。”索笔书片纸云：“张灵，字梦晋，风流放诞人也。以情死。”遂掷笔而逝。六如哭之恸，乃葬灵于玄墓山之麓，而以图殉焉。检其生平文章，先已自焚，唯收其诗草及《行乞图》以归。

【注释】①踣地：跌倒在地。②已矣：完了，算了。

【译文】此时张灵忽然听到唐伯虎来了，从榻上一跃而起，急忙询问豫章佳人的状况。唐伯虎拿出自己临摹的“素琼图”给他看。张灵一见，惊为天人，急捧到书案上，顶礼跪拜。自言“才子张灵拜谒”等话语。又听说崔莹已入宫，就抚图痛哭。唐伯虎又拿出崔莹所题的《行乞图》给他看。张灵读完，更加痛哭，大呼：“佳人崔素琼！”接着倒地吐血不止。家人扶他到床上，结果张灵的病情更加严重了。三天后，张灵请唐伯虎来作诀别，说：“休矣，唐君！我今天真要死了！死后，请用此图给我殉葬。”他要来笔在一张纸上写道：“张灵，字梦晋，风流放诞之人。为情而死。”接着扔掉笔就去逝了。唐伯虎为之痛哭不已，把张灵葬在玄墓山脚下，以“素琼图”为他殉葬。检视他生平所作文章，都被张灵自己烧掉了，只收集了他写的一些诗稿和《行乞图》回去。

时莹已率“十美”抵都，因驾幸榆林，久之未得进御。而宸濠已举兵反，为王守仁所败，旋即就擒。驾还时，以“十美”为逆藩所献，悉遣归母家，听其适人。于是莹仍得返豫章。值崔翁已捐馆舍[①]，有老仆崔恩殡之。莹哀痛至甚，然茕孑（qióng jié）无依[②]。葬父已毕，遂挈装径抵吴门，命崔恩邀六如相见于舟次。莹首讯张灵近状，六如怆然收涕曰：“辱姊钟情远顾，奈此君福薄，今已为情鬼矣！”莹闻之，呜咽失声。询知灵葬于玄墓，约明日同往祭之。六如明果携灵诗草及《行乞图》至，与莹各拏（ná）舟[③]抵灵墓所。莹衣缞绖（cuī dié）[④]，伏地拜哭甚哀。已乃悬《行乞图》于墓前，陈设祭仪[⑤]；坐石台上，徐取灵诗草读之。每读一章，辄酹酒[⑥]一卮，大呼“张灵才子！”一呼一哭，哭罢又读，往复不休。六如不忍闻，掩泪归舟。而崔恩伫立已久，劝慰无从，亦起去，徘徊丘垄间。及返，则莹已自经[⑦]于台畔。恩大惊，走告六如。六如趋视，见莹已死，叹息跪拜曰：“大难，大难！我唐寅今日得见奇人奇事矣！”遂具棺衾，将易服敛之。而莹通体衫襦，皆细缀严密无少隙，知其矢死已久。六如因取诗草及《行乞图》并置棺中为殉，启灵圹[⑧]与莹同穴，而植碑题其上云：“明才子张梦晋佳人崔素琼合葬之墓”。时倾城士人哄传感叹，无贵贱贤愚，争来吊诔，络绎喧豗（huī）[9]，云蒸雨集，哀声动地，殆莫知其由也。六如既合葬灵、莹，检莹所遗橐中装，为置墓田，营丙舍[10]，命崔恩居之，以供春秋奠扫之役。

【注释】①捐馆舍：抛弃馆舍。死亡的婉辞。②茕孑无依：孤独而没有依靠。③拏舟：撑船。④缞绖：麻布做成的丧服。⑤祭仪：祭祀用的供品。⑥酹酒：以酒浇地，表示祭奠。⑦自经：上吊自杀。⑧圹：墓穴，也指坟墓。⑨喧豗：发出轰响，也指轰响声。⑩丙舍：指在墓地的房屋。

【译文】这时崔莹已率领“十美”抵达京城，因正德皇帝临幸榆林，崔莹诸人等了很久也未被君王召见。而此时朱宸濠已举兵谋反，被王守仁打败，旋即被擒。正德圣驾回朝，以“十美”为叛逆藩贼所献为由，将她们都遣送回娘家，听任她们嫁人。于是崔莹得以返回南昌。当时崔翁已去世，老仆崔恩给他料理了后事。崔莹万般哀痛，却又孤苦无依。把父亲安葬完毕，就整理行装直奔吴门，让崔恩邀请唐伯虎在泊舟处相见。崔莹首先就询问张灵近况，唐伯虎悲伤地说：“辜负姐姐一片痴心，怎奈张君福薄，现在已成了情鬼！”崔莹听闻，失声痛哭。询问得知张灵葬在玄墓，与唐伯虎约定第二日一同前往祭奠。第二天，唐伯虎带着张灵的诗稿和《行乞图》，与崔莹各自撑船抵达张灵墓地。崔莹身穿丧服，伏地哀声哭拜。随即崔莹把《行乞图》挂在墓前，陈设祭祀用的供品，她坐在石台上，缓缓地取出张灵的诗稿开始读。每读一篇，就以一杯酒洒地，大呼“张灵才子！”呼一次哭一次，哭完又读，如此重复不断。唐伯虎不忍心听下去，掩面流泪回到船上。崔恩在旁伫立良久，无论如何劝说，崔莹都不听从，也起身离去，在周围徘徊。等到崔恩再回来的时候，发现崔莹已经在石台边自缢了。崔恩看见后大惊，忙跑去告诉唐伯虎。唐伯虎赶忙过来查看，发现崔莹已经死了，叹息着跪拜，说：“真是人间巨变啊，真是巨变啊！我唐寅今天得以见到奇人奇事了！”于是准备棺材丧衣，准备将崔莹收敛入葬。

发现崔莹全身的衣衫，都用针线细密缝住，没有一丝空隙，才知道她早有求死之心。唐伯虎取来张灵的诗稿及《行乞图》，放在崔莹棺中作为殉葬品，并且打开张灵的坟墓将崔莹与他合葬，并为他们立碑题刻："明才子张梦晋佳人崔素琼合葬之墓"。当时满城的士人都哄传感叹这件事，不分贵贱贤愚，众人争相前来吊唁并献上祭文，络绎喧嚣，如云蒸雨集，哀声惊天动地，大概没有人知道其中的缘由。唐伯虎合葬了张灵与崔莹，检视崔莹袋中遗留下来的东西，为他们置办墓园，在墓地里建造丙舍，让崔恩在那里居住，以便春秋两季进行祭奠和打扫。

呜呼！才子佳人，一旦至此，庶乎[①]灵、莹之事毕，而六如之事亦毕矣。而六如于明年仲春，躬诣墓所拜奠。夜宿丙舍旁，辗转不寐。启窗纵目，则万树梅花，一天明月，不知身在人世。六如怅然叹曰："梦晋一生狂放，沦落不偶[②]，今得与崔美人合葬此间，消受香光，亦差可不负矣！但将来未知谁葬我唐寅耳！"不觉欷歔泣下。忽遥闻有人朗吟云："花满山中高士卧，月明林下美人来。"六如急起入林迎揖，则张灵也。六如讶曰："君死已久，安得来此吟高季迪诗？"灵笑曰："君以我为真死耶？死者形，不死者性。吾既为一世才子，死后岂若他人泯没耶？今乘此花满山中，高士偃卧[③]，时来造访耳。"复举手前指曰："此非'月明林下美人来'乎？"六如回顾，有美人姗姗来前，则崔莹也。于是两人携手整襟，向六如拜谢合葬之德。六如方扶掖之，忽又闻有人大呼曰："我高季迪梅花诗，乃千古绝唱，何物张灵，妄称才子，改雪为花？定须饱我老拳！"六如转瞬之间，灵、莹俱失所在。其人直前呼曰："当捶此改诗之贼才子！"捽六如欲殴之。六如惊寤

（wù）④，则半窗明月，阒其无人。六如怃然，始信真才子与真佳人，盖死而不死也。因匡坐梅窗下，作《张灵、崔莹合传》，以纪其事。然今日《六如集》中，固未尝见此传也，余又安得而不亟补之哉？

【注释】①庶乎：几乎，差不多，将近。②不偶：偶，偶数，古人认为代表好运。不偶表示时运极差。③偃卧：仰卧；睡卧。④惊寤：受惊动而醒来。

【译文】唉！才子佳人的故事，最后竟是这种结果，张灵、崔莹的故事就此结束了，而唐伯虎的事情也该结束了。唐伯虎在第二年春季，亲自到墓地来拜祭老友，晚上就住在丙舍旁。这天晚上，唐伯虎辗转难眠，打开窗子极目远眺，看到千树万树的梅花在月下怒放，天上一轮皎洁的明月，竟不知自己身处人间还是仙境？唐伯虎怅然叹道："梦晋一生狂放不羁，却寥落难遇佳偶，如今能与崔佳人一起合葬这里，享受这美好的时光，也算不负他才子的盛名了！只是将来不知道谁来安葬我唐寅了！"不觉唏嘘泪下。忽然远远地听到有人高声吟诵道："花满山中高士卧，月明林下美人来。"唐伯虎急忙起身到林中迎接，并作揖为礼，一看却是张灵。唐伯虎惊讶地说："你都死了很久了，怎么还能来此吟诵高季迪的诗？"张灵笑着回答："你以为我真死了？死的是身体，不死的是性情。我既为一世才子，死后岂能像他人那般泯灭？今夜趁着繁花满山，高士偃卧，特来造访了。"又举手指着前方说："这不是'月明林下美人来'吗？"唐伯虎回头一看，见一美人姗姗而来，正是崔莹。于是莹、灵二人携手整衣，向唐伯虎拜谢把他们合葬的恩德。唐伯虎刚要伸手搀扶，忽又听到有人大呼："我高季迪的梅花诗，乃是千古绝唱，张灵是什么东西，竟敢妄称才子，把我诗里的雪给改成花？定要让你饱尝我的老拳！"就在这转瞬之间，唐伯虎再看灵、莹二人，不知何时已消失得无影无踪了。那人径直来到唐伯虎面前大呼道："就该痛打这个偷改我诗的贼才子！"揪过唐伯虎就要殴打。唐伯虎受惊吓醒来，只见半窗明月，寂无一人。唐伯虎怅然若失，才开始相信真才子与真佳人是死而不死。于是端坐于梅窗之下，作《张灵崔莹合传》，以记载他们的传奇故事。在今天的《六如集》中，原本还未曾见到此传，我又怎能不赶快补上它呢？

畸史氏曰：嗟乎！盖吾阅《十美图编》，而后知世间真有才子佳人也。从来稗官家言，大抵真赝参半。若梦晋之名，既章章于《六如集》中；但素琼之事，无从考证。虽然，有其事何必无其人？且安知非作者有为而发乎？独怪梦晋之才，目空千古，而其尚论才子佳人，则耑[①]以太白与莺莺当之。夫太白诚天上仙才，不可有二。若千古佳人，自当以文君[②]为第一。而梦晋顾舍彼取此，厥后果遇素琼，毋乃[③]思崔得崔，适符其谶（chèn）[④]耶？至于张以情死，崔以情殉，初非有一词半缕之成约，而慷慨从容，等泰山于鸿毛，徒以才色相怜之故。推此志也，凛凛生气，日月争光，又远出琴心犊鼻[⑤]之上矣！而或者犹追恨于梦晋之蚤死，以为梦晋若不死，则素琼遣归之日，正崔、张好合之年，后此或白头唱和，兰玉[⑥]盈阶，未可知也。噫！此固庸庸蚩蚩者[⑧]之厚福也，何有于才子佳人哉！

【注释】①耑：同"专"。②文君：卓文君，原名文后，西汉临邛人。③毋乃：莫非；岂非。④谶：迷信的人指将要应验的预言、预兆。⑤琴心：以琴音传达情意。犊鼻：犊鼻裈，一种齐膝的短裤。琴心犊鼻是指卓文君与司马相如的一段典故。⑥兰玉：芝兰玉树。对他人子弟的美称。⑧蚩蚩者：指平民，百姓。

【译文】畸史氏说：唉！我阅读《十美图编》后，才知世间真有才子佳人。向来小说家的一家之言，大抵真假参半。像张灵那样的名气，已经彰显在《六如集》中；但崔莹的事情，却无从考证。既然有这回事，又怎么会没有相关的人物呢？如何能够断定这不是作者自己虚构的呢？只能怪张灵空有才华，却目中无人，而他评论才子佳人，却只认同李太白与崔莺莺。那李太白诚然是天上的谪仙人，举世无双。若说到千古佳人，自当以卓文君为第一。而张灵却舍此取彼，从那以后果然遇到崔莹，岂非思崔得崔，恰好和他的预言相吻合了吗？至于说张灵为情而死，崔莹以情相殉，两人之间当初没有一词半句的约定，却能做到慷慨从容殉情，视性命如同鸿毛，只是因为互相欣赏对方的才华和容貌的缘故。由此推想他的心思，既令人敬畏而又令人同情，他们的事迹可与日月争光，又远在卓文君和司马相如之上！或者还有人在追恨张灵的早逝，以为张灵如果不死，那么崔莹遣归之日，正是崔、张百年好合之时，此后两人白头携老，夫唱妇随，子孙满堂也未可知呢。唉！这固然是普通百姓认为的福气，但对于才子佳人来说，又有什么用呢！

张山来曰：梦晋若不蚤死，无以成素琼殉命之奇。此正崔、张得意处也。

【译文】张山来说：张灵如果没有英年早逝，就不能成就崔莹殉情的奇事。这正是崔、张故事，感动人的地方。

陈老莲别传

毛奇龄大可

【题解】本篇是《虞初新志卷十三》的第三篇。陈老莲，即陈洪绶，明末清初著名书画家、诗人。明末富有革新精神和独创风格的画家。他的绘画在天赋的基础上又吸取了百家之长，具有构图丰富，简洁古雅的特点，善于对自然物象进行大胆的概括、夸张，使作品具有充沛的生命力和艺术感染力。陈洪绶为人颇具傲骨，不事权贵，除对书画的热爱外，还钟情美酒与佳人。

洪绶①，好画莲，自称老莲。数岁，见李公麟②画《孔门弟子》勒本，能指其误处。十四岁，悬其画市中，立致金钱。初法传染时，钱塘蓝瑛③工写生④，莲请瑛法传染，已而轻瑛。瑛亦自以不逮莲，终其身不写生，曰："此天授也！"

【注释】①洪绶：陈洪绶，字章侯，幼名莲子，号老莲，浙江诸暨人，明末清初著名书画家、诗人。②李公麟：北宋著名画家。字伯时，号龙眠居士。庐江郡舒城县人。③蓝瑛：明代画家。钱塘人。是浙派后期代表画家之一。工书善画，长于山水、花鸟、梅竹，尤以山水著名。④写生：中国画中对花果、草木、禽兽、山水等的绘画。

【译文】陈洪绶，喜欢画莲，自称老莲。陈洪绶只有几岁的时候，看到李公麟画的《孔门弟子》刻本，就能指出他的错误之处。陈洪绶十四岁时，把他的画悬挂在市坊之中，立刻就能卖出好价钱。陈洪绶刚刚开始学画的时候，听说钱塘蓝瑛善长写生，陈洪绶就向蓝瑛请教作画技法，不久便认为蓝瑛的技法一般。蓝瑛也自认为不及陈洪绶，终身不再作画，并说："陈洪绶的作画才能完全是天赋啊！"

莲游于酒人，所致金钱随手尽。尤喜为窭（jù）[①]儒画，窭儒借莲画给空。豪家索之，千缗勿得也。尝为诸生，督学使索之，亦勿得。顾生平好妇人，非妇人在坐不饮，夕寝非妇人不得寐；有携妇人乞画，辄应云。崇祯末，愍皇帝命供奉[②]，不拜，寻以兵罢；监国[③]中，待诏。王师下浙东，大将军抚军固山[④]，从围城中搜得莲，大喜，急令画，不画；刃迫之，不画；以酒与妇人诱之画。久之，请汇所为画署名，且有粉本[⑤]。渲染[⑥]已，大饮，夜抱画寝。及伺之，遁矣！

【注释】①窭：贫穷，贫寒。②供奉：以文学、特殊技艺被召入内廷任职的人。③监国：当国家处于非常时期，新君未正大位时，由近亲代理国事。④固山：即固山额真，满清官职名。⑤粉本：画稿。画家作画先以粉笔作底稿，而后始正式着笔，此一底稿，称为"粉本"。⑥渲染：画国画时用水墨或淡色涂抹画面以加强艺术效果。

【译文】陈洪绶喜欢美酒和美人，所得到的金钱随手就散尽了。陈洪绶特别喜欢为寒士作画，寒士把陈洪绶的画出售，用来弥补家中的用度。富豪之家向他求画，则千金难得。当初陈洪绶为诸生时，督学向他求画，也没有得到。但是陈洪绶生平喜好女子，没有女子相伴就不饮酒，没有女子侍寝便夜不能寐；有人带女子来求画，他就欣然应允。崇祯末年，皇帝命陈洪绶担任内廷画师，陈洪绶没有去赴任，不久因为战事频发，此事作罢；明朝鲁王朱以海在浙江监国时期，陈洪绶被任命为翰林院待诏。后来清军进攻浙东，大将军固山额真，在城中搜寻到陈洪绶，大喜过望，急忙命他作画，陈洪绶不肯；把刀架在他脖子上威胁他，陈洪绶还是不肯画；又拿美酒与女子诱惑他，这才同意。过了一段时间，陈洪绶请求把他的画，还有之前的底稿，一起拿过来，署上自己的名字。完事后，陈洪绶痛饮一番，晚上抱画而眠。等到侍奉的人去看他时，陈洪绶早已经逃走了！

朝鲜、兀良哈、日本、撒马儿罕、乌思藏[①]购莲画，重其直。海内传模为生者数千家。甬东[②]袁鹍（kūn）贫，为洋船典簿记，藏莲画两幅截竹中，将归，贻日本主。主大喜，重予宴，酬以囊珠，亦传模笔也。

【注释】①兀良哈：又译“乌梁海”，明朝时指辽河一带的蒙古部落。撒马儿罕：丝绸之路上的中亚古城，在乌兹别克斯坦境内。乌斯藏：明代称西藏为乌斯藏。②甬东：现为浙江舟山市。

【译文】朝鲜、兀良哈、日本、撒马儿罕、乌思藏等地的人们也都争相收购陈洪绶的画，十分看重陈洪绶画作的价值。海内外靠临摹他作品，来作为生计的人，有数千人之多。甬东的袁鹍贫，在洋船上负责记账，在竹筒中藏了两幅陈洪绶的画，回去后，把它们赠给了自己的日本主人。主人大喜，隆重设宴款待他，并赠送一口袋的宝珠来作为酬谢，这两幅画其实也是别人临摹的作品。

莲尝模周长史[①]画，至再三，犹不欲已。人指所模画谓之曰：“此画已过周，而犹嗛嗛[②]，何也？”曰：“此所以不及者也，吾画易见好，则能事未尽也。长史本至能，而若无能，此难能也。吾试以为文言之：今夫为文者，非持论[3]，即摭（zhí）[4]事耳。以议属文[5]，以文属事，虽备经营，亦安容有作者之意存其中耶？自作家者出，而作法秩然，每一文至，必衔毫吮墨，一若[6]有作者之意先于行间，舍夫论与事而就我之法，曰如是则当，如是则不当，而文亡矣！故夫画，气韵兼力，沨沨（féng）容容[7]，周、秦之文也。勾绰捉勒[8]，随境蜇错，汉、魏文也。驱遣于法度之中，钉前燕后，陵轹矜轶，抟裂顿斫，作气满前，八家也。故画有入神家，有名家，有当家，有作家，有匠者家，吾唯不离乎作家，以负此嗛也。”其论如此。

【注释】①周长史：周昉，唐代著名画家，字仲朗、景玄，京兆（今陕西西安）人。②嗛嗛：不足的。③持论：把自己的主张发表出来；立论。④摭：拾取，摘取。⑤属文：连缀字句而成文，指写文章。⑥一若：仿佛，好像。⑦沨沨：状声词。形容宏大的声音或风声、水声等。容容：纷乱动荡的样子。⑧捉勒：中国画术语。专指花鸟画中以猛禽猎食为题材。

【译文】陈洪绶曾经模仿过周昉的画，临摹了多次，还是没有达到自己的预期。有人指着他临摹的画说：“这幅画的水平已经超过周昉了，您怎么还不满意呢？”陈洪绶回答：“这正是我赶不上周昉的地方啊，是因为我的画容易让人看出好在哪里，然而内蕴不足啊。周昉的画内蕴高深，然而表面看起来却平淡无奇，这正是他的难能可贵之处啊。我试着以写文章来说明这件事：现在写的文章，不是立论，就是叙事。以议写文，以文托事，虽然文章的结构很完备，却哪里有作者自己的真知灼见在其中呢？那些所谓的作家，写作方法严然有序。每当写文章的时候，必定执笔沾墨，首先考虑文章的格式、法度，而没有去考虑论题或者事情的本身，一味地拘泥于格式、法度，还说文章必须按照一定的格式写作，否则就是不恰当的，这样写出的文章就失去内涵了！所以既具有内在的韵味又兼具外在的气势，雍容大度，这样的绘画，就像是周朝、秦朝时期的文风。勾勒线条，笔随境走，这样的绘画，就像是汉、魏时期的文风。在法度、格式之内作画，虽然纵横开阖，画风凌厉，然而作家之气满溢纸前，这就像是唐宋八大家的文章。所以作画的境界有神家，有名家，有当家，有作家，有匠家，我只是达到作家的水平，所以愧对盛名。”他就是这样的观点。

莲画以天胜，然各有法：骨法法吴生①，用笔法郑法士②，墨法荆浩③，疏渲传染法管仲姬④，古皇圣贤、孔门弟子法李公麟，观音疏笔法吴生，细公麟，诸天、罗汉、菩萨、神馗、鬼、䰡⑤法张骠骑⑥，衣冠士法阎右相⑦，士女法周长史昉，几幛、尊卣（yǒu）⑧、瓶罍⑨、什器⑩、戎衣、穹庐、番马、骆驼、羊犬法赵承旨⑪，钩勒竹法刘泾⑫，折枝桃、牡丹、梅、水仙、草花法黄检校钱选⑬，鸟睛、花须、点漆、凸厚法宣和⑭，蜂蝉、蛱蝶、蛴螬（qí cáo）⑮、螳螂、蛛蝗（fù）⑯法宣和，亦杂法崔、徐、黄父子，莲法于莲。于青年以莲称。

【注释】①吴生：指唐名画家吴道子（约680—759年），被尊称为画圣。擅画佛道、神鬼、人物、山水、鸟兽、草木、楼阁等，尤精于佛道、人物，长于壁画创作。②郑法士：北周末隋初画家。吴（今江苏苏州）人。北周为大都督左员外侍郎、建中将军，封长社县子，入隋授中散大夫。③荆浩：字浩然，唐末至后梁画家。因战乱隐居山西太行山的洪谷，自号洪谷子。擅画山水，精于写生，开创以描绘高山峻岭为特色的北方山水画派。④管仲姬：管道升，字仲姬，浙江德清茅山（今干山镇茅山村）人，元代著名的女性书法家、画家、诗词创作家。⑤䰡：山鬼。⑥张骠骑：张僧繇，吴郡吴中（今江苏苏州）人。南北朝时期梁朝大臣，著名画家。张僧繇的绘画艺术对后世有着极大的影响，与顾恺之、陆探微、吴道子并称为画家四祖。⑦阎右相：阎立本，雍州万年（今陕西省西安市临潼区）人，唐代政治家、画家。⑧卣：古代一种盛酒的器具，口小腹大，有盖和提梁。⑨瓶罂：泛指小口大腹的陶瓷容器。⑩什器：指人们在日常生活中使用的各种器具。⑪赵承旨：赵孟頫，字子昂，号松雪道人，浙江吴兴（今浙江湖州）人。南宋末至元初著名书法家、画家、诗人。⑫刘泾：画家，字巨济，号前溪，简州阳安（今四川简阳）人。⑬黄校检：指黄筌，五代时期画家。钱选：字舜举，号玉潭，湖州（今浙江吴兴）人。宋末元初著名画家，与赵孟頫等合称为“吴兴八俊”。⑭宣和：指宋徽宗赵佶。⑮蛴螬：金龟子的幼虫，长寸许，居于土中，以植物根茎等为食。⑯蝗：蚱蜢。

【译文】陈洪绶的画以浑然天成取胜，然而每种画法都有效法：骨法效法于吴道子，用笔效法于郑法士，着墨效法于荆浩，疏渲效法于管仲姬，古代先皇圣贤、孔门弟子等人物的画法效法于李公麟，观音疏笔效法于吴生，细线勾勒效法于李公麟，诸天、罗汉、菩萨、神馗、鬼、魏的画法效法于张僧繇，衣冠人物效法于阎立本，士女效法于周昉，几幛、尊卣、瓶罂、什器、戎衣、穹庐、番马、骆驼、羊犬效法于赵孟頫，钩勒竹效法于刘泾，折枝桃、牡丹、梅、水仙、草花效法于黄筌、钱选，鸟睛、花须、点漆、凸厚效法于宋徽宗赵佶，蜂蝉、蛱蝶、蛴螬、螳螂、蛛蝗效法于宋徽宗赵佶，也间杂效法崔白、徐熙、黄筌父子，画莲效法于老莲自己。陈洪绶在青年时以老莲自称。

章侯《博古牌》，为新安黄子立摩刻，其人能手也。章侯死后，子立昼见章侯至，遂命妻子办衣敛，曰：“陈公画《地狱变相》成，呼我摩刻。”然则莲画之贵，岂独人间邪？原评

【译文】陈洪绶的《博古牌》，是新安的黄子立摩刻的，黄子立是擅长摩刻的高手。陈洪绶死后，黄子立在大白天就看到陈洪绶来了，于是让妻子给自己置办身后事，说：“陈洪绶的《地狱变相》图画成了，叫

我去摩刻。”从这就可以看出陈洪绶画作的珍贵，岂是只在人间呢？

张山来曰：陈章侯《水浒牌》，近年如画灯，如席上小屏风，皆取为稿本。其为益于世者甚多，则其食报[1]于将来者，所必然耳。

【注释】①食报：受报答。

【译文】张山来说：陈洪绶的画作《水浒牌》，近年来，被用来当做灯笼和席上的小屏风的插图。他让世人受益的绘画作品还很多，那么他将来得到后人的敬仰，也是必然的了。

桑山人传

毛奇龄大可

【题解】本篇是《虞初新志卷十三》的第四篇。明末有许氏，曾入幕府，欲一展生平所学，然时运不济，屡屡不得志，后被仇家举报，为避难，改名为桑山人，云游途中偶得异能，既然不能报国，遂以此助人。本篇为毛奇龄为桑山人所作的传记。

山人①许氏，汴人，少举茂才。崇祯中，尝献《剿贼三策》于阁部②督师③杨君，不用。既而为东平侯刘泽清④幕客。与泽清语不合，辞去。乡人怨家，发其隐事于清师之镇汴者，走匿桑下，因姓桑，号桑山人。山人乃与嵩阳曹道士游。夜坐耳鸣，丝竹徐发，若有物拔其顶，耸身⑤丈余，骨节皆通。尝卖药嵩山庙市，以水酌喑⑥者能言；许州小男⑦为狐所苦，呼狐斩之。既还汴，怨家见曰："此许澄茂才也。"帅捕十许人迹至，山人乃独身指挥，尽缚诸捕者，揖怨家去谢之，而身游衡阳不返云。

【注释】①山人：隐士。②阁部：明清时内阁的别称。③督师：督师是明朝时期除皇帝外最大的地方官员，掌有较大的兵权。④刘泽清：字鹤洲，山东曹县人，出身行伍，崇祯末年官至山东总兵。明朝灭亡降清，后因反复无常被杀。⑤耸身：纵身向上。⑥喑：哑，不能说话。⑦小男：泛指未成年的男孩。

【译文】隐士许氏，开封人，年少时曾考中秀才。崇祯年间，曾向阁部督师杨嗣昌献上《剿贼三策》，没被采用。不久，又成为东平侯刘泽清的幕僚。因为与刘泽清言语不合，辞别离去。乡里和他有仇的人家向驻守开封的清军揭发他的身份，许氏只得出逃，曾藏匿桑树下，于是改姓桑，号桑山人。桑山人与嵩阳曹道士一起云游。夜晚闲坐时，感到耳边有鸣响声，好像丝竹慢弹轻奏而发出的声音，又像有东西往上拔他的头顶，身体瞬间长到丈余高，浑身的骨节都畅通了。桑山人曾在嵩山集市上卖药，把水给喑哑的人喝下去，喝完就能说话；许州有个少年被狐妖所纠缠而苦恼不已，桑山人就把狐妖给斩杀了。后来桑山人回到开封，仇家见了他说："这是许澄许茂才啊。"带着十多个人来抓他，桑山人独自应对，把抓他的人都绑了起来，向仇家做揖行礼后离去，随后又去衡阳云游再没回来。

张山来曰：此等道士，我恨不得遇之。

【译文】张山来说：像这样的道士，真恨自己没有机会遇到。

李姬传

侯方域朝宗

【题解】本篇为《虞初新志卷十三》的第五篇。讲述李香生逢乱世，却风韵高洁、卓而不群。不仅力劝侯生远离阉党余孽，自己也断然拒绝高官的重金诱惑。本篇即描绘了这样一位具有远见卓识的奇女子形象。

李姬者，名香，母曰贞丽。贞丽有侠气，尝一夜博，输千金立尽。所交接皆当世豪杰，尤与阳羡陈贞慧[①]善也。姬为其养女，亦侠而慧，略知书，能辨别士大夫贤否[②]。张学士溥[③]、夏吏部允彝[④]亟称[⑤]之。少风调[⑥]皎爽[⑦]不群。十三岁，从吴人周如松受歌玉茗堂四传奇，皆能尽其音节，尤工《琵琶》词[⑧]，然不轻发也。雪苑侯生[⑨]己卯来金陵，与相识。姬尝邀侯生为诗，而自歌以偿之。

【注释】①陈贞慧：字定生，江苏宜兴人，明末清初散文家。与冒襄、侯方域、方以智，合称“明末四公子”，著有《雪岑集》等。②贤否：善恶、好坏。③张溥：字乾度，一字天如，号西铭，南直隶苏州府太仓州人，明朝晚期文学家。代表作《七录斋集》《五人墓碑记》等。④夏允彝：字彝仲，号瑗公，松江华亭人。著有《夏文忠公集》《私制策》《幸存录》等。⑤亟称：极尽赞扬。⑥风调：风采、风韵。⑦皎爽：高洁豪爽。⑧《琵琶词》：起源于元代的一种说唱技艺，可能是以琵琶伴奏，一人边弹边唱，在街市聚众表演。⑨雪苑侯生：即侯方域，号雪苑。

【译文】李姬名香，母亲叫贞丽。贞丽素有豪侠气概，曾经有一夜豪赌，把千余两银子输得干干净净。她所结交的都是当世的英雄豪杰，尤其与当时的名士，宜兴的陈贞慧关系好。李姬作为她的养女，也多侠义之气并且聪慧过人，她略微读过一些书，能辨别士大夫的贤愚，学士张溥、吏部侍郎夏允彝等人都对她极尽赞扬。李姬年少时，格调高雅、卓而不群。十三岁时，跟随吴人周如松学唱汤显祖的《紫钗记》《还魂记》《南柯记》《邯郸记》四大传奇，都能准确地掌握所有唱腔曲调的变化，尤其擅长演唱《琵琶词》，然而却不轻意演唱。侯方域在崇祯十二年来到金陵，和李姬相识。李姬曾经邀请侯生作诗，而自己则以唱曲来答谢他。

初，皖人阮大铖[①]者，以阿附魏忠贤论城旦[②]，屏居[③]金陵，为清议[④]所斥。阳羡陈贞慧、贵池吴应箕[⑤]实首其事，持之力。大铖不得已，欲侯生为解之，乃假所善王将军，日载酒食与侯生游。姬曰："王将军贫，非结客者，公子盍叩之？"侯生三问，将军乃屏人述大铖意。姬私语侯生曰："妾少从假母识阳羡君，其人有高义，闻吴君尤铮铮，今皆与公子善，奈何以阮公负至交乎？且以公子之世望，安事阮公？公子读万卷书，所见岂后于贱妾耶？"侯生大呼称善，醉而卧。王将军者殊怏怏，因辞去，不复通。

【注释】①阮大铖：字集之，南直隶安庆府桐城县人。明末大臣、戏曲名作家。阮大铖居官后，先依东林党，后依魏忠贤，后又降清，最后死在仙霞关的行军道上。②论城旦：判定城旦的刑罚。城旦：秦汉时强制男性罪犯服劳役的一种刑罚，后以代指处罚。③屏居：隐居。④清议：公正的议论。⑤吴应箕：明末著名文学家、抗清英雄。字次尾，号楼山。著有《读书止观录》。

【译文】当初，皖人阮大铖，因为逢迎依附魏忠贤而被罢官，隐居在金陵，遭到当时舆论的谴责。陈贞慧和吴应箕是主导者，他们竭力斥责阮大铖。阮大铖没有办法，想借助侯方域从中斡旋这件事，于是请托与自己交好的王将军，每天带着酒食与侯生一同游乐。李姬说："王将军家境贫寒，不是善于结交朋友的人，公子您为何不问问他有什么原因呢？"侯方域多次询问，王将军才屏退众人转述了阮大铖的意思。李姬私下对侯生说："我从小跟随养母，认识陈贞慧，这个人有高尚的品格，听说吴应箕君也是铮铮铁骨之人，如今这些人都与公子您交好，您怎么能因为阮大铖而辜负了这些至交好友呢？况且凭着公子您的家世声望，怎么能去侍奉阮大铖呢？公子读书万卷，见识难道还不如我这妇道人家吗？"侯方域大声称好，便假装沉醉而酣睡不醒。王将军很不高兴，于是告辞而去，不再同侯公子来往。

未几，侯生下第[①]。姬置酒桃叶渡，歌《琵琶》词以送之，曰："公子才名文藻，雅不减中郎[②]。中郎学不补行，今《琵琶》所传词固妄，然尝昵董卓，不可掩也。公子豪迈不羁，又失意，此去相见未可期，愿终自爱，无忘妾所歌《琵琶》词也。妾亦不复歌矣！"

【注释】①下第：科举时代指殿试或乡试没考中。②中郎：此处指曾任中郎的东汉蔡邕。

【译文】过了不久，侯方域应考落第。李姬在桃叶渡设宴，唱《琵琶》词为其饯行，说："公子的才华与名声都很高雅，不比蔡邕差。蔡邕虽然学问渊博，却无法弥补他品行上的不足。如今《琵琶》词里所传诵的故事固然是虚妄的，但蔡邕曾经依附董卓的事却是不可掩盖的。公子豪迈不羁，又适逢考场失意，此去一别，不知何时再见，愿您能始终自重自爱，别忘了我为您唱的《琵琶》词！从此，我也不会再唱它了。"

侯生去后，而故开府[①]田仰[②]者，以金三百锾（huán）[③]邀姬一见。姬固却之。开府惭且怒，且有以中伤姬。姬叹曰："田公宁异于阮公乎？吾向之所赞于侯公子者谓何？今乃利其金而赴之，是妾卖公子矣！"卒不往。

【注释】①开府：古代指高级官员（如三公、大将军、将军等）建立府署并自选僚属之意。②田仰：字百源，思南府安化县人，万历四十二年进士，为人贪婪，降清被杀。③锾：古代重量单位，也是货币单位，标准不一。大约为六两，或者六两半。

【译文】侯方域离开后，原明朝高官田仰以三百锾银子作酬金，想邀请李香见上一面，李香断然拒绝了他。田仰感到羞愧而大怒，便对李香恶意中伤。李香感叹地说："田仰难道与阮大铖有什么不同吗？我先前被侯公子所赞赏的品行是什么？而今如果为贪图钱财而赴约，那是我背叛了侯公子！"最终也没有前去与田仰见面。

张山来曰：吾友岸堂主人[①]作《桃花扇》[②]传奇，谱此事，惜未及《琵琶》词。岂以其词不雅驯[③]，故略之耶？

【注释】①岸堂主人：指孔尚任，别号岸堂，自称云亭山人。山东曲阜人，孔子六十四代孙，清初诗人、戏曲作家，继承了儒家的思想传统与学术，世人将他与《长生殿》作者洪升并论，称“南洪北孔”。②《桃花扇》：清代著名的传奇剧本，作者孔尚任历经十余年写成。将侯方域与李香君的悲欢离合同南明弘光朝的兴亡结合在一起，是一部表现亡国之痛的历史剧。③雅驯：指文辞优美，典雅不俗。

【译文】张山来说：我的好朋友岸堂主人孔尚任作《桃花扇》传奇，来记录过这件事，只可惜没有提及《琵琶》词。难道是因它的文辞不够优美典雅，就将它忽略了呢？

记缢鬼

王明德今樵

【题解】本篇是《虞初新志卷十三》的第六篇。本篇介绍了自缢鬼找替身的怪事，并讲述了如何辟除“讨替身”的方法。

凡系有人缢[①]死，其宅内及缢死之处，往往有相从而缢，及缢之非一人者，俗谓之“讨替身”。谓已死之鬼，求以自代。此种渺茫幻妄、惑世诬民之谈，岂君子所乐闻？然书谓“子不语怪”，夫于怪仅曰“不语”，则是怪亦世所尝有，非云世绝无怪也。

【注释】①缢：吊死，用绳子勒死。

【译文】凡是有人上吊而死，他的居住地及上吊的地方，此后有人相继也在此上吊而死，相继而死的并不只一个人，俗话称之为“讨替身”。意思是说那些已死的鬼魂，找人来代替自己，自己好去投生。这种虚无渺茫，不切实际，迷惑世人而又误导百姓的说法，怎么会是君子所乐于听到的？然而书上却说“子不语怪”，对于这个怪只说“不语”，就是说怪也是世间所常有，不是说世间绝无这种怪事。

吾乡有张姓者，其家仅足自食。夫先卧，妇则仍工女红[①]。偷儿乘夜逾垣[2]往窃，未敢竟入，伺于窗外。见床侧一鬼妇，向本妇[3]先嬉后泣，拜跪再三。本妇睨视数次，忽长叹，潸然泪下。偷儿心惊，专心伺之。妇即自理绢帛，仍有不忍即行之状。鬼妇更复再拜祈求，本妇方行自缢。偷儿急甚，大声疾呼，其夫鼾呼若不闻。偷儿无法以救，适檐下有竹竿，取从窗棂中擿击鬼妇，其夫方觉。偷儿呼令急为开门，相助解救。在此妇固不自解觅死为何事，其夫亦不问呼门为何人，而偷儿亦自忘乎其为偷儿矣。事后，各道其详，因发床侧之壁视之，其中梁畔实有先年自缢绳头尚存，虽云朽烂非真，而其形其迹，则仍宛然。由此以观，则凡世俗所传，亦未尽属无根之谈、荒唐之论矣。

【注释】①女红：女子所做的针线、纺织、刺绣、缝纫等工作。②垣：矮墙，墙。③本妇：此妇人。为宋元话本用语。

【译文】我的家乡有户姓张的人家，生活不宽裕，全家人勉强能吃上饭。这一天，丈夫先睡下了，妇人仍在做针线活。有个小偷儿乘着夜色的掩护跳墙前往张家行窃，看到屋里还有亮光，没敢进屋，在窗外窥伺。看到床旁边有一个鬼妇人，对着张家妇人先笑后哭，又再三跪拜。此张家妇人斜视多次，忽然长叹，潸然泪下。小偷儿心里一惊，专心观察她们。看见张家妇人就开始挽上吊绳子，脸上仍有不忍自尽的神色。鬼妇人又跪拜祈求，张家妇人就上吊了。小偷儿大急，大声呼喊，张家妇人的丈夫鼾声如雷，好像根本听不到呼喊声。偷儿没有办法搭救妇人，恰巧房檐下有根竹竿，偷儿拿着竹竿从窗棂中伸进去擿击鬼妇人，丈夫这才觉察。偷儿大呼急令丈夫为其打开房门，互相协助着把妇人解救下来。到这时妇人还对自己因为何事寻死而迷惑不解，他的丈夫也不问叫门者为何人，而小偷儿也忘了自己是小偷儿这件事。事后，各道其详，于是顺着床旁的墙壁向上看，当中的房梁上确实还有早年自缢留下的绳头，虽说绳子已经腐朽破烂，难以辨识，而它的痕迹却仍然留在那里。由此来看，但凡世间所传，也未必都属无稽之谈、荒唐之论啊！

据故老[1]所示辟除秘法，不知出自何典，颇有行之而验者。法于自缢之人，尚在悬挂未解时，即于所悬身下，暗为记明。于方行解下时，或即用铁器，或即用大石，镇而压之。然后于所镇四面，深为挖取，将所镇土中，层层拨视，或三五寸，或尺许，或二三尺，于中定有如鸡骨、及如各骨之物在内，取而或弃或焚，则可辟除将来，不致有再缢之事。实为屡试屡验，其理殊不可解。但及时即挖则得之浅而易，迟则深而难，然亦不出八、九尺外也。虽云幻妄无稽，不知何以行之实有可据？得毋如圣哲所云“天地之大，何所不有？”“心知理之所必无，安知非情之所必有？”其殆是欤？愚故从而笔之。即或行之未验，聊以解愚夫愚妇之疑，亦未必非拯救自缢之一预道也。

【注释】①故老：年老有德的人。

【译文】依据年老有见识的人所指示的辟除秘法，也不知是出自哪本典籍，照着去做还非常有效果。这个方法就是对于上吊的人，在悬挂着，还未解下来时，就在其上吊处的地面上，暗自做好标记。刚解下上吊之人时，或者用铁器，或者用大石，立刻镇压在标记处的地面上。然后在所镇压的大石头的四周，向下深挖，层层拨检土层，或者三五寸，或者尺许，或者二三尺，其中一定会找到鸡骨或者其它动物的骨头在里面，取出丢弃或者焚烧，就可解除将来“找替身”的事情，不会再有自缢的事情发生了。这个方法确实是屡试屡验，其中的道理却不甚清楚。只要及时去挖，埋深就浅而容易挖到，迟了则埋藏较深，也不容易挖到，然而最深也不会超过八、九尺。虽说荒诞无稽，不知因何而行，而又有何根据？那不如就像圣哲所说的“天地之大，无奇不有？”“心里知道在道理上一定说不过去，可怎么知道在情理上却一定有呢？”大概说的就是这个吧？我因此以笔记之。即使照行还没有效果，也可以聊解一下愚夫愚妇心里的疑惑，也未必不是拯救自缢的一个事前的方法。

张山来曰：世间自尽之鬼，如投河、自缢、自刎之类，俗谓其必讨替身。予素不之信。审若此，则此等鬼必有定额，不容增减耶？真不可解。

【译文】张山来说：世间自尽的鬼，如投河、自缢、自刎之类，民间说这些鬼一定要找个替身来代替。我素来不信这些。仔细思考此类事情，难道这类鬼非得是有一定的名额，不容许增减吗？真是不可思议。

卷十四

平苗神异记

王谦㧑斋

【**题解**】本篇是《虞初新志卷十四》的第一篇。讲述作者王谦到当时苗乱频发的城步县任县令。到任后恰逢苗人杨应龙聚众叛乱，王谦为保一方安定，率众平息叛乱，他的诚心感动了关帝显灵相助，大败贼寇。

城步，非邑也，故属湖广宝庆之武冈州，设官城步巡检司。苗民杂处，民不及什一，数岁辄窃发，守土将吏不能胜，恒被害。有明弘治甲子，峒苗李再万[①]倡乱，巡抚阎公讨平之，疏请建县治，用资弹压[②]；爰（yuán）[③]割武冈之绥宁二里半隶焉。城于巫水[④]之上，凡五峒十八寨环其外。为宰者闻父老谈旧事，目瞪股栗，若不终日。城雉[⑤]不盈百，东、西、南列三门。北门故有汉前将军关帝祠岿然踞城上。邑人敬事之，祷求必应，然未尝现身示异也。

【**注释**】①李再万：苗族，明武冈莫宜峒（今城步江头司乡）大地茶园人，莫宜峒首，弘治十四年春，举兵叛乱，后被镇压。②弹压：压制、镇压。

③爰：改易，更换。④巫水：长江支流沅江的支流。发源于城步苗族自治县东巫山西南麓。⑤城雉：城上的短墙。也泛指城墙。

【译文】城步，并非是县城，以前隶属于湖广宝庆的武冈州，设置了一个叫城步巡检司的官职。在这里，苗民和汉民杂处，汉民不及苗民的十分之一，数年间这里叛乱频发，当地的官兵不但镇压不了，还常被叛民杀害。明弘治甲子年，有峒苗李再万带头造反作乱，巡抚阎仲宇讨平了叛乱，上疏请求建县治理，以便镇压贼寇。于是划分武冈绥宁方圆二里半的土地隶属于城步县。县城在巫水边，共有五峒十八寨环绕在它的外围。县令听到父老乡亲谈起以往的叛乱旧事，吓得目瞪口呆连腿都直打颤，惶惶不可终日。城步县的城墙长不到百步，东、西、南三面设有三座城门。北门有原来留下的汉朝前将军关帝祠位于城上。县里的人都恭敬事奉关帝，百姓所祈求之事也是有求必应，然而关帝却从未现身过。

余以康熙庚申谒选[①]，得是邑宰[②]，亲故饯别者，为余危。余笑谢之。初莅治，苗不敢猖獗。迨癸亥七月朔，粤西全州西延峒苗杨应龙，啸聚[③]苗瑶一千七百余党，将侵城步。杀人祭旗[④]，誓以七夕决胜，谓孤城无备，可谈笑取。先是[⑤]余逆[⑥]揣变作，阴募敢死士三百人，练习有法。及侦得实，单骑相地势，秘授计。阅七日，贼直薄城下，望见旌旗刀戟皆严整，相顾错愕，如出神算，不复有斗志。余属典史[⑦]徐士奇、把总[⑧]王明守北面，练总杨应和守南城，抚苗陈天武守西城。余独当东面，扼其冲，率精锐出城，乘贼暮气，深入其阻。应龙仓猝失措，有左道用符演咒法，无一效，皆手戮之。余党胆落奔溃，不二里，伏兵四起，除被刀箭中火器死者，生擒五百余人。渠魁应龙，故马宝部下裨将。助贼为妖者，黄羊山道士周大圣也。

【注释】①谒选：官吏赴部应选。②邑宰：县邑之长。即县令。③啸聚：呼啸聚集。多指盗匪或贼寇以呼啸声聚众集合。④祭旗：祭祀军旗，祈求出师大捷。⑤先是：在此之前。追溯前事时常用的发语词。⑥逆：预先。⑦典史：古代官名，设于州县，为县令的佐杂官。⑧把总：职官名。始于明代，清代定为正七品武职，以把总为武官之末级，位在千总下。

【译文】我在康熙庚申年间被任命为城步县令一职，给我饯别送行的亲友都认为我到城步赴任会很危险。我笑着和他们告辞。我刚莅临治所时，苗人还不敢猖獗。等到癸亥年七月初一，粤西全州西延峒苗人杨应龙，聚集了一千七百余苗人，瑶人，准备要侵犯城步县。他们先杀人来祭祀军旗，发誓在七夕前取得胜利。他们以为城步县是一座没有防备的孤城，可以轻易攻取。但是在此之前，我就预先估计到贼逆将要有所行动，暗地里招募了三百人的敢死队，加紧训练。等得知叛乱消息时，我就单枪匹马亲自去察看地形，回来秘授众人抗贼之计。过了七天，贼寇直抵城下，望见城上旌旗飞舞，刀戟严整，都相视错愕，眼前阵势好象超出了他们的预估，进而士气低落。我嘱咐典史徐士奇、把总王明镇守北城，练总杨应和镇守南城，抚苗道陈天武镇守西城。我独当东面，扼守贼寇必经的要冲，率精锐部众出城迎战，我乘着贼寇士气低落之机，冲入敌军内部。杨应龙仓猝间无法抵挡，即使有旁门左道烧符作法也没有一点效果，都被杀死。贼寇余党胆战心惊，落荒而逃，还没跑出二里，伏兵四起，除了被刀箭火器所杀外，又生擒了五百余贼寇。贼寇首领杨应龙，以前是马宝部下副将。助纣为虐的妖道，是黄羊山道士周大圣。

及讯贼曷不奔窜，而屈首受擒？佥（qiān）[①]曰："方将遁，恍惚有赤面长髯大将，乘白马自天而下，指挥神兵，八面旋绕不得脱。”余始惊异，旋问我军，所见无异辞。日既晡，振旅[②]归，亟登城谒帝，仰见帝面汗浃如雨，如甫释甲状，益加悚惕，叩首谢。

【注释】①佥：全，都。②振旅：整顿军队。

【译文】审讯贼寇时，问他们何不四处奔逃，却呆在那里束手就擒？被俘的贼寇都说：“我们刚要逃走时，恍惚间有位赤面长髯的大将，乘着白马从天而降，指挥神兵，四面围困使我们不得脱身。”我开始感到惊异，转头问我军将士，所见相同。到了申时，我军班师回城后，我急忙登城谒拜关帝，仰头看见关帝脸上汗如雨下，好像刚刚脱下盔甲的样子，我更加诚惶诚恐，于是叩头感谢关帝相助。

自惟凉德[①]，何敢辱帝力？或者正可胜邪，诚可回天？今兹平苗斩妖，不请一兵，不伤一民者，真神助，非人力也！余何人斯，敢妄据天功哉？爰是新庙貌，肃几筵[②]，远近奔走者日盛。邑人士作《平妖传》及诗歌传奇纪事，谓百年来所未有。苗患遂不复作，今又二十余稔[③]矣。每岁七夕，余必斋肃祀帝，无忘厥功。独怪帝乘马故赤色，此独白。或疑马援[④]尝伏五溪蛮，得毋伏波将军来耶？余谓不然，神像既汗浃示灵爽矣。余非疑乘马者非帝也，疑帝之马何以白也，姑阙疑[⑤]以俟考。

【注释】①凉德：德行浅薄。②几筵：祭祀的席位或灵座。③稔：年，古代谷一熟为年。④马援：字文渊。扶风茂陵（今陕西杨凌西北）人。东汉开国功臣之一，官至伏波将军。⑤阙疑：有所疑问则暂时搁置，不下断语。

【译文】我自忖德行浅薄，怎敢借助关帝神力？或者是因为正义能胜过邪恶，精诚所至，金石为开的原因吗？今天这场平苗斩妖的战斗，没有动用一兵一将的援军，没让一个百姓受伤，真是神助而非人力啊！我是何人，怎敢妄居天功？因此我重修旧庙，更加恭敬地祭祀关帝，远近各处的百姓，来关帝庙祭拜的越来越多。县里有位士人作《平妖传》及诗歌、传奇来纪录此事，说是百年来所未有的奇事。苗患于是不再复发，到现在已有二十余年了。每年七夕，我一定斋戒沐浴恭敬地祭祀关帝，不敢忘记他的恩德。只是奇怪关帝乘坐的马以前都是赤色，唯独此次是白色。有人怀疑马援曾到过五溪蛮，莫不是伏波将军马援来了？我说不见得是这样，关帝的神像既然汗流浃背，那就是关帝在显灵呢。我不是质疑乘马的不是关帝，而是质疑关帝的马怎么变成白马了，姑且把这个疑问暂时搁置，不妄下断语，留待以后慢慢考证吧。

附：吴宝崖曰：按明初某勋戚[①]家畜一白马，肥且健。一夕关帝梦示云：某省寇乱，欲假而马助兵。旦起视厩中马，僵卧不起，盖摄其神往矣。迨奏凯[②]，勋戚益敬服。京师人异之，因建白马庙奉帝。自是帝现身显灵，捍倭破贼，辄骑白马以为常。今大司马遂宁张公尝云尔。则城步平苗神异，信哉为帝无疑也。特旧传帝驭赤兔马，一日千里，岂一蹶不复振耶？抑久用而瘏[③]，用人间马协力耶？附识以资传闻之异云。

【注释】①勋戚：有功勋的皇亲国戚。②奏凯：战胜而奏凯歌。引申为获得胜利。③瘏：疲劳致病。

【译文】附：吴宝崖说：明初某位勋戚的家里养了一匹白马，膘肥体健。一天夜里，关帝在梦中对他说：某省将发生叛乱，想要借您的马去助他们一臂之力。那位勋戚早上起来看到厩中马僵卧不起，大概是它的神魄被关帝摄走了。等到平定叛乱的消息传来后，那位勋戚更加敬服。京师人觉得这件事很特别，于是修建白马庙来供奉关帝。从此关帝现身显灵，抗倭破贼，骑白马也是常有之事了。当今大司马遂宁人张公曾说到这件事。那么城步平定苗乱的神异之事，相信就是关帝无疑。以前传说关帝骑着赤兔马，可以一日千里，赤兔马怎么会一蹶不振呢？或者是赤兔马服役的时间太长，因疲劳而生病，所以关帝用人间的马来代替吧？附记这些不同的传闻。

附：纪香木作像

吴陈琰宝崖

观察[①]永年王公，初仕城步，平峒苗之乱，感关帝神兵之助，将特立帝像以祀。一日巫水暴涨，浮一香木于张家冲殊胜庵前。僧法彻见而异之，谓若有神运，当留镇山门。士民请于公，作像奉之，公为碑文以纪。愚按先辈黄贞父云："江南文德桥，有香楠木一株，长五丈许，浮秦淮而下。诸生徐嘉宾梦神告曰：是乃聚宝门外关庙物也。于是收而斫之，作三义像。二事何后先合符也？大抵神物[②]不世出，有主则灵。巫水之木，安知非感王公正气，为弹压溪蛮百世不复萌乱之兆耶？江南之木感于梦，则一介不可妄取，天下事类然矣！矧倚恃权要，窃据神物，如周宣王鼎为严嵩祟者，可胜道哉？

【注释】①观察：唐、宋诸道设观察使，明清称各道道员为"观察"。②神物：稀奇罕见的物品。

【译文】道台王永年，初到城步县任职，平定了峒苗之乱，他感激关帝显灵率神兵相助，特地为关帝立像并加以祭祀。一天巫水暴涨，一块香木飘浮到张家冲殊胜庵前。僧人法彻见到感觉很奇怪，说好像有灵气，应当把它留下来镇山门。士人和百姓向王永年请示后，雕刻成神像供奉，王永年作碑文来记载这件事。我又听前辈黄贞父的记述说："江南文德桥，有一株香楠木，长五丈许，从秦淮河飘浮而下。诸生徐嘉宾梦到神告诉他说：此乃聚宝门外关庙里的物品。他于是捞起木头，并进行砍斫，作成三义像。"这两件传闻哪个在先，哪个在后，哪个更与事实相符？大抵稀奇罕见的物品一般不在世间出现，除非有所感应才会出现。巫水里的浮木，怎知不是感应于王永年的正气，为了溪蛮百世不再萌生叛乱而出现的征兆呢？江南之木感于梦中的故事，那是告诫世人不义之财，一丝一毫也不可妄取，天下事也和这个类似啊！况且倚仗权要，私自窃取占有神物，就像严嵩想霸占焦山寺收藏的周宣王鼎，那样的事情不也很多吗？

张山来曰：今壬午岁，苗民投诚剃发，慑伏于圣天子之威灵，直当与虞帝之舞干羽[①]而格有苗者辉映后先。读此记而益信。

【注释】①干羽：干盾和羽翳，皆供乐舞时用。羽为文舞，干为武舞。

【译文】张山来说：现在是壬午年，苗民诚心归服并剃去头发，慑伏在圣天子的威仪之下，这件事与当年舜帝作干戚舞蹈而三苗降服的事情先后辉映。读此记述后而更加相信舜帝降服三苗的事情了。

纪老生妄讼

吴陈琰宝崖

【题解】本篇是《虞初新志卷十四》的第二篇。讲述郧阳老书生不谙天道，妄议神灵，而地方官也贸然同意，导致关帝现身，以警示世人的故事。

永年马兆煃，中崇祯庚辰进士，癸未殿试本朝[①]，由行人[②]考选巡按湖北。有郧阳老生某投牒[③]云："运将鼎革[④]，不闻汉寿关公扶我国祚[⑤]，请下令讯之。"马可其请，遽发郧阳司理[⑥]某亲鞫（jū）[⑦]。司理奉令唯谨，委胥役往招之。役亦莫知所从，谒关庙叩首谢过[⑧]。起，见香炉侧白镪一锭，始未尝见也，乃悟神亦如人世赏劳然者。旋复司理，悬牌某日听鞫。届期，老生果至，空际忽有旋风自城南来，突现帝像，衣冠皆与今世同，隐示气数难回，帝亦从时制[⑨]也。现身未久，驾空而去。司理及胥吏惊怖欲绝，老生已昏仆，七窍流血死。

【注释】①本朝：指清朝。②行人：职官名。掌朝觐聘问，接待宾客之事。③投牒：呈递文辞，呈递诉状。④鼎革：建立新的，革除旧的。旧时多指改朝换代。⑤国祚：国运，国家的福运。⑥司理：职官名。掌理狱讼的事。⑦鞫：审问犯人。⑧谢过：承认错误，表示歉意。⑨时制：指世事的变化。

【译文】直隶省永年县的马兆煃，明朝崇祯庚辰年考中进士，癸未年参加本朝的殿试，由行人司行人职位选拔为湖北巡按。郧阳县一位老书生向官府呈递文书说："现在大清朝已经代替了明朝，但没有听说汉寿亭侯关公，来辅助我国的国运，请下令讯问他。"马兆煃同意了他的请求，就发文给郧阳掌理狱讼的司理亲自审理此事。郧阳司理接到命令后，也非常重视，立刻派胥吏去把关公召来。胥吏也不知该到哪里去找关公，于是就到关庙叩首表示歉意。起身时，见香炉侧有一锭白银，进来的时未曾见到，他忽然明白神也如人间一样会犒赏辛劳的人。胥吏于是回去向司理复命。到了日子，司理悬牌进行审讯，老书生也来了，这时，天空忽然有旋风自城南刮来，空中突现关帝像，衣帽都与当时的服饰相同，暗示明朝气数已尽，即使关帝也要遵从天象变化。现身不久，关帝便凌空而去。司理及胥吏惊恐欲绝，老生已昏迷仆倒在地，七窍流血而死。

愚哉，老生！懵天运而咎神，神其能宥乎？若巡方贸然许，司理贸然行，胥役贸然往，皆愚之愚者。而帝必现身说法，所以儆[①]愚者至矣哉！冒渎者可鉴矣！马氏尚存案卷，永年王观察公犹及见之。

【注释】①儆：使人警醒，不犯过错。

【译文】愚蠢啊，老书生！不了解天运却怪咎神灵，神灵能宽宥他吗？而马兆煃贸然同意，司理又贸然行动，胥吏也贸然前往，都是愚之又愚的做法。而关帝必须现身说法，是为了使那些愚到极点的人警醒，不再犯错！冒犯、亵渎神灵的人可要引以为戒啊！马兆煃存留的案卷，王永年还曾见到过。

张山来曰：若巡方不贸然许，司理不贸然行，胥役不贸然往，亦不能显此灵异。

【译文】张山来说：如果马兆煃不贸然同意，司理不贸然行动，胥吏不贸然前往，也不可能出现这样的灵异事件。

会仙记

徐喈凤竹逸

【题解】本篇是《虞初新志卷十四》的第三篇。讲述了许生与狐仙淑贞的一段奇妙情缘。淑贞虽为狐仙，但她的性情坚贞且贤淑；她的学识既渊博又知礼义，实在令人敬佩。

会仙者，非真仙也，有似乎仙则仙之矣；非会其面也，闻其言如会其面矣。曷言乎有似乎仙也？知人心中之事，知人未来之祸福，非仙而能之乎？曷言乎如会其面也？不见其形，得闻其声，有问必答，语皆切中，非如会其面乎？

【译文】本文提到的仙人，并不是真正的仙人，是类似仙人的样子；众人也不是真的和仙人见面了，只是听到她的说话声，就如同见其面一样。为什么说是类似仙人呢？因为她能知道人心中想的事情，知道人将来的祸福，不是仙人如何能知道呢？为什么说如同见其面呢？因为没有见到她本人，只是听到她的声音，而且她有问必答，话语都能说到点子上，这不就如同见到她一样吗？

壬戌春正月，扶风桥许生，名丹，字若夔，同其父玉卿入城探亲。去城二里许，遇两美女视之而笑。许生素谨朴，不动念。是夕宿亲袁氏家，卧小楼上。灯灭，忽闻剥啄声，问之，则称“奴家。”许生父子怪之，急叩主人门，大呼有鬼。主人率僮婢秉烛出，一无所见。坐逾时许，辞主人。主人退，复作声，述许家平日事详而确。且说：“奴与生有夫妇缘，故来相访。”许益疑而畏之，假寐不与言。遂倚楼唱时曲[①]数阕，达旦而去。

【注释】①时曲：当时流行的曲子。

【译文】壬戌年春季正月，宜兴县扶风桥的许生，名丹，字若夔，和他的父亲许玉卿进城探亲。离城二里左右，路遇两位美女冲他微笑。许生素来谨慎淳朴，没起任何非分的念头。这晚父子两人留宿在亲戚袁氏家里，睡在小楼上。熄灯后，他们忽然听到轻叩房门的声间，问是谁敲门，回答说：“奴家。”许生父子觉得奇怪，急忙敲开主人的房门，大呼有鬼。主人带领僮仆拿着蜡烛出来巡视，结果什么都没看见。主人陪许生父子在房间里坐了一会儿，许生父子请主人回房安歇。主人退出后，那个声音又出现了，还讲述了许家平日的很多事情，既详细又准确。那个声音又说：“我与许生有夫妇的缘份，因此才特来相访。”许生父子更加疑惑而感到害怕，假装睡着不再与她说话。于是女子倚楼唱了数首当时流行的曲子，直到次日凌晨才离去。

阅十日，生自外入卧室，见前途遇美女，艳服坐其床，旁一美婢侍。许生怪之，细询其来历，自言：“姓胡，字淑贞。五百年前，在宋真宗宫，生寺人[①]，奴采女[②]，意甚相悦，订来世为夫妇。不意奴堕狐胎，生转数世不相值。今奴修炼将成，乘生娘子归宁[③]，了此夙缘。毋疑我也。”生以告其祖汉昭。汉昭故明秀才，年已七十余，闻而怪之。急入室，无所见，但闻妇人声，以太公呼之："请坐，受奴家拜。"汉昭心知是妖，而无法袪之。

【注释】①寺人：古称宫内供使令的小臣。即后世所称的宦官、太监。②采女：汉代宫女选自民家，称为"采女"。后遂为宫女的代称。③归宁：回家省亲。多指已嫁女子回娘家看望父母。

【译文】又过了十天，许生从外面回到卧室，见到先前路上遇到的美女，身着华丽的服饰坐在自己的床上，旁边一位美丽的婢女服侍。许生很是奇怪，详细询问她的来历，女子回答说："小女子姓胡，字淑贞。五百年前，在宋真宗的宫里，您是宫里的寺人，我是宫女，彼此两情相悦，约订来世做夫妻。没想到我后来转投狐胎，转生数世都不能与公子相遇。现今我修炼将成，趁着您家娘子回娘家省亲的机会，了此夙缘。请不要怀疑我。"许生把这事告诉他的祖父许汉昭。许汉昭先前是明朝的秀才，年已七十，听说后也觉得很奇怪。许汉昭急忙进到室内，却一无所见，但可以听到妇人的声音，称呼他为太公，说："请您上坐，受我一拜。"许汉昭心知是妖，却无法驱除她。

夜伴生寝，淑贞执妇道甚谨。与汉昭叙谈，引经据古，无一俚语。以汉昭在，未尝与生狎。比晓，里人知之，竟来讯诘。淑贞因人而语，与子言孝，与弟言悌，与姑言慈，与妇言顺，一如大儒之言。间有以故事相难者，淑贞悉其原委，出人意表，往往难者反为所穷。于是汉昭信其妖而不邪，故出以成其夫妇缘。

【译文】淑贞夜里陪伴许生一起就寝，并能谨守妇道。淑贞与许汉昭一起叙谈，往往引经据典，没有一句方言俚语。因为有许汉昭在，淑贞未曾与许生有亲近之举。等到天明，同乡人都知道了这件事情，竟相赶来问询。淑贞能够因人而语，与为人子者谈孝道，与为人弟者谈敬兄，与为人姑者谈慈爱，与为人妇者谈和顺，就像大儒一样教导众人。其间有人拿以前的旧事来反驳她的道理不对，淑贞都能将事情原委一一道来，出乎众人的意料，结果想要责难的人反倒词穷了。因此许汉昭相信淑贞虽然是妖却不邪恶，反而出面成全他们夫妇的缘分。

其初至也有诗，定情也有词，风流芳艳，允为情种。乃许氏戚族，咸为生虑。或叱之，或怒詈之，甚或持刀向空挥之，或掖生匿避之。淑贞曰："吾为情来，诸人不以情待我，盍去诸？"吟怨别诗而去。去遂不复来。

【译文】淑贞初来时曾作过诗，与许生定情时也作了词，诗词的文采，风流出众，想来淑贞也是多情人。可是许家的亲戚族人，都为许生忧虑，有的人叱责淑贞，有的人怒骂淑贞，甚至有的人持刀向空中挥砍，有的人连拉带拽的把许生藏起来以避开淑贞。淑贞说："我为情而来，大家不以情待我，我为何不离去呢？"淑贞哀怨地吟诵离别诗后离去，再也没有回来。

然侍女素娥时通音问，取履式制履，精致胜于常妇。口诵淑贞《相思曲》，情甚殷。一日生涎其美，以手戏之，素娥严辞拒，不似人间婢子之易挑者。自后素娥来，必偕秋鸿。有时偕数婢来，曰春燕，曰一枝红，曰青青柳，皆古美人之名，使人闻之而魄动。

【译文】然而淑贞的侍女素娥会时常来问候许生，把许生的鞋样拿回去给他做新鞋，做好的新鞋比平常妇人做的精致多了。素娥经常吟诵淑贞作的《相思曲》，词曲饱含情意。一天，许生垂涎素娥的美貌，伸手与她嬉戏，被素娥严辞拒绝，素娥可不像人间那些婢女，容易被挑逗。从那以后素娥每次来，一定带着秋鸿。有时偕同几个婢女一起来，分别叫春燕，一枝红和青青柳，都是古时美人的名字，使人听了就心驰神往。

癸亥五月，淑贞遣秋鸿迎生去，生难之。秋鸿曰："闭目附吾肩，可顷刻至。"生如其言，耳闻风浪声，目不敢开。少顷，秋鸿曰："至矣！"生开眼视，石壁削立。秋鸿以扇拂壁，豁大门，肃生入，内皆精舍。女乐两行，鼓吹音妙不可状。淑贞一姐一妹，俱出见，分主客坐。素娥抱一女孩，曰："此小姐所产，十阅月矣。以其生绿阴下，因名绿阴。"生接置膝上，女即以"爹"呼之。留生宿，其供具鲜华，都非尘世所有。淑贞随其姐若妹，早暮焚香诵佛，与生并坐而不与同寝。留四日，淑贞曰："官人宜归矣。家中娘子欲投河，倘不测，奈何？"即遣秋鸿送生归。归而妇已泣河干矣。临别，手制葛衣葛裤赠生，归而视之，颇与闽葛类。是年冬，又遣婢迎去，其路较前略近。生问何地，素娥曰："前黄山，今铜峰也。"素娥、秋鸿辈时到生家，为之理家事，虽琐屑必当。

【译文】癸亥年五月，淑贞打发秋鸿去接许生来相会，许生很为难，不知如何前去。秋鸿说："请您闭上眼睛趴在我的肩头，顷刻就能到达。"许生按她说的去做，耳边只听到阵阵风声，许生不敢睁开眼睛去看。过了一会儿，秋鸿说："到了！"许生睁眼观看，只见四周石壁耸立。秋鸿用扇轻拂石壁，石壁上豁然出现大门，秋鸿恭敬地请许生进入，里面都是清静雅洁的房舍。女乐分列两排，吹奏的音乐妙不可言。淑贞的一姐一妹，也都出来与许生相见，大家分主客落坐。素娥抱着一个女孩儿出来，说："这是小姐所生，已经十个多月了。因为孩子出生在绿荫下，因而取名叫绿阴。"许生接过女孩儿放在膝上，女孩儿立即喊许生"爹爹"。淑贞留许生住下来，屋里的陈设豪华，都是尘世所没有的。淑贞与姐、妹一起，早晚焚香诵佛，与许生同坐却不同寝。淑贞留许生住了四日，说："官人该回去了。家中娘子见不到官人，想要投河自尽，倘若有什么不测，可如何是好呢？"随即打发秋鸿送许生回去。许生回去时看到自己的娘子正在河边哭泣。临别时，淑贞把亲手缝制的葛布衣裤赠给许生，回来一看，与闽葛很相似。这年冬天，淑贞又派婢女去迎接许生，这回的路程比前次要近一些。许生问是什么地方，素娥回答："前次是黄山，这回是铜峰山。"素娥、秋鸿等人时常到许生家，帮他料理一些家事，即使是琐碎小事，也管理得井井有条。

许生，余之内甥[①]也，向余述其详。余疑之而亦羡之，属生致素娥，求一会以问休咎[②]。生果以余意致之，素娥曰："诺。当以甲子正月十二日为期。"届期，余放小舸往。生设酒馔。畅饮毕，余曰："仙莫爽约乎？"汉昭曰："必不爽，请安枕以待之。"漏未二下，忽榻前呼曰："老相公，丫环来矣！""老相公"，称汉昭也。余披衣起，问之曰："来者素娥姐乎？"应曰："是。徐相公请安卧，不消起来。我小姐有诗赠徐相公、周夫人。"诵诗云云。初闻不尽晓，问之，又诵一遍，曰："小姐更有诗，专赠徐相公的。"诵诗云云。余曰："亦未尽晓。"又诵一遍，尚有未晓处，问之，一一说明。既而曰："相公寿有九旬，晚景都佳。"余问曰："我前世是何等人？"曰："相公前世是医生，误用药伤人之子。夫人前世是堪舆[③]，误看地，绝人之嗣。是以今世生而不育。然相公忠厚正直，暮年必得一子，只是积德要紧！”时同候会者，周子云槎、仇子长文、陆子求声，各有所问，皆就事直答，不作影响语。语久辞去，濒行，曰：“吾妹秋鸿，即送香水来饮。”顷之，空中忽报曰：“秋鸿送香水在此！”移灯照之，果有一壶在几。手抚壶，壶热如新瀹（yuè）茶[4]。秋鸿自言，须请许二官来斟。呼许生出，取香水分酌之，气香味甘，仙家所谓琼浆者非乎？闻有步履声，推门入，口唱曲，袅袅不绝，出即告去。余留之曰：“秋鸿姐何不歌一曲，使我辈共听好音乎？”秋鸿应声而唱，虽不辨其为何曲，而曼声缥缈，闻者莫不神飞。曲终，飘然去。余录其诗示同人，同人属而和，得诗词若干首，汇录之，颜曰《仙音集》。

【注释】①内甥：指妻子姊妹的儿子。②休咎：吉凶、福祸，美恶。③堪舆：相地、看风水。④瀹茶：煮茶。

【译文】许生，是我的内甥，向我详细述说了他和淑贞的事情。我虽然对此表示怀疑却也很羡慕，叮嘱许生告诉素娥，我想和她见一面，来问卜自己的吉凶祸福。许生把我的意思转达给了素娥，素娥说：“可以，就以甲子年正月十二日为约定之期。”到了约定之日，我驾着小船前往许家。许生置办酒食招待诸人，一番畅饮后，我说：“仙人莫非会爽约吗？”许汉昭说：“一定不会爽约，请先安睡以待。”过了不到两刻钟，忽然听到榻前有人说道：“老相公，丫环来了！”“老相公”是素娥对许汉昭的称呼。我披衣而起，问道：“来的可是素娥姐？”答道：“正是。徐相公请安卧，不需起来。我家小姐有诗赠给徐相公和周夫人。”素娥就开始吟诵若干诗句。刚开始我没有完全听明白，就再次请教素娥，素娥又吟诵一遍，说：“我家小姐还作了诗，专门赠给徐相公。”又吟诵若干诗句。我说：“还没有全部明白。”素娥又吟诵一遍，我还有不明白的地方，向素娥请教，素娥就一一说明。接着又说："徐相公的寿命可到九十岁，晚年境况也很好。"我问道："我前世是何等人？"回答说："相公前世是医生，因为用错药而耽误了别人家的孩子。周夫人前世是堪舆先生，给人家选错了墓地，使人家绝了子嗣。因此今世虽然生下孩子却无法抚育成人。然而相公为人忠厚正直，晚年必定会得到一个儿子，只有广积阴德才是最重要的啊！"此次一同去会见的人有周云槎、仇长文、陆求声，他们各自也有所询问，素娥都根据所问之事直接答复，不作空虚隐晦的回答。大家交谈了很久后，素娥告辞离去，临行前，说："我的妹妹秋鸿，马上会送香茶来给各位饮用。"过了一会儿，空中忽有人通报说："秋鸿在此给各位送香茶！"大家把灯移过来一看，茶几上果然有一壶茶水。用手摸摸茶壶，还很滚烫，就像刚刚煮好的茶。秋鸿说必须请许生前来倒茶。于是叫许生出来，取茶水分给大家，茶水气味芬芳，味道甘甜，莫非这就是仙家所说的琼浆玉液吗？开始大家听到有脚步声，接着好像有人推门而入，还唱着小曲，袅袅不绝，过了一会儿，又好像要出门离去。我挽留她说："秋鸿姐为何不唱一曲，使我等有机会欣赏一下秋鸿姐的美妙歌喉？"秋鸿应声而唱，虽然分辨不出她唱的是什么曲子，但歌声曼妙缥缈，听者莫不心驰神往。一曲终了，秋鸿飘然而去。我把淑贞的诗记录下来给同行的人看，同行的人又作诗相和，得到若干首诗词，汇录在一起，题名为《仙音集》。

噫嘻！子不语怪[①]，恐惑人也。若淑贞之事，怪耶？非耶？其形但与许生见，他人未有见者。来也无影，去也无迹，窗户不启，倏而坐人之床。以为怪，则真怪也。然始以情，继以义，所言者中庸之道，所习者人事之常；投以诗词，辄次韵和答。以为非怪，则真非怪也。盖胡者，狐也；美姿容，笃因缘者，淑也；匿其貌，不与他人见者，贞也。狐而近于仙也！夫古人登岳涉海以求仙，而仙未易得会，今余于咫尺间亲为问答，饮香水，聆妙曲，直以为会仙可矣。第其女绿阴，许生所生，非狐矣，后必有出世之时。余果寿，尚得见之否乎？

【注释】①子不语怪：本指孔子不谈关于怪、力、乱、神一类事情。

【译文】噫嘻！孔子不谈关于怪、力、乱、神一类的事情，恐怕会对世人造成困惑。像淑贞的事情，是属于怪呢？还是不是？她的形貌只有许生见过，其他人都没有见过。她来无影，去无踪，窗户不开，她却倏然坐在人家的床上。认为是怪，就真是怪。然而她是动之以情，行之以义，所说的都是中庸之道，所做的都是人们平常做的事；吟诵诗词，她也会依韵应和。认为不是怪，就真不是怪。大概她姓胡，就是狐仙的意思吧；狐仙姿容美丽，笃信因缘，这就是属于淑善吧；隐藏自己的容貌，不让他人看到，就是属于贞节吧。虽然是狐狸，却更接近于仙人！古人跋山涉水，去求真仙却难以见到仙人，今天我在咫尺之间亲自与其问答，饮用香茶，聆听妙音，也可以当做是自己真的见到仙人了。她的女儿绿阴，是许生的亲生骨肉，并不是狐仙，以后必定有超尘脱俗的表现。我如果真的可以长寿，不知道能不能见到绿阴长大成人呢？

张山来曰：狐而贞且淑者，其性也；淹博①而知礼义者，则其学也。吾不知其以谁氏为师。

【注释】①淹博：渊博；广博。

【译文】张山来说：狐仙既坚贞又贤淑，是出于她的本性；学问渊博而知礼义，则是她通过后天的学习而达到的。我不知道她是以谁为师的。

太恨生传

徐瑶天壁

【题解】本篇是《虞初新志卷十四》的第四篇。太恨生是东海的一位翩翩佳公子，才华横溢，洁身自好。作者与太恨生为好友，因而熟知太恨生的一段凄美情事，记载下来让世人知道世间有如此痴情人。

太恨生，东海佳公子也。与余形影周旋，神魂冥合，因熟悉生情事。生父司李[②]公，望重一世。生承家学，折节[①]读书，当代名流，咸倾其才调。丰神俊迈，性孤洁寡欲，未尝渔非礼色。

【注释】①折节：改变旧习，发愤读书。②司李：即司理，官职名，主管狱讼刑罚。

【译文】太恨生，是东海的一位翩翩佳公子。与我过从甚密，性情相投，因而我熟知太恨生的情事。太恨生的父亲曾担任司理，德高望重。太恨生成年后，继承家学，一改往日的旧习，发愤苦读，当代的名流文人都赞赏他的才华与格调。太恨生外表神采飞扬，俊秀明朗，内心却是孤芳自赏，洁身自好的性格，从未在女色方面有非分之想。

娶元女夫人，婉嫕（yì）[1]贞淑，生相敬如宾。夫人尝谓生曰：“吾夙耽清净，苦厌凡缘。膝下芝兰[2]，幸蚤林立，生平志愿已足。当觅一窈窕，备君小星，吾即守木叉戒，绣佛[3]长斋，不复烦君画眉[4]矣。”生曰：“自卿为余家妇，门庭雍睦[5]。方期百年偕老，岂忍令卿诵《白头吟》耶？虽然，卿业有命，余宁矫情？第选妾须德才色皆备乃善。正恐书生命薄，难获奇缘，有辜卿意耳。”

【注释】①婉嫕：柔顺和美。②芝兰：这里指儿女。③绣佛：用彩色丝线绣成的佛像。④画眉：比喻夫妻恩爱，有闺房之乐。⑤雍睦：和睦、和好。

【译文】太恨生娶了元家女为妻，夫人性情柔顺和美，贞淑贤德，太恨生与她相敬如宾。夫人曾对太恨生说：“我平夙喜欢清净，对凡尘的缘份感到苦闷。我庆幸很早就为相公延续了香火，现在膝下儿女环绕，我生平志愿都已满足。现在应当及早为夫君再寻觅一位窈窕淑女，将来给夫君做小妾，那时我就可以持守戒律，专心吃斋念佛，不愿再沉沦于夫妻之情了。”太恨生说：“自从你嫁到我家，全家和顺。我正期待着和你白头到老呢，怎忍心让你像卓文君一样独诵《白头吟》呢？虽然，你命中注定有此做法，我岂能故作矫情？然而娶妾必须是德、才、色兼备的人选才行。只怕我没有这个福分，难以获得这样的奇缘，恐怕会辜负你的好意了。”

先是太原某，世为洞庭山人，以贫故，赁其妻为生子保媪[1]。未几，某死，遗一女无依，寄养豪右[2]某家。某家妇悍，名曰养女，实婢畜之。女受困百端，无生理[3]。媪恚甚，往争曰：“向固以吾女为若女，而女困辱至此，于义已绝，吾挈女去矣！”某家咸憎女，听媪挈归生家，年十六矣。女虽支离憔悴，而柔婉之态，楚楚动人。夫人一见绝怜之，亲为熏沐。教以女红，无不精致。时戊辰冬，生自茂苑归，问所从来。夫人语之故，因谓生曰：“曩欲为君置妾，而难其选。今此女明慧端懿，乃天赐也。亦有意乎？”生昵而笑曰：“唯卿所命。”生母亦见女贤，密谕媪，欲为生成之。会生仍往茂苑④，寻丁外艰⑤，事遂寝⑥。

【注释】①保媪：家中雇请来专事抚养幼儿的妇女。②豪右：有名望的大族，称一方之霸的世家大族。③生理：生存的希望。④茂苑：古苑名。又名长洲苑。故址在今江苏省吴县西南。后也作苏州的代称。⑤外艰：旧指父丧。⑥寝：停止，平息。

【译文】先前，有太原人，世代在洞庭山居住，因为家贫的缘故，让其妻到太恨生家做保姆。没多久，这个太原人去世了，留下一个女儿孤苦无依，寄养在一个大户人家。那家的主妇很凶悍，名义上说是养女，实际把这女子当奴婢一样使唤。女子受尽百般折磨，了无生趣。她的母亲听说后大怒，前去大户人家要回了女儿，对那家人说：“原本以为你会把我的女儿当成你自己的女儿，却没想到让她在这里受尽折磨欺侮，现在我与你们的恩断义绝，把我女儿带走了！”那个大户人家都不喜欢这个女子，就听任她的母亲把她带回了太恨生家，女子这一年十六岁。女子虽然憔悴不堪，仍显出楚楚动人的柔婉之态。太恨生的夫人一见就生出了怜爱之心，亲自为她香熏沐浴。又教她针线女红，女子做出来的活计都很精致。当时正值戊辰年冬季，太恨生从苏州回来，问女子从何而来。夫人告诉他原由，对太恨生说：“以往我想为夫君置妾，却难以遇到合适的人选。今天这个女子端庄明慧，真是上天所赐。夫君意下如何呢？”太恨生笑着说：“悉听尊便。”太恨生的母亲也看中女子的贤德，私下和女子的母亲商量，想为太恨生促成这一姻缘。当时正好赶上太恨生要前往苏州办事，不久太恨生又遇父丧，于是将这件事暂且搁置下来。

居半载，夫人乘间谓女曰："吾视汝德性贞醇[①]，体度庄雅，虽名闺淑媛，无以过之，岂宜为庸人妇？吾郎君才品风流，真堪婿汝，当以赤绳系汝两人。幸事获济，即妹视汝，汝盍早自决计？"女沉吟未答，既而泣拜曰："妾惸惸（qióng）[②]母子，困苦伶仃，来托宇下[③]。夫人遇妾，谊逾所生，常恨碎骨粉身，不足为报；生死祸福，敢不唯命？今所以不轻一诺者，诚虑人心叵测，事变难知；三生缘浅，好事多磨折耳。幸辱夫人与郎君约，郎君家世清华[④]，先业未竟，当勉图光大，努力青云，慎无以儿女情长，令英雄气短。且太夫人春秋高，承欢养志，端在郎君。讵可牵惹闲情，致乖色养[⑤]？一也。郎君与夫人，鸡鸣戒旦[⑥]，鸿案相庄[⑦]，万一割爱分宠，遗刺《绿衣》[⑧]，妾罪大矣！二也。郎君外服[⑨]未阕，大节攸关，妾当珍此女儿身，俟除服后，上启高堂，明成嘉礼。倘稍逞情缘，冒嫌涉疑，妾不足惜，人其谓郎君何？三也。诚如妾言，妾无悔矣。"夫人笑曰："固知汝有心人也。好自爱。"因具以告生。生惊喜曰："安得此大学问语！谨受教。"自是生必欲得女，女一意以身委生。而夫人亦唯恐不得当也。

【注释】①贞醇：纯正，厚道。②惸惸：孤独无依的样子。③宇下：屋檐之下。比喻在他人的庇护之下。④清华：谓门第或职位清高显贵。⑤色养：和颜悦色的孝养父母。⑥鸡鸣戒旦：怕耽误正事，天没亮就起身。⑦鸿案相庄：鸿案指东汉梁鸿妻孟光举案齐眉的故事。庄，庄重。鸿案相庄比喻夫妻相敬如宾。⑧遗刺：指留下的名帖。《绿衣》：《国风·邶风·绿衣》是《诗经》中的一首诗。此诗前人认为是庄姜因失位而伤己之作，今人一般认为是男子的悼亡之作，表达丈夫悼念亡妻的深厚感情。⑨外服：这里指丁忧服孝。

【译文】女子在太恨生家里住了半年，夫人乘空闲对女子说：“我觉得你德性纯正厚道，体度端庄典雅，即使那些名门闺秀，也比不上你，你怎么能做庸人的妻子呢？我家郎君才品风流，与你真是合适，我当给你们二人牵这个红线。如果能达成这桩好事，我就视你为亲妹妹，你何不及早做个决断？”女子低头沉吟没有回答，一会儿哭泣着跪拜说：“我们母女孤苦无依，困顿飘零，依付在您这里，深得您的关爱。夫人对我的爱护甚至超过了对亲生骨肉的关心，我常恨即使粉身碎骨，都不足以报答夫人的恩情；生死祸福的事情，怎敢不听命于夫人？现在我之所以不敢轻许诺言，实在是考虑到人心叵测，世事变化难测；担心我与郎君三生缘浅，好事多磨啊。承蒙夫人为我与郎君约定婚姻，郎君家世清高显贵，但是事业还未有成，郎君应当时时自勉以图光宗耀祖，不懈努力以图平步青云，千万不要因儿女情长而令英雄气短。况且太夫人年事已高，对太夫人承欢赡养的重任，正落在郎君的身上。怎可因宠爱小妾惹出事非，而导致不能很好地孝顺太夫人呢？这是第一点。郎君与夫人，谨慎持家，相敬如宾，万一因为我而分散了郎君对夫人的宠爱，不就留下了《绿衣》的遗憾，那我的罪过可就大了！这是第二点。郎君丁忧服丧还未结束，这是关系名节的重大事情，我自当珍惜女儿身，等到郎君服丧结束后，我再向母亲禀告，然后光明正大地成就这桩婚事。倘若稍微放任私情，被人说三道四，我倒无所谓，但是人们会如何评说郎君呢？这是第三点。如果可以依照我所言行事，那么我就不会后悔了。”夫人笑着说：“我原本就知道你是个有心之人。一直自尊自爱。”于是，把这些都告诉给太恨生。太恨生惊喜地说道：“她是怎么想出这么有大学问的话！我真是受教了。”从此太恨生一心一意想要娶此女，此女也一心一意准备把自己的终身托付给太恨生。而夫人也唯恐此事不能达成。

大率[①]女之为人，性殊灵警[②]，而严于举止，情极肫（zhūn）恻[③]，而简于言笑。居常女伴相征逐，女独靓妆凝神，萧然自远。终日坐阁中，专理刺绣，影匿形藏，非媪呼，不入中堂。间遇生，辄遥引[④]，以故终岁同处室中，绝未通一言。生情不自禁，欲得女一晤语[⑤]，倩夫人为介。女难之。夫人固请曰："郎君无他意，第欲共汝作良友相酬对耳。"至则俨容端坐，双目瞪视而已。然生亦以远嫌，不敢数请相见。即女见生，必邀夫人与俱，乍语乍默，若近若远。间或并坐月中，偕行花下，各陈慰勉之辞，半吐愁思之句。虽情好愈挚，而燕昵俱忘，历三年不及于乱。夫人每从旁戏曰："汝两人内密外疏，何乃无风月情？"

【注释】①大率：大抵、大概。②灵警：空灵精妙。③肫恻：诚恳而富于同情之心。④引：退却。⑤晤语：相见对话。

【译文】这位女子的性格空灵聪明，而举止却又十分严谨，她待人诚恳而富于同情之心，平时不苟言笑。平日里，其他女伴经常互相嬉戏玩耍，而此女子却衣妆端整地坐在那里凝神静思，淡然洒脱。女子终日坐在阁中，专心刺绣女红，不愿抛头露面，如果不是她的母亲呼叫她，她决不擅入中堂。女子偶尔遇到太恨生，也是远远地避开，因此虽然长年与太恨生同处一所宅院中，彼此却没有说过一句话。太恨生有时情不自禁，想见女子一面和她说说话，就请夫人代为转达。女子对此感到很为难。但是夫人坚持请求说："郎君没有其他想法，只是想与你，像朋友一样互相交流一下罢了。"女子这才同意。见到太恨生，女子则敛容端坐，双目凝视，并不多看太恨生一眼。太恨生为了避嫌，也不敢多次请求相见。女子和太恨生会面时，一定会邀夫人一同前往，见面后，忽而说话，忽而沉默，表现得若即若离。女子偶尔和太恨生并坐月下，同行花前，也是各自说些问候的话，只是偶尔会倾吐相思之语。虽然他们之间的感情越来越深，但是彼此间从未有过亲昵的举动，历经三年，他们都没有什么越礼的行为。夫人每每在一旁戏言说："你们两人外表看起来好像很生疏，其实内心已经很亲密了，怎么就没有亲热的举动呢？"

生卧室与女妆阁虽隔绝，而室密迩①。生中夜②朗吟，与女刀尺③声，时相答也。女尝谓生："郎君惊才逸韵④，妾如获侍巾帻，永伴文人，素愿已惬⑤。第自恨未娴翰墨⑥，他日香奁⑦中，弗克供捧砚役，奈何？"生笑曰："以汝夙慧，奚患不识字耶？结褵（lí）⑧之后，汝备弟子礼奉余为师，灯前月下，授汝《女论语》《孝经》及古诗词，何如？"女点首曰："尚须教我《法华》《多心》诸经也。"随口授《关雎》数章，并解说意义。女微笑覆⑨之，不失一字。生出外，女随夫人过书斋。视几砚上尘，拂拭之；图籍纵横者，整齐之；庭花色悴，则汲水灌之。

【注释】①密迩：接近。②中夜：半夜。③刀尺：裁衣的剪刀及尺子。④逸韵：高逸的风韵。⑤素愿：宿愿；平生的愿望。惬：满足，畅快。⑥翰墨：原指笔、墨，借指文章、书画。⑦香奁：盛放香粉胭脂等女子打扮用的梳妆盒子。⑧结褵：代称成婚。⑨覆：同"复"。

【译文】太恨生的卧室与女子的闺房之间虽然隔了几个房间，但彼此离的很近。因此太恨生夜半朗诵诗文的声音，与女子裁衣时剪刀、尺子的声音，常常可以互相听到。女子曾对太恨生说："郎君有惊世之才和高逸的风韵，妾身如能常侍您左右，永伴文人才子，我平生的愿望就满足了。但只恨自己不懂文墨，来日只能在女红中打转，却不能在您的书案前侍候，那该怎么办呢？”太恨生笑着说：“以你的聪慧，还怕不识字吗？成婚之后，你备好弟子礼来拜我为师，以后灯前月下，我教你《女论语》《孝经》及古诗词，怎么样？”女子点头说：“还须教我《法华经》《多心经》等诸多经典。”太恨生随口教女子《关雎》中的几章诗句，并解说意思。女子微笑着重复了一遍，一字不差。太恨生离家远行时，女子随夫人一起路过书斋。看到书案砚台上落有灰尘，就拂拭干净；看到横七竖八堆放的画卷和书籍，就把它们摆放整齐；看到庭院里的花有些枯萎，就打水浇灌它们。

性爱焚香，竟体芬郁袭人。雅好淡素妆，荆钗裙布①，必整必洁，泊如②也。生每遗以香钿（diàn）③诸物，必坚却之，或以夫人命始受。又常倩制一锦囊，不可。强之，则云：“俟两年后为郎制之。”其谨慎识大体如此。

【注释】①荆钗裙布：荆枝为钗，粗布为裙。形容妇女装束简陋寒素。②泊如：恬淡无欲貌。③香钿：古时妇女贴在额上鬓颊饰物的美称。

【译文】女子生性喜欢焚香，而且通体香气袭人。女子喜好淡妆，虽然衣着简朴，但是一定干净整洁，一直都是这种淡泊的样子。太恨生每次赠送给她首饰等物品，她一定会坚决推却，若是以夫人的名义赠送方肯收下。太恨生又请女子绣制一个锦囊，女子不肯同意。太恨生再三请求，女子就说：“等两年后我再为您缝制。”她就是如此谨慎识大体。

始女寄养某家时，嫉女殊甚，至是闻女美且贤，乃大悔。遂改养女为养媳①，诱媪兄及侄，坐侄主婚，而以媒氏属媪甥，更为流言以捍生曰：“女固某家妇也，而生实图之。”生有忤奴[②]利其金，因挟为奇货，于媪前作楚歌，而阴告某家，且授之计。生素以名义自持，又见肘腋[③]间多媒孽之者，犹豫未决。会以事远出，某家闻之，疾令媪甥持五十金为聘，给媪兄劫媪使受，约某日来娶。生归，益错愕，不知所为，夜同夫人谓女曰：“吾向以汝为囊中物，今变起不测，势难复挽，奈何？”女曰：“妾计决矣！倘事势穷促[④]，以死继之；否则，祝发[⑤]空门耳。外此非妾所知。”生曰：“汝奈何轻言死哉？余与汝缠绵情境，三载于兹，居恒晤对，俨若宾师，情固难抛，义则可判。今奸人逐影寻声，将甘心于汝。万一以余故轻生，外间耳食[⑥]，其以汝为何如人？杀身不足以雪恨，只增余悲耳！且汝纵弗自惜，独不念汝母乎？唯向空王[⑦]乞命，于计较可。瓣香供佛，余当一以资汝。然汝凄凉禅榻，断送青春，余又不忍令汝出此也。”女欷歔久之，曰：“嗟乎，郎君！今生已矣！”面壁长号。生频呼之，不复应。时壬申正月十二夜也。

【注释】①养媳：童养媳。②忤奴：忤逆的奴仆。③肘腋：手肘和腋窝。比喻最接近的地方，多用于祸害的发生。④穷促：窘迫；困厄。⑤祝发：削发受戒为僧尼。⑥耳食：以耳代口，辨察食物。比喻见识浅，轻易相信传闻，不求真象。⑦空王：佛的尊称。

【译文】女子最初寄养在那家大户人家时，那家人对待女子非常不好，等到听说女子现在变得既美丽又贤淑，就后悔不已。于是就改称养女为童养媳，诱惑女子母亲的兄长及侄儿，为侄女主婚，又让媒人叮嘱女子母亲的外甥，到处散布流言诽谤太恨生，说：“女子本为某家的媳妇，而太恨生却想图谋占为己有。”太恨生家有个忤逆的奴仆贪图大户人家给的钱财，认为女子奇货可居，就在女子母亲面前极力恐吓，并且暗中给那家人通风报信，出谋划策。太恨生素以名节和大义自持，又见身边出现这么多的麻烦和谣言，开始犹豫不决。正赶上太恨生因事出远门，大户人家听说后，急速让女子母亲的外甥拿上五十两银子作为聘礼，送给女子母亲的兄长让其威逼老妇人接受婚约，并约好某日前来迎娶。太恨生回来听说后，更加错愕，不知该怎么办，晚上和夫人一起对女子说：“我向来以为你将是我家的人了，如今变故丛生，情势实难挽回，怎么办呢？”女子说：“我已经有决定了，倘若情势不得已，我就一死了之；再不然，我就削发为尼遁入空门。除此之外的办法我就想不到了。”太恨生说：“你怎能轻易言死呢？我与你的互相钦慕，已经有三年了，平常居家会面交流，宛若宾朋师友，彼此固然情深难舍，但是互相清白可鉴。如今奸诈小人捕风捉影，非要得到你不可。万一因为我的缘故，导致你轻生，外面的人见识浅薄，轻信传闻，不求真象，他们会把你说成什么样的人呢？舍弃生命不足以雪耻，只会徒增我的悲伤罢了！况且你纵然不爱惜自己，难道就不为你的老母亲着想吗？只有向佛祈祷，请求垂怜，只有这个计策还算可行。你去出家供佛，我当尽一切可能资助你。然而想到你一个人悲凉地终老禅床，断送青春，我又不忍让你出此下策。”女子悲泣抽噎许久，说：“郎君啊！今生我们只能这样了！”说罢面壁嚎啕大哭。太恨生频频呼唤她，她也不再回应。当时是壬申年正月十二日夜晚。

先是女密藏鸩[①]与剪于衽[②]，为女伴所觉，搜去之。至是乃手制女僧冠服，促媪于试灯夕[③]，偕入尼庵。临行，夫人持女痛哭，不忍舍。左右皆掩泣，莫能仰视。生但目送而已，虞辞楚帐[④]，嫱[⑤]离汉庭，不足喻其悲也。庵内老尼诘其事，不肯为女剃度；哀恳再三，终不许。而某家侦知之，惧有变，急倩媪妯娌趋庵中，防护甚严。女自度不免，中夜起，呼媪哭曰：“母乎！儿至此命也夫！

为传语……”语未毕，气结不能出声。媪急抱持之曰：“儿欲何言？”女欲言，复大哭晕绝，如是三。良久始曰：“儿与郎君，迹若路人，分喻知己，生平志念⑥，皎如日星。本期办一死以报郎君，今流离转辗，计无复之。求死不得，求为尼又不得，命之穷也，一至于斯！天实为之，其又何尤？儿为郎君，涩眼全枯，惊魂久散，顾念死出无名，徒令枉死城⑦中，增一业案耳。今与郎君恩断义绝矣！天荒地老，永无见期！好谢夫人，善慰郎君，勿复以儿为念，即视儿作已死观可耳。”言讫，母子相抱大恸，仆佛前。而某家人舟适至，蜂拥入庵，挟女而去。

【注释】①鸩：指毒酒，或毒药。②衽：衣襟。③试灯：正月十五元宵节前一天，张灯预赏谓之试灯。④虞：指虞姬，是楚汉之争时西楚霸王项羽的妃子。楚帐：指西楚霸王项羽的军中帐幕。⑤嫱：指王昭君，名嫱，字昭君，西汉时出塞和亲。⑥志念：心意；思想。⑦枉死城：传说阴间中枉死的人所住的地方。

【译文】在此之前，女子把毒药与剪刀秘密地藏在衣襟里，被女伴察觉给拿走了。到这时候，女子就亲手缝制女尼冠服，催促老妇人在正月十五前一天晚上，一同和她前去尼庵。临行时，夫人抱住女子痛哭，不忍让她离去。左右的人都掩面而泣，不能仰视。太恨生只能目送，虞姬辞别楚霸王，王昭君出汉塞时，都没有像他们那样的悲伤。庵内老尼询问女子的情况后，不肯为她剃度；女子哀求再三，老尼始终不肯答应。大户人家暗中得知女子出家的消息，唯恐事情有变，急请女子母亲的妯娌们赶赴庵中，严密看护。女子自思不能幸免，半夜起来，呼喊着老妇人哭道：“母亲啊！女儿这是什么命啊！请为我传话……”话未说完，早已哽咽不能出声。老妇人急忙抱住她说：“女儿想说什么话？”女子刚要说，又大哭到昏厥，像这样反复多次。良久女子才说："女儿与郎君，看上去好像路人，实质上已经互为知己，女儿生平的心意，就像日月一样明白。本想着以死来报答郎君，现今辗转流离，也是无计可施了。求死不得，求作尼姑也不行，我命尽于此了！老天确实要这样安排，我又有什么可抱怨的呢？女儿为郎君，早已泪眼干枯，失魂落魄，又考虑到死出无名，白白在枉死城中，增加一桩冤业罢了。如今我与郎君恩断义绝了！天荒地老，再无相见之日！母亲好好的帮我谢谢夫人，劝慰郎君，不要再挂念我，就当我已经死了吧。"说完，母子相拥大声痛哭，仆倒在佛前。大户人家的舟船恰巧在这时赶到了，一群人蜂拥而入，挟持着女子离去。

生自与女诀别后，心摇意乱，忽忽[①]如有失。及媪归述女言，益狂惑失志，触目神伤。夫人忧之，且慰且让曰："吾本欲为君缔此良因，不图变出非常，累君至是。虽然，君自与女无缘耳。君向不早为之所，因循蹉跌[②]，坐失事机。迨奸人计赚时，以君之力，犹足与争，挺身而前，未必无济。乃袖手任其鼓弄。今大事已去，悔恨何及？且天下岂少良女子，而独沾沾于是为！"生仰天太息曰："夫人休矣！余非登徒子，誓不效杂情[③]奴态，暮翠朝红。自见女后，毕世悃忱[④]，无端倾倒。试问遇合之奇，有如此女者乎？我见犹怜，有如此女者乎？两心相得，有如此女者乎？乃婉娈（luán）[⑤]一室之中，荏苒三年之久，余亦非鲁男子也。所以禁欲室私、坐怀不乱者，亦冀正始要终，各明本怀[⑥]耳。事幸垂成，一朝云散，若以丹诚[⑦]所感，虽灭顶捐躯，亦复奚恤！顾乃[⑧]咽泪吞声，甘为奸人所卖，诚欲以礼相终始也。鼠牙雀角[⑨]，适足增羞，抑岂令卖菜佣持我短长乎？今而后，余终当以情死耳！血殷肠裂，骨化形销，此恨绵绵，宁有穷极！卿勿复生别念，纵使贤如络秀，丽若绿珠，不能易此恨矣！”自是益不自聊赖，或竟日枯坐，或彻夜悲歌，积久遂成心疾。

【注释】①忽忽：失意的样子。②蹉跌：失足跌倒，比喻失误。③杂情：用情不专。④悃忱：诚恳；忠诚。⑤婉娈：缠绵。⑥本怀：自己的心迹；自己的心愿。⑦丹诚：赤诚的心。⑧顾乃：却；反而。⑨鼠牙雀角：原意是因为强暴者的欺凌而引起争讼。后比喻打官司的事。

【译文】太恨生自从与女子诀别后，心烦意乱，神情恍惚，若有所失。等到老妇人回来转述女子的话后，太恨生更加心如刀割，触景伤情。夫人很是担忧，一边安慰一边责备他说：“我本来想为夫君缔结这个良缘，没想到生出变故，连累夫君到如此地步。虽然可能是夫君与此女无缘啊，但是夫君当初何不尽早谋划，却因循守旧导致发生变故，坐失良机。等到奸人的计策得逞时，凭借夫君的能力，还足以与他们抗争，挺身而出与其周旋，未必无济于事。夫君却袖手旁观任其鼓弄。现在大事已去，悔恨又有何用？况且天下不缺少好女子，而夫君却单单固执地把心思都放在她的身上！”太恨生仰天叹息说：“夫人不要说了！我并不是登徒子，发誓不学那些用情不专，朝三暮四之人的做法。自从见了此女后，我毕生的心意，没来由的都倾注在她的身上。试问能够再相遇到如此投合的奇缘吗？还能再遇到让我如此怜惜的女子吗？还能再遇到和我能如此两情相悦的女子吗？我和她共处一室之中，耳鬓厮磨三年之久，我也不是不解风情的鲁莽男子，之所以能控制自己的私欲、坐怀不乱，也是希望能有始有终，各自都谨守自己的本心罢了。事情眼看着就要成功，却一朝之间就烟消云散了，就凭我们彼此诚挚的感情，就算为她舍弃生命，我也在所不惜！我现在之所以忍气吞声，甘心为奸人所诬陷，就是想和她以礼相终始啊。如果去打官司，只是徒增羞耻而已，难道任由那些卖菜的仆佣对我说三道四吗？从今往后，我情已死！纵然粉身碎骨，此恨绵绵，也没有穷尽的时候！你也不要再有为我续妾的念头了，纵使贤惠如络秀，美丽如绿珠，也不能消除我心里的遗恨啊！”从此太恨生更加意志消沉，或者整日枯坐，或者彻夜悲歌，这种郁积之气积压久了就成了心病。

余见且伤之，为作《咄咄吟》一卷，《情忏词》一卷，以广其意。且生与女相爱怜若此，而卒不相遇，真堪遗恨千古，乌容秘而不传？而不知者，反以女为生口实。因详述之，以告天上人间，千秋万世之情痴有如生者。

【译文】我见到太恨生这样，也感到很悲伤，为他们作了《咄咄吟》一卷，《情忏词》一卷，让更多的人知道他们的心意。况且太恨生与女子如此相互爱慕，而最终却不能在一起，真可堪称千古遗恨，怎么能让这件事秘而不宣呢？那些不知道真相的人，反过来还认为太恨生强夺人妻。所以我把他们的事情详细地述说出来，来告知天上人间，千秋万世有太恨生这样的痴情者。

幻史氏曰：余观生与女，发乎情，止乎礼义，岂寻常儿女子所得拟乎？当其适然相遭，理既允当，于势又便，况有阃内①以作主合，如此而不遇，岂人生快意之事，造物者故厄之，使弗克有终耶？不然，生与女命实不犹耶？然迹其后先言行，女非有意负生者，形禁势格②，变至无如何耳。而生也宁守经③，毋达权④，事固弗易为流俗道。悲夫！语云：“未免有情，谁能遣此？”余又感夫以礼相闲者之情，尤不能已已也。

【注释】①阃内：妻室。②形禁势格：指受形势的阻碍或限制，事情难于进行。③守经：固守经义或伦理。④达权：通晓权宜，随机应付。

【译文】幻史氏说：我看太恨生与女子之间，发于情，止于礼，岂是寻常男女所能比拟的？当时他们两人相遇，既不违背伦理，也具备婚嫁的条件，何况还有正妻给他们撮合，即便这么多有利条件，而他们却没有走到一起，难道对于人生快乐的事情，上天偏偏要制造出阻碍，让他们不能有个好的结局吗？如果不是这样，难道太恨生与女子命该如此吗？考察女子的前后言行，女子并不是有意辜负太恨生，而是受形势所迫，最后演变成了无可奈何的结局罢了。而太恨生也固守礼法，不知变通，他们的事情也很难让世俗之人理解。悲哀啊！有俗语说：“人不免有情，谁又能看得开呢？”我又想到他们彼此能以礼相待，实在难能可贵啊，所以愈发对他们的结局感慨不已。

张山来曰：吾不知太恨生守经之心为何心，不惟有负此女，抑且负元女夫人矣！

【译文】张山来说：我不知太恨生为何要固守礼法，这样做不只辜负此女，而且还辜负了自己夫人的一片苦心啊！

瘗水盏子志石铭

毛奇龄大可

【题解】本篇是《虞初新志卷十四》的第五篇。讲述明朝兴平伯高杰的侄子高通，有一个名叫住子的婢女，可以在食器内注水后，敲击产生不同的音调，以此来演奏乐曲，这种乐器被命名为“水盏子”。明朝灭亡，住子投水自尽，最后仅存的水盏子也被作为住子的陪葬，并由作者毛奇龄作了墓志铭。

水盏子者，越器①也，其器不知造于何代，亦莫按其制。相传隋万宝常析钟律②，能叩食器应弦③，后人即以水盏④入乐。或曰：古有编磬（qìng）⑤，与水盏同；古金⑥以钟⑦，不以钲（zhēng）⑧；今以钲易金，云钲即编钟也。编钟一变而为方响⑨，再变为钲。水盏子虽不必以瓦，然由变而推，则易石以瓦，或亦非无然者与？《陈诗》云“坎其击缶⑩”，《史记》秦王为赵王击瓦缶，而庄周子乃鼓盆而歌；虽或以节音，非以倚音专声赴奏，有如柷（zhù）然，然而犹瓦为之。

【注释】①越器：指越窑所产的青瓷。②万宝常：隋代音乐家，江南人。钟律：原指编钟十二律，后泛指音律。③食器：盛食物的器具。应弦：应合琴音。④水盏：打击乐器，因盏中盛水而得名。⑤编磬：一种古代打击乐器，由悬挂在木架上的一组磬组成。⑥金：中国古代乐器八音之一。⑦钟：是指金属制成的响器，中空，敲时发声。⑧钲：古代的一种乐器，用铜做成，形似钟而狭长，有长柄可执，口向上以物击之而鸣，在行军时敲打。⑨方响：古磬类打击乐器。由十六枚大小相同、厚薄不一的长方铁片组成，分两排悬于架上。用小铁槌击奏，声音清浊不等。创始于南朝梁，为隋唐燕乐中常用乐器。⑩击缶：也作“击瓴”。“缶”是古代的一种瓦质的打击乐器。古人以缶为乐器，用以打拍子。后面提到的柷，也是古代一种打击乐器，像方匣子，用木头做成，奏乐开始时敲打。

【译文】水盏子，是越窑所产的青瓷，也不知道是哪个年代制造的，也没有对它制法加以考察。相传隋代万宝常善音律，能敲打食器应合琴音，后人就以水盏入乐。有人说：古时有编磬，与水盏相类似；古时用钟来演奏金音，不用钲来演奏；今天用钲来演奏金音，说钲就是编钟。理由是编钟稍作改变就是方响，方响再做改变就是钲。水盏子虽不必用瓦制成，然而推测其演变过程，很可能是由石制改变为瓦制的，这也是有可能的。《陈诗》说“坎其击缶”，《史记》记载秦王为赵王击瓦缶，而庄子则鼓盆而歌；缶是用来伴奏节拍的，不能用来单独演奏，类似柷这种乐器，只不过缶是用瓦作成的。

明兴平伯从子[①]高通，蓄婢住子，能叩食器为《幽州歌》，筝师挡筝在旁，能曲折倚其声。姑苏乐工谋易以铁，不成，乃购食器之能声者，得内府[②]监制成化[③]法器若干，则水浅深分下上清浊，叩以犀匙，凡器八而音周，强名曰“水盏子”。顺治乙酉，王师陷安平，江都随破，家人之在文楼者皆散去，住子投射陂死。康熙甲辰，予遇通于淮阴城，托镇淮将军食。食顷，怀二盏出，供奉器也。中拉水级，叩之泠泠然，语其事而三叹。镇淮将军命瘗之淮城东唐程将军咬金④墓侧，如瘗侄子者，而使予志于石。其文曰：

编竹为箫，编石成磬。方响不传，水盏可听。

破十六叶，更为八瓷。中流深浅，高下因之。

玉邸渐安，犀槌自拈。戛即函胡，挑将宛转。

试斟渌酒，遥倚素曲。半袖萦锦，五指琢玉。

既越蕤板，亦迈征弄。中曲擗扑，能使神动。

吹角出阵，鸣笳在疆。北鄙好杀，南风不扬⑤。

鸟啼失林，雹裂震地。官渡战亡，安西军溃⑥。

已夺都尉，将邀昭妃。锦车翠幕，驱驰何为⑦？

昔者杞梁，妻赴淄水。朝鲜有妇，堕河而死⑧。

或援箜篌，或形操畅。彼美善怀，与之相向，

身同波澄，技乃响绝。残金断丝，方寸不灭，

爰归黄土，仍歌青台。英雄粉黛，千秋同埋。

昭华之琯，藏于幽陇。元康阮咸，乃閟古塚⑨。

鼓缶无路，招魂有词。彼美而在，尚其依斯。

【注释】①兴平伯：高杰，字英吾，陕西米脂人。与李自成同邑，同起为盗，原为李自成部将，绰号翻山鹞。投降明政府后参加对农民军的追剿，升任总兵官。明朝灭亡后，在江南拥立福王朱由崧登基，被封为兴平伯。从子：侄子。②内府：职官名。周代设置，掌藏贡、赋、货物、兵器等。③成化：明朝宪宗的年号。④程咬金：原名程咬金，后更名为程知节，字义贞，济州东阿（今山东东平西南）人。唐朝开国大将，凌烟阁二十四功臣之一。⑤北鄙好杀，南风不扬：是指北边的清军南下，而明朝难以抵抗。⑥官渡战亡，安西军溃：大意是指史可法兵败扬州，南明灭亡一事。⑦已夺都尉一

句：大意是指清军南下后，住子担心自己也会像王昭君那样，沦为异族的俘虏，被用“锦车翠幕”，运到清廷。⑧昔者杞梁，妻赴淄水：传说春秋时期齐国将领杞梁战死，其妻安葬杞梁后，投淄水自尽殉夫。但是据左传记载，杞梁妻并无投水，而是为杞梁据理力争，使齐庄公亲自来吊唁杞梁。朝鲜有妇，堕河而死：据崔豹《古今注》记载，汉朝乐浪郡朝鲜县，有一疯颠人过河，他的妻子呼喊着不让他渡河，但是却晚了，疯癫人被河水淹死了。他的妻子拨弹箜篌，唱《公无渡河》歌曰：“公无渡河，公竟渡河！堕河而死，其奈公何！”其声凄怆，曲终亦投河而死。⑨昭华之琯：琯是一种乐器，相传秦咸阳宫里有玉管名叫昭华琯，吹之可以出现车马山林。阮咸：一种乐器，因西晋阮咸善弹此乐器而得名。这里指住子的水盏子也像历史上这些有名的乐器一样，被埋于黄土之下。

【译文】明朝兴平伯高杰的侄子高通，蓄养了一个名叫住子的婢女，她能叩击食器演奏《幽州歌》，筝师在旁边演奏古筝，住子也能调整曲调来应和筝声。姑苏乐工想换成铁制的水盏子，但没有成功，于是想购买能发出乐声的食器，他找到由内府监制的明朝成化年间的若干法器，食器内注入水量的不同，就可区分出高低清浊的音色，用犀匙叩击演奏，一共有八只食器，可以发出八音，姑且称它为“水盏子”。顺治乙酉年间，王师攻破安平，江都随后也被攻破，高通在文楼的家人都失散了，住子也投河而死。康熙甲辰年间，我在淮阴城遇到高通，当时他在镇淮将军那里谋职。没过多久，高通怀揣二盏器物出来，是供奉用的器具。往里面加入深浅不同的水，叩击时就会发出清脆激越的声音，谈起往日住子演奏时的情形，高通频频长吁短叹。镇淮将军命人将它埋在淮城东面唐朝大将军程咬金的墓旁，就像埋葬住子一样，并让我在石上刻墓志铭。铭文内容为：

编竹为箫，编石成磬。方响不传，水盏可听。

破十六叶，更为八瓷。中流深浅，高下因之。

玉邸渐安，犀榹自拈。戛即函胡，挑将宛转。

试斟渌酒，遥倚素曲。半袖萦锦，五指琢玉。
既越蕤板，亦迈征弄。中曲擗扑，能使神动。
吹角出阵，鸣笳在疆。北鄙好杀，南风不扬。
乌啼失林，雹裂震地。官渡战亡，安西军溃。
已夺都尉，将邀昭妃。锦车翠幕，驱驰何为？
昔者杞梁，妻赴淄水。朝鲜有妇，堕河而死。
或援箜篌，或形操畅。彼美善怀，与之相向，
身同波澄，技乃响绝。残金断丝，方寸不灭，
爰归黄土，仍歌青台。英雄粉黛，千秋同埋。
昭华之琯，藏于幽陇。元康阮咸，乃閟古塚。
鼓缶无路，招魂有词。彼美而在，尚其依斯。

张山来曰：八音中唯土无新制，予尝欲以磁器补之。今读此，乃知素有其器也。

【译文】张山来说：八音中只有土音没有新的乐器来演奏，我曾想用磁器来填补这个空白。今天读到这里，才知早就有了这个演奏土音的乐器了。

姗姗传

黄永云孙

【题解】本篇是《虞初新志卷十四》的第六篇。姗姗本为戴溪黄夫人的侍女，性格温婉沉静，作者云孙对姗姗一见钟情，双方定下婚事，后云孙北上赴考，待回来时，不料姗姗已香消玉殒。作者黄永于顺治十二年中进士，官至刑部员外郎，这是他为自己所钟情的恋人周小姗所做的传记，以寄托自己对姗姗的无尽哀思。

姗姗者，字小姗，周姓，戴溪黄夫人侍儿[①]也。母梦吞素珠一粒，觉而娠，群辈卜之，宜男。及姗姗生，咸贺之曰："是虽女也，当有福慧。"数岁戏于庭，适夫人敕银工[②]制钗，曰："如一封书式。"珊珊应声曰："一封书到便兴师。"夫人为之发粲[③]，自是极怜爱之，亲为剪发裹足，令从女塾学，得近笔墨。稍长，课之绣，金针鸳谱，一见精绝。禀性婉媚，善伺夫人意，先事即得。夫人每曰："此吾如意珠也。"幼有洁癖，薰香浣衣，唯恐弗及。凡其服食器用，卒不令诸同伴近之。昼则旁习女红，夜则随夫人合掌海南大士。既退，但闭阁寝坐，终不闻语声。其静心类如此。

【注释】①侍儿：服侍他人及供人使唤的婢女。②银工：是指制作银器的工匠。③发粲：发笑，露齿而笑。

【译文】姗姗，字小姗，姓周，是戴溪黄夫人的侍女。姗姗的母亲梦到自己吞下一粒素珠，就感觉有孕在身了，同辈们占卜，结果应该是儿子。等到姗姗出生，大家都来向她母亲祝贺说："虽说是女儿，也一定会福慧双全的。"姗姗几岁的时候在院中嬉戏，适逢夫人让银匠打制钗子，夫人说："做成一封书的样式。"珊珊应声说："一封书到便兴师。"夫人听到莞尔一笑，从此对她极为怜爱，亲自为她剪发裹脚，让她到女塾学习，得到读书的机会。珊珊稍微长大一些，开始学习刺绣，她绣的鸳鸯，精致异常。姗姗禀性柔顺，善解夫人之意，很多事情没等夫人吩咐就先做完了。夫人常常对人说："珊珊是我的如意珠啊。"姗姗幼时有洁癖，经常薰香浣衣，还嫌不够清洁。凡是她饮食起居的用具，都不让其她同伴触碰。珊珊白天做针线女红，晚上就跟随夫人合掌礼拜南海观音大士。她自己独处时，就关上卧房的门静坐，终日听不到她的声音。她平时就是这样安闲静谧。

丁亥，姗姗年十五，夫人将为之字①。而孝廉黄永云孙者，时以下第归里。云孙故倦游，然门外多长者车辙，问奇②屦满，擘笺③调墨，日不暇给，思得丽姝为记室。厥配湘夫人，才而贤，相与谋之曰："是欲副余，天下岂有樊素④、朝云⑤其人者乎？即有之，当以礼聘。"而云孙负相如之渴⑥，所好又特异，每曰："丰肌肥婢，佣奴配耳。昭阳第一安在？吾宁筑避风台⑦俟之。"以故薄游⑧于广陵、姑苏之间，几于红粉成阵，而卒无所遇。

【注释】①字：旧时称女子出嫁。②问奇：慰问，奇，指厄运。③擘笺：裁纸。这里指裁纸制作名帖，书信等。④樊素：唐朝著名诗人白居易的家姬，善歌，与小蛮齐名。⑤朝云：王朝云，字子霞，浙江钱塘人。宋代大文豪苏东坡的红颜知己和侍妾。⑥相如之渴：典故名，出自《史记》，汉司马相如患有消渴疾。后即用“相如渴”作患消渴病的典故。⑦避风台：相传汉赵飞燕身轻不胜风，汉成帝为其筑七宝避风台。⑧薄游：指为薄禄而宦游于外。常用于自谦辞。

【译文】丁亥年，姗姗十五岁时，夫人要为她寻找夫家。举人黄永字云孙，当时落第回归乡里。云孙原本厌倦交游，然而有很多亲朋好友前来慰问，每天与客人酬谢作答，裁纸研墨，应接不暇，想有一位贤惠的女子为记室。他的原配湘夫人，既有才情又贤惠，和他商量说：“想要为您娶一房小妾，但是怎么找到像樊素、朝云那样的人物呢？如果能找到，就应当为您迎娶。”云孙有司马相如那样的消渴病，喜好又不同于常人，每每说：“体态肥硕的女子，只是仆佣的配偶。像赵飞燕那样的美女还有吗？我宁愿像汉成帝一样筑避风台等待她的到来。”云孙在扬州、苏州一带游历多时，虽然结识的红粉佳人众多，然而终究没有遇到心仪的女子。

一日，为黄夫人六袠初度[①]，云孙以族之犹子[②]，从而捧觞焉。姗姗侍夫人出，常妆便服，迟迟来前。鬓云肤雪，柔若无骨，而姿态闲逸，娟娟楚楚，如不胜衣，立而望之，殆神仙中人也！云孙瞥见心荡，私自念曰：“其道在迩，求之则远。彼美人者，真国色无双矣！”时亲族毕集[③]，群进而寿。姗姗延伫[④]既久，云孙得数数目之。姗姗面颊发赤，为一流盼而已。礼毕，遽随夫人入。云孙怅然别去，赋《浣溪纱》一阕。于是呼媒者告之故，使通殷勤。而夫人重惜之，不欲以备小星之选，固拒不许。云孙书空[⑤]无聊，计无所出。乃夫人之长君[⑥]来玉、次君雪茵固善云孙，力为之请。夫人曰："吾以掌上抚之，极不忍使为人作妾。"必欲为云孙请者，有珊珊在。命家妪以其私询之，姗姗不言。妪曰："是前称寿[⑦]者恂恂[⑧]少年，吾闻其才名冠江南，捧砚司花，犹胜党将军羔酒[⑨]。且私心慕子，惟恐不得当也。唯夫人命，可乎？"姗姗首肯。先是，里中贵子弟，为夫人内姻[⑩]者，咸愿以金屋贮珊姗。姗珊闻之，辄大恚。至是闻妪言，为一破颜，以是知其心许云孙矣。即报可，云孙大喜过望。湘夫人出私资聘之。

【注释】①袠：通"秩"，十年。初度：生日。②犹子：侄子。③毕集：全部聚集。④延伫：久立、久留。⑤书空：以手指在空中画字。⑥长君：尊称他人的长兄。⑦称寿：祝人长寿。⑧恂恂：温和恭敬的样子。⑨党将军羔酒：北宋名将党进有一家姬，后为翰林学士陶谷所得。陶谷在雪天用雪水烹茶，问家姬："党家会欣赏这个吗？"家姬回道："党太尉是个粗人，怎知这般乐趣？他就只会在销金帐中浅斟低唱，饮羊羔酒。"家姬意在讥讽陶谷，认为与党家富贵奢华的生活相比，取雪烹茶的风雅太显寒酸。陶谷听罢，默然不语。⑩内姻：指女眷方面的姻亲。

【译文】一天，黄夫人六十大寿，云孙以族侄子的身份，去执酒贺寿。姗姗侍奉夫人出来，只是平时的妆扮和服饰，迈着舒缓优雅的步子来到众人近前。姗姗秀发如云，肌肤如雪，柔若无骨，而姿态闲逸，楚楚动人，弱不胜衣。姗姗站在那里，宛如仙女落入凡间！惊鸿一瞥便使云孙心驰神往，云孙心中暗想："远在天边，近在眼前。面前的这个美人，真是国色天香，举世无双啊！"当时黄夫人的家人亲戚都到齐了，大家都过来给黄夫人祝寿。姗姗站在一旁，云孙用目光频频注视她，姗姗被看得面红耳赤，只得转过头去。贺寿完毕，姗姗急忙随黄夫人进到内室。云孙怅然离去，赋《浣溪纱》一阕。云孙找来媒人告之原委，让媒人去打探情况。黄夫人特别看重和怜惜姗姗，不想让她给别人作小妾，坚决拒绝云孙的提亲。云孙徒唤奈何，无计可施。黄夫人的长兄来玉、次兄雪茵一向与云孙交好，竭力去为云孙说和。黄夫人说："我把姗姗看成掌上明珠，不忍心让她为人作妾。"黄夫人的兄长为云孙一再请求，夫人也不好再拒绝，正好珊珊在场。夫人便命家里的老妇人私下询问她的意见，姗姗不作回答。老妇人说："现在提亲的人，就是先前来祝寿的那个温文尔雅的少年，我听说他的才名冠绝江南，你在他身边捧砚司花，也胜过在党将军那样的大户人家里的享受富贵。并且公子真心倾慕你，惟恐怠慢了你。听从夫人的安排，可好？"姗姗点头答应。在此之前，同里的有个望族子弟，是夫人的姻亲，想迎娶珊姗，把她金屋藏娇，姗珊听说后大怒。此时姗珊听到老妇人的话，才破颜而笑，由此可知她早已心许云孙了。得到夫人同意的消息，云孙大喜过望。湘夫人拿出自己的私房钱给姗姗作聘礼。

是时适当顺治戊子十月，诸应春官试①者，悉北上。云孙将诹（zōu）吉②娶之偕往，以父命不果，且促之驾，不得已，治装将去。而闻姗姗忽遘疾，云孙为留竟月，延医治之，意殊怏怏不欲行。使者传夫人语曰："儿疾在我，云孙岂以一女子病而辍试事？"越夕，仆夫趣行，其友许圣本等饯之郊外。云孙赋《减字木兰花》一阕志别，曰："东君有意，知许梅花花也未。小漏春光，怎禁西风一夜霜？凄然相对，花底温存花欲泪。残月如弓，几剪灯花又晓钟。"遂去。而姗姗病益剧，医来，犹强起栉沐③，然已骨立④不支，似犹举首盼泥金也。既又闻云孙被放，愁容憔悴，捧心⑤而泣。夫人再三慰谕曰："若何所言，但告我！"姗姗曰："妾命薄，辱夫人膝下，十六年于兹。无禄早世，不得长侍阿母，夫复何言？"夫人固问之曰："岂有思于云孙耶？"姗姗长吁瞪目，顾左右曰："扶我扶我！"起而顿首曰："郎君天下才，眷我厚。今试北，非战之罪，乃以妾故也。且妾夜者梦持檄召我，冉冉登云而去，意者在瑶池紫府之间。为我谢郎君！生死异路，从此辞矣！"抚枕泪落如雨，自后不复进药，数日竟死。

【注释】①春官试：即礼部试。明清时期八月乡试，二月会试，所以也称会试为春试。②诹吉：选择吉日。③栉沐：梳洗。④骨立：形容人形貌极为消瘦。⑤捧心：双手抱着胸口。

【译文】当时是顺治戊子年十月，参加第二年会试的考生，都准备北上京师。云孙准备选择吉日迎娶姗姗后，带着她一起北上，因为没得到父亲的允许而没能实现，并且家里又催他赶紧上路应考。不得已，云孙整理行装准备北上。却听说姗姗忽然生病，云孙为其停留了一整月，请医生为她诊治，云孙内心闷闷不乐不想出行。夫人传话说："姗姗的病有我照料，你岂可因一女子生病就辍考呢？"过了一晚，仆人催促云孙上路，云孙的好友许圣本等人在郊外为他饯行。云孙赋《减字木兰花》一阕来和大家告别，写道："东君有意，知许梅花花也未。小漏春光，怎禁西风一夜霜？凄然相对，花底温存花欲泪。残月如弓，几剪灯花又晓钟。"然后离去。姗姗的病情更加严重，医生来诊病，就强撑着起来梳洗，然而已经形销骨立，但是还在盼望云孙能金榜题名。后来听到云孙落榜的消息，就满面愁容，憔悴不堪，双手抱着胸口哭泣不停。黄夫人再三抚慰开导说："你有什么想说的话，尽管告诉我！"姗姗说："妾身命薄，承蒙夫人关爱，在此十六年。我不幸早逝，不能长久侍奉母亲，还能再说什么呢？"夫人一再问她，说："有没有思念云孙啊"姗姗长叹着，睁开双目，环顾左右说："扶我起来！"起来之后叩头说："云郎乃天下英才，对我眷顾至深。这次应试落第，并不是因为他学问不好，而是因为牵挂我的缘故。况且我夜里梦到有人持檄文来召我，我就冉冉登云而去，好像是回到瑶池紫府。

请您为我谢过郎君！生死殊途，从此别过了！”说完抚枕泪落如雨下，此后不再吃药，数日之后终究去世了。

死之三日，云孙抵家，湘夫人泪光莹莹然犹在目也。云孙曰：“将无妾面羞郎，来时未晚耶①？”湘夫人曰：“不然。坐定，吾语若。”叹曰：“吁！姗姗死矣！”云孙既内伤姗姗，居平忽忽不乐，幽思隐恸，时结于怀。尝以一杯临风告于灵曰：“吾将入海，乞不死药、返魂香以起之，则三神山有大风，引舟不能到。欲得少君方士之术，上天入地求之遍；而七夕夜半，未及比肩，无誓可忆。佳人难再得，当复奈何？”然其后姗姗亦数入梦，是耶，非耶，不可向迩②。

【注释】①“将无妾面”一句：指唐朝赵氏的《夫下第》一诗记载，唐朝一书生屡次落第，其妻写诗说道：“良人的的有奇才，何事年年被放回。如今妾面羞君面，君若来时近夜来。”②不可向迩：形容人或事物让人难以接近。

【译文】珊珊死后的第三天，云孙到家，湘夫人眼里好像还闪着泪光。云孙说：“难道是因为我赴考总是落第，姗姗为我感到羞愧，不愿来见我，我回来的不算晚吧？”湘夫人说：“并非如此。请您坐下，听我说。”湘夫人叹了一口气说：“唉！姗姗死了！”云孙内心悲痛姗姗的去世，平日居家就闷闷不乐，幽思隐痛，郁结于心。云孙曾以水酒一杯临风告慰姗姗的在天之灵，说道：“我将入海，寻找不死药、返魂香，好让你起死回生，可是三神山有大风，驾舟不能到达。我想要得到少君方士那样的招魂之术，即使上天入地也要去寻找；七夕夜半缅怀你，我很遗憾当时没来得及迎娶你，彼此也没有留下可以追忆的誓言。佳人难以再得，又当如何呢？”后来云孙也数次梦到姗姗，不知是真的，还是假的？终究让人难以考究。

于鳞[1]《李夫人歌》云："纷被被其徘徊，包红颜其弗明。"两语俱神似。或云："姗姗从夫人虔修彼法，先以净体化去，不效梁玉清累太白[2]。"理或有之，大要使白骨可起，则月下风前，呼之或出。《牡丹亭》一书，不得尽谓汤若士寓言也。姗姗既死三阅月，同里墨庄书史为之传。

【注释】①于鳞：指李攀龙，字于鳞，号沧溟，山东济南府历城（今山东济南）人，明代著名文学家。②梁玉清累太白：据《东方朔内传》记载：秦吞并六国时，太白星与织女的侍女梁玉清和卫承庄，逃入卫城少仙洞，四十六日不出。天帝怒，命五岳搜捕。太白星被抓回去，卫承庄逃走。梁玉清被谪于北斗下。

【译文】李攀龙的《李夫人歌》写道："纷被被其徘徊，包红颜其弗明。"这两句话都很契合云孙和珊珊的事情。有人说："姗姗跟着夫人虔修佛法，已经消去业障转生乐土，不会是梁玉清牵累太白星那样的结果。"这种说法，道理上有可能。要想再见到逝去的人，只有月下风前，像汉武帝召唤李夫人那样，呼唤她的名字，或许她可能出现。《牡丹亭》一书，虽然故事凄婉，令人嘘唏，也不能完全表达汤显祖的寓意。姗姗死去三个月后，同乡文人为她做传流传。

论曰：余闻姗姗遗事甚详，其吴娃紫玉[1]之流与？或曰："天下多美妇人，何必是？"此负情侬之言，不足为云孙道也。云孙登堂乍逅，未得再顾，而钟情特甚，岂冶色[2]是溺，盖亦叹为才难者乎？史称阮嗣宗醉眠邻女炉侧，及其既死，又往哭之，可谓好色不淫，云孙近之矣。

【注释】①吴娃：是赵国大臣吴广之女，故称吴娃。赵武灵王梦见一个少女鼓琴而歌，后见到吴娃与梦中少女相似，立为王后。紫玉：是吴王夫差的小女儿，年十八，爱上家仆韩重，两人私订终身。吴王得知大怒，紫玉郁郁而终，其魂魄化作一缕青烟。②冶色：容颜美好。

【译文】评论说：我对姗姗的事迹，知道的特别详细，岂是吴娃紫玉之辈可比？有人说："天下有太多美人，何必非执著于这一个呢？"这是无情人说的话，不能用在云孙身上。云孙在寿宴上与姗姗初次邂逅，还没来得及再次相遇，就对姗姗一见钟情，岂是沉溺于姗姗的美色，大概也是感叹姗姗的兰心蕙质难得吧？史书称阮籍醉眠邻家女儿酒垆旁，等到其女死后，又前往痛哭吊唁，可谓好色不淫，云孙与他相类似。

张山来曰：才媛遭妒妇，吾甚恨之。今黄夫人贤德如是，而姗姗不克永年，岂彼苍亦妒之耶？

【译文】张山来说：我特别痛恨才女遭遇妒妇这样的事。现今黄夫人如此贤德，而姗姗不幸早逝，难道是苍天也嫉妒她吗？

卷十五

记同梦

钱宜在中

【题解】本篇是《虞初新志卷十五》的第一篇，是吴吴山的第三任妻子钱宜所作。吴吴山的三任妻子虽未曾谋面，却都评点过《牡丹亭》。此篇记述了吴吴山与钱宜夫妻二人共同梦到《牡丹亭》里的杜丽娘的奇异故事。

甲戌冬暮，刻《牡丹亭还魂记》成，儿子校雠（chóu）①讹字，献岁②毕业。元夜月上，置净几于庭，装褫（chǐ）③一册，供之上方，设杜小姐位，折红梅一枝，贮胆瓶④中，然灯陈酒果为奠。夫子⑤听（yǐn）然⑥笑曰："无乃大痴！观若士自题，则丽娘其假托之名也。且无其人，奚以奠为？"予曰："虽然，大块⑦之气，寄于灵者，一石也，物或冯⑧之；一木也，神或依之。屈歌湘君，宋赋巫女⑨，其初未必非假托也，后成丛祠⑩。丽娘之有无，吾与子又安能定乎？"夫子曰："汝言是也。吾过矣。"

【注释】①校雠：一人独校为校，二人对校为雠。谓考订书籍，纠正讹误。②献岁：新年、岁始。③装褫：装裱古籍或书画。④胆瓶：因器型如悬胆而得名。⑤夫子：妇人对丈夫的尊称。这里指钱宜的丈夫吴舒凫，本名仪一，号吴山，字舒凫，别署芝坞居士，浙江钱塘人。清初戏曲理论家和活动家，著有《吴山草堂词》十八卷，陈其年称其词为天下第一。⑥听然：从容的笑。⑦大块：大自然；大地。⑧冯：古同“凭”，凭借，依靠。⑨屈歌湘君：指屈原《九歌·湘君》里的湘君。湘君，湘水之神。宋赋巫女：宋玉《高唐赋》《神女赋》中提到的巫山神女。⑩丛祠：乡野林间的神祠。

【译文】甲戌年冬末，《牡丹亭还魂记》的刻版完工，儿子进行校对勘误的工作，新年伊始时正好完成了这个事情。元宵佳节的晚上，月上中天，我在庭院中放置干净的几案，装裱了一册书本，供奉在几案上，另外设置了杜小姐的灵位。我折来一枝红梅，插在胆瓶中，燃上灯，陈列酒水、鲜果为其祭奠。丈夫笑着说：“这么做岂不是太傻了吗？看作者的题跋，就知道丽娘只是作者虚构的人名。实际上并没有这个人，怎能祭奠她呢？”我说：“即使这样，自然灵秀之气，会依附于有灵性的东西，一块石头，一棵树木，都或许会有神灵依附于它。屈原《九歌》里的湘君，宋玉辞赋里的巫山神女，当初未必不是虚构，后来却成了人们祭拜的人物。到底有没有杜丽娘这个人，我与你又怎能确定呢？”丈夫说：“你说的极是。我错了。”

夜分[①]就寝，未几，夫子闻予叹息声，披衣起，肘予曰：“醒醒，适梦与尔同至一园，仿佛如所谓红梅观者，亭前牡丹盛开，五色间错，无非异种。俄而一美人从亭后出，艳色眩人，花光[②]尽为之夺。意中[③]私揣，是得非[④]杜丽娘乎？汝叩其名氏居处，皆不应，回身摘青梅一丸撚（niǎn）[⑤]之。尔又问‘若果杜丽娘乎？’亦不应，衔笑而已。须臾大风起，吹牡丹花满空飞搅，余无所见。汝浩叹[⑥]不已，予遂惊寤。”所述梦盖与予梦同，因共诧为奇异。夫子曰：“昔阮瞻[⑦]论无鬼而鬼见，然则丽娘之果有其人也，应汝言矣！”

【注释】①夜分：夜半。②花光：花的色彩。③意中：心里。④得非：莫非是。⑤撚：同“捻”。⑥浩叹：感慨深长而大声叹息。⑦阮瞻：字千里，陈留尉氏（今属河南）人。“竹林七贤”之一阮咸之子，生年不详，约卒于晋怀帝永嘉年间。

【译文】夜半就寝，没多久，丈夫听到我的叹息声，他披衣坐起，用胳膊碰碰我说：“醒醒，刚才梦到与你同到一个园子里，好像是叫做红梅观，亭前牡丹盛开，各种颜色混杂一起，都是少见的品种。不久，一位美人从亭后走出来，光彩照人，娇艳的花朵在她面前都黯然失色。我心里私下揣摩，这莫非是杜丽娘吗？你上前询问她的姓名以及家住何处，她都没有回答，她回身摘了一颗青梅拿在手里捻玩。你又问道：“你果真是杜丽娘吗？”她还是不回答，只是含笑而已。顷刻间，大风吹起，把牡丹花吹得满空飞扬，纷纷扰扰，我什么都看不到了。又听到你长叹不已，我于是惊醒过来。”丈夫所描述的梦境与我的梦竟然相同，因而感到惊诧，认为太神奇了。丈夫说：“从前阮瞻坚持认为世上无鬼，最后却遇见到鬼，那么杜丽娘果有其人，也应验了你的话了！”

听丽谯紞（dǎn）如打五鼓[①]，向壁停灯未灭。予亦起，呼小婢簇火瀹茗，梳扫讫，亟索楮[②]笔纪其事。时灯影微红，朝暾（tūn）[③]已射东牖。夫子曰：“与汝同梦，是非无因；丽娘故见此貌，得无欲流传人世邪？汝从李小姑学，尤求白描法，盍想像图之？”予谓：“恐不神似，奈何？”夫子乃强促握管，写成，并次记中韵，系以诗。诗云：“暂遇天姿岂偶然？濡毫摹写当留仙。从今解识春风面，肠断罗浮晓梦边。”以示夫子。夫子曰：“似矣！”遂和诗云：

“白描真色亦天然，欲问飞来何处仙？闲弄青梅无一语，恼人残梦落花边。”将属同志者咸和焉。

【注释】①丽谯：亦作“丽樵”。打更报时的钟鼓楼。紞如：击鼓声。②楮：纸的代称。③朝暾：早上的阳光。

【译文】远处谯楼传来敲打五鼓的声音，墙壁旁的灯火仍未熄灭。我也起身，吩咐小丫环生火煮茶。梳洗打扫完毕，我就拿过纸笔记录这件事。当时灯影微红，早上的阳光已照到东窗上。丈夫说：“与你做同一个梦，不会没有原因的，杜丽娘之所以梦中相见，难道是想让自己的样貌流传到人世间吗？你跟随李小姑学画，尤其下功夫学习了白描法，何不把你印象中杜丽娘的样子画出来？”我说：“恐怕不能神似，怎么办才好？”丈夫强行催促我握笔作画，绘画、题字完毕，并为其配上诗句。诗道：“暂遇天姿岂偶然？濡毫摹写当留仙。从今解识春风面，肠断罗浮晓梦边。”我拿给丈夫看。丈夫说：“很像！”于是和诗道：“白描真色亦天然，欲问飞来何处仙？闲弄青梅无一语，恼人残梦落花边。”我们还打算请同道中人一起来和诗。

张山来曰：闺秀[①]顾启姬评云：“丽娘见形于梦，疑是作者化身。”此语可云妙悟。至二人同梦，则尤奇之奇也。吴山吴子以三妇合评《牡丹亭》见寄于予。予爱其三评，无一不佳，直可与若士并传，姑录其《记同梦》以志异[②]。

【注释】①闺秀：贤淑有才德的女子。②志异：指记载奇异之事。

【译文】张山来说：闺秀顾启姬评论说：“杜丽娘在梦中现形，怀疑是作者的化身。”此语可说是妙悟。二人能够同梦，则更是奇上加奇。吴吴山把他三位妻子合评的《牡丹亭》文本寄给我。我喜欢这三位的评论，没有一个不是佳评，真可与那些士人的评论一起流传，暂且收录钱宜的《记同梦》来记载这件奇事。

述怪记

缪彤歌起

【题解】本篇是《虞初新志卷十五》的第二篇。这篇记述了工部郎中郑司直家中妖怪作祟的故事，郑司直遇到的小鬼竟然也公开索贿，令人感慨世风日下竟然也波及到了鬼神。

予同官[①]蒋扶三言：工部郎中[②]郑司直，寓中有物怪凭戾，居多不宁。司直始居之，不信。一日从者病，司直亦不之信。又一日，其亲者病矣，司直不信如故。不数日，司直病作，倏见一物，头大如斗，在壁间。司直以手击之，随手入壁，亦随手出。司直曰："吾目眩也！"犹不之信。

【注释】①同官：在同一官署任职的人，同僚。②工部郎中：工部属官。

【译文】我的同僚蒋扶三说：工部郎中郑司直家中有妖怪，且多暴戾，把家里闹得鸡犬不宁。但郑司直刚住进这所房子的时候并不相信有鬼。一天他的随从病了，司直也不相信是妖怪捣乱的原因。又一天，司直的亲属病了，司直还是像先前那样，不认为是妖怪在作祟。不多日，司直自己发病，病中突然看见一物，头大如斗，立在墙壁间。司直用手去击打它，怪物就钻入墙壁中，等到司直的手缩回，怪物就再次钻出来。司直说："是我眼花看错了！"还是不信家中有怪物。

夜既半，司直呻吟不得卧。忽有两青衣[①]登司直床曰："王将至。"未几，闻户外传呼[②]甚厉，云故御史某来，人马齐拥而入。二青衣始若惧，继作馈送[③]状，某御史者倏然去。少顷，王至。司直伏枕上，见男女大小出迎驾，旌旗闪烁，驺从[④]呼拥，从外而入，壁上若有阶级[⑤]，人马层累而登。王金冠紫袍，轩轩[⑥]而至。歌童舞女数十辈，次第奏乐，珍馐罗列，宾客酬酢，王亲自濯洗举觞。座中大半皆司直同官，既欲邀司直赴宴。司直正辞让间，忽传玉帝旨，敕王入临武闱[⑦]。王受旨，拜跪如仪。左右拥王去。

【注释】①青衣：古代卑贱者穿青衣，故称婢仆、差役等人为青衣。②传呼：封建时代，高官出行时，由侍卫高呼闲人回避的一种威仪。③馈送：馈赠。④驺从：古代贵族、官员出行时的骑马侍从。⑤阶级：阶梯。⑥轩轩：光彩焕发。⑦武闱：武举科考。

【译文】到了半夜，司直病痛难受而呻吟不已，久久不能入睡。忽然有两个青衣人来到司直的床前说："王爷将要到了。"不一会儿，听到门外一片纷杂，有侍卫高喊回避的声音，说是某位御史来了，众多人马齐拥而入。两个青衣人开始好像很害怕，继而对来人有所馈赠，某御史忽然离开了。过了一会儿，王爷到了。司直伏在枕上，看见男女老幼出去迎驾，旌旗闪烁，侍从们呼拥着从外而入，墙壁上好像有很多级阶梯，人马就顺着这阶梯向上攀登。王爷头戴金冠身着紫袍，容光焕发地走了进来。数十位歌童舞女，依次奏乐，珍馐罗列满席，宾客们杯觥交错，王爷亲自濯洗酒杯，举杯敬酒。座中大半都是司直的同僚，有人想要邀请司直赴宴。司直正推让间，忽传玉帝有旨，敕令王爷去主持武举科考。王爷按照礼仪跪拜接旨，左右簇拥王爷离去。

留二青衣，以二币馈司直曰：“吾王且去，以公长者，持以奉公。”司直欲受之。青衣跪而请曰：“愿拜君赐！”司直曰：“王之惠也，何故赐汝？”青衣请之再，又曰：“吾等居此已久，公何实逼处此？愿公早移他所。”司直曰：“诺。”又问曰：“汝王入武闱，我当为武闱同考，汝知否？”青衣曰：“君不得与。”遂谢去。司直大呼，左右皆熟睡。不数日，司直病愈，兵部题同考官，列司直名，竟不得与。

【译文】留下的两位青衣人，把两个钱币馈赠给司直说：“我们王爷已经离开了，因为您是长者，这两枚钱币理应奉送给您。”司直想要接受。青衣跪下来请求说：“请求您把这些赏赐给我们吧！”司直说：“王爷的恩惠，为什么要赏赐给你们呢？”青衣再三请求，又说：“我们在此居住已经很久了，您为何一定占据我们的地方，如此地逼迫我们呢？愿您早日移居其他住所。”司直说：“好的。”又问道：“你们王爷去主持武举科考，我也是武举科考的主考官，那我们就是同考官了，你们知道吗？”青衣说：“您主持不了这次考试。”于是告辞离去。司直大声呼喊，却发现左右侍从都在熟睡中。没过几天，司直病愈，兵部题名同考官，名单上有司直的名字，但是最后却没有让他参与主持。

司直名端，已亥进士，北直枣强人，今为黔中学使[①]者。予闻扶三言如此。异日质之司直，曰：“良然。”故记之。

【注释】①学使：即学政。所谓学政，是提督学政的简称。又叫督学使者。负责考核各府、县的童生及生员。

【译文】郑司直名端，己亥年间进士，北直隶枣强县人，现为黔中学政。我听蒋扶三说起此事。后来又向司直核实此事的真伪，司直回答："确有此事。"于是我把它记录下来。

张山来曰：王以二币奉司直，而青衣索之。岂鬼神亦不能禁需索陋规也耶？

【译文】张山来说：王爷把两枚钱币送给郑司直，而青衣人却向司直索要。难道鬼神也不能禁止公然索贿的陋习吗？

哑孝子传

王洁汲公

【题解】本篇是《虞初新志卷十五》的第三篇。记述了一个天生喑哑、手蜷曲不能伸直的残疾人，能够孝顺跛脚父亲及患病母亲的故事。作者对哑孝子高尚品德给予了高度评价。

崔长生，邳州人，生而瘖①，性至孝，人呼为“哑孝子”云。孝子既哑，手复挛②，佣工养其父母，出入必面。岁己亥，淮徐大祲（jìn）③，孝子出，行丐于世。人怜之，予以糟糠糁糈④，受而纳诸箪；自掘野草，剥木皮以食。归则扶其跛父病母于茅檐，尽倾箪中物，欢然进。箪日不空，父母竟赖以不死。途见字迹必拾，朔望拜毁于先圣棂星门⑤下，而敛其烬于黄河。一日，于故纸中得遗金，守待失者不得。匝月，乃易母彘饲之。茁壮蕃息，遂为父母治衣棺。先是，知州事⑥孙侯贤，卒于官，归葬，交游一无至。孝子独拜灵輀⑦，徒跣送百里乃返。及其父母殁，哭之恸，三日不食，舁柩⑧葬于中野，遂不知所终。

【注释】①瘖：同“喑”。哑，不能说话。②挛：手脚蜷曲不能伸开。

③大祲：严重歉收，大饥荒。④糟糠：穷人用来充饥的酒渣、米糠等粗劣食物。糁：方言，米粒（指煮熟的）。糈：粮食。⑤棂星门：旧时学宫、孔庙的外门。⑥知州事：是从宋朝设立的官制，州的长官。⑦輀：古代运棺材的车。⑧舁柩：抬着装尸体的棺材。

【译文】崔长生，是邳州人，天生就喑哑，但是品行至孝，同乡人称他为“哑孝子”。他不仅喑哑，而且手蜷曲不能伸开，靠给人做佣工赚钱来赡养父母，哑孝子每次外出、回来都要面见父母请安。己亥年，淮徐一带发生了大饥荒，哑孝子去街市上行乞，以养活父母。人们都很怜悯他，就给他一些糟糠剩饭，他收下后放到食具中。自己却挖野菜、剥树皮来充饥。回家后，就把跛脚的父亲和生病的母亲扶到茅檐下，倒出食具中的食物，看着父母开心的进食。哑孝子每天都不空着食具回家，父母竟依靠这些食物活了下来。哑孝子在路上看见字纸一定会拾起来，每逢农历初一、十五时就去孔庙门前把字纸烧毁，然后把灰烬收敛起来倒入黄河。一天，他在废纸堆中发现有他人遗失的财物，就守在那里等失主，一直没有等到。又过了一个月，他就用这些财物买了一头母猪饲养，母猪下了很多猪崽儿，个个都长得很茁壮，于是就卖了猪崽换钱，给父母置办了棺材。在此之前，知州孙侯贤，在任上去世，准备回乡安葬，平日那些关系好的人没有一个前往。只有哑孝子前去拜祭了他，然后又光脚护送他的灵柩走了百里路程才返回。后来哑孝子的父母去世，他痛哭不已，三日不食，抬着棺材把他们安葬在了荒野中，后来就不知道哑孝子到哪里去了。

洧盘外史曰：予闻诸幔坡老圃[①]曰：“孝子之生也，母梦舆盖[②]者至门。”而孝子终贫贱，瘖复挛，人疑之。余固信其天爵[③]之至贵而无复加矣。今士大夫日诵诗书，称说仁义，而晨昏内省，不知于哑孝子何如也！呜呼，可胜叹哉！

【注释】①老圃：老园丁。②舆盖：是指车舆与车盖。③天爵：意思为天然的爵位，指高尚的道德修养。

【译文】洧盘外史说：我从慢坡老园丁那里听说："孝子出生的时候，母亲梦到有贵人乘车舆来到家门。"而孝子却终身贫贱，喑哑且手蜷曲，人们都很怀疑这件事。我却固执地坚信他的品行孝行才是他真正的高贵之处。现今的士大夫每天诵读诗书，口里谈论着仁义，不知道他们在晨昏内省的时候，有没有把自己和哑孝子做一番比较呢？唉，可叹啊！

张山来曰：一赞深得史公遗法。

【译文】张山来说：洧盘外史的这一评论深得太史公的精髓啊！

孝丐传

王晫丹麓

【题解】本篇是《虞初新志卷十五》的第四篇。讲述了一个孝丐的事迹。孝丐每次乞来的食物都会让母亲先吃，即使是在自己疲惫不堪的情况下也不例外，还为母亲唱歌作为娱乐。这个孝丐不仅是在物质上奉养母亲，同时也在感情和精神上安慰母亲，是真正发自内心地孝顺母亲。

丐不知其邑里，明孝宗时，尝行乞于吴市。凡丐所得食，多不食，每分贮之筒篚（fěi）[①]中。见者以为异，久之，诘其故，曰："吾有母在，将以遗之耳。"好事者欲穷其说，迹之行。行里许，至岸旁，竹树扶疏，一敝舟系柳阴下。舟故敝，颇洁，有老媪坐其中。丐坐地，出所贮饮食整理之，捧以登舟，陈食倾酒，跽奉母前。伺母举杯，乃起唱歌，为儿戏以娱母。观其母意，殊安之也。母食尽，然后他求。一日乞道上，无所得，惫甚。有沈隐君孟渊者，哀而与之食，且少周之。丐宁忍饿，终不先母食也。如是者数年，母死，丐不知所终。丐自言沈姓，年可三十许，长洲祝允明纪其事。

【注释】①篚：古代盛物的竹器。

【译文】有一个乞丐，不知他的家乡在哪里，明孝宗年间，曾经在吴地行乞。他每次行乞得到的食物，自己都不吃，而是把食物储存在一个竹筒中。看见的人都对他的行为感到诧异，时间长了，就有人问乞丐这么做的原因，乞丐回答说："我还有老母亲在世，所以我把饭食留下来。"有好事的人想探究他所说的真假，就跟在乞丐后面观察。看到乞丐大约走了一里地左右，来到河岸边，这里竹林繁茂，在一片柳阴下系着一条破旧的小船。小船虽然很破旧但是很干净，有一个老妇人坐在里面。乞丐坐在地上，拿出食物整理一下，然后端着食物登上小船，把食物摆好，再给母亲倒上酒，跪着把这些东西捧到母亲面前，等母亲举杯的时候，他就开始唱歌，并嬉戏使母亲高兴。他的母亲神情，也很安详。等母亲吃完饭，他才去做其它事情。有一天乞丐在路上乞食，却什么也没有讨到，疲惫不堪。有一个叫沈孟渊的隐者看他可怜就给了他一些食物，并且又给了他一些钱。乞丐宁可饿着也要先让母亲吃。这样过了很多年后，乞丐的母亲去世了，乞丐也不知道去了哪里。乞丐自己说姓沈，当年三十岁左右。长洲祝允明记录了这件事情。

论曰：世衰道微，人于所昵爱，宴饮务极华侈，尊贵在前，斗酒为寿，伛偻罄折，每伺其颜色以为喜惧。至于于父母，则泊然也。间有自谓能养，或亦等于犬马，且多不顾父母之养者，以视斯丐何如耶？

【译文】评论说：世道衰微，人们对于自己所亲昵喜爱的人，宴请时极尽奢华，对地位尊贵的人，殷勤进酒，低眉俯首、点头哈腰，小心的察言观色，自己的喜忧完全决定于对方。至于对待自己的父母，就淡漠了很多。也有人说能赡养父母的，也许和养犬马没多大区别，更何况还有很多不赡养父母的人，与这个乞丐相比又如何呢？

张山来曰：古之老莱子，以戏彩娱其亲。今观孝丐所为，知古今人不甚相远。

【译文】张山来说：古代的孝子老莱子，年龄很大了还假装孩童戏耍来娱乐双亲。现在看到孝丐的所作所为，知道古今的孝子差距不大啊！

乩仙记

洪若皋虞邻

【题解】本篇是《虞初新志卷十五》的第五篇。讲述了民间传说的乩仙一事。文中通过对科举考试、父亲病症等起乩问卜过程的描写，展现了起乩的神奇之处。文尾作者也对乩仙一事提出了自己的疑惑。

"乩"或作"卟（bǔ）"，与"稽"同，卜以问疑也。后人以仙降为批乩，名之曰"乩仙"，亦谓"箕仙"，又谓之"扶鸾"云。凡乩仙多自称吕祖。按吕祖名岩，字洞宾，沔州人，唐礼部侍郎渭之孙。会昌中，两举①进士不第，去游庐山，遇异人，得长生诀，遂仙去。故乩仙最善赋诗，喜与读书子言科场事，甚验。

【注释】①两举：两次参加科举考试

【译文】"乩"或作"卟"，与"稽"同，本意是通过占卜来解答心中的疑惑。后人把神仙降临为人批乩，称为"乩仙"，也称为"箕仙"，又称之为"扶鸾"等 。但凡乩仙多自称为吕祖。吕祖名岩，字洞宾，沔州人，唐礼部侍郎吕渭的孙子。会昌年间，吕祖两次参加科举考试都没有考中进士，他去游庐山时，遇到一位奇人，得到长生秘诀，于是成仙而去。所以乩仙最善长赋诗，喜欢与读书人畅谈科场的事情，特别灵验。

予邑有诸生，姓张名报韩，字元振，善请吕祖，云传自金坛贵游子，而咒乃吕祖亲授。持咒极熟，随意写符请之，无不立应。同时有庠（xiáng）生[①]朱日昌、董万宪、王人玉暨予兄涞，咸传符咒，称大仙弟子。凡仙降，先赋诗，喜饮酒行令索句，输者罚巨觥[②]，或罚跪。月三八[③]，命题作文。郡城有白云山，文毕，仙命送置山中某岩穴处。次日往携，咸仙亲笔所评者。凡有所遗赠，悉批云“取于某岩某穴中”。仙弟子各赠以自写吕纯阳小像一幅，悬奉于家。

【注释】①庠生：科举时代称府州县学的生员。②觥：古代酒器，腹椭圆，上有提梁，底有圈足，兽头形盖，也有整个酒器作兽形的，并附有小勺。③三八：每月的初八、十八、二十八日。

【译文】我们乡里有个诸生，叫张报韩，字元振，擅长请吕祖，说是得到金坛贵游子的亲传，而符咒则是吕祖亲授。张报韩持咒极其熟练，随意写符邀请，无不立即响应。和他一起的还有庠生朱日昌、董万宪、王人玉和我的兄长洪涞，都被传授符咒，称为大仙弟子。但凡仙人降临，都是先赋诗，喜欢边饮酒行令，边吟作诗句，输者就罚用巨觥喝酒，或者罚跪。每月的初八、十八、二十八日，仙人就出题让众人作文章。郡城附近有座白云山，众人文章写完后，仙人就让送到山中某个岩洞处。第二天再去取回来，文章上面则全是仙人亲笔批注的评论。凡是仙人对大家的馈赠，都会批注上“取于某岩某穴中”。成为仙人的弟子，就会收到仙人赠送的自画吕纯阳小像一幅，众人就恭敬地悬挂在家里。

一日，于白云山书院楼中，批既久，咸未食。仙曰：“汝辈饿乎？”群曰：“然。”曰：“予为汝辈乞之。”停乩数刻，复批曰：“可于窗前取而分啖之。”视之，盖竹箬盘贮松花饼数十枚也。叩其由来，曰：“予适向天台国清寺僧处乞与之耳。”群食之，腹殊饱畅。复一日，各予以葫芦一，仙桃数枚。其葫芦皆五色彩细拈成者，内衔赤城山硃砂数粒。桃亦不甚大，味与凡桃等。

【译文】一天，众人在白云山书院楼中起乩，仙人批示了很久，在场的人都未吃饭。仙人说：“你们饿吗？”大家说：“饿。”仙人说：“我为你们找一些吃的。”仙人停乩一阵儿，又批示说：“可在窗前取来大家分食。”众人到窗前一看，窗外有箬竹盘装了数十枚松花饼。大家询问食物的由来，仙人说：“我刚才向天台山国清寺的僧人要来的。”大家吃完松花饼，肚子感觉特别饱。又一日，仙人给每人一个葫芦，仙桃数个。那些葫芦都是五色彩细缠绕而成的，内有数粒赤城山硃砂。桃子也不太大，味道与平常的桃子差不多。

久之，请于予家楼上。凡请仙，必须楼，所谓“仙人好楼居”者也。予年方舞勺，登楼礼谒，批云：“此子可教。”随命予名若皋。凡为仙弟子者，其名咸仙所命云。因令予同会文，题“不忮（zhì）不求[①]”至“何足以臧”。艺完，命送置于白云山土地香炉下。次早往领，独取予文，圈点叠加，备极褒美。其硃紫色，其笔如悬针倒薤（xiè）[②]，字法绝似螳螂张膝、蜻蜓点水，不类人间所为。末注“三千六百九十日予言始验”。予绝不之信。

【注释】①不忮不求：出自《诗经·邶风·雄雉》。忮，嫉妒。不忮不求指不嫉妒，不贪得。②悬针：一种篆书。形状似针的锋芒，故称为“悬针”。据说为后汉章帝时曹喜所作。倒薤：一种篆书书体名。

【译文】过了一段时间，开始在我家楼上请仙。凡是请仙，必须有楼才行，正所谓“仙人好楼居”。那年我十三、四岁，登楼向仙人行礼完毕，仙人批示说：“此子将来会有出息。”随后给我起名字为“若皋”。凡是仙人的弟子，他的名字都是仙人给起的。仙人让我和大家一同写文章，题目是《诗经》中“不忮不求”至“何足以臧”。文章完成后，命我放到白云山土地庙香炉下。次日早晨再取回来，仙人唯独选取了我的文章，给予圈点批注，对我的文章褒奖赞美至极。他用的墨是紫色的，笔体类似篆书，字迹独特，好似螳螂张膝、蜻蜓点水，不像人类的笔迹。末尾批注着“三千六百九十日后我的话开始灵验”。我却不相信。

先君[①]极敬重之。每仙降，先君必登楼礼四拜[②]，饮酒必令尽欢而散。是时先君年望六，次年偶往乡，染时疫[③]归，发热三日，不汗。六日热甚，发谵（zhān）[④]，医人咸却走，计无所施。或言祈之仙，符方发，扶乩，乩跃入地。再持起，纵横乱击，持者手破流血，沙盘皆碎裂。予辈俯伏哀求，方大批云：“尔父病亟，何不早请我？”予辈复俯伏谢过，随批云：“急取梯来，向楼檐某行瓦中，取予药方下。”即如言取下黄纸一卷，药方一道，灵符三道，皆紫硃所书，与前批评文章笔迹无异。其药件皆人所常服者，随令抄誊，赴坊取药，原方焚之。复命取水一碗，用桃仁七枚，捣碎和之，焚三灵符于其内，饮父。嘱饮后，手持木杵，向床中四旁击之。予辈捧水至床前，父素信仙，一吸而尽。复如言持杵左右前后击。仙停乩以待，曰：“汗乎？”视之，果大汗如雨。随命服汤药。既服，复停乩以待，曰：“睡乎？”视之果睡。即命取白米煮粥以俟。少顷，举乩曰：“睡觉乎？”视之，复曰：“睡已觉。”曰：“急进粥。尔父病瘳（chōu）[5]矣。”予退。命“碧桃子守尔家。”因供碧桃仙于家。碧桃嗜水，朝夕奉水一大碗，无他供也。未三日，而父服食如平时，一似未尝病者。他日设酒食酬谢仙，父伏地，感而且泣。未几，仙赠父小像，墨迹甚淡，视之如影，然酷肖父状，上书“九天紫府纯阳道人赠。”其词曰：“灵雨飘衣，清歌满谷。鹤之餐云，鹿之咽月。先生一蓬莱客，为人间谪仙[6]耶？今少炙其貌，深测其衷；若难以形容，只谱片词，为吾售也。赞曰：脸臞（qú）[7]而衷腴，所举又若拘。其语言落华而务实，至接物宏以宽。温温安安，浑浑漫漫，继繁兰桂，鸿渐于磐。近天子之龙飞，庆上国光辉。其容舒舒，其象如愚。是武城墨士，弦歌片隅；抑西河先生，课古诗书？称泗杏之通儒，盛哉猗与！”父什袭之不轻亵。

【注释】①先君：已故的父亲。②四拜：古代表示庄重的拜礼。③时疫：流行的传染病。④谵：多说话，特指病中说胡话。⑤病瘳：病愈。⑥谪仙：称人才情高超，清越脱俗，有如自天上被谪居人世的仙人。⑦臞：瘦。

【译文】先父对仙人极其敬重。每次仙人降临，先父必登楼行四拜礼，饮酒必令尽欢而散。那个时候先父年近六旬，第二年偶然下乡，结果回来时染上疫病，发热三天，也不出汗。到第六天，发热更厉害，开始说胡话，医生一个个都束手无策，无计可施。有人建议向仙人祈求，灵符刚发出，开始扶乩，结果乩跃到地上。再拿起，乩就纵横乱写，持乩者的手都被弄破了还流了血，沙盘都碎裂了。我们都拜伏哀求，仙人才批示说：“你父亲病的这么厉害，为什么不早点请我？”

我们又拜伏谢罪，仙人接着批示说："你们赶快取梯子，到楼檐某行瓦中，取下我的药方。"依照仙人的指示，取下黄纸一卷，内有药方一道，灵符三道，都是紫硃书写，与之前批注我文章的笔迹相同。方子上的那些药物都是人们日常服用的，家人随即令人抄誊一份，到药房取药，原来的药方就焚烧掉了。再命人取来一碗水，用七枚桃仁，捣碎和在水里，焚烧三道灵符加入水中，给父亲喝下。仙人嘱咐父亲喝完后，要派人手持木棒，向床的中间和四周敲击。我们把水捧到床前，父亲一向相信仙人，于是就一饮而尽。再如仙人所言，叫人持棒前后左右敲击床的四周。仙人停乩等待，问道："发汗了吗？"再看父亲，果然大汗淋漓。仙人随即让父亲服汤药。父亲服完汤药，仙人又停乩等待，问道："睡了吗？"再看父亲，果然睡着了。仙人立即命人去取白米煮粥等待父亲醒来。过了一会儿，仙人举乩说："睡醒了吗？"再看父亲，回答：说"已睡醒。"仙人说："赶紧让你父亲把粥喝下。你父亲的病就会痊愈了。"我退出房来。仙人命"碧桃子守你家。"于是在家里供奉碧桃仙的牌位。碧桃仙喜欢水，早晚供奉上一大碗水，再不用供奉其它东西。不到三日，父亲的饮食起居就和平时一样了，就好像从未生过病。择日设酒食酬谢仙人，父亲拜伏在地上，感激涕零。没多久，仙人赠给父亲一幅小画像，墨迹特别淡，看起来好像是影子一样，然而却酷似父亲的样貌，上写"九天紫府纯阳道人赠。"上面的题词写道："灵雨飘衣，清歌满谷。鹤之餐云，鹿之咽月。先生一蓬莱客，为人间谪仙耶？今少炙其貌，深测其衷；若难以形容，只谱片词，为吾售也。赞曰：脸臞而衷腴，所举又若拘。其语言落华而务实，至接物宏以宽。温温安安，浑浑漫漫，继繁兰桂，鸿渐于磐。近天子之龙飞，庆上国光辉。其容舒舒，其象如愚。是武城墨士，弦歌片隅；抑西河先生，课古诗书？称泗杏之通儒，盛哉猗与！"父亲一直珍藏着而不敢怠慢。

迨沧桑之会，张生既物故[①]，王生、董生亦相继亡，仙久不请。顺治戊子，予登贤书②。壬辰会试，予兄复请，问予捷南宫③与否。仙亦降，但不似向者之灵显④也，但批“中阿”二字。再叩，并不答。是科，予落第，予邻何公纮度、陈公璜中式，盖析何与陈姓之半，而成“阿”字也。乙未会试，复问如前，批诗云：“大固崔巍正展旗，春光逗发远为期。君家福分非轻浅，先报琼林⑤第一枝。”是科，予果隽南宫。兄辈又请问予殿试某甲，则批一“里”字。再问，则云：“二十二十又二里。”及闻报，则二甲四十二名也。盖“里”字移两画于上成二甲。更逆数是年三月某日揭晓之期，以验仙之所云“三千六百九十日”者，殆晷刻不爽云。诚足奇哉！

【注释】①物故：亡故；去世。②登贤书：科举时代称乡试中式为登贤书。③捷南宫：南宫，礼部的别称，职掌会试。捷南宫：指会试中考中进士。④灵显：神通广大。⑤琼林：旧时天子宴请新科进士的地方。

【译文】随着岁月流逝，张生亡故后，王生、董生也相继去世，因此众人很久没有请仙了。顺治戊子年，我在乡试中举。壬辰年会试前，我的兄长又一次请仙，询问仙人我能否在会试中及第。仙人也降临了，但不像先前那么灵验，只批示了“中阿”二字。再询问，仙人并不回答。这次会试，我落第了，反而是我的邻居何纮度、陈璜考中了，分析何与陈姓的一半合起来就成了“阿”字。乙未年会试，再次询问仙人我是否会考中的问题，仙人批示了一首诗写道：“大固崔巍正展旗，春光逗发远为期。君家福分非轻浅，先报琼林第一枝。”这次考试，我果然在会试中考中。兄长们又询问我殿试会考中几甲，仙人批示了一个“里”字。再询问，则说：“二十二十又二里。”等到结果传来，我考中二甲第四十二名。大概“里”字移两画在上面就成了二甲。更奇怪的是，到这年三月某日金榜揭晓之日，正好应验了仙人所说的“三千六百九十日”，几乎分毫不差。真是太神奇了！

予思乩仙灵验者亦多矣，未有亲能以物相授受者也。夫葫芦、仙桃、小像之类，藏之岩穴中，无论已。若窗前松饼，檐上药方，有人挟之而至乎？抑凌空而飞至乎？且评阅文章，其笔墨奚自而来也？岂天上亦有文房[1]乎？或曰：“笔仙墨仙，类工于笔墨，有资于文章之用。其人咸仙去，则天上安得无笔墨？况吕祖游湘潭、鄂岳间，多卖纸墨于市以混迹，纸墨有，则他物可概知矣。”予曰：“然则诚仙乎？”或曰：“以子之大人病且踣，呼吸之间，能令立起，非仙而能若是乎？”或之言虽如此，然予闻食仙桃者，可百岁而上之；张生、王生、董生，咸食桃者也，均不能周甲子[2]，则仙不仙又未可必也。是予终不能辨，姑记之以俟后之辨之者。

【注释】①文房。借指笔、墨、纸、砚。②甲子：干支纪年或记岁数时六十组干支轮一周称一个甲子，共六十年。

【译文】我听说过的其他乩仙显灵的事情也很多了，却没有人像我们这样，得到仙人亲自授予的物品。那些藏在山洞中的葫芦、仙桃、小画像之类的物品，姑且不说是否是神迹。像窗前的松饼，檐上的药方，难道也是有人带来的吗？或者凌空飞来的吗？并且仙人评阅文章，他的笔墨从哪里来的呢？难道天上也有文房四宝吗？有人说：“笔仙墨仙，大多擅长撰写文章，当然也有写文章的工具。其人已成仙而去，那天上怎能没有笔墨？更何况吕祖游历于湘潭、鄂岳之间的时候，常混迹于街市中售卖纸墨，纸墨都可以有，那其他物品当然也可以变出来了。”我说：“那他真的是神仙吗？”有人说：“就说你父亲病倒这件事，须臾之间就能让你父亲恢复起来，如果不是仙人谁又能做到呢？”话虽如此，但我听说吃过仙桃的人，可活到百岁以上；张生、王生、董生，都吃了仙桃，却都没能活到六十岁，那是不是仙人又未必可知了。因此，我终究还是无法辨别现任的真假，姑且把这些事情记载下来，留给后人来辨别吧。

张山来曰：吕祖能诗，能书，能饮，能行觞政[1]，皆所优为[2]。独是“八股[3]”一道，不识何以亦能评阅？岂一能则无所不能耶？

【注释】①觞政：酒令。②优为：指做事有余力。③八股：明、清科举考试用的文体。也称“制艺”、“时文”。文体有固定格式，由破题、承题、起讲、入手、起股、中股、后股、束股八部分组成。

【译文】张山来说：吕祖会作诗，擅写文章，喜欢饮酒，能行酒令，在这些方面的能力都是游刃有余。只是对于“八股文”，不知为何也能评阅？难道是一个方面精通就无所不能了吗？

中泠泉记

潘介 幼石

【题解】本篇是《虞初新志卷十五》的第六篇。中泠泉，被称为“天下第一泉”。本篇即记述了作者寻访中泠泉的过程。茶肆中，众人争相品饮的“中泠泉”，并不是真正的“中泠泉”水。在一位道士的带领下，作者亲眼见证了真正中泠泉水的汲水过程，并品味了天下第一泉水沁人心脾的独特幽香。作者由此联想到，天下真正的名士，也多半湮没，不被人知，而沽名钓誉之辈，反而登堂入室。

中泠[①]，伯刍[②]所谓“第一泉”也。昔人游金山，吸中泠，胸腋皆有仙气，其知味者乎？庚辰春正月，予将有澄江[③]之行。初四日，自真州抵润州[④]。舟中望金山，波心一峰，突兀云表，飞阁流丹[⑤]，夕阳映紫，踌躇不肯舣岸[⑥]。但不知中泠一勺，清澈何所耳？

【注释】①中泠：泉名。位于今江苏镇江市西北金山下的长江中。相传其水烹茶最佳，有“天下第一泉”之称。②伯刍：刘伯刍，字素芝。唐代洺州广平（今陕西洛川）人，官至刑部侍郎，著有《大乘本生心地观音经》《刘伯刍集》《元和格后敕》等书。③澄江：江苏江阴市之别称。④真州：江苏仪征一带。润州：江苏镇江一带。⑤流丹：流动的红色。形容色彩飞动。⑥舣岸：停船靠岸。

【译文】中泠泉，就是刘伯刍所说的“天下第一泉”。从前有人游金山，饮中泠泉水，胸腋下都会感觉到一股仙气蔓延，真的有这种感觉吗？庚辰年春季正月，我将要去江阴。初四那天，我从仪征出发抵达镇江。我在船中仰望金山，看到一座山峰立于江水中央，直插云霄，山上楼阁精致，与夕阳相辉映。但波涛汹涌，船家犹豫着不肯停船靠岸。我感叹不能有机会知道中泠泉水，将会是怎样的清澈可口？

次日觅小舟，破浪登山。周石廊一匝，听涛声噌吰（cēng hóng）①，激石哮吼②。迤逦③从石磴陟第二层，穿茶肆中数折④，得见世所谓中泠者：瓦亭覆井，石龙蟠⑤井阑，鳞甲飞动。寺僧争汲井水入肆。是日也，吴人谓钱神诞，争诣寺中为寿。摩肩连袂，不下数万人，茶坊满，不纳客。凡三往，得伺便饮数瓯⑥。细啜之，味与江水无异予心窃疑之，默然起，履巉（chán）⑦陟险，穷尽金山之胜。力疲小憩，仰观石上，苍苔剥蚀中，依稀数行，磨刷认之，乃知古人所品，别在郭璞墓间。其法于子午二辰，用铜瓶长绠（gěng）入石窟中，寻若干尺，始得真泉。若浅深先后，少不如法，即非中泠正味。不禁爽然⑧，汗下浃背，然亦无从得铜瓶长绠如古人法，而吸之而饮之也。郭公爪发，故在山足西南隅。洪涛巨浪中，乱石嶙峋，森森⑨若奇鬼异兽，去金山数武，而徘徊踯躅，空复望洋，盖杳乎不可即矣！日暮归舟，怊怏若有所失，自恨不逮古人。佛印谈禅，坡公解带，尔时酒瓮茶铛，皆挟中泠香气，奈何不获亲见之也！

【注释】①噌吰：声音壮阔的样子。②哮吼：大声吼叫。③迤逦：一路行去，曲折连绵的样子。也指陆陆续续的行程。④圻：边界，地域。⑤蟠：屈曲；环绕。⑥瓯：杯。⑦巉：山势高峻。⑧爽然：豁然开悟的样子。⑨森森：形容阴沉可怕。

【译文】第二天我找到一条小船，穿过波涛登上金山。山四周石廊环绕，涛声轰响，波浪拍打岩石，发出阵阵吼声。沿着连绵曲折的石阶登上第二层，穿过茶肆，绕了几个弯，得以见到世人所说的中泠泉：水井建在一个瓦亭中，井栏上雕刻着石龙，龙的鳞甲飞动，栩栩如生。寺里的僧人争着取井水提到茶肆。这一天，是吴地所说的财神诞辰日，众人争着到寺中拜神祝寿，摩肩接踵，不下数万人，茶坊人满不再接纳客人。我一共去了三次，才有机会喝了数杯泉水。细细品味，味道与普通江水没什么差别。我心下暗自怀疑，于是默然起身，登高探险，一揽金山胜景。直到精疲力尽才稍事休息，我仰观山石上，斑驳的青苔中依稀有数行字迹，磨刷之后仔细辨认，才知古人品水之地，是在郭璞墓前方。方法是在子午两个时辰，用铜瓶系上长绳坠入石窟中，下沉水中若干尺，才能找到真正的中泠泉。如果铜瓶在水中的深度，稍微有所偏差，取到的就不是真正的中泠泉水。读完后，既让人豁然开朗，又让人汗颜，原来我先前喝的是假泉水。但是我也没办法找到像古人取水用的铜瓶长绠那样的工具，来取水饮用。郭璞的墓，在山脚西南边的惊涛巨浪中，那里乱石嶙峋，阴森可怖，仿若奇鬼异兽，距离金山不远，而我踯躅徘徊半天，只能望洋兴叹，因为那个地方不容易过去。晚上我回到船上，闷闷不乐，怅然若失，自恨不能有古人那样的机会。当年，佛印法师谈禅，苏东坡解带休憩，那时酒杯茶壶中，都夹带着中泠泉水的香气，可惜我没有机会亲眼见到！

越数日，舟自澄江还，同舟憨道人者，有物藏破衲（nà）[①]中，琅琅有声。索视之，则水葫芦也：朱中黄外，径五寸许，高不盈尺；旁三耳，铜纽连环，亘丈余，三分入环，耳中一缕，勾盖上铜圈，上下随绠机转动；铜丸一枚，系葫芦旁，其一绾[②]盖上。怪问之，秘不告人。良久，谓余曰："能从我乎？愿分中泠一斛。"予跃然起，拱手敬谢。遂别诸子，从道人上夜行船。

【注释】①衲：僧衣。②绾：把长条形的东西盘绕起来打成结。

【译文】过了数日，我乘船从江阴返回，同船有位憨道人，破旧的僧衣中藏有东西，琅珰有声。让他拿出来一看，原来是一个用来装水的葫芦：内红外黄，直径五寸左右，高不过尺；旁边有三耳，耳上有铜纽和圆环，有一丈多长的铜链子，分别拴住三只圆环，耳中有一根绳子，系在盖子的铜圈上，随着绠机的转动，盖子可以上下移动；在葫芦旁系着一枚铜丸，它的一头连在盖子上。我感到奇怪向道人请教，道人却说这是秘密不可告人。过了许久，他对我说："愿意跟随我吗？如果同意，可以分给你一斛中泠泉水。"我高兴得一跃而起，拱手敬谢。于是我告别众人，跟随道人上了夜行船。

两日抵润州，则谯鼓[①]鸣矣。是夕上元节[②]，雨后迟月出不见，然天光初霁，不甚晦冥[③]。鼓三下，小舟直向郭墓。石峻水怒，舟不得泊，携手彳亍（chì chù）[④]，蹑江心石五六步，石窍洞洞然。道人曰："此中泠泉窟也。"取葫芦沉石窟中，铜丸旁镇，葫芦横侧，下约丈许。道人发绠上机，则铜丸中镇，葫芦仰盛。又发第二机，则盖下覆之，筍合若胶漆不可解。乃徐徐收铜绠，启视之，水盎然满。亟旋舟就岸，烹以瓦铛，须臾沸起，就道人瘿瓢[⑤]微吸之，但觉清香一片，从齿颊间沁入心胃。二三盏后，则薰风[⑥]满两腋，顿觉尘襟[⑦]涤净。乃喟然曰："水哉，水哉！古人诚不我欺也！嗟乎，天地之灵秀，有所聚必有所藏，乃至拔而为山，穴而为泉，山不徒山，而峙于江心；泉不徒泉，而巽[8]乎江水层叠之下。而顾令屠狗卖浆[9]、菜佣伧父，皆得领兹山、味兹泉，则人人皆有仙气矣！今古以来，真才埋没，赝鼎[10]争传，独中泠泉也乎哉？”

【注释】①谯鼓：谯楼的更鼓声。②上元节：元宵节。③晦冥：光线昏暗。④彳亍：彳，左步。亍，右步。彳亍指缓步慢行。⑤瘿瓢：瘿木制的瓢。⑥薰风：和风，特指夏天由南向北吹的风。⑦尘襟：世俗的杂念。⑧巽：古同“逊”，谦让恭顺，这里指掩藏。⑨卖浆：出售茶水、酒、醋等饮料，旧为微贱的职业。⑩赝鼎：伪造的鼎，泛指赝品。

【译文】历时两日抵达镇江时，谯楼更鼓已鸣。这晚是元宵节，雨后月亮迟迟不肯出现，然而天色刚刚放晴，不太昏暗。三更时分，我们乘坐小船直驶郭璞墓。此处岩石峻峭，水势湍急，小船难以停泊，道人与我摸索着携手缓步慢行，踏上江心石五六步，石洞豁然出现在眼前。道人说：“这就是中泠泉窟了。”取出葫芦沉入石窟中，铜丸系在葫芦的旁边，葫芦就横在水中，垂下约丈许。道人发绠上机，铜丸移动到葫芦中央，葫芦竖立在水中，口朝上接水。道人又发第二机，此时盖子落下，覆盖在葫芦口上，与葫芦口严丝合缝，没有一点空隙，彼此结合的非常紧密。这时才徐徐收回铜链，打开葫芦一看，水已经装满了。急忙调转船头靠岸，用瓦铛烹煮，片刻泉水就沸腾起来，拿过道人的水瓢，微微啜饮了一口，但觉清香一片，从齿颊间一直沁入心脾。二三盏后，人就如沐和风，顿觉世俗的杂念一扫而空。于是我感叹道：“好水啊，好水啊！古人确实没有欺骗我！唉，天地间的灵秀之物，一定会聚集起来，也一定会埋藏在某处，就像这中泠泉水的聚集之处，就会垒土为山；而泉水埋藏的地方，就会穴地为泉。山也不是高山，而是耸峙于江心的小岛，泉也不是山泉，而是掩藏在层层的江水之下的涌泉。若令那些杀狗卖酒、小贩俗人，都能得以领略此山、品尝此泉，那么人人都有仙气了！古往今来，真才被埋没，赝品被争相传播，难道只是中泠泉是这样的情况吗？”

次日辰刻，道人别去，予亦发棹[1]渡江。而邻舟一贵介[2]，方狐裘箕踞[3]，命傒童敲火[4]，煮井上中泠未熟也。道人姓张，其先盖闽人云

【注释】①发棹：开船。②贵介：显贵的人。③箕踞：两腿舒展而坐，形如畚箕。④敲火：敲击火石以取火。

【译文】第二天辰时，道人告别离去，我也乘船渡江。邻船一个显贵之人，身着狐裘舒展而坐，命童仆生火，用所谓金山中泠井的泉水煮茶。道人姓张，他祖上是福建人。

张山来曰：吾乡赵桓夫先生，谓金山江心水，与郭璞墓无异。因以两巨舟相并，中离二尺许，以大木横絚其上，中亦空二尺许，如井状。以有盖锡罂一，上系大长绳，别一小长绳系其盖。绳之长，凡若干丈，缒于井。绳尽，先曳小绳起其盖，而水已满罂，徐曳大绳，则所汲皆江心水矣。想以郭璞墓不得汲之之法耳。若遇此道人，效其制，当更佳也。

【译文】张山来说：我的同乡赵桓夫先生，说金山江心处的水质与郭璞墓处的泉水没有区别。取水时把两艘巨船并列停泊，两船中间距离二尺左右，以大木横在两船之间，大木间隔二尺左右，大木与船

围成井字形状。用一个有盖的锡罐，系上长绳，另外拿一小长绳系在罐子盖上。绳的长度，总共有若干丈，从围成的井中缒下。绳子下到尽头时，先拉小绳拽起盖子，等水已灌满时，再徐徐拉起大绳，那么所汲上来的就都是江心的水了。这些人想必是没有得到郭璞墓汲水的方法。如果遇到这个道人，效仿他的方法，就会更好了。

髯参军传

徐瑶天璧

【题解】本篇是《虞初新志卷十五》的第七篇。讲述明末一位髯参军仗义出手为某公子赶走恶僧，并一路护送到家的故事。作者慨叹，在明思宗时期，自然不乏像参军这样的人。可是当时手握重兵之人，大都是软弱凡庸之辈，退缩不前，为何没有一个像参军这样的人处于要职呢？明朝灭亡又是谁的过错呢？

蒋翁性好酒，家贫无所得酒，辄过余索饮。闲说少时所见闻事，多新奇可喜，而髯参军①尤奇。作《髯参军传》。

【注释】①参军：职官名，掌参谋军务。

【译文】蒋翁生性好酒，由于家贫没钱买酒，就常到我这里讨酒喝。闲聊中说起年少时所见所闻之事，大多是新奇或者是让人欣喜的故事，而其中髯参军的故事尤为奇特。因此我特地作《髯参军传》。

明思宗时，公子某，不著其姓氏云。公子之子与蒋翁友，因悉公子遇髯参军事。先是，公子奔走某相国门，从京师持三千金归，道遇一僧，状狰狞，所肩行李，铁扁拐，光黑甚重；伺公子信宿[①]，公子初弗介意也。会抵一旅舍，公子先驱入，止右厢，僧继至，就右厢炕上卧。旅舍主人密呼公子告曰："客必从京师来，囊中必有金，不则，若奚俱至？"公子始心动，仓皇失措。主人劝公子勿恋金饮酒。

【注释】①信宿：连住两夜，也表示两夜。

【译文】明朝思宗年间，有一位公子，蒋翁没有说他的姓氏。公子的儿子，与蒋翁是好友，因此了解公子遇到髯参军的事情。最初，公子在某相国门下任职奔走，从京师携带三千两银子回乡，路上遇到一个僧人，面貌看起来很凶恶，用铁扁拐挑着行李，铁扁拐通体黝黑，泛着亮光，看起来份量很重；僧人暗中窥伺公子很久了，公子刚开始并没有注意到僧人。等到抵达一家旅舍时，公子先进入，住到右厢房，僧人接着也到了，也在右厢房的炕上躺下来。旅舍主人私下告诉公子说："客人你一定是从京师而来，包裹中必定有财物，不然你和僧人怎么会都到了这里？"公子这时才感到心中害怕，有些惊慌失措。主人劝公子留心财物，不要多饮酒。

坐甫定，忽一虬髯[①]，身长八尺余，腰大十围[②]，须尽赤，激张如蝟（wèi）[③]，即座上掷弓刀，呼酒食甚急，叱叱[④]作雷声。公子益惊怖，股栗欲仆。髯微顾曰："君神色俱殊，度有急。盍言之？"公子屏息若喑，主人乃为述持金遇僧状。髯曰："僧今安在？"则指右厢卧炕上者。顾公子无动，直提刀排闼入，骂曰："钝贼！胡不拾粪道上，而行劫耶？"因弄其铁扁拐，屈之成环，掷炕上曰："若直此，听若取客金！不直，则亟引项就刃！"僧僵卧不动。良久，始匍匐下地请死。顾视扁拐成环，泣下，请益哀。髯笑曰：

“故料若不能直此，聊为若直之。去！无污乃公刃！”公子、主人皆咋舌从门外观，已复趋前罗拜，请姓名，髯笑不答，令俱就寝。

【注释】①虬髯：蜷曲的连鬓胡须，特指两腮上的。亦作“虬髯”。②围：两手姆指和食指合拢的长度。③蝟：同“猬”。④叱叱：状声词。形容急呼吆喝的声音。

【译文】公子刚刚坐定，忽然进来一位满脸络腮胡须的人，身高八尺左右，腰粗十围，胡须都是红色的，而且根根竖立如同刺猬。此人落座后解下身上佩戴的弓刀，大声呼叫上酒食，声音如同打雷一般。公子更加惊怖，双腿颤栗几乎要仆倒在地。虬髯客稍转头看看公子说：“你神色不宁，猜想你是有什么急事吧。何不说出来听听？”公子屏住呼吸，不敢说话。旅舍主人于是为公子述说携带财物遇到僧人的情况。虬髯客问：“僧人现在哪里？”主人就指向右厢房炕上躺着的僧人。虬髯客看到公子没什么动静，就径自提刀推门而入，骂道：“蠢贼！为什么不在道上拾粪，却做这打劫之事？”于是忿然把僧人的铁扁拐弯成环形，扔到炕上说：“你要能把它弄直了，这位客人的财物就让你拿走！若是弄不直，就自己把脖子伸到我的刀下来，乖乖受死吧！”僧人在炕上僵卧不动，过了许久，才匍匐下地，请求免其一死。僧人看到铁扁拐变成环状，痛哭流涕，更加哀求不止。虬髯客笑着说：“早就料到你不能把它弄直了。看我来把它弄直。快滚！别弄污了我的刀！”公子、主人在门外看到这一情景，都惊叹不已。过了一会儿才回过神儿来，趋前拜谢，请教虬髯客姓名。虬髯客笑而不答，让他们都去就寝。

旦日[①]，请护公子行，公子大喜。至扬州，谓公子曰：“君今但去无患，吾行矣。”公子叩头谢曰：“某受客大恩，无以报，愿进三百金为寿。且从此抵某家[2]，计四日耳。盍俱渡江而南？”髯笑曰：“吾起家行阵[3]，今只身来，为幕府[4]标官。设贪金，岂止三百哉？吾凭限迫，不能从。或缘公事过江，则访君，幸为我具面十五斤，生彘二口，酒一石。”公子不得已与别。

【注释】①旦日：第二天。②某家：用来自称的语词。③行阵：行伍军阵，指军队。④幕府：旧时将帅办公的地方，后也泛指衙署。

【译文】第二天，虬髯客请求护送公子前行，公子大喜。到了扬州，虬髯客对公子说：“现在你可以自己前行了，没什么可担忧的了，我也要赶路了。”公子叩头道谢，说：“我受您的大恩大德，无以为报，愿奉上三百两银子作为报答。况且从这里抵达我家，只需要四日，何不一起渡江南行？”虬髯客笑答：“我出身行伍，今日只身前来，去幕府担任标官。如果贪恋金钱，岂止是三百金就能满足的？我因为期限所迫，不能陪你一同前行。以后我或许会因公事过江，到时就去拜访您，希望到时您能为我准备十五斤面，两口生猪，酒一石。”公子不得已与其分别。

居数月而髯果至，呼公子曰：“饥甚！”公子亟进面、生彘、酒，如前约。髯立饮酒至尽，即所佩刀，刺杀生彘，而手自揉面作饼，且炙且啖，尽其半。公子曰：“参军力可拔山，度举几百钧[1]？”髯曰：“吾亦不能料举几百钧。虽然，请试之。”乃站庭槛上，而令数十人撞之，屹立不少动。曰：“未尽也！”复竖二指，中开一寸，以绳绕一匝，数健儿迸力曳两头，倔强如铁，不能动半分。于是公子进曰：“今天下盗贼蜂起，朝廷亟用兵，以参军威武，杀贼中原，如拉朽耳！今首相[2]某，吾师也，吾驰一纸书，旦夕且挂大将军印，乌用隶人麾下为？”髯仰天大笑，徐谓公子曰：“君顾某相国门下士耶？吾行矣！”

【注释】①钧：古代重量单位，合三十斤。②首相：明朝时对内阁首辅的称呼。

【译文】过了数月，虬髯客果然来拜访公子了，他一进门就对公子高呼，说：“太饿了！”公子急忙按先前约定，拿出面、酒、和两头生猪。虬髯客将酒一饮而尽，随即抽出佩刀刺杀生猪，然后亲手揉面作饼，一边烤一边吃，吃了差不多一半。公子说：“参军您力可拔山，您估莫大致能举起几百钧的重量？”虬髯客说：“我也不知道能举几百钧的重量。既然这样，就让我们试试吧。”于是虬髯客站在厅堂的门槛上，令数十人撞他，结果他屹立不动。他又说：“尚未尽兴！”就竖起二指，中间离开一寸，用绳绕手指一周，让数名壮汉用力拉两头，虬髯客的手指强硬如铁，丝毫不动。公子劝他说：“现今天下盗贼蜂起，朝廷急于用兵，以参军的威武，杀灭中原的贼寇，就如摧枯拉朽一般容易！如今的内阁首辅，是我的老师，我让人快马给老师送一封信，推荐您挂大将军印，您还用屈居在他人麾下吗？”虬髯客仰天大笑，缓缓的对公子说：“你看我能做相国的门下客吗？我走了！”

论曰：蒋翁所称髯参军，殆真奇杰非常之士矣乎？当思宗时，如参军者，自不乏人。诚得十数辈为大将，建义旗[①]，进止自如，贼固不足平？乃当日握重兵者，率皆选软凡庸，退茶不前，何无一人类参军也？即有一二摧锋陷阵之士，而朝廷之上，顾束缚之，不克以功名终，坐使天下流离，辗转以至于亡。呜呼！是谁之过欤？是谁之过欤？

【注释】①义旗：正义之师的旗帜。

【译文】评论说：蒋翁所称的髯参军，大概真是属于英雄豪杰，奇人异士那一类吧。在明思宗时期，像髯参军这样的人，自然不乏其人。确实能得到十几个这样的人为大将，竖起正义之旗，长驱直入，贼兵难道还不能平定吗？当年手握重兵的人，大都选的是软弱凡庸之辈，退缩不前，为何没有一个像髯参军那样的人呢？即使有一两个能冲锋陷阵的猛士，在朝廷之中，却对他们多加束缚，不能让他们建功立业，徒使天下动荡不止，以至于最后灭亡。唉！这是谁的过错呢？是谁的过错呢？

张山来曰：唐铸万[①]先生评云："句句为髯写生[②]，而着眼全在公子、相国，此绝顶识力[③]也。"此评已尽此文之胜，不必再措一辞矣。

【注释】①唐铸万：唐甄，字铸万，号圃亭。四川省达县（今四川省达州市通川区蒲家镇）人，帝师唐瑜的第十一代孙，明末清初的思想家和政论家。②写生：直接以实物或风景为对象绘画。③识力：识别事物的能力。

【译文】张山来说：唐铸万先生评论说："这篇文章句句为虬髯客描画，而真正关注的却是公子和相国，这是非常高妙的写作方法。"这个评说已道尽了此文的绝妙之处，我不必再多说一句了。

李丐传

毛际可鹤舫

【题解】本篇是《虞初新志卷十五》的第八篇。李丐，一位看似乞丐，却更似高人逸士的人物，行为乖僻，让人始终猜不透他到底为何人。

李丐，江西人，邑里名字无可考。往来江汉[①]三十载，常如五十许人。随身一瓢，外无长物。每乞牛肉僎膏，并捕鼠生啖之，余纳诸败袄中，盛暑色味不变。遇纸笔即书，语无伦次，或杂一二字如符箓。余间以意测之，始成诗。人与之语，皆不答。某郡丞[②]使人渡江，强邀至署中，留数日，辞出。郡丞与以轻葛文舄。插花满头，徜徉过市。儿童竞夺之，辄抱头匿笑，不予。未几，葛敝，缕缕风雪中自若。或曰："李丐向为诸生，有声[③]，屡试不第，有所托而逃。"然读其诗，似深山高衲，不与阳狂[④]玩世者比，终不测其何如人也。余于友人邸舍中，物色得之，为余书扇，相对竟日，卒无他语。

【注释】①江汉：长江和汉水的合称。②郡丞：职官名。秦以后所置，专司辅佐郡守，边远的郡则设置长史，掌兵马之权。③有声：著名、有声望。④阳狂：假装疯颠。也作“佯狂”。

【译文】李丐，江西人，他的家乡和名字都不可考证。他往来于江汉一带三十年，年龄看起来一直就像五十岁左右。李丐随身携带一瓢，除此之外再无多余的东西。他常常向人们讨要一些牛肉猪肉来吃，也捕些老鼠生吃，吃剩的东西就收藏到他的破袄中，即使盛夏酷暑，破袄中的东西都不会腐败。李丐看到纸笔，就会提笔书写，但写出的东西杂乱无章，中间还间杂一些像符箓的字符。我有时推测、揣摩他的文字，才能勉强联成诗句。人们与他说话，他都不回答。某郡丞派人渡江，强行把他邀请至郡署，他待了数日，就告辞而出，郡丞赠他葛衣和绣鞋。李丐还曾满头插花，招摇过市。儿童们竞相抢夺他头上的花，李丐则抱头微笑，不肯把花给他们。没过多久，李丐身上的葛衣就破旧了，他在风雪中，衣衫褴褛，却依然淡然自若。有人说：“李丐之前为诸生，有声望，但屡试不第，后来把家里事情托付完就出走了。”然而读他的诗，却好似深山里的高僧所作，不是那些假装疯颠而又玩世不恭的人所能写出来的。人们始终捉摸不透他究竟为何许人。我在友人邸舍中，遇到他，他为我书写扇面。我曾与他终日相对，竟然没有一句话可说。

诗附录

瀑泉今古说庐台，顿向云居绝顶来。潭逼五龙时怒吼，势摧三峡更喧豗。横奔月窟千堆雪，倒泻银河万道雷。锁断鸥峰悬白练，遥看珠网挂层台。

潋滟湖光数顷浮，谁知曲涌万峰头。豁开古殿当前月，散作空山不尽流。金壁影摇冰镜里，鱼龙深在广寒秋。一轮直接曹溪路，白浪家风遍大洲。

何年鞭石架长虹，碧落无门却许通。曾是御风人去后，故留鸟道碍虚空。

银台金殿影交加，处处晴光映宝华。家业现成归便得，才生疑虑隔天涯。

披云坐月太奢华，旅汲清泉吃苦茶。无事山行空眼底，草鞋跟断又归家。

罗列香花百宝台，台中泥塑佛如来。重重妙影随机现，都在众生心地开。

千崖雨湿松添老，一味秋声菊转新。莫谓山中无甲子，素珠粒粒纪时辰。

崚嶒高石寺门横，面面波光一派清。鳌背凿开罗汉寺，龙鳞幻出梵天城。

张山来曰：昔之异人，隐于屠钓[①]；今之异人，隐于乞丐。自后遇若辈中有稍异者，便当物色之。李丐诗不止于此，今姑择其尤者录之。

【注释】①屠钓：意思是宰牲和钓鱼。旧指操贱业者。

【译文】张山来说：以前的异人，隐藏在那些低微的行业中；今天的异人，隐藏在乞丐之中。以后遇到这类人当中，有稍微特别的人，就应当注意寻访。李丐的诗不止这些，现在姑且选择其中比较出色的记录下来。

书钿阁女子图章前

周亮工减斋

【题解】本篇是《虞初新志卷十五》的第九篇。韩约素，是一代著名的女篆刻家。其印章别具风韵。本篇即是讲述钿阁女士之轶事，同时作者也借此文悼念自己的亡姬。

钿阁韩约素[①]，梁千秋[②]之侍姬，慧心[③]女子也。幼归千秋，即能识字，能擘阮[④]度曲[⑤]，兼知琴。尝见千秋作图章，初为治石，石经其手，辄莹如玉。次学篆，已遂能镌，颇得梁氏传。然自怜弱腕，不恒为人作，一章非历岁月不能得。性唯喜镌佳冻[⑥]。以石之小逊于冻者往，辄曰："欲侬凿山骨[⑦]耶？生幸不顽，奈何作此恶谑？"又不喜作巨章。以巨者往，又曰："百八珠[⑧]尚嫌压腕，儿家讵胜此耶！无已，有家公在。"然得钿阁小小章，觉它巨镂，徒障人双眸耳。

【注释】①韩约素：自号钿阁女士，初为歌妓，后归为梁千秋的侍姬。女篆刻家。②梁千秋：梁袠，字千秋，江苏扬州人。篆刻家，著有《印隽》。③慧心：心思敏慧。④擘阮：谓弹琴。阮：阮咸，拨弦乐器，形似月琴，竖抱怀中，用两手齐奏。⑤度曲：作词曲；唱曲。⑥冻：冻石，简称“冻”。是用于雕刻工艺品和印章的材料，晶莹润泽，质地比较软，便于雕刻。⑦山骨：指山中岩石。⑧百八珠：念珠。因念珠每串一百零八颗，故称。

【译文】钿阁女士韩约素，是梁千秋的侍妾，是一位心思敏慧的女子。她幼时起，就跟随梁千秋，很快就能识字，又擅长阮咸之类的乐器，会谱曲歌唱，还知晓古琴的演奏。她曾跟随梁千秋学作图章，刚开始学习治石时，石头经过她手的打磨，就变得晶莹如玉。接下来她又学习篆刻，不久就学会雕刻印章了，她的技法颇得梁先生真传。然而她的手腕柔弱，不经常为人刻印，即使刻印也要经过很长时间才能完成。韩约素生性只喜欢镌刻上好的冻石。如果有人拿着稍逊于冻石的硬质石章前来，韩约素就说：“你想要我雕刻 ‘山石’吗？你也不是顽劣的人，怎么就喜欢做这种恶作剧呢？”她又不喜欢雕刻大印章。有人拿着大印章前来，韩约素又会说：“念珠戴在我手上尚嫌沉重，哪里能雕刻这么笨重的东西！实在不行，有我家夫君在。”然而如果能得到钿阁的小小印章，就觉得那些大印章，只是用来唬人的罢了。

余倩大年得其三数[①]章，粉影脂香，犹缭绕小篆间，颇珍秘[②]之。何次德得其一章。杜茶村[③]曾应千秋命，为钿阁题小照[④]。钿阁喜，以一章报之。今并入谱，然终不满十也。优钵罗花[⑤]，偶一示现足矣，夫何憾？与钿阁同时者，为王修微、杨宛叔、柳如是[⑥]，皆以诗称，然实倚所归名流巨公，以取声闻。钿阁弱女子耳，仅工图章，所归又老寒士，无足为重。而得钿阁小小图章者，至今尚宝如散金碎璧，则钿阁亦竟以此传矣。嗟夫！一技之微[⑦]，亦足传人如此哉！

【注释】①三数：指为数不多。②珍秘：珍重而谨慎的收藏。③杜茶村，即杜浚，原名诏先，字于皇，号茶村，湖北黄冈（今黄州城区）人，擅诗文，著有《变雅堂文集》等。④小照：小的肖像。⑤优钵罗花：指优昙陀罗花，是佛家传说中三千年一开的一种佛花。⑥王修微：王微，字修微，小字王冠，称草衣道人，明末扬州人，江南名妓，才情殊众，当时与柳如是齐名。杨宛叔：杨宛，字宛叔，一作宛若。明末金陵秦淮名妓。十六岁归茅元仪为妾。她能诗词、娴南曲，又善书画，其草书尤为人所称道。⑦一技之微：有某种技能或特长。

【译文】我请梁大年（梁千秋的弟弟）帮忙，才得到为数不多的几枚印章，粉影脂香，好像还缭绕在小篆间，我对这几枚印章颇为珍重并谨慎收藏。何次德也得到韩约素的一枚印章。杜茶村曾应梁千秋之托，为钿阁画小画像。钿阁很满意画像，刻一枚印章报答他。现在统计钿阁篆刻的印章，总共也不满十枚。就像优昙陀罗花，偶尔绽放一下就足够了，还有什么遗憾呢？与钿阁同一时期的闺阁名流，还有王修微、杨宛叔、柳如是等人，她们都以诗文著称，然而实际上她们是因为嫁给名流大家，才获得名声。钿阁只是一个弱女子罢了，只擅于篆刻图章，又嫁给老寒士，也不是什么名流。而能得到钿阁小小图章的人，至今仍然把这些图章当成是散金碎璧一样的宝贝，钿阁也竟以此广为人知。唉！有一项专长，也足以让人这样闻名遐迩！

予旧藏晶、玉、犀、冻诸章，恒满数十函，时时翻动。唯亡姬某能一一归原所，命他人，竟日参差矣。后尽归之他氏。在长安，作《忆图章》诗：“得款频相就，低崇惬所宜。微名空覆斗，小篆忆盘螭。冻老甜留雪，冰奇腻筑脂。红儿参错好，慧意足人思。”见钿阁诸章，痛亡姬如初没也。

【译文】我原来收藏的晶、玉、犀、冻等各种印章，已经装满数十个匣子，我会时时翻动这些印章。只有我已经亡故的小妾才能将它们一一放回原位，让其他人来整理，就是花费一整天时间，也还是乱七八糟。这些印章后来都归他人所有了。在京师，我作《忆图章》诗："得款频相就，低崇惬所宜。微名空覆斗，小篆忆盘螭。冻老甜留雪，冰奇腻筑脂。红儿参错好，慧意足人思。"见到钿阁的这些印章，悼念亡故的小妾就好像她刚刚去世一样。

张山来曰：我若为梁千秋，止令钿阁镌"颠倒鸳鸯"[①]，不复为他篆矣。

【注释】①颠倒鸳鸯：可能是一种在两端都有文字的印章。

【译文】张山来说：我如果是梁千秋，只令钿阁镌刻"颠倒鸳鸯"样式的印章，不会再篆刻其它内容的印章了。

书王安节、王宓草印谱前

周亮工减斋

【题解】本篇是《虞初新志卷十五》的第十篇。王安节，才华出众，诗词、古文及八股文，全都擅长。王安节涉猎绘画领域。他画得水石、人物、花草、羽毛之类，别有韵味。他在印章上也很有造诣。本文还讲述了王安节、王宓草兄弟二人各自独特的印风。

王安节概①，其先醉李人，久占籍②白下。与弟宓草蓍③，同受教于尊公左车先生。左车好奇，以“丐”名之，字曰东郭；以“尸”名其弟，字曰弟为。久之，乃改今名，字安节。幼癯弱，壮乃须眉如戟④。负颖异质，诗古文词及制举业，皆能孤行己意。避人居西郭外莫愁湖畔，罕与人接。然四方文酒跌宕⑤之士至金陵者，无不多方就见之。

【注释】①王安节概：王概，又作王槩。初名匄，亦名丐，字东郭，又字安节，后改今名，秀水（今浙江嘉兴）人，久居江苏金陵（今南京）。②占籍：上报户口，入籍定居。③宓草蓍：王蓍，清浙江秀水人，居南京，原名尸，字宓草。工诗，善画花卉翎毛，兼善诗文、治印，与其兄王概一同闻名于当时。④须眉如戟：谓胡须和眉毛又长又硬，怒张如戟。形容外貌雄伟。⑤跌宕：为人放纵，不拘束。

【译文】王概字安节，他的祖先是醉李人，长期入籍定居在白下。他与弟弟王蓍，字宓草，同时受教于尊公左车先生。左车喜好猎奇，以“丏”为王概命名，字东郭；以“尸”为他的弟弟王蓍命名，字弟为。很久以后，他才改成现在的名字，字安节。王概小时瘦弱，成年后却很是伟岸，他才华出众、禀赋超常，诗词、古文及八股，都能标新立异。王概为躲避闲杂人等而居住在西城外莫愁湖畔，很少与人接触。但是那些从四面八方来到金陵的不羁文人，无不想法设法见到他。

安节以其诗文之余，旁及绘事。水石、人物、花草、羽毛之属，动笔辄有味外之味。曾为余两作《礼塔图》，两作《浴佛图》，状貌皆奇古，略无近人秀媚之态，真足嘉赏。画成，辄自题识（zhì）[①]。予每谓人：“安节甫二十余，分其才艺，便可了数辈；使更十年，世人不说徐青藤矣。”图章直追秦汉人，亦肯为予作，今铨次[②]于后。予友方尔止，一女，不轻字[③]人，觅婚于江南。久之，奇安节，遂以女妻之。尔止负一代名，不妄许可，至一见安节，即以女妻之，安节可知矣。

【注释】①题识：书、画等美术作品上的署名或题款。②铨次：排列先后次序。③字：旧时称女子出嫁

【译文】王安节在作诗文之余，还涉猎绘画领域。水石、人物、花草、羽毛之类，经他手画出，就别有一种韵味。他曾为我画了两幅《礼塔图》，两幅《浴佛图》，这些画作都充满古意，丝毫没有近代人的秀媚之态，足以让人称赞。画作完成后，他自己题识署名。我每对人说：“王安节虽然才二十余岁，而他的各项才艺之高深，便可以顶别人几辈子的努力了；假使王概早生十年，世人就不会再谈论徐渭画作的高明

了。”他的图章直追秦汉人，他也肯为我制作印章，现在展示于文章的后面。我的朋友方尔止，有一女，不轻易嫁人，准备在江南找一夫婿。时间久了，他很欣赏王安节，就把女儿嫁给他为妻。方尔止素有一代盛名，不轻易赞赏他人，但是一见到王安节，就把女儿许配给他，由此可知王安节的为人了。

宓草亦作印章。古逸无近今余习，亦次于后。宓草不亚安节，绘事遂欲与兄并驱。同人咸曰：“元方、季方，难为兄弟也。”安节王母与两尊人①及安节，皆落地不任荤，独宓草微能食干鲝，人称其为“一门佛子”云。

【注释】①王母：祖母。尊人：对父母或长辈的敬称。

【译文】王宓草也擅作印章。他所作的印章充满洒脱飘逸的古风意韵，不像现今的印章那样充满积习，他篆刻的印章也展示于文章后面。王宓草的才华不亚于王安节，尤其在绘画方面能与其兄并驾齐驱。同辈人都说：“他们两兄弟就如元方和季方一样，各有千秋，难分高下。”王安节的祖母、双亲以及安节本人，都是自出生就不食荤腥，只有王宓草稍微能吃些干鱼，人们称他们家为“一门佛子”。

张山来曰：安节兄弟三人，皆高士也。予仅识宓草，然阿兄阿弟，亦莫非神交，当不让端复专得之耳。

【译文】张山来说：王安节兄弟三人，都是品行高尚的人。我仅与王宓草相识，然而与他的兄长与弟弟，也应当尽早结识，不能仅限于神交。不能让我只是与他一人交往吧。

书姜次生印章前

周亮工减斋

【题解】本篇是《虞初新志卷十五》第十一篇，描写了一位嗜酒、高歌、爱印的姜次生的故事。姜次生，性情耿直清高，行事狂放不羁，他的行为看似有些疯狂，却颇具魏晋名士风骨。

姜次生正学，浙兰溪人。性孤介，然于物无所忤。食饩（xì）[①]于邑，甲申后弃去，一纵于酒，酒外唯寄意图章。得酒辄醉，醉辄呜呜歌元人《会稽太守词》。又好于长桥上鼓腹歌[②]，众环听，生目不见，向人声乃益高。每醉辄歌，歌文必《会稽太守词》，不屑他调也。

【注释】①食饩：明清时经考试取得廪生资格的生员享受廪膳补贴。②鼓腹歌：一边拍肚皮，一边唱歌。

【译文】姜次生名正学，浙江兰溪人。性情清高耿直，但也不会愤世嫉俗。他原来是乡里的廪生，甲申年明朝灭亡后，他放弃了廪生的资格，开始纵情于酒，除嗜酒之外，就只是借制作图章来寄托自己的心意。他饮酒就醉，醉了就呜呜咽咽地唱《会稽太守词》。他又喜欢在长桥上一边拍肚皮，一边唱歌，众人围着他听，他就像没看见一样，声音还越发响亮起来。他每次喝醉就唱歌，唱歌必唱《会稽太守词》，对其它乐曲不屑一唱。

方邵村侍御为丽水令。生来见，谓侍御曰：“公嗜图章，我制固佳，愿为公制数章。正学生平不知干谒[①]，但嗜饮耳。公醉我，我为公制印。公意得，正学意得矣。”侍御乃与饮，醉即歌《会稽太守词》。于是侍御得生印最多，侍御署中酿亦为生罄矣。一夕，漏下数十刻，署中尽熟寐，忽剥啄甚。侍御惊起，以为寇且发，不则御史台霹雳符也。惊起询，则报曰：“姜生见。”侍御遣人谢曰：“夜分矣，请以昧爽[②]。”生砰訇[③]曰：“事甚急！”侍御以生得他闻传意外也，急趋迎之，执手问故。曰：“我适为公成一印，殊自满志，不及旦，急欲令公见也。事孰有急于此者乎？”遂出掌中握视之，侍御乃大笑。复曰：“如此印，不直一醉耶？”于是痛饮，辨明[④]而去。去又于桥上歌《会稽太守词》。桥侧饼师腐家起独早，竞来听之，谓此君“起乃更早，遂已醉耶？”生意乃快甚。

【注释】①干谒：为谋求禄位而请见当权的人。②昧爽：天将晓而尚暗之时。③砰訇：状声词。多用以形容巨大声响，如雷声、鼓声、敲门声等。④辨明：平明。天刚亮的时候。

【译文】方邵村担任丽水县令时。姜次生来拜见方邵村，对方侍御说：“我听说您酷爱图章，我擅于篆刻图章，愿意为您刻制几个。我生平很少会求见高官，但却喜欢饮酒。您让我开怀畅饮，我为您刻制印章。您得偿所愿，我也心满意足了。”方侍御于是请他共饮，姜次生喝醉了就唱《会稽太守词》。因此，方侍御得到姜次生刻制的印章最多，方侍御署中的佳酿也被姜次生给喝光了。一晚，大半夜的时候，官署中的人都在熟睡，忽然敲门声一声紧似一声。方侍御惊醒坐起，以为是寇匪作乱，要不就是御史台那边有急令来到。惊慌爬起急忙询问，有人报说："姜生求见。"方侍御派人谢绝说："现在是半夜时分，请天亮再来吧。"姜次生大声说："事情特别紧急！"方侍御以为姜次生听说到什么意外的传闻，就急忙快步出来迎接，拉着他的手询问缘故。姜次生说："我刚才突然来了灵感，就为您制成一章，自己感到特别满意，来不及等到天亮，就急忙带着它来见您了。事情还有比这更紧急的吗？"于是拿出掌中握着的图章给方侍御看，方侍御哈哈大笑。说说："如此好印，难道不值得为它一醉吗？"于是两人把酒痛饮，天亮时分，姜次生才告辞离去。离开后又到桥上唱《会稽太守词》。桥边只有做饼和制豆腐的店家起的早，都争着来听，说此人"起得更早，竟然已经喝醉了？" 姜次生心下大快。

生无妻，无子女，常自言曰："曲蘖（niè）①吾乡里，吾印必传，吾之嗣续也，吾何忧？"别侍御返里②，年八十卒。辛亥秋，侍御以生所为印示余，予入之谱，复檃（yǐn）括③楼岗太史述生事，录之于前。侍御曰："每展玩生印，觉酒气拂拂④从石间出。生歌《会稽太守词》声，犹恍惚吾耳根目际也！"

【注释】①曲蘖：亦称"麴蘖"。本意指酒母。这里有帮助、提携的意思。②返里：返归故里。③檃括：就原有的文章、著作进行剪裁改写。④拂拂：风轻吹的样子。

【译文】姜次生既无妻子又无儿女，常自言说："不如返回家乡开怀畅饮，我的印章也一定会流传下去，这就等于我有了子嗣。我还有什么可愁忧的？"姜次生告别方侍御返回故里，八十岁的时候去世。辛亥年秋季，方侍御拿出姜次生为他所制的印章给我看，我也把它们列入印谱中，又选取楼岗太史所讲述的姜次生事迹，记录在前面。方侍御说：“每次赏玩姜次生的印章，都感觉有汩汩酒气，如微风般从印石间飘出。姜次生唱《会稽太守词》的声音，好像还恍惚萦绕在我的耳畔和眼前！”

张山来曰：仆不识姜，然读此传时，亦觉耳中如听歌《会稽太守词》，酒气拂拂从歌声中出也。

【译文】张山来说：我与姜次生素不相识，但是读此传时，也觉耳中好像听到他唱《会稽太守词》，感觉到有酒气如微风般从印石中飘出。